中学西渐

Sinologists and Ancient Chinese Literature to the West

汉学家与中国古代文学的英语传播

朱振武 著

上海交通大学出版社
SHANGHAI JIAO TONG UNIVERSITY PRESS

内容提要

　　本书主要研究中国古代诗文、中国古代短篇小说、中国古代章回小说、中国古代史传文学、中国古代戏剧及说唱文学在英语世界的有效传播，对从事中国古代文学研究和译介的 25 位英语世界的汉学家进行全方位考察，跟踪和研究这些汉学家的成长背景、汉学生涯、英译历程、移译理念、价值认同、相关影响及存在问题，为跨文化跨学科背景下的翻译研究和翻译学科的建立提供理论参照和实践样例，也为讲好中国故事、实现文明互鉴略尽绵薄。

图书在版编目（ＣＩＰ）数据

　　中学西渐：汉学家与中国古代文学的英语传播 / 朱振武著. — 上海：上海交通大学出版社，2022.11
　　ISBN 978 - 7 - 313 - 25839 - 7

　　Ⅰ.①中… Ⅱ.①朱… Ⅲ.①中国文学－古典文学－英语－文学翻译－研究 Ⅳ.①I206.2②H315.9

　　中国版本图书馆 CIP 数据核字(2022)第 066165 号

中学西渐——汉学家与中国古代文学的英语传播
ZHONG XUE XI JIAN——HANXUEJIA YU ZHONGGUO GUDAI WENXUE DE YINGYU CHUANBO

著　　者：朱振武

出版发行：上海交通大学出版社　　　　　地　　址：上海市番禺路 951 号
邮政编码：200030　　　　　　　　　　　电　　话：021 - 64071208
印　　刷：上海文浩包装科技有限公司　　经　　销：全国新华书店
开　　本：710mm×1000mm　1/16　　　印　　张：32
字　　数：470 千字
版　　次：2022 年 11 月第 1 版　　　　　印　　次：2022 年 11 月第 1 次印刷
书　　号：ISBN 978 - 7 - 313 - 25839 - 7
定　　价：128.00 元

国家哲学社会科学重点项目

"当代汉学家中国文学英译的策略与问题研究"

（项目编号：17AWW003）结项成果

目录

绪言　他乡的归化与异化　　　　　　　　　　　　　　**1**

第一章　汉学家与中国古代诗文的英语传播　　　　　**13**

一　门前幸有东流水　在涧出山总是清　　　　　　15
　　——美国汉学家刘若愚译晚唐

二　赋为文藻冠中冠　君是昭明身后身　　　　　　28
　　——美国汉学家康达维译辞赋和《文选》

三　大隐于市松下客　小隐于野文中魁　　　　　　49
　　——美国汉学家赤松译寒山诗

四　情交李杜寄宇文　心系唐风志所安　　　　　　64
　　——美国汉学家宇文所安译盛唐

五　彩毫赡墨论诸子　青眼高歌醉昔贤　　　　　　78
　　——美国汉学家戴维·亨顿译山水诗

第二章　汉学家与中国古代短篇小说的英语传播　　95

一　东西文化终生事　华夏文章不朽情　　97
　　——英国汉学家翟理斯译《聊斋志异》

二　维摩远挹齐梁雨　巴别新开魏晋风　　116
　　——美国汉学家马瑞志译《世说新语》

三　说部他乡逢道眼　笠翁绝域有知音　　132
　　——美国汉学家韩南译《十二楼》

四　聊斋新住志异客　红楼再卧解梦人　　153
　　——英国汉学家闵福德译红楼易经

第三章　汉学家与中国古代章回小说的英语传播（上）　　171

一　一生浮沉居斗室　半部石头誉满天　　173
　　——英国汉学家霍克思译《红楼梦》

二　卅载攻旷世奇书　毕生结汉学情缘　　190
　　——美国汉学家芮效卫译《金瓶梅》

三　汉学奋斗一甲子　古文谙熟二典籍　　204
　　——美国汉学家罗慕士译《三国演义》

第四章　汉学家与中国古代章回小说的英语传播（下）　　229

一　韦编三绝传风雅　利在千秋寄石猿　　231
——英国汉学家亚瑟·韦利译《西游记》

二　共域八荒侠者义　浮槎万古纸笺心　　245
——美裔汉学家沙博理译《水浒传》

三　可知今日西游胜　即是当时种树心　　266
——英国汉学家詹纳尔译《西游记》

四　苍劲奇辞传《水浒》清灵诗语寄朦胧　　283
——英国汉学家霍布恩译《水浒传》

第五章　汉学家与中国古代史传文学的英语传播　　305

一　英译本于兹在也　太史公其含笑乎　　307
——美国汉学家华兹生译《史记》

二　豪士丹心移汉史　鸿儒健笔辩唐文　　322
——美国汉学家倪豪士译《史记》

三　精研"史记"得"雾镜"专攻"左传"润汉学　　340
——美国汉学家杜润德译《左传》

第六章　汉学家与中国古代戏剧及说唱文学的
　　　　英语传播　　　　　　　　　　357

一　唯美襟怀书画史 梨园妙笔北南东　　　359
　　——英国汉学家艾克顿译《桃花扇》

二　天地间一番戏场 古今文尽汇迁儒　　　375
　　——美国汉学家柯迁儒译元杂剧

三　等身著译通今古 皓首文章馈往来　　　392
　　——美国汉学家白之译《牡丹亭》

四　如溪如谷津梁就 亦幻亦真戏曲传　　　406
　　——美国汉学家奚如谷译《西厢记》

五　翰墨欣逢青眼客 梅香暗渡玉门关　　　422
　　——美国汉学家梅维恒译变文

六　戏词格调看仍在 宝卷风流许再攀　　　436
　　——荷兰汉学家伊维德英译宝卷

结语　翻译活动就是要有文化自觉　　　453

附录　　　　　　　　　　　　　　　461

一　中华文化"走出去" 汉学家功不可没　　462
　　——访上海师范大学教授朱振武

二　汉学家姓名中英文对照表　　　　　470

参考文献　　　　　　　　　　　　472
索引　　　　　　　　　　　　　　500

绪言

他乡的归化与异化

在中国古代诗文英译中,美国的汉学家刘若愚译晚唐、康达维译辞赋和《文选》、赤松译寒山诗、宇文所安译盛唐、戴维·亨顿译山水诗,各自都做了大量工作。

在中国古代短篇小说英译中,英国汉学家翟理斯译《聊斋志异》、美国的汉学家马瑞志译《世说新语》、韩南译《十二楼》、英国汉学家闵福德译《聊斋志异》,各自取得了骄人的成绩。

在中国古代章回小说英译中,英国汉学家霍克思译《红楼梦》、美国的汉学家芮效卫译《金瓶梅》、罗慕士译《三国演义》、英国汉学家韦利译《西游记》、美裔汉学家沙博理译《水浒传》、英国的汉学家詹纳尔译《西游记》、霍布恩译《水浒传》,各自都得到了高度认可。

在中国古代史传文学英译中,美国汉学家华兹生和倪豪士先后译《史记》、杜润德译《左传》,各自都赢得了一片赞誉。

在中国古代戏剧和说唱文学英译中,英国汉学家艾克顿译《桃花扇》、美国汉学家柯迁儒译元杂剧、白之译《牡丹亭》、奚如谷译《西厢记》、梅维恒译变文、荷兰汉学家伊维德译宝卷,各自都成为相应领域的翘楚。

对这些汉学家的成长背景、汉学生涯、英译历程、移译理念、价值认同及相关影响等问题进行跟踪和研究,对讲好中国故事、对中国文学文化"走出去"并融进去具有重要意义。

(一)问题的提出

中国现当代文学的英译活动随着中国现当代文学的开展而递次展开,到新千年始呈突破之势。从 1935 年第一个由官方创办向西方译介中国现代文学的杂志《天下》,到 20 世纪 90 年代由杨宪益主持的"熊猫丛书",再到 21 世纪以来启动的中国文化典籍外文版"大中华文库"和"中华学术外译"系列课题,中国现当代文学正逐渐闯入外国读者和学者们的视野,随之而来的是对其英译现状的研究和中国文学"走出去"的各类讨论。但对目标语翻译家的中国文学英译活动始终还没有进行系统深入的调查和研究,有针对性地直接探讨这一问题的著作还没有出现。但从我国作家的角度出发来研究梳理相关活动的成果比较丰硕,质量也都较高。最早研究中国文学英译的专著是 1976 年由香港大光出版社出版的《鲁迅著作英译絮谈》,作者是长期从事翻译工作的沙枫。他的另外两部专著《中国文学英译絮谈》和《中诗英译絮谈》也相继出版,并沿用了原译文节选加简要分析的形式。沙枫的三部"絮谈"拉开了中国现当代文学英译研究著作的序幕。截至 2015 年,这类研究专著就已达 43 部,近年来又已出版多部相关著作。1980 年至 1989 年出版的四部专著均为"在国外"系列,以 1981 年戈宝权所著的《〈阿 Q 正传〉在国外》为首,全书以单个现当代作品为研究中心的专著。作者选取了鲁迅最早被译成外文的《阿 Q 正传》为研究对象,在书中分别就英、法、日、俄、德等译本进行评析。此后十几年间,多部专著先后出版,其研究角度从单个作品和作者扩大到整个中国文学的主体,如张弘的《中国文学在英国》和施建业的《中国文学在世界的传播与影响》。前者从诗歌、小说、戏剧等方面分别论述了英国各时期对中国文学的译介，最后作者还分析了中国文学在英国的传播前景。

自 2010 年以来的十多年里，有关专著数量就达几十部。就研究重点而言，有的是单个作者的作品英译情况，有的是从宏观的视角考察中国文学在国外的传播和接受情况，其中书名含有"传播"或"接受"的专著就有多部。但纵观各专著的研究对象，极少有针对英美等英语国家的汉学家对中国当代特别是中国当代文学的英译活动从宏观与微观两个层面进行系统研究的。

中国文学英译研究的论文数量庞大，主题多样，但相比较来说，微观研究占主体。中国现当代文学英译研究包括对整体的宏观把握以及对特定作家和作品的具体分析。根据对中国知网的统计，宏观上研究中国文学英译及中国文化"走出去"的论文已经超过 1000 篇。从时间上看，2000 年以前的仅有 1 篇，为梁丽芳 1994 年发表的《海外中国当代文学的英译选本》，对英译的中国当代小说选本做了概述。2000年到 2010 年也只有 10 多篇论文，其余的都发表于 2010 年以后。可见国内对中国文学英译的研究是近年才逐渐热起来的。

这些年来，国内研究中国文学英译的文章并不少，但大都集中于对中国单个作家作品的英译研究，而重心在译作，不在汉学家，很少有人探讨汉学家们的成长历程、求学历程及其中国文学英译策略、理念等问题。截至 2020 年，对莫言作品英译研究的论文数量最多，随便一检索就能找到 100 多篇。接下来，数量多的是对鲁迅作品英译研究的文章，然后是对贾平凹、老舍、茅盾、余华、萧红、王安忆、毕飞宇、苏童和姜戎的作品进行英译研究的论文较为集中。学者们主要围绕中国文学英译的现状、挑战与机遇以及"谁来译""译什么""如何译"等问题展开研究，而对中国现当代小说在英语世界的传播效果和接受度的研究则较少，对汉学家们在我国文学外译方面的活动和贡献也缺乏梳理、评述和总结。另外，对译者的生平、翻译作品的总体情况以及宏观的翻译策略，特别是这些翻译互动给我们的启示探讨则更少。

随着经济、政治力量的不断增强，中国在世界上的地位也显著提高，而中国文化也越来越受到世界各地人们的关注。值得一提的是，海外的个别汉学家也对此做了一些研究，并出版了研究成果，主要有澳大利亚汉学家雷金庆的《中国当代（1945—1992）小说的翻译与批评》和杜博妮的《中国现当代文学作品翻译：官方操作与版权交易》等，均从宏观的角度对中国现当代文学作品的翻译市场进行了观照。中国文学特别是当代文学在国外研究的逐渐兴起离不开国外文学评论界与汉学家们的推介。宁明的《莫言研究书系：海外莫言研究》对此有过系统的评述和研究。国外的一些研究者大都不太懂中文，基本上都是将葛浩文的译本当作源文本，而且更少涉及翻译问题。这些文章的侧重点都不在汉学家的译介历程、译介策略和理念及其学术贡献等问题上，至于这些翻译活动给中国文学"走出去"带来的启示意义则更是鲜有问津。

（二）得到的启示

对汉学家们进行研究与介绍，其意义应该是毋庸置疑的。研究这些汉学家们的翻译活动，首先一点就是能够为我们的文学"走出去"指明方向和路径。中国与其他国家特别是西方国家文化差异巨大，思维方式迥异，意识形态不同，人生信仰有别，我们在译介时光是自说自话当然是难以被接受的。要想让外国人也就是目标语读者认可、接受、喜欢和吸收我国的文学文化，我们就要对他们的思维方式、认知模式、接受语境和阅读习惯等问题进行深入细致的实质性研究，以便采用相应的译介策略。而这些汉学家们对中国文学的成功英译就是鲜活的例子。同时，这也能更加激发汉学家们对中国文学的翻译热情，从而为中国文学"走出去"做出更大贡献。莫言成为有史以来首位获得诺贝尔文学奖的中国作家，整个世界都听到了他讲的"中国故事"，这就是对中国文化的传承和弘扬。我们当然要感谢那些汉学家,感谢他们出色的译介工作。世界各国读者有机会读到中国文学,了解中国故事,汉学家们当然功不可没。我们更注意到,在中国文学文化走向世界的过程中,目标语翻译家所起到的作用是至关重要的。中国文学"走出去"是实现中国梦的不可分割的一部分,是助推中国梦实现的重要一环,充分发挥具有独特优势的汉学家们的作用是十分必要的。

通过搜集和研究这些汉学家们的译介之路和译介理念,我们得出这样一些结论:(1)要向海外有效介绍中国文学,目标语国家译者非常重要,但由于中国在世界上的影响越来越大,源语国的译者也就是我们自己的专家学者和翻译家的相关工作也正在得到越来越多的认可。当然我们需要的是具有文化自觉、创作自觉和翻译自觉的专家学者和翻译家;同时,要做到与目标语国家的专家学者和翻译家的通力合作,因为目标语水平和思维方式往往决定着译作能走多远。(2)文学翻译不光是翻译问题,还与国家影响力、文化认同、思维方式及认知惯性有很大关系。认为只要把中国文化典籍和文学作品翻译成外文,中国文化和文学就能走出去,这是不切实际的。(3)优秀的翻译是中国文学走出去的助力,但选译对象更是中国文学要真正走出去的关键。劣材成不了精品,曲意逢迎西方人等目标语读者的作品更不是我们译介的对象。(4)翻译是一种跨文化的交际行为,要在跨文化和跨语际的框架中讨论文学翻译,重视翻译的可读性、可接受性、可传播性和影响性,同时还要考虑到政治因素和市场因素等非文学因素。(5)由于文化语境的差异和不可译现象的存在,译者有时不得不对原文进行"改头换面式"的处理。一些批评者认为这是对中国文化精髓的误读。面对英汉两种语言在语法结构、表达方式和思维习惯等方面的巨大差异,我们对译作的评判要摒弃单一的语言层面,而要从心理的、审美的、文化的因素来进行。(6)在文学作品外译中要注意市场因素和政治因素,也要照顾到翻译赞助人和译者的选择与培育。中国学者与西方汉学家应优势互补，精诚合作，以汉学家为翻译主力和传播中介，保证译品在目标语语境中的可接受性。

从事中国文学英译的汉学家们给我们的启示是多方面的。

首先，要摒弃单纯的文学思维。纯文学思维不仅在许多翻译学者中存在，在文学学者、新闻记者和有关工作人员中也普遍存在，但要匡正这一思维方式十分困难。具体而言，这种思维表现为四种形式：(1)过分强调文学作品的"质量"，认为中国文学"走出去"情况之所以不理想，就是因为中国文学的总体质量还不高，其中又特别表现在思想性方面。(2)单纯强调译作"质量"和译者，认为中国文学在西方的接受之所以不理想，原因就在于译文的质量不高，而那些在西方取得成功的作品，则主要是因为选对了译者，没有意识到译作能否流行，能否产生广泛影响，文本外的因素也至关重要。(3)片面强调译作接受过程中的文学因素，过高估计目标语读者的文学趣味在作品传播中的作用。(4)忽略或否定译本的政治经济因素，没有注意到世界文学体系的不平等性、文学的自治程度和世界文学空间中普适性与本土性之间的张力等问题，仍然在文学这个小圈子里打转。

其次，要厘清单纯文学思维的弊端。具体而言，这些弊端表现为：(1)文学作品的质量并无绝对标准，麦家等作家的通俗作品在英国很受读者欢迎就说明了这个问题。(2)译作质量高低也没有绝对标准。近年来学术界提出的一些翻译质量评估（translation quality assessment）方法，虽然克服了传统标准的一些缺陷，但也只适用于某些非文学翻译，对于文学翻译并不适用。(3)目标语读者的文学趣味未必有那么重要，适时适当地引导其阅读也是非常必要的。就中国文学英译而言，有两类读者值得注意，一类将译作当作社会文献来读，希望从中了解中国，另一类则完全抱着猎奇的心态来读，想从中体验东方的神秘。这两类读者阅读中国文学，都不是出于纯粹的文学审美考虑。(4)尽管目前英语世界处于世界文学空间的中心，对来自其他文化的文学不太重视,但仍然有一些国家的文学作品在英美成为畅销书。

再次,要重视政治因素,加强政治思维。我们应该认识到下列问题:(1)翻译本身就是一种政治行为。从分析中可以看出,翻译,尤其是文学翻译,历来都是一种充满政治意味的文化行为,政治因素贯穿于翻译行为的全过程。(2)中国文学外译过程中同样不能避免政治因素,而具有政治因素在世界文学的翻译中历来就是正当的和必不可少的。葛浩文等汉学家的文本选择表面上遵循的是市场运行规则,似乎是"脱政治的"(apolitical),但在本质上仍然是一种意识形态的诉求。至于一般的读者,甚至是出版界,就更多的是这种情况。因此,要认清政治因素的正当性与必要性,这样才能揭示西方在接受中国文学过程中的政治偏见,充分利用各种政治资源,提高中国文学"走出去"的效率。(3)勇敢承认政府在文学外译中的作用。政府支持已是各国文学"走出去"的普遍做法,中国为什么不可以?美国政府可以把文学作为文化外交的工具,中国政府为什么不可以?同时,我们也可以提醒西方人士,让他们认识到自己在文学接受中的政治偏见,从而为中国文学"走出去"和真正的世界文学格局的形成去营造一个相对有利的政治环境。

又次,要注重市场因素,培养市场思维。我们应该认识到下面的问题:(1)目标语翻译家和出版商大都重视目标市场。从英美这些专门从事中国文学英译的翻译家所译介的作品来看,他们对目标市场的考察都下了很大功夫,他们的译作在英语世界的畅行与市场因素显然密不可分。由此看出,中国文学"走出去"需要重点考虑的另一个因素是市场。随着翻译商业化和产业化的不断深入,在应用翻译领域,市场已成为首要考虑的因素。(2)国内出版机构在引进图书上大都有着强烈的市场意识,从国内出版的翻译图书来看,不做赔本买卖是共识。因此,其他国家的出版机构译介我国的文学作品当然更是如此考量。(3)市场运作很重要。不要对市场运作抱有成见,不能从本质上忽视市场的作用。如果有更多的国内出版社,能够像推销《狼图腾》和《解密》这样对外推销文学作品,中国文学"走出去"的日子就不远了。(4)对通俗文学作品要有足够重视。麦家等中国作家的作品在西方的走俏很好地说明了这一点。

最后,我们还要认识到,无论是文化势差、民族心理和文化心态,还是所谓精英主义态度和学院做派,它们合力促成了以英、美为代表的英语世界对于翻译及翻译作品的事实性歧视。在当下的多元文化语境中,中国文学的海外传播要实现实质性的跨越与突破,应该做到下面几点:(1)在汉学家们工作的基础上,我们还要建立以市场为主要导向的文学传播机制,同时与汉学资源相结合,着力培养我们自己的翻译专业人才队伍,建立健全选、编、译、校、用一体的翻译项目管理机制,建立健全文学代理人体系,建立健全职业出版经纪人制度,建立健全语言服务的政策保障机制。(2)有了汉学家们的助力,我们还要考虑其翻译作品的有效传播问题。中国文学的海外传播不能无视当下数字技术的快速发展以及翻译市场和语言服务行业的急速变化,在译介模式的探索方面,需要兼顾互联网时代的传播特点以及译者翻译模式和读者阅读方式的新变化与新特点,立体地推动中国文学作品的对外译介以及中国文化的海外传播。(3)在翻译选材方面,则应当具有更宽阔的文学视野,同时兼顾市场特点,适当减少官方色彩,但可以充分体现分类、分级的选材与审查机制。(4)尊重目标读者的接受习惯,同时充分考虑译入语文化语境文学市场的接受能力。无论是传播机制还是翻译选材,都应该尊重市场机制和目标读者,实施多元并举的立体推进模式,从而实质性地提升中华文化的实际传播力与国际影响力。(5)尽管是"走出去",但我们的外译工作还是要以我为中心,为我服务,而不是迷失自己,委曲求全,唯他人的喜好和价值观马首是瞻。事实上,越是没有自己的特色,你的文学就越是走不出去。

（三）注意的问题

这些年来，我们的翻译事业有了长足的进步，不论是译介活动、翻译研究还是翻译教学，成绩都相当显著。但我们也同时发现了这样的情况，那就是：我们一味地外译中，却殊少中译外；一心做国外学者的翻译研究和教学，却较少对国内翻译名家的翻译实践做学理上的梳理和诠解；一心研究如何重视国外特别是西方的文学文化，如何在译进时要忠实外来文本，如何在译出时要尽量考虑目标语读者的接受习惯和思维方式。

中国文化典籍不仅承载着中国的思想、文化，更承载着中国的文艺、美学、价值观和世界观。因此，文化典籍的翻译在内容和形式上重视源语文本是第一要务。这些年来，我们在文化外译时较少注意到我们翻译活动的重心早已出了问题，一定程度上已经失去了自我，失去了文化自觉，甚至忘记了守土有责的起码担当。

这表现在几个方面。一是文本选择的不自觉和不接地气。只要是国外认为好的、获奖的作品，我们大都依样引进。二是翻译中的双重标准，也就是说许多译者在对待英译汉和汉译英时采用截然不同的标准。在英译汉中主张尽量以原作为基础，认为汉语可以包容和接受英美文化。而在汉译英中，则主张以译入语为主，用译入语来表达源语言，从而避免文化冲突。三是受众意识的双重标准。由于西方文化的浸入和西方价值观的影响，中国许多译者过度倾向于西方价值观，过于认同西方文化，认为让外国观众、读者接受和理解是头等大事，而将英语文学译入时则较少考虑中国读者。这点从探讨受众意识的论文的重心和数量上就可看出，讨论中国读者的受众意识时往往是一笔带过。

此外，对本民族文化的不自知和不自觉也会直接影响学者对本民族文献和研究资料的不自信,也就很难提出本民族特有的理论和理念。许多学者对西方的各种学说达到顶礼膜拜的地步,其翻译行为不是主动的文化传递,而是成了简单的传声筒,成了"奴译"或曰"仆从译"。从这点来说,当年梁启超等先辈们为了社会改良的目的所采取的以实用和需要为目的随心所欲的翻译方法,也就是后人名之为"豪杰译",还是有一定的合理性的,同时我们也可以把赵彦春式对《三字经》《千字文》等传统文化的逐字逐句"硬译"的做法称为"豪杰译"。

(四)得出的结论

由此不难看出,中国文学要实现"走出去",是要首先考虑让优秀的文学作品优先"走出去",但绝不是要改头换面,要曲意逢迎,要削足适履,要委曲求全,要适合西方人的价值观,等等。中国文化"走出去"绝不是卑躬屈膝地仰人鼻息,绝不是唯西人外人之马首是瞻。我们首务必要推出那些有文化自觉和创作自觉的优秀的民族文学作品。

可以说,正是葛浩文等汉学家的"信"在很大程度上成就了有文化自信和创作自觉的莫言等中国作家,使他们的作品成功地走向英语世界乃至西方世界。但这给我们的又一重要启示是,从翻译到创作再到批评都应多几分文化上的自信和自觉,都应该有起码的文化担当和家国情怀。我们研究、关注这些英语汉学家,正是希望起到上述作用,认识到这些问题。

本书在绪言部分从四个方面对中国文学英译研究做了现状透视。主体部分分别对中国古代诗文、中国古代短篇小说、中国古代章回小说、中国古代史传文学、中国古代戏剧及说唱文学在英语世界的有效传播进行了追踪。在结语部分,本书结合汉学家中国文学英译的经验,提出翻译活动要有文化自觉。书中的汉学家是按照出生的先后排列顺序的。

中国文学外译是个非常复杂的问题，也是非常值得研究的课题，而汉学家们的中国文学的译介工作为我们反观文化走出去提供了参照。本书的研究对象是 25 位在中国文学英译中做出重要贡献的汉学家，重点研究其成长背景、汉学生涯、英译历程、移译理念、价值认同、相关影响及存在问题，为跨文化跨学科背景下的翻译研究和翻译学科的建立提供理论参照和实践样例，也为讲好中国故事、实现文明互鉴略尽绵薄。

第一章 汉学家与中国古代诗文的英语传播

"总观全体，西诗以直率胜，中诗以委婉胜；西诗以深刻胜，中诗以微妙胜；西诗以铺陈胜，中诗以简隽胜。"①朱光潜先生的真知灼见不仅点出中西诗学的巨大差异，更道尽汉诗英译个中辛酸。中国古典诗词的英译往往失"味"。这"味"，不仅弥漫于古诗词的音、形、意，"氤氲"在古诗词的景、情、境，更浸润着博大精深的中国哲学思想，裹挟着千年的历史文化风霜。从汉诗移译到英诗，跨越的是从艺术技巧、文学理念到情怀哲思的整个宇宙，雅擅此道者当兼具"诗人"和"研究者"的双重品质。

本章所涉汉诗英译之大家皆为得"道"中人：刘若愚洋为中用，以中律西；康达维寄情辞赋，情韵兼修；赤松取法禅宗，一片冰心；宇文所安黄唐在独，落落玄宗；而亨顿则从古代山水诗中提炼出启示现代文明的生态智慧，标举起独树一帜的翻译"荒野诗学观"。

作为研究者，他们走入历史深处考镜源流，从汇通中西方哲学精神入手，于根底处把握汉诗的脉搏与律动。作为诗人，他们挥洒才情，以另一种言说方式再现诗家意趣与性灵。其译作在意象的对接与再造、格律的模仿与超越、意境的铺设与提升上，道器共举，归异并用，使得译诗既拥有英诗的样貌，又具备汉诗的腠理，以文化摆渡者的强势姿态有力推动了中国古典诗词的世界经典化进程。

---

① 朱光潜：《诗论》，北京：北京出版社，2005 年，第 88 页。

相见时难别亦难，东风无力百花残。

春蚕到死丝方尽，蜡炬成灰泪始干。

——李商隐《无题》

It is hard to meet and also hard to part; The east wind is powerless as all the flowers wither.

The spring silkworm's thread will only and when death comes; The candle will not dry its tears until it turns to ashes.

—"Without Title", trans. by James J. Y. Liu

一 门前幸有东流水
在涧出山总是清
——美国汉学家刘若愚译晚唐

美国汉学家

刘 若 愚
James J. Y. Liu
1926-1986

生于东方，学在西方，名满天下，贯通中西。这是对美籍华裔汉学家、评论家、作家和翻译家刘若愚（James J. Y. Liu，1926—1986)的最好评价。作为一位华人，他以 8 部英文专著、50 余篇论文成就了自身的地位，与美国东海岸哥伦比亚大学的夏志清并称"东夏西刘"。夏志清在悼文中称刘若愚为"语际的批评家"。刘若愚先后探索了中西方戏剧比较、中国诗学、中国侠客文化、晚唐诗家、北宋词家等多个学术研究领域，著述颇丰，在我国传统文论和欧美文论比较方面也成就斐然。

刘若愚不仅是一位学者，也是一位诗人和翻译家。作为以英文著书立说，传播中国文化的学者，首要的难题就是语言。思想寄寓于语言之中，要想将思想跨越文化的隔阂，就必须找到恰如其分的翻译手段。学贯中西，同时自己也谙熟文学创作的刘若愚显然能够胜任这一工作。

按：该标题系刘若愚晚年诗作。刘若愚巧用杜甫"在山泉水清，出山泉水浊"句，可谓其转徙天涯、流寓美欧的总结。

（一）自东向西，四海求索

刘若愚，字君智，笔名有二残等，出生于北平的一个书香世家。父亲名为刘幼新，是一位精通中英文的知识分子，同时也参与过一些短篇小说和侦探小说的翻译工作。早在1914年，刘幼新就翻译了英国作家加仑·汤姆的《侠女破奸记》，1924年，又编辑了《奇婚记》，可谓中国翻译历程中早期的拓荒者。刘若愚的母亲，据称是北宋词家二晏之后的晏氏，时常教授他阅读四书五经等儒家经典和唐诗宋词，这为他日后研究中国古典诗文奠定了坚实的基础。在7岁之时，刘若愚写出了他的第一首绝句，从此毕生沉醉于中国古典诗词之中，创作颇丰。

刘若愚早年就学于新式小学，获得了国际水平的教育，并很快具备了流利的英语表达水平，为他日后西方求学和以英语著书立说都打下了坚实的基础。中学毕业后，他考入了北京辅仁大学的西语系学习。辅仁大学的教学中西并重，混杂的教学环境为刘若愚日后沟通中西的学术努力建构了极具包容性的知识系统。值得一提的是，在此期间，刘若愚第一次开始了翻译历程。他在大学时就发表了艾略特早期的一首诗歌、王尔德的一篇童话以及曼斯菲尔德的一篇短篇故事的翻译。

大学毕业后，刘若愚于1948年进入清华大学，开始学术研究。在英国评论家燕卜荪的引领下，他努力学习英国文学，着力探寻莎士比亚、乔叟、多恩以及英国现代诗歌，并细致研读了燕卜荪的著作《含混的七种类型》。1949年，凭借一笔英国国会奖学金，刘若愚前往英国布里斯多大学，开启了留学生涯，自此开始了飘游四海的旅程。第一站即为英国。在约瑟夫教授的指导下，刘若愚撰写了研究马洛的硕士学位论文。而后，经导师安排，他又得以到牛津大学沃德姆学院学习，并得到了名教授鲍勒的帮助。鲍勒的独特性在于，尽管是一位英国教授，却在中国出生，并对中国的比较诗学研究建树颇丰。在这位教授的指点下，刘若愚逐渐重新将视角投向东方。此时刘若愚主要着眼于中西戏剧比较研究。他先后撰写了《伊丽莎白时代与元代某些戏剧程式的简要比较》("Elizabethan and Yuan, a Brief Comparison of Some Conventions in Poetic Drama")、《风月锦囊：一个西班牙王室图书馆保存的元代和明代剧本》("The Feng-Yueh Chin-Nang: A Collection of Yuan and Ming Plays and Lyrics Preserved in the Royal Library of San Lorenzo, Escorial, Spain")等论文，还发表了一些中国诗歌的翻译与莎士比亚、马洛的作品笔记。在荣获硕士学位后，他在伦敦大学亚非学院担任了五年的中文教师。这一阶段的异乡求学和工作生涯，为刘若愚建立了广阔的比较视野，也建立了自己的知识系统。

其间，刘若愚不只是埋首书本，也开始翻译和创作，其中包括一些白话诗歌的发表，以及一些中国古典诗歌的翻译。这些是为日后的翻译实践"练手"，也为日后长期的学术、翻译工作做了足够的储备。

（二）自西向东，异乡译介

1956 年，刘若愚来到中国香港，先就职于香港大学，而后又任教于钱穆所创办的新亚书院。在香港任教的五年间，刘若愚发表了大量自己创作的中国古典诗歌、中国白话诗歌和英语诗歌。在学术方面，刘若愚在香港大学的《东方文化》杂志上发表英文论文《中国诗之三境界》，在新亚书院学术年刊上发表《论伊丽莎白戏剧之思想与文学背景》和《英诗中之意象》，在香港大学 50 周年纪念学术研讨会上发表中文论文《清代诗学论要》。

1961 年，刘若愚来到美国夏威夷大学任教。这是刘若愚一生的转折点，从此时起，他正式踏上了美国的国土。此后，刘若愚先后任教于匹兹堡大学和芝加哥大学，开始了他作为美国汉学家的人生漫长旅程。而刘若愚也正是在异乡求职的孤独和漂泊中，在西方土地上回望东方，重新自西向东，走上了传播和译介中华文化的旅程。

1962 年，刘若愚的第一部英文著作《中国诗学》(*The Art of Chinese Poetry*)在英国和美国同时出版。这是一部从西方学术理论观念出发，对中国传统的文学理论进行整合和条理化的作品。他将中国传统诗学分为四种代表性的诗学观念，即道学主义诗观、个性主义诗

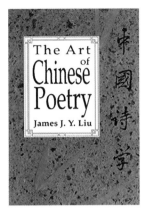

观、技巧主义诗观和妙悟主义诗观。所谓"道学"源于儒家思想。儒家认为"诗是一种道德教训……诗的功用也包含着对社会和政治事件的'讽谏'"①。个性主义诗观则认为,诗是个人情感的表现。技巧主义诗观认为,诗歌主要是关乎书本的学问和纯粹是语言表现的巧妙。妙悟主义诗观则认为:"诗是诗人对这个世界和他自己的心灵之默察的具体表现。"②"妙悟主义者并不满足于表现自己的个性,而在追求传达对世界的洞察。"③

但更值得注意的是,在《中国诗学》中,刘若愚开辟了整整一章来探讨汉语问题。若非真正明悟汉语的特性,便无法深入中国诗学的内核。刘若愚反驳了西方学界将汉语仅仅定义为一种象形表意文字的误解,且梳理了西方学界对汉语中"字"和"词"混同的问题。他指出,"中国诗歌中汉字的象形性被扩大了,但其音响效果却被西方的翻译家和学生忽略了"④。通过对中国诗歌中平上去入的甄别,他指出了中国诗歌对于韵脚的重视。这些对中国语言问题的研究为其翻译具体文本提供了方法论。

为了给理论提供佐证,刘若愚在《中国诗学》中翻译了大量的中国诗歌。在诗歌的句式长短方面,刘若愚在翻译中尽量贴合原文,无论是诗的整齐划一,还是词的错落有致,刘若愚都尽量做到唯"中"是瞻。更特别的是,他仍然不放弃追逐中国诗歌在音韵方面的独特性。在《诗经》中《静女》一诗的翻译中,他用"waiting"和"pacing"对标"隅"和"踟"。在翻译《月下独酌》时,他根据原诗中"亲""影""饮"的韵脚,对

---

① 詹杭伦:《刘若愚:融合中西诗学之路》,北京:文津出版社,2005 年,第 64 页。

② 同上书,第 66 页。

③ 杜国清:《中国诗学》,台北:幼狮文化公司,1977 年,第 134 页。

④ 刘若愚:《中国诗学》,赵帆声、周领顺、王周若译,郑州:河南人民出版社,1990 年,第 22 页。

应"me""me"和"care-free"。在李商隐的《无题》一诗中,刘若愚更是挑战了更为复杂的押韵技巧。不仅是句末押韵,甚至连句中的押韵都被刘若愚巧妙处理。《无题》一诗第一句为"相见时难别亦难",其中的两个"难"字是重复字,亦是重复押韵,而刘若愚将该句译译作"Hard it is for us to meet and hard to go away"[①]。"meet"和"away"固然读音不同,但由于词语中有相同的元音构成,因而在整个句子的朗读时,无形中形成了押韵的效果,完美地实现了《无题》作为律诗复杂韵脚的处理。甚至连中国诗歌中最难翻译的"双声"和"叠韵"问题都被他创造性地解决了。杜甫《巴西驿亭观江涨,呈窦使君二首》中"漂泊"和"踌躇"的双声效果被"wandering"与"abroad","to"和"fro"表现。杜甫《喜达行在所三首》中的"茂树""连山"则以"misery"与"tree","chained"与"mountain"所表现。

1967 年,刘若愚来到了斯坦福大学工作,并呈上了著名的《中国之侠》(*The Chinese Knight-Errant*)一书,此书堪称"继《游侠列传》之后第一部综合研究中国历史和文学上的游侠的专著"[②]。在书中,刘若愚对作为文化符号的"游侠"形象,从历史和文学的不同角度进行了思考和探索。但全书最为重要的成就也许是短短的"knight-errant"一词。在 比 较 了 "cavalier""adventurer""soldier of fortune""underworld stalwarts"等词之后,刘若愚选择了以"knight-errant"作为"游侠"的英文译名。"knight"体现了游侠中的"侠"元素,表明了游侠所具备的对道德原则的恪守。而"errant"的后缀则体现了"游"的内涵,同时将东方的"knight"与西方的"knight"区别开来,表明了游侠对社会秩序的无视和破坏性。"knight-errant"一词言简意赅,为学术界和翻译界所普遍接受。《中国之侠》一书因此而成为中国游侠文化研究的重要成果。

1969 年,《李商隐的诗——中国 9 世纪的巴洛克诗人》(*The Poetry of Li Shang-yin*: *Ninth-Century Baroque Chinese Poet*,简称

---

① 刘若愚:《中国诗学》,赵帆声、周领顺、王周若译,郑州:河南人民出版社,1990 年,第 30 页。

② 刘若愚:《中国之侠》,周清霖、唐发铙译,上海:上海三联书店,1991 年,第 4 页。

《李商隐的诗》)得以出版。书中刘若愚第一次作为翻译家系统阐释了自己的翻译思想。李商隐诗歌之取字、编排、韵律、用典,都是极难翻译的。对于单个字词翻译来说,由于不可能在汉语与英语间直接找到简单对等关系,直译必然是最后选择。而对于逐字翻译问题,由于汉语词语的多样性,应当选取意思相近的英文词语来对应。

众所周知,意象是诗歌的关键,而李商隐的诗歌以丰富晦涩的意象而著称。如何处理诗歌中的意象问题,在刘若愚看来,如果诗歌中存在暗示的意象表达方式,就应当在翻译中保留暗示;如果暗示存在,就应当采纳一切方式将其呈现出来。

刘若愚提及了汉语和英语在语法上的差别问题。汉语不像英语那样明确地区分数量、性别等概念,并时常存在词类活用,而英语则更具有固定性。刘若愚在尽可能保证原文的简洁、具体的前提下,在译文中进行解释说明。为方便西方读者理解,他主张在翻译时应补充汉语诗歌写作中省略的动词和主语。

《李商隐的诗》的第二部分是 100 首诗的翻译和阐释。为了向西方读者传达李商隐诗歌之美,刘若愚尽可能广泛地选择文本,不仅包括了代表作,也收录了部分冷门作品,以求读者能从整体上认识李商隐。诗歌可分为三类,第一类如《锦瑟》等诗,主要为艰深晦涩、具有象征主义色彩的诗歌,包含了爱情诗及哲理诗。在译介中,刘若愚尽量避免把诗歌内容同具体的事件相对应,而是将其艺术思想与人类普遍具有的思想情感相联系。第二类诗主要是李商隐的个人遭遇诗,第三类诗则为咏史诗及其讽谏诗。

在具体文本的翻译上,刘若愚注重把握如下两个方面:

一方面,刘若愚尽可能地将中国古诗原汁原味地呈现给西方的读者。他注重汉语诗歌音韵之美的传达,尽量译出原诗一、二、四、六、八句尾字同韵的特点。在内容上,他尽量保留原诗的行文方式。如《嫦娥》一诗,其中"碧海青天夜夜心"一句,属于三个名词并列的形式,刘若愚将其译作"The green sea – the blue sky – her heart every night",将原文名词的并列形式保留了下来。而《锦瑟》一诗中,"一弦一柱思华年"一句被翻译为"Each string，each bridge，recall a youth year"①。通过连续两个"each"来翻译"一弦一柱"中的两个"一"字，既符合原句的内容，亦使音韵特色得以保留。

另一方面，刘若愚则尽可能尊重英语语言特色，尽可能降低国外读者阅读中国诗歌的障碍。首先，对于中国古诗中的一些名词，他尽可能以意思相近的西方名词加以替换。如《无题(凤尾香罗薄几重)》中，第一句为"凤尾香罗薄几重"，刘若愚将"凤尾"译为"Phoenix Tail"。其次，对于语法问题，刘若愚尽量使译文符合英文的语法要求。如"凤尾香罗薄几重"，刘若愚将其翻为："The fragrant silk，'Phoenix Tail'，lies in the folds；"②在具体的语句中，他翻转了原句先凤尾后香罗的语句顺序，使诗句更符合英文的行文方式。而对于在这首诗歌中缺失的主语，刘若愚也用"her""his"等词补充。最后，对具体字词的微小细节，刘若愚亦不忘加以补充，从而减少注释，以保证读者阅读的流畅。如《碧城三首》一诗中的重要符号"碧城"，刘若愚将其翻译成"Green Jade City"。"碧"一词本就有绿色玉石之意，因此在诗歌中必须在"jade"之前增加"green"一词以表现颜色的准确性。整体来说，《李商隐的诗》在翻译艺术中已经臻于化境，常给人妙手偶得之感。

《李商隐的诗》在第三部分对李商隐诗歌作了评价，并探讨了李商隐诗歌的域外接受问题。这一部分的立场仍然是《中国诗学》中"境界—语言"的分析方法。在诗歌境界的探索中，李商隐在复杂现实境界、内在、外在世界融合境界以及历史境界等方面都有非凡的成就，乃至会通了中国古典诗歌传统与西方文学传统。刘若愚将李商隐称为"巴洛克诗人"，既独到，又恰当。

《李商隐的诗——中国 9 世纪的巴洛克诗人》一经出版，其精湛的翻译艺术和鞭辟入里的解释与分析，就为学术界和西方读者所广泛称誉。

---

① James J. Y. Liu：*The Poetry of Li Shang-yin*：*Ninth-Century Baroque Chinese Poet*，Chicago：The University of Chicago Press，1969，p. 51.

② Ibid.，p. 83.

（三）融贯中西，会通古今

1969 年，刘若愚出任斯坦福大学亚洲语言系主任；1971 年，获得约翰·西蒙·古根汉研究基金支持。自此，刘若愚进入学术高峰期。1974 年，他的第四部英文著作《北宋主要词家》(*Major Lyricists of the Northern Sung*：*1960 - 1126 A. D.*)出版。该书延续了《中国诗学》《李商隐的诗——中国 9 世纪的巴洛克诗人》中对文章作品的"境界—语言"的基本评价立场，评述了晏殊等六位词人，从境界、

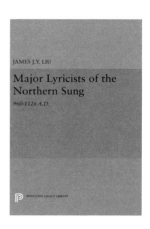

语言两个不同的角度进行了评述、分析和鉴赏，立场公允。刘若愚自此立足宏观，开始其建构学术大厦的历程。该著作作为普林斯顿大学出版社过往书单中的杰出绝版书籍，被归入普林斯顿遗产图书馆(Princeton Legacy Library)项目，于 2016 年再版。这一版本保留了原始文本，堪称丰富的学术遗产。

我们可以了解一下刘若愚最后十几年的学术成就：

1975 年	《中国的文学理论》(*Chinese Theories of Literature*)出版
1977 年	成为斯坦福大学中国文学与比较文学教授，也正在此时，他从"汉学家"向比较文学跨越
1978—1979 年	获得美国人文社会科学国家奖助金
1979 年	出版《中国文学艺术精华》(*Essentials of Chinese Literature Art*)并因此获得 1979 年的斯坦福大学院长杰出教学成就奖
1982 年	《中国古诗评析》(*The Interlingual Critic*：*Interpreting Chinese Poetry*)出版
1988 年	遗作《语言·悖论·诗学：一种中国观》(*The Interlingual Critic*：*Interpreting Chinese Poetry*)出版

可以看出，在这一时期，刘若愚主要有两个学术任务：一是总结此前对于中国文学的所有研究，完成个人的中国文学思想体系；二是立足于比较文学视野，努力成为一位"语际批评家"。

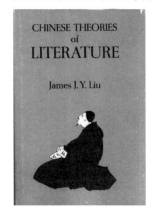

第一阶段最大的学术成就即为《中国的文学理论》。这部著作确定了刘若愚作为中国古代文学理论和比较文学研究权威学者的学术地位。书中，刘若愚借力于艾布拉姆斯（M. H. Abrams）的"文学四要素"理论，结合中国文学实际，建立了一整套中国文学理论认识体系。他列举了三条写作这本书的理由，其中最重要的一条是终极的目的在于通过描述各式各样从源远流长而基本上是独立发展的中国传统的文学思想中派生出来的文学理论，并进一步使它们与源于其他传统的理论的比较成为可能，从而对一个普遍性的世界性的文学理论的形成有所贡献。① 立足东方，一合世界，刘若愚的雄心何其宏大。

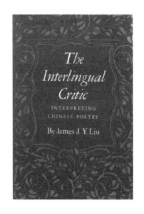

第二阶段的代表作则为《中国古诗评析》。在序言中，刘若愚宣称"本书包含争论、自传、文学理论、阅读现象学、翻译理论，诗论以及实用批评等内容"②，可谓包罗万象。借助这本书，他实现了从"汉学家"到"语际批评家"的跳跃。

全书除了引言和结语外，分为六章。第一章《四分环》主要延续了《中国的文学理论》中的"作品、作家、世界、读者"理论架构，为全

① 刘若愚:《中国的文学理论》，田守真、饶曙光译，成都:四川人民出版社，1987年，第3页。

② 刘若愚:《中国古诗评析》，王周若龄、周领顺译，郑州:河南大学出版社，1989年，第1页。

书批评观念的论述打下基础,同时也引述了其他学者的思想作为论证。第二章《批评家——读者》主要探讨作为读者的批评家定位问题。任何一个批评家都具有读者和作者的双重身份。第三章《批评家——译者》则认为优秀的翻译家应当是文学评论家和创作者的合体。"直译"和"意译"不是问题的关键,真正的问题在于将原作中独特的语言结构用另一种语言表达出来。第四章《批评家——解析者》则强调了批评家唯有采取超历史主义和跨文化主义,并寻找彼此文化中超越历史与文化区别的共性进行阐释,才能真正实现"语际的批评"。第五章《批评家——品评者》则认为,文学批评家必须具备甄别文学优劣的鉴赏力,但同时也可以保留自己对文学的个人喜好。"新颖"和"诚挚"则是鉴赏标准,前者侧重于创新,后者侧重于感染力。第六章《批评实验》则具体探讨了中国诗歌,并分析了其时间、空间和自我的相互关系,最终以探讨诗境为目的。

总的来说,《中国古诗评析》是刘若愚超越历史、文化,实现世界文学融合的努力。让作者、读者和理论家超越语言和民族的隔阂,实现中西文学理论的综合。刘若愚本人亦不愧"语际的批评家"之名。

20 世纪 70 年代末,随着改革开放的到来,刘若愚重新接触到了中国学术界。1979 年钱锺书应邀访美,并与刘若愚对谈。1982 年春,刘若愚回国访问。阔别 30 年后,终于回乡省亲,他感慨万千。1982 至 1983 年,后来担任中国比较文学学会会长的乐黛云在加州大学伯克利分校担任客座研究员时与刘若愚时有接触,并将其思想带回了国内学界。1983 年,第一次中美双边比较文学研讨会在北京召开,刘若愚在会议上做了题为《抒情诗必然是个人的吗?》的演讲。这次会议促使"中国比较文学学会"在 1985 年 10 月成立,作为参与者的刘若愚功不可没。

然而就在这个值得喜悦的时期,刘若愚本人的身体却每况愈下。但刘若愚的遗作,这部彻底打通中西文化的巨著《语言·悖论·诗学:一种中国观》的初稿,就在此时完成了。该经典著作同样被归入普林斯顿遗产图书馆项目于 2016 年再版。

在该书的绪论中,刘若愚确立了全书的主旨,即阐释一种言少而

意多的存在于中国诗学中的"悖论诗学"。第一章《语言悖论》提出了"语言悖论"的概念，即所谓高深的无形的思想与具体的语言表达之间的矛盾。第二章《诗学元悖论》引出了所谓无形的诗歌表达与有形的诗歌创作、诗歌评论之间的矛盾。第三章《悖论诗学》提出了解决这一悖论的方式，就是正式确立一种悖论诗学。中国历代诗人都有着近似的悖论诗学，即所谓"言有尽而意无穷"，讲求通过简洁、模糊、含蓄的方法，表达"言外之意"，"意外之趣"。第四章《阐释悖论》将阐释视为互相作用的语词、语义、指涉、意图四个递进的层次。通过对这四个层次的不同分析，刘若愚掌握了如何解读悖论诗学的窍门。第五章《个性与非个性》阐释了诗歌创作中的非个性因素。这部著作正是会通中西方哲学思想的结晶。

然而此时的刘若愚，病情已经在不断恶化。1986 年 3 月，被确诊为喉癌的刘若愚入住斯坦福大学医院接受治疗，两个多月以后，1986年 5 月 26 日，一代名家刘若愚与世长辞。

生于东方，学在西方，以至一贯中西。长达数十年的域外旅程中，刘若愚肩负着传播中华文化的重任，但他一直心怀中国，心怀中国文化，时刻铭记着中华文化的瑰丽之美。这些美，不但最终走出国门，也给了刘若愚无尽的精神慰藉。在逝世前的一首诗中，他曾这样写道：

> 未老谁能尽忘情，天涯梦里忆燕京。
> 门前幸有东流水，在涧出山总是清。

刘若愚主要汉学著译年表

1962	*The Art of Chinese Poetry*（《中国诗学》），London：The University of Chicago Press
1967	*The Chinese Knight Errant*（《中国之侠》），London：The University of Chicago Press
1969	*The Poetry of Li Shang-yin：Ninth-century Baroque Chinese Poet*（《李商隐的诗——9世纪中国巴洛克诗人》），Chicago：The University of Chicago Press
1974	*Major Lyricists of the Northern Sung*（《北宋主要词家》），Princeton：Princeton University Press
1975	*Chinese Theories of Literature*（《中国的文学理论》），Chicago：The University of Chicago Press
1979	*Essentials of Chinese Literature Art*（《中国文学艺术精华》），North Scituate：Duxbury Press
1982	*The Interlingual Critic：Interpreting Chinese Poetry*（《语际批评家：解读中国诗歌》），Bloomington：Indiana University Press
1988	*Language-Paradox-Poetics：A Chinese Perspective*（《语言·悖论·诗学：一种中国观》），Princeton：Princeton University Press

筑室种树，逍遥自得。池沼足以渔钓，春税足以代耕。灌园鬻蔬，供朝夕之膳；牧羊酤酪，俟伏腊之费。

——潘岳《闲居赋》

I have built a house and planted trees where I may roam and ramble in self-contentment. My ponds are sufficient for fishing, and the income from grain-husking can take the place of tilling the land. I water my garden, sell vegetables in order to supply food for my morning and evening meals. I raise goats and sell dairy products in order to anticipate the expense of the summer and water offerings.

—*Wen Xuan*, Vol. 3, trans. by David R. Knechtges

二 赋为文藻冠中冠
君是昭明身后身
——美国汉学家康达维译辞赋和《文选》

美国汉学家
康达维
David R. Knechtges
1942~

康达维（David R. Knechtges，音译为戴维·R. 耐奇，1942—　　）是美国汉学家、美国人文社科院院士。1968 年，康达维获得博士学位，此后相继任教于耶鲁大学、威斯康星大学和华盛顿大学，并致力于中国辞赋文学研究，在该领域的成就甚至"超越当代中、日有关专门学者"①。自 1981 年开始翻译《昭明文选》（简称《文选》）以来，他已出版了三册《文选》英译本，译本包括了《文选》中所有辞赋文学。时至今日，他的译本仍是辞赋文学研究最全面、最权威的参考资料。除了专注于中国辞赋文学的研究与翻译，康达维还主持《中华文明史》的译介工作。康达维针对辞赋文学进行的研究和译介活动客观上推动了该文学样式在西方世界的传播。2014 年，中国政府授予康达维"中华图书特殊贡献奖"和"国际汉学家翻译大雅奖"，正是为了肯定他做出的贡献。如今，已过古稀之年的他仍笔耕不辍，继续进行《文选》的译介工作。

按：康达维主要研究辞赋，译有全本《昭明文选》，故云。

① 蒋文燕：《研穷省细微　精神入画图——汉学家康达维访谈录》，《国际汉学》，2010年第 2 期，第 14 页。

（一）名师指引，结缘辞赋

1942年，康达维出生于美国西北部的蒙大拿州（Montana）。父亲是一名工人，母亲则是护士，整个家庭同汉学并无关联。生于这样一个普通的家庭，康达维能够走上辞赋研究道路，与德国汉学家卫德明（Hellmut Wilhelm，1905—1990）[①]的影响密不可分。

在高中时，康达维结识了卫德明。当时，康达维受母亲的影响，希望将来能够成为一名医生，因此他最初专注于化学和生物学。但在康达维2019年所作的选集自序中，他坦言"虽然我当时的兴趣主要在科学方面，但我真正喜爱的是语言和文学"[②]。这种"真正喜爱"等待着一个能够生长的契机，这一契机正是由卫德明带来的。在高中的最后一年，康达维选修了"远东史"课程。这门课程有两本指定读物，一本是老舍《骆驼祥子》的英译本，另一本是美国作家赛珍珠（Pearl S. Buck，1892—1973）[③]的《大地》（*The Good Earth*）。对这两本读物进行专题讲座的教授正是卫德明。在演讲中，卫德明并非只是单纯地进行故事情节梳理。他对两本著作进行了极具启发性的阐释，还阐明了故事所处的时代背景及译者的翻译策略。康达维深深折服于卫德明在讲座中所表现出的对文字的敏感性和鉴赏力。最让康达维震惊的是，为了配合西方读者的喜好，译者竟然将《骆驼祥子》的结局由悲转喜。讲座结束后，卫德明用高中生能够理解的语言回答了同学们提出的问题，这种博学儒雅的风度同样使康达维倾倒。在听过卫德明的讲座后，康达维开始重新考虑在大学中要研读的科目。尽管此时的康达

---

① 卫德明，生于山东青岛。在中国多年的生活经历使他接触到中国社会的方方面面，他还与胡适、沈从文等中国文人结下友谊。卫德明以对中国历史文学的研究著称，对《易经》的译介极大地提高了该书在西方世界的知名度。

② 康达维：《赋学与选学：康达维自选集》，南京：南京大学出版社，2019年，第9页。

③ 赛珍珠，美国作家，1938年获诺贝尔文学奖获得者。在中国生活近40年，深受中国文化的影响，创作了多部中国题材的作品，代表作有《大地》《牡丹》等。

维对中国只有模糊的印象，但他还是选择将中国的历史、语言和文学作为研究方向。

1960 年，康达维没有成为约翰斯·霍普金斯大学（Johns Hopkins University）化学系的学生，而是进入华盛顿大学（University of Washington）远东系学习。康达维深感自己对中国所知甚少，因此入学前两年并没有选修卫德明的课程，而是跟随其他老师学习了更为基础的中国文化知识。在大二时，他选修李方桂（Fang-Kuei Li，1902—1987）①的"中文速成班"，对中文进行了系统的学习，并掌握了中文的基础运用。康达维在严倚云（Isabella Yen，1921—1991）②的"高级中文"课程中阅读了《水浒传》和《红楼梦》等中国古代文学经典，这是他首次接触中国古典小说。严教授鞭辟入里的讲解激发了康达维对中国古典文学的兴趣。经过两年的积累，康达维在大学三年级时选修了卫德明的"中国历史"和"中国文学史"课程，正式跟随卫德明学习，这是两人第二次产生交集。

卫德明 1905 年在山东青岛出生，并在中国完成早期教育，于 1924 年回到德国。由于纳粹势力的扩张，卫德明于 1932 年重返中国，直到 1948 年才离开。在中国近 40 年的生活经验让卫德明对中国的理解具体而深刻。独特的个人经历，加之来自家庭的汉学积淀③，使卫德明课堂上所讲述的内容从不局限于课程本身，而是囊括了文学、哲学、历史和宗教等方面关于中国的研究。因此，卫德明的课程也就成了"名

---

① 李方桂是首位在国外系统修习语言学的中国人，精通多门外语。李方桂了解汉语发展流变历史，并在小语种研究方面获得了广泛的国际承认，被誉为"非汉语语言学之父"。

② 严倚云为严复长孙女。严倚云取得博士学位后就致力于中国文化西传，并尽其所能为中国留学生提供语言和生活上的帮助。

③ 卫德明的父亲卫礼贤（Richard Wilhelm，1873—1930）是最早将中国早期典籍译介到西方的汉学家，主要翻译了《易经》。卫德明的早期汉学研究正是从《易经》开始的。

副其实的汉学史"①。在卫德明的课堂上，康达维不但系统梳理了中国历史文化体系，还对汉学研究的历史和现状有了全面的认识，并且首次接触了辞赋文学。正是在"中国文学史"课程中，康达维读到了卫德明出版的《天、地、人——扬雄〈太玄经〉与〈周易〉比较》一书，从而知晓了辞赋大师扬雄的名号，为他日后的博士论文以扬雄为切入点埋下了伏笔。

卫德明广博的授课内容与他自由的教学风格相辅相成。这种自由体现在对学生积极性的调动上。他并不限定学生的必读书目，而是"每一次演讲前……把与这个话题相关的书目和文章写在黑板上，这些资料包括英文、法文、德文、中文和日文"②，以此促成学生的自主学习。学生则以这些信息为基础，去收集阅读自己感兴趣的资料。在卫德明的引导下，康达维接触到奥地利汉学家赞克（Erwin Von Zach，1872—1942）③所译的德文版《昭明文选》。在大学三年级的暑假，康达维全身心地投入德文版《文选》的阅读之中。数月辛勤过后，康达维既掌握了德语的基本运用，又对这本瑰丽的中国古代文学选集产生了极大的兴趣。正是这时打下的基础，促成了康达维日后英译《文选》的译介活动。毕业前夕，康达维曾与卫德明探讨将来的计划。在卫德明的建议下，康达维向哈佛大学的研究所提出申请，并很快得到批准。同时，康达维以优异的成绩获得了华盛顿大学奖学金的资助，因此在经济上也没有了后顾之忧。1964 年，康达维从华盛顿大学毕业，前往哈佛大学深造。

在哈佛大学期间，康达维继续学习中国历史和古代文学的相关知识。在学习中，他意识到"研究学问不是死读书，更不是向他人炫耀的

---

① 康达维：《华盛顿大学汉学研究与中国和欧洲的渊源》，《国际汉学》2011 年第 1 期，第 268 页。

② 同上。

③ 赞克，奥地利外交官、汉学家，曾任天津奥匈租界领事。他在对其他汉学家的研究翻译著作进行评论时表现出严苛的态度，翻译了李白、杜甫、韩愈的诗歌以及《昭明文选》。

工具;研究学问不是一朝一夕的工作,而是一生的事业"①。但由于哈佛大学中缺乏辞赋文学研究指导,在取得硕士学位后,康达维回到华盛顿大学,再次成为卫德明的学生。

博士生学习期间,在卫德明的指导下,康达维开始研读贾谊、司马相如、刘向、刘歆等人的辞赋作品,这使他对西汉辞赋发展有了深刻的理解。而对西方辞赋研究史的梳理让康达维能够清晰地了解欧美辞赋文学研究现状,并使他洞察到其中不足之处。同时,受卫德明"汉赋滥觞于修辞学"这一观念的影响,康达维跟随罗伯特·白英(Robert P. Payne,1911—1983)②学习"中世纪修辞学"和"中世纪文学"两门课程,并尝试将所学知识运用于辞赋研究。此外,李方桂教授的古音韵学知识让康达维能够精准把握辞赋文学的音韵特点。康达维在学习过程中所作的诸多努力最终凝结成他的博士学位论文——《扬雄、赋和汉代修辞》("Yangshong, the Fuh and Hann Rhetoric",1986)。在这篇论文中,康达维将历史学与语言学相结合,对扬雄的生平、辞赋作品和辞赋理论进行了全方位的梳理,实现了对扬雄辞赋创作的全方位总结。这篇文章充分证明了康达维作为辞赋研究者的突出能力,也让他真正踏上了辞赋研究的学术道路。青出于蓝而胜于蓝,卫德明将康达维带入辞赋研究之路,而康达维用行动证明了自己有能力在这条路上继续前行。自此以后,辞赋研究和译介成为康达维的终身事业。

(二)沉潜辞赋,成果丰硕

得益于对中国历史文化的系统学习,康达维注意到文本背后隐藏的文化现象。在辞赋研究中,康达维专注于文本,但又不为文本所束

---

① 蒋文燕:《研穷省细微 精神入画图——汉学家康达维访谈录》,《国际汉学》,2010年第2期,第15页。

② 罗伯特·白英,英裔美籍作家,第二次世界大战时来到中国。他一生所著大部分与中国有关,这些著作成为20世纪三四十年代世界通往东方的重要窗口。在西南联大期间,他与闻一多、冯至等人交往甚密,代表作有《重庆日记》。

缚。他将文本与具体时代背景相结合，以文本作为洞察特定历史文化的窗口。这种研究方法使他的论文实现了对中国文化的透视。

1980 年，康达维在《华裔学志》(*Monumenta Serica*)第 33 期上发表了《刘歆、扬雄关于〈方言〉的往来书信》("The Liu Hsin/Yang Siung Correspondence on the *Fangyen*")一文。在该文中，他翻译了刘歆、扬雄的两封书信，并借考察书信真伪一事对避讳习俗、作家创作风格进行了论述。1981 年，康达维在《哈佛亚洲研究学刊》(*Harvard Journal of Asiatic Studies*)第 41 期上发表了《司马相如的〈长门赋〉》("Ssu-ma Hsiang-ju's *Tall Gate Palace Rhapsody*")一文，文中的论述展现出作者扎实的音韵学功底。在发表于 1982 年的论文《道德之旅——论张衡的〈思玄赋〉》("A Journey to Morality：Chang Heng's *The Rhapsody on Pondering the Mystery*")中，康达维阐释了"玄"对张衡乃至中国文人精神理想的影响。1986 年，康达维的论文《文宴：早期中国文学中的食物》("A Literary Feast：Food in Early Chinese Literature")在《美国东方学会会刊》(*Journal of the American Oriental Society*)①第 106 期上发表。在这篇论文中，康达维陈列了从先秦到魏晋时期文学作品中出现食物的例子，以此阐明"食物的调味作为清明的政治"这一暗喻。康达维在 1992 年所作的《文学皇帝：汉武帝》("The Literary Emperor：The Case of Emperor Wu of the Former Han")中指出，汉武帝的文学兴趣对汉赋的发展产生了促进作用，并将汉武帝称为"诗人皇帝"。1997 年，康达维将先前讲座内容整理成文，以《渐至佳境——中世纪初的中国饮食》("Gradually Entering the Realm of Delight：Food and Drink in Early Medieval China")之名发表于《美国东方学会会刊》第 117 期。康达维在该文中

---

① 美国东方学会会刊是美国东方学会出版的学术杂志。其学术文章涉及中国的语言、文学、历史、思想、宗教等传统汉学主题。学者孟庆波 2014 年撰文统计，从 1843 年至 2012 年共刊登了 208 篇汉语研究的论文及书评，是研究美国汉学的标准样本。参见孟庆波：《〈美国东方学会会刊〉中的汉语研究》(1843—2012)，《古汉语研究》，2014 年第 2 期，第 82 页。

叙述了早期中国人食用的主食、蔬菜和肉类,并认为烹饪在中国是一门"艺术"。英国阿什盖特出版社(Ashgate Press)于 2002 年将上述论文同其他文化论文共 15 篇结集成书,以《古代中国早期的宫廷文化与文学》(*Court Culture and Literature in Early China*)为名出版。该书集中体现了康达维对中国文化的思考,有助于西方世界了解中国文化。

除了文化论文,通过对西方学者辞赋研究和自身翻译实践的反思,康达维也产出了一系列优秀成果。2005 年,康达维以中文发表《玫瑰还是美玉——中国中古文学翻译中的一些问题》一文。在这篇文章中,康达维对"意译"的翻译方法表示怀疑,并证明将"汤饼"译为"soup and dumplings"的译法是错误的,以此说明逐字对应翻译的重要性。2007 年,康达维在"中国中古时代的游观"国际讨论会上宣读了《中国中古文人的山岳游观——以谢灵运〈山居赋〉为主的讨论》["How to View a Mountain in Medieval(and Pre-medieval)China"]一文。康达维以《山居赋》为切入点阐明谢灵运的文学理想和政治抱负,并在此基础上透视了中国文人的文化态度。作为《中国中古文人的山岳游观》的姊妹篇,《中国中古早期庄园文化——以谢灵运〈山居赋〉为主的探讨》则聚焦于中国古代庄园的发展演变史。2008 年,康达维在北京大学国学研究院做了名为"应璩的诗歌"(The Poems of Ying Qu)的演讲,演讲稿后被整理为论文《选集的缺憾:以应璩诗为个案》。该论文围绕选集文体分类和选集在诗文流传中的作用展开。在刊登于《文史哲》2014 年第 6 期的《欧美赋学研究概观》中,康达维梳理了早期西方汉学家对辞赋文学研究做出的贡献,也指出了早期辞赋研究者认识中的谬误,如翟理斯称司马相如"是浪荡子弟,年轻的时候与寡妇私奔。因诗文成名,后被皇帝召到朝廷任命为高官。即便如此,他的文章也没有流传下来"[1]。这种基本常识的缺失影响了汉学家对辞赋作者的态度,因此间接降低了译文的准确性。《玫瑰还是美玉——中国

---

[1] Herbert Giles: *A History of Chinese Literature*. London: William Heinemann, 1901, p. 97.

古文学翻译中的一些问题》一文收录进《中国中古文学论文集》,上述其他论文收录于南京大学出版社 2019 年出版的《康达维自选集:赋学与选学》。这类论文向中国学术界展示了西方学者的研究思路,促进了中西辞赋研究界的良性互动。

随着对辞赋研究的深入,康达维对"赋"的英文译名的思考也越发成熟。最初,"赋"大多被译为"rhyme prose""prose poetry""poetical description""verse essay"等名称。这些译名是诸多译者以西方文学传统观照中国古代独特文学形式的产物,"对于那些将所有作品分为有韵和无韵两类的评论家,赋是韵文;对于那些将规律的韵式结构作为判断标准的评论家,赋是散文"①。这些译名将"赋"同"诗歌""散文"这两种文学形式混杂起来,因此模糊了"赋"自身所具有的文体特点,使辞赋沦为诗歌和散文的附庸,不利于人们客观全面地认识和了解辞赋文学。康达维并不赞同这类译名,他在翻译前期用"rhapsody"一词来对应"赋"。"rhapsody"一词是指吟唱《荷马史诗》的吟游诗人,后也指宫廷作家的即兴朗诵。赋固然不能等同于史诗,但辞赋作品内的瑰丽铺陈、玄思奇想与史诗中时常出现的迷狂情绪和壮观景象有颇多相同之处。有批评以"史诗在吟诵过程中就为听众明了,而赋这种博杂的中国文学样式绝不可能单靠聆听来理解"②等理由反对这种译名。但康达维所选用的定名方法不再拘泥于诗歌和散文之间,而是聚焦于作品内部的艺术特征。用"rhapsody"来对应"赋",虽未能做到天衣无缝,但更容易让西方读者把握辞赋文学的基本风格,着实是一种进步。现如今,康达维也放弃了"rhapsody"这一翻译,而主张直接用其音译"Fu"进行表达,"因为我觉得应该让那些研究欧洲文学的、美国

①　Achilles Fang:"Rhyme Prose on Literature:The Wen-fu of Lu Chi(A.D. 261 - 303)," *Harvard Journal of Asian Studies*,Vol. 14,1951,p. 546.

②　David R. Knechtges:"A Study of the Fu of Yang Hsiung(53 B.C. - A.D. 18)." *The Journal of Asian Studies*,Vol. 37,1977,p. 102.

文学的人知道'Fu'这个名词,所以我只用 Fu"①。"Fu"更好地将赋体文学同其他文学形式区别开来,保持了其独特的文化特点,这使得辞赋文学在传播过程中拥有了更鲜明的中国身份。这一系列转变表明康达维对辞赋文学的态度由最初的热爱,转化为对其独特性的尊重与认同。

(三)毕生心血,精译《文选》

康达维的辞赋研究成果让他广受赞誉,他在多所大学开展的讲座也极大地推动了中国文学与文化在美国学生群体中的传播。但纵观康达维的学术生涯,英译《昭明文选》一事应当是他最杰出、最辉煌的成就。

《昭明文选》又称《文选》,因编选领导者萧统死后谥号为"昭明",故在题目中有"昭明"二字。《文选》是中国最早的一部诗文总集,收录了自先秦到梁七八百年间共 130 余位作者的作品,诗文总数将近 800篇。在当时,西方译本只有奥地利汉学家赞克所译德语版,但该译本并非全译本,内容也缺乏相关注释。康达维在阅读过程中有感于资料匮乏,遂对《文选》译介一事产生兴趣。

1977 年,康达维获美国国家人文基金会(National Endowment for the Humanities)的资助而得以翻译《文选》。经过四年的前期准备,他于 1981 年正式进行翻译。后经 15 年耕耘,他完成对《文选》前 19 卷辞赋部分的翻译,并出版了《昭明文选(第一册:城邑之赋)》(*Wen Xuan or Selections of Refined Literature*, *Volume I*: *Rhapsodies on Metropolises and Capitals*, 1982)、《昭明文选(第二册:祭祀、畋猎、纪行、宫殿和江海之赋)》(*Wen Xuan or Selections of Refined Literature*, *Volume II*: *Rhapsodies on Sacrifices*, *Hunting*, *Travel*, *Sightseeing*, *Palaces and Halls*, *Rivers and Seas*, 1987)和

---

① 蒋文燕:《研究省细微 精神入画图——汉学家康达维访谈录》,《国际汉学》,2010 年第 2 期,第 16 页。

《昭明文选(第三册:自然风物、鸟兽、情感、悲叹、文学、音乐和激情之赋)》(*Wen Xuan or Selections of Refined Literature*，*Volume III*：*Rhapsodies on Natural Phenomena*，*Birds and Animals*，*Aspirations and Feelings*，*Sorrowful Laments*，*Literature*，*Music*，*and Passions*，1996)。虽然他戏称自己为"最慢翻译家"①，但在 15 年间,以一己之力翻译浩如烟海的中国古典文学作品并取得这样的成果,绝非进展缓慢,反倒是如有神助了。值得一提的是,在翻译《文选》的过程中,康达维从中国的张台平②教授那里获得了颇多帮助,两人最终喜结连理。而这套三卷本的英译《文选》也被作为经典译著归入普林斯顿遗产图书馆项目于 2016 年再版。

　　康达维的翻译信念是"执着于作品的原文和原意"③。他很认同纳博科夫所说的"最笨拙的逐字翻译胜过最漂亮的意译千百倍"④,如果翻译无法做到字斟句酌、一一对应,那么"无论是对英语读者还是对

① 康达维:《赋学与选学:康达维自选集》,南京:南京大学出版社,2019 年,第 205 页。

② 张台平,台湾东海大学比较文学硕士,华盛顿大学亚洲语言文学系博士,曾协助康达维翻译《文选》,并将他的多篇论文译为中文。

③ 康达维:《赋学与选学:康达维自选集》,南京:南京大学出版社,2019 年,第 207 页。

④ Vladimir Nabokov："Problems of Translation：Onegin in English，" *Partisan Review*，1955，Vol. 22，p. 127.

中国文学都是一种伤害"①。这种信念促成了《文选》英译本的精准翔实。

译文的精准翔实首先源于康达维对原文字义的准确把握。辞赋文学以铺陈著称，洋洋洒洒的文段中包含着诸多冷僻生奇的字词，中国人看到这些名称时都会一头雾水，遑论外国读者。康达维在处理这类字词时仍然采用直译的翻译方法。以西晋木华所作《海赋》中的"天纲渤㴉"为例，华兹生将其译为"The Heaven-appointed waterways swelled and overflowed"（天定的洪水，波涛汹涌泛滥）②，这句话虽流畅可读，但却与原文意义不符。"天纲"并非"上天降下"，而是"天的纲维"，即用以维系天体的绳索。原文译为白话也就应当是：洪水何其浩大，冲刷着维系天体的绳索以至于大量泡沫产生。因此，康达维所译的"the mainstays of heaven frothed and foamed"也就既忠实于文，又契合于意。

其次体现于对联绵词和叠韵词的翻译。对这类词，西汉刘勰在《文心雕龙》中就曾感叹"岂直才悬，抑亦字隐"③。辞赋作家为了张扬自身才华，在作品中大量使用这类词语，且用词越发冷僻，这着实给翻译工作带来极大的困难。出色的音韵学知识让康达维能够在翻译肇始就敏锐地察觉到这类词的"不可拆分性"。秉持这一观念，康达维能够以批判的眼光看待前辈学者"灵巧却不符合语言学规范"④的翻译实践。为了让西方读者能够更好领略辞赋文学的语音魅力，康达维在翻译过程中使用"双声或是对等的叠韵词"，并希望借此"实现汉语词汇原有发音的和谐效果"⑤。所谓双声，就是英诗创作中的"头韵"，即

① 赵敏俐、佐藤利行：《中国中古文学研究》，北京：学苑出版社，2005年，第37页。

② Burton Watson：*Chinese Rhyme-Prose*：*Poems in the Fu Form from the Han and Six Dynasties Periods*. New York：Columbia University Press，1971，p. 72.

③ 刘勰：《文心雕龙》，北京：中华书局，2017年，第442页。

④ 康达维：《汉代宫廷文学与文化之探微：康达维自选集》，苏瑞隆译，上海：上海译文出版社，2013年，第140页。

⑤ 同上书，第149页。

通过连用两个及以上首字母发音相同的单词来创造和谐音律美的语言技巧。落实在具体的翻译实践中,就是以压头韵和同义词重复的方式来模仿联绵词音韵;以"-ing"结尾的现在分词形式模仿复音词的压尾韵。郭璞的《江赋》中"漻淲淴泱,滺闪瀾沦。"一句被译为"Dashing and darting, scurrying and scudding, Swiftly streaking rapidly rushing",音韵和谐,使人敬服。

至于文中所出现的怪石、草木、鸟兽和花卉名称,康达维或是向《本草纲目》之类专著求教,或是于《左传》等典籍中探求它们最初的定义,以求得到切实准确的译名。康达维作为一名中国古典文学的异域翻译者,做到以上几点已属不易,但中文与英语终归是两种不同语言,二者在转化过程中语义上必然有所缺损。为了解决这一难题,康达维极度强调注释的重要性。《文选》近乎每行必有注,注释体量已大大超过了译文内容。在康达维看来,注释不仅是帮助理解的工具,而且是传播异域文化的桥梁。注释应当"注明文中相关的词句和语法、特殊词汇、同字异音现象、特殊读音、典故出处,辨明字义,同时讨论罕见词句的用法"①,以求最大限度地实现文化传播。"文学翻译除了需要译者对源语和目标语均应精通外,还要对两种语言文字、文化包括民族思维方式等方面的知识都十分熟稔"②,康达维显然做到了这一点。康达维所作的种种努力不仅让译文贴近原著,而且使他的作品保留了鲜明的"中国个性"。

在康达维辞赋文学翻译实践中所体现出的翻译观,无疑是"异化",即尽可能在译文中保持语源文化的特色。康达维认为,译者去讨好读者的行为并不明智,读者本身就处于熟悉语言文化的"谄媚"之中。因此,不如让读者体会异域风情,并引导他们接受原作的语言文化习惯,所以康达维力求做到"尽可能地保留或许会令读者惊讶的比喻说法,甚至是一些非同寻常的措辞用语"①。但这并不意味着减损辞赋作品本身的文学价值。字斟句酌的翻译使辞赋文学的铺陈性和形式美得以保留,从而使译文更具异域色彩。在这种翻译信念指导下所写就的译文,不只是可供专家学者研究的一手资料,也是可吸引大众品鉴的美文。正是由于具有上述特点,极富中国特色的译文才能引起读者的阅读兴趣,并更新他们的观点和知识。

(四)步入中国,译史华夏

由于不同时代的辞赋文学既具共性又各具特色,康达维曾动情地将赋称为"中国文学中的石楠花"。"原来的文体和早先的一些文体相配则产生了一种新文体……这是指西汉辞赋家创作出的新文体"赋"而言的;后来……有些作品不再以'赋'为题,但是基本上却具有'赋'的体裁本质"②。辞赋的发展历程同石楠花的繁育过程一样,成就自身,而后反哺其他文学形式。随着研究的深入,康达维不仅独赏一枝石楠花,还进入产出石楠花的土地,与中国学者一同研究。

1985 年,康达维通过书信与中国汉赋研究泰斗龚克昌取得联系,这是他同中国学术界的第一次接触。1986 年,康达维参加在汕头举办的"第一届国际韩愈学术研讨会",并提交论文《韩愈古赋考》。1988年,康达维赴长春参加"第一届文选学国际学术研讨会",并被长春师范学院聘为名誉教授。同年,他在龚克昌的邀请下前往山东大学讲学,并被聘为客座教授。1990 年,他参加山东大学举办的"国际赋学学术讨论会"并担任副主席。1997 年,康达维翻译龚克昌的《汉赋研究》,并由美国东方协会出版社出版。康达维的种种努力加速了中西在辞赋研究领域的知识交流,既扩大了辞赋研究在西方的影响,又给中国学术界带来了新的观点。随着一次次会议讲座的举办,康达维同中国

① 康达维:《赋学与选学:康达维自选集》,南京:南京大学出版社,2019 年,第 207 页。
② 康达维:《论赋体的源流》,《文史哲》,1988 年第 1 期,第 40 页。

学界的关系越发密切。

　　与中国日益频繁的接触,使康达维的译介实践也不再仅局限于辞赋文学。2012 年 4 月,由康达维主持、多名学者参与翻译的《中华文明史》由剑桥大学出版社正式出版,该书属于首批"中华文库"工程。这部耗时五年翻译完成的书于同年参加伦敦国际书展,海外声势颇盛。《中华文明史》是由袁行霈主编的、北京大学国学研究院组织撰写的一部多学科融合的学术著作。其内容之广涵盖了"遂古之初"到 1912 年中华民国成立时期的思想史、文化史、政治史和经济史等多方面内容。康达维的翻译信念仍体现在该书的翻译过程中。整个团队在进行翻译时,力求贴近中文原文。2007 年,在北京大学国学研究院举办的译稿讨论会上,袁行霈就充分肯定了译本在尊重原文文本、意愿方面所取得的成就。这套书大大扩充了西方世界的中国典籍,拓宽了了解中国的视野,让"中国形象"更加鲜明清晰。

　　康达维了解中国的愿望促成了他对中国文学的专注,他所做出的种种努力,一定程度上推动了东西方文化的交流互鉴。纵观康达维的学术生涯,自接触中国文化,到着手进行译介,他从未将中国文学视作"他者",而是深入其中,体察幽微。浸淫汉学数十载,用"仰之弥高,钻之弥坚"来形容他对中国知识的学习最为妥帖。如今他能取得如此高的成就,不仅由于他渊博的学识,还与他真正尊重、认同中华文明的文化态度密不可分。正因如此,2014 年 8 月 26 日,74 岁高龄的康达维先生荣获"中华图书特殊贡献奖",并来到北京接受国务院时任副总理刘延东的颁奖。该奖项的设立是为了奖励身在海外并为传播、推广中国文化做出特殊贡献的外籍翻译家、出版家和作家,莫言的"御用翻译"葛浩文(Howard Goldblatt,1939)就曾获此殊荣。同年 11 月 1 日,"国际汉学家翻译大雅奖"①又被康达维捧得。一年内两次荣获中国政府颁发的世界性奖项,足见中国政府对康达维所做贡献的承认与肯定,康达维也因此成为名副其实的中国文化西传者,成了"异邦的中国人"。

　　求学生涯中名师的指引和康达维自身的努力造就了他的成功,但

---

① 　同年获奖的还有北京大学的许渊冲。

他却很少提及自己的艰辛。在蒋文燕副教授对他的采访中,他"总是怀着最大的敬意谈起师长们的传奇经历"①,却未曾提到自己的辛劳。他从中国获取的不仅仅是知识,更有名为"谦逊"的中国智慧。"藏之名山,传之其人,通邑大都"的理想遥契于千年后的大洋彼岸,这或许是康达维偏爱司马迁《报任安书》的原因。"发愤著书"的精神也鼓舞了康达维的译介活动,使他在西方开拓一片新天地,让中国的"石楠花"在外邦土地上散发芬芳。如今,康达维赋闲在家,并着手完成《文选》未译部分的译介。在闲暇时,不知他是否会想起儿时想要成为音乐家或是医生的愿望,而后设想在另一条道路上自己的人生。但在汉学这一研究领域,他已走出一条属于自己的路,并继续前进,探求着前人未至的绝美风景。

---

① 蒋文燕:《研穷省细微 精神入画图——汉学家康达维访谈录》,《国际汉学》,2010年第 2 期,第 22 页。

康达维主要汉学著译年表

1968	*Two Studies on the Hanfu*（《两种汉赋研究》），Seattle：Far Eastern and Russian Institute，University of Washington
1971.	"Review：James I. Crump, trans. *Chan-Kuo Ts'e*"（《书评：柯迁儒的〈战国策〉研究》），*Harvard Journal of Asiatic Studies*，Vol. 31，pp. 333-336 "Wit，Humor，and Satire in Early Chinese Literature"（《中国早期文学中的机智、幽默与讽刺》），*Monumenta Serica*，Vol. 29，pp. 79-98 "*Seven Stimuli for the Prince*：The Mei Ch'i-Fa of Mei Ch'eng"（《对皇子的七种刺激：枚乘的〈七发〉》），*Monumenta Serica*，Vol. 29，pp. 99-116
1972	《扬雄〈羽猎赋〉的叙事、描写和修辞：汉赋的形式与功能研究》（"Narration，Description，and Rhetoric in Yang Shyong's *Yue-lieh-fuh*：An Essay in Form and Function in the Hann-fuh"），载《转变与恒久：中国历史与文化——萧公权先生纪念论文集》，香港：中国出版公司，第359-377页
1973	"Review：Henry W. Wells. *Traditional Chinese Humor*"（《书评：亨利·威尔斯的〈中国传统幽默〉》），*Journal of the American Oriental Society*，Vol. 93，No. 4，pp. 633-635
1974	"Review：Burton Watson，*Chinese Rhyme-Prose*"（《书评：华兹生的〈中国辞赋〉》），*Journal of the American Oriental Society*，Vol. 94，No. 2，pp. 218-219 "Review：Li Chi. *The Love of Nature*：*Hsu Hsia-k'o and His Early Travel*"（《书评：李齐的〈自然之爱：徐霞客及其早期漫游〉》），*Journal of the American Oriental Society*，Vol. 94，No. 2，pp. 219-220

1975	"Review：James J. Y. Liu，*Lyricists of the Northern Sung*，*A. D.* 960‑1126"（《书评：刘若愚的〈北宋主要词家〉》），*Journal of Asian Studies*，Vol. 34，No. 2，pp. 508-511
1976	*The Han Rhapsody*：*A Study of the Fu of Yang Hsiung*（53 *B. C.*-*A. D.* 18）（《汉赋：扬雄辞赋研究》），New York：Cambridge University Press
1978	《掀开酱瓴：对扬雄〈剧秦新美〉的文学剖析》（"Uncovering the Sauce Jar：A Literature Interpretation of Yang Hsiung's Chu Ch'in Mei Hsin"），载《古代中国：早期文明研究》（*Ancient China：Studies in Early Civilization*），香港：香港中文大学出版社，第 229-252 页
1979	"General Principles for a History of Chinese Literature"（《中国文学史的普遍准则》，与 Jerry Swanson 合著），*Chinese Literature：Essays，Articles，Reviews*，Vol. 1，pp. 49-53 "Wither the Asper"（《是否为送气音?》），*Chinese Literature：Essays，Articles，Reviews*，Vol. 1，No. 2，pp. 271-272
1980	"The Liu Hsin/Yang Hsiung Correspondence on the Fang Yen"（《刘歆与扬雄关于〈方言〉的通信》），*Monumenta Serica*，Vol. 33，pp. 309-325
1981	"Ssu-ma Hsiang-ju's *Tall Gate Palace Rhapsody*"（《司马相如的〈长门赋〉》），*Harvard Journal of Asiaic Studies*，Vol. 41，No. 1，pp. 47-64
1982	*Wen Xuan or Selections of Refined Literature，Volume I：Rhapsodieson Metropolises and Capitals*（《昭明文选（第一册：京都之赋）》），Princeton：Princeton University Press

	"A Journey to Morality: Chang Heng's *The Rhapsody on Pondering the Mystery*"（《道德之旅：论张衡的〈思玄赋〉》），in *Commemoration of the Golden Jubilee of the Fung Ping Shan Library*. Hong Kong: Fung Ping Shan Library, pp. 162-182
	The Han shu Biography of Yang Hsiung（53 *B. C.- A. D.* 18）（《扬雄的〈汉书〉本传》，Tucson: Arizona State University Press
1983	"A Chinese Memoir of the University of Missouri, 1920-1923"（《一个中国人对密苏里大学的回忆，1920——1923》，with Lewis Saum），*Missouri Historical Review*，Vol. 77，No. 2，pp. 189-207
1986	"A Literary Feast: Food in Early Chinese Literature"（《文学的盛宴：早期中国文学中的食物》），*Journal of the American Oriental Society*，Vol. 106，No. 1，pp. 49-63
1987	"Notes on a Recent Handbook for Chinese Literature"（《评近期出版的一部中国文学辞典》，with Taiping Chang），*Journal of the American Oriental Society*，Vol. 107，No. 2，pp. 293-304
	Wen Xuan or Selections of Refined Literature，*Volume II*: *Rhapsodies on Sacrifices*，*Hunting*，*Travel*，*Sightseeing*，*Palaces and Halls*，*Rivers and Seas*（《昭明文选（第二册：祭祀、畋猎、纪行、宫殿、江海之赋)》），Princeton: Princeton University Press
1988	《论赋体的源流》，《文史哲》，第 1 期，第 40-45 页
1991	"Han and Six Dynasties Parallel Prose"（《汉魏六朝的骈文》），*Renditions*，No. 33/34，pp. 63-110
1992	"Hellmut Wilhelm, Memories and Bibliography"（《卫德明：回忆与书目》），*Oriens Extremus*，Vol. 35，No. 1/2，pp. 5-7
	《述行赋》，载《中国文学名篇鉴赏辞典》，济南：山东大学出版社，第 1736-1740 页

1994	《二十世纪欧美文选学研究》，《郑州大学学报》，第 1 期，第 54-57 页
1996	*Wen Xuan or Selections of Refined Literature*，*Volume III*：*Rhapsodies on Natural Phenomena*，*Birds and Animals*，*Aspirations and Feelings*，*Sorrowful Laments*，*Literature*，*Music*，*and Passions*（《昭明文选（第三册：物色、鸟兽、情志、哀伤、文学、音乐之赋）》），Princeton：Princeton University Press
1997	"Food and Drink in Medieval Chinese Literature"（《中国早期中古文学中的饮食》），*Journal of the American Oriental Society*，Vol. 117，No. 2，pp. 229-239 *Studies of Han Fu*（《汉赋研究》），New Haven：American Oriental Society Press 《班婕好诗和赋的考辨》，载《文选学新论》，郑州：中州古籍出版社，第 260-278 页
1998	《欧美文选学研究》，载《中外学者选学论述索引》，北京：中华书局，第 285-291 页
2000	"What's in the Title? 'Expressing My Feelings on Going from the Capital to Fengxian Prefecture：Five Hundred Characters' by Du Fu"（《题目的意义何在？杜甫的〈自京赴奉先县咏怀五百字〉之我见》），in *Ways with Words*：*Writing about Reading Texts from Early China*. Berkeley：University of California Press，pp. 149-159 "Questions About the Language of *Shengmin*"（《〈诗经·生民〉中的语言问题》），in *Ways with Words*：*Writing about Reading Texts from Early China*. Berkeley：University of California Press，pp. 14-24
2002	*Country Culture and Literature in Early China*（《早期中国宫廷文化与文学》），London：Ashgate Press

2005	《玫瑰还是美玉？中国中古文学翻译中的一些问题》，载《中国中古文学研究：中国中古（汉—唐）文学国际学术研讨会论文集》，北京：学苑出版社，第36-54页
2007	"K. C. Hsiao：Teacher，Scholar，and Poet"（《萧公权：师长、学者与诗人》），《萧公权学记》，台湾：台湾大学出版社，第187-248页
2010	*Ancient and Early Medieval Chinese Literature：A Reference Guide*（《古代及中古早期中国文学：参考手册》，with Tai-ping Chang），. Leiden：E. J. Brill
2012	*History of Chinese Civilization*（《中国文明史》），Cambridge：Cambridge University Press "Tuckahoe and Sesame，Wolfberries and Crysanthemums，Sweet-peel Orange and Pine Wines，Pork and Pasta：The Fu as a Source for Chinese Culinary History"（《茯苓与芝麻、枸杞与菊花、柑橘与松酒、猪肉与面食：辞赋作为中国饮食资料的来源》），*Journal of the Oriental Studies*，Vol. 45，No. 1/2，pp.1-26 "How to View a Mountain in Medieval China"（《如何审视中古时期中国的山》），*Hsiang Lectures on Chinese Poetry*，Vol. 6，pp. 1-56
2013	《刘歆〈遂初赋〉论略》，《中国诗歌传统及文本研究》，北京：中华书局，第195-225页 《汉代宫廷文学与文化之探微：康达维自选集》，上海：上海译文出版社
2014	《欧美赋学研究概观》，《文史哲》，第6期，第110-118，163-164页
2019	《赋学与选学：康达维自选集》，南京：南京师范大学出版社

一向寒山坐，淹留三十年。昨来访亲友，大半入黄泉。
渐减如残烛，长流似逝川。今朝对孤影，不觉泪双悬。

——释寒山《寒山子诗集》

Once I reached Cold Mountain，I stayed for thirty years

Recently visiting family and friends，most had left for the Yellow Springs

Slowly fading like a dying candle，or surging past like a flowing stream

Today facing my solitary shadow，suddenly both eyes filled with tears

—*The Collected Songs of Cold Mountain*，trans. by Bill Porter

三 大隐于市松下客
小隐于野文中魁
——美国汉学家赤松译寒山诗

美国汉学家
赤 松
Bill Porter
1943-

现代中国还有没有隐士？
一位美国人给出了肯定的答案，
他叫比尔·波特①（Bill Porter，
1943—　），中 文 名 为 赤 松。
1972 年，这位不通中文的美国青
年毅然决然地放弃了哥伦比亚
大学的博士学位，前往中国的台
湾地区修习中文和禅宗。他精
研佛法，翻译诗歌，是全世界首位将寒山诗全集译为英语的翻译家。
1983 年，《寒山歌诗集》（*The Collected Songs of Cold Mountain*）②的
出版奠定了其在寒山诗翻译领域内的地位。③ 在翻译过程中，赤松逐
渐对中国隐士萌生了兴趣，产生了去中国寻访隐士的念头。几经周
折，他成功了。他向世界宣告，中国隐士文化并未消亡，其著作《空谷

按：本文的资料大部分来源于笔者对赤松先生的采访。

① 比尔·波特，中文笔名赤松，英文笔名 Red Pine，下文皆称为赤松。他是美国著
名作家、翻译家和禅宗学者，曾翻译过多部中国古代诗歌和禅宗著作。

② Red Pine，Trans.，*The Collected Songs of Cold Mountain*. Port Townsend：
Copper Canyon Press，1983.

③ 国内寒山诗研究专家胡安江和周晓琳给了赤松极高的评价，在《寒山诗在美国的
传布与接受》一文中，周晓琳和胡安江认为"布莱思（R. H. Blyth）、斯奈德、赤松与
华生的寒山诗译使得寒山在近几十年名声大振"。（周晓琳、胡安江：《寒山诗在美
国的传布与接受》，《西南政法大学学报》2008 年第 2 期，第 128 页。）

幽兰——寻访中国现代隐士》①（Road to Heaven：Encounters with Chinese Hermits）一经出版，就在欧美国家掀起了一阵学习中国文化的高潮。《空谷幽兰》在国内也引起了巨大反响，人们开始关注隐士，寻觅传统文化，赤松具有传奇色彩的一生也渐渐为人所知。

（一）童年生朱门

1943年10月3日，在洛杉矶一座豪宅里，一个名叫比尔·波特的男孩出生了，他就是后来的著名汉学家赤松。在他之前，这名男孩的父母已经有了一个可爱迷人的女婴，赤松的出生让这个家庭变得更加完满。父母和用人们围绕着男婴，互相祝贺，满脸笑容。男孩的父亲更是喜不自禁，暗暗发誓：自己一定要给这个男孩最好的教育和物质条件，让他成长为一名伟大的人物，比如美国总统。不过如果这位父亲能预知未来，他就不会有这种想法了。

赤松出生后不久，他的弟弟也降临人间。即使有三个孩子，这座占地一个街区的豪宅也未免显得太大、太空旷了。父亲是大陆酒店（Continental Hotel System）的总裁，也是西美十一州的肯尼迪总统竞选委员会主席②，平常或勤于公务，或忙于政坛，很少回家，几个孩子和母亲相处较多。家里时常宾客盈门，来来往往的都是美国上流社会的人物，比如约翰·肯尼迪（John Kennedy）、罗伯特·肯尼迪（Robert Kennedy）以及爱德华·肯尼迪（Edward Kennedy）就常常是家里的座上宾。还有各种亲戚朋友，假如谁遇到了经济困难，也会来到赤松家，寻求帮助。姐姐和弟弟洋洋自得，觉得人间最快乐的生活也莫过于此。

赤松从来不这么想。可能人真的有前世吧，赤松自幼喜欢独处。宅子太大，知音太少，他总会找到一个安静的角落，在那里独自思考。

---

① 比尔·波特：《空谷幽兰——寻访中国现代隐士》，明洁译，成都：四川文艺出版社，2014年。

② 据赤松先生所说，他的父亲曾为肯尼迪竞选美国总统提供资金。

他不喜欢那些只知道阿谀奉承的亲戚、朋友,他讨厌许多人聚在一起,叽叽喳喳说个没完没了;他也从不认为钱可以买到一切,认为钱只会让人迷失方向。赤松觉得,用人们才是真实的人,他们努力工作,待人和善,从不追求任何超出他们能力的享乐。和那些天天戴着面具、满脸虚情假意笑容的政治家和朋友相比,用人真实、可靠、干净,让他感到安全,赤松和用人们反倒成了好朋友。如果不是独处,他就会找用人说说话、谈谈心。童年的赤松并没有步入政坛、成为美国总统的打算。他常感到迷惑,为什么要当美国总统?成为一位天天戴着面具生活的人,真的会快乐吗?

如果命运没有那么淘气,那么将来赤松一定会变成一位怀着善心、乐善好施的有钱公子哥吧。然而世事无常,生活有它自己的轨迹。

虽然赤松和父亲交流不多,但是他崇拜自己的父亲。从一个孩子的眼光看去,父亲高大威武,精明能干,是一位很有能力的商人和政治家。父亲虽然很忙,但也会偶尔在家里接待贵宾。他个子很高,每当他从门外走进屋的时候,人们都会习惯性地仰望他。他特别喜欢穿牛仔夹克和牛仔裤,爱戴牛仔帽,整个人魅力四射,人们常常为之倾倒,儿时的赤松也不例外。赤松的母亲是一位大美人儿。她有北欧血统,瑞典和德国混血,出生在芝加哥,出嫁之前她做过护士,当过美国第一代空中小姐。当时要成为空中小姐需要满足两个条件,一个是必须当过护士,另一个就是要美貌过人。赤松问过母亲,为什么一定要护士才可以当空中小姐?母亲告诉他,在那个年代,飞机制造技术很不完善,经常会遇到燃油不够的情况,这时候飞行员就不得不将飞机迫降在田野里或高速公路上,然后在地面驱车前往加油站,把燃油运回来装机,才能继续飞行。这个迫降过程很危险,有些乘客可能会因此受伤,这时候就需要护士帮助救治。除此之外,飞机在飞行过程中往往会遇到气流,有时也会伤及乘客。赤松这才明白当年空中小姐这份职业的不容易,也逐渐意识到母亲不仅专业过硬、美貌过人,还心地善良,救助过许多人。

有一位英俊潇洒、富可敌国的父亲,还有一位善良美丽的母亲,住在一座占地庞大的豪宅里,有用人服侍,还能经常见到美国总统这一级别的名人大腕，赤松还有什么不满意的呢？他的生活一定非常幸福。但事实并非如此，光鲜的外表下掩盖着苦痛和救赎。

赤松渐渐长大，也渐渐懂事。他开始知道自己的父亲起初并不是大型连锁酒店的总裁，而是一名抢劫犯。

赤松的父亲出生于阿肯色州，家里经营着一座棉花种植园，而赤松的祖母勤劳能干，还育有一对出水芙蓉般的双胞胎女儿。棉花种植园的活计十分无聊，也很辛苦，而且赚的钱并不多。从少年开始，赤松的父亲就不甘于平凡，他身材高大、魅力惊人，且具有优秀的领导力。他渴望得到财富——大笔的财富，过上上流社会的生活。这个梦想可不怎么容易实现。抢银行的念头在他脑海中闪现。[1] 在这个念头的驱使下，19 岁的他成立了一个帮派，纠集一伙亡命之徒，从阿肯色州出发，沿路抢劫各地银行，一直抢到密歇根州。但这种无本买卖如何能长久？各地警方都在通缉他们。有一天，因有人泄密，底特律警方提前知晓了他们的抢劫计划。大量警察事先埋伏在银行，赤松的父亲一伙人刚到就遭遇了枪林弹雨。在惨烈的枪战之后，匪徒一伙几乎被全歼，只有一个人活了下来，那就是赤松的父亲。但活着就意味着牢狱之灾，他被判监禁 20 年，如果真的服满刑期，他就错过了一生中最强盛的时光。

祖母如何能让儿子孤身一人在离家千里之外的底特律服刑？她卖掉了棉花种植园，带着双胞胎女儿（也就是赤松的姑妈）前往底特律。赤松的姑妈在底特律当时最高级的酒店凯迪拉克宾馆（Cadillac Hotel）找到了工作。宾馆里聚集了底特律的上流人士，其中一位在政府机关极具影响力的男子很喜欢赤松的姑妈。一来二去，这位大腕了解到了赤松父亲的境况，并许诺提供帮助。就这样，父亲的刑期从 20 年减至 6 年。出狱后，他利用之前抢银行的资金建立起了大陆酒店。也是在建立大陆酒店的过程中，他在飞机上与比尔的母亲相遇、相识，并结婚生子。

---

[1]　凌云：《比尔·波特：在中国旅行就像穿行在历史中》，《环球人物》，2014 年第 6 期，第 84 页。

然而婚后的生活并没有想象中那么幸福。自赤松懂事开始，父亲就常常酗酒，殴打母亲，一个星期至少一次。家里再也没有和谐与幸福，只剩下争吵与暴力。赤松曾看见父亲拿着猎枪追着母亲到处跑。在这个时候，赤松孤独的心中，还掺杂着痛苦。

由于父亲酷爱捕鱼、打猎，在赤松9岁那年，全家搬往离家不远的爱达荷州。那里峰峦叠嶂，树林茂密，有雪山，有肥美的鲑鱼，向来是美国巨星名流的度假胜地。赤松来到这样一个山清水秀，风景绝佳的地方，一下子就被迷住了。自然是上天给予人类美丽的瑰宝，他在这里流连忘返，眼睛和心灵好似都被这清澈干净的山水洗涤过了一样——这是一个全新的世界。

（二）弱冠弄柔翰

不知不觉，赤松到了入学的年龄，父亲将他送到一所寄宿制学校，名叫布莱克福克斯军事学院①。这是一所远近闻名的军事化中学，一些国家的领导人会将自己的儿子送到这所学校，以期受到与军事战略相关的训练。赤松当时的同学中就有波多黎各总统和墨西哥总统的儿子。赤松在这里受到了全美一流的文化教育和体能训练，时至今日，已年过七旬的他仍然精神矍铄，可以环游中国，这与他早年接受过军事化锻炼，练就了强壮的身体密不可分。后来他转学去了另一所美国一流的学校——门罗学校（Menlo School）。和往常一样，喜欢独处、满足于自省的赤松并没有什么知心朋友，但他却有一个特别崇拜的棒球运动员——乔·迪马吉奥（Joe DiMaggio）。乔的儿子就在赤松的隔壁班，每逢星期五，乔的妻子、好莱坞明星玛丽莲·梦露（Marilyn Monroe），或者乔都会来学校接孩子。每当乔来的时候，赤松都会特别兴奋，因为在这时他终于可以见到仰慕已久的传奇运动员。

对于未来，此时的赤松并没有什么特别的打算。他还年轻，只想多尝试一些新鲜玩意。高中毕业后，他进入加州大学主修艺术，因考

---

① 据赤松先生所说，这所学校名为"Blackfoxe Military Institute"，现已不复存在。

试不及格而辍学;随后他转修心理学,成绩仍毫无起色,遂转修英国文学,但最终还是因为成绩不合格而再次辍学。

这时越南战争爆发,赤松正值服兵役的年纪,他应征成了一名美国士兵。当时越南战场十分惨烈,每天都有士兵死亡、受伤或者失踪。为了能转文职,他多服了一年兵役。三年很快就过去了,他又回到了美国,24 岁的他无事可做,决定重返校园。他去了加州大学圣塔芭芭拉分校学习人类学,在此期间,他读了美国哲学家、东方哲学的推崇者艾伦·瓦茨(Alan Watts,1915—1973)写的《禅之道》(*The Way of Zen*),觉得东方文化中很多道理和他所思所想十分相似,感到十分有趣。这时候他还没意识到这本书决定了他以后的道路。

在经历了 13 年的官司纠葛之后,赤松的父母终于在此时离婚了。赤松的父亲有 52 家连锁酒店,分布在全美各州。法庭用了十几年的时间才完成财产调查,取得资料,并给出判决。13 年的拉锯诉讼让赤松的父亲几近破产,赤松家再也不复往日的辉煌。

如果这时赤松知道韦应物,他大概会吟诵两句《逢杨开府》中的诗句:"武皇升仙去,憔悴被人欺。读书事已晚,把笔学题诗。"赤松开始用功读书,去了当时人类学专业最好的哥伦比亚大学读博士。彼时他非常缺钱,但上天总是仁慈的。哥伦比亚大学有许多奖学金项目,当时有这么一条规定,只要你选择学习一门美国人所知甚少的语言,那就可以得到一大笔奖学金。赤松想到了艾伦·瓦茨,于是毅然选择了中文!

读博四年无比漫长。赤松在这期间接触到了他的老师美国汉学家、翻译家华兹生(Burton Watson,1925—2017)的寒山诗翻译,开始对中国文化尤其是隐逸文化产生了兴趣。赤松在读书之余常去纽约唐人街逛逛,在那里他遇到了他的禅宗启蒙老师寿冶法师。"寿冶法师并不通英文,只会说一个单词'watermelon'(西瓜)。"[1]赤松也不多言,只和寿冶法师学习打坐修炼、冥想。每逢假日,寿冶法师还会和他

---

① Jiao Feng,Bill Porter,"American Follower of Chinese Zen," *China Today*,Dec.,2012,p. 72.

还有其他佛学爱好者一起前往纽约城郊，于草坪之上交流禅法。渐渐地，赤松发现自己完全丧失了对人类学的兴趣，满脑子想的都是禅宗和隐士，还有中国这个充满神秘色彩的地方。

（三）佛光含慧日

赤松无心学习人类学，当时恰好有一位德国朋友在中国台湾，赤松就寻求他的帮助。他给佛光山道场住持星云法师写信，陈明情况，星云法师回信欢迎他前往。刹那间台湾地区就在眼前，赤松又一次选择了辍学。

1972年，离开美国那天，父亲送赤松去机场，给了他200美元。[①]两人没有太多言语，赤松转身上了飞机。

佛光山是台湾地区信徒最多、最负盛名的佛教圣地之一，有"南台佛都"之号。这样一座久负盛名的道场，应当是赤松绝佳的修炼之地。然而事与愿违，因果相随，正因为佛光山香火太盛，所以每天往来游人如织，人一多就免不了各种嘈杂琐事。赤松发觉佛光山并不适合自己的学习和修行，所以他向星云法师请辞，离开了这一纷扰之地。

之后他转投海明寺，在空闲时间前往阳明山中国文化大学学习。这几年，赤松读了很多书，《史记》《汉书》等皆有涉猎。更为重要的是，在阳明山中国文化大学，他遇到了一生的伴侣——妻子顾莲璋。

赤松在海明寺过着苦行僧似的生活，晨钟暮鼓，打坐念经。如果实在厌烦了，就去文化大学旁听学习。在那里，一位一直坐在他身后的小姑娘引起了他的注意。她醉心于中国古典文化，尤其是庄子和孔子，是个不折不扣的庄子通。赤松读中国古籍，每每遇到晦涩难解的部分就去问她，两人就这样成了好朋友。两年时间很快就过去了，有一天海明寺的住持找到赤松，问他愿不愿意出家，赤松悚然一惊，意识到自己已经白吃白住在海明寺两年之久了。

---

① 刘子超：《比尔·波特"整个生命就是一个公案"》，《南方人物周刊》2010年第42期，第88页。

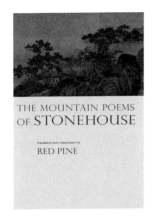

出家？不行，顾莲璋怎么办。赤松向海明寺住持道了谢，收拾行装，离开了海明寺。但他不想离开阳明山。这里山清水秀，是个住宿修行的好地方，更何况他放不下在文化大学里念书的那个人。当时阳明山上竹子湖畔有一个农场，里面住着很多庄户，其中正好有一间屋子出租，赤松用一个月100块的价钱租了下来。这可是个好地方，坡下面就是蒋介石的故居，屋后绿树如荫，透过窗户，赤松可以眺望整个台北盆地，将台北市的霓虹尽收眼底。在这里，他开始翻译《寒山歌诗集》和《石屋山居诗集》（*The Mountain Poems of Stone House*）。但是离开寺庙就意味着经济独立，所以赤松每周逢一、三、五都会前往台北市做家教，以资生活，每月大概有三五百块的收入。工作之余，他继续翻译诗集，学习中国文化。

台北市武昌街一段七号有一家很有味道的咖啡馆，名曰"明星咖啡馆"。这家咖啡馆可有些来头，蒋经国的夫人蒋方良爱吃蛋糕，所以开了这家店，聚几个志同道合的好友一起做蛋糕。楼高四层，第四层只有桌椅，并不收费，闲人自可端坐、交流，台北市的文人墨客都偏爱这里，台湾地区著名的诗人周梦蝶①就经常光顾。

顾莲璋也爱去。每个周日，赤松和她会沿着绿色小道走上一会儿，然后乘上去台北市的小火车，前往武昌街。在那里他们一起讨论庄子、研究诗歌，有时候也会因意见分歧争论几句，但从没有面红耳赤。在这里，赤松结识了周梦蝶等一批台北文人，深受中国文化熏陶。

---

① 周梦蝶（1921—2014），生于河南，台湾地区著名诗人。1952年加入蓝星诗社，著有《孤独国》《还魂草》等诗集。

竹子湖让赤松醉心于中国隐士诗歌的翻译,明星咖啡馆则让他结识了当时住在台北市的美国诗人迈克·奥康纳(Mike O'Connor)。奥康纳将赤松介绍给了美国铜峡谷出版社(Copper Canyon Press),赤松翻译的《寒山歌诗集》就这样得以在 1983 年出版。他的《石屋山居诗集》英译本也在两年后出版。赤松是世界上第一个将《寒山诗集》全本译为英语的译者①,可以说是前无古人。胡安江曾写道:

> 我们必须承认,赤松的这第一个寒山诗英文全译本的意义非同小可。它的问世很大程度上体现了寒山诗的文学价值,及 20 世纪 50 年代以来其在英语世界的受认可程度……随着 20 世纪末人们对于自然和生态的关注以及全球性禅学热和文化研究的兴起,雅俗兼具,禅玄互证的寒山和寒山诗开始频频出现于各种场合和各种文学选集当中,寒山诗的翻译文学经典地位与文学文本的经典性也因此得以空前的巩固和言传。②

这一总结给了赤松《寒山诗集》译本很高的评价。

一晃好几年过去了,赤松想到了结婚。顾莲璋是家中独女,父母视若珍宝,起初是不愿意让她嫁给一个外国人的。但是赤松和莲璋都很坚决,女孩的父母也就同意了。赤松一个月三五百块的工资根本不够婚后所需,但机缘巧合,他在台湾的一家社区广播电台找到了一份主持采访的工作,薪水十分优厚,一个月 1500 美元,比之从前,恍若云泥。赤松结婚后,生活也改善了很多,多年来的《寒山诗集》翻译经历,让他产生了前往中国大陆寻找隐士的想法。这想法一发不可收拾,赤松坐不住了。有一期节目采访了时任宏仁集团董事长的王文洋,赤松向他表达了探访中国大陆隐士的想法,王文洋非常赞赏并当即决定资

---

① 参见周晓琳、胡安江:《寒山诗在美国的传布与接受》,《西南政法大学学报》,2008 年 4 月第 2 期,第 126 页。

② 胡安江、周晓琳:《空谷幽兰——美国译者赤松的寒山诗全译本研究》,《西南政法大学学报》,2009 年 6 月第 3 期,第 131 - 135 页。

助赤松的旅行。赤松联系了他的一位美国摄影师朋友,踏上了旅程。

(四)终南阴岭秀

1989年,赤松和他的朋友踏上了旅程。他们先去了北京,拜访了时任河北省佛教协会会长的净慧法师,据他说终南山里应该有一些隐士居住。赤松找到了希望,和朋友一起马不停蹄地前往西安。在那里他们租了一辆出租车,前往终南山。到了山脚下,赤松没头没脑地向山上闯,不知走了多久,竟然发现了一座小庙。庙里的住持告诉他,终南山里有很多隐士。赤松这时喜不自胜,他终于找到了隐士的天堂。

在以后的数年间,赤松数次往返于台湾和大陆,写成了《空谷幽兰——寻访中国现代隐士》。在书中他写道:

> 在整个中国历史上,一直就有人愿意在山里度过他们的一生:吃得很少,穿得很破,睡的是茅屋,在高山上垦荒,说话不多,留下来的文字更少——也许只有几首诗、一两个仙方什么的。他们与时代脱节,却并不与季节脱节;他们弃平原之尘埃而取高山之烟霞;他们历史悠久,而又默默无闻——他们孕育了精神生活之根,是这个世界上最古老的社会中最受尊敬的人。①

他向世界第一次宣告了中国现代隐士的存在。赤松不满足于此,他又先后前往福建、云南、贵州,又沿着黄河逆流而上,探访中华民族的发源,还写了《禅的行囊》《黄河之旅》《彩云之南》等多部游记。赤松

---

① 比尔·波特:《空谷幽兰——寻访中国现代隐士》,明洁译,成都:四川文艺出版社,2014年,第10页。

在中国出名了，很多中国人开始喜欢上这位大胡子的中国通。

1993年赤松和妻子决定回美国。一家人在中国台湾地区住了几十年，儿子和女儿也变得只会说中文。赤松意识到，也许是时候回家了。

（五）世外有桃园

赤松如今住在离西雅图两小时车程的唐森港（Port Townsend），这是一座只有八千人的小城。他买了一所面朝大海的房子，屋外有一大片翠竹。房子不大，只有两层，是木制的，有半个世纪的历史。第一层外面砌了浅粉色的砖，第二层则是咖啡色的木墙。屋旁有一个花园，妻子顾莲璋醉心于庄子，并不会园艺。但搬到唐森港之后，她开始刻苦钻研植物培植，现在已经变成了一个种菜的好手。原先她也不会做饭，不过有志者事竟成，经过学习，她现在也能在家里做得一手好菜了。赤松觉得，自己一生并未对他人做出多少贡献。古稀之年，自己能拥有一所房子，这已然是老天厚待自己了。他觉得要感谢的人有很多，有无法谋面的，比如韦应物、寒山、憨山德清等古代诗人；也有还能见面的老朋友，比如王文洋。如果将来有机会，他就帮助其他需要帮助的人，这是一段"因果"，一切都是缘分。

赤松一直打算在台湾地区建造一座"桃花源"式的农场，但当时他的女儿爱丽丝正好需要一大笔学费。在经过了24个小时的思考后，他决定将钱给女儿——为什么一定要在台湾地区建农场呢？唐森港何尝不是世外桃源？

赤松从不索取过多，是个很容易满足的人，这大概就是他幸福、长寿的原因吧。后来他又和几个朋友商量着在唐森港开一家豆腐店，做点儿豆花、豆腐、豆皮卖，不需要赚钱，只要不亏本就可以。

赤松每天早上7点起床，做些翻译，中午的时候沿着海边，绕着山走个40多分钟，然后回来小憩，晚上接着写作，没有功利，写得随心所欲。加里·斯奈德①（Gary Snyder，1930—　　）住在加利福尼亚的山

---

① 　加里·斯奈德，20世纪美国著名诗人、散文家、翻译家、禅宗信徒。

里,有时会从加州到唐森港来看望他,两人聊着、说着,看着远山的白云游动,一天就结束了。

他说,每个人心中都有一个隐士。在中国生活了几十年后,赤松终于找到了桃源。

2015年4月初,采访者十分荣幸地获得了一次对话赤松的机会。在上海汾阳花园酒店,赤松向采访者讲述了他的大半生。

赤松先生面目和善,非常有亲和力。72岁的他仍然精神矍铄,在讲故事时,大白胡子一抖一抖十分有趣;谈及往事也毫不保留,且多有真知灼见,连珠妙语,让人不禁抚掌大笑,时而又皱眉深思。两个小时的时间转瞬即逝,采访者却陷入了对隐士的思考。

隐士并非一定要住在深山中,也不一定要三餐皆素,吃斋念佛。在赛场上奔跑的运动员可以是隐士,跨国企业的总裁也可以是隐士。

隐士不是一种身份,而是一种心境,一种看待问题、面对困难的态度。临危不乱者,可谓隐士;程门立雪者,可谓隐士;枕戈待旦者,可谓隐士;人不知而不愠者,亦可为隐士。

隐士也不是静态的,而是动态的。隐居和出山就像阴阳一样相辅相成。一个人在激烈的奔跑之后,需要喘息一下,这就是"隐","隐"是为了"现",继续奔跑。人生亦如是,在若"隐"若"现"之中前行。

赤松先生说,他的姐姐和弟弟一直对父亲破产耿耿于怀,最后两人的境况都不大好,他深感惋惜。

相比之下,隐士是最容易满足的人群,有三餐果腹,有麻衣蔽体即可。他们的生活每天都有惊喜,因为上天赐予人类的远远不止于此。

赤松主要汉学著译年表

1983	*The Collected Songs of Cold Mountain*（《寒山诗》），Port Townsend：Copper Canyon Press *P'u Ming's Oxherding Pictures & Verses*（《普明牧牛图颂》），Port Townsend：Empty Bowl
1986	*The Mountain Poems of Stonehouse*（《石屋山居诗》），Port Townsend：Empty Bowl
1987	*The Zen Teaching of Bodhidharma*（《菩提达摩禅法》），Port Townsend：Empty Bowl
1993	*Road to Heaven：Encounters with Chinese Hermits*（《空谷幽兰》），San Francisco：Mercury House
1995	*Guide to Capturing a Plum Blossom*（《宋刻梅花喜神谱》），San Francisco：Mercury House
1996	*Lao-tzu's Taoteching：With Selected Commentaries of the Past 2000 Years*（《道德经(附 2000 年来精选评论)》），San Francisco：Mercury House
1998	*The Clouds Should Know Me By Now：Buddhist Poet Monks of China*（《白云应知我：中国佛教诗僧》），Somerville：Wisdom Publications
1999	*The Zen Works of Stonehouse*（《石屋禅诗》），San Francisco：Mercury House
2001	*The Diamond Sutra：The Perfection of Wisdom*（《金刚经》），Washington，D. C.：Counterpoint Press 《空谷幽兰》，北京：民族出版社

2003	*Poems of the Masters：China's Classic Anthology of T'ang and Sung Dynasty Verse*（《千家诗：中国唐宋经典诗集》），Port Townsend：Copper Canyon Press
2004	*The Heart Sutra：The Womb of Buddhas*（《心经解读》），Washington，D. C.：Shoemaker & Hoard
2006	*The Platform Sutra：The Zen Teaching of Hui-neng*（《六祖坛经》），Emeryville：Shoemaker & Hoard
2008	*Zen Baggage：A Pilgrimage to China*（《禅的行囊》），Berkeley：Counterpoint Press
2009	*In Such Hard Times：The Poetry of Wei Ying-wu*（《韦应物诗集》），Port Townsend：Copper Canyon Press
2012	*The Lankavatara Sutra*（《楞伽经》），Berkeley：Counterpoint Press
2014	*Yellow River Odyssey*（《黄河之旅》），Seattle：Chin Music Press
2015	*South of the Clouds*（《彩云之南》），Berkeley：Counterpoint Press
2016	*Finding Them Gone：Visiting China's Poets of the Past*（《寻人不遇》），Port Townsend：Copper Canyon Press *The Silk Road*（《丝绸之路》），Berkeley：Counterpoint Press *South of the Yangtze*（《江南之旅》），Berkeley：Counterpoint Press

安得广厦千万间，

大庇天下寒士俱欢颜，

风雨不动安如山。

——杜甫《茅屋为秋风所破歌》

If only I could get a great mansion of a million rooms，

broadly covering the poor scholars of all the world，all with
joyous expressions，

unshaken by storms，as stable as a mountain.

—"A Song on How My Thatched Roof Was Ruined
by the Autumn Wind"，trans. by Stephen Owen

四 情交李杜寄宇文
心系唐风志所安
——美国汉学家宇文所安译盛唐

美国汉学家
宇 文 所 安
Stephen Owen
1946-

宇文所安（Stephen Owen，1946— ）是美国著名的汉学家，专注于中国古代唐诗和比较诗学的研究。在被问到是怎样与中国文学结缘时，宇文所安总会回想起14岁时一家人从美国南部搬到巴尔的摩，每个星期都会到市立图书馆阅读文学书。

一次偶然的机会，他找到了罗伯特·佩恩（Robert Payne，1911—1983）编译的《白驹集：中国古今诗选》（*The White Pony：Anthology of Chinese Poetry from the Earliest Times to the Present Day*，1947），从此不由自主地喜欢上了中国诗歌。后来宇文所安进入耶鲁大学，学习中国语言与文学，再后考入耶鲁大学的研究院继续深造。1972年，他获得耶鲁大学东亚系博士学位，随后10年执教于耶鲁大学；1982年后他任教于哈佛大学，2018年荣休。宇文所安是富布莱特学者，曾获得1986年古根海姆奖学金，2018年获唐奖汉学奖。他是美国艺术和科学学院院士、美国哲学学会的成员，还获哈佛大学校级教授荣誉称号。

宇文所安的中国文学翻译选材广泛而有针对性，从古至今的中国文学他都有所涉猎，但他的重心在唐诗，唐诗中的重心又在杜诗。杜诗全集就是他完成的英译。文学之外，对于古代文论的翻译与研究，他也有显著成果。宇文所安的中国文学文化研究不仅在英语国家极具影响力，进入中国后也受到中国读者和学界的欢迎。他将中国文学的翻译与研究紧密结合，在与中国学术界形成对话的同时，孜孜不倦地向西方展示中国古典文学之美。

（一）译释结合，美仑美奂

宇文所安在耶鲁大学攻读博士学位时，师从著名的德裔美籍汉学家傅汉思（Hans Frankel，1916—2003）。读博期间，他到日本留学一年，得到了唐诗研究专家吉川幸次郎（1904—1980）和老师清水茂（1925—2008）的指导。宇文所安的博士学位论文选题是中唐诗，原计划是按年代写成一部编年诗史，但由于篇幅较大，被导师告知超过600页将不再读下去，他只能在中唐诗人中挑选孟郊和韩愈，对两人进行集中研究。宇文所安认为两人的文学史地位一直以来被低估了。他在博士学位论文《韩愈和孟郊的诗歌》（"The Poetry of Meng Chiao and Han Yü"）中指出，在唐代儒学复古的思潮下，"孟郊和韩愈的作品中，复古主题最为突出，他们表现出比任何一位复古先驱（杜甫除外）都更强烈的道德上的严肃性和艺术上的自觉性，开启了百年来一个重要的流派"①；这篇论文以年代顺序，对韩、孟的诗歌创作进行比较和分析，从而描述韩、孟诗歌的发展。

宇文所安取得博士学位后留在耶鲁大学任教，在比较文学系教授中国文论课，课程教案在1992年顺利出版，这就是《中国文论：英译与评论》（*Readings in Chinese Literary Thought*）。这本书一方面将中国文论介绍给西方学生，另一方面为当时流行的研究方法之外提供一种参考。所谓"流行的研究方法"指的是观念史（history of ideas），宇文所安认

---

① 斯蒂芬·欧文：《韩愈和孟郊的诗歌》，田欣欣译，天津：天津教育出版社，2004年，导言第2页。

为这一主流方法是从文本中抽取观念,"考察一种观念被哪位批评家支持,说明哪些观念是新的,以及从历史的角度研究这些观念怎样发生变化"①。在他看来,观念史的研究容易忽视观念在具体文本中的运作,因此该书将中国文论的文本置于本位,采用原文加上英译与阐释的模式,选取了《论语》《诗大序》《典论·论文》《文赋》和《文心雕龙》等文论中的文本,对其进行细致的翻译与介绍,此外还附有他对于术语翻译的集合和解释。这种翻译加解说的选集,宇文所安也承认难免会遗漏,因为"完全通过文本来讲述文学批评史就意味着尊重那些种类不一的文本。考虑到这些文本的多样性,你要么追求描述的连贯性,不惜伤害某些文本,要么为照顾每一文本的特殊需要而牺牲连贯性"②。然而宇文所安在他广泛的选材、翻译和细致的阐释下,将长久以来与"观念"不吻合的文本现实的特殊性生动地展现了出来。

1996 年,宇文所安编选和翻译的《中国文学选集》(*An Anthology of Chinese Literature: Beginnings to 1911*)由美国诺顿公司出版,书中选取了先秦至清朝的诗词、戏剧、传奇、信件和文论等文本,总数超过 600 篇,宇文所安一人负责所有的编译工作。书中编排的体例也独具匠心。宇文所安以时间为线索将之划分为六个部分,分别是"中国早期""中国'中世纪'""唐朝""宋朝""元朝和明朝"以及"清朝",每个部分依据文类和主题灵活分类,适时辅之以"传统之外的其他声音",拓宽读者对于诗文的理解。例如,在介绍孟浩然的《早寒江上有怀》时,他从"迷津欲有问,平海夕漫漫"中的"津"(ford)出发,在"传统之外的其他声音"中介绍了《论语·微子》中孔子"使子路问津焉"的情节,试图加深读者对"津"这一概念的理解。宇文所安将不同

① 宇文所安:《中国文论:英译与批评》,王柏华、陶庆梅译,上海,上海社会科学院出版社,2002 年,中译本序第 1 页。
② 同上书,第 12 页。

时空的文本巧妙地并置在一起,展现了这些文本在时空流变中的相互呼应与有机联系。①

《中国文学选集》一经出版就受到了读者和学术圈的赞赏,至今仍是美国大多数大学中国文学课程的权威教材。然而该书出版之初就面临评论界的质疑,有学者怀疑宇文所安凭一己之力能否将时间跨度如此之长、涉及作家和文类如此之多的文本准确翻译出来。对此,宇文所安指出,在编译这部文集时,"自己像是在创作一部戏剧,当你在创作戏剧时你不会让笔下的人物有相同的声音,人物因为相互之间的关系而变得有趣":25 年的教学经验让他能熟练地唤起脑中"人物"不同的声音。② 宇文所安指出,在这部文集中,他的目的是颠覆美国存在的西方文化至上的观念。他深刻理解美国是一个多文化交融的国家,中国文化是其中重要且有价值的一部分。他很清楚中国文学需要翻译家作为代理人和经纪人,也乐意承担这样的职责。

(二)文史建构,突破常规

作为一个踏实勤勉的学者,宇文所安一直怀有建构中国唐代文学史的雄心。他的博士学位论文原计划是写一部中唐的编年史诗,因篇幅原因他将研究范围缩小到韩愈和孟郊的诗歌。此后,他没有放弃写唐诗史,1977 年出版了《初唐诗》(*The Poetry of the Early Tang*)。他在导言中指出:"文学史不是'名家'的历史。文学史必须包括名家,但是文学史最重要的作用,在于理解变化中的文学实践,把当时的文学实践作为理解名家的语境。"③该书重在还原诗歌生成的语境,对"初唐"与此前传统的联系、诗坛的状态和诗人的精神世界进行描述。宇

---

① Stephen Owen:*An Anthology of Chinese Literature*:*Beginnings to 1911*, New York:W. W. Norton, 1996, pp. 396-397.
② 参见 http://harvardmagazine.com/1998/07/norton.2.html, 2021 年 3 月 15 日。
③ 宇文所安:《初唐诗》,贾晋华译,北京:生活·读书·新知三联书店,2004 年,序言第 2 页。

文所安首先从反面对文学自由加以定义,认为必须先有一个标准和管理的背景,作为诗人超越的对象。从 7 世纪后期起,宫廷诗的各种惯例所发挥的正是这样一种功能。宇文所安在书中对魏征、王绩、卢照邻、陈子昂和杜审言等诗人的诗作进行了细致分析,向读者展示了初唐诗如何变化到盛唐诗。

1981 年,宇文所安出版了《盛唐诗》(The Great Age of Chinese Poetry: The High Tang)。该书沿袭了《初唐诗》的基本研究方法,也是将诗歌置于历史语境中重新理解。与《初唐诗》不同,这部书则以"京城诗"为切入点,宇文所安首先指出这是宫廷诗的直接衍生物,它具有"惊人的牢固、一致、持续的文学标准","喜欢采用格律诗的形式","随着各种弃世的高尚主题被改善为对美妙的田园风光的向往,我们在京城诗中发现了对于佛教和隐逸主题的特殊兴趣",此外京城诗很少被看成一门"艺术",而是很大程度上的一种社交实践。①盛唐是唐代诗歌的黄金时代,没有一个朝代的文学能在"初"和"中"之间插入一个"盛",只有"盛唐"达到了这样的辉煌。

宇文所安的唐诗史计划至此出现了十余年的空白,他的中唐诗史到 1996 年才问世。宇文所安于 1985 年出版了《中国传统诗歌与诗学:世界的征象》(Traditional Chinese Poetry and Poetics: Omen of the World)。这虽然是一部学术著作,但是采用的形式是随笔式的论述,有别于传统重知识系统性的论著。书中提出了中国传统诗歌"非虚构诗学"的命题,认为中国传统诗歌是一种非虚构的文体,它记录了诗人、情景和时空的真实关系。

1986 年出版的《追忆:中国古典文学中的往事再现》(Remembrances: The Experience of the Past in Classical Chinese Literature)也是一部

---

① 宇文所安:《盛唐诗》,贾晋华译,北京:生活・读书・新知三联书店,2004 年,第 4 页。

散文式的学术著作。宇文所安指出,这是把英语"散文"(essay)和中国式的感兴进行混合而产生的结果。宇文所安心目中理想的学术散文需要具有思辨性,应该提出一些复杂的问题,必须展示学术研究的成果,作者必须隐藏他的学识并且对材料善加选择。1989 年出版的《迷楼:诗与欲望的迷宫》(*Mi-Lou:Poetry and the Labyrinth of Desire*)是一部成功的比较文学论著。宇文所安在此书中论述中西诗歌的爱欲问题,在不同时期的中西诗文中发现动人的联系,发现它们的"共同语言"。两部作品在美国和中国都获得了很大成功。

1996 年,宇文所安拾回唐诗史的写作,出版了《中国"中世纪"的终结:中唐文学文化论集》(*The End of the Chinese "Middle Ages":Essays in Mid-Tang Literary Culture*)。这部书较《初唐诗》和《盛唐诗》的研究有较大不同,一方面此书由七篇相互联系的论文构成,另一方面此书研究的文体范围不限于诗歌,还扩展到了传奇小说。"中世纪"是一个欧洲的词语,宇文所安使用它是为了唤起读者的联想,因为"欧洲从中世纪进入文艺复兴时期,和中国从唐到宋的转型,其转化有很多相似之处,也存在深刻的差别"①。中唐首次将盛唐作为典范,并以盛唐为参照物理解自己的文化。此书与宇文所安前两部史诗的研究策略相同,即还原文本现场。宇文所安通过论述指出,中唐文人具有主体性意识空前自觉的特点。

《晚唐:9 世纪中叶的中国诗歌(827—860)》(*The Late Tang:Chinese Poetry of the Mid-Ninth Century*)则于 2006 年出版。它回归了和《初唐诗》与《盛唐诗》一致的文学史架构,对晚唐诗人杜牧和李商隐等人的诗歌创作特点进行阐述。同年,宇文所安还出版了《中国早期古典诗歌的生成》(*The Making of Early Chinese Classical Poetry*),同样注意到中国早期手抄本文化所导致的文本脆弱性和流动性,宇文所安所研究的对象是公元 2 至 3 世纪的汉魏诗歌,它们被视为来源不能确定的"同一种诗歌"(one poetry),他对这些诗歌的文本与作者关

① 宇文所安:《中国"中世纪"的终结:中唐文学文化论集》,陈引驰、陈磊译,北京:生活·读书·新知三联书店,2006 年,前言第 1 页。

系提出了疑问。《剑桥中国文学史》(*The Cambridge History of Chinese Literature*)于2009年出版。该书由宇文所安和耶鲁大学的孙宜康教授联合主编,撰写团队是美国和英国的汉学家。宇文所安为上卷(1375年前)的主编,同时负责第四章唐代文学部分的撰写。

宇文所安的文学史建构总是强调还原历史语境,提出了"史中有史"的观点,认为各朝各代研究者对于诗文的取舍和判断都影响了现时的读者对于文学史的理解,因此对于文学史不存在绝对客观的叙述。既然不存在"客观"的叙述,那么较好的叙述方式则是:

> 讲述我们现在拥有的文本是怎么来的;应该包括那些我们知道曾经重要但是已经流失的文本;应该告诉我们某些文本在什么时候、怎么样以及为什么被认为是重要的;应该告诉我们文本和文学记载是如何被后人的口味和利益塑造的。①

宇文所安还创造性地提出了将量子物理学的研究方法引入文学研究和文学史书写中。在他看来,量子物理学追求"精确",一种文学现象或一部文学史总是充斥着各种不确定性,文学在生成、流传与保存的过程中是一个不断的变动的过程,而"量子论研究方法"可以"描

① 宇文所安:《史中有史(上)从编辑〈剑桥中国文学史〉谈起》,《读书》,2008年第5期,第25页。

述文学和文化的变化实际上是怎样发生的"①。由此宇文所安建议重写文学史应注意三点：一是对各种研究文学的方法和它们的价值有清楚的认识；二是对先入之见进行反思，依据史实下结论，缺乏史实则不能妄下结论；三是要考虑哪些文学被话语"中介"过滤留下来了，在何种程度上左右了这些文学的文学史地位和后代的文学史书写。宇文所安在进行中国古代文学史（尤其是唐诗史）的书写和研究中所贯彻的就是这些严谨、深刻且富有创造性的理念。

（三）杜诗全译，大展宏图

宇文所安多年来对中国古典文学的翻译和研究取得了辉煌且具有开创性的成果，在中西学界都产生了深刻而广泛的影响，2016年出版的《杜甫诗》（*The Poetry of Du Fu*）是杜甫诗全集的英译本，这更使宇文所安成为难以逾越的高峰。

杜诗的首个外文全译本是 20 世纪 30 年代查赫翻译的德文版；1952 年洪业（William Hung，1893—1980）出版的《杜甫：中国最伟大的诗人》（*Tu Fu：China's Greatest Poet*）和 1967 年大卫·霍克思（David Hawkes，1923—2009）出版的《杜诗初阶》（*A Little Primer of Tu Fu*）等著作翻译了杜甫的部分作品。2008 年至 2009 年，美国民间杜诗爱好者詹姆斯·墨菲（James Murphy）自费出版了自己的杜诗译本，未引起学界关注。宇文所安耗时 8 年翻译的《杜甫诗》是首部学术性的杜诗英文全译本，一经出版就在社会各界引起轰动。"诗圣"杜甫是公认的中国古典诗歌创作的集大成者，诗作数量庞大，将其全部翻译成英文且进行阐释的难度不言而喻。

---

① 宇文所安：《他山的石头记——宇文所安自选集》，田晓菲译，南京：江苏人民出版社，2003 年，第 6 页。

宇文所安的《杜甫诗》分为 6 卷，共近 3000 页，每卷由"前言""翻译惯例""杜甫诗""典故""缩写"和"补充注释"组成。他对杜甫的 1457 首诗和 10 篇赋进行了排序和译介。该书对诗作的排序参考的是仇兆鳌《杜诗详注》的顺序，杜诗作为"诗史"诗序的排列尤其重要，宇文所安指出仇兆鳌对杜诗的编年相对可靠；至于文字底本的参考，则主要是《宋本杜工部集》和郭知达的《九家集注杜诗》；在每一卷的"补充注释"中，他列出了每首诗的参考来源，分别有《全唐诗》《文苑英华》（wyyh）、《宋本杜工部集》（SB）、郭知达的《九家集注杜诗》（Guo）、仇兆鳌的《杜诗详注》（Qiu）、萧涤非《杜甫全集校注》（Xiao）和陈贻焮的《杜甫评传》（Chen）等集的编码，方便读者按图索骥。宇文所安在前言中介绍了杜甫的生平和唐代的情况。在谈到翻译时，他提到查赫的德文译本是自己读研究生时的阅读材料；在此之前没有完整的杜诗英译本，只有部分杜诗的翻译。此外，宇文所安也能紧跟中国国内研究的进展，2014 年，萧涤非主编的《杜甫全集校注》出版，宇文在前言中高度评价此书"有可能取代仇兆鳌的版本成为标准本[1]"，且就杜诗评注来源的精确度而言，该书已经是仇兆鳌版本的实用性替代了。由于出版时间较为接近，英译本来不及有效利用《杜甫全集校注》，但在补充注释中已附上相关编码。

纵观宇文所安的杜诗翻译，他主要采用直译的方式，不追求形式和韵律的完整传达，而是尽可能地传达诗文所要表达的含义；事实上当被问到诗歌翻译中的押韵问题时，他认为"中国古典诗歌的翻译不必强求押韵，为什么呢？因为现代美国诗，并不追求押韵，相反差不多所有押韵的现代诗都是反讽的（ironical），读者读押韵的诗，总是会产生特别的感觉[2]"。他将繁体中文文本与英译并置，辅之以大量的校注和附加注释；杜诗量大，且用典较多，很多情况下他需要在注释中补

---

[1] Du Fu：*The Poetry of Du Fu*（translated by Stephen Owen），Boston：Walter de Gruyter Inc.，2016，p. lxxxiii.

[2] 钱锡生、季进：《探寻中国文学的"迷楼"——宇文所安教授访谈录》，《文艺研究》，2010 年第 9 期，第 66 页。

充解释。

《杜甫诗》的出版对于杜甫诗在西方世界的传播以及对杜甫的研究都具有深远的影响。2005年，宇文所安获得美国梅隆基金会（Andrew W. Mellon Foundation）杰出成就奖，获资助发起了出版一套"中华经典文库（Library of Chinese Humanities）"的丛书计划，致力于长期系统地译介中华人文经典，促进中华文化在世界范围内的传播。《杜甫诗》便是其中的第一个项目，由学术出版机构德古意特（De Gruyter）出版社出版，读者也可以通过网络在德古伊特的网站免费阅读。他希望《杜甫诗》能进入图书馆、进入美籍华人的家庭，帮助他们认识被称为"中国莎士比亚"的诗人及其诗歌。他还在采访中表示出版"中华经典文库"一直是他梦寐以求的梦想，"我们陆续要进行的翻译项目，包括李白、李清照、嵇康、阮籍等人的诗歌全集。等有足够的资金后，我们可以筹划更多长期的项目，比如翻译《资治通鉴》。我们希望最终可以上达先秦，下通明清"①。其宏图大志，可见一斑。他清楚地认识到，"在全球化的语境下，中国文学与中国文化的传统将成为全球共同拥有的遗产，而不仅仅是一个国家的所有物"②。宇文所安站在高格局，找到了中国文学文化保持活力的方式。

2018年4月26日，宇文所安的荣休典礼在哈佛大学举行，世界各地的弟子和著名学者齐聚一堂，参与"重申世界中的中国文学——致敬宇文所安国际学术研讨会"。宇文所安的妻子田晓菲也作为学者之一参与了其中一场圆桌讨论。他们曾是师生关系，田晓菲博士毕业后两人才逐渐深交。他们于1999年结为伉俪，是一对具有传奇色彩的夫妻，更是学术和生活的默契伴侣。田晓菲现任哈佛大学教授，主要研究南北朝时期的文学。在《剑桥中国文学史》中，田晓菲负责书写第三章《从东晋到初唐（317—649）》，宇文所安负责书写第四章《文化唐

---

① 转引自王珊、田耀：《宇文所安与唐诗的故事：他山之石，可以攻玉》，《校园英语》，2020年第25期，第248页。

② 钱锡生、季进：《探寻中国文学的"迷楼"——宇文所安教授访谈录》，《文艺研究》，2010年第9期，第70页。

朝(650—1020)》，两人的研究完美契合并延续在一起，这也是他们默契关系的一处体现。此外，田晓菲还参与了宇文所安多部中文著作的校译工作，选编并翻译了《他山的石头记：宇文所安自选集》，不仅是宇文所安的灵魂伴侣，也是他学术上的得力助手。

作为老朋友，我国的季进教授出席了宇文所安的荣休典礼，记录了现场的盛况。他指出，"能够享受如此盛大的荣休典礼的人，应该不会太多。宇文所安作为海外中国文学研究领域首屈一指的大家，是当之无愧的领军人物，更是不世出的天才，'才为世出，世亦须才'"。他曾问宇文所安为什么想退休，宇文所安笑答想体会自由自在的生活。其实所谓的自由，对于宇文所安来说是学术上的自由。① 宇文所安将大量中国文学与文论翻译到西方世界，并对其进行细致地阐释；他的研究重心在唐代文学，他用独特的视角重写唐代文学史，凭一己之力将杜诗全集译为英文，在中国和西方都产生了重要影响。宇文所安曾在不同的场合提过自己的各种学术研究和翻译上的想法、计划，可见即使荣休，他也将继续给学界和读者带来更多的惊喜，将中国文学的研究和传播推到更高的境界。

---

① 参见季进：《挥手自兹去　萧萧班马鸣——宇文所安荣休庆典侧记》，http://www.whb.cn/zhuzhan/bihui/20180718/204400.html，2021 年 3 月 15 日。

宇文所安主要汉学著译年表

1975	*The Poetry of Meng Chiao and Han Yü*（《韩愈和孟郊的诗歌》），New Haven：Yale University Press
1977	*The Poetry of the Early Tang*（《初唐诗》），New Haven：Yale University Press
1981	*The Great Age of Chinese Poetry：The High Tang*（《盛唐诗》），New Haven：Yale University Press
1985	*Traditional Chinese Poetry and Poetics：Omen of the World*（《中国传统诗歌与诗学：世界的征象》），Madison：University of Wisconsin Press
1986	*Remembrances：The Experience of the Past in Classical Chinese Literature*（《追忆：中国古典文学中的往事再现》），Cambridge：Harvard University Press
1989	*Mi-Lou：Poetry and the Labyrinth of Desire*（《迷楼：诗与欲望的迷宫》），Cambridge：Harvard University Press
1992	*Readings in Chinese Literary Thought*（《中国文论：英译与评论》），Cambridge：Harvard University Press
1996	*An Anthology of Chinese Literature：Beginnings to 1911*（《诺顿中国文学选集：初始至 1911 年》），New York：W. W. Norton
1996	*The End of the Chinese "Middle Age"：Essays in Mid-Tang Literary Culture*（《中国"中世纪"的终结：中唐文学文化论集》），Stanford：Stanford University Press
2006	*The Late Tang：Chinese Poetry of the Mid-Ninth Century*（《晚唐：9 世纪中叶的中国诗歌（827—860）》），Cambridge：Harvard University Press

2006	*The Making of Early Chinese Classical Poetry*（《中国早期古典诗歌的生成》），Cambridge：Harvard University Press
2010	*The Cambridge History of Chinese Literature*（《剑桥中国文学史》），Cambridge：Cambridge University Press
2015	*The Poetry of Du Fu*（《杜甫诗》），Boston：Walter de Gruyter Inc.

黄四娘家花满蹊,千朵万朵压枝低。
留连戏蝶时时舞,自在娇莺恰恰啼。
　　　　　——杜甫《江畔独步寻花七绝句(其六)》

At Madame Huang's house，blossoms fill the paths：
Thousands，tens of thousands haul the branches down.
And butterflies linger playfully—an unbroken
Dance floating to songs orioles sing at their ease.
　——"Alone，Looking for Blossoms Along the River（Sixth）"，
　　　　　　　　　　　trans. by David Hinton

五 彩毫瞻墨论诸子
青眼高歌醉昔贤
——美国汉学家戴维·亨顿译山水诗

美国汉学家

戴维·亨顿
David Hinton
1954–

"是笔在绝望中开花,是花反抗着必然的旅程。"①北岛以创作具有强烈思辨色彩的诗歌而被人们熟知,其作品的英译者之一戴维·亨顿(David Hinton,1954—)也是如此。亨顿是美国著名诗人、翻译家,曾任教于美国哥伦比亚大学(Columbia University)和德国柏林自由大学(Free University of Berlin)。作为诗人,他在诗歌形式方面进行了大胆的革新。除了北岛之外,亨顿还深受中国诗人杜甫的影响,前后在美国康奈尔大学(Cornell University)、中国台湾学习汉语和中国文学。他的诗歌以"地图"的形式呈现给读者,以期通过这种方式给予读者更多的地理方面的信息,唤起读者独特的阅读感受。亨顿著有一部散文集和两部诗歌集。作为译者,亨顿以翻译山水诗人谢灵运和孟浩然的诗作而闻名于世,但他对中国诗歌的翻译绝不仅限于此,还有《王维诗选》(*The Selected Poems of Wang Wei*,2006)、《李白诗选》(*The Selected Poems of Li Po*,1996)、《杜甫诗选》(*The Selected Poems of Tu Fu*,1989)和《白居

按:戴维·亨顿翻诸子文,译唐人诗,堪当此评。也有学者将 Hinton 译成"欣顿",本书在引用文献时,遵照原作者的译法,未作更改,除此之外,本书均采用"亨顿"译名。特此说明。

① 北岛:《北岛作品》,武汉:长江文艺出版社,2014 年,第 90 页。

易诗选》(*The Selected Poems of Po Chü-I*,1999)等 10 余部中国古代诗歌的译作以及关于当代诗人北岛的多部译诗。同时,亨顿也是将五部中国经典哲学著作——《道德经》《孟子》《孔子》《庄子》和《易经》——翻译成英文的海外第一人。

由于成绩斐然,亨顿已得到包括古根汉姆(Guggenheim)奖学金在内的众多奖励。他的荣誉包括来自维特·宾纳(Witter Bynner)和英格拉姆·米瑞尔(Ingram Merrill)基金会的奖学金以及来自国家艺术基金会和人文科学基金会的奖学金。同时,亨顿也斩获了美国诗人学院哈罗德·莫顿·兰登(Harold Morton Langdon)翻译奖,被授予了美国艺术与文学学院终身成就奖。戴维·亨顿不仅创作了多部诗集和散文,其贡献还在于翻译了许多中国古典诗歌和哲学典籍。亨顿在这些译本中向读者传达了原著的文学结构和哲学内涵,在自己的散文和诗歌创作中也融汇了中国古典哲学思想,真正做到了中西汇融,译著共通。

(一)初识汉学,三启感召

戴维·亨顿于 1954 年出生于素有美国"人口稠密之州"之称的犹他州。1981 年,他从美国康奈尔大学毕业,获得艺术硕士学位。接着,亨顿选择前往中国台湾学习汉语,开展关于中国诗歌语言的研究,并于 1984 年到台湾暂居,此举为他日后的汉学之路奠定了重要基础。除了在台湾生活和学习过之外,亨顿也在法国居住过几年,目前亨顿以学者和作家的身份定居在美国东北部的佛蒙特州。在汉学研究中,亨顿通过翻译实践积累了大量的中国文学知识。若对亨顿的汉学之路进行追踪溯源,我们可以发现有三重因素在影响着他的研究,包括杜甫诗、中国文学的生态思维和亨顿本人所生活的地理环境。大学期间,亨顿便对中国古代文学表现出浓厚的兴趣。当时他阅读了包括《道德经》在内的多部中国哲学典籍,便开始带着对中国古典文学的热爱尝试阅读和翻译中国古诗与哲学典籍,并进行诗歌创作。在此期间,亨顿被唐代诗人杜甫的作品感染,他将杜甫视为"历史上最伟大的抒情诗人"①。杜甫以写自然界中看似平淡无奇的题材而闻名,这直接影响了亨顿日后的翻译和创作理念。杜甫成为亨顿在诗歌译介之路上的引路人,此为其一。亨顿因在大学期间读到加里·斯奈德的诗集而开启了对中国文学的探索之路。通过阅读,亨顿挖掘出渗透在中国古代艺术创作中的思维范式,即中国文学所独有的生态思维,"它总是抒情而美丽——对我们来说充满现代和激进的色彩"②。这种独特的生态思维帮助亨顿更好地认识和理解了中国文学、中国文化,此为其二。亨顿虽然成年后长期定居于佛蒙特州,但犹他州是他的故乡,是其成长的地方,当地高耸入云的山脉和一望无际的天空所构成的开阔空间定义了亨顿,定义了他的思想。③ 地理环境的影响为亨顿日后培养中国古代哲学思维提供了很大的帮助,此为其三。纵观亨顿的汉学之路,包括大卫·霍克思的《杜诗初阶》等在内的众多研究者和作品均对亨顿产生过或大或小的影响,但以上提到的三重因素是最重要也最具代表性的,助力亨顿开启汉学研究的道路。这三重因素不仅推动了亨顿汉学之路的进程,也使其在研究中国古代诗歌和哲学的过程中聚焦中国生态问题,思考人类目前所面临的自然困境。

戴维·亨顿自 1989 年出版第一部译作以来,30 余载笔耕不辍,佳译频出。在三重启迪的感召下,亨顿开启了一段迷人的学术历程。这期间,他作为一名智者和雄辩者,充分运用了自己对于中国诗歌、哲学、艺术、语言和文字系统等众多文化层面的了解,把握翻译的准则,描绘出了一幅宏大壮丽的汉学画卷。如果要说"当你翻译一首诗时,你最终会得到一首新诗,这是译者的作品"④,那么亨顿也不例外,他

---

① 利思·托尼诺、刘士聪:《关于戴维·欣顿》,《中国翻译》,2015 年第 3 期,第 116 页。

② 详见 2016 年 5 月《布鲁克林铁道》(*The Brooklyn Rail*)刊登的"Bill Jensen and David Hinton"一文。https://brooklynrail. org/2016/05/art/billnbspjensen-andnbspdavidnbsphinton,2021 年 1 月 15 日。

③ 同上。

④ 参见"Into the Middle Kingdom"的官网,https://intothemiddlekingdom.com/tag/david-hinton/,2021 年 1 月 16 日。

对于中国古代诗歌的翻译清新易懂,充分展现了翻译水准和语言技巧,其译作既忠实于原作,又符合英文的语言表达习惯。亨顿用通俗易懂且清新质朴的语言把中国古典哲学的核心思想传达给西方读者,向世界传递中国声音,为中国文学和文化走向世界贡献了力量。自此,亨顿在汉学译介之路上开始一路高歌。

(二)以诗为马,游走译坛

出于对杜诗的无限热爱,亨顿尝试翻译和研究中国诗歌。陶渊明、谢灵运、孟浩然、王维、李白、杜甫、孟郊和王安石等这些中国古诗词大家的作品都成为亨顿关注的对象。亨顿的目光并不局限于古代诗歌的翻译和研究,他对当代中国诗歌也有独到的见解。自 1994 年起,亨顿开始翻译中国当代诗人和作家北岛的诗作,迄今已有三部译作问世,成功将北岛的作品介绍到欧美国家。

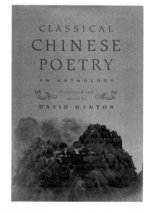

2008 年,亨顿翻译并出版了《中国古典诗歌选集》(*Classical Chinese Poetry*: *An Anthology*)。该集包括了众多经典诗词,从《诗经》《楚辞》《乐府》,到王安石、苏东坡和李清照的作品,同时,他也将《道德经》作为诗词的一部分选入其中。在《中国古典诗歌选集》中,亨顿梳理了中国诗歌传统的历史脉络,从公元前 1500 年一直延续到现在的 3000 多年里,中国诗歌传统成为世界文学之林中规模最大且持续时间最长的文学传统。从图画文字到象形文字的演变历程,亨顿结合道家宇宙观的思想范式,在该书中探讨了古代汉语的特点及其对诗歌这种特殊文学体裁的影响。从亨顿对于古代汉语语法结构的认识中可见其汉语功底之扎实,而这除了源自他对中国文学的痴迷和热爱,也离不开他多年的翻译和研究经验的积累。亨顿在翻译中国诗歌的过程中,既传递了中国古代诗歌之韵的独特之美,也以简单易懂的现代英语风格感染了众多英美读者,身体力行地彰显了其传播中国传统文化的使命感和责任感。

亨顿因翻译中国山水诗而被人们熟知。对中国山水画也有一定研究的亨顿,在受到中国诗人创作思想的启蒙后,开启了他翻译中国山水诗歌的旅程。亨顿发现,中国传统山水画以不同的色彩呈现方式传递着某些相同的概念,其中包含了大量的空虚意象,同时也发现中国书法家渴望借助宇宙本身的自发性和原始能量来创作,这种能量改变了表意文字,激活了它们周围的空虚。亨顿不仅通过对中国山水画意象的理解与许多诗人达成共鸣,更重要的是推动了其自身对于中国古代哲学思想的研究进程。诗歌作为一种特殊的文学体裁,表达了作者在创作时的思想感情,其丰富的诗学内涵与哲学伦理思想具有关联性。亨顿正是发现了诗歌这一独特性,进而进入了其汉学研究生涯,并获得了丰硕的研究成果。除了诗画意象外,很多诗人的哲学思想也推动了亨顿的翻译事业,激发了其创作理念。例如,王安石在晚年间修行,游山玩水,其诗作是在山水境界的道教文化中形成的;对亨顿影响颇深的诗人杜甫在其诗作中大量融入了个人哲学的深度思考;白居易在其诗歌中也涉及禅的思想,亨顿在翻译白居易的诗歌时"注重白诗中儒释道特别是禅的哲学内涵的翻译"①。由此可见,亨顿的中国古代文学翻译都不是平行独立的,它们之间存在某种关联性。亨顿关注到了这一特性,领略到了中国特有的山水诗画意象,逐步形成了中国哲学思维,拓宽了其中国古代哲典的翻译视野。

此外,亨顿还以翻译北岛的诗作而闻名。作为一位高产的诗人,北岛及其作品备受海外汉学界的关注,他特殊的旅居经历和鲜明独特的创作风格触动了亨顿。自 1994 年起,亨顿先后翻译了北岛的三部诗集,分别是《距离的形式》(*Forms of Distance*,1994)、《零度以上的风景》(*Landscapes Over Zero*,1996)和《在天涯》(*At the Sky'S Edge*:*Poems 1991 - 1996*,2001)。此外,值得一提的还有《时间的玫瑰:新诗与诗选》(*The Rose of Time*:*New and Selected Poems*,2010),该作品是北岛创作生涯中一部热情洋溢的诗集,由艾略特·温伯格(Eliot

---

① 陈梅:《白居易诗歌英译及研究述评》,《外语教育研究》,2016 年第 1 期,第 42 页。

Weinberger,1949）主编，亨顿与其他五位译者合译，以双语版形式发行。亨顿翻译北岛诗歌绝非机缘巧合。作为朦胧诗派的代表之一，北岛在其创作中融入了中国古典哲学思想，使得其诗歌具有冷峻、严肃和极强的思辨性。亨顿敏锐地捕捉到了这一特点，从而展开了对北岛诗歌的翻译，并通过翻译展现了北岛诗歌的音乐性和情感浓郁度。在翻译的过程中，亨顿的个人创作风格受到了北岛的诗歌理念的影响。他将杜甫和李白等人的中国古代诗歌思想维度与当代诗人北岛的创作理念结合在一起，开辟出一条其特有的关于诗歌研究的思想脉络。就连北岛本人在看过亨顿的译作之后，也不禁感慨道：

> 鉴于亨顿惊人的能力和他的整体计划，他正在创造的是一种新的英语文学传统，一项真正重要的事业，不仅对英国文学，对于中国语言文学更是如此。我不得不承认他的工作价值具有很重要的意义。①

对亨顿而言，翻译作品的价值受到肯定，也激励其在汉学研究之路上越走越远。

（三）哲典先锋，"易"通中西

值得一提的是，亨顿是 20 世纪以来，首位将五部中国经典哲学著作即《道德经》《孟子》《孔子》《庄子》和《易经》翻译成英文的人。海外汉学界，翻译过这几部哲学经典著作的学者不在少数，但是将五部作品悉数翻译出来的人却寥寥无几，亨顿是当之无愧的先行者。亨顿在翻译这些哲学典籍时意识到了语言翻译的曲解现象。英语作为印欧语系的分支语言，与汉语在语法构造上截然不同，这便决定了它无法将很多中国特殊词汇以其原本的含义呈现出来，反而会改变甚至曲解了"道（Tao）""禅（Zen）""易（I）"等中国古代特有哲学词语的真正内涵。

---

① 参见"Ebooks"官网中对于《中国古典诗歌选集》一书的介绍，https://www.ebooks.com/en-cn/book/1692272/classical-chinese-poetry/david-hinton/，2021 年 1 月 16 日。

　　无论是中国智慧源泉之《论语》、儒家之再经典的《孟子》、道家哲学源泉之《老子》，还是将哲学思想诗意化了的《庄子》，都被亨顿赋予了新的生命。亨顿在分别出版了这些哲学典籍的英译本之后，美国康特珀因特出版社（Counterpoint Press）于 2013 年发行了合集《中国四大典籍：〈道德经〉〈庄子〉〈论语〉〈孟子〉》（*The Four Chinese Classics：Tao Te Ching，Chuang Tzu，Analects，Mencius*）。译出以上四部中国哲学典籍之后，亨顿并未停下翻译的脚步，他于 2015 年出版了《易经》的英译本，即 *I Ching：The Book of Change*。作为中国传统思想中自然哲学与人文实践的理论来源，《易经》是中国古代文化和民族思想智慧的结晶，是中国古代哲学经典之作。亨顿通过译介，对于《易经》和"卦"有了深层认识，对于宇宙的两大基本原理（"阴"和"阳"）也形成了自己独有的思维认知体系。亨顿自称其对算卦并不感兴趣，但却对中国古代诗人、艺术家和知识分子阅读《易经》的方式十分感兴趣：这些群体主要把《易经》看作一本哲学书籍，而不是一种算命的系统。亨顿认为《易经》是一种神奇的文本，能够使读者不断获得新的阅读体验：

　　　　每次你开始阅读时，都将在一个由"机会"决定的新地方开始，而非从头到尾的阅读，此为借助"占卜"来进行的阅读体验。当然，这本书的体系结构也邀请了另一种阅读文本的方式：通过阅读随机选择的段落来漫步文本。无论是占卜还是随机游荡，文本都是千变万化、永无止境的，对于每个阅读它的人来说都是不同的文本。在一个令人迷惑的体系结构中设置了一个谜团，通常是相互矛盾的，这本书永远不会让读者陷入一个已经达到某种稳定理解的静止状态。①

同时他指出，在《易经》中，从某种意义上讲，没有混乱的概念——《易经》将宇宙看作一个和谐的整体，并以这个整体为基础开展哲学论述。

此外，亨顿对于中国传统的"道"也有着自己独特的理解和认识，他将自身置于自然环境或者说是宇宙本源世界之中来思考"道"。他认为，通晓和顿悟出"道"的内涵是没有场地限制的，可以漫居城市，也可以隐居山林。这一点同样适用于中国诗歌。亨顿发现中国古代诗人认为任何事物都可以成为其创作的主题，深奥和平庸看似无所交集，但在中国古代诗人的笔下是可以联系在一起的。亨顿所关注的是城市与自然之间的关系，更倾向于在自然原始环境中思考哲学、品味诗歌。

亨顿对《易经》与《道德经》之间的关系，以及两部哲典对于宇宙起源本质的描绘均有自己的深刻理解，并在译本中明确探讨了"有""无""无为"等哲学概念②。此外，亨顿于 2018 年出版了《无门关口：〈无门关〉之源》(*No-Gate Gateway*：*The Original Wu-Men Kuan*)，他通过其独特的译文向人们展现了一种全新的理解禅宗的方式，将传统的"禅宗困惑"转化为更加平易近人的神秘思想。③ 亨顿并不是一个单纯翻译中国文学作品的译者和汉学家。他勤于思考，从读大学时起便对中国道家哲学非常感兴趣。他探究过人类本源、人类与宇宙间的关联以及人类进化论的历史进程等多重哲学问题。一个出色的译者，必然会在翻译作品之前对作者和作品了如指掌，从而在译出语和译入语之间自由转换。亨顿在开始翻译中国文学作品之前，仔细阅读了中国本土出版的原著，形成自己的理解和思维范式。他致力于将文学作品

① 参见戴维·亨顿本人的参访录，https://us.macmillan.com/excerpt?isbn = 9780374536428，2021 年 1 月 16 日。
② 参见亨顿于 2015 年翻译出版的《道德经》中 Key Terms 部分。引自：David Hinton，*Tao Te Ching*，Washington，D. C.：Counterpoint，2015.
③ 参见戴维·亨顿的个人网页，https://www.davidhinton.net/no-gate-gateway，2021 年 1 月 16 日。

拉回到原始背景下进行解读和翻译,通过联系历史和文化等社会背景,把握文学作品的本质,这样便于海外学者对中国文学尤其是古典文学的内涵进行理论建构。连亨顿本人也宣称,他所做的工作不仅仅是在翻译中国文学文字,更重要的是在翻译"中国文化"①。

(四)地图诗人,聚焦生态

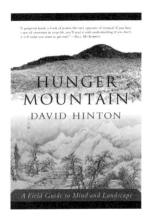

戴维·亨顿钟爱中国诗歌和哲学典籍,但并未只译不创。除了拥有译者身份之外,亨顿还是诗人和作家,创作了多部学术著作、诗歌和散文。作为"地图诗人",亨顿在众多中国古代诗歌的英译本中加入了地图标识,便于读者对诗人所生活的地理位置和环境进行直观地认识和了解。此外,他在原创作品中也进一步丰富了对于地理位置标识的运用。他的散文集《饥饿之山:心灵与风景的实地指南》(*Hunger Mountain*:*A Field Guide to Mind and Landscape*,2012,简称《饥饿之山》)、原创诗集《化石天空》(*Fossil Sky*,2004)和《沙漠》(*Desert*,2018)一经出版便引起轰动,来自各界的赞美络绎不绝。这些作品均是"诗意地图"的表征,展现了亨顿地图化风格的创作理念。亨顿用创作证明了他不仅是一位善于译介中国文学作品的汉学家,也是一名出色的诗人和作家,他的原创作品同样应该受到关注。

《饥饿之山》是亨顿多来年翻译和研究中国诗歌的成果性指南。"饥饿之山"指的是他现居住所佛蒙特州宅邸附近的一片荒野。亨顿沿着饥饿之山游历,以散文的形式在书中描述他的郊游思考和经历,同时也体现了他多年来翻译中国诗歌所吸收的宇宙观,即一种看待自然的方式,一种界定我们在其中地位的认识方式,一种看待我们自己

---

① 参见戴维·亨顿的个人网页,https://www.davidhinton.net/interview,2021年1月16日。

和宇宙之间关系的特殊方式。[1] 这本散文集也是亨顿将中国诗歌和艺术思想观念内化之后的成果，既凸显了亨顿在其译介之路上关注生态的显像特征，也代表了这是一部亨顿进行中西文化融合的成功案例。而诗集《化石天空》是一部精彩绝伦的诗意地图，彰显了亨顿作为诗人的独创性和审美。这部作品起初写在一张大纸上，亨顿的目的是把诗歌从传统纸张和书本的惯例中解放出来。与《饥饿之山》相似，《化石天空》也是取材于亨顿在家园附近一年左右的散步经历，追溯了个人在风景、历史和构思中走过的路径。亨顿在书中运用了中国古代山水画和诗歌的空虚意象与哲学思想，通过刻画个人内心的声音，打破了时空界限，再次思考了自然和无为等方面的哲学问题。亨顿于

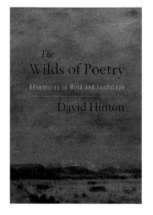

2018 年出版了诗集《沙漠》，是其近十年间的唯一一部原创诗集。在《沙漠》中，亨顿将注意力转向了美国西部的超然景观，关注自然生态，他的当代声音也在此情此景下不言而喻。亨顿借这部诗集再次深入探讨了中国古代哲学思想的内涵价值，更新了他的中国见解[2]，将沙漠景象的奇观与中国古代奥秘结合起来，呈现出独特的诗学效果。此前，亨顿在《诗歌的荒野：心灵与风景的冒险》(*The Wilds of Poetry：Adventures in Mind and Landscape*, 2017)中论证了那些古老的中国见解如何塑造当今时代下具有创新性的美国诗歌。在《沙漠》中，亨顿将这种传统延伸到了像旷野一样宽阔而开放的诗歌中，更新个人中国见解的同时也建构了中国古代哲学的思想范式。亨顿的目的是将自身对于中国古典诗歌文化内涵的理解，注入诗歌创作的思

---

[1]　参见"Ebooks"官网中对于《饥饿之山：心灵与风景的实地指南》一书的介绍，https://www. ebooks. com/en-cn/95544364/hunger-mountain/hinton-david/，2021 年 1 月 16 日。

[2]　此处的中国见解是指戴维·亨顿本人通过翻译和研究中国古代文学和哲学思想，所形成的一种特有的"中国见解"。

想中去,以求打破自我身份话语和西方知识传统的局限性。

除了个人诗作之外,亨顿也通过多年对于中国经典诗歌和古典哲学著作的翻译和研究,创作出了《觉醒的宇宙:中国古典诗歌思想》(*Awakened Cosmos*:*The Mind of Classical Chinese Poetry*,2019)和《中国文化之根:道教和禅宗》(*China Root*:*Taoism*,*Ch'an*,*and Original Zen*,2020)。这两本书是其本人基于多年翻译经验的研究成果。亨顿在其中再次说明了中国文学经过英译后的"变味",强调了禅宗文献的英译对禅宗的道教传统思想造成重大损害的问题。亨顿将禅视为中国本土精神的产物,是中国道教哲学思想的一种延伸。禅虽然也受到过佛教的影响,但不同于佛教的抽象和感性特征,中国的禅根植于朴实的思想价值理念和传统经验的感官认知当中。在《觉醒的宇宙:中国古典诗歌思想》中,亨顿以诗人杜甫为代表,通过对具体诗歌和诗人思想的分析,揭示了道家和禅宗对人类生活全方位体验的洞察,对其进行了深刻而原始的分析探索。作者赋予禅以独特内涵,即实现人类的感官同自然风景乃至宇宙的和谐统一。而《中国文化之根:道教和禅宗》中的每章内容都探讨了中国禅宗的核心思想,包括冥想、专注、感悟和觉醒等。此外,"作者还揭示了,正是因为中国禅宗在经日本传至西方的过程中精髓有所遗失,导致中国古代对禅的这种原始理解和实践在当代美国禅宗中几乎消失殆尽"①。

无论是翻译中国诗歌和哲学典籍,还是创作散文和诗歌,亨顿都

① 参见戴维·亨顿:《中国文化之根:道教和禅宗》,《对外传播》,2020 年第 11 期,第 80 页。

没有局限于表面的学术理念之中。他通过这些研究最终将视角立足于具体问题上，深入思考和分析这些问题形成的原因。例如，他曾提出中国传统社会性别歧视所导致的中国古典诗人"阳盛阴衰"的社会问题，以及通过对中国环境问题的探讨进一步思考全人类的生态问题等。尤其是环境生态的问题，人口压力和自然资源成为近些年来备受关注的话题，中国古代诗歌和哲学典籍可以通过文字语言来转变人类对于自然的认识，但真正所需要的是人类自身用实际行动去改善自然环境。亨顿通过翻译中国文学作品，意识到了中国环境问题的严重性，认为中国的古典精神和诗歌传统并未改变中国的环境问题，西方社会亦然。亨顿在翻译和创作时聚焦作品中的自然景观，结合历史维度进行研究，不仅在翻译和重塑中达到了有机的良好的平衡，而且通过深层次社会问题的探讨使得其作品具有了新的生命力。

戴维·亨顿用一部部杰出的译作向世人证明了优秀的译者所需要坚守的准则。他用英语文字最大限度还原和诠释了中国古典诗歌和哲学典籍的核心思想，其自然朴素且不失清新明晰的翻译风格带领英语世界的读者们领略到了中国文化的博大精深。作为中国文化的传播者，亨顿展现了其细致严谨的翻译风格和对于中国文学的特别喜爱。其个人网站显示，亨顿有个长远的计划，他计划将中国主要的古典诗人都重译一遍，自成一个系列，既表现中华诗歌千年的众声喧哗，亦反映各代诗人的独特声音。其宗旨是以严肃的学术态度对待原文，以地道纯正的英诗取悦大众，游走于学术和商业出版之间。

戴维·亨顿主要汉学著译年表

1989	*The Selected Poems of Tu Fu*（《杜甫诗选》），New York：New Directions Publishing
1993	*The Selected Poems of T'ao Ch'ien*（《陶潜诗选》），Washington，D. C.：Copper Canyon Press
1994	*Forms of Distance*（《距离的形式》），New York：New Directions Publishing
1996	*The Selected Poems of Lí Po*（《李白诗选》），New York：New Directions Publishing *Landscape Over Zero*（《零度以上的风景》，与陈艳冰合译），New York：New Directions Publishing *The Late Poems of Meng Chiao*（《孟郊晚期诗歌》），Princeton：Princeton University Press
1997	*Chuang Tzu：The Inner Chapters*（《庄子：内部篇章》），New York：Counterpoint Press
1998	*The Analects of Confucius*（《论语》），Washington，D. C.：Counterpoint Press
1999	*Mencius*（《孟子》），Washington，D. C.：Counterpoint Press *The Selected Poems of Po Chü-I*（《白居易诗选》），New York：New Directions Publishing
2000	*Tao Te Ching*（《道德经》），Washington，D. C.：Counterpoint
2001	*The Mountain Poems of Hsieh Ling-yun*（《谢灵运的山之歌》），New York：New Directions Publishing *At the Sky's Edge：Poems 1991-1996*（《在天涯：1991—1996 年的诗歌》），New York：New Directions Publishing

2002	*Mountain Home：The Wilderness Poetry of Ancient China*（《山居：中国古代隐逸诗》），Washington，D. C.：Counterpoint
2003	*The New Directions Anthology of Classical Chinese Poetry*（《中国古典诗集新编》，与威廉斯、庞德等合译），New York：New Directions Publishing
2004	*The Mountain Poems of Meng Hao-jan*（《孟浩然的山之歌》），New York：Archipelago *Fossil Sky*（《化石天空》），New York：Archipelago
2006	*The Selected Poems of Wang Wei*（《王维诗选》），New York：New Directions Publishing
2008	*Classical Chinese Poetry：An Anthology*（《中国古典诗歌选集》），New York：Farrar，Straus and Giroux
2010	*The Rose of Time：New and Selected Poems*（《时间的玫瑰：新诗与诗选》，与杜博妮、温伯格合译），New York：New Directions Publishing
2012	*Hunger Mountain：A Field Guide to Mind and Landscape*（《饥饿之山：心灵与风景的实地指南》），Boston：Shambhala Publications
2013	*The Four Chinese Classics：Tao Te Ching，Chuang Tzu，Analects，Mencius*（《中国四大典籍：〈道德经〉〈庄子〉〈论语〉〈孟子〉》），Washington，D. C.：Counterpoint Press
2015	*The Late Poems of Wang An-Shih*（《王安石晚期诗歌》），New York：New Directions Publishing *I Ching：The Book of Change*（《易经：变化之书》），New York：Farrar，Straus and Giroux
2016	*Existence：A Story*（《存在，一个故事》），Boston：Shambhala Publications

2017	*The Wilds of Poetry*：*Adventures in Mind and Landscape*（《诗歌的荒野：心灵与风景的冒险》），Boston：Shambhala Publications
2018	*Desert*（《沙漠》），Boston：Shambhala Publications *No-Gate Gateway*：*The Original Wu-Men Kuan*（《无门关口：〈无门关〉之源》），Boston：Shambhala Publications
2019	*Awakened Cosmos*：*The Mind of Classical Chinese Poetry*（《觉醒的宇宙：中国古典诗歌思想》），Boston：Shambhala Publications
2020	*China Root*：*Taoism*，*Ch'an*，*and Original Zen*（《中国文化之根：道教和禅宗》），Boston：Shambhala Publications
2022	*Wild Mind*，*Wild Earth*：*Our Place in the Sixth Extinction*（《狂热的心灵，狂野的地球：我们在第六次毁灭中的角色》），Boston：Shambhala Publications

本章结语

　　驱驰风云初惨淡，炫晃山川渐开阔。西方汉学家对中国古典诗词的英译始于 16 世纪。从开始时在黑暗中摸索，到此后渐成格局，在中国文学英译史上，诗歌始终占据着最耀眼夺目的位置，汉诗英译选集亦累代不绝。然而译诗实难，大道多歧。

　　中国古典诗词在走入英语世界的进程中，产生了不可计数的误读、误释、误译，深刻反映出中英诗歌审美取向的天堑鸿沟和译者力有不逮的窘境。由此更凸显出佳译的珍贵，那是优秀译者凭依自身深厚的学识，对诗理诗道的参悟和对异文化的包容尊重，经历千锤百炼所完成的从海绵吸水到大浪淘沙的积累。

　　这种对文化诗学异质性的深入把握和尽力再现的意识，突出表现于译者在翻译策略选择中的平衡与变通。他们的译作，也因此呈现出既深入中国文化肌理，又顺应译入语诗学美学规范的特征，不仅令原诗的历史内涵和审美价值得以充分保留，更帮助其获得新的意义和多重阐释空间，大大提升了中国古典诗歌的开放性和延展性，最大限度地补偿了汉诗英译"味"之失。

翟理斯译作虽忠信不足,但优雅传神,往往能曲达原文深意,完成了对中国文学史的全景式描绘。

马瑞志对于魏晋思想的研究与解读贯穿《世说新语》英译的副文本,显示出译者对文本的有意识介入。

韩南别具只眼,创造性地发掘李渔的高标逸志,令读者在东方才子的《十二楼》中隐隐嗅到西方人文主义的气息。

闵福德淹通东西典籍,长于在艰深卷帙中注入自身想象与创造,助其以有趣易懂的方式走入读者。

由此可见,文学翻译最大的价值并非表达的对等,而是原文与译文之间的互动。这种互动因文本的差异而显示出千姿百态的面貌。尽责的译者会在每一个个案中丈量两种语言之间的相似与不同和文化之间的吸纳或对抗,探幽发微,以此寻觅新的诠释途径,不断拓展新的疆域,打通翻译与比较文学的界限,使每一代读者都既能理解和欣赏原文具有普遍意义的文学价值,又能领悟到时代和译者赋予它的独特文本内涵。

这样的译作从来不是原文的依附和回声,而是有着鲜活生命价值、能够释放出多重信息的独立个体。倾听它们的声音、感受它们的温度,或许就探寻到了翻译的真谛,帮助我们真正去理解译者的信念和坚守,去看见那些真真切切灼若星火、饱含热泪和深情的双眼。

第二章 汉学家与中国古代短篇小说的英语传播

嗟乎！惊霜寒雀，抱树无温；吊月秋虫，偎阑自热。知我者，其在青林黑塞间乎！

——蒲松龄《聊斋志异》

Alas! I am but the bird, that dreading the winter frost, finds no shelter in the tree; the autumn insect that chirps to the moon, and hugs the door for warmth. For where are they who know me? They are "in the bosky groove and at the frontier pass" — wrapped in an impenetrable gloom!

—*Strange Stories from a Chinese Studio*，trans. by Herbert Allen Giles

一 东西文化终生事
华夏文章不朽情
——英国汉学家翟理斯译《聊斋志异》

英国汉学家
翟理斯
Herbert Allen Giles
1845-1935

1867 年 3 月,随着一声汽笛遽然响彻雾都荫翳的天空,一艘远洋客轮徐徐驶离码头,开往远隔重洋的华夏之邦。轮船渐行渐远,英伦三岛的轮廓在水汽氤氲的薄雾中愈发模糊,甲板上与亲人挥别的人群也已散去,海天之间只有空旷与寂寥笼罩着整个航船。

客舱里的一个年轻人却没有初踏旅途的愉悦。和大部分船伴不一样,他不是养尊处优到东方休闲度假的达官显贵,也不是腰缠万贯远赴海外淘金的生意人,他只是一个屡试不第,无处投身,前程未卜的落魄青年。他到中国并非出于什么宏伟理想,也没有遍地黄金等着他来囊取。他只想谋一份公职,不再拖累每况愈下的家庭。他最想做的职业,是效仿他的父亲,做一名作家学者,而家庭的变故却让他的梦想岌岌可危。海洋似乎无际无涯,而他的未来,是不是也像这航行一般,看起来渺茫无期?

这位忧郁的年轻人不会知道,他一去故国三万里,宦游异邦廿余年,待他归来时,已是一位成就等身的汉学家。在他的母国,他的名字将会和《聊斋志异》《三字经》和《庄子》等中国古典名著紧密联系在一

按:翟理斯虽然早在 1935 年就已经去世,但他与当代日益繁盛的中国文学外译的关系十分密切,我们在讨论中国文学的对外传播时也往往会以他为参照,故将之纳入考量。

起。他就是被誉为"19 世纪英国汉学三大星座"之一的翟理斯（Herbert Allen Giles，1845—1935，音译为赫伯特·艾伦·贾尔斯）①。

（一）少年颠沛

翟理斯也许鲜为大众所知，但在西方汉学界，他的名字却如雷贯耳。翟理斯浸淫汉学数十载，著作等身，成就非凡，两度斩获西方汉学界的最高荣誉"儒莲奖"。终其一生，他都致力于中学西渐，其研究范围遍布文学、历史、民俗、哲学、宗教和艺术等领域，为广泛传播中国语言、文学和文化，筚路蓝缕，开垦拓荒，在中西文化交流史上留下了浓墨重彩的一笔。但他狂放不羁，生性好斗，往往"兴之所至，就提笔为文，将同在汉学领域辛勤耕耘的汉学家批得体无完肤"②。他和威妥玛（Thomas Francis Wade，1818—1895）、理雅各（James Legge，1815—1897）和韦利（Arthur Waley，1889—1966）③等汉学家都有论战，树敌颇多，甚至被称为"西方汉学家的公敌"④。然而，正是因为他卓越不凡的汉学成就和特立独行的性格，翟理斯的人格魅力在岁月的

① 关于 H. A. Giles 的汉名，目前国内学界尚无统一说法。中国社会科学院近代史研究所翻译室编撰的《近代来华外国人名词典》中作"翟理思"，也有研究者依据晚清外交官曾纪泽的《出使英法俄日记》，作"翟尔斯"。但翟理斯的译著《古文选珍》（Gems of Chinese Literature，1883）的中文序言，作者落款为"岁在癸未春日翟理斯耀山氏识"，《皇家亚洲文会中国北部分会杂志》（Journal of the North China Branch of the Royal Asiatic Society）上刊登的翟理斯讣告上也使用了"翟理斯"。因此，可推断其汉名为"翟理斯"。

② 王绍祥：《西方汉学界的"公敌"——英国汉学家翟理斯（1845—1935）研究》，福建师范大学专门史专业 2004 年博士学位论文，第 1 页。

③ 亚瑟·韦利，著名英国汉学家、文学翻译家，精通汉文、满文、蒙文、梵文、日文和西班牙文等语种。他一生撰著和译著共 200 余种，其中大部分都与中国文化有关。更多有关韦利的评价，可参阅本书相关章节。

④ 王绍祥：《西方汉学界的"公敌"——英国汉学家翟理斯（1845—1935）研究》，福建师范大学专门史专业 2004 年博士学位论文，第 1 页。

流逝中也历久弥香,吸引着愈来愈多研究者的目光。

翟理斯的家学渊源是他一生醉心汉学、甘做中西文学文化信使和桥梁的主要诱因。翟理斯于 1845 年 12 月 18 日出生在牛津北帕雷德(North Parade,Oxford)的一个书香世家。他的父亲约翰·艾伦·贾尔斯(John Allen Giles,1815—1884)是一位牧师,同时也是一位著作等身、久负盛名的作家。贾尔斯牧师编著的宗教书籍、历史书籍、系列译著以及青少年读物在 19 世纪的英国流传广泛,经久不衰。在父亲的言传身教下,翟理斯"在 18 岁之前,接受了完全古典式的教育"①。少年时他就熟练掌握了拉丁文和希腊文,博览古希腊罗马的经典著作,奠定了牢固的西学功底,具有深厚的文学素养,为他致力于汉学打下了坚实的基础。

翟理斯的少年时期可谓运途多舛。他尚不满周岁时就险些夭折在从欧陆返回英国的路上,9 岁时又罹患大病,生命垂危,此后欠佳的身体状况伴随了他一生,甚至影响了他的外交生涯。几乎与此同时,父亲贾尔斯牧师的《希伯来档案》(*Hebrew Records*,1953)和《基督教档案》(*Christian Records*,1854)两部研究《圣经》的学术著作由于包含了"不合时宜"的叛逆精神,引起了教会恐慌。牛津主教担心这两部作品可能会动摇传统基督教信仰的根基,要求贾尔斯牧师收回该书。被拒绝后,牛津主教怀恨在心,借口贾尔斯主持的一桩婚礼违背了教会规定,将他告上法庭,欲将其置于死地。幸亏得到坎贝尔大法官的同情,贾尔斯才死里逃生,只被判处 12 个月监禁,并为本案缴纳了高达3200 英镑的保释金。原本饫甘餍肥 、无虑无思的家庭瞬间陷入困境,翟理斯也不得不从牛津基督文法学校(Christian Church Grammar School)辍学,直到贾尔斯出狱后,举家迁往诺丁山,他才得以在查特豪斯公学(Charterhouse School)就读。突逢变故,家道中落,这在翟理斯的心中埋下了对牛津主教的仇恨的种子,也成为他一生性情激

---

① H. A. Giles, *Autobiography*, *etc*., Cambridge University Library, p. 1.(翟理斯自传作于 20 世纪 20 年代,文稿现藏于剑桥大学图书馆,并未出版,因此并无出版社和出版时间可查。)

越、好斗不羁的滥觞。

毕业后翟理斯本可以进入牛津大学深造，但他自知家里负担不起昂贵的学费，于是选择参加印度行政参事会考试，但事出不巧，考试前夕翟理斯再一次病倒，严重影响了他的发挥，最终以 26 分之差落榜。后来，贾尔斯牧师的朋友又先后为翟理斯争取了印度行政参事、英国外交大臣推荐人员和英国内务部等职务的提名资格，可惜都未能如愿。其实，无论是汉学界还是翟理斯都应该感谢这些努力的失败，否则英国 19 世纪末 20 世纪初的汉学研究就会失色不少。1867 年 1 月，翟理斯由英国外交大臣提名，参加了英国外交部中国司的考试并通过，被任命为翻译学生。同年 3 月 20 日，翟理斯启程前往中国，开始了他长达 26 年的外交生涯。

（二）初窥门径

翟理斯到中国后，面临的首要问题是语言。在绝大多数西方人眼中，汉语仍是世界上最遥远最陌生的语言，而且由于构词形式、语法规则的巨大差异，对于英国人来说，能熟练掌握几千个汉字的字形、读音、音调、含义并能够地道使用，花费的时间比学会数门欧洲语言都多。"掌握汉语说起来十分轻巧，但要真正做到，除非你像玛士萨拉①一样长寿。"②英国政府也注意到了语言问题为外交事宜带来的不便，于是采纳了威妥玛的建议，建立了使馆翻译学生制度，规定新录用的外交官到中国后第一要务是在北京学习一年汉语，其后才能进入领事馆工作。这一制度不仅有利于英国在华外交的进展，也使英国驻华公使馆成为大批汉学家的摇篮，翟理斯即是其中的翘楚。

虽然有了学习汉语的激励体制，但对于翟理斯来说，这一任务并不轻松，其原因主要在于教材读物和既有经验的严重匮乏。当时仅有

---

① 玛士萨拉是《圣经·创世纪》中的传说人物，据说寿至 965 岁。
② Herbert Allen Giles, *A Chinese-English Dictionary*. London：Bernard Quaritch，1912，p. xv.

两本汉字入门读物,分别是马礼逊的《五车韵府》(*A Dictionary of Chinese Language in Three Parts*,1819)和威妥玛的《语言自迩集》(*A Progressive Course*,1867)。福开森曾经描述翟理斯学习汉语的场景,"方是时也,翟理斯孤处一室,习修华文……略有慰助者,唯马礼逊《五车韵府》一书"[1]。除了教材读物的短缺,英国公使馆汉语教学法的僵硬和庞杂也是翟理斯等翻译学生熟练掌握汉语的障碍。彼时威妥玛等人认为,汉语中偏旁部首的地位相当于西方文字中的字母,因此学习汉语要从部首开始。《语言自迩集》中罗列了 214 个部首,供翻译学生最先学习。但翟理斯很快发现此举无异于浪费时间,"中国孩子学习汉语时,没有一个从部首开始,部首只适合查字典"[2]。通过摸索,翟理斯发现学习汉语不能像欧洲语言那样死抠语法,而是要大量阅读。每天接触到的中国官方信函、电报、传单甚至设法获得的一份遗嘱都成了他正式教科书外的补充。有了一定的汉语基础后,他依据里雅各的《儒家经典》英译本研读了儒家典籍,并把目光投向了世俗小说和文人选集,《聊斋志异》《好逑传》《玉娇梨》《平山冷燕》《水浒传》《金瓶梅》和《三国演义》等名著,他都曾涉猎。

在学习汉语的过程中,翟理斯没有按照使馆要求亦步亦趋,而是通过阅读的方式,广泛涉猎自己感兴趣的文本,逐步摸索出了捷径。为了提高自己的华文素养,在华 20 余年,翟理斯几乎是拿到什么就看什么,史传、散文、诗歌、小说和公告,无不细读。正是广泛阅读的积累为翟理斯的翻译实践和汉学研究奠定了牢固的基础。他的汉学事业就始于编写汉语学习教材。经历了最初学习汉语的困难,翟理斯深深认识到当时英国人学习汉语方法的不合理。因此,他于 1872 年出版了《汉言无师自明》(*Chinese Without a Teacher*),这本小册子实则是他学习经验的总结,也是向威妥玛《语言自迩集》的挑战。该书最大的

---

[1] J. C. Ferguson, "Obituary: Dr. Herbert Allen Giles," *Journal of North China Branch of the Royal Asiatic Society*,1935,p. 134.

[2] H. A. Giles, *Autobiography*,*etc*.,Cambridge:Cambridge University Library,p. 13.

特色是"严格按照英语的元音和辅音来标注汉语"①，这在汉语学习教材中尚属首次。该书出版后以其简易性和实用性在西方汉语学习者中大获好评，随后一版再版，经久不衰。此后，翟理斯又于1874年出版了《字学举隅》(*Synoptical Studies in Chinese Character*)，为西方人学习同形异义或同形异音的汉字提供方便；1877年，出版了《汕头方言手册》(*Handbook of the Swatow Dialect*)，这本书的体例和《汉言无师自明》相似，以英语元、辅音做音标，并收录一些简单的汕头方言句子。直至晚年，翟氏还在为探索汉语学习的最佳途径而不懈努力，他于1919年出版了《百个最好汉字：汉字入门》(*How to Begin Chinese*：*The Hundred Best Characters*)，列出汉语口语中最常用的100个汉字，随后，他又于1922年出版了《百个最好汉字》的续编。

翟理斯并不是一位成功的外交官，或者说他不愿被冗杂繁复的外交事务拖累，影响他的汉学事业。翟理斯于1867年来华，1893年辞职返英，这一时期正值满清末年的"同光中兴"，虎门和圆明园的硝烟业已散尽，风起云涌的太平天国起义也落下帷幕，而他离职后两年，甲午海战的炮声才在黄海响起，8年后，波澜壮阔的义和团运动才遍地开花。翟理斯在华的27年间，中国虽然算不上海清河晏、四维昌平，但至少是相对平静的时期。在这样的时代背景下，外交官的生活自然平淡无聊。在北京公使馆的学习结束后，他被任命为天津领事馆助理，日常工作不过是充当英国公民和本地人之间的和事佬，仲裁协调各种纠纷。但翟理斯却是求之不得，甚至还曾主动要求调往宁波或镇江等工作更为清闲的地方。如此一来，他就有更多闲暇遍览群书，钻研中国语言和文学，将中国文学作品翻译为英文，并着手进行语言教科书和词典的编写。翟理斯来华20多年，从对中文一窍不通的翻译学生到著作等身的汉学家，其中一个重要因素就是"无聊"的领事馆生活给了他充裕的时间研治汉学。

翟理斯在中国的生活也绝非一帆风顺。巨大的气候差异使本就

---

① H. A. Giles，*Autobiography*，*etc.*，Cambridge：Cambridge University Library，p. 13.

孱弱的他长期水土不服,体弱多病,需经常服药调理。翟理斯已经是来华外交人员中的幸运者:英国于 1843 年任命的 13 名领事馆助理,有 8 位在 45 岁之前就病逝。他 1870 年回国休假半年,其间与凯瑟琳·玛利亚·芬(Catherine Maria Fenn,1845—1882)结婚,但他们的头两个孩子都在出生后不到一年时间内夭折,结发妻子凯瑟琳也在和他生活 12 年之后撒手尘寰,这对于宦游于异国他乡的翟理斯而言无疑是沉重的打击。在官场上,翟理斯也同样不顺利。他好斗的性格在外交生涯中并无收敛,但作为一名外交官,却缺乏必要的外交手段。他好与人一争高下的性格使他行事过于鲁莽,刚愎自用,与中国官员甚至他的上司之间频频发生冲突和争执,因此他外交生涯的结局也就可想而知。他曾历任天津领事馆助理、台湾府助理领事、天津代理领事、汕头代理领事、广州副领事、厦门代理领事、上海公共租界会审公廨英国陪审官、淡水领事和宁波领事,足迹遍布整个中国沿海,而始终不见显著升迁。1884 年到 1885 年他在担任上海公共租界会审公廨英国陪审官时,更是发生了沸沸扬扬的会审风波。翟理斯屡屡和公廨英国的中国官员黄承乙发生冲突,在处理一时难以调和的矛盾时,他争强好胜的性格使他丧失了外交官应有的沉稳和冷静,最终使事态一再扩大,英方不得不将翟理斯调离上海。此后翟理斯灰心于官场,一心研治汉学,最终于 1893 年以健康状况欠佳为由辞职归国,告别了他的外交生涯。在波澜壮阔、暗涌纷繁的外交界看来,翟理斯的离开只是微不足道的小事,而对英国汉学界而言,汉学史上的光辉一页才刚刚开启。

(三)译事千秋

在翟理斯的年代,英国汉学还处于发展的早期。欧洲传统的汉学重镇是法国,以雷慕沙、儒莲为代表的一批法国汉学家翻译了大量中国典籍,为欧洲汉学的繁盛做出了先驱贡献。反观英国,19 世纪之前英国对于中国几乎没有任何直接了解,这一情况直至 1792 年马戛尔尼访华才有了改观。其后半个世纪,英国以坚船利炮轰开了中国紧锁几个世纪的国门,中英两国的政治和贸易往来日渐频繁,但在文化上,英国对中国还处于几乎一无所知的境地,遑论汉学研究的发轫与勃兴。威妥玛和翟理斯等久居中国、熟谙中华文明的外交官就成为汉学研究的拓荒者。

1895 年,翟理斯的老上司威妥玛病逝,由他担任的剑桥大学汉学教授职位出现空缺,两年后,翟理斯全票当选为剑桥大学第二任汉学教授。至此,他走上了职业汉学家的道路并成为其中的佼佼者。自 1867 年远赴中国直至逝世,翟理斯近 70 年浸淫于中国文学文化,留下了 60 多部著作。他等身的汉学著作可以分为四大类:翻译、工具辞书、语言教材以及关于中国文化的杂著。

翟理斯的翻译成就奠定了他作为汉学家不可撼动的地位。他的第一部译著是《两首中国诗》(*Two Chinese Poems*,1873),其中收录了《三字经》和《千字文》的译文。翻译的缘起颇为荒诞:一位传教士朋友说这两部作品是不可能被译成英语的,翟理斯非要译给他看。对于这两部儿童识字开蒙读物的译文,评论界也褒贬不一。有评论者引用英国诗人蒲柏(Alexander Pope,1688—1744)的名句"Fools rush in where angels fear to tread"(天使望而却步的地方,傻瓜却勇往直前)予以嘲讽[1],但也有人对这一行为表示激赏。翟理斯又于 1900 年推出了《三字经》和《千字文》的重译本,他认为,1900 年的译本算是"经住了时间的考验"[2]。

自首部译作付梓之后,翟理斯一发不可收拾,又于 1874 年在《中国评论》上相继发表了《闺训千字文》(*A Thousand Characters of Girls*)和《洗冤录》(*Hsi Yuan Lu,or Instructions to Coroners*,直译为《洗冤录或验尸官指南》)的英译文,其中《洗冤录》的译文被西方医学史家誉为"伟大的文化里程碑"。1877 年,他又翻译出版了《佛国记》(*A Record of the Buddhistic Kingdoms*),并完成了他的代表译作《聊

---

① "Notice of *The San Tzu Ching*," *China Review*,Vol. 1,p. 394.
② H. A. Giles,*Elementary Chinese San Tzu Ching*,Shanghai:Kelly & Walsh,1900,p.178.

斋志异选》(*Strange Stories from a Chinese Studio*),于 1880 年交付伦敦德拉律公司(De La Rue Co.)出版。

《聊斋志异》是中国最享誉世界的文学作品之一,它是拥有外文翻译语种最多的中国小说,同时也是中国古典文学作品中外文译本最多的一部作品。在《聊斋志异》走向经典化的过程中,翟理斯可谓功不可没。翟氏译本选译了 164 篇"最具代表性"的《聊斋志异》故事结集出版。他的译笔优美典雅,最大限度地保存了蒲翁原本的文风。因此,译本一经出版就受到了学者和评论家的一致赞扬。与翟理斯同为英国汉学三大星座之一的著名汉学家理雅各在《学术》(*The Academy*)杂志上发表书评,称赞"翟理斯先生的译文质量很高"①。当代著名汉学家闵福德(John Minford,1946—)充分肯定了翟理斯的翻译成就:"迄今尚无译者能超越翟理斯。翟理斯毕生浸淫于中国文化和文学,对蒲氏古雅简约的文风颇有领悟,并应用在其英文行文中。"②翟理斯的《聊斋志异》获得了空前的欢迎,这在中国文学英译史上是罕见的:翟理斯译本数度重刊,拥有大批拥趸,欧洲很多语种的《聊斋志异》译本都由翟本转译而来。这一译本"于西方代表蒲氏百年之久"③,至今仍是英语世界乃至西方世界影响最大的译本。

在《聊斋志异选》出版之后,翟理斯又把目光投向浩如烟海的诗文领域。1883 年,翟理斯自费出版了一本《古文选珍》(*Gems of Chinese Literature*),选译了"不同时期中国著名散文作家的美文片段,所有文章均为首次翻译"④,1923 年,他推出了《古文选珍》的第二版。1898 年,翟理斯又出版了一部《古今诗选》(*Chinese Poetry in English*

① James Legge,"Review:*Strange Stories from a Chinese Studio*," *The Academy*,1880,Vol. 9,p. 185.

② John Minford,"Whose Strange Stories? P'u Song-ling,Herbert Giles and the *Liao-Chai Chil-I*," *East Asian History*,Vol. 17,1999,p. 1.

③ John Minford,*Strange Tales from a Chinese Studio*,London:Penguin Group,2006,p. xxxii.

④ H. A. Giles,*Autobiography*,*etc.*,Cambridge:Cambridge University Library,p. 39.

Verse），选译了大量中国古诗。在此之前，英国虽然已有了不少中国作品的译本，如著名汉学家理雅各对儒家经典的翻译和研究已经相当系统，但儒家经典并不等同于中国文学，关于中国文学整体状况的著作一直付之阙如，甚至连介绍性的文章都难觅踪迹。翟理斯的这两部译作无论是选材范围还是编纂体例，都采取了当时流行的"总体文学"的概念，让读者得以一窥几千年中国诗文的奇珍异宝，这无疑具有开拓性的贡献。

除了翻译小说、散文和诗歌，翟理斯还踏进了哲学的畛域。1889年1月，他翻译的《庄子》[①]（*Chuang Tzu：Mystic，Moralist，and Social Reformer*，1889）出版。这是英语世界第二个《庄子》的译本。但是翟理斯对巴尔福于1881年推出的译本颇为不满，他声称"译者的中文能力实在太差，根本不足以胜任翻译"，"我的译本才算得上是这部杰作的第一个英译本"[②]。翟理斯的译本文笔流畅，语辞典雅，将庄子思想的精华传递给英语读者，让他们得以亲近中国哲学的魅力。译本出版后引起了极大关注。王尔德和毛姆都曾阅读过翟译《庄子》，毛姆对翟理斯的传神妙译颇为嘉许：

> 在身心俱懒的时候，我只有拿起翟理斯教授翻译的《庄子》来读……这本书特别适合下雨天，你在读《庄子》的时候，时常不期而同碰到使人心绪飘摇的思想。但它会像潮涨时激起的浪花，霎时冲刷而过，然后在情性里油然而生种种意味，任你独自在老庄的世界里沉浮。[③]

翟理斯逝世后，《剑桥大学评论》刊载的讣告也专门提到了《庄子》："《庄子》译本是非常杰出的译著，它的魅力远远超出了汉

[①] H. A. Giles, *Autobiography，etc.*, Cambridge：Cambridge University Library, p. 52.

[②] H. A. Giles, *Chuang Tzu：Mystic，Moralist，and Social Reformer*, London：Bernard Quaritch, 1889, p. xvii.

[③] 转引自张弘：《中国文学在英国》，广州：花城出版社，1992年，第71-72页。

学界。"①

1911 年,翟理斯编译了《中国神话故事》(*Chinese Fairy Tales*),此后多年,翟理斯没有出版新的译著,而是将精力放在了系统介绍中国文化上。翟理斯的最后一部译著是出版于 1925 年的《笑林广记》(*Quips from a Chinese Jest-Book*)。该书缘起于 1923 年《泰晤士报》(*The Times*)文学副刊刊载的一篇《古文选珍》第二版的书评。书评者高度评价了译本的选材和质量,但唯一"感到一点点失望的",是这部作品不那么幽默。当时欧洲对中国人的普遍印象是性情沉闷,不苟言笑,而翟理斯认为中国人"事实上是最乐天的民族之一",于是他"几乎马上"开始选译《笑林广记》,"展示中国人智慧与幽默的一面"②。

翟理斯翻译思想的核心是译笔的洗练优美,这也是他作为文人的气质使然。他的译品,无论是《古文选珍》和《古今诗选》中的诗文,还是《聊斋志异选》收录的故事和小说,都典雅华瑰,扬葩振藻,即使放在最纯正的英语文学中,也并不逊色。这样的翻译当然也有其弊端:在"达"和"雅"的层面太过用功,"信"就稍稍打了折扣,这也是不少力主忠实的翻译研究者对翟氏译品颇有微词的原因。但从另一个方面看,翟理斯保证了译本的可读性,强调以读者为中心,为中国文学作品的传播起到很大的促进作用。

(四)等身著作

翟理斯的翻译成就让他的名字伴随着《聊斋志异》和《庄子》等作品的流芳百世而彪炳千秋,但他在其他汉学领域的成就也不遑多让。他的辞书编纂工作始于 1878 年出版的《远东问题参照词汇表》(*A Glossary of Reference on Subjects Connected with the Far East*)。这部工具书收集了远东地区时兴的短语,按字母表顺序排列,并给予简短

---

① "Obituary: Professor H. A. Giles," The Cambridge Review,Feb. 22,1935.

② H. A. Giles, *Autobiography*,*etc*., Cambridge:Cambridge University Library, p. 169.

的解释。《远东问题参照词汇表》可以被视为一部字典的雏形,它也预示着更为厚重的辞书《华英字典》(*Chinese-English Dictionary*)的问世。

《华英词典》第一版问世于1892年。编撰一部英汉字典殊非易事,尤其是在图书资源和通信手段都紧缺的19世纪。翟理斯为此准备了20年。编写字典最重要的是拼音系统,这也是翟理斯反复思量的地方。中国并无自己的拼音系统,一般读书人遇到生字,通常采用"音切"的方式,以两个汉字相拼,切上字取声母,切下字取韵母和声调,如"翟"为"周来"切。但这种方法并不适合学习汉语的西方人,很多西方汉学家都建立了一套基于英语拼读方式的拼法,如威妥玛、梅辉丽、庄延龄等人,结果导致个个都使用自己的拼音方案,整个音译体系相当混乱。因此,创立一套通行的汉字拼音方案就势在必行。翟理斯经过综合考虑,在《华英字典》中使用了最为普遍的威妥玛拼音系统,但对之进行了力度不小的改进,使之更科学化和系统化。最终,这一拼音系统随着《华英字典》的热销而得以普及,被命名为威妥玛-翟理斯拼音法,成为20世纪最为通用的汉字拼音系统。直到20世纪80年代,随着中国制定的汉语拼音在全世界取得通用地位,威妥玛-翟理斯拼音法才被逐步废止。但时至今日,一些大学和品牌的名称仍沿用威妥玛-翟理斯拼法,如北京(Peking)大学、清华(Tsinghua)大学、苏州(Soochow)大学和张裕(Changyu)葡萄酒等。

1909年,翟理斯又推出了《华英字典》的修订版,纠正了初版的不少错谬之处,新增了大量词条。第二版《华英字典》收入13848个单字,近10万词条,总厚度达到1711页,实是当之无愧的巨型词典。翟理斯还为每个汉字都编了号,后来被外国驻华领事馆广泛地作为汉文电报代码。《华英字典》为沟通中西文化做出了重大贡献,其编排体例也为后世学者所沿用借鉴。在汉英字典的编纂史上,这是当之无愧的里程碑式巨著。因此,1911年,法兰西学院将汉学界的最高奖项"儒莲奖"授予了翟理斯。这是他第二次荣膺这一殊荣。他第一次斩获"儒莲奖"的著作,是1897年出版的《古今姓氏族谱》(*A Chinese Biographical Dictionary*)。

《古今姓氏族谱》同样是一部开创性的作品,它比中国第一部同类人物传记辞典早面世十年。全书共 1022 页,收录了中国历代名人的传记 2579 条,堪称是一部小型的中国历史百科全书。1897 年,翟理斯受聘为剑桥大学汉学教授,不能不说与这部鸿篇巨制的问世多多少少有些关系。

翟理斯研治汉学数十年,其治学习惯也与中国文人有相似之处。他涉猎极博,无书不读,又遍游大江南北,所见甚广,往往有所体悟,便援笔为文,年复一年,所积益夥,在这些随笔和札记的基础上进而详加著述,分章理结,整理为一部部杂著或专著。翟理斯的著作有不少都属于这种类型,如 1875 年出版的《中国札记》(*Chinese Sketches*),1877 年出版的游记《从汕头到广州》(*From Swatow to Canton*),1878 年的《鼓浪屿简史》(*A Short History of Koolangsu*),1880 年出版的《中国的共济会》(*Freemasonry in China*),1882 年的《历史上的中国》(*Historic China and Other Sketches*),1902 年的《中国和中国人》(*China and the Chinese*),1905 年的《翟山笔记》(*Adversaria Sinica*),同年出版的《中国古代宗教》(*Religions of Ancient China*)和《中国绘画史导论》(*An Introduction to the History of Chinese Pictorial Art*),1911 年的《中国的文明》(*The Civilization of China*),1912 年的《中国和满人》(*China and the Manchus*),1924 年的《中国之动荡:狂想曲》(*Chaos in China:A Rhapsody*)。其中成就最高、意义最大的当数 1901 年出版的《中国文学史》(*A History of Chinese Literature*)。

1901 年,伦敦威廉·海涅曼公司(William Heinemann & Co.)筹划出版一套《世界文学简史》,邀请翟理斯撰写其中的中国卷。值此契机,翟理斯撰写了"第一部"中国文学史。翟理斯对此颇为自豪,在全书的第一页,他就不无骄矜地宣称,"在任何语言里,包括中文,这都是第一部中国文学史"①。

而翟理斯不会知道,早在 1880 年,俄国汉学家瓦西里耶夫就出版

---

① H. A. Giles, *A History of Chinese Literarure*,New York:D. Appleton and Company,1901,p.1.

了《中国文学史纲要》。因此他甚为得意的"第一"名号，实际上早已名花有主。但翟版《中国文学史》为第一部汉语文学史著作的说法得到了郑振铎的确认，长时间以来，学术界都认可了这种说法，直到2002年北京大学李明滨教授钩沉考证，才重新发现了瓦西里耶夫的版本。① 但翟理斯版本最为流行，使很多英国学生领悟到汉语文学的独特魅力，其在中西文学交流中起到的历史价值不容低估。

翟理斯的《中国文学史》基本上沿用了西方文学史编纂的传统体例，以朝代更迭为断代依据，把中国文学分为八个时期，系统介绍了中国文学的发展历程，堪称是翟理斯汉学生涯的集大成之作。它"第一次以文学史的形式，向英国读者展现了中国文学的悠久发展过程中的概貌——虽然尚有欠缺与谬误，但它无异向英国读者指点与呈现了一个富于异国风味的文学长廊"②。因此，它出版之后即大受欢迎，受到了汉学界的一致好评。

在《中国文学史》中，翟理斯立足于19世纪西方的史学传统，运用"总体文学"的观念，对中国文学的历史进行建构。他所持有的"史的意识"是此前的中国学者所欠缺的，而这一点也正是中学西渐的过程中两种文化相交融的产物。翟理斯不像传统的中国学者，把文学看作孤立作者的创作成果，而是在西方"总体文学"概念的引导下，把不同时期的作家作品看作相互联系、相互制约的历史图景，其目的便是勾勒出中国数千年文学的发展脉络。这一点对中国学者影响深远。

翟理斯的另一个贡献是某种程度上打破了中国学者对小说、戏剧和民间文学长期轻视的局面，比较公正地对待各种文学体裁。此外，他还强调了佛教的传入对文学的影响。但这部文学史毕竟是没有前例可循，在"很多中国经典作家的经典作品尚未移译过去的情况下"③进行的，因此缺陷错漏之处在所难免。郑振铎先生曾指出翟理斯《中

① 李明滨：《世界第一部中国文学史的发现》，《北京大学学报》，2002年第1期，第92-95页。
② 张宏：《中国文学在英国》，广州：花城出版社，1992年，第83页。
③ 李岫、秦林芳：《二十世纪中外文学交流史》，石家庄：河北教育出版社，2001年。

国文学史》的问题：一方面，疏漏过多，对于李清照、陆游、辛弃疾等一派开山之祖或作品精粹的大家都没有收录；另一方面，又滥收二流作家作品和许多非文学作品的读物，如《黄帝内经》《本草纲目》和道教的《感应篇》等；此外，翟版《中国文学史》还存在详略不均的现象，如叙，《诗经》不过九页，《史记》不过六页，李杜诗篇加一起只有六页，而《聊斋志异》则占了二十二页，《红楼梦》甚至多达三十余页。① 郑振铎作为一代文学史大家，对其理想中的文学史著作自然要求甚高，他的评骘多少有点求全责备的意味。虽然翟理斯的《中国文学史》还有若干不尽如人意之处，但是作为英语世界的第一部中国文学史著，翟著理应在汉学史上占有一席之地。而且，翟理斯以朝代更替断代文学史和平等对待各种文学体裁的做法对后世的中国学者和海外汉学家有影响，为后世学人提供了宝贵的经验。翟理斯是系统地向西方读者，尤其是英语世界读者展示中国文学全貌的第一人，让中国文学得以在欧洲释放无穷的魅力，从这一点看，翟理斯居功至伟。

翟理斯自幼身体羸弱，成年之后病痛更是常伴左右，而居然寿至耄耋，不可谓不是一个奇迹。翟理斯晚年回首尘路时说，"自 1867 年起，我主要有两大抱负。第一，帮助人们更容易更正确地掌握汉语；第二，激发人们对中国文学、历史、宗教、艺术、哲学和风俗的更广泛深刻的兴趣"②。这两大抱负，他毫无疑问都实现了。

随着翟理斯年事渐高，晚年的他也余力不逮，疏于著述，只在家中颐养天年。他位于剑桥塞尔温花园的住宅完全是中国书斋的装饰，琴棋书画，应有尽有。他弱冠之年就远赴中国，直到临近知天命之年才返回英国。毫无疑问，在中国的经历已成为他生命中最重要的记忆，而那片重洋之外的古老土地也已成为他精神上的故土。

---

① 参见郑振铎："评 Giles 的《中国文学史》"，载《郑振铎古典文学论文集》，上海：上海古籍出版社，1984 年，第 33 – 35 页。

② H. A. Giles, *Autobiography*, etc., Cambridge：Cambridge University Library, p. 173.

翟理斯主要汉学著译年表

1872	*Chinese Without a Teacher*（《汉言无师自明》），Shanghai：A. H. De Carvalho
1873	*The San tsu ching or Three Characters Classic and the Ch'ien tsu wen or Thousand Character Essay Metrically*（《〈三字经〉与〈百家姓〉》），Shanghai：A. H. De Carvalho *A Dictionary of Colloquial Idioms in the Mandarin Dialect*（《语学举隅：官话习语口语辞典》），Shanghai：A. H. De Carvalho
1874	"A Thousand Characters of Girls"（《闺训千字文》），*China Review*，Vol. 2，183-185 "Hsi Yuan Lu, or Instructions to Coroners"（《洗冤录》），*China Review*，Vol. 3，pp. 30-38，92-99，159-172 *Synoptical Studies in Chinese Character*（《字学举隅》），Shanghai：A. H. De Carvalho
1875	*Chinese Sketches*（《中国札记》），London：Trubner & Co.
1877	*Handbook of the Swatow Dialect*（《汕头方言手册》），London：Thos. De la Rue & Co. *Record of Buddhistic Kingdoms*（《佛国记》），London：Trubner & Co. *From Swatow to Canton*（《从汕头到广州》），Shanghai：Kelly & Walsh
1878	*A Short History of Koolangsu*（《鼓浪屿简史》），Amoy：A. A. Marcal *A Glossary of Reference on Subjects Connected with the Far East*（《远东问题参照词汇表》），London：Trubner & Co.

1879	*On Some Translations and Mistranslations in Dr. William' Syllabic Dictionary*（《论卫三畏博士的〈汉英拼音字典〉的某些翻译及误译》），Amoy：A. A. Marcal
1880	*Strange Stories from a Chinese Studio*（《聊斋志异选》），London：T. De La Rue & Co. *Freemasonry in China*（《中国的共济会》），Amoy：A. A. Marcal
1882	*Historic China and Other Sketches*（《历史上的中国》），London：T. De la Rue & Company
1883	*Gems of Chinese Literature*（《古文选珍》），Shanghai：Kelly & Walsh
1889	*Chuang Tzu：Mystic，Moralist，and Social Reformer*（《庄子：神秘主义者、伦理学家、社会改革家》），London：Bernard Quaritch
1892	*Chinese-English Dictionary*（《华英字典》），Shanghai：Kelly & Walsh
1897	*A Chinese Biographical Dictionary*（《古今姓氏族谱》），London：T. De La Rue & Co.
1898	*Chinese Poetry in English Verse*（《古今诗选》），London：Bernard Quaritch
1900	*Elementary Chinese：San Tzu Ching*（《三字经》（第 2 版）），Shanghai：Kelly & Walsh
1901	*A History of Chinese Literature*（《中国文学史》），Rutland：Charles E. Tuttle Company
1902	*China and the Chinese*（《中国和中国人》），New York：Columbia University Press
1905	*Adversaria Sinica*（《翟山笔记》），Shanghai：Kelly & Walsh *Religions of Ancient China*（《中国古代宗教》），London：Archibald Constable & Co.

	An Introduction to the History of Chinese Pictorial Art（《中国绘画史导论》），Shanghai：Kelly & Walsh
1911	*The Civilization of China*（《中国的文明》），London：Williams and Norgate *Chinese Fairy Tales*（《中国神话故事》），Glasgow：Gowans and Gray
1912	*China and the Manchus*（《中国和满人》），Cambrige：Cambridge University Press
1919	*How to Begin Chinese：The Hundred Best Characters*（《百个最好汉字：汉字入门》），Shanghai：Kelly &Walsh
1924	*Chaos in China：A Rhapsody*（《中国之动荡：狂想曲》），Cambridge：W. Heffer & Sons
1925	*Quips from a Chinese Jest-Book*（《笑林广记》），Shanghai：Kelly & Walsh

有往来者云:"庾公有东下意。"或谓王公:"可潜稍严,以备不虞。"
王公曰:"我与元规虽俱王臣,本怀布衣之好。"

——刘义庆《世说新语》

(In 338) there were those who traveled back and forth (along the Yangtze River) who reported, "Yü Liang has intentions of coming east (for a *coup d'etat*)." Someone said to Wang Tao, "You'd better take some slight precautions in secret to guard against any mishap."

Wang replied, "In my relations with Yü Liang, in spite of the fact that we're both His Majesty's ministers, I've always cherished our friendship from the time we were both wearing cotton clothes.

—*Shih-shuo Hsin-yü*: *A New Account of Tales of the World*,
trans. by Richard B. Mather

二 维摩远挹齐梁雨
巴别新开魏晋风

——美国汉学家马瑞志译《世说新语》

美国汉学家

马 瑞 志

Richard B. Mather

1913-2014

千百年来,志人小说《世说新语》(以下简称《世说》)在中国文学史上具有举足轻重的地位,同时它对我国的文人墨客产生了深远的影响。放眼西方世界,《世说》亦得到众多学者的关注,但却迟迟未有英文译本。面对卷帙浩繁的《世说》,想要确切理解其语言的意义和韵味,确实并非易事,以至于国外的学者往往满心踌躇,望而却步。

1948 年,法国汉学家白乐日(Etienne Balazs,1905—1963)发文预言道:"由于《世说》里的某些描述具有相当强的私人性质和隐秘特征,它将在很长一段时间内不会被译成西方语言。"①幸运的是,1976 年,美国著名汉学家马瑞志(Richard B. Mather,1913—2014)在经过近 20 年呕心沥血的付出后,终于完成《世说》英文译本(*Shih-shuo Hsin-yü:A New Account of Tales of the World*,1976)并将此译本交由明尼苏达大学出版社(University of Minnesota Press)出版。这部辛苦耕

按:马瑞志专治魏晋六朝文学文化,除英译《世说新语》外,其博士学位论文研究对象为《维摩经》的汉语译本,此外还著有《永明》《诗人沈约:隐侯》等南朝文学研究著作,故有"维摩""齐梁雨""魏晋风"云云以及巴别系圣经传说中的通天塔(Babel)。

① 范子烨:《马瑞志的英文译注本〈世说新语〉》,《文献》,1998 年第 3 期,第 210 - 229 页。

耘之作一经面世,便受到西方学者的广泛赞誉。迄今为止,马瑞志的《世说》译本,依然是世界上唯一一部《世说》英文译作。

(一)缘起少年,英译《世说》

马瑞志于 1913 年 11 月 11 日在中国出生,受父母传教士身份的影响,幼时便对中国的语言和历史产生了浓厚的兴趣。1935 年,马瑞志以最优等的成绩从普林斯顿大学毕业,获得艺术和考古学学士学位;1939 年,又获得普林斯顿神学院(Princeton Seminary school)神学学士学位。在此之后,马瑞志进入加州大学伯克利分校继续深造,并于 1949 年获得东方语言学专业博士学位。在加州大学学习期间,他师从著名白俄学者卜弼德(Peter Alexis Boodberg,1903—1972)和语言学家赵元任(1892—1982)。老师的谆谆教诲,再加上马瑞志自身的刻苦钻研,为他后来的汉学研究打下了良好的基础。

获得博士学位之后,马瑞志进入明尼苏达大学东亚语言与文学系(East Asian Language and Literature Department),担任新的汉语助理教授,该系当时被称为语言学和比较语言学系。此外,他还在该校艺术系讲授中国艺术课,在历史系教授中国历史课。马瑞志在明尼苏达大学期间,首次开设了中国语言与文学课,之后不断增加新课,为东亚语言与文学系的扩展发挥了重要的作用。1957 年马瑞志被提升为汉语系副教授,1964 年晋升为教授。他于一方讲桌前鞠躬尽瘁,在明尼苏达大学任教长达 35 年。同时,他还兼任加州大学伯克利分校的客座教授。

多年来,马瑞志致力于魏晋南北朝时期文学文化的研究,在宗教、历史、语言学和诗歌等多个领域做出了重要的贡献。在宗教方面,马瑞志专注于佛教对中国中古时期文学文化影响的研究。在文学与诗歌领域,马瑞志一生深耕学术,著作众多。其中具有代表性的作品包括 1953 年完成的《晋书》卷 122《吕光传》(*Biography of Lü Kuang* [*Annotated Translation of Chin shu* 122],1959)的英文译注,该译文被收录于卜弼德主持编纂的项目中①；1957 至 1976 年间马瑞志翻译并注释了《世说新语》，交由明尼苏达大学出版社出版，2002 年该译本的第二版（*Shih-shuo Hsin-yü：A New Account of Tales of the World，2nd Edition*）问世；1988 年，马瑞志完成译著《诗人沈约：隐侯》（*The Poet Shen Yüeh（441 - 513）：The Reticent Marquis*），此书介绍了诗人沈约的生平事迹，并收入了沈约的部分译作；1988 至 2003 年间，马瑞志同样以惊人的毅力翻译并研究了三位永明时期代表诗人沈约、谢朓、王融的作品，完成了另一部巨作《永明》（*The Age of Eternal Brilliance：Three Lyric Poets of the Yung-ming Era（483 - 493）*）。在这四部译作之中，《世说新语》英译本的影响最为深远。

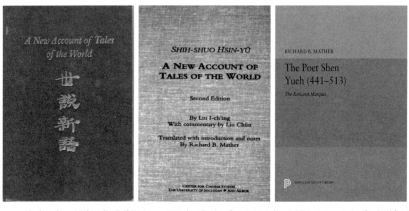

为何会对魏晋时期这一历史阶段产生研究兴趣呢？马瑞志曾在1997 年 7 月 11 日与范子烨的一封信中提及：

> 三十年代，我作为一名艺术与考古专业的大学生就读于普林斯顿大学，被唐代诗人和画家王维给迷住了，特别是他以"摩诘"为字这一事实最终引导我选择去撰写关于汉语译本《维摩经》的博士论文。那是 1949 年，我在伯克利加州大学。其实当佛教思想最初被中国文化吸收的时候，有很多东

---

① 卜弼德主持编纂的《中国中古史译丛》（*Chinese Dynastic Histories Translations*），1957 年由加州大学出版社出版。

西值得研究。当时在伯克利有两位教授,他们对中国上古、中古的历史颇感兴趣。①

在中国的成长经历,让马瑞志对于中国文学情有独钟,而后长期的求学经历,更是让马瑞志的研究方向聚焦于魏晋时期。此外在1956年和1963年赴日本的两个度假年中,马瑞志结识了一批日本东京大学人文研究领域的学者,当时这些学者正开展日译《世说》的任务并邀请马瑞志进行英译《世说》的工作。由于《世说》的研究与佛学研究有着一定的相关性,马瑞志欣然接受了这一邀请。

事实上,在马瑞志翻译《世说》之前,曾有西方学者尝试翻译《世说》。1974年,原比利时高级汉学研究所研究员布鲁诺(Bruno Belpaire,1885—1979)在巴黎出版了法语译本《世说新语》,开启了用西方语言翻译《世说》的先河。可由于译者对《世说》整体理解上的偏差较大以及态度的不够严谨,该译本存在不少错误。国内学者张永言在其论文中指出,"令人失望的是这个译本不是认真的学术著作,其中错误连篇累牍,而且常常到了匪夷所思的地步"②。可喜的是,两年之后的1976年,马瑞志的《世说新语》英译本问世,填补了英语世界缺少《世说》全译本的这一空白。

但将这样一部著作译为英文谈何容易?著名翻译家梁实秋曾在尝试翻译二三十段之后便作罢,因为他认为《世说》中的"谈玄论道之语固常不易解,文字游戏之作更难移译"③,并声称"'世说'全部英译殆不可能"④。然而马瑞志却迎难而上,将这种不可能变为可能,也为此付出了异于常人的艰辛。

《世说新语》英译本的出版对西方汉学研究及爱好者而言,毫无疑问是一个振奋人心的消息。因此一时间,众多学者在各报刊上相继刊

---

① 范子烨:《马瑞志博士的汉学研究》,《世界汉学》,2003年第2期,第140–142页。

② 张永言:《马译〈世说新语〉商兑续貂(一)——为纪念吕叔湘先生九十寿辰作》,《古汉语研究》,1994年第4期,第1–16页。

③ 梁实秋:《读马译〈世说新语〉》,《世界文学》,1990年第2期,第296页。

④ 同上。

文称赞此书。美国华盛顿大学教授、汉学家康达维曾说："这部语文学界的杰作是过去 25 年汉学研究最重要的贡献之一；它不仅是一件宝物，而且是一个真正的宝藏。"①马瑞志的《世说》英译本编排周密严谨，译文准确忠实，的确配得上这样的称赞。

（二）前言附录，别具一格

马瑞志译著的《世说》英译本，全书长达 700 多页。近 20 年的时间里，他心无旁骛地埋头书册之间，最终为读者献上这部潜心之作。在整个翻译的过程中，马瑞志吸收了大量前人的相关研究成果，在对原文含义的理解上力求精益求精；面对资料的收集与整理，马瑞志力所能及地做到广泛、全面；在对译作整体编排时，马瑞志最大限度地保证译文既准确合理，又易于读者理解。

《世说》英译本的副文本有着严谨缜密的编排，不仅给人留下了深刻的印象，更为其他《世说》或魏晋文学的研究者提供了极大便利。该译本由前言、正文和附录三大部分组成。前言内容丰富，包括自序（Preface）、导论（Introduction）和附志（Translator's Note）部分，其中导论部分便长达 23 页。附录部分则包括传略（Biographical Notices）、释名（Glossary of Terms and Official Title）、缩写（Abbreviations）、书目（Bibliography）和索引（Index）。

前言中的导论部分是对《世说》所处时代背景以及思想意蕴进行介绍，内容分为两个部分，分别为《〈世说新语〉的世界》②（The World of the Shih-shuo Hsin-yü）以及《文本历史》（The History of the

① David R. Knechtges："Review of *Shih-shuo Hsin-yü*：*A New Account of Tales of the World* by Liu I-ch'ing；with Commentary by Liu Chün；Translated and Annotated by Richard B. Mather，"*The Journal of Asian Studies*，Vol. 37，1978，pp. 344-346.

② 这部分内容在原著《世说新语》中是没有的，是马瑞志在翻译成英文版时添加内容，此处涉及的栏目名称和导论中的引文皆为本文作者翻译完成。

Text），并以前者为主体展开。

马瑞志在导论开篇便提出这样一个问题："如果《世说》中的故事、对话和简短的人物描写组成了一个真实的世界，我们很可能会问这是什么样的世界，这是一个真实的世界还是一个虚构的世界？"①紧接着马瑞志便给出了回答："《世说》中一共出现约 626 个人，显然，他们都可以在历史资料或者其他来源中得到证实。此外，对于其中大多数事件和言论而言，考虑到文学性修饰以及戏剧性的夸张，并不能成为充分怀疑其真实性的原因。"②马瑞志对《世说》所刻画世界的真实性表示了肯定，可是"描述历史似乎并不是《世说》作者的目的所在，而娱乐因素，无论是讲好故事还是有关诙谐幽默的语言，又或是对怪癖或是奇事的记录，在作者众多的意图之中，绝非是最次要的那个。"③马瑞志认为，在《世说》中所描绘的大多事件的确是真实发生过的，但《世说》本身与严肃的历史作品相比，其本身更加小说化。之后他将《世说》中的人物进行分组，认为他们或是自然的崇尚者，或是礼教的遵奉者。紧接着马瑞志便以嵇康、阮籍等人为例，对两种意识进行了探讨，并在最后指出了佛教的传入对两种思想意识的影响。

马瑞志在导论部分是从魏晋思想史的角度审视《世说》的，可谓发前人所未发，同时反映出他作为中国文学研究者独特的视角。而他这种全面细致的解读和编排，并不仅仅局限于导论，书后的附录部分亦有展现。

附录由五个部分组成。第一部分为传略，其中包括《世说》正文中所提到的 626 个人的小传，每条小传中包含姓名（中英文名）、主要生平以及此人在《世说》译本正文中出现的章节等。第二部分为《释名》，在《世说》中出现的专有名词或者较为特殊的词语，在该部分均能找到

---

① Richard B. Mather：*Shih-shuo Hsin-yü*：*A New Account of Tales of the World*，2nd Edition. Ann Arbor：Center for Chinese Studies，University of Michigan，2002，p. XIII.

② Ibid.

③ Ibid.，p. XV.

相对应的英文解释。第三部分为缩写,这一部分为注释中所涉及或者引用的书名缩写,具体包括该书的英文和中文写法、作者以及所处时代信息。第四部分为书目,包含四块内容。其一为版本介绍(A Texts of the SSHY),该板块为《世说》的各种版本信息;其二为译本介绍(Translations),其中包括《世说》日文版和法文版在内的外文版本介绍;其三专题研究(Special Studies)是中外学者对《世说新语》研究的专著与期刊论文等;其四背景介绍(Background Studies)则是中外学者对《世说新语》所处魏晋时代的政治、思想、文化以及风俗习惯等研究有关的著作和论文。附录中最后一个部分为索引,该部分为其注释中所提到的人名、地名、书名等的索引。毫无疑问,对于英语世界的读者来说,这些副文本大大降低了理解的难度。

琐碎的附录部分需要巨大的工作量,也需要马瑞志付出极大的耐心。附录中包含的五个部分,如果说第一个部分传略是马瑞志对参照各类注释本的保留与翻译,那么附录的后四个部分便是他别具一格的创造。在马瑞志良苦用心地付出劳动之下,这部分堪称《世说》词典的内容得以面向世人。

正是马瑞志这种锲而不舍的精神、一丝不苟的态度、不畏艰苦的付出,才有了今天的《世说》英译本。光前言与附录部分,就足以体现编排得不易。《世说》译著的这些副文本内容为西方读者丰富了文化背景知识,也体现了马瑞志为传播中华文化所做的努力。

(三)忠于原作,传递意象

在英译《世说》的几年时间里,马瑞志力求打磨出一部与原作相照应的译作。这需要马瑞志处理好语言翻译与文化传递双重任务。在具体选取翻译策略时,马瑞志曾在《世说》英译本的附志中说:"我尽可能以接近原文的形式来复述它们,我认为这样逐字逐句保留原文的意象和观念,比在英文中寻找最接近作者意图,但在过程中改变了其意象的相应词句好。"①因此,对于众多具有中国文化特色的词语,马瑞志并未刻意在英文中寻找其对应词,更何况基于文化背景的不同,一些词语并没有与之相对应的译法,因此马瑞志始终坚持忠实于原著。

若想要让中国文学得到西方英语国家文化群体的关注,译者则必须选取得当的策略。这漫长的英译过程实属不易。马瑞志在翻译《世说》的过程中,有意保留中国文学文化中的意象:一方面,马瑞志采用忠实于原文的翻译方法,尽可能保留中华文化中的意象,这样有助于再现《世说》中具有中国特色的内容;另一方面,马瑞志十分注重文本中的注释内容,在英语读者可能难以理解的地方适当做出注释,以减少理解上可能出现的困难。同时为了避免译文显得累赘,他将众多出现在正文注释中的人物介绍编至书后附录中,精简内容以保证《世说》在英语读者中的接受度以及可读性。这样的翻译意图在译本中随处可见。

首先体现在大小标题的翻译上。在对中国文学外译的过程中,无论是古典书籍还是现当代文学,书名的翻译都至关重要。过去,对于中国古典书籍书名的英译,相关译者大多采用意译的翻译策略,比如翟理斯将《笑林广记》译为 *Quips from a Chinese Jest-Book*,霍克思将《红楼梦》译为 *The Story of the Stones*,闵福德将《聊斋志异》译为 *Strange Tales from a Chinese Studio*。这样对中国古代文学著作采用解释性译法以突出作品的主题或内容的例子还有很多,也得到了大多数读者的认可。但马瑞志在翻译《世说新语》时,采用音译加意译相结合的策略,将《世说新语》这一书名译为 *Shih-shuo Hsin-yü*:*A New Account of Tales of the World*②,除了阐释其内涵以外,还采用威妥玛式拼音系统进行音译。他希望英文读者在看到标题并能够基本了解《世

---

① Richard B. Mather:*Shih-shuo Hsin-yü*:*A New Account of Tales of the World*,2nd Edition. Ann Arbor:Center for Chinese Studies,University of Michigan,2002,p. XXXVI.

② Richard B. Mather,*Shih-shuo Hsin-yü*:*A New Account of Tales of the World*. Minneapolis-St. Paul:University of Minnesota Press,1976.

说》主题的同时，也能够根据音译英语书名，感受源语言文化。马瑞志的良苦用心，仅在书名的翻译中便可见微知著。

其次还有对《世说》三十六门的英译。试举其中几例，如第四门名为"文学"①，马瑞志并没有想当然地将其译为"Literature"。"文学"此处是指文章博学、有渊博学识等内容。倘若细读便会发现，本篇内容其中大多是有关魏晋时期一些文人的清谈活动。编撰者将其视为文学活动而记录下来。基于此，马瑞志将其译为"Letters and Scholarship"，即"文章与学术"，可谓十分准确传神。第十三门名为"豪爽"，在这一章节里，主角王敦外表粗犷甚至有乡巴佬之称。晋武帝召集群贤谈论才艺之事，唯独王敦不屑但又不甘于落后，遂击鼓表演，神气豪迈，夺得雄壮豪爽的称赞。马瑞志在此将"豪爽"译为"Virile Vigor"，即"男子汉"的气概，"豪爽"气质呼之欲出。第二十三门名为"任诞"。放诞不羁者，古往今来并不少见，而真正成为社会现象而存在的，唯属魏晋，因此"任诞"正是对儒家思想作为当时社会规范的一种挑战，马瑞志将其译为"Free and Unrestrained"，足以体现一批仁人志士放浪不羁的生活方式以及对当时社会规约的抗争。

翻译的过程也是两种语言文化间交流沟通的过程。马瑞志对于《世说》的解读不仅体现在对标题的理解上，还展现在对文化词的翻译上。文化词作为社会文化的载体，不仅与自身所处的文化背景有着必然的联系，还蕴含着特定的文化意义。《世说》中含有很多这样的词语，这些文化词在目的语中部分能够找到对应的译词，但是因为脱离了源语言的文化土壤，也失去了其所包含的文化含义。

马瑞志在翻译这些文化词时，为了保留中国古典文化中的意象，多采用直译的方式，适当的时候辅以注释来帮助目的语读者理解。这样的翻译方法不仅有助于英语读者接触异国文化，也有助于中国文化自身的传播。在《德行》第四条中"李元礼风格秀整，高自标持，欲以天下名教是非为己任。后进之士有升其堂者，皆以为登龙门"②。马瑞

① 徐震堮：《世说新语校笺》，北京：中华书局，1984年。
② 徐震堮：《世说新语校笺》，北京：中华书局，1984年，第4页。

志将其译为"Among the junior scholars，if any succeed in 'ascending to his hall'，they all felt they had climbed through the Dragon Gate (Lung-men)"①。此处马瑞志将"龙门"直译为"Dragon Gate（Lung-men）"，紧接着用威妥玛式拼音标出其中文发音。"龙门"这一中国经典文化意象比喻飞黄腾达之事，马瑞志未使用英文中对应的译词，而是采用保留意象的方式，有助于西方读者感受中华文化的独特魅力。《言语》第六十二条中"年在桑榆，自然至此"②，译文为"Since our years are at the 'mulberry and elm' stage，it's natural we should come to this"③。此例中译者先将"桑榆"直译为"mulberry and elm"，再在注释中标明"mulberry and elm"此处意为"垂老之年"的含义，随后进一步解释为什么有此之意。这样既能够帮助英语读者感受中国文化中的意象，又不至于使读者理解起来一头雾水。

对于《世说》的英译本，还有一处注释不得不提。《言语》篇第五十九条指出："初，荧惑入太微，寻废海西；简文登阼，复人太微，帝恶之。"④"荧惑"此处指天文运动。可令人叹服的地方在于，马瑞志在翻译这句话时，为此句话的译文添加了相关注释。在注释中马瑞志根据其他的书籍记载并引用一系列研究资料，证明了于公元 371 年 11 月 15 日至公元 372 年 5 月 29 日之间，的确发生过《言语》此条所描述的行星运动。他为此句话的译文添加了注释。这种细心慎重的考虑、严谨治学的精神，给马瑞志带来巨大的成功。

《世说》英译本中贯彻这样翻译策略的译例不胜枚举。对于如此佳妙的译文，康达维称赞道："马瑞志在以英语捕捉原文的韵味上取得

① Richard B. Mather：*Shih-shuo Hsin-yü*：*A New Account of Tales of the World*，2nd Edition. Ann Arbor：Center for Chinese Studies，University of Michigan，2002，p. 3.

② 徐震堮：《世说新语校笺》，北京：中华书局，1984 年，第 68 页。

③ Richard B. Mather：*Shih-shuo Hsin-yü*：*A New Account of Tales of the World*，2nd Edition. Ann Arbor：Center for Chinese Studies，University of Michigan，2002，p. 64.

④ 徐震堮：《世说新语校笺》，北京：中华书局，1984 年，第 66 页。

了令人羡慕的成功。它的译文既忠实于原文本身,又十分可读并引人入胜。我用原文对读,发现译文是极为精确的。"①康达维的这般赞美绝非夸夸其谈。

(四)百密一疏,难免误译

对于文学外译,"不同的民族,由于地域、习俗、宗教,甚至社会发展程度不同,常常会出现文化错位,给翻译设下陷阱"②。译者所处文化背景的不同、对作品原意理解上存在偏差等因素,都可能造成误译的发生。尽管马瑞志自幼在中国长大,并深耕中国文化多年,但由于文化间的巨大差异,马瑞志在翻译时也难免出现一些误译。

《言语》第四十七条云:"臣年垂八十,位极人臣,启手启足,当复何恨?犹冀犬马之齿,尚可少延,欲为陛下北吞石虎,西诛李雄。③"此句话的意思是陶侃虽已年至八十,但仍希望自己"犬马之齿,尚可少延","即希望自己能够再年轻一些",这样便可以为陛下上阵杀敌,此处的"犬马之齿"指自己的年龄。马瑞志将其译为:

> "**I had hoped that my teeth, like those of a dog or horse, might last a little longer,** so that they might for the sake of Your Majesty gulp down Shih Hu (the Hsiung-nu conqueror) in the North and kill Li Hsiung (the rebel

① David R. Knechtges: "Review of *Shih-shuo Hsin-yü*: *A New Account of Tales of the World* by Liu I-ch'ing; with Commentary by Liu Chün; Translated and Annotated by Richard B. Mather", *The Journal of Asian Studies*, Vol. 2, 1978, pp. 344-346.

② 黄天源:《误译存在的合理性与翻译质量评价》,《中国翻译》,2006 年第 4 期,第 37-42 页。

③ 徐震堮:《世说新语校笺》,北京:中华书局,1984 年,第 60 页。

warlord of Shu）in the West.①"

马瑞志将"犬马之齿，尚可少延"译为"I had hoped that my teeth，like those of a dog or horse，might last a little longer"，即直译为"希望自己的牙齿能够像狗和马的牙齿一样"，这样的翻译颇为失策。由于译者未能充分理解该词语背后的含义，因此产生的效果与原作的含义相差甚远。

在《假谲》第一条中："魏武少时，尝与袁绍好为游侠。观新人婚，因潜入主人园中，夜叫呼云：'有**偷儿贼**！'"②此句中出现了"偷儿贼"这一词语，"偷儿贼"此处属于偏义副词。此处"偷"与"贼"意义相近，只取其一，"儿"是起着音节陪衬的作用，并无实意。马瑞志对这句话的翻译为：

> When Ts'ao was young，he used to be fond of playing the knight-errant（yu-hisa）with Yuan Shao. Observing that a certain man had just taken a wife，they took advantage of the situation to steal into a courtyard of the groom's house and during the night's festivities shouted out，"there's a **kidnapper** about！"③

《世说》所记文人志士的奇闻逸事包含社会的方方面面，其中自然出现大量的文化意象。马瑞志在英译《世说》的过程中试图向英语读者传递这些意象，有时难免会出现理解上的错误。此处马瑞志错将"偷儿贼"当作字面意思误译为"kidnapper"（绑匪）。智者千虑，终有

---

① Richard B. Mather：*Shih-shuo Hsin-yü*：*A New Account of Tales of the World*，2nd Edition. Ann Arbor：Center for Chinese Studies，University of Michigan，2002，p. 55.

② 徐震堮：《世说新语校笺》，北京：中华书局，1984 年，第 454 页。

③ Richard B. Mather：*Shih-shuo Hsin-yü*：*A New Account of Tales of the World*，2nd Edition. Ann Arbor：Center for Chinese Studies，University of Michigan，2002，p. 476.

一失,尽管马瑞志对诸多文化词理解与翻译得十分到位,但也有其疏忽的地方。

语言与文化的差异永远是横亘在每一个译者面前的障碍。译者本身的文化背景、认知水平等无不影响着最后的译作。对于翻译中的误译现象,谢天振曾指出:"误译反映了译者对另一种文化的误解和误释,是文化或文学交流中的阻滞点。误译特别鲜明、突出地反映了不同的文化之间的碰撞、扭曲与变形。"①因此,在《世说》英译本中部分出现的误译,其本身也反映了两种文化之间的交流与冲突。

《世说新语》距今已经有 1600 多年的历史,其隽永、含蓄的语言风格,留下了那个时代专属的印记。时至今日,即使是中国读者,倘若没有深厚的古汉语基础或是借助其他参考注释工具,想要准确理解它的语言也不容易。因此对于有着不同文化背景的马瑞志来说,出现一些误译属在所难免。更何况翻译这样一部文学巨著,能够做到既忠实又可读,已实非易事。梁实秋在阅读《世说》的节译本之后概括指出:"虽偶有小疵,大体无讹。"②可见他对译本的整体认可。

马瑞志在英译《世说》时坚持忠实于原作,不但有助于保留中国文化意象的内涵,也对中国古典文化在西方的传播发挥着重要的作用。他穷其一生研究中国文学,倾注多年心血翻译《世说》,辛苦付出令人钦佩。也正是马瑞志的持之以恒,给西方读者了解中国魏晋时期文学带来了便捷,马瑞志同样给西方学界带来了更多的汉学研究关注。

作为严谨的学者,马瑞志在翻译《世说》的筹备过程中,广泛搜罗前人的研究成果,以便让自己能够更好地学习和掌握《世说》语言和文化层面的知识,从而为英语读者带来力所能及的译文佳本。作为出色的文学编辑,马瑞志编排这部体例庞大的《世说》译本时,能够做到次序分明、条理清晰。作为优秀的译者,马瑞志在意英语读者的接受能力和阅读感受,奉"忠实于原作"为准则。作为杰出的汉学家,他不忘传递中国文学文化,为中国文学的外译做出了卓越的贡献。

---

① 谢天振:《译介学》,上海:上海外语教育出版社,1999 年,第 151 页。
② 梁实秋:《读马译〈世说新语〉》,《世界文学》,1990 年第 2 期,第 298 页。

马瑞志是仅在中国成长过 13 年的美国人,却将其一生都奉献于中国文学的研究与翻译。在明尼苏达大学的 40 余年来,马瑞志一直是推动促进中国文学研究的中坚力量。1984 年退休以后,他仍然选择继续授课,并指导那些愿意和他一起学习的学生。马瑞志虽已与世长辞,但凭借着译著《世说新语》,马瑞志定能名垂译界青史。他为中国文学外译兢兢业业,专心致志地付出,正鼓舞着一批又一批的后来学者。

马瑞志主要汉学著译年表

1959	*Biography of Lü Kuang：Annotated Translation of Chin shu* 122 (《晋书·吕光传》)，Berkeley：University of California Press
1976	*A New Account of Tales of the World*（*Shih-shuo Hsin-yü*）(《世说新语》)，Minneapolis：University of Minnesota Press
1988	*The Poet Shen Yüeh*（*441-513*）：*The Reticent Marquis*(《诗人沈约：隐侯》)，Princeton：Princeton University Press
2002	*A New Account of Tales of the World*（*Shih-shuo Hsin-yü*），2nd Edition(《世说新语》第二版)，Ann Arbor：Center for Chinese Studies，University of Michigan
2003	*The Age of Eternal Brilliance：Three Lyric Poets of the Yung-ming Era*（*483 - 493*）(《永明》)，Leiden：Brill NV

重门深锁觉春迟，盼得花开蝶便知。
不是花魂沾蝶影，何来蝶梦到花枝？

———李渔《十二楼》

Deep within the double gates，spring comes slow.
She longs for the buds to open and the butterflies to know.
If the flower isn't touched by a butterfly's shade.
Why do butterfly dreams to the flowery branches go?
　　—*A Tower for the Summer Heat*，trans. by Patrick Hanan

三 说部他乡逢道眼
笠翁绝域有知音
——美国汉学家韩南译《十二楼》

美国汉学家
韩 南
Patrick Hanan
1927—2014

提到李渔研究,就会想到一个人:他一生来过中国的次数屈指可数,但却对中国文学一往情深。他的母语是英语,但开口却是一腔流利的中国话。他将大半生精力都倾注于汉学研究,通过墨笔向西方传播中国文学。一生耕耘,他始终怀揣对汉学的赤诚之心,在中国明清白话小说研究领域开辟了自己的天地。花甲之年,他又在翻译领域结下累累硕果,以九部明清小说的译作驰骋译海。他就是著名美国汉学家、李渔研究专家帕特里克·韩南(Patrick Hanan,1927—2014)。

(一)因书结友,缘起"金瓶"

韩南,美籍新西兰人,曾是美国斯坦福大学和哈佛大学东亚语言文明系的教授、哈佛燕京学社(Harvard-Yenching Institute)第五任社长。韩南被称为"欧美汉学界明清小说研究第一人"①。他致力于汉

按:韩南的汉学生涯始于《金瓶梅》研究,毕生之评泊考镜贯穿明清及现代小说,故曰"说部逢道眼";其译著以李渔作品为主,故有"笠翁绝域有知音"云云。

① 刘晓晖、朱源:《"浅处见才":韩南明清通俗小说翻译原本选择的偏爱价值考略》,《外语与外语教学》,2020年第2期,第84页。

学研究数十余载,对中国古典白话小说,尤其是对清初作家李渔及其作品有独到见解,在中国近现代小说研究上也建树颇丰。

韩南 5 岁时,全家从新西兰莫林斯维尔(Morrinsville)搬往怀卡托州(Waikato)的一个农场。起初,他在家附近的一所学校上学,但是学校只有一间教室。他的父亲意识到本地学校难以给韩南提供足够好的教育,便把他送往奥克兰的迪尔沃思(Dilworth)学校学习。后来,韩南考上了新西兰大学,并于 1949 年获得了英国文学硕士学位。但是,醉心学术的他不满足于此。为了能在这一领域继续深入耕耘,韩南前往英国伦敦大学进行英国中古历史传奇小说的研究,但就在韩南修完博士学位课程,准备动笔写论文时,他偶然读到了一些中国文学作品。这些作品风格奇特,激起了他极大的阅读与研究兴趣。于是,他决定放弃之前的博士学位论文选题,从头学习中国古代文学,并将此作为他未来的研究方向。① 1950 年,韩南如愿考取中国文学硕士专业,三年后又成为伦敦大学亚非学院博士研究生。读博期间,他半工半读,最后于 1961 年获得博士学位。

在伦敦大学亚非学院读博期间,韩南原本打算研究《史记》,但他的指导教授西蒙(Simon)却建议他研究《金瓶梅》。一方面是由于当时研究《史记》的学者已有不少,如法国著名汉学家沙畹(Emmanuel-èdouard Chavannes,1865—1918)②早前就以法语翻译了《史记》,并在其译作《司马迁史记》(*Les Mémoires Historiques de Se-ma Ts'ien*,1895)一书中对《史记》进行了大量考证,有着丰富的研究注解和心得。沙畹译作在学界已受广泛认可,享有"汉学界盖世名作"③的美誉。韩

---

① 张宏生:《哈佛大学东亚语言与文明系韩南教授访问记》,《文学遗产》,1998 年第 3 期,第 110 页。

② 沙畹,学术界公认的 19 世纪末 20 世纪初世界上最有成就的中国学大师,公认的"欧洲汉学泰斗",被视为法国敦煌学研究的先驱者。继他之后成为法国中国学与敦煌学大师的伯希与与马伯乐都出自他的门下,他被弟子伯希和推许为"第一位全才的汉学家"(le premier sinologue complet)。代表作品有《史记》(译著)、《西突厥史料》等。

③ 莫东寅:《汉学发达史》,郑州:大象出版社,2006 年,第 89 页。

南再作则须另辟蹊径，恐怕难以超越。另一方面，当时在伦敦大学亚非学院任教的另一位著名教授、汉学家亚瑟·韦利也认为《金瓶梅》具有研究价值，值得一做。恰巧韩南本人也对这部小说颇感兴趣，于是便确定了论文选题。1960年，韩南的博士学位论文《〈金瓶梅〉之著作与其题材来源之研究》（"A Study of the Composition and the Sources of *The Chin Ping Mei*"）①撰写完成，该论文是"西方汉学界最早的系统研究《金瓶梅》的论著"②。该论文钩沉索引，考辨精详，充分论证了《金瓶梅》在中国小说史上的重要地位。

虽然韩南是初涉《金瓶梅》研究，但他于1962年发表于《亚洲杂志》（*Asian Journal*）的论文《〈金瓶梅〉的版本及其他》（The Text pf *The Chin Ping Mei*）就让学界为之一振。《金瓶梅》较早流传到海外，但是大多数研究仅限于翻译分析。相对于其他研究，韩南的研究更强调《金瓶梅》中的革新元素，认为《金瓶梅》是"一部罕见的由文人个体创造出来的新型小说，在创作思想、手法和形式等方面都有所突破，能够揭示出作者在借鉴与超越传统之间体现的独创尺度和写作动机"③。

韩南在这篇论文中主要探讨了两个问题，第一个问题是《金瓶梅》的赝伪，第二个问题则是《金瓶梅》版本的演变。韩南提出这两个问题，是因为当时仍然有许多人认为《金瓶梅》的许多章节是赝作。因此，在对《金瓶梅》进行进一步研究与探讨之前，他认为有必要把这些问题弄清楚。④ 韩南在论文中对《金瓶梅》的原作和补作都进行了细致的分析。他还根据文字内容的差别将《金瓶梅》的各种版本分为三大系统，采用中国古典文学研究专家孙楷第和日本文献学家长泽规矩

① 对于韩南博士学位论文的题目译法不同，本处参见韩南：《韩南中国小说论集》，北京：北京大学出版社，2008年，第161页。本文提到的韩南论作的中文名皆来源于《韩南中国小说论集》。

② 张冰妍、王确：《北美汉学家韩南之研究对中国文学的影响——以〈金瓶梅〉为例》，《东北师范大学报》（哲学社会科学版），2014年第3期，第151页。

③ 刘晓辉：《汉学家韩南中文小说英译的价值建构研究》，北京：中国人民大学出版社，2020年，第22页。

④ 韩南：《韩南中国小说论集》，王秋桂等译，北京：北京大学出版社，2008年，第161页。

也的说法,分别将其简称为甲乙丙版本。经过考证,甲版系有三种版本(均为刻本),乙版系有九种刻本和一种手抄本,丙版系的版本极多。在此基础上,韩南将"万历本"与"崇祯本"("词话本"与"明代小说本")①进行比较,得出了"万历本"第一回前部为真的结论。此外,韩南力求从现存的《金瓶梅》最早版本进行研究,来探讨该书在后世的演变。经过对董其昌和刘承禧手抄本的分析,他认为董其昌手抄本没有流传下来,也没有版本依据此版本刻行;而现存的版本大多以刘承禧手抄本为依据。② 韩南这篇论文涉及范围之广、见解之独特让学界叹服。夏志清曾对韩南的《金瓶梅》研究做出过评价:"要对该部小说的写作及结构进行深入研究,必须得以他的这一坚实的学术贡献为基础。"③纵观韩南研究《金瓶梅》的历程,我们可以发现,韩南始终坚持立足于文献考据,同时以整体观念对待历史文献,发前人所未发,提出了许多突破性见解,填补了《金瓶梅》研究的空白。

当被问及为何选择研究中国白话小说时,韩南说:"回顾这一段历史,我觉得,对我来说,不管是选择中国古代文学作为自己的专业,还是选择通俗小说作为自己的主攻方向,似乎都有一种偶然性。"④也许正是这种偶然性在冥冥之中使韩南与中国文学结下不解之缘,造就了一颗汉学界的璀璨明星。

如果说对《金瓶梅》的研究是个偶然,那么这个美丽的偶然也藏着必然。这种必然既是由于韩南本身的坚定,也由于他得到许多前辈学者的帮助。韩南曾获奖学金到北京学习过一年。学习期间,他到北京大学图书馆等地查阅了大量文献,还见到了郑振铎等专家学者。由于当时的伦敦大学图书馆并没有收录《金瓶梅词话》一书,郑振铎在知晓

---

① "万历本"代表"甲系版本之一","崇祯本"代表"乙系版本之四"。

② 韩南:《韩南中国小说论集》,王秋桂等译,北京:北京大学出版社,2008 年,第202 - 215 页。

③ 夏志清:《中国古典小说导论》,合肥:安徽文艺出版社,1988 年,第 182 - 183 页。

④ 张宏生:《哈佛大学东亚语言与文明系韩南教授访问记》,《文学遗产》,1998 年第 3 期,第110 页。

了韩南的难处后,破例批准将一部《金瓶梅词话》卖给了伦敦大学图书馆。① 不仅如此,郑振铎也力所能及地为韩南提供其他帮助。在韩南对明清小说进一步研究的后期阶段,另一位知名学者吴晓铃教授也助了他一臂之力,给他提供了不少接触珍贵文献的机会,并在他研究的过程中给予了热心指导。

多年以后,韩南都还清楚地记得他在北京进修时的经历,以及各位学者对他的倾心帮助与指导。正如他所说:

> 我有机会在北京进修了一年……见到了心仪已久的郑振铎、傅惜华、吴晓铃等专家学者……对我非常关心和照顾……使得当时还是学生的我能够在那个地方接触到不少学者,同时看了不少善本书。回想那一年的生活,我觉得自己很幸运……在中国所经历的一切,加深了我对中国文化的理解。②

韩南与北京的这段缘分让他心中充满了温暖与感激,给刚入汉学门的韩南带来了极大的鼓励。自此,韩南行走在中国灿烂的文化中,以君子之风、学者之态诠释着自己眼中的多彩汉学。

(二)苦研小说,佳作频出

从 20 世纪 60 年代对《金瓶梅》的研究开始,韩南怀着对中国小说的热情,陆续发表多篇论文。20 世纪 90 年代之前,韩南的汉学研究主要集中在白话小说和话本领域。而他对中国古代白话小说研究的成果,除一些论文外,主要体现为两本专著:一本是《中国的短篇小说:关

---

① 当时人民文学出版社版《金瓶梅词话》只印了 1000 套,专供高级干部和专家学者参考,韩南无法入手。时任文化部副部长的郑振铎听闻此事,破例将该书卖给伦敦大学图书馆一部。详见国际汉学研究,http://www.sinologystudy.com/html/scholars/82.html,2021 年 1 月 13 日。

② 张宏生:《哈佛大学东亚语言与文明系韩南教授访问记》,《文学遗产》,1998 年第 3 期,第 110 - 111 页。

于年代、作者和撰述问题的研究》(*The Chinese Short Story*：*Studies in Dating，Authorship，and Composition*，1973)；另一本是《中国白话小说史》(*The Chinese Vernacular Story*，1981)。①

　　第一本著作主要探讨了我国现存话本小说的分期及其作者，还有各个时期小说的特点。韩南还在书中提出了"风格标志"(style criteria)这一概念，即根据小说中常用词的风格，来确定尚不明确的小说时期及其作者，比如，"思量道""俺娘""咱们"等词在发展过程中都是不断变化的。韩南将这些词进行排列比较，参考已经确定写作时期的作品来推断尚不明确的小说所处的时期。同时，韩南根据这一风格理论，以严谨的推理方式，推测出《醒世恒言》(1627)的主要编者是席浪仙，而非学界通常认为的冯梦龙。这为中国小说的考据提供了一种新的方法。

　　韩南在第一部著作的基础上展开了更详尽的研究，撰写了《中国白话小说史》，进一步阐述了白话小说的语言风格和叙述形式，并把白话小说的发展分为早期、中期和后期三个阶段。中国的文学语言多种多样，要清楚地说明各语言的特色实在不易，须结合实例进行分析。比如读者能从冯梦龙作品叙述语言的变化来感知其风格的转变，又如可以根据《三国演义》中文言与白话相互对应的语言风格来探讨不同文体、不同风格的白话小说。韩南在书中通过实例，对中国古代白话小说的发展脉络以理据皆明的方式清晰呈现，并对各个时期的研究重点以及语言风格等都做了详细分析。值得一提的是，韩南在书中提出了一个个性化纲要——叙述分析的纲要。他以英国考古学家、生物学家和政治家约翰·卢伯克(Sir J. Lubbock，1834—1913)等人的理论为基础，根据不同小说的特点和侧重选择分析层次。但韩南不会一味地采用西方理论批评视角来看待中国小说，而是取舍有道，中西调和，做

---

①　韩南：《中国白话小说史》，尹慧珉译，杭州：浙江古籍出版社，1989年，第1页。

到观人有别眼,论事有别见。众所周知,在不同的发展阶段,作品的叙事立场等都会有所区别,因此弄清楚白话小说的传统能够帮助我们更好地解读小说作品。韩南又为中国小说研究提供了一个新的文化视野。

1979年,《韩南中国古典小说论集》出版,书中收录多篇韩南的小说研究论文。对于学界少有问津的一些小说作品,韩南也能披沙拣金。例如,在中国早期小说中,《平妖传》受到的重视不足,韩南却认为这部小说是"一部地道又富有喜剧性的小说,是初期白话的重要范例,研究《平妖传》对了解中国初期小说的发展或许有帮助"①。因此,韩南对古本《平妖传》的写作问题进行了探讨,并于1971年发表了论文《〈平妖传〉著作问题之研究》("The Composition of *The Ping-yao Chuan*")。在论文中,韩南采用了文本内部考证与外部考证相结合的方法,对文本不同章回的结构、风格、语法进行比较分析,并结合《平妖传》的作者及年代日期,寻找此书的文字源属和诸多小说作品之间的相互关联。作为根据坊间流传的话本撰写的神魔小说,《平妖传》与宋元时代"说话"技艺有着密切的关联,而话本又大多以历史故事和社会生活为题材。在探讨《平妖传》的著作问题时,韩南发现书中对部分小说人物的叙述和这些人物真实的历史背景大致相同,但是多数人物的背景与史料并不相通,这也就意味着《平妖传》大部分故事的素材并非来源于历史。他最终得出结论,认为"《平妖传》最重要的特性是对其他小说的运用"②。

由此可见,细致入微的考证是韩南研究的一大特色。在《乐府红珊考》("The Nature and Contents of *The Yueh-fu Hung-shan*",1963)、《宋元白话小说:评近代系年法》("Sung and Yuan Vernacular Fiction: A Critique of Modern Method of Dating",1970)等文章中均可窥见一斑。钱锺书(1910—1998)也曾称赞,像韩南这样"老派的学

---

① 韩南:《韩南中国小说论集》,王秋桂等译,北京:北京大学出版社,2008年,第143页。
② 同上书,第150页。

者,现在越来越稀罕了"①。但韩南并非为了考证而考证,而是为了弄清楚研究对象的发展和变化过程。他也十分注重整体性思维,善于吸纳百家之长,并将之运用于自己的研究之中。哈佛大学终身荣誉教授伊维德(Wilt L. Idema,1944—　　)②也讲道:"光看帕特的著作就会发现他是个一丝不苟的作家,不仅对基本的原始材料了如指掌,还能凭借独到的批判眼光和扎实的功底吸收二手研究成果。"③

　　20 世纪 90 年代左右,韩南开始把研究重点转向近代小说,尤其是晚清言情小说。1997 年,韩南从哈佛大学退休。对韩南而言,退休了就可以不用忙于教课或是行政安排,这正是专心做学问的好机会。因此荣休后,他仍然一头钻进学术中去,日日夜夜与学术为伴。

　　这期间他对中国近代小说的研究成果主要集中在《中国近代小说的兴起》(*The Rise of Modern Chinese Novel*,2004)一书中。这部著作着重研究 19 世纪和 20 世纪早期的中国小说,尤其是晚清言情小说。当时,学界认为 19 世纪的中国小说发展并不像以往繁荣,甚至人才文章也甚少。直到 1902 年,梁启超提出了"新小说"的概念,中国小说才开始活泼起来。但韩南发现 19 世纪的小说创作实际上非常旺盛。在这部著作中,他首先通过对《儿女英雄传》(1878)、《海上花列传》(1892)等小说的分析,探讨了 19 世纪至 20 世纪初的小说叙述者特征,论证了 19 世纪小说对 20 世纪小说产生的一定影响。紧接着,韩南探讨了西方人"介入"中国小说所带来的影响,尤其关注传教士创作和翻译的小说。韩南通过分析米怜(William Milne,1785—1822)、郭实猎(Karl Gutzlaff,1803—1851)和詹姆斯·理雅各等人所译、所创

---

① 季进:《韩南教授的学术遗产》,《中华读书报》,2014 年 05 月 21 日,第 7 版。

② 伊维德,知名汉学家,曾用英文翻译《西厢记》《窦娥冤》《汉宫秋》和《倩女离魂》等多部元代戏剧,被视为当代欧美汉学的最高成就者之一。关于伊维德更多详尽的评价,可参阅本书相关章节。

③ 陈思和、王德威:《史料与阐释(总第三期)》,上海:复旦大学出版社,2015 年,第 15 页。

小说的特点，认为传教士小说"在梁启超的小说倡导中扮演了重要角色"①。最后，韩南选择分析吴趼人和陈蝶仙两位作家的作品，从而对20世纪早期的写情小说进行完整勾勒，质疑了谴责小说在20世纪早期的主体地位。

韩南对中国近代小说的研究，勾勒出了中国近代小说发展的另一番图景。在这之后，海外汉学界掀起了对中国晚清文学的研究热潮，一时间晚清文学研究也成为中国文学研究中的"显学"。

（三）独辟蹊径，"创造李渔"

20世纪80年代期间，韩南开始着手研究李渔。韩南不仅欣赏李渔的作品，更欣赏这个走在时代前面的才子本人。李渔生于晚明没落时期，他的思想与当时人们的普遍价值观格格不入。他的作品中充满着各种新思想，颠覆了传统习俗和信仰。比如，他认为女人是自己命运的主人，这种女性解放思想在当时十分"离经叛道"。同时，李渔也毫不避讳小说的情色描写，因为他认为"世间万物，皆为人设"②。人的感情应当得到尊重，否则就"使徒有百岁之虚名，并无一岁、二岁享人生应有之福之实际乎！"③当时对李渔的研究比较广泛，有研究其作品的，有研究其美学价值的，还有研究其饮食美学的。但世人对于李渔的评价，褒贬不一。有人赞扬，认为他的作品是才子必读；也有斥责他的声音，甚至认为"作为一个毫不掩饰的人，他在自己所处的时代以及后来很长的时间里，人品与文品几乎毫无例外地被主流声音视为恶俗、堕落的代表"④。一片喧哗声中，韩南发现了李渔值得关注的地

---

① 韩南：《中国近代小说的兴起》，徐侠译，上海：上海教育出版社，2004年，第101页。

② 李渔：《闲情偶记》，沈勇译注，北京：中国社会出版社，2005年，第250页。

③ 同上，第71页。

④ 梁春燕：《再评李渔："帮闲"或是勇士》，《江苏科技大学学报》，2014年第3期，第24页。

方。也许是李渔的"异质思想"与西方的人文主义思想碰撞出了火花，韩南对这位"异类"始终情有独钟。

韩南认为，"在中国所有的前现代小说家中，李渔给我们提供了将其思想与艺术放在一起加以研究的最佳机会"①。这不仅仅是因为在中国的众多作家中，李渔留下的别传最多，作品也极为丰富，涉及戏曲、小说、美学等诸多领域，这是其他作家无法匹及的；还因为他总能在作品中满怀热情地向读者阐述自己的观点；更重要的是，他的作品已经成为一个整体，可以全面地来看待。② 李渔的作品虽然涉猎广泛，但是它们之间都具有一致性，都暗含着李渔的人生价值观。要想研究李渔及其作品，单从某一个方面来看是远远不够的，必须结合各方面才能看到一个完整的李渔。出于这种思考，韩南在 1985 年到中国参加学术访问会议时，曾立志"在四个月的逗留期间完成并充实一部有关李渔的专著"③。这本专著就是 1988 年出版的《创造李渔》（*The Invention of Li Yu*）一书，该书出版两年后获"列文森奖"（Joseph Levenson Prize）④。

《创造李渔》一书有两大主题：创造、喜剧。韩南在这部著作中，一改前人的研究方式，着重重塑李渔的形象，他对李渔的生平进行大量考证，并结合其生平来对李渔的作品进行探讨。同时，韩南对李渔的写作技巧做了大量细致独特的分析，向读者揭示了李渔是如何在作品

---

① 韩南：《创造李渔》，杨光辉译，上海：上海教育出版社，2010 年，第 1 页。

② 参见韩南：《创造李渔》，杨光辉译，上海：上海教育出版社，2010 年，第 1－2 页。

③ 骁马：《访哈佛大学中国文学教授韩南》，《读书》1985 年第 8 期，第 132 页。

④ 列文森奖，全称"列文森中国研究书籍奖"，是美国亚洲研究协会为纪念中国近代史研究巨擘约瑟夫·列文森(Joseph R. Levenson，1920—1969)而设立的，奖励在美国出版的以英语写作的优秀中国研究著作。该奖分两个领域：20 世纪以前的古代中国研究，1900 年以后的现代中国研究。

中展示其思想的，还原了李渔的真实面貌。

李渔是个喜剧大师，其喜剧的特色之一便是常常使用情色又滑稽的主题，这一主题在一定程度上迎合了当时的读者。李渔要靠写作谋生来养活一大家人口，但他经常使用该主题并不仅是为了迎合市场。韩南认为，李渔作品中"对生活中的性欲处理得新奇、直率而又充满想象，不过，其中最重要的是幽默"①。韩南主张要从李渔所处的时代来看其作品的喜剧效果。他在书中重点推介了李渔小说中的《夏宜楼》一卷。该卷讲述的是穷书生使用传教士引入中国的望远镜偷窥女子闺房，但是却凭此成了被闺阁女子崇拜的神仙，最终有情人终成眷属的故事。李渔用这种滑稽的事件来呈现喜剧效果，表达自己的思想。而韩南在他的另一部译作《无声戏》(Silent Operas，1990)的卷首语中，也介绍了《夏宜楼》这篇小说。韩南如此钟情于《夏宜楼》，很大程度上是由于这篇小说十分巧妙滑稽，而小说中通过"望远镜"这种新奇物件来展开情节具有极大的创新性，而这正符合韩南眼中充满新奇思想的李渔形象。

另外，韩南在书中表达自己观点时，会引用李渔各种体裁作品中的具体句子来支撑其观点。比如说，在书中第五章《倒置能手》和第六章《情色作者》中，韩南就以李渔的小说《十二楼》《无声戏》为例来表现李渔的大胆创新。韩南探讨李渔时，其实都围绕一个方面来写，也就是"创造"，正如他在书中序言所提："提及他的创造，有以下几重含义：他的自我创造，他对生活和文学中创新的强调，他在许多领域中纯粹的创造性，以及他富有创造性的产物。"②韩南认为，李渔最有特点的地方就是他的创造性。他的作品并不迎合大众，而重在表达自己的声音。写作时，李渔常将自己代入作品的人物中去，从人物的角度发声，正所谓"言者，心之声也。欲代此一人立言，先宜代此一人立心"③。但在韩南看来，李渔所创作的人物与李渔本人具有高度的一致性，而

---

① 韩南：《创造李渔》，杨光辉译，上海：上海教育出版社，2010年，第113页。
② 同上书，第1页。
③ 李渔：《闲情偶记》，沈勇译注，北京：中国社会出版社，2005年，第384页。

李渔常通过这些人物角色来表达自己的新奇观点。韩南在撰写这本书的过程中，与李渔一样，会站在人物的位置上来体会人物的情感，这一点与中国传统中仰视欣赏作家本人的研究方法大不相同，这也是韩南对李渔研究的创新所在。就像李渔一样，韩南能够以奇制胜，发前人所未发。

总之，韩南对李渔的研究让"李渔的面目，也不再凌乱、破碎"①。美国汉学家，同时也是《金瓶梅》英文版的译者芮效卫（David Tod Roy，1933—2016）也称赞该书"超越了前人成果，将奇才李渔塑造得非常丰满，令人叹服"②。

（四）言情译介，浅处见才

在小说翻译上，韩南同样造诣深厚。他的翻译之旅要从李渔说起。在对李渔其人其作研究之余，韩南也对其作品进行了翻译。韩南曾说：

> 我在对李渔的研究中穿插了大段译文。本以为出版社会删去这部分，没想到都保留了下来……我本来没有打算全译，但是这本书的文字如此鲜活有趣，结果我译完了后半部又忍不住把前半部译完了。③

正是因为韩南喜爱李渔的作品，有着扎实的李渔研究基础，才能成为"当代最重要的海外翻译李渔作品的专家"④。

---

① 张冰妍：《北美汉学家韩南文学活动研究》，东北师范大学硕士学位论文，2014年，第110页。
② 刘晓晖、朱源："浅处见才"：韩南明清通俗小说翻译原本选择的偏爱价值考略》，《外语与外语教学》，2020年第2期，第84页。
③ 羽离子：《李渔作品在海外的传播及海外的有关研究》，《四川大学学报》，2001年第3期，第71页。
④ 羽离子：《李渔作品在海外的传播及海外的有关研究》，《四川大学学报》，2001年第3期，第71页。

1990 年，韩南翻译的《肉蒲团》(*The Carnal Prayer Mat*)出版，此后多次再版。1996 年，该书荣登美国《出版者周刊》(*Publisher's Weekly*)1995 年最佳图书榜。韩南一生共出版了九部明清通俗小说译著，包括李渔的《无声戏》(*Silent Operas*, 1990)、《肉蒲团》、《十二楼》选本(*Tower for the Summer Heat*, 1998)①；符霖的《禽海石》(*Stones in the Sea*)及吴趼人的《恨海》(*The Sea of Regret*)，这两本译作合并为《恨海：世纪之交的中国言情小说》(*The Sea of Regret：Two Turn-of-the-Century Chinese Romantic Novels*)于 1995 年出版；邗上蒙人的《风月梦》(*Courtesans and Opium：Romantic Illusions of the Fool of Yangzhou*, 2009)；陈蝶仙的《黄金崇》(*The Money Demon*, 1999)；庾岭劳人的《蜃楼志》(*Mirage*, 2014)以及冯梦龙作品中的选集《明朝爱情故事》(*Fall in Love：Stories From Ming China*, 2006)。值得一提的是，香港《译丛》(*Renditions*)文库曾对韩南翻译的李渔《无声戏》英译本一版再版，可见其深受读者的喜爱。韩南翻译的作品在当时属于"非主流"研究的典型代表，但他却能于浅处见才，发现这些小说的文学价值。韩南对于这些小说的译介，在一定程度上改变了通俗言情小说在学界的边缘化地位，说韩南"重新赋予了这些旧小说以新的生命，甚至可能会影响到未来英语世界的读者对中国文学的认知，其意义显然不可轻视"②，这话是有道理的。

　　有些人认为，翻译意味着背叛，觉得译出就意味着失真。但是，韩南在翻译《十二楼》的过程中，不仅原汁原味保留了内容情节，也极力重现了李渔的文体风格。《十二楼》目前主要有三个英译本：一是德庇时(John Francis Davis, 1795—1890)③的英译本，翻译了《十二楼》中的《三与楼》《合影楼》《夺锦楼》，并编入《中国小说：译自中国原本》

---

① 韩南选译了李渔的话本小说《十二楼》中的《夏宜楼》《归正楼》《萃雅楼》《拂云楼》《鹤归楼》《生我楼》。

② 季进：《韩南教授的学术遗产》，《中华读书报》2014 年 05 月 21 日，第 7 版。

③ 德庇时，英国汉学家，翻译《好逑传》《三国演义》《汉宫秋》等。英国 19 世纪三大汉学家之一，与理雅各和翟理斯齐名。

（*Chinese Novels Translated from the Originals*，1822）。二是茅国权（Nathan K. Mao，1942—2015）的英译本，将李渔的《十二楼》的书名译为 *Twelve Towers：Short Stories by Li Yü*。三是韩南的译本，1992年，韩南选译了《十二楼》中的六卷，并使用其中的一卷的名称《夏宜楼》作为该书的书名，将其译作 *A Tower for the Summer Heat*。

　　这三个版本对《十二楼》书名及章回标题的处理值得探讨。德庇时译本既未提及李渔本人，也未提及书中所涉卷回，概括为"Chinese Novels"；对章节题的译文以音译为主，并取以情节为辅，比如说，Ho Ying Low：The Shadow In the Water，该篇写的是珍生和玉娟靠着水中的倒影来传情，而其英文名直接取其"水中的倒影"。但合译后，德庇时将每回的题目删去，仅仅用"section"来进行区分。茅国权将书名直译为"Twelve Towers"，做了补充说明，提及李渔是作者；对章节标题的英译放弃了原文的篇名，以章节的主要人物特点来取名，并附拼音且加以注释。比如说，《鹤归楼》英译为"The Stoic Lover（Ho-kueilou）"，茅国权译本的英文名直接为"坚忍的爱人"，以人物为题。"stoic"有对痛苦、困难默默承受之意，也很符合主人公的形象。同时，茅国权译本将回目的名称全部删除，并用罗马数字代替。韩南译本选择书中的一卷名作为书名，译为 *A Tower for the Summer Heat*，书名未提及"novel"，也未提及李渔，但是韩南选择此卷作为书名，是因为他认为该小说将李渔的形象体现得淋漓尽致。他将此卷的"楼"译为"tower"，"tower"有"建筑物的塔形部分"的意思，而小说中的穷书生也是在房屋顶使用望远镜的。而对卷回目的翻译，韩南还是选择保留"楼"这种形象。以《鹤归楼》这一卷为例，该故事为：段玉初和郁子昌二人因为娶了宋徽宗欲纳的妃子而被派往金国，最终郁子昌和妻子围珠天隔一方，段玉初与妻子绕翠因一首倒读的诗歌和好如初，琴瑟和谐。韩南没有采用音译，也没有对故事情节进行概括，而是选择保留原名的关键字。他将该卷名翻译为"*Home Crane Lodge*"，将"鹤"译为"crane"，"楼"译为"lodge"，而 home 也有归家的意思，他采用几乎直译的方式来传达"鹤归"的意向。总而言之，韩南始终保留着原作中建筑物的形象。

而从情节内容等的具体翻译来说，三个版本的译文差异也颇大。德庇时译本将回前诗歌、入话等删去，重点关注其内容，尤其是道德伦理、风俗等。而对那些与西方大相径庭的东方特色描述，比如风土人情，则用意译的方式进行解释说明。而茅国权在进行翻译时，对原文的内容情节尤其是一些色情描写进行了一定的删减甚至是改编。正如他所言，他的主要翻译方法是复述，而他的复述是指要删掉多余的细节和模糊的指代，却要保留原著的精神。① 因此，他所谓的原著精神是指故事内容层面而非原作者的精神层面。而韩南译本则致力于把原作的每一句话都翻译出来，包括入话和进场诗。他的目的就是传达原作的总体风貌，而不是迎合当时的主流市场，但他在保证情节内容完整还原的情况下，力求表达出李渔所追求的美学和反讽等。

　　我们不难发现，不论是从标题篇目，还是从具体内容来看，韩南《十二楼》的英译本都是三个版本中还原度最高的。德庇时生活的时代正处于欧洲浪漫主义时期，而李渔作品中呈现出的那种浪漫气质和风格正巧与之吻合，但德庇时的研究重点并不在作者，而是作品中呈现的风貌。茅国权的译本则以情节为中心，重在褒善贬恶，而韩南认为李渔本身的幽默喜剧即是一种文学，他认为李渔的"所有小说和口才都注重其智慧"②，所以在翻译时，极其注重将复杂的对话原原本本地呈现出来。他希望在翻译中能呈现作品风貌，同时也能展现作者的个性特点。

　　韩南在翻译中极注重保留文化特色，同时又考虑英语读者的预期接受能力，对文化独有的地方加以解析。以《风月梦》为例，小说中用了大量笔墨来描写扬州妓女的外貌、头饰、服饰等。扬州的妓女文化具有非常悠久的历史，众多风流文人都曾写过描写青楼的旖旎诗词。因此，在翻译过程中，韩南将这些具有历史文化气息的描写译出很有必要。比如第六回《陆文华议谋妓女，吴颖士约聚青楼》中有一段对扬

① Nathan K. Mao：*Twelve Towers*：*Short Stories by Li Yu*，Hong Kong：The Chinese University Press，1979，p. 8.

② 韩南：《创造李渔》，杨光辉译，上海：上海教育出版社，2010 年，第 82 页。

州妓女头饰的描写：“那一个年在二十左右，也是苏塌子鬏，拴了一根烧金簪，面前拴了一根烧金如意插了两柄玫瑰花，刷着刘海箍。”①韩南将其译为：

> Her companion, who looked about twenty, also had a Souzhou Drop that was fastened with a gilt hairpin, to which was attached a gilt double-ruyi symbol holding two roses. The rest of her hair was brushed into a Liu Hai hoop.②

韩南采用多种翻译技巧，力求再现扬州妓女的发型、发饰等。此句中有几个文化负载词对于西方读者来说闻所未闻，比如苏塌子鬏、烧金簪、烧金如意，而韩南采用音译、意译、直译、增译等手法将其一一巧妙化解。比如“烧金如意”，韩南译成“a gilt double-ruyi symbol”，“如意”是中国特有的，因此韩南选择了直译。韩南还对其添加注释，“an S-shaped design that symbolized good luck”（S形设计象征好运），此译文既保留了头饰的特征，又让目标读者清晰理解了“如意”的象征含义。

（五）才深德高，传灯不绝

从学生时期钻研文学，到担任教授后传道授业解惑，再到为素不相识的学者提供帮助，韩南在汉学研究与中国文学翻译领域一直苦心孤诣，倾注了大半生的心血。晚年，韩南目力极度微弱，但他依然在修订、校对自己的译作。

韩南对中美文化交流和学术交流的贡献就足以使他名垂青史。任哈佛燕京社社长期间，他开创了哈佛燕京学者学术讨论双年会。韩

---

① 邗上蒙人：《风月梦》，北京：北京师范大学出版社，1992年，第39页。

② Patrick Hanan：*Courtesans and Opium：Romantic Illusions of the Fool of Yangzhou*，New York：Columbia University Press，2009，p. 54.

南在任期间,学者们通过这样的学术研讨会取得了不少学术成果。此外,韩南对学生的耐心、细心和精心指导,也是学界佳话。2005 年,80 岁高龄的韩南先生还前往新西兰学习成果导向教育理念(outcome-based education),以便更好地与学生打交道。与韩南接触过的学生和学者无不对其敬重有加。韩南还是一个慷慨的赠书者。退休后,他根据自己学生和朋友的研究兴趣与爱好,将自己珍藏多年的图书纷纷赠予了他们,而另一些典藏版的中国文学书则捐赠给了哈佛燕京图书馆。

2014 年,韩南仙逝。回顾他的汉学生涯,他在治学和翻译两个方面都取得了极高的成就,为中国小说研究和传播做出了重要贡献。

韩南主要汉学著译年表

1961	"A Landmark of the Chinese Novel"(《中国小说的里程碑》), in Douglas Grant and MacClure Millar eds, *The Far East: China and Japan*, Toronto: University of Toronto Press, pp. 325-335
1962	"The Text of the Chin Ping Mei"(《〈金瓶梅〉的版本及其他》), *Asia Major*(*New Series*), Vol. 9, Part 1, pp. 1-57
1963	"Sources of the Chin P'ing Mei"(《〈金瓶梅〉探源》), *Asia Major* (*New Series*), Vol. 10, Part 1, pp. 23-67 "The Nature and Contents of the Yueh-fu Hung-shan"(《乐府红册考》), *Bulletin of the School of Oriental and African Studies*, Vol. 26, pp. 346-361
1964	*The Development of Fiction and Drama*(《小说和戏剧的发展》), Oxford: Oxford University Press
1967	"The Early Chinese Short Story: A Critical Theory in Outline"(《早期的中国短篇小说》), *Harvard Journal of Asiatic Studies*, Vol. 27, pp. 168-207
1970	"Sung and Yuan Vernacular Fiction: A Critique of Modern Method of Dating"(《宋元白话小说：评近代系年法》), *Harvard Journal of Asiatic Studies*, Vol. 30, pp. 159-184
1973	*The Chinese Short Story: Studies in Dating, Authorship, and Composition*(《中国的短篇小说：关于年代、作者和撰述问题地研究》), Cambridge: Harvard University Press "The Making of The Pearl-sewn Shirt and The Couryesan's Jewel Box"(《〈蒋兴哥重会珍珠衫〉与〈杜十娘怒沉百宝箱〉撰述考》), *Harvard Journal of Asiatic Studies*, Vol. 33, pp. 124-153

1974	"The Technique of Lu Hsun's Fiction"（《鲁迅的小说技巧》），*Harvard Journal of Asiatic Studies*，Vol. 34，pp. 53-96
1981	*The Chinese Vernacular Story*（《中国白话小说史》），Cambridge：Harvard University Press
1985	"*The Fiction of Moral Duty：The Vernacular Story in the 1640s*"（《道德责任小说：17 世纪 40 年代的中国白话故事》），in *Expressions of Self in Chinese Literature*，New York：Columbia University Press，pp. 189-213
1988	*The Invention of Li Yu*（《创造李渔》），Cambridge：Harvard University Press
1990	*Silent Operas*（《无声戏》），Hong Kong：The Chinese University of Hong Kong
1992	*Tower for the Summer Heat*（《十二楼》），America：Ballantine Books
1995	*Stones in the Sea*（《禽海石》），Honolulu：University of Hawaii Press *The Sea of Regret*（《恨海》），Honolulu：University of Hawaii Press *The Sea of Regret：Two Turn-of-the-Century Chinese Romantic Novels*（《恨海：世纪之交的中国言情小说》），Honolulu：University of Hawaii Press
1999	*The Money Demon*（《黄金崇》），Honolulu：University of Hawaii Press
2000	"The Missionary Novels of Nineteenth-Century China"（《19 世纪中国的传教士小说》），*Harvard Journal of Asiatic Studies*，Vol. 60，No. 2，pp. 413-443

2004	*Chinese Fiction of the Nineteenth and Early Twentieth Centuries* (《19 世纪和 20 世纪早期的中国小说》)，New York：Columbia University Press
2006	*Fall in Love：Stories From Ming China* (《明朝爱情故事》)，Honolulu：University of Hawaii Press
2009	*Courtesans and Opium：Romantic Illusions of the Fool of Yangzhou*(《风月梦》)，New York：Columbia University Press
2014	*Mirage* (《蜃楼志》)，Hong Kong：The Chinese University of Hong Kong

夜深辗侧，愁绪何堪。属在同心，能不为之恫恻乎？回忆海棠结社，序属清秋，对菊持螯，同盟欢洽。

——曹雪芹《红楼梦》（第八十七回）

As I lie awake at night，tossing on my bed，unable to master this grief，my only consolation is the thought of a kindred spirit such as yours. Ah，dear Cousin! You，I know，have the heart to share my present trials，as once you shared the joys of that golden autumn，when harmony and conviviality prevailed.

—*A Dream in Red Mansions*，trans. by John Minford

四 聊斋新住志异客
红楼再卧解梦人
——英国汉学家闵福德译红楼易经

英国汉学家
闵福德
John Minford
1946–

2015 年,历时 12 年完成的《易经》英译本 *I Ching* 在国际笔会"福克纳文学奖"评选中获得提名。该书于 2014 年 10 月在纽约正式出版,译者是始终致力于汉学、担当中外文化使者的著名汉学家闵福德(John Minford,1946—   )。闵福德 20 岁开始学习中文,迄今为止研治汉学已 50 多年。他和导师霍克思①一同翻译了中国古典四大名著之首的《红楼梦》(*The Story of the Stone*)。此外,他还翻译了《孙子兵法》(*The Art of War*)、《聊斋志异》(*Strange Tales from a Chinese Studio*)和《鹿鼎记》(*The Deer and the Cauldron*)等中国古典及现代文学作品。如今这位已过古稀之年的老人仍笔耕不辍,近期又完成了影响中华民族 2000 多年的中国哲学经典著作《道德经》(*The Tao and the Power*)的翻译。一直以来,闵福德都在孜孜不倦地做着学术追求,并以开放包容的态度研究中国文学。他热爱翻译,崇尚自由,被誉为中国文学的"逍遥"译者。2016 年 11

---

① 大卫·霍克思,英国著名汉学家、红学家,《红楼梦》前八十回的英文译者,是闵福德在牛津大学时的导师和岳父。1945 至 1947 年间于牛津大学研读中文,1948 至 1951 年间为北京大学研究生,1959 至 1971 年间担任牛津大学中文教授,1973 至 1983 年间成为牛津大学万灵学院(All Souls)研究员。关于霍克思的详尽评介,可参阅本书相关章节。

月,澳大利亚国立大学中国研究名誉教授闵福德因将中国的经典《易经》从中文翻译至英文,获澳大利亚国家级"卓越翻译奖"(Medal for Excellence in Translation)。该奖专门奖励在翻译领域有突出贡献的学者,表彰译者及其翻译工作在澳大利亚文化和学术话语中所起的重要作用。专家委员会认为闵德福的译本"是一个对中国早期经籍具有决定意义的译本。这也是作为文化中介的译者和学者的一个突出例证,既是学识力量的一种体现,也是杰出的文学收获。闵德福在翻译中用富有思想性的、尊重原著的、灵活的方式挑战了他的工作,将一个意义重大的新的翻译文本贡献给了世界文学"①。

(一)翻译之路,始于《红楼》

闵福德,英国汉学家、学者、文学翻译家,牛津大学中文学士,澳大利亚国立大学博士,1946 年出生于英国伯明翰(Birmingham)的一个外交官家庭。闵福德曾于中国和新西兰等地任教,现居澳大利亚,任澳大利亚国立大学荣休教授。

少年时期,闵福德求学于古老而著名的温切斯特公学。这是英国第一所真正意义上的公学,与英国著名的伊顿公学齐名。在那里,闵福德学习了古希腊语、拉丁语和古典文学。几年的刻苦学习奠定了他牢固的语言功底和深厚的文学素养,为他日后潜心研究中国文学打下了坚实基础。1964 年,闵福德考入牛津大学,在这所英语世界中最古老的大学里,闵福德一直没有找到自己喜爱的专业。入学后的两年时

---

① 引自国际汉学研究:《恭贺闵福德教授获 2016"卓越翻译奖"》,http://www.sinologystudy.com/news.Asp?id=529&fenlei=19,2016 年 10 月 26 日。原文为: Bids fair to become the definitive translation of this primary Chinese classic. An imposing example of the translator-scholar as cultural intermediary,it is both a tour de force of scholarship and a distinguished literary achievement. Minford adopts a thoughtful,original,flexible approach to the challenges of his task as translator,offering a significantly new interpretation of a piece of major world literature.

间内,他主修过拉丁语、希腊语、政治学、经济学、历史和哲学等,几乎每个学期他都要更换自己的主修科目。

1966 年的一天,闵福德坐在学校图书馆前的一张石凳上,思考着自己未来的道路。他手中拿着一本牛津大学的入学简介,随手将一枚大头针扔在书的目录上,大头针居然落在了"中文"两个字上,于是闵福德决定转读中文。那一年是闵福德的弱冠之年,他与中国文学的缘分也从此开始。尽管闵福德学习中文只是个偶然,但有些缘分似乎是冥冥之中早已注定,就如闵福德曾经提到过的,不是他选择了中文,而是中文选择了他。中文为闵福德开启了一个全新的世界,他开始对这门专业痴迷不已,从中感受到了无尽的乐趣。

转学中文后,闵福德结识了影响其一生的人——大卫·霍克思。霍克思是著名汉学家,《红楼梦》英译本(前八十回)以及杜甫诗歌作品集《杜甫初阶》的译者。闵福德曾坦言,霍克思改变了他的生命,自己的翻译知识几乎全是由霍克思传授的。

1968 年,闵福德以全优的成绩毕业于牛津大学贝列尔学院(Balliol College),获得了由牛津大学颁发的中文一级荣誉学位。同年,闵福德返校时向霍克思提出要翻译《红楼梦》,碰巧的是,霍克思当时已经同世界著名的企鹅出版社签订了翻译《红楼梦》的协议。于是,霍克思建议闵福德翻译后四十回,他本人负责翻译前八十回。作为弟子的闵福德欣然同意,两个人便开始合译起这部皇皇百万余言的文学巨著。那时的闵福德只有 22 岁,而就在那一年,他结了婚,之后还有了两个孩子。

在着手翻译《红楼梦》之前,闵福德花费了大量时间学习霍克思的译文风格,同时研习写英文小说。尽管闵福德是个穷学生,但为了全身心投入学习,他放弃了其他一切工作。也许在这方面,闵福德一定程度上受到了导师的影响,因为霍克思当时也为了能够专心致志翻译中国文学作品而辞去了牛津大学的工作,这在国际汉学界引起了不小的轰动。

1973 年,闵福德 27 岁,而当时只有 25 岁的妻子却在那一年和他去非洲旅行时香消玉殒,留下他和两个孩子。闵福德成了单亲爸爸,一个人照顾孩子的任务十分繁重，但他并没有放弃翻译《红楼梦》。在翻译这部巨著时，闵福德经常去导师霍克思家中，时常见到霍克思的女儿雷切尔（Rachel May），但当时两人并无太多交集。直到1976年，闵福德和雷切尔才开始熟悉彼此，并渐生情愫。1977年，两人喜结良缘，闵福德成了霍克思的女婿。尽管闵福德和霍克思私交甚好，但两个人的翻译工作都非常独立，互不干涉。闵福德对自己的译文也表现出十足的自信，他认为读者在读完第八十回后，接着读此后的第八十一、第八十二回会感觉衔接比较自然，不会明显感觉出是两个人的译作。霍克思对闵福德的译文也很满意。这让闵福德感到翻译《红楼梦》是他此生做过的最开心的事情之一。而且，尽管高鹗创作的《红楼梦》后四十回受到很多争议，甚至有人认为高鹗的后四十回有"狗尾续貂"之嫌，但闵福德却有自己独到且鞭辟入里的见解。他认为："回到《绛珠还泪》（*The Debt of Tears*），我相信这一卷与全书其他部分不相上下，平分秋色。后四十回虽然有一些缺陷，但任何学术上的争议都不能动摇这后四十回作为《红楼梦》正派结尾流传后世的地位，而且后四十回的有些情节堪称全书最出名的经典场景。"①

《红楼梦》是闵福德从内心深处真正喜欢的书，对于他来说，《红楼梦》是中国古典小说艺术中难以逾越的高峰。每一次阅读这本书后，他都会得到新的启发。在西方名著中，萨克雷的《名利场》（*Vanity Fair*，1848）和《红楼梦》在一定程度上有相似之处，但闵福德却认为前者无法和《红楼梦》相提并论。《红楼梦》作为一部卷帙浩繁的古典文学巨著，人物情节复杂，思想极其深刻，想要真正读懂这本书对任何人来说都并非易事。于是来中国执教后，闵福德不遗余力地在课堂上为学生们介绍《红楼梦》，希望将他们带入《红楼梦》的世界之中。在他的努力之下，很多学生都开始了解并爱上这部充满艺术魅力的世界名著，闵福德心中的喜悦自然不言而喻。《红楼梦》是开启闵福德英译中国文学作品之门的钥匙。从此，他踏上了中国文学英译旅程。

---

① John Minford，*The Story of the Stone*，Vol. 4，*The Debt of Tears*，Shanghai：Shanghai Foreign Language Education Press，2012，p. 22.

(二)名师助力,圆梦译途

1977 年,闵福德前往澳大利亚国立大学攻读博士学位,师从著名华裔汉学家柳存仁教授。如果说是霍克思引领闵福德走进了中国文学的大门,那么被钱钟锺称为"海外宗师"的柳存仁教授,才是真正让闵福德开始领略到中国文化博大精深的人。闵福德在澳大利亚国立大学发表过主题为"Searching for the Dream: 44 Years of Studying China"的演讲。演讲中闵福德提到,他和柳存仁花了半年时间研究宋词,老师经常给他朗诵宋词,也常鼓励他。

1978 年,闵福德和雷切尔有了他们的第一个孩子,是一个可爱的小男孩,闵福德给他取名为 Daniel,昵称"大牛"。1980 年,闵福德获得学位后准备在澳大利亚求职,但不幸的是,接连五家工作单位都没有接收他。由于闵福德持有的是学生签证,若不能在澳大利亚找到工作就会遭到遣返。正在那时,中国国家外国专家局为闵福德提供了一个工作机会,邀请他在天津外国语学院教授翻译课程。于是,闵福德带着妻子雷切尔和三个孩子来到中国,并于同年翻译了对宋代诗词造诣颇深的缪越先生的《论词》,收录于宋淇①编辑出版的《无乐之歌:词》(*Song Without Music: Chinese Tz'u Poetry*)之中。1982 年,闵福德翻译的《红楼梦》第四卷(*The Story of the Stone, Vol 4, The Debt of Tears*)由企鹅出版社出版发行。

在天津任教两年之后,闵福德赴香港任《译丛》杂志编辑,后转任香港中文大学翻译研究中心主任。任职期间,闵福德结识了他人生道

---

① 宋淇,原名宋奇,又名宋悌芬,笔名林以亮,浙江吴兴人。1940 年毕业于燕京大学西语系。1949 年移居香港,任香港中文大学翻译研究中心主任,是闵福德在香港中文大学时的上司,一生著译极丰。

路上第三位良师：宋淇。宋淇是闵福德在香港中文大学任职时的上司，闵福德的名字就是他帮忙取的。闵福德很喜欢这个名字，因为他从自己的姓中看到了"通往中国文学之门"的含义。在闵福德眼中，宋淇是一位极具创造性的学者，并且不吝提拔后学，因此闵福德对他十分尊重。1984 年，闵福德和宋淇一同编著了《山有木兮：中国新文学选集》（*Trees on the Mountain：An Anthology of New Chinese Writing*）。这是第一本汇集中国新文学作品以及一些海外作家的中国文学作品的选集。1986 年，闵福德认为香港的生活节奏太快，而自己更喜欢宁

静悠闲的生活，于是偕妻子和四个孩子前往新西兰，于新西兰奥克兰大学任教，后任该校亚洲语言中心系主任及中文讲座教授。同年，他和澳大利亚汉学家白杰明（Geremie R. Barmé，1954）一同编著了《火种：中国良知的声音》（*Seeds of Fire：Chinese Voices of Conscience*）一书。闵译本《红楼梦》第五卷（*The Story of the Stone*，Vol. 5，*The Dreamer Wakes*）也于当年出版。

在香港生活的几年间，闵福德结识了不少中国的年轻作家、电影人和艺术家，也交到了许多挚友，因此在那几年内翻译了不少中国现当代文学作品。如 1987 年，闵福德和南开大学翻译研究中心主任庞秉钧及西班牙巴塞罗那自治大学翻译学院主任高尔登（Séan Golden）一同编著了《中国现代诗一百首》（*One Hundred Modern Chinese Poems*）。1989 年，他还和《文心雕龙》的译者黄兆杰一同编订了《古典、现代与人文：霍克思中国文学散论》（*Classical，Modern and Humane：Essays in Chinese Literature*）。1991 至 1994 年，闵福德被任命为台湾文化机构翻译研究员。1993 年，他又被澳大利亚国立大学聘为亚太研究院客座研究员。1994 年，闵福德受聘于香港理工大学，担任翻译研究中心主任及翻译讲座教授。

1994 至 1999 年，闵福德一直任教于香港理工大学。在这期间，香港著名翻译家刘绍铭推荐他翻译金庸的武侠小说《鹿鼎记》。实际上，

在此之前柳存仁教授就和闵福德提到过这部书。为了支持自己的学生,柳存仁给老朋友金庸写信,希望他能同意让闵福德翻译他的这本巅峰之作。而金庸此前一直不愿让别人翻译这部书,因此,闵福德认为是柳存仁教授促成了他的《鹿鼎记》英译本。在得到金庸的允许之后,他开始着手翻译《鹿鼎记》(中文版为五卷,英译本进行了缩译,最后是三卷本)。有国外学者曾在美国著名的《新闻周刊》(*News Week*)上评论过《鹿鼎记》,该作者认为光是书中长达 17 页的术语、地名、人名和年代纪事表就够让人晕头转向了。因此,我们可以推测,将《鹿鼎记》英译到西方有一定的风险。但是刘绍铭却认为,闵福德的英文造诣极高,在遣词造句上十分得心应手。除此之外,闵福德还特别偏爱离经叛道的作品和人物。因此,他非常适合翻译在武侠小说类型中"离经叛道"的《鹿鼎记》。尽管刘绍铭对闵福德的翻译水平评价极高,但闵福德在翻译中确实还是遇到了不少困难。例如,他曾经在一场有关《鹿鼎记》英译的答辩活动中这样说道,翻译会比较辛苦,有时也会有无力感,但这些都是译者所需要着重克服的。虽然闵福德自认无法将书中许多情节用英文精确地表述出来,但原作的精髓已经体现在译文之中了。1997 年,第一卷《鹿鼎记》英译本出版,直到 2002 年三卷才出齐,前后共耗时六年。

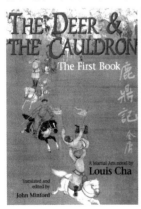

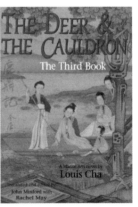

我们有理由相信,对待翻译工作如此慎重的闵福德,一定能如他在《鹿鼎记》英译本的译者序中所说,"让英语读者了解金庸的武侠世

界以及中国博大精深的文化"①。而金庸也亲自为《鹿鼎记》英译本作序,感谢闵福德为翻译这本书所作出的巨大努力。实际上,闵福德的导师兼岳父霍克思也参与了《鹿鼎记》的翻译,整部书几乎一半内容是他协助翻译的,但他却不愿意将自己的名字写入书中,而这仅仅是因为他想帮助自己的女婿。而闵福德也在该书的序言中表达了对霍克思的感激之情。

1999 年,闵福德又应邀翻译中国现存最早的兵书《孙子兵法》。事实上,闵福德并非英译《孙子兵法》第一人,但美国最大的电子商务公司亚马逊上的数据表明,闵译本《孙子兵法》的销量最高,且读者评价最多。尽管部分读者对闵译本颇有微词,如有读者批评该译本中的注释太多,但从总体上来看,闵译本还是获得了大多数读者的好评。闵福德在一次接受采访时也提到,《孙子兵法》是他所有翻译作品中销量最高的一本。对于闵福德来说,《孙子兵法》是为军事和战略提供参考的一部著作,越来越多的对企业发展战略以及创业有兴趣的人也开始阅读这本书。然而他本人并不是很喜欢这本书,就如他在译本中提到的,读《孙子兵法》需谨慎,因为这本书也许会给读者带来某些不利的影响。

2000 年,闵福德和刘绍铭一同编译了《含英咀华集》(Classical Chinese Literature: From Antiquity to the Tang Dynasty)。他在 20 世纪 90 年代至 21 世纪初的 14 年里还完成了另外一部古典文学《聊斋志异》的译介工作。闵福德自 1991 年开始翻译这本书,2006 年才出版。作为中国古典小

---

① John Minford, *The Deer and The Cauldron*: *A Martial Arts Novel*, *The First Book*, Hong Kong: Oxford University Press, 1997, p. 13.

说中的珍品,《聊斋志异》受到了海内外众多翻译家和汉学家的青睐,在海外的译介和传播极广,翻译版本和语言也非常多。在闵福德之前,已有多位海内外著名翻译家翻译过这部作品,如国外的翟理斯、马尔①和国内的杨宪益和卢允中等。截至 2020 年年底,在中国知网上搜索的"聊斋志异英译本"关键词,共显示出 1635 条结果,其中大部分论文都涉及翟理斯的译本,可见翟译本在所有译本中最具代表性。然而,在美国亚马逊官网上所有《聊斋志异》的英译本中,闵译本排在第一位,翟译本排在第二位,并且闵译本销量更高。还值得一提的是,闵译本在亚马逊上有较多读者评论,且每条评论几十字或以上,且多条评论达到了数百字,而翟译本之下只有寥寥几条评价。因此可推测,相对于翟译本和其他译本,闵译本更受当代读者欢迎。虽然闵福德只翻译了全书 491 篇小说中的 104 篇,但他的选篇具有较高的代表性,且翻译精当,不失为一个优秀的译本。

(三)巅峰译作,成于《易经》

闵福德所有的中国文学译作既包括古典文学作品,也包括现代文学作品。但实际上,闵福德还是更倾向于翻译中国古典文学作品。2002 年,闵福德翻译的《孙子兵法》出版,有人在采访他时提到了中国古哲学书籍、群经之首《易经》。不久之后闵福德就收到了出版社的邀约,希望他能翻译这部中国传统经典著作。《易经》是闵福德翻译生涯中的巅峰译作,耗时 12 年完成。这部译作进一步巩固了他在当代中国文学作品英译领域中的地位。

闵福德并非《易经》的首位译者,在 17 世纪时《易经》就被介绍到西方,陆续被翻译成多种语言,仅英译本就有十多种版本。在闵译本之前的英译本中,英国著名汉学家理雅各版的《易经》(*I Ching : Book of Changes*)和德国汉学家卫礼贤从德文英译而来的《易经》(*The I*

---

① 这里的"马尔"指的是共同翻译《聊斋志异》的梅丹理(Denis C. Mair,1951)和梅维恒(Victor H. Mair,1943)两个人。

Ching or Book of Changes）是公认的两个权威英译本。相比这两位汉学家前辈的翻译,闵福德对自己翻译的《易经》表现出足够的自信,认为自己的译文更能体现出中国文化的韵味。

作为一本历经数千年却经久不衰的中国古代哲学巨著,《易经》的内容极其丰富,内涵颇为深刻,对几千年来的中国政治经济产生了极大的影响。国学大师南怀瑾就曾说过,《易经》是经典中的经典、哲学中的哲学、智慧中的智慧。这样一本深奥的智慧宝典,中华民族智慧的结晶,也许中国人中都没多少人敢说读懂了它,闵福德又是如何理解和翻译这部博大精深、晦涩难懂的中国古典文学著作的呢?

对于闵福德来说,《易经》是一本客观存在的书,而不是宗教的经义。因为这本书没有强调任何人去相信什么宗教信仰,它所关注的只是世界的规律。闵福德在《易经》英译本中也提到,他翻译的这本书并不是给汉学家和学者们看的,读这本书是为了"研究大自然的基本原理,从而获知生命的意义"①。实际上,《易经》是一本建立在阴阳二元论基础上,对事物运行规律进行描述和论证的书。《易经》的本意不是算卦,更不是讲什么大道理,它是人们用来分析和解决问题的工具。基于这一点,闵福德认为《易经》在分析世界规律时用到的结构,比如六十四卦,并不是很复杂。在他看来,这本书是想告诉人们要学会把握生命的全局,从而提升生命的境界。

2002 年,闵福德在法国着手翻译《易经》,两年后回到中国。为了搜寻更多有关《易经》的资料,他经常穿梭于图书馆和各大书店。在中国的那两年中,他搜集了许多不同版本的《易经》,还搜集到了各大作家和文人对这本书的评价。2006 年,闵福德来到澳大利亚,任教于澳大利亚国立大学。从那时起一直到 2008 年,闵福德都因为工作事务繁忙,并没有花费太多时间在《易经》上。2008 年之后,闵福德的空闲时间多了起来,于是他开始全身心投入这部译作。

在翻译《易经》的过程中,闵福德有时也会觉得书中有些内容晦涩难懂,如果直译成英文,西方人也许更会如堕入五里雾中,不知所云。

---

① John Minford,*I Ching*,London:Penguin Classics,2015,p. 17.

所以在翻译这些内容时,闵福德通常会做一些解释。有人曾经问过闵福德,若在《易经》中遇到较难理解的内容时,为了方便读者理解,他是否会做一些简化? 闵福德说不会。他会尽力将书中的内容表达得更为有趣一些,但不会改变书中原有的意思。有时候,他还会按照自己的理解进行翻译,在他看来,虽然他的翻译比较主观,但是却让译本更为有趣易懂。闵福德甚至在他的译文第一部分中用到了拉丁文,"这其实是没有必要的,但是闵福德喜欢这么做"①。从这点我们可以看出,闵福德翻译原则中的一点就是,在忠实原文的基础上充分发挥自己的想象力和创造力,但又不和原文内容发生矛盾。也许这就是闵福德曾经提到过的属于他的"合适的翻译方式"。

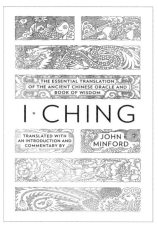

闵福德已经在译作中加了很多注释,为了不使《易经》英译本显得太厚重,更是为了使好奇的读者能够了解闵福德译作中一些评论和注释的来源,闵福德将翻译《易经》时做的大多数笔记都整理成电子文档,放在网站上与读者共享。笔者在下载之后发现,这篇长达 70 页的文档中共有 773 条注释,其中《易经》中的语句用蓝色字体显示,而注释用的是红色字体,整篇笔记内容详尽、条理清晰,充分体现了闵福德作为一名严谨的学者孜孜以求、一丝不苟的学术精神。

香港《南华早报》对闵译本《易经》作出评价,认为新的译本以多种形式来探究这本内容丰富、晦涩难懂的著作,使之更为拟人化,且更接近英语世界。美国芝加哥大学巴克人文学讲座教授余国藩也评价道,这本《易经》英译本内容生动、知识丰富,它将成为 21 世纪及之后的经典书目。由此可见,闵福德的《易经》英译本得到了众多学者的认可。

<hr>

① 参见 Steve Marshall, "I Ching: The Essential Translation of the Ancient Chinese Oracle and Book of Wisdom", http://www.biroco.com/yijing/minford.htm,2021 年 1 月 13 日。

从 1966 年第一次和中国文学结缘到 2014 年《易经》英译本出版，闵福德已在中国灿烂的古今文化间行走了 48 个年头，从一位初涉中国文学翻译的译者成为如今世界闻名的汉学家和翻译家，成为一座中西方文化交流的桥梁。他不仅如愿走进了中国文学的大门，还将中国文化的精髓带向了世界，为中国文学的外译做出了不菲的贡献。尤其是其《易经》译本，详细和完整收录了几百年来中国学者所做的种种解读，细致地阐释了每一种卦象。从这一点来说闵福德做了前人力所不及的事情。

（四）崇尚逍遥，乐享生活

2016 年 3 月中旬，这位世界著名汉学家和翻译家在上海接受了采访。有道是"相由心生"。闵福德外表谦和，虽已至古稀之年，却精神矍铄。他头发花白，鼻梁上架着一副长方形金边眼镜，显示出儒雅的学者气质。闵福德是应刚刚辞别上海大学来到上海师范大学担任国家重点学科负责人的朱振武教授之约来到上海的。闵福德与朱振武一见如故，二人促膝长谈，趣味十分相投。闵福德应邀分别在上海大学和上海师范大学开了两场讲座，一场关于《红楼梦》，一场关于《易经》。讲座中我们能发现，他不仅学识渊博、字字珠玑，且幽默风趣、妙语连珠，三言两语就妙趣横生，引人入胜。两场讲座均座无虚席，可见这位汉学家受欢迎程度之高。

而这样一位在汉学领域造诣颇高的学者，学术之外的生活也是丰富多彩的。闵福德在业余生活中喜爱弹钢琴，听爵士乐、古典音乐，还热衷于打网球，而他最喜爱做的事是去郊外旅游。虽然热爱汉学、醉心于中国文学翻译，但向往自由的闵福德却不愿一直被工作和学术生活的各种框架所束缚。闵福德想要达到的境界是隐逸诗人陶渊明的"结庐在人境，而无车马喧"，是"诗佛"王维的"松风吹解带，山月照弹琴"，是山水田园诗人孟浩然的"开轩面场圃，把酒话桑麻"。《红楼梦》中，黛玉也曾吟诵过一首诗："一畦春韭绿，十里稻花香。盛世无饥馁，何须耕织忙。"虽是绣户侯门女，但黛玉内心深处还是十分喜爱美丽的自然田园风光。闵福德在翻译《红楼梦》时,一定也很欣赏和他有着相同想法的林黛玉吧。也许对于闵福德来说,园中鲜红的玫瑰花花香四溢,屋旁紫色的郁金香漫山遍野才是他真正喜爱的生活。

在香港理工大学任教期间,闵福德突然想离开工作岗位去做点自己想做的事情。于是,他辞去了翻译系主任这一职位,带着妻子来到了法国南部靠近西班牙的一个乡村,颇有些"开荒南野际,守拙归园田"的意味。在旁人看来,这也许有些匪夷所思,但其实远离城市喧嚣,独享一方宁静,未尝不是一件好事。它能够舒缓紧张的工作节奏,让人静下心来感受乡村的泥土气息,体验生活的美好。闵福德在乡村买了一片葡萄园,每天"晨兴理荒秽,戴月荷锄归",等葡萄丰收的时候,就邀请好友一同来摘葡萄,有时还会酿点葡萄酒喝。这种归于自然的生活远离俗世、宁静悠闲,颇似陶渊明笔下《桃花源记》里的世外桃源。

乡村的宁静使闵福德的心也变得愈加安定,能守住内心宁静的人才能取得如此卓越不凡的学术成就。在法国乡村的那几年里,闵福德开始翻译《聊斋志异》。夜晚的乡村静谧无声,偶有蛙声虫鸣,闵福德在书房里遥望着窗外朦胧的月色。月影幽窗下,时光简静平和,外界无论多么纷繁动乱,他亦不受干扰。那时的他,脑子里一定充满了《聊斋志异》里众多具有奇幻色彩的花妖狐魅故事。但这样的日子没有收入来源,在法国南部待了五年之后闵福德又回到高校任教。每一次这样的经历都使闵福德更加向往逍遥和自由的生活,而他也很喜欢"逍遥译者"这个称号。

做学术之余,闵福德还十分关心当代中国的现状。中国是世界文明的发源地之一,有着5000年的文明史,而在闵福德看来,世界上大部分人只对中国市场有兴趣。为了改变这种局面,闵福德除了通过翻译中国文学作品让西方读者了解中国,还曾计划与国外大学合办课程,希望国外大众重新审视传统中国文化对现代人的意义。闵福德甚至还准备筹资创建《红楼梦》英汉双语网站，让国外读者更加了解这本世界文学宝库中的一流珍品，从而进一步了解中国文学。如今，闵福德和一些朋友与香港恒生管理学院在新西兰共建了一个小书院，名为"恒生白水书院"。而他创办这所书院的目的在于保存最好的中国文化，并将中国文化传统传播给国外的年轻人，鼓励他们不断提升自身的修养。

闵福德如今已逾古稀，却仍译著不断，如今他又面临着另外的挑战——翻译《道德经》和《傅雷家书》。虽然闵福德早已蜚声世界汉学界，但出于对中国文学的热爱，他仍希望尽自己的微薄之力为中西文化交流做出一点贡献。闵福德如今已远赴澳大利亚定居。他居住的地方，有着碧海蓝天、浩瀚沙丘和晶莹细沙，湿湿的海风略凉，偶尔还有海鸥在海面上飞翔。那里仿佛关住了时间，宁静又舒适，人们可以怡然自得地回归大自然的怀抱，这也是闵福德一直以来的梦想。

2014年，闵福德患上脑卒中，6个月后才渐渐痊愈。而下半年，爱妻雷切尔因病去世，这给他带来了很多痛苦，但生活还是要继续，2016年1月，闵福德于澳大利亚国立大学退休，这对他而言是一个新的开始，他打算开启自己人生的一个新篇章。除了继续翻译《道德经》和《傅雷家书》，他还打算周游世界各地，结识更多善良有趣的朋友。

一次与中国文学的偶然相遇，一生对中国文学的情结深厚。闵福德，一位苦心孤诣研习汉学50余载的寂静学者，一位不囿尘世、追求青山绿水的逍遥译者，毕生以虔诚之心对汉学孜孜以求。热爱大自然、热爱乡村生活的人，内心总是比别人多一些朴素与坚韧。带着这份朴素与坚韧，闵福德得以在中国文学的翻译旅途中坚定前行、稇载而归。

闵福德主要汉学著译年表

1980	*The Chinese Lyric*（《论词》），Hong Kong：The Chinese University Press
1982	*The Story of the Stone*，Vol 4，*The Debt of Tears*（《红楼梦》第四卷），London & Bloomington：Penguin Classics & Indiana University Press
1983	*Favorite Folktales of China*（《中国民间故事》），Beijing：New World Press
1984	*Trees on the Mountain*：*An Anthology of New Chinese Writing*（《山上有木：中国新文学选集》），Hong Kong：The Chinese University Press
1986	*The Story of the Stone*，Vol 5，*The Dreamer Wakes*（《红楼梦》第五卷），London & Bloomington：Penguin Classics & Indiana University Press *Seeds of Fire*：*Chinese Voices of Conscience*（《火种：中国良知的声音》），Hong Kong：Far Eastern Economic Review
1987	*One Hundred Modern Chinese Poems*（《中国现代诗一百首》），Hong Kong：Commercial Press
1989	*Classical*，*Modern and Humane*：*Essays in Chinese Literature*（《古典、现代与人文：霍克思中国文学散论》），Hong Kong：The Chinese University Press
1995	"Pieces of Eight：Reflections on Translating The Story of the Stone"（《红楼梦翻译反思》），in Eoyang and Lin eds.，*Translating Chinese Literature*，Bloomington：Indiana University Press，pp. 178-203
1997	*The Deer and the Cauldron*：*A Martial Arts Novel*，*The First Book*（《鹿鼎记》第一卷），Hong Kong：Oxford University Press

1998	"The Chinese Garden: Death of a Symbol"（《中国园林：死亡的象征》）, *Studies in the History of Gardens and Designed Landscapes*, Vol. 18, No. 3, pp. 257-268
1999	*The Deer and the Cauldron: A Martial Arts Novel*, *The Second Book*（《鹿鼎记》第二卷）, Hong Kong: Oxford University Press
2000	*Classical Chinese Literature: From Antiquity to the Tang Dynasty*（《含英咀华集》, with Joseph S. M. Lau）, New York & Hong Kong: Columbia UP & Chinese UP
2002	*The Deer and the Cauldron: A Martial Arts Novel*, *The Third Book*（《鹿鼎记》第三卷）, Hong Kong: Oxford University Press *The Art of War*（《孙子兵法》）, New York: Viking Books
2003	*A Birthday Book for Brother Stone: For David Hawkes at Eighty*（《献给石兄霍克思的八十岁生日礼物》, with Rachel May）, Hong Kong: The Chinese University Press
2005	*The Fragrant Hermitage*（《馨盦词稿》）, Taiwan: SKS
2006	*Strange Tales from a Chinese Studio*（《聊斋志异》）, London: Penguin Classics
2007	*Islands and Continents*（《岛和大陆》, with Brian Holton and Agnes Hung-chong Chan）, Hong Kong: Hong Kong University Press
2014	*I Ching*（《易经》）, New York: Penguin Classics
2018	*Desert*（《沙漠》）, Boston: Shambhala Publications *Tao Te Ching*（《道德经》）, New York: Viking-Penguin

本章结语

　　文学翻译贵在传达精神旨归和艺术意境，而非字比句对，这就决定了原文和译作在形式表现上必然会拉开一定距离。

　　一般而言，原文的文学性越强，独属于一国文字的特征越明显，其与译作在话语形式上的距离就越远。尽管文学译作并不能纤毫毕现地还原原文，而总是会失去些什么，但是优秀的译作自有一种力量，会将原作最坚韧、最珍贵、最隽永的品质挖掘出来，以自身独到的话语方式将其与现实异域语境结合，以"创"补"失"，使得原作超越自身的疆域，去往更广阔的世界，与新的读者相遇相知，从而终有所"得"。

　　就中国古典短篇小说而言，它们常常精于艺术构思，人物刻画传神，既形成了"讲故事"的传统，又具备深厚的文化质感。

　　本章所涉四位译家都敏锐捕捉到了原作鲜明的文本特征，他们在移译过程中或倾注大量心力考证、注疏、辨伪、出新，力求抓住原文核心要义；或锤炼文字、创生美感，令译作成为纯正出色的英语作品，为最广泛的大众读者所欣赏、喜爱。他们的译文，对中国古典短篇小说跨越时代的可读性和厚重感进行了提升式再现，具备让原作历久弥新的再生力量。

文学翻译，是一项修艺、修身、更修心的工作。如果说作者在源语语境中的写作或可有天赋加持，那么译者用译入语重现经典的过程则更多浸润着后天的苦修。如中国古代章回体小说这般体量巨大、人物繁多、文化信息庞杂的文体，非炼得钢筋铁骨身、心怀磐石蒲苇志不能为之。

霍克思、芮效卫、罗慕士无疑各自走出了一条前人"未走过的路"。在译本的呈现形态上，霍译自然熨帖、流畅优美、情感浓郁，着重激发西方读者的阅读愉悦；芮译忠实原著、雅俗如之，兼具文学和史学双重价值；罗译则将服务于汉学、紧贴中国文化的"深度翻译"演绎得淋漓尽致，完美诠释了"译者是最认真的读者"。

非仅如此，三位优秀汉学家还是曹雪芹、兰陵笑笑生与罗贯中在异域的千古知音。他们焚膏继晷、苦心经营，于寂然凝虑中思接千载，与作者共情，向读者移情，成就了译作与原作跨越时空的遇合与接力，开启了自身的下一段生命旅程。

更重要的是，译者在移译过程中考辨钩沉，沉淀中国文化修养，同时也将自身渊博的学识、优美的英语文笔反哺到译作之中，助力译本在跨文化之旅中兼收并蓄、涵养自身，最终呈现出道识虚远、中外融通的全新生态，实现了中西文学深层次、包容性的平等对话，在推动文化"走出去"进程中具有普遍意义和价值。

第三章 汉学家与中国古代章回小说的英语传播（上）

闲静时如姣花照水,行动处似弱柳扶风。心较比干多一窍,病如西子胜三分。

——曹雪芹《红楼梦》

In stillness she made one think of a graceful flower reflected in the water; in motion she called to mind tender willow shoots caressed by the wind. She had more chambers in her heart than the martyred Bi Gan, and suffered a tithe more pain in it than the beautiful Xi Shi.

——*A Dream in Red Mansions*, trans. by David Hawkes

一 一生浮沉居斗室
半部石头誉满天
——英国汉学家霍克思译《红楼梦》

英国汉学家
霍 克 思
David Hawkes
1923-2009

近年来,随着中国国力的蒸蒸日上和全球交流的日益密切,世界范围内出现了一股强烈的"汉学热"。汉学的历史是中国文化和异国文化交流的历史,是西方认知、研究、理解中国的历史,而参与汉学研究的汉学家则是世界了解中国和中国文学、文化的主要媒介。汉学活动也越来越多地受到了我们的重视,他们一生的辛勤笔耕与学术研究为中国本土文化在国外找到了孕育的土壤,为中西文化的交流构建起了一座座沟通的桥梁,为国外读者了解浩瀚的中华文化带来了福音,为中国文化走向世界做出了突出贡献。大卫·霍克思(David Hawkes,1923—2009)是英语世界汉学家的杰出代表,一生最宝贵的时光都献给了中国文学的译介和中国文化的对外传播。他的译作传播了中国古典文学,他的汉学研究也为中学西渐打开了一扇扇门。新世纪之后,虽然这位汉学家离开了我们,但他留给我们一部部匠心独运的译著和著作。

(一)初生牛犊不怕虎

大卫·霍克思,1945 至 1947 年于牛津大学研读中文,1948 年到北京大学攻读古典文学硕士,1951 年学成归国,随后于 1959 年被牛津大学聘为中文教授,直至 1971 年离职。1973 年,霍克思成为牛津大学万灵学院(All Souls College)的研究员,1983年退休,但生前一直为该学院的荣誉研究员。20世纪80年代,他将自己收藏的约4500册图书捐赠给国立威尔斯图书馆。图书涵盖中国文学、历史、哲学、宗教、戏剧等方面的中、英、日等多种语言。

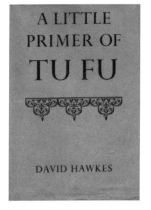

作为著名的汉学家,他年轻时翻译的《楚辞》(*The Songs of the South*)是欧洲首部《楚辞》作品的英译本,出版当年即被选入"联合国教科文组织翻译丛书"。他的译著《杜诗初阶》(*A Little Primer of Tu Fu*)是具权威性且广为人知的唐诗翻译作品,而他的译作《石头记》(*The Story of the Stone*)更是英语世界中第一部完整的《红楼梦》英译本,在西方世界享有独一无二的地位。该《红楼梦》译本在出版之初便以其较高的学术性、流畅性以及传神的译文风格而享有盛誉。

1941年,霍克思在牛津大学修习古典学位,对中国文学的浓厚兴趣来源于林语堂的《生活的艺术》①(*The Importance of Living*)。此书以浪漫的手笔向西方人展示了传统中国人的生活范式。西方评论家彼得·普雷科特(Peter Precott)也表示:"看完此书,我真想跑到唐人街向中国人鞠躬呢。"②大学里,霍克思主修的是古希腊和罗马文学,当时正值第二次世界大战,多个民族陷入战争深渊之中,英国也不例外。他满怀一腔报国热情,加入了牛津

---

① 《生活的艺术》,林语堂的《吾国吾民》姊妹篇,出版当年的12月即被美国"每月读书会"选为推荐书籍,高居《纽约时报》畅销榜52周。

② 参见 Connie Chan, "Appendix: Interview with David Hawkes", *The Story of the Stone's Journey to the West: a Study in Chinese-English Translation History*, Conducted at 6 Addison Crescent, Oxford, 7th December, 1998, p. 300.

基督教堂学院。他本应弃笔从戎，但因体检未能通过，因此改学日文，在英国皇家舰队从事情报收集工作。其间，霍克思接触到的亚瑟·韦利版的《西游记》英文缩译本《猴》（Monkey）①进一步激发了他对中国文化的浓厚兴趣。他转而研究中国文学，从此与中国结下了不解之缘。

在情报部门工作，霍克思不可避免地要与日文打交道，闲暇之余，他读了很多日译中国文学作品。所谓"无心插柳柳成荫"，自此他倾心中文。战后，他再次回到牛津大学，由于对战前所学习的欧洲古典哲学和历史兴致寥寥，因而他萌生了转修中文的想法。1945 年，他利用战前申请的奖学金转入了汉学科，师从英国著名汉学家修中诚（Ernest Richard Huges，1883—1956），由此成为全校唯一修读中文的学生。虽然一个人的学习多少有些寂寞，这并没有打消他对汉语的满腔热情。事实上，他并不是牛津历史上第一个修读中文的学生，杨宪益的太太戴乃迭同样出自修中诚门下。

霍克思是牛津大学汉学科的第二位学生。牛津大学东方学部过去只有两个重要部门：一是希伯来文，因为基督教《圣经》原文是用希伯来文写的；还有一个是阿拉伯文，其教学历史可追溯到查理一世的全盛时代。除了这两个部门，牛津大学对于其他的一切，如印度研究、梵语、中文等都持怀疑态度。在他那个年代，牛津大学图书馆连像样的唐诗选集和《史记》都没有，而他学习中国文化是从四书五经开始的，学习的内容也局限于儒家经典和《庄子》等传统典籍，老师修中诚也没有介绍其他内容。中国著名戏剧家熊式一（1902—1991）在得知牛津大学开设的课程内容之时觉得十分可笑。②

在牛津大学读书期间，霍克思并没有把自己的精力花在四书五经的学习上。当时的西方学者普遍认为《诗经》是中华文化的源头，而忽

---

① 译本虽然对原作进行不少删减，但仍基本上体现了原作的面貌。该译本于 1942 年由伦敦艾伦与昂温（Allen & Unwin）公司出版。

② 参见 Connie Chan：" Appendix：Interview with David Hawkes," *The Story of the Stone's Journey to the West：A Study in Chinese-English Translation History*，Conducted at 6 Addison Crescent，Oxford，7th December，1998，p. 303.

略了楚文化这个中国文化的另一个发展源头，于是霍克思另辟蹊径，选择将屈原的《离骚》作为自己的研究方向。他也决心和马可·波罗一样，亲身来到中国，感受东方文明的独特魅力。

1947年，霍克思考取牛津大学汉学院研究生。他坚持对《楚辞》进行整体研究，同时又在唐诗、戏曲等领域广泛涉猎。读研期间，霍克思着手翻译《离骚》，开始了他对中国文化典籍的翻译之路，这也是他最早进行的汉学翻译活动。同年4月，他与来自荷兰、法国、英国的有志汉学研究的学子一道，召开了为期一周的"青年汉学家会议"①（The Junior Sinologues Conference），霍克思、龙彼得（Piet Van Der Loon，1920—2002）、何四维（Anthony Hulsewé，1910—1993）、谢和耐（Jacques Gernet，1921—2018）、吴德明（Yves Hervouet，1921—1999）等②日后都成了颇有建树的汉学研究者。这次会议为霍克思的汉学研究领域打开了广阔的前景。

霍克思在业界非凡的造诣与当时学习《离骚》等中国文化典籍的经历是分不开的。四书五经、《离骚》《楚辞》等所包含的典雅语言浸润着深厚的传统，充满了文学气息。古典文学的熏陶奠定了他深厚的中文底蕴。但他认为只学四书五经是不够的。事实上后来牛津大学也渐渐改革了中文课程，增加了唐诗、《史记》和陶渊明的作品等内容，也扩充了白话文的学习，如《阿Q正传》等。

---

① 青年汉学家会议是欧洲汉学学会的前身，首届会议于1948年4月举行，历时一周左右。会议由有志研究汉学的荷兰莱顿、法国巴黎等欧洲各高校的青年学子倡议，得到英国汉学家亚瑟·韦利和德国汉学家古斯塔夫·哈隆（Gustav Haloun，1898—1951）的帮助，在英国剑桥大学国王学院举行。此后至1973年，该会议不定期召开，成为一种传统，为第二次世界大战后国际学术合作工作重新恢复做出了极大的贡献。1949年，德国学者开始参加会议；1955年，中国、美国和俄罗斯学者也加入进去；1973年，一些老一辈的学者也欣然加入，至1975年"青年汉学家会议"正式更名为"欧洲汉学学会"，每两年举行一次。

② Connie Chan，"Appendix：Interview with David Hawkes"，*The Story of the Stone's Journey to the West：A Study in Chinese-English Translation History*，Conducted at 6 Addison Crescent，Oxford，December，1998，p. 304.

（二）溯洄游之中国梦

霍克思自 1948 年到 1951 年的北京大学学习经历使其受益匪浅，并彻底改变了他的人生轨迹。虽然霍克思读过四书五经，成为第二次世界大战之后牛津大学中文专业的第一位毕业生，但他认为自己离真正掌握中文还有很大的差距。他在牛津大学就读期间，认识了一些来留学的中国学生，其中一位便是后来成为香港大学校长的黄丽松。中国学生们听说牛津还有人孜孜不倦地细读四书五经，纷纷感到震惊。当听到霍克思开口说中文时，他们都笑了。霍克思也发现自己的确是中文学习的门外汉。

1948 年，满腹豪情的霍克思与同学一道由英国南安普敦港出发，前往中国。当时他要去中国的决心十分坚定，很多人都加以劝阻，因为当时中国正值战时，物价飞涨，民生凋敝。另外校方也建议他等一等，等拿到去中国学习的奖学金再走。霍克思准备去中国的这一段时期，英国政府也开始了推广中文以及其他所谓"高难度语言"的项目。但是霍克思不想等。他的脑海里只有一个想法："我如果现在不去，以后恐怕永远也去不了了。"[1]

霍克思原本打算靠教英文挣点钱，一边教英文，一边学中文。他不愿等奖学金，只是在申请处留下了姓名。但没想到他到了北平几个星期后，竟得到了英国发给他的奖学金。他觉得自己真是太幸运了，因为他可以"不必挣钱，只管读书了"。

北京大学是霍克思魂牵梦萦的地方，那里是东方学术的象征，他写了很多信到北京大学，可都没有回音。当时的校长是著名学者胡适。可是胡校长没有时间阅读霍克思的来信，后来多亏一位在北京大学执教的英国诗人、学者燕卜荪（William Empson，1906—1984）无意间发现了几封无人阅读的英国来信，并说服北京大学接收了这名求知

---

[1] 引文出自《D. Hawkes 与〈中国语文〉》2015 年 5 月 13 日，http://resources.edb.gov.hk/～chinjour/75/75-13.htm。以下引文不做特殊说明，均出此处。

若渴的学子,这样他才成了北京大学中文系的一名研究生。霍克思在学习中文的同时,也旁听许多著名学者的课程。据霍克思回忆,他曾旁听过俞平伯、罗常培、唐兰、林庚、王利器、赵西陆、游国恩、吴晓铃等先生的课程,这些旁听的经历一直为他所津津乐道。①

开始在北京大学学习之时,霍克思也遇到了很多学习上的困难。据他描述,"这简直就是一个笑话,因为我什么'研究'也做不了——我连话都不会说。我只能旁听"。进入了北京大学中文系后,他住在北京胡同里的一个旅馆内发愤读书,利用与同学聊天的机会提高语言能力。

霍克思是中国革命的见证者。1949 年,他恰好身在北平,在北京大学读研究生。10 月 1 日,当毛泽东宣布中华人民共和国成立的时候,他恰好也在天安门欢庆的人潮中,见证了这一重要历史时刻。

此后,霍克思的未婚妻琼来到中国,费尽一番周折,两人终于获准结婚。可未曾料到,一年后朝鲜战争爆发,两人被迫回国。

(三)难舍难分红楼缘

霍克思一开始对中国的白话一窍不通,为了打好基础,他花了一两个月的时间阅读了鲁迅的作品,但要张口说白话,对他来说还是太难了。为此,他采用了双管齐下的办法。当时他所住的研究生宿舍有一半是印度人,一半是中国人。他尽可能地和中国人一起,练习说话。另外,他又独创了一个办法,就是找一个完全不懂英语的人和他一起读一部著作。朋友介绍了一位失业的中国老人和他练习中文,根据口音,霍克思判断他不是北京人,而是京畿河北某地人氏。老人几乎每天都到,他们一起研读《红楼梦》。老人一点英语都不懂,只能用中文做解释,一开始霍克思只能弄懂一点点,但久而久之,他就都能明白了。老人具体陪伴他多久,霍克思自己也记不太清了,但至少在他搬离研究生宿舍前的一年里,老人每天都来。② 和不懂英文的老人一起

---

① 参见邓云乡:《云乡琐记》,石家庄:河北教育出版社,2004 年,第 449 页。
② 李永军:《红楼梦译十五年》,《团结报》,2009 年 11 月 21 日,第 006 版。

阅读,又和会英文的中国学生交谈,霍克思认为此方法对他提升中文口语水平十分有效。

因为有了这段经历,后来又了解了关于《红楼梦》的前尘往事,他知道这是一本重要的著作,所以来到中国之后,就选了这本书做教材自学中文。如果说每个人学习语言都有某种动力,那么霍克思学习中文的动力则是来自他对中国文化的浓厚兴趣。霍克思喜欢戏曲,能写一手漂亮的中国字,更爱喝中国茶。他喝下午茶都是按英国式的喝法,但茶叶都是中国的。霍克思对中国文学的迷恋从未中断过,他热爱中国的文化和翻译,后来将他毕生积累的中文藏书都捐给了威尔士国立图书馆。

1951 年,朝鲜战争爆发,霍克思返回牛津任教,与同事吴世昌①一起,开设了当代中国文学课程。那时候,牛津大学本科生的学习内容已经收入了鲁迅和明清小说,通过教授这些课程,霍克思向学生们展现了古代典籍中难以发现的生机和活力。吴世昌是著名红学专家,霍克思在北京大学期间多次向他请教红学问题,两人终成好友。在吴世昌的帮助和指点下,他终于读完了《红楼梦》。

1959 年,霍克思出版了《楚辞》(*Ch'u Tz'u:The Songs of the South:An Ancient Chinese Anthology*),同年,他受聘为牛津大学中国文学教授。在吴世昌的鼓励下,他着手翻译《红楼梦》。此后十余年,他在万灵学院同学的帮助下,翻译了《红楼梦》的前八十回,分为三卷,并分别于 1973 年、1977 年和 1980 年由企鹅经典文库出版发行,后四十回则由他的学生闵福德分两卷译完。如他对外界所说,"众所周知,《红楼梦》前八十回和后四十回是两位作者所作,那么翻译也应由两位译者来完成"。那时闵福德还只是他的一个学生,完全没想到日后会成为他的女婿。

---

① 吴世昌(1908—1986),浙江海宁人。早年获燕京大学文学硕士,英国牛津大学荣誉硕士学位。中国作家协会会员。在牛津期间,吴世昌以英文写出了此生最著名的红学专注《红楼探源》,并于 1962 年回国。

霍克思身上处处体现着中国人的传统美德。盛名之下的他，总是非常谦虚。譬如对于褒扬他的译作而贬低其他译者的评论，他就很为其他译者感到不平。他认为其实并没有什么高下之分，只是风格不同。他非常敬佩杨宪益夫妇，为他们能译出如此大量的作品而惊叹。他甚至说当时不知道杨宪益夫妇也要译《红楼梦》，否则他自己就不会译了。

翻译完《红楼梦》，霍克思随即告老，迁居威尔士，继续为企鹅出版社修订《楚辞》等著作，闲暇的时候，也对威尔士的风土人情、园林和威尔士语产生了浓厚的兴趣。此外，他还译了元杂剧《洞庭湖柳毅传书》，后来以《柳毅与龙公主》（*Liu Yi and the Dragon Princess*，2003）之名出版。约翰·基廷斯（John Sittings）认为："霍克思以及其《红楼梦》译作青史留名，不仅仅因为他在红学上的深入研究，还因为他的灵感和艺术将原著的真实和诗意双双体现。"

霍克思此后再也没有来过中国，可北京这个充满东方风情的城市一直是他魂牵梦萦的地方。1998年，他在一次接受采访时对记者说：他常常梦游北京，正如50年前一样。他随后又对记者说出了一些常在他梦中出现的街道、胡同。由此可以看出霍克思与北京的深厚感情。

（四）译路梨花处处开

作为当代研究中国文学的巨匠、翻译界的巨匠,霍克思花了整整15年时间翻译《红楼梦》,其间为了专心翻译,更辞去了享有很高荣誉的牛津大学教授一职。霍克思文笔精妙,译笔堪与第一流的英语文学作品媲美。更可贵的是他对原著近乎虔诚的态度,他的翻译一丝不苟,努力做到逐字逐句地翻译,连双关语、诗词的不同格式都要表现出来。从(香港)岭南大学 2000 年出版的《〈红楼梦〉英译笔记》(*The Story of the Stones：A Translator's Notebook*)中,我们可以清楚地看到他为了翻译一个人名、一句诗句……厘清众多场景的方位或繁复的人物关系而反复斟酌、推敲的艰辛过程。

霍克思表示,"我非常喜欢庞德的译诗,但要把他的翻译看成译诗,这有些牵强。我希望那些希望看到确切译文的读者不妨去欣赏一下韦利的译作"①。韦利的译文以忠实原文的翻译风格著称。在霍克思看来,评价一部译作是否成功,关键是看译文和原文之间的关系。霍克思在《汉语翻译》中指出:"要做出好的译文有两条路可走,一是逐字对比其他译文,另外就是要与懂得外语的人合作。他在翻译上是这样想的,更是这样做的,这保证了他译文的忠实和翻译的质量。"②

对原文恣意删改不能成就一篇好的译文,但这并不代表霍克思在翻译过程中赞成不加改动的机械直译。在对《寒山寺》的翻译评论中,我们发现霍克思倡导原作和译作之间要有适当的张力。霍克思对于翻译理念有着独特的理解,他认为:"译者应该谦虚,更多地关注原作

① 王丽耘:《中英文学交流语境中的汉学家大卫·霍克思研究》,福建师范大学博士学位论文,2012 年。
② "逐字对译本"原文用的是 crib,指为学习外语的学生所提供的逐字对译(literal translation used in studying a foreign language)。

的传译和接受效果，而不是自身创造力的发挥。"①霍克思在其一生汉学研译的过程中始终坚持这一翻译理念，即作品的译介既要重视原作又要考虑到作品的接受效果。《杜诗初阶》就是他翻译思想的典型体现——一部可读性和准确性完美结合的杰作。《哀江头》中"明眸皓齿今何在"中"皓齿"的翻译，他并没有采取直译。在西方文化中，欣赏女人的牙齿是一种滑稽可笑的行为，而在中国审美的范式中，美人启齿微笑是极其富有审美意蕴的。出于这样的文化差异，霍克思把"皓齿"翻译成"the flashing smile"，这样既考虑了译入语读者的接受效果，又尊重了原诗，消除了审美的差异，完成了翻译的转换。

评论作品译介成功与否的标准就是看译作预设的目的是否与目标语读者的身份相符。1960 年，霍克思批评译作《文心雕龙》，认为译者对目标语读者考虑得不够。他认为此书的目标语读者多为初步涉猎中国文学的人，译文应该为读者考虑，在处理原文中应注意变通，不能采用统一的翻译方法，更不能亦步亦趋地翻译。霍克思在每部译作中都会谈及预设读者以及翻译初衷，在《楚辞》的序言中就提到了自己为专业读者和非专业读者在译本内容安排上的一些小变化②。而对《红楼梦》的翻译，霍克思表示很多情况下他希望采取的是一种不同于《楚辞》的翻译方法。他说："我想做的是不考虑学术的翻译。我想以这样一种方式将它译出，如果可能，全译的同时要保留趣味性，读者读我的译作能获得我在阅读原作时获得的乐趣。"③

霍克思也认为，一部好的译作的产生和前期大量的调研工作是分不开的。霍克思曾批评施友忠的译作《文心雕龙》，认为译者没有考虑

① David Hawkes，"Translation from the Chinese"，*Classical*，*Modern and Humane Essays in Chinese Literature*，Hong Kong：The Chinese University Press，1989，p. 236.

② David Hawkes，"Preface"，David Hawkes，trans. *Ch'u Tz'u*：*the Songs of the South*：*An Ancient Chinese Anthology*. London/Boston：Oxford University Press，1959/1962，p. vii.

③ David Hawkes，"Book Reviews：(Untitled Review) The Literary Mind and the Carving of Dragons"，*The Journal of Asian Studies*，May，1960，p. 6.

到当时的时代背景,对文学现象的阐释力不够。"如果我们能对当时的文学背景有一个全面的了解,并能对刘勰有一个准确的定位,就能准确地了解刘勰作品的中心话题。"①以霍克思翻译的《红楼梦》为例,其三卷均有序言和附录,有家族关系系谱图,每卷都附有曹雪芹和霍克思的简介,这不仅体现了译者对于原作者的注重,也便于读者的阅读和理解。霍克思总结韦利一生译著成功的原因时说:"他作为翻译家永垂不朽是可预见的,因为他的学术水平极其扎实,就连时间也无法侵蚀他的准确性。当然,连最权威的译者也会犯错,而这些错误不足以使他的作品被淘汰。"②所以,霍克思认为一部译作之所以能够经受时间的考验,是因为译作本身的学术含金量和高度的准确性。

浩瀚的中国文化含有大量的文化典故,很多汉译英的外国译者大都选择了回避。韦利认为,"传统典故一直是中国诗歌的特点,但他最终会毁了中国诗歌"③。戴乃迭和丈夫杨宪益在翻译中国作品时,碰到的最棘手的问题就是翻译中国的典故成语,因为加注、添词或者舍弃意向都难以再现典故在原作中的丰富内涵④。霍克思不以为然,提出了不同的见解,外国读者不能理解中国诗歌典故的原因不是中国典故的模糊性,而是他们的文化疏忽造成的⑤。欣赏外国文化不是一件简单的事情,我们必须变化思维,努力了解诗歌中的意向和事物的象

---

① David Hawkes, "Book Reviews: (Untitled Review) The Literary Mind and the Carving of Dragons", *The Journal of Asian Studies*, May, 1960, p. 19.

② David Hawkes, "Arthur Waley", *Classical, Modem and Humane Essays in Chinese Literature*, John Minford & Siu-kit Wong, ed., Hong Kong: the Chinese University Press, 1989, p. 257.

③ Arthur Waley, *A Hundred and Seventy Chinese Poems*, York: Alfred A Knopf Inc., 1918, p. 7.

④ 参见肯尼思·亨德森:《土耳其的反面》,载王佐良《翻译、思考与试笔》,北京:外语教学与研究出版社,1989 年,第 84 页。

⑤ David Hawkes, "Chinese Poetry and the English Reader", *Classical, Modern and Humane Essays in Chinese Literature*, Hong Kong: the Chinese University Press, 1989, p. 92.

征意义，而这些都是通过努力可以达到的。如果我们对文化意向不甚了解，就很难去谈翻译了。霍克思在翻译实践中建议，"译者应该在这些意象一出现就为读者提出并加以解释，以便读者吸收"①。

"译者担任着不同的职责，他对作者有责任，对读者有责任，对文本也有责任，三者完全不一样，而且很难协调。"这是霍克思在《红楼梦》卷二的前言中提到的，与西方文艺理论家艾布拉姆斯（Meyer Howard Abrams，1912—2015）在其代表作《镜与灯——浪漫主义文论和批评传统》中提到的观点不谋而合。霍克思提倡作者、读者和译者的关系密不可分，作者赋予了作品生命，我们在忠实原作者写作意图的基础上，也要考虑到译入语读者的接受问题。在翻译《红楼梦》的过程中，霍克思在有些地方也做出了适当的改动。他说："如果这样的改动超出了一个译者的职责范围，我只请求注意我为西方读者考虑之心。"②

霍克思是经历第二次世界大战的英国汉学家，一生都专注于汉学研究和文学翻译，他力图对中国文学、文化做出公正的批判和客观的研究。同时，他也是一个纯粹的学者，为了翻译《红楼梦》，他辞去了牛津大学教授职位，一生与政治保持距离。在汉学研究上，霍克思使用西方语言学理论来解读史料，主张以人文主义为导向。在翻译观上，他提出了自己的见解：(1)主张翻译无定则；(2)在忠实原作的大前提下，要考虑译本在译入语读者中的接受效果；(3)注意前期的调研，尤其注意历史语境的还原、意象、典故的翻译艺术；(4)兼顾读者、文本和译者三者的关系。霍克思在中国作品的译介过程中十分注重中国作品本身的准确传译和有效传播。在这种翻译观的指导下，霍克思的汉学翻译和研究才会一直存在，客观传播了中国文化，为中英文化的交流开辟了一条不破不立的康庄大道。

---

① David Hawkes, "Chinese Poetry and the English Reader", *Classical*, *Modern and Humane Essays in Chinese Literature*, Hong Kong: the Chinese University Press, 1989, p. 96.

② David Hawkes, trans., *The Story of the Stone*. Vol. 2. Harmondsworth: Penguin Books, 1977, p. 20.

（五）赢得生前身后名

2009 年 7 月 31 日，大卫·霍克思病逝。他一生最闪亮之处，就是在中西文化的交流史上，第一次在西方世界翻译出了流畅易读的《红楼梦》全本。他翻译的《楚辞》等其他中国文学文化作品及其汉学研究都使他名垂汉学，也为中国人民所铭记。

回顾霍克思的一生，他集学者、教授和翻译家三种身份于一身，领衔牛津大学汉学讲座，从事汉学研究，可谓硕果累累。他的翻译盛名得益于他一生孜孜不倦的辛勤笔耕，被称为英国汉学史上的首批汉学家。《古典、现代与人文霍克思中国文学教论》一书的作者正是霍克思的弟子兼女婿闵福德。这本书收录了霍克思一生所撰写的主要论文与书评，闵福德在该书中肯定了霍克思在汉学领域的卓越成就。[1]

中国的学术界特别关注霍克思，在霍克思去世后的第三天，《红楼梦学刊》编委会立即发表《沉痛悼念霍克思先生一文》，中国学者感念霍克思老先生为中国文化走出去做出的突出贡献。[2] 同月，英国《卫报》刊登了霍克思的学生约翰·基廷斯发表的《大卫·霍克思——一位引领汉学研究和翻译的〈红楼梦〉学者》以纪念霍克思。《泰晤士报》刊出专栏人物特写《大卫·霍克思——一位创造中国抒情小说〈红楼梦〉英译中国的学者》。[3] 2010 年 4 月，香港中文大学翻译学院和牛津大学中国研究院在香港中文大学行政楼举行了纪念霍克思先生"文化交流，英译中国文学"的国际会议。

---

[1] 参见 J. M. & S. K. W, "Preface," David Hawkes, *Classical*, *Modern and Humane*: *Essays in Chinese Literature*, Hong Kong: The Chinese University Press, 1989, p. vii.

[2] 《红楼梦学刊》编辑委员会：《沉痛哀悼霍克思先生》，《红楼梦学刊》，2009 年第 5 期，第 58 页。

[3] David Hawkes, "Scholar whose superb translation of the lyrical Chinese novel *The Story of the Stone* is regarded as a masterpiece in its own right", *The Times*, 2009-08-28，p. 75.

一段"无心插柳柳成荫"的中国情缘，一颗皓首穷经的求索之心，一套匠心独运的翻译理念，无不诠释着霍克思传奇般的一生。"春蚕到死丝方尽，蜡炬成灰泪始干。"霍克思少小离家，晚年仍为中学西渐辛勤笔耕，虽已与世长辞，但身处天堂的他一定安然地坐在摇椅上，细细地品味着这一帘红楼幽梦带给他的似水年华。

霍克思主要汉学著译年表

1955	"Work and Culture"(《作品与文化》), *Spectator*, No. 45, pp. 55-67 *The Problem of Data and Authorship in Ch'u Tz'u*(《〈楚辞〉中的年代和读者问题》), Oxford: Oxford University Press
1959	*Ch'u Tz'u: The Songs of the South: An Ancient Chinese Anthology*(《楚辞：南方之歌——古代中国文学选集》), Oxford: Oxford University Press "The Wan Shou T'u: An Early Eighteen Century Scroll-Painting"(《万寿图：18 世纪初的文学卷轴》), *Oriental Art Magazine*, Vol. 72, No. 6, pp. 65-72
1960	"Vincent Yu—Chuang Shih, The Literary Mind and the Carving of Dragons"(《文心雕龙》), *Journal of Asian Studies*, Vol. 19, pp. 331-332
1961	"The Supernatural in the Chinese Poetry"(《中国诗歌的超自然现象》), *University of Toronto Quarterly*, Vol. 30, No. 3, pp. 311-324
1964	"Chinese Literature: An Introductory Note"(《中国文学简介》), in *The Legacy of China*, Oxford: Clarendon Press, pp. 80-90 "Chinese Poetry and English Reader", (《中国诗歌与英文肚子》), in *The Legacy of China*, Oxford: Clarendon Press, pp. 90-115
1967	*A Little Primer of Tu Fu*(《杜诗初阶》), Oxford: Oxford University Press "The Quest of the Goddess"(《天问》), *Transactions of the International Conference of Orientalists in Japan*, No. 12, pp. 55-57

	An Anthology of Chinese Verse：Han，Wei，Chin，and South and Northern Dynasties（《中国汉魏晋南北朝诗集》），Oxford：Oxford University Press
1970	*Poems，Mar*（《李贺诗集》），Oxford：Oxford University Press
1971	"Reflections on Some Yuan Tsa-Chü"（《元杂剧的传情达意》），*Asia Major*（*New Series*），Vol. 16，Part 1，pp. 69-81
1973	*The Story of the Stone 1：The Golden Days*（《红楼梦》第一卷），Harmondsworth：Penguin Books
1977	*The Story of the Stone 2：The Crab Flower Club*（《红楼梦》第二卷），Harmondsworth：Penguin Books
1980	*The Story of the Stone 3：The Warning Voice*（《红楼梦》第三卷），Harmondsworth：Penguin Books 《西人管窥〈红楼梦〉》，《红楼梦学刊》，第 1 期，第 111-128 页 "Translator，the Mirror and the Dream—Observation on a New Theory"（《译者，宝鉴与梦》），*Renditions*，Vol. 13，pp. 5-20
1983	"The Age of Exuberance"（《繁荣的时代》），*Times Literary Supplements*，No. 189，pp. 60-67
1985	《不定向东风——闻英美两大汉学家隐退有感》，《联合报》
1989	*Classical，Modern and Humane Essays in Chinese Literature*（《古典、现代、人文：中国文学随笔》），Hong Kong：The Chinese University Press
2000	*The Story of the Stones：A Translator's Notebook*（〈红楼梦〉英译笔记），Hong Kong：The Lingnan University Press
2003	*Liu Yi and the Dragon Princess*（《柳毅和龙公主》），Hong Kong：The Chinese University Press

属扭孤儿糖的——你扭扭儿也是钱，不扭也是钱。

——兰陵笑笑生《金瓶梅》

He's just like hot taffy; whether you try to twist it or whether you don't, you get stuck either way.

—*The Plum in the Golden Vase*, trans. by David Tod Roy

二 卅载攻旷世奇书
毕生结汉学情缘
——美国汉学家芮效卫译《金瓶梅》

美国汉学家
芮效卫
David Tod Roy
1933-2016

古有司马迁终其一生"成一家之言"完成恢弘巨作《史记》，今有芮效卫（David Tod Roy，1933—2016）潜心数十载译介经典小说《金瓶梅》。这番毅力与专注，非常人所能企及。若非在二手书店无意间找到这一本"禁书"，也许世界上就又少了一位译介经典古籍的汉学家。这冥冥中的机缘，造就了这一套全五册《金瓶梅》译本的问世，也成就了这套书的轰动。芮效卫数十年如一日的坚持成就了自己，也让西方读者接触到了一部来自东方的旷世奇作。他对汉学的传播与译介做出了不朽的贡献。罗伯特·沙坦（Robert Chatain）评论阅读芮式译文为"一种极大之享受"，就是对他翻译成就的绝佳赞美。① 芮效卫不仅翻译风格备受学界好评，他的传奇人生也让世人充满好奇：究竟是怎样的人生际遇成就了这样一位汉学大家？让我们走近芮效卫，走近他的毕生之作——《金瓶梅》（*The Plum in the Golden Vase*）。

---

① 胡令毅：《高山仰止：英译本〈金瓶梅词话〉卮言》，《洛阳师范学院学报》，2014 年 9 月，第 9 期，第 33 页。

（一）缘于中国情，毕生求索研习汉学

1933 年生于南京，1938 年迁至成都，1948 年前往上海，这三个年份和这三座城市对于一个中国人来说并不足为奇，但对于一个美国人来说，足以撼动他的生活轨迹。作为一个从小浸润在中国文化氛围中，接受着东西方文化碰撞洗礼的美国人，芮效卫对于中国文化的痴迷与他从小的家庭环境及教育氛围息息相关。

在烽火连绵的战争岁月里，芮效卫一家来到南京，在特殊的历史背景下开始了在中国的生活。1930 年作为传教士来到北京的父亲和母亲开始接受中文教育。父亲芮陶庵（Andrew Tod Roy）的语言天赋极高，曾任金陵大学哲学系教授一职。1933 年出生于南京鼓楼医院的芮效卫，自小便在父母的熏陶下与南京这座古城以及中国古典文学结下了不解之缘。在动荡的时局下，安逸的生活总是短暂的。抗日战争的爆发打乱了一家人平静的生活。1938 年，他们举家迁至重庆。在重庆的 7 年，芮效卫经历了人生的启蒙阶段。那时正值战乱，学校纷纷关闭。为了兄弟两人能受到良好的教育，父亲平日空闲时教两人诗词，母亲特意请了赵雅男教他们学习中文。赵雅男曾协助在中央大学任教的赛珍珠（Pearl S. Buck，1892—1973）翻译《水浒传》，赵雅男除了培养芮效卫扎实的中文功底外，更带领他走进中文的玄妙世界，令他从此对中文痴迷不已。[①] 后来赛珍珠在其传记《赛珍珠在中国——奇妙之旅》（*Pearl Buck in China*：*Journey to the Good Earth*）中，更是亲切地称芮效卫为赵雅男的弟子，赵雅男这位良师益友将自己做学问和做翻译的心得一点点渗透在平日对芮效卫的教学之中，对日后芮效卫翻译之路的影响颇为深刻。

成都的生活令芮效卫印象深刻，他和所有的孩子一样生性喜爱玩

---

① 参见"A Lifetime Fascination"，*Tableau*，The Magazine of the Division of the Humanities at the University of Chicago，Fall，2013，http://tableau.uchicago.edu/articles/2013/08/lifetime-fasination，2021 年 5 月 13 日。

要,局限于城墙之内却也总能自得其乐。芮效卫常常与弟弟芮效俭(J. Stapleton Roy,1935)爬上高高的城墙。有一次弟弟还从五、六米高的银杏树上不慎掉落摔伤。然而在特殊的历史环境中,童年的记忆里并非都是欢乐。太平洋战争爆发后,抗日战争愈演愈烈,幼年的芮效卫第一次见证了残忍的杀戮,每每回忆起来心情都久久不能平复。①1945年,芮效卫和弟弟随父母回美国休假,三年后返回中国并在上海的一所寄宿制美国学校读书,1950年兄弟俩被送回美国继续求学,而父母仍留在中国。

回到美国后,芮效卫先是在宾州大学著名汉学家德克·卜德(Derk Bodde,1909—2003)的指导下继续学习汉语,随后又被哈佛大学录取。1954年至1956年,未及毕业,芮效卫应征入伍,在日本短暂停留后被派往中国台湾地区。由于日常生活多用汉语,他的汉语能力得到进一步提高。随后他返回哈佛完成本科学业,并升入研究生院,师从费正清(John King Fairbank,1907—1991)、海陶玮(James Robea Hightower,1915—2006)、霍克思等著名学者,相继取得了硕士、博士学位。② 在攻读博士学位期间,他完成了博士学位论文《郭沫若的早年生涯》("Kuo Mo-jo the Early Years"),并于1971年由哈佛大学出版社出版,这是一本类似于传记的著作,详细介绍了郭沫若的早年生活,以及他思想和理念上的转变——从一名中国知识分子转变为马克思列宁主义的拥护者。此外,本书还着重介绍了郭沫若所生活的年代中国历史走向的几大重要转型时期。值得一提的是,基于对中国文学的热爱,芮效卫还写过一些评论性的文章,例如1960年发表于《亚洲研究期刊》(*The Journal of Asian Studies*)的一篇文章《离骚——公元前3世纪的诗歌》("Li Sao:A Third Century B.C. Poem")。在这篇评论中,芮效卫从多种角度对译者的翻译风格提出疑问,指出其翻译

---

① 参见"My Life",2013年11月19日《纽约时报》对芮效卫的采访,http://world. people.com.cn/n1/2016/0601/c1002-28400126.html,2021年5月13日。

② 参见齐林涛:《衣带渐宽,壮心不已——芮效卫与〈金瓶梅〉》,《东方翻译》2013年第1期,第59页。

不仅从文学角度来讲欠妥,而且作为导论体裁的文章很不可取。① 在攻读博士学位后期,芮效卫就因其卓越的学识和严谨的学养应邀在哈佛大学讲授中国文学。1963 年到 1967 年,毕业后的芮效卫受聘于普林斯顿大学,讲授中国文学。1967 年,他受聘于芝加哥大学,继续研究中国文学教学与研究。其间芮效卫开设了一门《金瓶梅》研讨课程,虽然只招收到一个学生,但在教学过程中他对《金瓶梅》资料的整理和研究,对日后他着手翻译这部旷世奇作起到了至关重要的作用。1978年,为纪念芝加哥大学东方语言系主任、美国东方学会会长顾立雅教授(Herrlee Glessner Greel,1905—1994),基于多年中国文学研究的经验,芮效卫与钱存训(Tsien Tsuen-hsuin,1910—2015)合作出版《古代中国:早期文明的研究》(*Ancient China: Studies in Early Civilization*)。此书收录了 16 篇不同领域学者的论文,涉及了我国古代从史前到后汉的重要历史时期,较为全面地展示了海外学者对古代中国多角度的研究,如考古学、人类学、金石学、哲学、语言学、史学、艺术、文学和经济学等,对研究中国的学者来说大有裨益。1993 年,芮效卫偕妻子来到中国,对中国发生的巨大变化赞叹不已。他虽为美国人,却也同那个年代的中国人一样经历了这个国家的兴衰与荣辱,时代的烙印让他比其他人对中国多了一份难以言说的感情。

(二)情迷金瓶梅,终身迷恋造就佳译

早在两个世纪前,中国著名的古典作品就已经以不同方式传入西方各国,并在不同程度上影响了东西方文学的发展,其中就包括《金瓶梅》。然而,译者对作品理解的误差以及翻译存在错误等问题,导致中国的古典作品并不能"原汁原味"地呈现给国外的读者,反而会闹出一些笑话,更有甚者,造成了西方对中国的曲解。由于历史等其他因素,

---

① 参见 Jerah Johnson, "Reviewed Work by David Tod Roy, Li Sao. A Third Century B.C. Poem by Ch'u Yuan," *The Journal of Asian Studies*, Vol. 20, No. 1, Nov., 1960, pp. 103-104.

《金瓶梅》在国内一度被视为难登大雅之堂的禁书，因而其文学价值和艺术价值一直被掩埋。在芮效卫之前，市面上只有一本由克莱门特·埃杰顿（Clement Egerton）翻译的《金瓶梅》译本，但因删节和改译较多，无法全面地重现《金瓶梅》的史学和文学价值。芮译本的横空出世无疑带给学界和读者太多的震撼，既通俗可读，又在形式上尽可能保留了原作的风貌。芮效卫用"a life time fascination"来定义他对翻译《金瓶梅》这部作品的情感。可见，芮效卫翻译《金瓶梅》并不是一时冲动做出的决定，也不是三分钟热度后的草草收场，而是始终如一地一生痴恋。说起芮效卫与《金瓶梅》的这段缘，还颇有小说里一波三折的味道。

自小喜爱读小说的芮效卫自 1949 年正式学习中文后，便开始对中国的文学作品表现出极大的兴趣。他很早之前就听说过《金瓶梅》，并一直想找到这本书，却苦于多时寻觅无果。在金陵大学的图书馆里，青年时期的芮效卫第一次接触到《金瓶梅》的英译本 *The Golden Lotus*，是由埃杰顿翻译并于 1939 年出版的。可惜的是《金瓶梅》中的一些情色部分都被译成拉丁文，删减和改译的部分也较多，可即使是这样的版本仍然让芮效卫欣喜不已。当时他仅仅是站在欣赏中国文学的角度去看待这一作品，并未想到在今后的几十年里自己会呕心沥血译介这部作品！1950 年春，芮效卫在南京夫子庙的旧书店里找到了完整版的《金瓶梅词话》，终于如愿以偿抱得"美人"归。芮效卫与《金瓶梅》的缘分还远远不止于此。在军队服役期间，他曾在日本短暂停留两三个月。在此期间，芮效卫在东京的书店里买到了一本张竹坡评本《金瓶梅》并带回美国，保留至今。

起初，芮效卫仅是从文学爱好者的角度去欣赏《金瓶梅》，在感叹其情色描写如此细致的同时，也发现这部小说里有关吃食、葬礼、服装、社会腐败的描述让人印象深刻，俨然是一部最为翔实地描述了当时日常中国图景的世情小说，根本不像外界所传的那样低俗浅陋，反而具有很高的文学和史学价值。随着对作品的深入了解，他仿佛走进了一个光怪陆离的世界，对《金瓶梅》的喜爱也随之加深。然而，即使在芝加哥大学开设《金瓶梅》研究课程初期，他也并未萌生翻译《金瓶梅》这部作品的念头。真正令他下定决心去译介这部作品的竟是他在芝加哥大学的同学余国藩——以英译《西游记》而享誉西方学界。余国藩于 20 世纪 80 年代请芮效卫为其校阅英译版的《西游记》,这时芮效卫才恍然大悟:为什么不译《金瓶梅》呢! 于是他从 1982 年开始"长征",1993 年出了英译版《金瓶梅》第一卷(全书皆由普林斯顿大学出版社出版)。① 2001 年,在漫长的八年之后,英译版《金瓶梅》第二卷出版。2013 年,英译版《金瓶梅》最后一卷(第五卷)付梓出版。《金瓶梅》全五卷译本的出版轰动了中西学界。可以说,是《金瓶梅》成就了芮效卫;也可以说,是芮效卫成就了《金瓶梅》。

芮效卫译本最大的特色在于他保留了原作中所有的体裁、艺术形式和言语技巧,除了对熟语部分进行了缩排的印刷体例创新之外,全文多达 4400 多条注释,在保持作品原有艺术色彩和语言形式的基础上,用以帮助英语国家的读者更好地理解作品。这一举措与他译介《金瓶梅》的初衷是密不可分的。芮译本

---

① 参见《芮效卫金瓶梅英译版轰动西方汉学界》,中国新闻网,2013 年 12 月 4 日,http://www.chinanews.com/hb/2013/12-04/5580452.shtml,2021 年 5 月 13 日。

趋向于向读者展示《金瓶梅》语言艺术的复杂性和思想内容的严肃性，以及"《金瓶梅》的异国风味"①，因而他有意识地采用异化的手法进行翻译，并加以大量的注释帮助读者理解，也因此该版本具有十分突出的"研究型"特征和极高的典藏价值。

不可否认，芮效卫对《金瓶梅》的发现和翻译并非一帆风顺，中间横亘着种种障碍，比如当年中国文化封锁、西方文化误读、中西军事冲突以及其个人面临的工作压力。② 他要将中国文化介绍给西方世界，除了他渊博的学识作支撑外，坚定的志向是在种种波折和磨炼中不改初心的最为关键的因素。虽然芮效卫于 1982 年才正式着手翻译《金瓶梅》，但他前期大量的资料收集和文本研究工作为他的翻译之路带来了便利。尤其是在芝加哥大学任教期间，他获准开设《金瓶梅》研究课程，虽然只招到一个学生，但他花了整整两年的时间阅读完 3000 多页的中文原著，还把每一个引自较早中国文学作品的句子都抄在卡片上，最终累积了几千张卡片，方便日后查找。为了找到引语的出处，他还阅读了曾在 16 世纪末流通的所有文学作品。这些琐碎又繁重的工作在常人看来简直是不可能完成的任务，但芮效卫却十年如一日地坚持，直至完成全译。

（三）名震东西方，独树一帜引发热议

功夫不负有心人，芮效卫的译作一经出版便声名远扬。国内外学者都对这部译作赞叹不已，纷纷将视线转移到芮效卫及其译作上，撰写书评和文章。

国外赞誉声不绝于耳，汉学界轰动一时。美国的中国明清史权威史景迁（Jonathan Spence，1936— ）在《纽约书评》（*The New York*

---

① 温秀颖、孙建成：《〈金瓶梅〉的两个英译本》，《中国图书评论》，2011 年第 7 期，第 114 页。

② 参见董子琪：《穿越障碍的文化禁欲之恋：芮效卫 30 年译〈金瓶梅〉》，《时代周报》，2014 年 1 月 9 日。

Review of Books)中称赞芮效卫的译作为读者全面理解这部小说做出了卓越的贡献,译作的每一页都安排得井然有序,叙事手法也多种多样。此外,芮效卫耗尽心血为文本做了大量精确而周详的注释,即使是著述等身的资深读者都不禁赞叹其不可思议之处。[①] 许多知名学者都为芮效卫译作的出版不遗余力地做宣传。加州大学伯克利分校中国文学教授袁苏菲(Sophie Volpp)就为第三册译本献言:几代读者都将会感激芮效卫的这部不朽译作,作为杰出职业生涯的顶峰之作,《金瓶梅》无疑是学术领域一个英雄式的壮举。这部译作中百科全书式的注释,是之前任何语言的译作都无法与之媲美的,不论是对大众还是对学者来说,这部译作都是一部不可或缺的典藏精品。[②]《三言》的英译者杨曙辉评价芮效卫是中国近代白话小说领域最伟大的翻译学者。他说《金瓶梅》中诸如双关语在内的多种修辞手法翻译难度之大不言而喻,所以每一次看到芮效卫娴熟的翻译处理方式都不禁拍案叫绝。杨曙辉强烈推荐这部译作给每一位对小说抱有极大兴趣的读者,尤其是对中国文学或中国文学翻译感兴趣的读者。就连普通大众都对这部译作表现出极大的兴趣,可见它的受欢迎程度之高。亚马逊购书网上一不具名读者称赞道:尽管霍克思和闵福德译介的《红楼梦》已经不可估量地提升了中国小说在英语世界的关注度,然而芮效卫的译作《金瓶梅》却可以说是开创了中国小说英译的新纪元。

近年,国内来对于金学的研究也日渐多样化和系统化,呈现出百家争鸣的景象,因此芮译本的出版也在一定程度上推动了金学研究的发展。然而对于《金瓶梅》英译本的研究仍很不足,这可能与作品本身的争议性及译本获取的难易程度有关。目前在可查阅的数据库中,以芮效卫译本作为研究对象的文章更是屈指可数,其中以温秀颖、聂影

---

① 参见 Jonathan Spence, *Remembrance of Ming's Past*, 23rd, June, 1994, http://www.nybooks.com/articles/1994/06/23/remembrance-of-mings-past, 2021 年 6 月 15 日。

② 参见 *Literature* 2009, http://press.princeton.edu/catalogs/lit09.pdf, 2021 年 6 月 15 日。

影、夏宜名和黄卫总为代表，大多将芮效卫的译本与克莱门特·埃杰顿的译本做对比分析，但他们各自的侧重点均有所不同：温秀颖分别从文本解读、概念隐喻框架及体制与策略等角度出发，撰写了《〈金瓶梅〉的两个英译本》《概念隐喻框架下〈金瓶梅〉两个英译本比较研究》和《论芮效卫〈金瓶梅〉英译本的体制与策略》；聂影影以小见大，从服饰的文化与翻译着手，撰写了《〈金瓶梅〉的服饰文化与翻译——以埃杰顿和芮效卫两个英译本为例》；夏宜名选取社会意识形态与文学翻译的转换为切入点，撰写了《社会意识形态与文学翻译转换策略——对〈金瓶梅〉两个英译本的描述性对比研究》；黄卫总别出心裁地以整个英语世界为大背景去看待芮译本，并对其做出相关评述，撰写了《英语世界中〈金瓶梅〉的研究与翻译》。诚然，芮五册译本完整版于2013年才全部完成，距离现在确实时间不长，研究性的文章偏少也情有可原，但其文学价值和史学价值不可估量，可供研究的视角还有很多。相信当越来越多的人接触到这五册译本时，他们会发现其中更多的闪光点，也会激发出更多的想法。

（四）深藏功与名，淡泊名利乐享生活

兢兢业业数十年，终酿佳译的芮效卫在汉学界大放异彩。然而，这位传奇老人的命运竟再次上演小说般的反转式剧情——被诊断为肌萎缩侧索硬化。这种会造成肌肉萎缩的疾病会使得宿主不能自主行动——走路或说话，进而最终丧失咀嚼食物甚至呼吸的能力。这一命运浩劫并未令芮效卫放弃对学术的追求以及对生活的希望，他仍然痴迷于文学，醉心于译著，享受生活，感悟人生。

当有人问起他得知自己身患重病时的心情，芮效卫如释重负并深表欣慰。他在健康时已经完成了精致复杂的中国古典世情小说《金瓶梅》的翻译，所以对重疾缠身并未表现出太多的沮丧之情，这不禁令众人钦佩。该是何等的痴迷才能令他将译著置于生死之前，又是何等的豁达才能令他面对生死时从容不迫一笑置之？"书中自有黄金屋，书中自有颜如玉"，芮效卫的一生给了我们对这句话的另一种解读。也

许正是因为博览群书专注译著,才让他对事物的认知和解读上升到了一定的境界,才能对凡尘俗世的困扰以超乎常人的超脱予以应对。

与芮效卫接触过的学者和学生都惊叹道,虽然他年事已高,步履稍显蹒跚,健康状况在他数十年如一日的高强度工作下并不容乐观,但是只要一谈起《金瓶梅》,他完全像变了个人似的,眉飞色舞,如数家珍般滔滔不绝。在谈及《金瓶梅》这部文学作品时,芮效卫认为,《金瓶梅》受《水浒传》影响很大。不仅是在故事上,《金瓶梅》可看作《水浒传》"武松杀嫂"的续书,在世代累积的故事形成方式及俚俗曲词的表现形态上,《水浒传》和《金瓶梅》都极为相似。此外,之所以说《金瓶梅》是一部文学价值和社会价值极高的作品,是因为它故事结构多头并叙,还百科全书般地吸收了民间俚俗词牌小调和谚语方言。此外,无论是在结构上还是在内容上《金瓶梅》都做到了布局精细、情节对称且修辞丰富,全篇一百章按年代叙述,重大事件均安排发生在每十章的第七、九章,这是中国先前小说都不曾有的模式。① 在谈及完成译著的感受时,芮效卫说道:"现在,我毕竟可以对质疑我的人嗤之以鼻。如果我胆敢说我有一丝文化上的成就,那么它实在归功于我'不幸'的躯体衰退。"②芮效卫豁达而幽默地权衡他翻译《金瓶梅》30 年来的所得所失,这番话颇有苦中作乐、自嘲自讽的味道,也再次展现了这位老人的人格魅力。《金瓶梅》全译本的翻译难度之大毋庸置疑。从 1982年至 2012 年,30 年的翻译之路,芮效卫最终坚持走了下来。回首过往,他对自己在 1965 年做出的提前退休专心译著的决定仍不后悔,且觉得庆幸。在芝加哥大学任教期间,一天九节课的工作量占用了他不少研究翻译的时间,所以他只能在寒暑假期间集中攻克一个又一个的难题。也许现在听来那只是一个简单的决定,但试问世间有多少人能

---

① 参见"A Lifetime Fascination", *Tableau*, *The Magazine of the Division of the Humanities at the University of Chicago*, Fall, 2013, http://tableau.uchicago. edu/articles/2013/08/lifetime- fasination,2021 年 6 月 15 日。

② 董子琪:《穿越障碍的文化禁欲之恋:芮效卫 30 年译〈金瓶梅〉》,《时代周报》2014年 1 月 9 日。

够在事业顶峰时放下名利，而选择十年如一日孤独寂寥且繁重琐碎的翻译？这样的专注和投入，非常人所能坚持。芮效卫最终战胜了外界的诱惑和自身的局限，给我们呈现出了这样一部举世佳译。这是汉学界的大学，是文学界的大学，也是文化界的大学。在 2013 年接受采访时，被问及之后的工作计划，芮效卫表示可能会推出一本精简注释的《金瓶梅》英译本，以便吸引更多的读者。专家学者喜欢详细的注释，普通老百姓却未必喜欢。① 同时芮效卫还否定了推出节选版《金瓶梅》译本的主意，他认为《金瓶梅》的不朽正是在于它的完整性。

芮效卫不仅在学术方面展现出超凡的人格魅力，在日常生活中更像是位回归田园生活的邻居家的老者。1982 年电脑在美国开始盛行，着手翻译事业的芮效卫在妻子的督促下于 2000 年才购买了人生第一台电脑，并使用至今。在信息化时代高速发展的今天，芮效卫每天仅用 10 到 15 分钟的时间上网。更令人感到不可思议的是，芮效卫竟拒绝使用手机，理由是他不堪忍受手机的干扰。他说道，每当他乘坐公交车往返于学校和家时，看到芝加哥大学成群的学生坐在草坪上玩着手机，这总让他疑惑不解。② 也许有人会说这样脱离现代化的生活并不是件好事，但从另一个角度来看，芮效卫是一个始终明白自己要什么，并坚持到底不为外界所动的人，这一点无论是从他潜心译著这件事上，还是从他生活中的小事上都可以看出。正是有这样浑然天成的心性驱使，才使得芮效卫能够沉浸在自己的翻译世界中，完成了这五册《金瓶梅》全译本。

虽然在绝大多数时候芮效卫避开外界的干扰，一心一意研究译著，但他仍是一个心系社会、懂得感恩的人。2015 年 1 月 4 日，芮效卫在美国芝加哥大学东亚图书馆周原馆长的推荐下，捐赠大批英文图书

---

① 参见"A Lifetime Fascination"，*Tableau*，*The Magazine of the Division of the Humanities at the University of Chicago*，Fall，2013，http://tableau.uchicago.edu/articles/2013/08/lifetime-fasination，2021 年 5 月 13 日。

② 参见"My Life"，2013 年 11 月 19 日《纽约时报》对芮效卫的采访，http://world.people.com.cn/nl/2016/0601/cl002-28400126.html，2021 年 5 月 13 日。

给南京大学和南京师范大学图书馆。这一举措着实令各界感佩,且不说芮效卫与南京自小便有很深的渊源,这份情系异国的爱心令人动容,单就他无私捐出自己毕生所藏,让更多的中国学子有幸接触到这些难得一见的藏本,也足以证明芮效卫高尚的人格和奉献的精神。

芮效卫的一生,足以用充满传奇色彩去概括。他见证了中国从战争走向和平、从贫困走向富强的历史蜕变,也经历了中美两国求学、东西方文化碰撞的文化交融,更面对了查出重疾、看淡生死的心境转变。从动荡的幼年生活到启蒙的青年生活,从笃志的中年生活到淡然的老年生活,芮效卫走过的一生,是在大时代背景下小我的极致绽放。《金瓶梅》全五卷英译本的横空出世,代表了他这一生的心血和成就。在荣誉和赞美如期而至之时,这位老人却以平和的心态去对待这一切。芮效卫身上充分体现了学者的素养和风度。我们能从他身上学到的,不仅是对待翻译工作严谨认真的态度,更是为人行事从容淡然的处世哲学。让我们再次致敬这位令人敬佩的学者,如果想更加了解这位老人,就不妨翻开他的译作《金瓶梅》,相信在研读他的译作时,就会发现他隐藏在字里行间的更多闪光点。

芮效卫主要汉学著译年表

1960	Reviewed by David Tod Roy，"Li Sao. A Third Century B.C. Poem by Ch'ü Yüan"（《离骚——公元前 3 世纪的诗歌》），*The Journal of Asian Studies*，Vol. 20，No. 1，pp. 103-104.
1971	*Kuo Mo-jo the Early Years*（《郭沫若的早年生涯》），Cambridge：Havard University Press
1978	*Ancient China：Studies in Early Civilization*（《古代中国：早期文明的研究》），Hong Kong：The Chinese University Press
1993	*The Plum in the Golden Vase or，Chin P'ing Mei，Volume One：The Gathering*（《金瓶梅 1 · 共聚一堂》），Princeton：Princeton University Press
2001	*The Plum in the Golden Vase or，Chin P'ing Mei，Volume Two：The Rivals*（《金瓶梅 2 · 明争暗斗》），Princeton：Princeton University Press
2006	*The Plum in the Golden Vaseor，Chin P'ing Mei，Volume Three：The Aphrodisiac*（《金瓶梅 3 · 七情六欲》），Princeton：Princeton University Press
2011	*The Plum in the Golden Vase or，Chin P'ing Mei，Volume Four：The Climax*（《金瓶梅 4 · 高潮迭起》），Princeton：Princeton University Press
2012	*The Plum in the Golden Vase or，Chin P'ing Mei，Volume Five：The Dissolution*（《金瓶梅 5 · 土崩瓦解》），Princeton：Princeton University Press

话说天下大势，分久必合，合久必分。周末七国分争，并入于秦。及秦灭之后，楚、汉分争，又并入于汉。汉朝自高祖斩白蛇而起义，一统天下，后来光武中兴，传至献帝，遂分为三国。

——罗贯中《三国演义》

Here begins our tale. The empire, long divided, must unite; long united, must divide. Thus it has ever been. In the closing years of the Zhou dynasty seven kingdoms warred among themselves until the kingdom of Qin prevailed and absorbed the other six. But Qin soon fell, and on it ruins two opposing kingdoms, Chu and Han, fought for mastery until the kingdom of Han prevailed and absorbed its rival, as Qin had done before. The Han court's rise to power began when the Supreme Ancestor slew a white serpent, inspiring an uprising that ended with Han's ruling a unified empire.

—*Three Kingdoms*, trans. by Moss Roberts

三 汉学奋斗一甲子
古文谙熟二典籍
——美国汉学家罗慕士译《三国演义》

美国汉学家

罗 慕 士
Moss Roberts
1937–

罗 慕 士（Moss Roberts，1937— ）出生在美国纽约的一个犹太家庭，他与妻子佛罗伦萨（Florence）共育有两个孩子：肖恩·罗伯茨（Sean Roberts）和珍妮·罗伯茨（Jenny Roberts）。作为世界知名的学者、汉学家，罗慕士曾任纽约大学汉语系教授，教授中国文化基础、现代日本文学、世界文化、中国和日本的传统、汉语中的中国哲学等课程。自从踏上汉学研究这条道路，他凭借着深厚的学术功底和严谨的治学态度，取得了丰硕的成果。除了经常在各大汉学杂志上发表一些文学评论和学术文章，他还是几部重量级著作的译者，1976 年出版的《三国演义》（*Three Kingdoms：China's Epic Drama*）选译本，1977 年翻译的《苏联政治经济学批判》（*Critique of Soviet Economics*）①，1979 年编译的《中国童话和神话故事集》（*Chinese Fairy Tales and Fantasies*）②，1992 年推出的《三国演义》（*Three Kingdoms：A Historical Novel*）全译本，以及 2001 年倾力奉献的《道德经》（*Dao De Jing：The Book of the Way*）英译本。一直以来，

---

① Moss Roberts，*Critique of Soviet Economics*，（translation of Mao Zedong's Reading Notes），New York：Monthly Review Press，1977. 此处标题是笔者根据译作英文书名回译的汉语书名。

② Moss Roberts，*Chinese Fairy Tales and Fantasies*，（edited and translated），New York：Pantheon Books，1979. 此处标题是笔者根据译作英文书名回译的汉语书名。

他集中精力潜心研究中国文化,奔走在西方世界,成为一名传播中国文化的使者,为学界所仰慕。现已年过八旬的罗慕士大多待在纽约,已较少外出,但仍然笔耕不辍,沉浸于汉学研究和中国文学文化的英译中。

(一)积跬步以至千里

美国纽约大学成立于 1831 年,是全美境内规模最大的私立非营利高等教育机构,在各类大学排名中均名列前茅。罗慕士能进入这所高校任教,成为知名教授、汉学家,背后的故事一定是耐人寻味的。首先让我们来看看他骄人的教育背景。

罗慕士于 1958 年获得了哥伦比亚大学的学士学位,两年之后顺利地获得了该校的英语语言硕士学位。时隔六年,也即 1966 年,他又以博士学位论文《孔子〈论语〉中形而上学的语境》("The Metaphysical Context of Confucius *Analects*")成功拿到了哥伦比亚大学的东亚语言系博士学位。在哥伦比亚大学长达八年的学习为罗慕士日后的教学工作和学术研究打下了深厚的基础。

成功之路从来都不是笔直的。获得博士学位之后,罗慕士选择前往佛罗里达州柯洛盖博斯(Coral Gables)的迈阿密大学,担任该校的西语系助理教授。两年之后,他辗转回到纽约大学,担任东亚语言文学(现在称东亚研究)系的汉语助理教授。中国古典语言、文学、哲学、近现代历史都是罗慕士感兴趣的领域。经过数年的学术积淀,罗慕士的研究成果开始见诸各大知名汉学杂志。1968 年 4 月,他在《美国东方学会会刊》上发表了文章《〈论语〉中的礼、义、仁:三大哲学定义》("Three Philosophical Definitions")。随后罗慕士针对美国著名历史学家魏斐德(Frederic E. Wakeman,1937—2006)①出版的《无隐录》

---

① 魏斐德是世界最杰出的近代中国史学家之一,生前为加州大学伯克利分校教授,并多年担任诸多全国性学术机构领导职位。他的著作曾获 1987 年美国亚洲研究协会颁发的列文森奖。魏斐德著有《大门口的陌生人》《洪业:清朝开国史》《上海警察》《上海歹土》等。

(*Nothing Concealed*,1970)撰写了书评,还写了《对春秋历史的双重评论》("Double Judgment in the Spring and Autumn")一文。此后,罗慕士的事业渐渐迎来了黎明的曙光。从 1973 年开始,罗慕士历任纽约大学东亚研究系主任、东亚语言文学系院长助理、亚洲语言教学主任等职位。在助理教授的岗位上兢兢业业地工作了 6 年之后,罗慕士于 1974 年晋升为纽约大学汉语专业副教授。伴随着事业上的成功,罗慕士的学术研究工作也在如火如荼地进行着。1975 年,他在《美国东方学会会刊》上发表了《〈道德经〉形而上的论战:合并老子的玄学和道德的尝试》("Metaphysical Polemics of the Tao Te Ching")一文。这篇文章的发表,暗示了他后来翻译《道德经》的雄心。奋斗了十载,罗慕士终于在 1984 年成为纽约大学汉语专业教授。

(二)结良缘全面发展

除了专心于学校的教学工作,罗慕士还积极参与了各种学术组织。他不仅成为一名丹福斯研究员,还参加了哥伦比亚大学传统中国讲座(Columbia University Seminars:Traditional China)①(1991—1992 年任院长)、早期中国讲座(Early China Seminar)②、亚洲研究协

---

① 哥伦比亚大学传统中国讲座属于哥伦比亚大学资助的七十余个讲座系列之一,主要侧重于宋代以后的研究,但在逻辑上也包括汉代以前。

② 早期中国(Early China)是西方汉学中长期形成的一个学术范畴,主要是指对东汉灭亡以前中国的研究,或者说是对佛教传入以前中国的研究。早期中国讲座由时任哥伦比亚大学助理教授李峰发起倡议,于 2002 年 9 月 21 日正式举行第一次大会。该讲座聚集了除哥伦比亚大学以外纽约市内大量的研究早期中国的学者,包括专门研究哲学思想史的马降(John Major)、罗慕士、研究美术史的江伊莉(Elizabeth Childs-Johnson)等。参见李峰:《哥伦比亚大学早期中国讲座和早期中国研究》(2002—2005),武汉大学简帛研究中心网站,2006 年 3 月 27 日,http://www.bsm.org.cn/show_news.php?id=50。

会(Association for Asian Studies)①等机构组织举办的相关活动。他是美国东方学会(American Oriental Society)②、专业中国学者信息互通讨论组(Chinapol)的活跃分子,也是《亚洲问题学者通报》(*Bulletin of Concerned Asian Scholars*)和《亚洲研究批判》(*Critical Asian Studies*)的编委。他于 1986 年至 1988 年担任哥伦比亚翻译中心的评委,同时还参加了早期中国哲学东北研究组(Northeast Group on Early Chinese Philosophy)、中国诗歌东北研究组(Northeast Group on Chinese Poetry)和战国工作组(Warring States Working Group)等学术团体。尤其是早期中国哲学东北研究组、中国诗歌东北研究组以及战国工作组的研习经历为罗慕士后来从事《三国演义》和《道德经》的翻译工作提供了很大的帮助。同时,罗慕士还担任哥伦比亚大学出版社、耶鲁大学出版社("中国文明和文化"系列出版物)、加利福尼亚大学出版社、纽约州立大学出版社等出版机构的顾问,充分体现出他在学术研究领域的广泛影响力。

　　一名优秀学者的目光不应该仅仅局限于国内,还要放眼全球,洞悉世界范围内学术圈的发展动态。罗慕士除了积极参加美国的学术活动,也经常来中国,借鉴吸收中国学者的研究成果,顺便收集更多的资料,开拓自己的眼界。1985 年 11 月在成都武侯祠召开了"首届诸葛亮与三国国际学术讨论会",参与此次会议不仅让罗慕士有机会更加深入地接触大量一手资料,而且也让他了解到中国学界对诸葛亮的研究动态③,这对《三国演义》全译本的出版起了很大的作用。1991 年 11

---

① 亚洲研究协会是一家成立于 1941 年的学术机构,拥有期刊《亚洲研究杂志》及文献索引系统——亚洲研究参考文献索引(Bibliography of Asian Studies)。

② 美国东方学会于 1842 年成立,是美国历史上的第四个专业学术团体。费正清(John K. Fairbank,1907—1991)曾说它是美国有组织的汉学研究的源头。此学会的宗旨是以文献学和考古学的方法考察东方学,传播关于东方的知识,促进对东方语言和文学的研究,汉学是其中的一个关注点。参见孟庆波《〈美国东方学会会刊〉中的汉语研究》(1843—2012),《古汉语研究》,2014 年第 2 期,第 82 页。

③ 成都武侯祠的研究工作与诸葛亮研究会:《诸葛亮研究文集 2001 年》,《四川文物》,2001 年第 5 期,第 58 页。

月,"中国四川国际三国文化研讨会"在四川举办,此时《三国演义》全译本刚刚在美国出版。"罗慕士在大会上宣讲了《孔明诵〈铜雀台赋〉为什么使周瑜那么激动》一文,从四个方面阐释了《三国演义》中'诸葛亮智激周瑜'这一脍炙人口的情节,见解别具一格"①,也为中国学者提供了新的研究视角。

早在 1983 年,罗慕士就曾作为外国专家来华访问,并受聘于中国外文出版发行事业局(简称"外文局")。在此期间,罗慕士有幸结识了著名翻译家杨宪益先生。当时杨宪益和夫人戴乃迭已经共同完成了《红楼梦》(*A Dream of Red Mansions*)的翻译工作。在此次学术交流中,他毫不吝啬地称赞杨宪益是位"伟大的翻译家"。除了杨宪益,罗慕士还同任家桢、谢伟思(John S. Service,1909—1999)建立了良好的友谊。他们为罗慕士的《三国演义》全译本做了很多工作。罗慕士曾表示:"自己特别感谢外文出版社安排任家桢担任外文出版社的校对,因为任先生认真细致地校对了全部译稿,并与我分享他的学识和经验,他的建议极大地提高了译文质量。"②谢伟思先生还为罗慕士《三国演义》全译本作序。罗慕士对给予了高度认可,认为自己的"译本在很大程度上都要归功于他的聪明才智。他优美的文笔使很多字词的翻译更加完美,而且他对译文文本和导言都敏锐地提出了许多中肯的意见"③。

十余载之后的 1995 年秋,罗慕士重访中国,在上海师范大学进行了为期一年的访学。其间,罗慕士结识了彼时还是上海师范大学一名研究生的朱振武。他们对中国传统文化都有着很深的造诣,因此两人经常拿文化"开玩笑"。一次两人同去吃饭,点了一道糖醋排骨,于是罗慕士问朱振武:"这道糖醋排骨有糖也有醋,尝起来酸酸甜甜,为什

① 孟彦:《国际三国文化研讨会综述》,《社会科学研究》,1992 年第 1 期,第 114 页。

② 骆海辉:《〈三国演义〉罗慕士译本副文本解读》,《绵阳师范学院学报》,2010 年 12 月,第 12 期,第 67 页。

③ 成都武侯祠的研究工作与诸葛亮研究会:《诸葛亮研究文集 2001 年》,《四川文物》,2001 年第 5 期,第 58 页。

么不叫'酸甜排骨'呢?"朱教授机智地答道:"中国有个成语叫'深思熟虑',但是'考'和'虑'是同一个意思,为什么我们不说'深思熟考'呢?这就是所谓的约定俗成。"听完这个解释,两人都会心一笑。2002 年,朱振武教授应邀到美国西弗吉尼亚大学和纽约大学等地讲学和访学。他在自己的著作中回忆道:

> 纽约大学的世界知名学者罗慕士教授,他为我的纽约之行做了细致周到的安排。课程结束后,我们在百老汇大街的中国饭店里海侃神聊,在号称全球最大的二手书店史传德(Strand)里搜奇探宝,60 多岁的老人爬到梯子的顶部笑着、叫着、摇着手向我炫耀他找到了一本我想要的书的情境仿佛就在昨日。①

两位忘年交的学者间的友谊是那么真挚,让人好生羡慕!

提起罗慕士在上海师范大学的访学经历,我们不得不提到已故客座教授方平老先生。在罗慕士访学上海师范大学期间,两人通过学术上的交流逐渐发展成了好朋友。罗慕士后来从事《道德经》的翻译工作时,方平教授在文献的收集和译文的审校上给予了他很多帮助。为此,罗慕士在其出版的译著《道德经》的致谢部分特地表达了对方平教授的谢意,方平教授对这部译著也有很高的评价。

作为一位兴趣广泛的汉学家,罗慕士除了日常的研究工作外,基本上每隔一两年就会参加一次国内或国际会议,关注学界的新动态。

---

① 朱振武:《在心理美学的层面上——威廉·福克纳小说创作论》,上海:学林出版社,2004 年,第 288 - 289 页。

2001 年在成都举办的"三国文化国际学术研讨会"①,以及 2002 年由史密森作家协会举办的"《道德经》:一本老少皆宜的书"(*The Dao De Jing*: A Book for All Ages)等活动。他还分别于 2005 年和 2009 年组织过两届"论语节"活动,参与了 2009 年复旦大学举办的关于《诗经》的会议(此场会议罗慕士递交了自己的论文,但最终未能参加)以及 2011 年的"《左传》专题报告会"。在自己的汉学研究生涯中,罗慕士同中国结下了不解之缘。

(三)试牛刀节译"三国"

自进入纽约大学以后,罗慕士写过不少文章和书评,还出版过几部重量级的译著。这里首先介绍罗慕士中国典籍译介工作的开山之作—— 1976 年出版的《三国演义》选译本。在后记中,罗慕士特别提到,"之所以不用前辈译者(C. H. Brewitt-Taylor,1857—1938)的'romance'一词来翻译'演义',是因为'It denotes a world removed from reality'(它指的是一种远离现实的世界)"。② 而且"*The Romance of Three Countries*"字面意思为"三个国家的浪漫史",

---

① 美国学者金葆莉(Kimberly Ann Besio)与华裔学者董保中(Constantine Tung)教授根据此次会议共同编写了《〈三国演义〉与中国文化》(*Three Kingdoms and Chinese Culture*)一书。这是第一部以《三国演义》为主题的英文专著,除序言以外共收录论文 11 篇,展现了不同国籍的学者在跨学科视野下对《三国演义》小说与中国文化的不同领悟。作为夏威夷大学安乐哲(Roger T. Ames)教授主编的"中国哲学与文化丛书"之一,于 2007 年 3 月由美国纽约州立大学出版社出版,受到国内外学者的普遍好评。罗慕士为此书撰写的序言《明代小说〈三国演义〉语言中的价值观》,也是一篇高质量的论文,在全书中起到了定调作用。参见骆海辉:《〈三国演义〉在美国的学术讨论》,《中华文化》,2012 年第 6 期,第 150 - 152 页。

② 王伟滨:《浪漫·史》,《英语学习》,2013 年第 8 期,第 57 页。

容易让西方读者对其产生误解。何况,《三国演义》虽包罗万象,但独缺"爱情","兄弟如手足,妻子如衣服"这句话恰好出自此书。[①] 在《丙辰札记》中,章学诚先生认为:《三国演义》是"七分事实,三分虚构",所以用"epic"一词来形容其宏大的历史故事也不失为一种妙译。

罗慕士于 1976 年完成了《三国演义》选译本的翻译工作,但此译本仅仅用于他自己的课堂教学。

> 后来经整理成为《三国演义:中国的壮丽史诗》,同年由纽约梅林因书局出版发行,万神庙出版社也同期出版过该译著。选译本的原文本来源于北京人民文学出版社 1972 年出版的《三国演义》整理本,罗慕士选译了原书 120 回中的 46 回,即:第 1 回、第 20—29 回、第 30—44 回、第 46—52 回、第 60 回、第 63 回、第 73—78 回、第 83—85 回、第 95 回、第 103—104 回。选译本的内容约占原书全文的四分之一。译本中附有 4 幅地图和普林斯顿大学所藏清初刻本的 44 幅插图。[②]

罗慕士在选译本的《导言》中指出,选择原则是突出小说的重点,尽量把小说的精彩部分介绍给西方的读者。[③] 在选译本中,罗慕士对人名、地名等依然采用的是威妥玛设计的拉丁字母标音法。

此时罗慕士的选译本尚未在中国出版发行,故国内学者对其译本的研究稍晚一些。直到 1994 年罗慕士的全译本由北京外文出版社发行后,国内学者才有机会一睹他的译作,但同期学术研究成果较少。进入 21 世纪后,学者们对其译本的研究才进入高潮。但在罗慕士的选译本面世之前,学界流传的仅有三个版本:1905 年由上海长老会出版社出版,约翰·斯蒂尔(Rev. J. Steele)翻译的《第一才子书〈三国演

---

① 王伟滨:《浪漫·史》,《英语学习》,2013 年第 8 期,第 57 页。

② 王丽娜、杜维沫:《〈三国演义〉的外文译文》,《明清小说研究》,2006 年第 4 期,第 73 页。

③ 王伟滨:《浪漫·史》,《英语学习》,2013 年第 8 期,第 74 页。

义》第 13 回》；1925 年由上海别发洋行（Kelly & Walsh Limited）出版，邓罗（C. H. Brewitt-Taylor，1857—1938）翻译的《三国志演义》全译本（共两卷）（*Romance of the Three Kingdoms Volume* Ⅰ、*Volume* Ⅱ）；1972 年由香港文心出版社出版，张亦文（Cheung Yik-man）选译的《三国演义》第四十三至第五十回（赤壁之战），名为《三国演义精华》。对于这三个版本，学术界研究较多的是邓罗本，对张亦文选译本的相关研究很少见。1976 年，罗慕士版《三国演义》选译本出版面世。相较于前三个主流译本，罗慕士选译本更易于阅读。但由于部分大众读者缺乏相关历史背景知识，认为选译本中的故事情节不完整、部分故事之间缺乏连贯性。而因译事过程的时代特殊性，邓罗全译本也存在相应问题。"西方评论界认为邓罗的译文不确切，以至错误的地方不少，且原文中的诗多半被删去，不能使读者顺利地全面地理解原文。"①正因如此，张亦文继续完成了《三国演义》的全译本翻译工作②，于 1985 年由北京外文出版社出版发行③。与此同时，罗慕士的《三国演义》全译工作也在进行中。

"不完美"似乎永远是激发人们前进的动力。虽然罗慕士的选译本在西方评论界广受好评，但毕竟只是选译本。于是，《三国演义》的全译本开始酝酿。

（四）转方向关注故事

在《三国演义》选译本成功面世后，罗慕士又开始了毛泽东关于苏

① 王伟滨：《浪漫·史》，《英语学习》，2013 年第 8 期，第 57 页。

② 张亦文在全译本的注解中说邓罗本"只是一种不准确的释义，稍有英语知识的中国读者很容易从中找出许多不可原谅的错误，而充满错误的译本必定是西人充分了解我中文典籍的绊脚石。"正是邓罗译本的不完美激发了张亦文完成《三国演义》全译本的工作。（参见骆海辉：《〈三国演义〉泰译本的历史价值及当下意义》，《名作欣赏·文苑经纬》，2012 年第 26 期，第 126 页。）

③ 王伟滨：《浪漫·史》，《英语学习》，2013 年第 8 期，第 57 页。

联《政治经济学》①读书笔记的翻译工作，并于 1977 年由纽约的每月评论出版社出版发行。

这部译著包括了毛泽东对两部苏联书籍《政治经济学》（*Political Economy*）和《苏联社会主义经济问题》（*Economic Problems of Socialism in the USSR*）的评论性笔记。这些笔记诞生于 1958 至 1960年，当时的领导人正开始重新评估苏联发展模式对中国的价值。20 世纪 50 年代，苏联模式在中国的运用取得了一定的成功；但与此同时，苏联模式所包含的一些特征和中国共产党所宣扬的理论与实际是对立的。这些笔记流露出了当时的领导人的一些想法：既要借鉴苏联 40年的发展经验，也不能脱离中国 30 年的发展历史，努力为中国寻求一条正确的发展道路。

《苏联政治经济学批判》中的文本由罗慕士翻译，理查德·列维（Richard S. Levy，1940—　）在审议后做了许多更改。詹姆斯·佩克（James Peck，1914—1993）和保罗·斯威齐（Paul Marlor Sweezy，1910—2004）也提供了一些建议。该书的导论由詹姆斯·佩克所写，并参考了理查德·列维和罗慕士的许多评论和建议。全书的注解出自理查德之手，由詹姆斯和罗慕士完成编辑工作。

琳·特金（Lynn Turgeon，1920—1999）针对罗慕士翻译的《苏联政治经济学批判》一书撰写了书评。她认为此书对学生了解中苏关系十分重要，该译著让读者有机会了解毛泽东在阅读《政治经济学》和《苏联社会主义经济问题》时所做的关于斯大林最后之政治声明的读书笔记。②

罗伯特·阿什（Robert Ash，1935—2015）认为这部译著的内容十分清晰，引起了很多学者及大众读者的兴趣；读者可以从中了解到中国政府为了社会进步、经济发展而进行的政治经济改革。但引言部分

① 中文《毛泽东论社会主义政治经济学批注和谈话》（内容整理）
② Lynn Turgeon，"Reviewed Work：*A Critique of Soviet Economics*，by Mao Tsetung，trans. Moss Roberts，Richard Levy，James Peck，" *Journal of Economic Literature*，Vol. 16，No. 4，1978，pp. 1445 - 1447.

却不那么令人满意：因为在理解原文中讨论一些问题时，译者对译文简洁性的追求使得他没能为读者提供一定的辅助信息。不过，这部译著仍是同时期里无法替代的作品。①

继《苏联政治经济学批判》后，罗慕士又推出了自己的新作《中国童话和神话故事集》。这部译作系美国纽约万神殿出版社出版的"万神殿童话和民间故事丛书"之一，该系列丛书还包括《非洲民间故事》《阿拉伯民间故事》《法国民间故事》等。该译著于1979年首次出版发行，再版十几次，足以证明其价值。同样，《中国童话和神话故事集》也受到了评论界的好评。知名评论杂志《书目杂志》（*Booklist*）评价道："这部译作中既有神仙也有凡人，这些让人着迷的神话和传说勾起了读者记忆中相似的神话故事，但却充满了中国气息。……既能给读者以启发，又能让人获得阅读的快感。"《洛杉矶时报》（*Los Angeles Times*）也刊登了对此书的评论："这些传说因为古代的一场哲学争战而备受瞩目——道家挑战儒家僵化的等级秩序。它让这些传说故事独具特色，流传久远。它是一部吸引人的神话故事集。"

《中国童话和神话故事集》由罗慕士亲自操刀选编、翻译，选取了中国20多个世纪流传下来的近100篇神话和民间故事，书中还配有木刻画，引领读者走进了一个从未经历过的魔幻世界。

一个人的成功背后总隐藏着无数人对他的帮助。罗慕士在译作的致辞里提到：这部作品的成功出版要感谢很多人，特别是挚友郑子南（C. N. Tay，1918—1994）。郑子南于1974年进入美国纽约大学担任助理教授，此时的罗慕士已在纽约大学担任了六年的助理中文教授。由于有共同的研究兴趣，二人感情甚笃。据罗慕士回忆，郑子南教授是一个虔诚的佛教徒，终身信仰佛教。他原名为"子南"，因为平

① Robert Ash，"Book Review，" *Pacific Affairs*，Vol. 52，No. 1，1979，p. 179.

中学西渐——汉学家与中国古代文学的英语传播

素仰慕弘一法师遂自号"僧一",并始终以"僧一"的名号行世,终其生孑然一身。他博闻强识,学识渊博,在罗慕士的翻译过程中给予了很大的帮助,并使得这部译著顺利出版。

全书从《聊斋志异》《淮南子》《艾子杂说》《阅微草堂笔记》《列子》《庄子》《搜神记》等古籍中选录了约100篇神话故事和民间传说,一共分为8个不同的章节,每个章节都收录了具有代表性的故事。译者向读者讲述这些神话故事时,也显露出了当时的社会主题。这部译作中的神话故事跨越中国文学史2000多年,从公元前5世纪到18世纪。但每个神话故事都代表了不同的声音,它们用生动、质朴的语言向读者讲述关于人类生命的大众感受。无论是在文本的选材和编辑上,还是在作品的翻译工作上,罗慕士都倾注了大量心血,最终凭借自己坚韧不拔的毅力和各方学者的帮助,终于使得广大读者有幸饱读这部"沉甸甸"的译著。

(五)重出击推全"三国"

《三国演义》选译本自1976年出版后,赢得了各界好评,但没能推出全译本一直是罗慕士心中的遗憾。时隔6年,上天赐予了他一个完成心愿的绝佳机会。

1982年,时任外文出版社总编辑的罗良先生建议罗慕士翻译《三国演义》整本书,并和犹太裔中国学者伊斯雷尔·爱泼斯坦(Isreal Epstein,1915—2005)安排罗慕士作为外国专家分别于1983年和1984年来华访问。与此同时,罗慕士也希望利用在中国做交流学者研究《三国演义》的机会进一步提高学术水平,完成全译本的翻译工作无疑也是学术研究的重要一步。这一年对罗慕士而言真的是好事连连,因为他获得了1983年至1984年美国国家文学艺术研究基金,并于1983年成了哥伦比亚大学翻译中心的研究员。1983年,罗慕士暂时中断了自己在纽约大学的教学和研究工作,只身前往北京,集中精力进行全译本的翻译工作。两年之后,他又获得了美国1985年至1986年的美国国家人文科学研究基金(National Endowment for the

Humanities），这项研究基金为罗慕士提供了 15 个月的研究经费。①
直至 1991 年，罗慕士历时八年终于实现了自己的心愿，完成了《三国
演义》全部内容的翻译工作。该全译本于 1992 年由美国加州大学出
版社和外文出版社联合出版。1994 年，由北京外文出版社首次在中国
出版。"1994 年版的全译本现在已再版十几次。从再版的次数上可以
推测，这个译本相当成功。"②这本高质量译著的成功面世，除了罗慕
士本人深厚的学识和孜孜不倦的努力之外，还要归功于外文出版社和
加州大学出版社为他提供的各种帮助。在翻译过程中，外文出版社英
语编辑室的各位编辑（尤其是高级编辑）、副社长徐明强和副总监黄友
义为罗慕士提供了诸多便利。③ 任家桢先生和谢伟思先生也不辞辛
劳地对译本进行了审校，为译本的质量提供了保障；最重要的是西方
汉学界的权威学者们对罗译本的评价极大地促进了它在西方世界的
传播和接受。

　　说完了译本成功的外在因素，我们不妨来看看译者自身所做的努
力。为了能最大限度地对原文本做出正确的阐释，完成高质量的译
本，罗慕士在翻译全译本的过程中，仔细研读并翻译了大部分清代《三

---

① 成都武侯祠的研究工作与诸葛亮研究会：《诸葛亮研究文集 2001 年》，《四川文
　物》，2001 年第 5 期，第 66 页。

② 刘雪玲编著：《细读八大古典名著》，北京：中国电影出版社，2013 年，第 2 页。

③ 成都武侯祠的研究工作与诸葛亮研究会：《诸葛亮研究文集 2001 年》，《四川文
　物》，2001 年第 5 期，第 66 页。

国演义》版本（1660）中毛宗岗所做的注释。为了给西方读者提供更翔实的信息，罗慕士还补充了《通俗演义》中的部分内容以供读者比较、参考。① 特别需要指出的是，为了方便那些对中国历史更感兴趣的西方读者，罗慕士还添加了许多毛本中删除的原《通俗演义》和《平话》中的内容，因为多数学者认为毛宗岗版本以《平话》为蓝本，并在注释中添加了《三国志》《资治通鉴》《史记》《后汉书》等史书中有关三国的记载。② 1994 年版的《三国演义》全译本分为上、中、下三册，共计 1690页。他在书后附有长达 78 页的后记，有主要人物列表、主要历史大事件时间列表、头衔和官职表（部分）以及译作中引用的中文书籍，还有1184 条注释，并对《三国演义》在中国文化中的地位、版本、作者、典故以及古代中国的风土人情都进行了详细的解释，别具一番特色。他主要采取了异化加文化阐释法的策略，例如"异化＋注释""异化＋增译"等，满足了不同层次读者的阅读需要。这一翻译策略也使译者在翻译过程中最大限度地保留了原文本中所蕴含的文化因素，并将其介绍到西方世界，促进了中国文化在海外的积极传播。事实上，不仅是西方汉学家、译者在翻译中国古典文学时使用了异化的翻译策略，中国译者在翻译国外的文学名著时也采取了相同的做法。"如翻译家金堤和萧乾夫妇翻译的《尤利西斯》中文译本，均用直译，译者对书中难以理解之处或中外文化差异尝尽辛苦做了大量的注，金堤译本为 2000 余条，萧乾夫妻译本为 6000 余条"③。这种翻译策略使得译文更尊重原文，而且有利于异域文化的传播和交流。

罗慕士所付出的一切努力终于换来了国内外学术界、评论界的一致好评。魏裴德（Frederic Wakeman）认为：

罗慕士优雅而达练地翻译了中国最重要的历史演义小

---

① 赵常玲：《互文性视角下的罗译〈三国演义〉副文本研究——以跋及注释为例》，《北京科技大学学报》（社会科学版），2013 年，第 5 期，第 32 页。

② 同上书，第 33 页。

③ 刘齐文：《文化语言学视角下的译注法研究：以三国演义多种日译本为文本》，北京：中国书籍出版社，2014 年，第 189 页。

说,以极富魅力的直率巧妙地传译了原作戏剧性的情节叙事。英语读者现在终于可以借此而理解为何这部成书于 15 世纪的小说会如此持久地从谋略上影响一代又一代中国人的政治观念。①

余国藩(Anthony C. Yu,1938—2015)②认为:

> 《三国演义》给读者展现了中国版的《伊利亚特》,在中国五部古典小说中名列第一。此书不仅以叙事史诗的笔法描绘历史事件,既有教育意义,又有极强的娱乐性,而且成功塑造了众多典型人物:治军将帅、治国谋士、忠孝义士、背义政客,个个栩栩如生,令人难忘,他们的故事经历了五个世纪却没有流失。罗慕士的译文超级优美,富有学术性。即使很多年以后,这本书仍然会让西方读者体验阅读的愉悦和魅力。③

著名汉学家韩南在《纽约时报》上发表了对罗译本的书评:

> 《三国演义》是一部由罗慕士译成英语的战争史诗,原著忠于史实,译文生动流畅……《三国演义》的故事,一直以令人惊奇的方式持久地影响着中国人的想象力。就连毛泽东也称《三国演义》是他最喜欢的一本书。④

目前,大多数中国学者和翻译家也都认为罗慕士的全译本为最佳

① 成都武侯祠的研究工作与诸葛亮研究会:《诸葛亮研究文集 2001 年》,《四川文物》2001 年第 5 期,第 70 页。

② 余国藩,美国芝加哥大学巴克人文学讲座教授。他以英译《西游记》(*Journey to the West*,四册)饮誉学界,在《重读石头记》及各类论文之外,他另有《重访巴拿撒斯山》("Parnassus Revisited:Modern Critical Essays on the Epic Tradition")、《重读石头记:〈红楼梦〉里的情欲与虚构》("Rereading the Stone:Desire and the Making of Fiction in *Dream of the Red Chamber*")等论著。

③ 成都武侯祠的研究工作与诸葛亮研究会:《诸葛亮研究文集 2001 年》,《四川文物》,2001 年第 5 期,第 69 页。

④ Patrick Hana,"*War Is Heaven*",*New York Times Book Review*,New York:January 17,1993,p. 77.

英文译本。张浩然认为："译本依据语境，活译词语；译出个性，再现形象；重视语体，展现风格，别具一番特色。"①张煜表示："罗译忠实地传达中华古典文化的精髓，翻译忠实可信，译笔优美，语言灵活。"②段艳辉认为："罗译本《三国演义》对曹操形象进行了创造性的解读和翻译……对曹操形象的再创造为《三国演义》文化在国外的正确传播大有建设性的启示作用。"③丁爱春的《典籍翻译中文化和语言的误译研究——以罗译〈三国演义〉的语料分析为例》和肖志艳、王芳的《对典籍翻译中文化和语言的误译分析与探讨——剖析罗译〈三国演义〉的语料》这两篇文章，都从语言和文化层面专门来分析罗译本中的误译和漏译。

全译本的问世，让更多的目光聚集到罗慕士这位汉学家身上。进入 21 世纪后，国内学者开始重视《三国演义》的英译本研究，并取得了丰硕的成果，"尤其是对罗慕士英译本的研究比较深入"④。从读秀和中国知网上搜索《三国演义》英译研究，搜索出的相关硕博士论文 50余篇、相关期刊文献百余篇。罗慕士也因为全译本的走红而收获颇多：1993 年担任哥伦比亚大学翻译中心研究员，并凭借全译本于次年 6 月获得哥伦比亚大学翻译中心颁发的奖项。罗慕士的道路越走越宽广。

（六）十年剑磨砺《道德经》

1993 年，罗慕士正在考虑怎样开始翻译《道德经》的工作，当时战国项目（Worring States Project）在白牧之（E. Bruce Brooks）和白妙子（A. Taeko Brooks）的组织下成立。这两位学者皆耗数十年之力孜

---

① 赵常玲：《互文性视角下的罗译〈三国演义〉副文本研究——以跋及注释为例》，《北京科技大学学报》（社会科学版），2013 年第 5 期，第 49 页。

② 张煜、田翠芸：《从〈三国演义〉英译本看译者的创造性》，《河北理工大学学报》（社会科学版），2007 年第 7 卷第 2 期，第 158 页。

③ 段艳辉、陈可培：《罗慕士对〈三国演义〉曹操形象的创造性阐释》，《沈阳大学学报》，2010 年第 5 期第 51 页。

④ 骆海辉：《最近十年国内〈三国演义〉英译研究评述》，《文教资料》，2009 年 2 月号下旬刊，第 33 页。

孜于战国时期的史料研究。后来战国工作组组织了区域研讨会,研讨和战国时期历史文本相关的话题,罗慕士正好参与其中。这些经历对其开展《道德经》文本的调研和翻译工作十分有益。1995 年秋,罗慕士来到上海师范大学担任外语教师。方平教授阅览过罗慕士翻译的部分译文,并对《道德经》的解读及其翻译风格给出了宝贵的建议。来中国访学的机会也给罗慕士查阅相关的文献资料提供了很大的便利。

2001 年,久经酝酿的《道德经》罗译本终于由加州大学出版社成功出版。罗慕士自己在其《致谢》部分感谢了很多帮助过他的人,包括他所在的纽约大学和东亚项目组的诸多学者、同事,他们都为他的译本提供了很多参考和修改意见。还有方平教授、加州大学出版社的编辑道格·艾布拉姆斯(Douglas Carlton Abrams)。后者不仅在其译作的出版工作上花费了诸多精力,还同罗慕士一起探讨文本的翻译策略以及该如何向读者介绍这部作品。每当罗慕士对自己产生怀疑时,道格总是一如既往地给予他鼓励和支持。

《道德经》是一部意义深邃的哲学著作,其文体属于韵文哲理诗,言简意赅,寓意深远。再加上其内容以文言文的形式表达,就连现在的母语读者阅读起来都有一定的困难,要将其翻译成大众认可的译本,无疑是一个巨大的挑战。另外,理雅各、韦利、刘殿爵(D. C. Lau)、韩禄伯(Robert G. Henricks)①等人早已有过优秀的译本,且目前学界流传的已有 40 多个版本。为什么罗慕士还是不遗余力地进行这项翻译工作呢? 他在《道德经》的序言中给出了这样的答复:

① 韩禄伯,美国达慕斯大学教授,曾研究和翻译过寒山的诗歌,所译注的《寒山诗(全译本)》(*The Poetry of Han Shan—A Complete*,*Annotated Translation of Cold Mountain*,1990)在美国和西方掀起了寒山诗歌翻译和研究的热潮,其影响延续至今。韩禄伯关于嵇康作品和寒山诗作的译介等研究使其蜚声美国汉学界,而对马王堆帛书《老子》的翻译与研究,则使他成为美国汉学界举足轻重的重要人物。

大多数英译本都具有重大的价值，但每部译本的价值又是有限的。所谓"诗无达诂"，文本主题的协同以及言简义丰的表达让许多字、句、诗节(stanza)的意思模糊不清，难以让人捉摸，因此仅仅对文本做出确切的解释本身就是极其困难的，更不用谈翻译优秀的译本了。即使在中国，许多学者对《道德经》的文本解读也有很多分歧。所以每个译者在翻译《道德经》时都尽力完善作品中的意象并用新的语言来阐释老子精辟言论中的"道"家思想。毫无例外，罗译本也是效仿前人的一种新的尝试，他不仅希望自己的译本能在前人的成果基础上有所提高，也希望后人能在此基础上做出进一步的完善。正是这种前赴后继的努力，众多《道德经》英译本的面世，使得西方读者能从各个译本中了解到更多的信息，对《道德经》有更加合理、完整的解读。①

那么同其他的版本相比，罗慕士的版本又有哪些特色呢？译本中章节的评注材料皆来自1973年出版的马王堆汉墓的两个写本和1998年出版的郭店本。罗慕士在译文的评注中将各种版本有机地结合在一起，并且不辞辛劳地指出了各版本文本上的差异，通过不同年间出土的文本间的对比来显示《道德经》文本的演变过程，通过它所建立的语际对话，让读者更好地把握原文的形式，理解其中的深意。②

在译文《序言》部分，罗慕士花费了很多笔墨向西方读者介绍《道德经》在中国的文献发掘近况以及河上公本、王弼本和傅奕本的大体情况，为西方读者阅读《道德经》英文译本做好了准备工作。除了介绍《道德经》的版本及文献来源之外，罗慕士还向读者分析了《道德经》中"道"与"德"的排序问题在中国文学历史上的记载和现今学术界的争论，《道德经》的标题与其作品具体内容的关系，孔子和老子代表思想

---

① 参见 Moss Roberts，*Dao De Jing*：*The Book of the Way*，Oakland：University of California Press，2001，p. 2.
② 金玉钗：《罗慕士对〈道德经〉的翻译与阐释》，《井冈山学院学报》（哲学社会科学版），2009年9月，第9期，第78页。

的比较,老子时期的中国,儒家思想同道家思想在中国的流传及影响和《道德经》中的"德""道""天"等内容。《前言》中最精彩的部分莫过于罗慕士对孔子和老子所代表的两个哲学流派观点的阐述。他认为《道德经》既与《论语》相对峙,同时又是后者思想上的补充,两者都是道家和儒家传统的根基性作品,共同构建了中国文化中的阴和阳。在罗慕士看来,《道德经》主要反映事物的本性,《论语》则代表了更为激进的思想;前者强调自然的力量以及人与自然的互动,后者仅仅关注社会范围内的人际关系、伦理学、政治组织等;《道德经》注重探讨超验的"道"和其创造整体的关系,《论语》围绕父与子的关系模式和每个人在宗族和王国内所要履行的特定义务来强调等级关系。①

作为读者和译者,罗慕士出色地完成了自己的任务。他的译文显示出《道德经》不仅仅是一部关于个人修行的作品,更是一部具有普遍性、包罗万象的著作,它对政治学、治国才能、宇宙哲学、美学、伦理学等都有着深刻、敏锐的见解。② 同时,他将当今各国历史与先辈的"金玉良言"联合起来,唤醒读者对现实问题的思考,例如书中提倡的"无为无不为",罗慕士就认为这为各国领导人治国理政提供了非常好的建议。

对于这部优秀的译作,目前国内对罗慕士版本的《道德经》的研究成果较少,但其译本的价值是不可否认的。从国内外学术界的各种佳评中方可"管中窥豹,略见一斑":

> 安德鲁·谢林(Andrew Schelling,1953):罗慕士以学者身份对《道德经》的研读是如此丰富、生动,读者从他的译文中似乎能感受到面庞上山谷的薄雾,嗅到刍狗的气息。这里有盛怒的军阀,充满着数以万计负载着道家哲学的生灵的土地;中国关于统治和战争的谨慎的艺术;科学、瑜伽、炼金术、性爱;在地下埋藏千年的竹简。任何曾了解过老子的"黑暗"

---

① Moss Roberts, *Dao De Jing: The Book of the Way*, Oakland: University of California Press, 2001, p. 8.

② 金玉钗:《罗慕士对〈道德经〉的翻译与阐释》,《井冈山学院学报》(哲学社会科学版),2009 年第 9 期,第 75 页。

思想并想要深入学习的读者都可阅读这本译著。①

  1995年,罗慕士在上海师范大学教书时,曾把自己翻译的三卷本《三国研究》送给当时读研的朱振武,并在扉页上题辞道:以文会友,以友辅仁。2002年,朱振武在美国西弗吉尼亚大学访学和讲学,专程到纽约州立大学拜访罗慕士。二人相见甚欢,热烈地讨论起翻译之道和汉魏六朝诗歌,还专门聊起二人在上海"以文会友,以友辅仁"的那段日子。尽管早已是蜚声美国乃至世界汉学界的汉学家、世界知名学者,但耄耋之年的罗慕士并没有满足于当前取得的种种成就。现在,罗慕士依旧过着笔耕不辍、会友辅仁的日子。真是"老骥伏枥,志在千里",罗慕士退而不休,仍然致力于一个关于20世纪亚洲历史的研究项目。在其项目研究中,他将中国和印度的历史做对比,也与同时期的其他国家,如巴基斯坦、朝鲜、日本、越南和俄罗斯等做对比;与此同时,他正在和出版社商讨《20世纪以亚洲为中心的历史》(*An Asia-Centered History of the Twentieth Century*)一书的出版事宜。贤哉,罗公!

---

① Andrew Schelling, "Back Matter," *Chinese Literature: Essays, Articles, Reviews*, Vol. 23, 2001, p. 185.

罗慕士主要汉学著译年表

1966	Ph.D. Dissertation："The Metaphysical Context of Confucius' *Analects*"(《孔子〈论语〉中的形而上学背景》)，Columbia University.
1968	"Three Philosophical Definitions"(《〈论语〉中的礼、义、仁：三大哲学定义》)，*Journal of American Oriental Society*，Vol. 88，No. 4，pp. 765-771
1971	"Watergate Unternational Unlimited：Peter Dale Scott's *The War Conspiracy*"(《无国界的水门事件：评彼得·戴尔·斯科特的〈战争阴谋〉》)，*Bulletin of Concerned Asian Scholars*，Vol. 5，No. 1，pp. 69-73
1975	"Metaphysical Polemics of the *Tao Te Ching*：An Attempt to Integrate the Ethnics and Metaphysics of Lao Tzu"(《〈道德经〉中的形而上学争论：融合老子伦理及哲学思想的一次尝试》)，*Journal of American Oriental Society*，Vol. 95，No. 1，pp. 36-42
1976	*Three Kingdoms：China's Epic Drama* (《三国演义》)，New York：Pantheon Books
1977	*Critique of Soviet Economics* (《苏联政治经济学批判》)，(translation of Mao Zedong's Reading Notes)，New York：Monthly Review Press
1978	"Neo-Confucian Tyranny in *The Dream of the Red Chamber*"(《〈红楼梦〉中的新儒家暴政》)，*Bulletin Of Concerned Asian Scholars*，Vol. 10，No. 1，pp. 63-66
1979	*Chinese Fairy Tales and Fantasies* (《中国童话和神话故事集》)，New York：Pantheon Books
1982	*Presenta Los Cuentos Fantasticos De China* (《中国奇幻故事选》)，Barcelona：Crítica

1986	《〈三国演义〉中的诸葛亮及孝道观念》，《成都大学学报》，第 3 期，第 68-69 页
1992	*Three Kingdoms*（《三国演义》），（complete annotated translation with textual notes and critical essay），Beijing：University of California Press jointly with Foreign Language Press
1995	《南京大屠杀历史概述》(中文)，南京：三联书店
1999	"Review of John Makeham's *Name and Actuality in Early Chinese Thought*"（《中国早期思想中的"名"与"实"》），*China Review International*，Vol. 6，No. 1，pp. 204-207
2001	*Dao De Jing：The Book of the Way*（《道德经》）（annotated translation with textual notes and critical introduction），Oakland：University of California Press
2002	"Review of David Lampton's *Same Bed Different Dreams：Managing US-China Relations* 1989-2000"（《评戴维·兰普顿的〈同床异梦：协调 1989—2000 年的中美关系〉》），*Journal of American History*，Vol. 88，No. 4，pp. 1625-1626
2004	*Three Kingdoms*（《三国演义》）（Abridged Edition），Oakland：University of California Press *Three Kingdoms*（《三国演义》）（complete，second printing，corrected），Oakland：University of California Press *Dao De Jing*（《道德经》）（paperback，corrected），Oakland：University of California Press
2010	"Review of Major et. al, *The Huainanzi*"（《评〈淮南子〉》），*Journal of the American Oriental Society*，Vol. 130，No. 2，pp. 306-309
2011	"Review of M. Jinnah biog by Jaswant Singh"（《评 M. 真纳的传记》），*Critical Asian Studies*，Vol 43，No. 4，pp. 653-660

	《权威平衡："臣之显贵"》，《湖南大学学报》（社会科学版），第 25 卷，第 3 期，第 5-12 页
2012	"The Language of Values in the Ming Novel *Three Kingdoms*"（《明代小说〈三国演义〉中有关价值观的言论》），in Kimberly Besio and Constantine Tung eds，*Three Kingdoms and Chinese Culture*，Albany：State University of New York Press，pp. Ⅶ-ⅩⅣ
2018	《钻研中国文化倾情翻译中国——〈三国演义〉英译者罗慕士访谈录》，《东方翻译》，第 4 期，第 77-80 页
2020	《中国典籍翻译：文本、副文本与语境》，《翻译界》，第 2 期，第 1-6 页 《明朝小说〈三国演义〉中价值观的语言表达》，《翻译界》，第 2 期，第 147-154 页

本章结语

　　中国古代章回小说卷帙浩繁，其译介内容从文字、思想、风格、意义、意境到文化概念、诗学价值、审美效果等无所不包，其中艰难竭蹶，不可胜数。西方汉学家中愿意耗费数十年光阴精力从事章回小说译介的，无疑属小众中的小众。

　　本章所涉三位译者以萤火之光，探此窈冥，历时数载而终成皓月之明。从翻译理念和策略而言，他们大相径庭。

　　霍克思译作"归化"手法炉火纯青，语言表达优雅华美，更通过有意将莎翁剧作等大量英语文学经典妙合无痕地运用于译作，以英语经典呼应汉语经典，令西方读者的阅读过程惊喜不断、会心连连，读之如饮醇醪、陶情适性，最大程度上开启了经典传播之门。

　　罗慕士译作却是"异化"典范，其走笔大气恢宏，译释并行，中国文化厚重感充盈，"陌生化"效果恰到好处，十分契合具备一定中国文学修养的外国读者的求知心理。

　　而金学专家芮效卫秉持"全译"理念，令文内归化和文后注释互为补充、两相照应，助力译作以更全面、更开放的姿态在世界叙事文学史上占得一席之地。

　　他们的译作虽各异其趣，但从历史的阶段性来看，都可以说无限接近了"似真"的境界，堪为译中上品，必将拥有与原作同样绵长的生命。

在跨文化传播的初级阶段,节译本、改写本的渗透价值不容小觑。对原著部分情节的舍弃,是当时的智慧,也是日后的收获。

《西游记》在海外的译介历程便是如此。原著体大思精,情节复杂。而韦利删、改并用,不拘原本,最终凭借不到原著三分之一篇幅的节译本名满英伦。译作虽篇幅缩水,但衔接自然浑成,是节译本中的典范之作。

为韦译本深深着迷的詹纳尔多年后赓续薪火,勇担使命,其全译本致力于还原原著精髓,跨越文化藩篱,弥补韦译本文化信息和历史知识的诸多缺憾。

两代译者接力传承,真正实现了优质中国古典文学和传统文化在西方世界的"软着陆"。这种"节译改写先行、全译适时出击"的策略对于当下"中国文化走出去"具有极大的启示价值,帮助我们认识到中国文学外译的客观规律和分步骤、分阶段逐步实现的必要性。

同样地,与赛珍珠近乎刻板的"忠实"相比,沙博理的《水浒传》译本对"忠实"的诠释则更上层楼,是照顾更广大受众面的、追求更高审美水准的"忠"而不泥、"信"而不僵,旨在通过文化传递带给读者心灵的震撼。

研究考察形态各异的译本面貌在不同历史阶段和领域所发挥的作用及其自身局限性,有助于提升译者和研究者的翻译认知和翻译理念,从而稳步实现中国古典名著在异域的移植与重生。

第四章　汉学家与中国古代章回小说的英语传播(下)

向后来,再不可胡为乱信。望你把三教归一:也敬僧,也敬道,也养育人才。我保你江山永固。

——吴承恩《西游记》

Never again follow false doctrines nor follow foolish courses, but know that the Three Religions are one. Reverence priests, reverence Taoists too, and cultivate the faculties of man. I will see to it that these hills and streams are safe for ever.

——*Monkey*, trans. by Arthur Waley

一 韦编三绝传风雅
利在千秋寄石猿
——英国汉学家亚瑟·韦利译《西游记》

英国汉学家

亚瑟·韦利
Arthur Waley
1889-1966

1889年8月19日,一个男孩在英格兰肯特郡呱呱坠地,那时谁都想不到,这个孩子将走过一段如此非凡而可贵的人生旅途。美国著名中国史研究专家史景迁(Jonathan Dermot Spence)将他和爱德华·摩根·福斯特(Edward Morgan Forster)以及伦纳德·伍尔夫(Leonard Woolf)相提并论,因为他们三个都天资聪颖,却不善交际,并对亚洲极为痴迷。福斯特对印度情有独钟,伍尔夫的兴趣在锡兰,而这个男孩在日后将全身心地热爱中国文化。有趣的是,福斯特和伍尔夫曾分别在印度和锡兰工作过,但这个男孩却从未来过中国,然而中国却给了他前所未有的创作启迪与灵感。他就是亚瑟·韦利(Arthur Waley,1889—1966),英国汉学家、文学翻译家,一个从没到过中国的中国通。韦利毕生从事中国和日本经典文学的翻译,撰著和译著颇多,共翻译中、日文学著作40多部,撰写评论文章160多篇,涉及多个领域,对中国古典小说的翻译以及中国思想史的研究做出了卓越的贡献。韦利畅游于中国文学的海洋,并从中精选瑰宝,所选取的作品在当时的西方鲜有人知晓,因此这些作品引发了不同寻常的反响,他也成为中国文化"走出去"的一座重要的桥梁。

按:韦利主要翻译古典诗词,此外最主要的成就是编译《西游记》,故有"风雅""石猿"云云。另将"韦利"二字嵌入上下联句首。

（一）身份困境，磨炼品格

韦利出生于施洛斯家族（Schloss），具有纯正的犹太血统。因为自己的犹太名字，他在上学期间遇到过不少麻烦。威克逊（L. P. Wilkinson）曾记录，韦利在一条河边享受日光浴时，"被几位学生侦探跟踪，因为他的犹太名字，加之他经常读一些令人费解的书，加深了警察对他的怀疑，认为他是一名德国间谍"①。显然，在当时的社会背景下，即便在相对平和的校园中，韦利也无法以平等的身份敞开心扉地与同学们交往。在绝大部分学生眼中，韦利不能算作一个纯粹的英国人，尽管在英国出生长大，他也仍被视为来自异国他乡的他者。为了减少姓氏对孩子以及家庭生活带来的不便，韦利的母亲在 1914 年将家族姓氏"施洛斯"改为"韦利"。"施洛斯"这一姓氏带有明显的德语痕迹，当时正值第一次世界大战爆发，英德之间的矛盾冲突激烈，容易引发怀疑，激起仇恨。"韦利"这一姓氏的来源不太明显，也没有在德国居住的过往可查，因此能较少地引起英国人的不满。事实上在挪威语中，"韦利"代表的就是"外国人"，这也预示着改名之后的韦利仍无法逃脱文化他者的命运，在英国社会中依旧保持边缘人的身份，因为名字的改变不过是表面，种族与身份却是与生俱来，且流淌于血液之中的。这样的他者身份影响了韦利的性格，成了他前半生无法逃脱的阴影，他也被放逐为主流社会的对立者。众多的痛苦经历让韦利变得沉默寡言，不喜欢与人交往和沟通，只醉心于自己感兴趣的事。韦利早年志同道合的朋友艾兹拉·庞德（Ezra Pound，1885—1972）在定居意大利后，大力鼓吹反犹主义，并为意大利法西斯作宣传。这对韦利而言是一个致命的打击，在结束与庞德的友谊后，他变得愈发不爱社交。然而，犹太身份给韦利带来黑暗与困苦的同时，也为他牵起与中国文化之间的一条绳索，就如伊迪斯·西特韦尔（Edith Sitwell）所说，

---

① L. P. Wilkinson："Obitury," *King College Annual Report*，Cambridge，November 1966，p. 19.

韦利讨厌令人乏味的社会交往,在面对一些虚伪的场面时,他常表现出一种"东方式的深沉与镇静"①。正是韦利这种沉静、寡言但专注的性格,以及社会边缘人的身份使他与中国文学产生了一种惺惺相惜的情感。

与韦利的身份相仿,中国文学在西方也是文化上的"他者"。萨义德在他的著作《东方学》(*Orientalism*,1978)中提到,东方"作为欧洲最强大、最富裕、最古老的殖民地,是欧洲文明和语言之源,是欧洲最深奥、最常出现的他者形象之一"②。由此可见,东方在进入西方文化的论述中时,是以"他者"的身份出现的。17世纪中叶,欧洲的"中国热"达到巅峰,中国成为西方人所推崇的潮流,代表了西方社会对理想世界的模板,伏尔泰、莱布尼茨等学者认为,中国无论是在政治、经济还是思想领域都显现出超越欧洲文明的优势。然而,在18世纪中叶后,西方的"中国热"快速降温,褒扬中国的基调开始走向反面,越来越多的人加入贬低中国的队伍。这种消极的东方主义认为,中国处于原始社会的阶段,精神上蒙昧无知,经济上是原始的共享阶段,以村落或公社为组织形式,在文学上的体现则表现为作家凭借自己的想象塑造不真实的中国人物形象,或是表现出对中国及东方明显的畏惧和歧视。索尔·贝娄(Saul Bellow,1915—2005)在《塞姆勒先生的行星》(*Mr. Sammler's Planet*,1970)中提到"在俄国,在中国以及这里,一些极平庸的人拥有把生命全部毁灭的权力"③。贝娄对中国怀有的恐惧来源并不是中国而是西方,他对中国的认识并非是中国现实的反映,而是西方人对中国刻板印象的改编,其依据是虚假而不可靠的。小说《人性的枷锁》(*Of Human Bondage*,1915)中,毛姆(William Somerset Maugham,1874—1965)用"黄皮肤""塌鼻梁"等来形容中国留学生宋

---

① Ruth Perlmutter: *Arthur Waley and His Place in the Modern Movement Between the Two Wars*, Michigan: A XEROX Company, 1971, p. 30.

② Edward W. Said: *Orientalism*, London: Penguin Books Ltd., 2003, pp. 1-2.

③ 索尔·贝娄:《索尔·贝娄全集》(第5卷),汤永宽、主万译,石家庄:河北教育出版社,2002年,第219页。

先生在西方人心目中的印象,这几个贬义的词语流露出西方人对中国人的偏见,也折射出毛姆在来华前对中国的排斥和歧视。在当时消极的东方主义占上风的大环境中,韦利对中国的态度如此客观而积极实属不易,他不仅能以正确的眼光看待中国的文学文化,敢于接触英国人眼中的"愚昧文学",而且加上本身的犹太身份,他更与中国文学产生地位上的共鸣,从而越发亲近与喜爱中国文学。韦利沉默寡言的性格拉开了他与主流文化精英之间的差距,他日夜埋首于中国文学典籍的翻译,寻找心灵的皈依之所。作为西方文化的边缘人,他以翻译为刃对抗传统的歧视目光,找寻文化认同的心灵港湾。

(二)博物奇缘,筑梦译途

1910 年,韦利不幸患上眼疾,以致左眼失明。医生嘱咐他好生休养,否则极有可能双目失明,因此韦利从剑桥大学国王学院休学,前往欧洲各地游览。1913 年,在奥斯沃德·斯克特(Oswald Sickert)以及国王学院两位老师的大力推荐下,韦利进入大英博物馆东方图片室工作。出于工作的需要,韦利开始自学中文和日语。大英博物馆的工作使韦利了解了许多来自东方的奇珍异宝,这些珍宝背后的故事令他积累了东方知识,也为他日后的翻译工作奠定了基础。此外,博物馆还允许韦利借阅书籍,这给他学习中、日文带来了极大的便利。日日接触中国的绘画作品,韦利逐渐沉迷于图画上的题画诗,萌生了将这些优美的诗句翻译成英文的想法。他的翻译刚开始只是作为自己的业余爱好,仅有一个简单的目的,希望朋友们能同他一起感受从中国诗歌中获得的快乐。为此,他阅读了大量的中国诗歌,却想不到自己已经正式踏上了中国文学英译的路程。

1916 年,韦利自费出版了他的第一部译作《中国诗选》(*Chinese Poems*),其中收录了李白、杜甫、王维、白居易、谢朓等人的 52 首诗歌。这本译作并没有大规模印刷,仅仅是韦利为了赠送好友作为圣诞节礼物出版的。韦利的这部处女作引发了好友们的讨论与宣传,尤其受到美国意象派诗人埃兹拉·庞德的赞赏。庞德对中国诗歌也颇有兴趣,他曾多次强调："读读我翻译的中国诗，就知道什么是意象主义。"①因志趣相投，韦利与庞德建立了深厚的友谊。1917 年，韦利在庞德主编的杂志《小评论》(*Little Critic*)第六期上发表了《白居易诗歌八则》，引起文学界不小的关注。在 1918 年至 1929 年间，韦利翻译了大量中国诗歌，共出版五部著作，包括《170 首中国古诗选译》(*A Hundred and Seventy Chinese Poems*,1918)、《中国古诗选译续集》(*More Translations from the Chinese*,1919)、《诗人李白》(*The Poet Li Po 701－762 A.D.*,1919)、《郊庙歌辞及其他》(*The Temple and Other Poems*,1923)以及《英国奥古斯坦诗歌丛书第二辑第七号〈中国古诗选〉》(*The Augustan Books of English Poetry Second Series Number Seven*: *Poems From the Chinese*,1927)。

　　韦利的译作给梦幻伤感、附庸风雅的英国传统诗歌带来了很大的冲击。他的译诗语言直白、浅显，没有任何多余的文字，对诗歌中的意象作最直接的处理，用外层的"象"表达隐藏在内层的"意"，传达出中国诗歌含蓄内敛的特色。他的这种风格无疑受到了好友庞德意象主义的影响。韦利与叶芝、艾略特等共同推动了英国现代诗歌的发展，汉学家大卫·霍克思评价道："直到 20 世纪 20 年代，杰出的诗人庞德与伟大的学者韦利出版了他们的译作，中国诗歌才真正对英国产生了影响。"②可见韦利的翻译作品对英国新诗的发展起到了至关重要的作用。

　　在诗歌的翻译上，韦利有一套自己的标准与原则。他认为，诗歌翻译既要注重内容表达上的准确，还要在形式上尽可能保留原文特色，追求字面意义与情感的全部表达。"诗人将自己的情感融于诗作，通过韵律、意象、词语等方式表达出来，如果译者不去设身处地般地感受诗中所蕴含的情感，只用一连串呆板的词语讲出意思，那么即便可

①　Ezra Pound: *Letters of Ezra Pound*, Brooklyn: M.S.G. Haskell House, 1974, p. 83.

②　John Minford, Siu-kit Wong: *Classical Modern and Humane*: *Essays in Chinese Literature*, Hong Kong: The Chinese University Press, 1989, p. 80.

信，也是歪曲了原诗。"①韵律是诗歌最大的特点之一，音韵和谐会产生抑扬顿挫的节奏感，使得诗歌朗朗上口。中国字都为单音节，无时态变化，而英语单词多为多音节，且有时态变化。在翻译过程中，多音节词很难韵部一致，因此原诗的韵律就难以在译文中得以体现。韦利遵循传统节奏，利用格律成功地翻译过许多作品，包括评论家时常引用的译作——李煜的《望江南》。译文严格遵循原诗的节奏控制字句的长短，又采取英文诗歌中典型的押韵格式，不仅读起来铿锵有力，而且词人追忆往事所引发的惆怅与苦闷也被恰如其分地传达出来。然而，韦利始终认为，"英语的韵律绝不可能产生与原诗同样的效果。中国诗歌通常是一韵到底，遵循格律译诗一定会使原作语言的鲜活性和诗歌的文学性受到一定程度的伤害"②。为了有效解决这一问题，韦利抛弃了韵脚，创造性地运用自由诗体和白描的手法，注重移植原诗的形象、意境和气氛，利用跳跃性的节奏增强抑扬顿挫的节奏感。虽然译作看似是散体，但其中包含着整齐的节奏，并能准确表达出诗歌的内部情绪，有效避免了因韵害意。虽然许渊冲、沙克斯（Edward Shanks）等人并不看好这种翻译方式，批评其中存在着缺陷，但这无法掩盖韦利的翻译的确有许多可取之处。他的译诗既保证了节奏，又不抛弃意象，一反夸饰的英国传统诗风，显得质朴而真挚。他的尝试与探索在这样一个诗歌变革时期是极为可贵的，也激励着后续汉学家在中国诗歌的翻译上进行更多的努力和试验。

（三）他者之眼，洞察经典

1929 年，韦利出于健康原因从大英博物馆退休。退休后的韦利仍居住在大英博物馆附近，以便查找资料。借助地理位置上的便利，又

① Ivan Morris：*Madly Singing in the Mountains*：*an Appreciation and Anthology of Arthur Waley*，London：George Allen & Unwin Ltd.，1970，p. 152.
② Arthur Waley："The Method of Translation," *A Hundred and Seventy Poems*，New York：Alfred A. Knopf. Inc.，1919，p. 20.

远离工作的干扰,韦利全身心地投入翻译中国文学的事业,先后翻译了《道德经》(*The Way and Its Power*:*A Study of the Tao Te Ching and Its Place in Chinese Thought*,1934)、《诗经》(*The Book of Songs*,1937)、《论语》(*The Analects of Confucius*,1938)、《中国古诗集》(*Chinese Poems*,1946)等文学典籍,翻译、撰写了《白居易的生平及其时代》(*The Life and Times of Po Chu-Yi 772 - 846 A.D.*,1949)、《李白的诗歌与生平》(*The Poetry and Career of Li Po*,*701 - 762 A.D.*,1951)、《袁枚:中国 18 世纪的一位诗人》(*Yuan Mei*:*Eighteenth Century Chinese Poet*,1956)等名人传记。在这众多译作当中,《猴》(*Monkey*,1942,《西游记》编译本)是韦利翻译的唯一一部中国古典小说,虽然这部编译作品只包含原著三分之一都不到的内容,但却在英国乃至整个西方世界引起格外关注,作品一经上市就受到读者的追捧。1943 年,该译本又被美国两家出版社发行,其后多次在英美两国再版。1961 年,《猴》被收入企鹅经典丛书。韦利翻译的《猴》还被转译成法语、德语、西班牙语等多种语言,在整个西方世界传播,深受各国读者的喜爱。《猴》的问世不仅彰显了韦利出色的翻译才能,也加速了中国经典小说走出国门迈向世界的步伐。

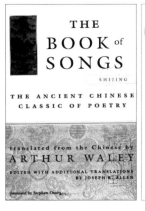
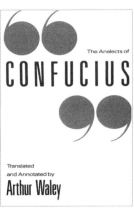
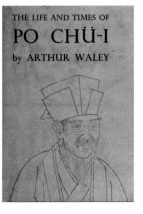

韦利对《西游记》创造性的删减编排受到了许多人的怀疑。王佐良（1916—1995）曾评论："韦利是很有功劳的一个译者，但是他有一个毛病，就是删节厉害。比如《西游记》他也删节。"①在删减过程中，韦利将原著里的 750 首诗歌也一并去掉。对此，余国藩认为："这不仅扭曲了《西游记》基本的文学形式，而且作品语言中曾吸引数代中国读者的叙事活力和描述力量在很大程度上也丢失了。"②事实上，韦利对《西游记》的创造性剪裁与当时的历史环境有很大的关系。1940 年，德国对伦敦实施了轰炸计划，伦敦遭轰炸超过 76 个昼夜，使英国社会遭受重创，人民深陷战争的硝烟。饱受炮火折磨的英国人民渴望英雄人物的出现，从心灵上给予慰藉，在精神上重获自信，因此作家们多创作宣扬英雄主义的战时文学以鼓舞民心，振作士气。在国家危难、民心衰落的背景下，韦利开始翻译《西游记》，并将译本命名为《猴》，把作品的焦点全部集中于孙悟空身上。经过韦利的精心筛选与编排，孙悟空以叱咤风云的姿态出现在读者面前，通过描绘孙悟空"除妖乌鸡国""显圣车迟国""勇渡通天河"等经历，塑造了他英勇无畏、法力高强的

英雄形象，给战时的英国人民提供了一个光辉的英雄典范。孙悟空一路斩妖除魔，克服各种逆境，最终成功护送唐僧取得真经，这暗示着英国必将与德国抗争到底，以坚忍不屈的精神赢得反法西斯战争的胜利，取得世界和平。韦利的《猴》满足了英国人民对英雄的期待与对和平的渴望，在第二次世界大战风起云涌的紧张局势下，在纸张危机的困境中，依旧能五次再版发行，其受欢迎程度可想而知。

韦利虽然对《西游记》作了简化，但纵观《猴》全书，没有任何连接生硬、逻辑不通之处。全书简洁流畅，对普通大众而言具有较强的可

① 郭建中：《文化与翻译》，北京：中国对外翻译出版公司，2000 年，第 14 页。
② Anthony C. Yu：*The Monkey & the Monk*：*An Abridgement of the Journey to the West*，Chicago：University of Chicago，2006，p. 6.

读性。2006 年,曾对韦利的删减持否定态度的余国藩出版了《西游记》的节译版《猴与僧》(*The Monkey & the Monk*：*An Abridgement of the Journey to the West*),此前他的《西游记》四卷全译本获得了学者的肯定,但 30 多年发行量寥寥,大众读者似乎并不感兴趣。在最新的节译本中,余国藩肯定了韦利的选择,"全译本无论是对普通读者还是课堂教学来说,不仅太过笨重冗长,难以掌控,而且也不堪实用……如今我总算得出一个结论:韦利教授的节译选择是可取的。"①《西游记》作为中国古典四大名著之一,以其妙趣横生的情节和庞杂多样的人物吸引着几个世纪以来中国的老老少少,读者从虚构的故事中能洞察中国现实社会的人生百态。然而,对不熟悉中国社会历史及儒、释、道三家观念的西方读者而言,读懂这样一部长达一百回的大书显然是困难的。在第二次世界大战紧张、焦躁的背景下,若是把这部鸿篇巨制全部译为英文,"那取经者们的旅程会使读者们望而生厌,因为作品虽然在叙述上颇有风味,但是许多情节实质上是重复的"②。出于对时代背景和读者接受的考量,韦利将《西游记》改译为《猴》。为了更好地让西方读者理解书中蕴含的哲学思想,韦利在沿用佛教、道教名称的同时,对"燃灯佛""大力鬼王"等术语作了解释性的翻译,把"女子守节""长生不老"等多次出现且较难解释的概念一并删去,以确保阅读的流畅和理解的便捷。同时,韦利削弱了"唐僧""猪八戒"等主要人物的地位,突出体现智勇双全的孙悟空形象,对人物进行了重新定位。韦利自知《猴》中的唐三藏会在删减中失去原有的面貌,所以 1952 年,他在《大唐高僧传》的基础上撰写了《真实的三藏及其他》(*The Real Tripitaka and Other Pieces*),以反映唐玄奘的伟大经历。韦利对《西游记》的创造性重构使得译本叙事连贯、主题清晰、人物生动、文字幽默,这才获得了大众读者以及专家学者的广泛认可。《猴》的成功极大地提升了

---

① Anthony C. Yu：*The Monkey & the Monk*：*An Abridgement of the Journey to the West*，Chicago：University of Chicago，2006，p. 6.

② C. H. Hsia：*The Classical Chinese Novel*：*A critical Introduction*，New York：Columbia University Press，1968，p. 115.

韦利的知名度，让他从一个被忽略、被怀疑、被排斥的文化他者变成了备受瞩目的翻译大家。由于犹太他者的身份，韦利从小就明白被欺凌、被压迫的滋味，面对战火纷飞的时代，韦利希望《猴》能给社会带去希望，让饱受战争之苦的人民减轻痛苦，重拾信心，在如孙悟空一般英勇的将帅们的带领下，把人民从水深火热中拯救出来，取得战争胜利，走向世界和平。

"君子以文会友，以友辅仁。"韦利虽然没有到过中国，但一直与中国文人保持着友好的往来。早在1919年，韦利就在狄金森的引荐下受教于中国地质学家丁文江。1921年，来到英国留学的徐志摩与韦利就英译中国诗词问题进行了多次探讨，徐志摩回国后仍与韦利保持书信往来。此外，韦利与林徽因、林长民、林语堂、胡适、吴宓等文人学者都有交往。他的译作受到这些学者的认可，他谦逊真诚的治学态度也感染着中国的文人们。在与中国文人的切磋交流中，韦利不断提升与优化自己的翻译作品，他的汉学研究也得到了很好的启迪。1939年，萧乾以战地记者的身份前往英国，在七年的时光中，他与韦利成为挚友。在《千弦琴》(*A Harp with a Thousand Strings*, 1944)一书中，萧乾收录了韦利的译文及评论文章五篇，并邀请韦利为之作序。萧乾惊叹于韦利的语言学习能力，对他的汉学研究成果更是赞誉有加。

20世纪60年代末，由于房子的租约到期，韦利不得不离开戈登广场。临别前，他将绝大部分的藏书都赠予了英国杜伦大学，准备停止东方文学的翻译工作。然而，穷极一生所热爱的事业怎能是说放下就放下的，韦利仍然继续着他的翻译，并为自己定下一个又一个目标。遗憾的是，一场突如其来的交通事故使韦利陷入病痛，也搁置了他的翻译计划。1966年6月27日，韦利与世长辞。韦利的一生历经坎坷，从童年时期开始，他就因为自己的犹太身份备受歧视和怀疑，虽然这让他从一个开朗活泼的男孩变得不爱说话，但也铸就了一段他和中国文化之间难以分割的情缘，就此找到了自己的精神港湾。剑桥时期的学习经历让他遇见了众多名师益友，特别是汉学家和中国来的文人学者，这些人对中国文化的热爱和了解，既丰富了韦利的学识，又增加了他对中国文学的兴趣。大英博物馆的工作经历正式开启了韦利的翻译之路，见证了他在中国诗文上的杰出成就。第二次世界大战时期，《猴》的问世饱含韦利对受难者的同情和对和平的渴望，在图书市场掀起一股热潮。韦利以其译作的丰富著称于世，他翻译诗歌、小说、散文、传记，涉猎文学、哲学、政治、历史、宗教，为中国文学的传播做出卓越的贡献。

亚瑟·韦利主要汉学著译年表

1918	*A Hundred and Seventy Chinese Poems*（《170 首中国古诗选译》），London：Constable & Co. Ltd.
1919	*More Translations from the Chinese*（《中国古诗选译续集》），New York：Alfred A. Knopf *The Poet Li Po 701‐762 A.D.*（《诗人李白》），London：East and West Ltd.
1923	*The Temple and Other Poems*（《郊庙歌辞及其他》），London：George Allen & Unwin Ltd.
1927	*The Augustan Books of English Poetry Second Series Number Seven：Poems From the Chinese*（《英国奥古斯坦诗歌丛书第二辑第七号〈中国古诗选〉》），London：Ernest Benn Ltd.
1931	*The Travels of An Alchemist：The Journey of The Taoist Chang Chun From China to the Hindukush at the Summons of Chingiz Khan*（《长春真人西游记》），London：George Routleadge & Sons Ltd.
1934	*Select Chinese Verses*（《英译中国歌诗选》，与翟理斯合译），Shanghai：The Commercial Press
1934	*The Way and its Power：A Study of the Tao Te Ching and its Place in Chinese Thought*（《道德经》），London：George Allen & Unwin Ltd.
1937	*The Book of Songs*（《诗经》），London：George Allen & Unwin Ltd.
1938	*The Analects of Confucius*（《论语》），London：George Allen & Unwin Ltd.

1941	*Translations from the Chinese*（《译自中国文》），New York：Alfred A. Knopf
1942	*Monkey*（《猴》，即《西游记》编译本），London：George Allen & Unwin Ltd.
1946	*Chinese Poems*（《中国古诗集》），London：George Allen & Unwin Ltd.
1949	*The Life and Times of Po Chu-Yi 772‐846 A.D.*（《白居易的生平及其时代》），London：George Allen & Unwin Ltd.
1949	*The Great Summons*（《大招》），Honolulu：The White Knight Press
1951	*The Poetry and Career of Li Po，701‐762 A.D.*（《李白的诗歌与生平》），London：George Allen & Unwin Ltd.
1952	*The Real Tripitaka And Other Pieces*（《真实的三藏及其他》），London：George Allen & Unwin Ltd.
1955	*The Nine Songs：A Study of Shamanism in Ancient China*（《九歌、中国古代祭祀仪式研究》），London：George Allen & Unwin Ltd.
1956	*Yuan Mei：Eighteenth Century Chinese Poet*（《袁枚：中国 18 世纪的一位诗人》），Redwood City：Stanford University Press
1960	*Ballads and Stories from Tun-huang：An Anthology*（《敦煌曲子词与变文选集》），London：George Allen & Unwin Ltd.
1963	*The Secret History of The Mongols*（《蒙古秘史》），London：George Allen & Unwin Ltd.

　　话说鲁智深回到丛林选佛场中禅床上，扑倒头便睡。上下肩两个禅和子推他起来，说道："使不得，既要出家，如何不学坐禅？"智深道："洒家自睡，干你甚事？"禅和子道："善哉！"智深裸袖道："团鱼洒家也吃，甚么善哉！"禅和子道："却是苦也。"智深便道："团鱼大腹，又肥甜了，好吃，那得苦也？"

——施耐庵、罗贯中《水浒传》

When Lu got back to the meditation room，he threw himself down on his bed and went to sleep. The monks meditating on either side shook him into wakefulness. "You can't do that，" they said. "Now that you're a monk，you're supposed to learn how to sit and meditate." "If I want to sleep, what's it to you?" Lu demanded. "Evil!" exclaimed the monks. "What's this talk about eels? It's turtles I like to eat." "Oh，bitter!" "There's nothing bitter about them. Turtle belly is fat and sweet. They make very good eating."

—Outlaws of the Marsh，trans. by Sidney Shapiro

二 共域八荒侠者义
浮槎万古纸笺心
——美裔汉学家沙博理译《水浒传》

美国汉学家
沙博理
Sidney Shapiro
1915–2014

"学中国话，你得到中国去呀。"因着这简简单单一句话，这位前美国炮兵就揣着仅有的 200 美元告别了母亲，孤身乘船，远渡重洋来到中国追寻梦想。他就是《水浒传》(*Outlaws of the March*，1980)最权威英译本的译者沙博理。沙博理在中国生活了 66 年，见证了新中国的建立与成长，并最终选择加入中国国籍。这位中国的"外国专家"①不仅学会了汉语，还通过翻译实现了自己的人生价值——将中国故事讲给世界听。

（一）年少孤胆闯天下

西德尼·夏皮罗(Sidney Shapiro，1915—2014)，中文名沙博理，生于 1915 年 12 月 23 日，是第三代犹太裔美国移民。沙博理的祖父母来自乌克兰，曾是沙俄农奴的他们带着对美好新生活的憧憬移居至美国。到美国后，祖父母举全家之力供沙博理的父亲读书，将其培养成了一名律师。自此，沙博理一家在美国立稳了脚跟。父亲从这样的生活中得益，因此一度希望沙博理也能成为一名律师，能像真正的美

---

① 沙博理：《怀念您啊，敬爱的周总理》，《周恩来与艺术家们》，北京：中央文献出版社，1992 年，第 331 页。

国精英阶层一样,将幸福安稳的生活状态延续下去。

如父亲所愿,沙博理于 1937 年从圣约翰大学(St. John's University)法律系毕业,成了一名青年律师。当时美国刚刚经历过经济大萧条,民众就业难,失业率高,工作体面安稳的沙博理无疑是旁人眼里的青年才俊,是同龄人的学习榜样,但他自己却不这样认为。他喜欢的是拳击、冒险故事和惊险动作电影,而不是单调重复的文书工作,而这份乏味的工作无法为他带来丝毫幸福感。更为重要的是,他认识到律师这个职业也并非表面上那样光鲜。沙博理喜爱法律本身的公正,也欣赏父亲一般诚实正派的律师,但他却发现律师的实际工作"其实是一桩'金钱万能'的事情"[1]。这违背了沙博理的原则,因此他开始厌弃这样的精英阶层生活,决心去追寻自己的理想。尽管彼时的沙博理并不知道自己能做什么,但他愿意做出尝试和改变。

1941 年,日本偷袭珍珠港前夕,沙博理创办了评论作家协会(Review Writers Guild),和会员们一同投入歌曲、短文和讽刺短剧的创作中,以笔杆子支持反法西斯战争。1941 年 11 月,怀着反法西斯热情的沙博理应召加入了美国陆军服役,成了一名高射炮士兵。不久后,美国政府出于战争时局的需要,决定培养一批通晓外语的军人。得知此事后,沙博理申请了学习法语。但因为法语学习者过多,名额已满,他便阴差阳错被派去康奈尔大学学习了九个月的中文和相关文化知识。然而,由于美国对外政策变化,沙博理和战友们所学的中文最终没能在战争中派上用场,但自那时起,沙博理却开始真正喜欢中文了。一到休息时间,他就会抓紧时机和同学战友们用蹩脚的汉语练习对话;用餐时他们也会尽量练习使用筷子,体会餐饮习惯背后的中国文化。退伍后,出于对中文的兴趣和对律师行业的不满,沙博理利用退伍津贴进入了哥伦比亚大学继续学习中文和中国历史文化,后又转到耶鲁大学学习。在这段时间里,他一边学习更多的中文知识,一边仔细考虑自己的人生方向。

---

① 沙博理:《我的中国》,宋蜀碧译,北京:中国画报出版社,2006 年,第 25 页。

"我仍然渴望冒险。"①1947年3月,在中国同学的建议下,沙博理从仅剩的500美元退役费中拿出300美元买了船票,毅然决然离开纽约,踏上了前往中国的旅程。32岁的沙博理或许没有想到过,不久的将来,他也会像祖父母一样,在另一片未知的土地上找到属于自己的梦想与归属。

(二)一世豪情译中华

离家的邮轮在海上慢悠悠行驶了一个月,直到1947年4月1日才抵达上海。令沙博理感到失望的是,这座号称"冒险家乐园"的城市远没有传言中那般诱人。相反,饿殍遍野,平民饱受欺压的凄凉景象令他窒息:

> 第二次世界大战以前,作为一个年轻的美国律师,我颇有正义感,对剥削、虐待老百姓的现象深恶痛绝,但意识形态上仍属小资产阶级的情调。后来,几乎是一到上海,我的观点就开始转变了。②

帝国主义剥削之下的旧中国贫富悬殊巨大,再加上严重的阶级压迫,普通民众苦不堪言。沙博理置身其中,对此有了更加直观感受,观念受到了巨大冲击。来上海之前,沙博理还抱着冒险者的猎奇心态,期待着一场异域旅行。而在目睹这一切惨状之后,沙博理心间充盈的便是对苦难平民的深切同情。到达上海之后,沙博理首先拜访了几位耶鲁大学同学的家人,受到了他们的热情款待,紧接着就在同学杨云慧的推荐下拜访了时任进步杂志《人世间》主编后来成为他的妻子的凤子③。沙博

① 沙博理:《我的中国》,宋蜀碧译,北京:中国画报出版社,2006年,第33页。

② 沙博理:《我成了新中国的公民——从外国观察者到中国参加者的转变》,载黄鼎臣、刘梅村等《风雨同舟四十年》,北京:中国文史出版社,1990年,第155页。

③ 凤子(1912—1996),又名封凤子,原名封季壬,出身于学者家庭,1936年毕业于复旦大学,是著名的女编辑、作家和表演艺术家,曾任《人世间》《剧本》等杂志主编、中国剧协书记处书记。1948年与沙博理结为夫妻。

理跟随凤子学习中文，并在此后的长时间相处中受到凤子的影响，逐渐了解并参与进地下工作中，为中国解放事业献出了自己的力量。他用律所挣来的钱支持《人世间》的运转，为革命同志提供藏身之处和开会见面的场所，也偷偷用收音机收听解放区消息。同时，他还利用自己的母语优势帮助学生编辑主张土地改革的英文杂志，和地下党成员秘密商讨运送战备药品，甚至和凤子一起乔装打扮前往解放区……

1949 年 10 月 1 日，中华人民共和国成立了。作为外国人和革命参与者的沙博理，站在观礼台上，望着沸腾的人海，回忆起战争的残酷和人民的苦难，想到这个历经磨难的民族此刻迎来了革命胜利。看到新时代即将到来，他"感觉到激动的情绪像电流一样传遍全身"①。时任中国外文局局长的周明伟曾经问沙博理最喜欢哪一类中国文学作品，他几乎不假思索地说喜欢武侠小说，他认为武侠就是路见不平、拔刀相助。② 这不禁让人想起金庸所言"为国为民，侠之大者"。

但在和平新时代的中国，一位富有冒险精神和正义感的美国律师能做什么呢？这位漂洋过海而来的外国大侠观察着，等待着，为自己寻找新的定位。最终，他成了一名译者，走上了属于他的文侠之路。

参加完开国大典后不久，沙博理发现了一本名为《新儿女英雄传》的小说。这是一部经典的"红色"小说，讲述的是冀北白洋淀抗日游击队顽强不屈、英勇抗战的故事。这部小说语言平实，故事斗争性强，十分符合沙博理的胃口，也让他回想起战争岁月里与同志们共同奋斗的激情与热血。他想为自己的理想，也为这个新生的国家做点事情。于是，在妻子凤子的鼓励和帮助下，沙博理开始着手尝试第一本译作，开启了近 60 年的翻译生涯。

沙博理起初在《中国文学》上刊载《新儿女英雄传》的英译本，不久后译文被加拿大进步书会印成单行本在北美发行 52 年，在中美关系僵持的

---

① 沙博理：《我的中国》，宋蜀碧译，北京：中国画报出版社，2006 年，第 71 页。

② 参见温志宏：《周明伟：我与沙老的十年——中国外文局局长谈沙博理》，http://www.beijingreview.com.cn/2009news/fangtan/2014-10/29/content_647743_2.htm，2021 年 6 月 15 日。

"冷战"时期,美国自由图书俱乐部(Liberty Book Club)又将这部译作只字未动全文出版,使其成为在美国出版的第一本中国"红色"小说。

"做翻译,一是自己的工作,二是好奇中国文学、历史、文化、哲学、宗教等内涵都很丰富。此外,它可以充实自己的生活,翻译是我的最爱,能做多少就做多少。"①沙博理热爱翻译其实并不意外。《新儿女英雄传》的翻译让他尝到了翻译工作本身的快乐,给了他成就感,也给他带来了新的机会。时任对外文化联络局局长的洪深在一次偶然拜访中得知沙博理正在尝试翻译《新儿女英雄传》,也看出他发自内心地喜爱翻译,于是向其发出邀请。1950年,沙博理到对外文化联络局正式担任专职翻译,负责审校英文新闻,并在此结识了包括叶君健、杨宪益和戴乃迭在内的一群志同道合的同事。1951年,这些挂心中国文学对外传播事业的译者们自发走到一起,创办了英文刊物《中国文学》,主要译介当代小说和文学论文,以及古典文学和20世纪初期的著作,希望能够通过这一媒介向全世界介绍新中国。1953年,外文出版社成立,统一负责包括《中国文学》在内的多份外文刊物的管理和对外发行。同年,沙博理作为外国专家正式受聘于英文版《中国文学》,从事文学翻译工作,一直到1972年,才转入《中国画报》杂志社,继续从事中国文学作品的汉英翻译和编辑工作。

此后,这位精力充沛的新晋翻译家便一直兢兢业业、笔耕不辍,高质量地完成了大量译作。就译作类型和数量而言,如果说杨宪益、戴乃迭夫妇"翻译了半个中国",那么沙博理翻译的作品可以说是几乎涵盖了整个当代中国文学。有学者统计:

> 从1949年末开始到2002年结束,在其50余年的翻译生涯中,沙博理总共翻译和编译了203部中国文学作品,出版了单行本的有16部,在《中国文学》杂志上发表的译文共

---

① 洪捷:《五十年心血译中国——翻译大家沙博理先生访谈录》,《中国翻译》,2012年第4期,第62页。

计157篇,涉及原作143部,涉及作者104位。①

其译作包括小说、诗歌、散文、评论和剧本等体裁,涵盖了包括文学、法律在内的多种题材。涉及作家除了巴金、茅盾、孙犁、许地山等多位家喻户晓的作家以外,还包括玛拉沁夫、端木蕻良、敖德斯尔等少数民族作家。他先后翻译出版了赵树理的《李有才板话及其他故事》(*Rhymes of Li Youcai and Other Stories*,1950)、茅盾的《春蚕集》(*Spring Silkworms and Other Stories*,1956)、巴金的《家》(*The Family*,1958)等小说和散文集,以及杜鹏程的《保卫延安》(*Defend Yenan!*,1958)和曲波的《林海雪原》(*Tracks in the Snowy Forest*,1962)等多部革命文学作品和纪实传记《我的父亲邓小平:"文革"岁月》(*Deng Xiaoping and the Cultural Revolution—A Daughter Recalls the Critical Years*,2002)。在沙博理的所有译作中,传播最广、认可度最高、研究最多、也最具代表性的,无疑是中国四大名著之一的《水浒传》。沙译版《水浒传》被国内外学者视为最权威的英文译本,于1999年被收录进外文出版社出版的"大中华文库"丛书。

沙博理的译作不仅数目多,种类繁盛,在国内外影响也颇为深广,得到了翻译领域专家和大众的喜爱与认可。他的译作成为英美读者了解中国,尤其是了解20世纪50年代至70年代中国社会和中国文学的重要窗口,沙博理也因此被誉为"新中国文学向西方传播的前驱使者"②。沙博理一生获得过六个意义重大的奖项。第一个是1994年美国友人罗杰伟先生赞助的"中美文学交流奖",为了表彰和感谢沙博理在翻译及对外文化交流方面的卓著成绩而颁发。其后,沙博理又于1995年与另外五名翻译工作者一同获得了由中华全国文学基金会和中国作家协会中外文学交流委员会颁发的"彩虹翻译奖"。除此之外,沙博理得到的奖项还包括2009年由中国外文出版社发行事业局颁发

---

① 刘红华、张冬梅:《沙博理的中国文学英译成就考》,《翻译史论丛》,2020年第1期,第94页。

② 路艳霞:《美裔中国籍翻译家沙博理离世曾参加开国大典》,http://usa.people.com.cn/n/2014/1023/c241376-25896059.html,2021年1月17日。

的"国际传播终身成就奖"、2010年中国翻译协会颁发的"中国翻译文化终身成就奖"、2011年由凤凰卫视联合国内外十余家知名华文媒体和机构共同评选出的"影响世界华人终身成就奖"和2014年的国家级奖项"第八届中华图书特殊贡献奖"。每一个奖项背后都是国内外专家和读者们对于沙博理高质量翻译工作的肯定。

沙博理非常享受自己的工作。通过翻译,他能够大量接触和阅读中国的文学作品,去多角度地理解和体验中国、体味中国文化。他曾说:"翻译中国文学是我的职业,也是我的乐趣。它使我有机会去'认识'更多的中国人,到更多的地方去'旅行'。"①

(三)水浒英雄辨真意

1967年,沙博理通过翻译"认识"了一批特别的人——水浒一百单八将。而这段中国古典文学翻译经历也让沙博理拥有了一次终生难忘的跨时空旅行。

在来到中国之前,沙博理就已经与《水浒传》结缘了:"我第一次看到《水浒》是在1946年,那时我正在纽约市哥伦比亚大学学习中文。教我的教授佳富是位有名的美国汉学家,他向我推荐这本书。"②初读《水浒传》时,沙博理尚且语言不通,只得读赛珍珠翻译的《四海之内皆兄弟》(*All Men Are Brothers*,1933)。赛珍珠的译本为保留小说的"中国味",主要采用了异化的翻译策略,按照中文句型结构逐字对译。这样过于直译的文本对于不懂中文的外国读者而言过于艰涩,读起来非

---

① 沙博理:《我的中国》,宋蜀碧译,北京:中国画报出版社,2006年,第177页。

② 沙博理:《〈水浒传〉的英译》,妙龄译,《中国翻译》,1984年第2期,第29页。这里提到的"佳富"即傅路德(Luther Carrington Goodrich,1894—1986),是沙博理1946年在哥伦比亚大学学习中文时期的老师。傅路德,又称富路特,美国汉学家,来华传教士富善之子,主要研究中国史,在明史研究上颇有造诣,主编两卷《明代名人传》(*Dictionary of Ming Biography 1368 - 1644*,1976),著有《中华民族简史》(*A Short History of Chinese People*,1950)和《中国文明文化史必读书目》(*A Syllabus of the History of Chinese Civilization and Culture*,1950)。

常困难。但即便如此，《水浒传》里鲜活灵动的人物和跌宕起伏的故事剧情本身也透过表层文字的重重阻碍吸引了沙博理，给他留下了极为深刻的印象。因此，在接到外文出版社下发的《水浒传》翻译任务时，沙博理毫不犹豫就答应了下来。

在正式接受任务前，沙博理就已经出于兴趣自发翻译过两段有关林冲和武松的故事。在这次试译过程中，沙博理主动向外文出版社的中国同事寻求了帮助，结合他们的讲解仔细阅读原文，首次成功地理解并且欣赏到小说的内容及写作风格之美。

20世纪70年代，沙博理正式开始了《水浒传》的翻译工作。为了将完整的故事情节呈现给英文读者，他在与同事再三商榷后，打算将自己的这版译本敲定为一百回，前七十回选用文学质量更高的金圣叹版本，后三十回则用容与堂版本以补全故事。当时正值"文化大革命"，翻译工作一度受阻。沙博理不得不舍弃已经译好的前五十四回，被迫改译1975年人民文学出版社出版的容与堂版本，同时又将原定的题目 *Heroes of the Marsh*（《水浒英雄》）改为 *Outlaws of the Marsh*（《水浒草莽英雄》）。虽然不得不因时局做出妥协，但沙博理并不认同关于水浒好汉"投降主义"的看法："虽然在当时的中国要想变革封建社会的条件还不成熟，但他们敢于反对力量上与经济上都比自己强大的压迫人民的势力，所以我认为他们是当之无愧的英雄。"[1]因此，他在翻译题目时取了巧，选用了"outlaws"（字面意义为法外之徒）这个极富褒奖意味的词语来表达自己对于梁山好汉侠义精神的肯定和赞美。"outlaws"在英美文化中指的是罗宾汉式劫富济贫的平民英雄，沙博理借用了这一形象内涵与水浒中的行侠仗义的绿林好汉做对应，从而表现水浒好汉的正面形象，使得英文读者更容易理解也更容易感同身受。"四人帮"粉碎后，为保证译本质量，沙博理和同事一起说服了编辑，按原计划将前七十回翻译改回了金圣叹版本。翻译工作断断续续，经过反复的修改与审定，直到1980年，沙译版《水浒传》才终于杀青。

随着沙译版《水浒传》的出版发行，沙博理的翻译水平也再次得到

---

① 沙博理：《〈水浒传〉的英译》，妙龄译，《中国翻译》，1984年第2期，第30页。

了广泛认可。美国汉学家何谷理(Robert E. Hegel)①曾评道：

> 沙博理已经在中国居住了数十年。作为一名翻译家,他经常翻译的都是些当代作品。这是他第一次翻译古典文学作品。和他的其他译作一样,沙译版《水浒传》的译文读来上口,忠实再现了原作的意境与活力。而这意境与活力也正是《水浒传》原作得以出名的原因所在。作为近五十年来的第一个新译本(赛珍珠拗口的译本于1933年出版),本书将会大受欢迎,因为这一译本故事完整、译文准确,读起来使人感到极其愉悦。②

为满足外国人对于异国情调的期待,也出于自身对于中国文化的喜爱和尊重,赛珍珠过多强调译文中"中国元素"的保留。相比之下,沙博理更加追求"中国形象"的真实还原,希望自己的译文能忠实于原作而西方读者也能够充分理解。这样忠实而不拘泥的翻译受到了西方读者的广泛好评,同时也纠正了部分海外读者对中国的片面认识和误解,让真实立体、高质量的中国文化走向世界。

　　沙博理自小喜爱阅读冒险题材的小说,这为他培养了丰富的想象力和敏锐的感知力,也使他积累了足够丰富的相关词汇。此后多年的中英文学习经历更为沙博理奠定了良好的语言功底,在中国的生活经历也让他对中国的文化有了更加深刻的认识和理解,为其翻译工作展开打下了坚实的基础。他多次在各种访谈和讲话中提到,做翻译,尤其是小说翻译,一定要有良好的语言功底,要充分了解甚至精通源语国家和目的语国家的历史、文化和政治环境。只有这样才能对原文本

---

① 何谷理是美国圣路易市华盛顿大学东亚语言文化系系主任、迪克曼比较文学讲座教授与中国文学教授,师从著名中国文学评论家夏志清教授。博士论文研究《隋唐演义》,研究领域为中国古典文学,著有《中华帝国晚期插图本小说阅读》(*Reading Illustrated Fiction in Late Imperial China*)、《17世纪的中国小说》(*The Novel in Seventeenth Century China*)等。

② Robert E. Hegel："Review," *World Literature Today*，1982，Vol. 56，No. 2，p. 404. 引用片段中文为笔者自译。

的内容有充分而透彻的理解,才能把握好小说人物的思想感情和性格特征,进而以同样风格用另一门语言中"最接近原意的近似词"①把故事内涵忠实地传达给目的语读者。沙博理在成为职业译者前做过律师,其父亲也是律师。尽管对于这一职业感情复杂,但这段不短的经历确实影响了沙博理的性格喜好和翻译风格。正如他所喜爱的巴赫音乐一样,沙博理在翻译中也追求节奏严谨、风格简约、结构完美。他认为忠实固然重要,但不可愚忠。翻译过程中只要不改动原作根本内容,就可以对原文的形式加以修改,以保证译文的流畅和谐,便于目的语读者理解。他的这一思想被后来学者归纳为"信而不死,活而不乱"②。

在沙译版《水浒传》中,沙博理就多次践行了自己的翻译理念。他以对外传播真实的中国文学为目的,兼顾了原文本内容和读者阅读感受,在语义翻译和交际翻译之中尽力达到平衡。以下以第七十一回《忠义堂石碣受天文 梁山泊英雄排座次》的翻译为例,从字词、句段和篇章三个方面进行简要分析。③

首先,在翻译字词,尤其是文化负载词时,沙博理采取了归化与异化相结合的翻译策略。英文中有对等词时,沙博理采用归化的策略,将词语意译为英文中原有的近似词,试图通过选用英文读者熟悉的词语引起英语读者共鸣,激活他们的阅读过程。

> 原文:自从晁盖哥哥归天之后,但引兵马下山,公然保全。此是**上天护佑**,非人之能。纵有被掳之人,陷于缧绁,或是中伤回来,且都无事。被擒捉者俱得**天佑**,非我等众人之能也。

---

① 沙博理:《中国文学的英文翻译——在全国中译英学术研讨会上的发言》,载《中译英技巧文集》,北京:中国对外翻译出版公司,1992年,第19页。
② 张经浩、陈可培:《名家·名论·名译》,上海:复旦大学出版社,2005年,第321页。
③ 以下例句原文及译文均引自施耐庵,罗贯中:《大中华文库(汉英对照)水浒传》,沙博理译,北京:外文出版社;长沙:湖南人民出版社,1999年,第2139-2171页。

译文：Since brother Chao Gai's death，on each of the occasions we led troops down the mountain we always returned intact. This is because **Heaven** defended us. It was not due to the talent of any man. Whenever one of us was captured by the enemy，whether imprisoned or wounded，he always came back safely. All of this was the work of **Heaven**. None of us can claim any credit.

在翻译汉语中"天"这一意象时，沙博理使用了对等词"Heaven"。此处的"天"是采用了其衍生意义"天意""天道"，传达的是一种类似"命数"的唯心概念，并无具体的"人神"或"神人"对应，却又拥有能够左右凡人命运、展现"神迹"的力量，是古代人民出于对自然不可控力的敬畏而想象出来的一种宏观概念体"自然之道"。而在中国古代，皇帝被称为"天子"，意为天道之子，因而"天"是权威的象征。通过这个词和这几句话，原文本表现出了小说人物对于自然权威的敬畏迷信，进而为后文归顺朝廷做好铺垫。这样丰厚的文化内涵对于没有中国文化背景的英文读者而言难以理解。而在深受《圣经》影响的西方世界里，"Heaven"（天堂）是与"God"（上帝）紧密相连的宗教词语，表示一个概念性的地方"安息之所"，方位在上，类似于"天"的字面义。译文中通过大写首字母使"Heaven"成为一个专有化名词，后直接跟主动动词"defend"，使其从一个物称变为一个人称主语，结合语境赋予了"Heaven"新的含义：既赋予了神人上帝掌控人世、创世的神力和权力，却又不会单指个体的神本身，使其在语义上与原文的"天"形成等值。不过，这样的对等翻译也存在问题，因为这种译法将中国文化中的儒道体系替换成了基督教体系，容易引起读者误会。但是，沙博理利用了两种文化中的社会文化意识共识，让读者能够以对等词为线索自行在两种不同文化中寻找近似的文化逻辑，进而构建对等的思维体系，并在这样的思维框架中主动理解小说内容和人物，让原文本中立体鲜活的故事和人物得以忠实还原。

而英文中没有对等词时，沙博理则选择异化的策略，直译字面意义,并在不影响译文流畅度的原则下增译词句,对原文词语内涵进行解释说明。他认为,许多文化负载词具有特殊的中国文化内涵,对于不具有相关知识的英美读者而言就会难以理解,因此译文中应该进行适当解释。但他认为在翻译时应该尽量少加脚注,最好是把解释性的文字自然融合进叙述中,以保证读者流畅的阅读体验。如下例中,沙博理就将各种旗子直译为其字面意义,然后在句末增译了一句话对各种旗子的功能、内涵进行了解释,使得小说人物插旗行为得以合理化,让目标语读者不至于一头雾水。

原文:外设飞龙飞虎旗,飞熊飞豹旗,青龙白虎旗,朱雀玄武旗,黄钺白旄,青幡皂盖,绯缨黑纛。

译文:In addition there were banners of dragons, tigers, bears and panthers rampant; pennants of blue dragons with white tigers, vermilion birds on black backgrounds; golden axes with white tassels, blue banners and black umbrellas, and large fringed banners of black. These were for the use of the armies.

在翻译句段时,沙博理还会通过调整词序、语序使句段逻辑顺畅,让译文表达更贴合英语行文习惯,便于英语读者理解。下例中,汉语句动词"书"前主语缺失,译文将之处理成倒装句,以"tablet stone"作无灵主语,补全英文中句子结构。同时后句里沙博理就将汉语中放到最后的人物姓名提到了最前面,开门见山表明身份,而把星位、诨号置于其后作姓名的同位语来解释说明。这样的处理没有做到中英文意群对译,却更符合英文重心在前的语言习惯。

原文:石碣前面,书梁山泊天罡星三十六员:天魁星呼保义宋江,天罡星玉麒麟卢俊义,天机星智多星吴用⋯⋯

译文:On the front of the stone tablet were the names of the 36 stars of Heavenly Spirits. They are:

Song Jiang, Tiankui Star, the Timely Rain

Lu Junyi, Tiangang Star, the Jade Unicorn

Wu Yong, Tianji Star, the Wizard

......

除此之外,在处理篇章时,沙博理对原文本进行了大胆的编辑删改,省译了开场诗、眉批、行间夹批、回末总评、冗余描写和一切会打断故事情节的重复性前文总结。通过省译,沙博理保证了译文的流畅和故事叙述的连贯,把《水浒传》原作中的精巧情节构思与意境清楚地呈现给了读者。

(四)从此"她乡"是吾家

沙博理参与过反法西斯战争,也参与过中国革命,见识了旧中国社会的黑暗面和战争的残酷,也近距离接触到平民疾苦,这一切更加坚定了他追求真情和正义的决心。这些经历和观念都反映在了沙博理的翻译工作中。沙博理的翻译作品选材具有明显的倾向性,除了绿林好汉齐聚的《水浒传》以外,他多翻译具有鲜明时代特征的解放区文学等革命文学。他喜欢赵树理的作品,认为赵树理文如其人,朴素却鲜活,其作品能实实在在地反映老乡真挚的思想感情;他也特别喜欢袁水拍的讽喻诗,认为他的语言辛辣犀利,骂得直爽痛快。正如沙博理所言:"凡是我翻译的东西,我都喜欢。"[①]因此,他的译作,尤其是早期的译作,基本涵盖了他最为关心的三类题材:革命抗战、工农建设和反封建思想。

曾有许多学者从译者身份和翻译的操纵理论角度对沙博理的翻译行为进行解释,认为沙博理是一位"国家机构的受聘者",是一名"制度化的译者"[②],甚至有部分学者片面强调沙博理的翻译从选材、编辑文本到用词用句都受到当时社会文化背景的影响,受到赞助人即政府

---

① 转引自任东升:《沙博理翻译〈水浒传〉》,http://www.catl.org.cn/2019-12/17/content_75520756.htm,2021 年 1 月 13 日。

② 任东升:《从国家翻译实践视角看沙博理翻译研究的价值》,《上海翻译》,2015 年第 4 期,第 28 页。

机构的操控。但这些研究一定程度上忽略了沙博理的译者能动性。他有对不喜欢的题材说"不"的权力，他也可以主动选择自己喜爱的工作环境和工作方式。

"我想成为中国公民的愿望是我多年来思想感情发展的结晶。"①1963 年，在周恩来总理的批准下，沙博理正式成为一名中国公民。自此，这位来自美国的犹太裔梦想家在他生活了 16 年的异国扎下了根，决心以中国文学外译为终身事业，携妻女在中国共度余生。沙博理第一次到上海时，单纯是想逃避美国的生活方式，多学习一点儿中文，没有什么特别的打算，更没有永远留在中国的想法。让他一步步了解中国、融入中国、翻译中国、爱上中国，最后下定决心留在中国的，是他的中国妻子——凤子。凤子成了沙博理与中国之间的桥梁。因为这座桥，沙博理感受到了自身理想与中国文化内核的共鸣；也正是这座桥，让沙博理想要成为中国与世界之间的桥梁。

沙博理与凤子于 1947 年 4 月相识，尔后在探讨学习中文的过程中互相吸引，相知相爱。1948 年 5 月 16 日，二人在一众亲朋的见证下喜结连理，从此成为一对佳侣。

凤子无疑是沙博理走上翻译道路的主要影响人和引路人，更是支持者。"在爱她之前我就尊敬她了。"②于沙博理而言，凤子是一位理想的妻子。她可爱美丽，又才华横溢；她开朗大方、社交广泛，有一群有趣的知识分子朋友；关于中国古典文学和中国历史，她也知之甚详。她介绍文艺界的朋友给沙博理认识，让沙博理有机会结识包括阳翰笙、老舍和郭沫若等人在内的众多当代知名作家，也第一时间接触到优秀的当代文学作品。沙博理翻译的第一部作品《新儿女英雄传》的原书就是凤子的朋友相赠，引沙博理进入外文联络局成为职业译者的伯乐洪深也是凤子在复旦大学学习戏剧时的恩师。凤子为沙博理提

---

① 沙博理：《我成了新中国的公民——从外国观察者到中国参加者的转变》，载《风雨同舟四十年 1949—1989》，北京：中国文史出版社，1990 年，第 155 页。

② 李怀宇：《沙博理——不辞长做中国人》，载《访问历史》，桂林：广西师范大学出版社，2007 年，第 153 页。

供了在中国开拓新的朋友圈、展开新的事业的机会和渠道，而沙博理
也不负期待，靠着自己的实力与人格魅力抓住了这些机会。凤子文字
功底与文学积淀深厚，在沙博理的翻译过程中不断给予帮助，也给予
他鼓励与陪伴。沙博理在自传中数次提到，在《水浒传》翻译过程中最
感谢的人除了外文出版社指定的搭档汤博文、叶君健两位同事以外，就
是凤子这位给他细心讲解原文、帮助他理解人物和查证资料的妻子。

译完《水浒传》后，沙博理的译作逐渐减
少，一步步转入写作事业，其中最主要的是他
的自传。1979 年，沙博理的第一本英文自传
An American in China：*Thirty Years in the
People's Republic*（《一个美国人在中国：在中
华人民共和国的卅年》）分别在北京和纽约出
版。1997 年，沙博理对自传章节结构进行了
调整，又增加了篇幅，重新取名为 *My China*：
The Metamorphosis of a Country and a Man
（《我的中国：情系中华五十年》）在北京出版。
2000 年，这本自传更名为 *I Chose China* ：
the Metamorphosis of a Country and a Man
（《我选择中国：情系中华五十年》），再次在纽
约出版。从以旁观角度谈一个异乡人在中国
的见闻，到深入中国以一个移居者的角度谈
亲身体验，最后到选择了中国以主人的身份
介绍自己的国家，随着岁月流逝，沙博理与凤
子携手走过了半个世纪，金婚将近，沙博理对

中国的依恋也逐渐加深。正如他在自传尾章中写到的那样：

> 凤子于我不只是一个妻子，她是中国不可分割的一部
> 分，是流淌在中国和我之间的一条不断溪流，其间流淌着一
> 个民族、一种文化、一个社会的精髓。由于凤子，我才能适应
> 并且心满意足地生活在中国，她已成为我的中国。凤子，

Phoenix,凤凰,我爱上了凤,也爱上了龙。了解和热爱中国龙,使我更加热爱和珍视我的中国的凤。①

始于情,终于爱。虽然从未失去身上的"美国味",仍爱啤酒、牛排、法式炸土豆这样的西式餐点,但穿布鞋着棉袄爱打太极拳的沙博理已经成为一位彻彻底底的中国人。美国已是故乡,沙博理最终以爱为家。

为向世界展现中国发展,沙博理用英文书写《四川的经济改革》(*Experiment in Sichuan*,1981),向西方介绍中国改革开放的举措和阶段性成果。他也整理编译《中国古代刑法与案例传说》(*The Law and the Lore of China's Criminal Justice*,1988),向国外介绍中国古代封建社会的刑法。身为犹太裔,沙博理同样关心着中国古代犹太人史的研究,着手整理编译了《中国古代犹太人:中国学者研究文集点评》(*Jews in Old China:Studies by Chinese Scholars*,1984),并因此受邀成为最早访问以色列的中国公民,在一定程度上促进了中以建交。后来在北京,沙博理也始终与以色列驻华大使馆保持着友好交往,为中以友谊持续发展做出重要贡献。因为热爱,沙博理立足于自身研究兴趣,以文学翻译为起点,逐步走向更广阔的中国文化传播道路。

1996年,爱妻凤子去世。沙博理一边书写自传反思过去、怀念亡妻,一边著译书籍继续传播中国文化。身为全国政协委员,他操心政协事务,发表文章为外译中文书的对外宣传和销售工作提出倡议;他也为人民提议案,为法律制度完善提出建议;他还主动考察,关心着中国文化思想和民主制度的发展……妻子去世后,沙博理独守在什刹海边二人的小家里,肩负起二人共同的理想,用余生为小家、为大家的建设继续奉献自己的精力与热情。

2014年10月18日,这位传奇翻译家于北京安详辞世,享年98岁。沙博理曾提到,自己的中文名字中,"沙"取自 Shapiro 的谐音音译,"博理"则取自"博学明理"之意。他希望自己能够广泛学习、理智思考,做一个学识渊博、明察事理的人。事实上,他也确实成了这样的

① 沙博理:《我的中国》,宋蜀碧译,北京:中国画报出版社,2006年,第373页。

人——走过战乱，走过迷茫，抵达了自身梦想的终点，成为一位和平时代的侠者。作为一个国际主义者，沙博理认为，无论是参与反法西斯抗战、参与中国革命，还是翻书著书，抑或是加入中国国籍、做政协委员，他的出发点都不是单纯为了中国人民，或者美国人民，而是站到全世界人民的立场去做他认为正确的、应该的事情，是出于一种责任感。通过翻书著书，通过倡议建议，沙博理推动了中国文化外译事业的发展，促进了中西文化的交流，让自己的名字和译著作品一同载入史册。

沙博理主要汉学著译年表

1950	*Rhymes of Li Youcai and Other Stories*（《李有才板话及其他故事》），Beijing：Foreign Languages Press
1951	*It Happened at Willow Castle*（《柳堡的故事》），Beijing：Foreign Languages Press
1953	*Between Husband and Wife：A Play in One Act*（《夫妻之间》），Beijing：Foreign Languages Press
1954	*Wall of Bronze*（《铜墙铁壁》），Beijing：Foreign Languages Press
1955	*Mistress Clever*（《巧媳妇/古代故事画皮》），Beijing：Foreign Languages Press *Living Hell*（《活人塘》），Beijing：Foreign Languages Press *The Plains Are Ablaze*（《平原烈火》），Beijing：Foreign Languages Press
1956	*Spring Silkworms and Other Stories*（《春蚕集》），Beijing：Foreign Languages Press
1957	*Village Sketches*（《农村散记》），Beijing：Foreign Languages Press
1958	*Daughters and Sons*（《新儿女英雄传》）①，Beijing：Foreign Languages Press

---

① *Daughters and Sons*（《新儿女英雄传》）初版时间存在争议：外文出版社版的版权页上记录初版时间为 1958 年；《英语世界》2014 年 12 期中沙博理著作、译著（1950—2003）统计表中记录初版时间为 1956 年；而沙博理在其自传《我的中国》中提到是由纽约的自由图书俱乐部出版；据刘红华、张冬梅发表在《翻译史论丛》2020 年第 1 辑的《沙博理中国文学英译成就考》，纽约自由图书俱乐部的出版时间是 1952 年，而在此之前这部作品就已在《中国文学》上连载，并在 1952 年之前由加拿大进步书会印成单行本在北美发行。本书采用的是外文出版社的版本记录信息。

	The Family(《家》)，Beijing：Foreign Languages Press *Defend Yanan*！(《保卫延安》)，Beijing：Foreign Languages Press
1959	*Annals of a Provincial Town*(《小城春秋》)，Beijing：Foreign Languages Press
1962	*Tracks in the Snowy Forest*(《林海雪原》)，Beijing：Foreign Languages Press
1963	Soy Sauce and Prawns(《酱油和对虾》)，Beijing：Foreign Languages Press
1964	*Builders of a New Life*(《创业史》)，Beijing：Foreign Languages Press
1966	*The Song of Ouyang Hai*(《欧阳海之歌》)，Beijing：Foreign Languages Press
1979	*An American in China*：*Thirty Years in the People's Republic* (《一个美国人在中国》)，New York：New American Library，Beijing：New World Press
1980	*Outlaws of the Marsh*(《水浒传》)①，Beijing：Foreign Languages Press
1981	*Experiment in Sichuan*(《四川的经济改革》)，Beijing：New World Press

---

① *Outlaws of the Marsh*(《水浒传》)的初版时间存在争议：外文出版社的全四卷版本的版权页上记录的初版时间为 1988 年；《英语世界》2014 年 12 期中沙博理著作、译著(1950—2003)统计表中记录的初版时间为 1975 年；而沙博理在《〈水浒传〉的英译》一文中提到 1976 年以前完成了容与堂一百回版《水浒传》的英译(并未提到是否出版)，1980 年完成了前七十回金圣叹版本、后三十回容与堂版本《水浒传》的英译并由外文出版社以三册一套的精装版形式出版。本书采用的是1980 年版本。

1984	*Jews in Old China：Studies by Chinese Scholars*（《中国古代犹太人：中国学者研究文集点评》），New York：Hippocrene Book，INC.
1988	*The Law and the Lore of China's Criminal Justice*（《中国古代刑法与案例传说》），Beijing：New World Press
1993	*Ma Haide：The Sage of American Doctor George Hatem in China*（《马海德：美国医生乔治·哈特姆在中国的传奇》），San Francisco：Cypress Press
1996	*A Sample of Chinese Literature from Ming Dynasty to Mao Zedong*（《中国文学集锦：从明代到毛泽东时代》），Beijing：Chinese Literature Press
1997	*My China：The Metamorphosis of a Country and a Man*（《我的中国：情系中华五十年》），Beijing：New World Press
2000	*I Chose China：The Metamorphosis of a Country and a Man*（《我选择中国：情系中华五十年》），New York：Hippocrene Book，INC.
2002	*Deng Xiaoping and the Cultural Revolution—A Daughter Recalls the Critical Years*（《我的父亲邓小平："文革"岁月》），Beijing：Foreign Languages Press
2002	*Masterpieces by Modern Chinese Fiction Writers*（《中国现代名家短篇小说》）①，Beijing：Foreign Languages Press

---

① *Masterpieces by Modern Chinese Fiction Writers*（《中国现代名家短篇小说》）的初版时间存在争议：外文出版社的版权页上记录的初版时间为 2002 年；《英语世界》2014 年 12 期中沙博理著作、译著（1950—2003）统计表中记录初版时间为 2003 年。本书采用的是外文出版社的版本记录信息。

　　那猴在山中，却会行走跳跃，食草木，饮涧泉，采山花，觅树果；与狼虫为伴，虎豹为群，獐鹿为友，猕猴为亲；夜宿石崖之下，朝游峰洞之中。

——吴承恩《西游记》

　　On this mountain the monkey was soon able to run and jump, feed from plants and trees, drink from brooks and springs, pick mountain flowers and look for fruit. He made friends with the wolves, went around with the tigers and leopards, was on good terms with the deer, and had the other monkeys and apes for relations. At night he slept under the rockfaces, and he roamed around the peaks and caves by day.

—*Journey to the West*, trans. by W. J. F. Jenner

三 可知今日西游胜
即是当时种树心
——英国汉学家詹纳尔译《西游记》

英国汉学家

詹 纳 尔

W. J. F. Jenner
1940–

W. J. F. 詹纳尔（W. J. F. Jenner，1940—　　）是中华人民共和国成立后政府层面邀请来华的重要汉学家译者。自 1963 年首次来到中国，詹纳尔便开始在由我国主导的中国文学"走出去"翻译实践中发挥重要作用，是我国国家翻译队伍里的重要成员，特别是在《西游记》的"西游"旅程中，詹纳尔作为首个全译者，在帮助英语读者了解《西游记》整体风貌方面做出了开创性贡献。此外，他编撰出版的《现代中国小说选》曾经一版再版，受到了域外学术界的普遍关注。他翻译的中国末代皇帝的自传《我的前半生》（*From Emperor to Citizen：The Autobiography of Aisin-Gioro Pu Yi*，1964，1965）、佛教史籍《洛阳伽蓝记》（*Memories of Loyang：Yang Hsüanchih and the Lost Capital*，（*493-534*），1981）以及现代作家鲁迅、丁玲的作品等也都产生了广泛影响。目前国内外学界对他的研究和关注还很不够。当时，12 岁的詹纳尔意外读到亚瑟・韦利的《西游记》译本，从此爱上了《西游记》，对汉学的兴趣也一发不可收拾，此后便把主要精力都放在中国文学译介和汉学研究上了。

按：詹纳尔以全译本《西游记》著称，故云"西游胜"。也有学者将其英文姓名译作"詹乃尔"或者"詹纳"。

（一）《西游记》全本的首译者

1940 年 10 月 5 日，詹纳尔出生于英国第二大城市伯明翰市的一户书香门第，其父亲威廉·杰克·詹纳尔（William Jack Jenner）是一名牧师，毕业于伦敦国王学院（King's College London），该学院是英格兰第四古老的大学，也是久负盛名的世界顶尖综合性研究型大学。但詹纳尔出生之际，第二次世界大战正在激烈进行中，几乎整个世界都陷入战火纷飞的境地，作为协约国的英国更是遭受重创，这样看来詹纳尔算是生不逢时了。

此时，詹纳尔的前辈、英国汉学家亚瑟·韦利正受命担任战争情报员，负责破译来自远东的信息，但也忙里偷闲翻译吴承恩的《西游记》。于韦利而言，《西游记》中那些妙趣横生的故事能助他暂时忘却现实世界的残酷，同时，通过翻译他也可以把这种愉悦体验传递给英语世界的读者。

12 岁时，詹纳尔不幸患上了支气管炎，卧床养病正觉百无聊赖之时，母亲送给他一本从慈善义卖市场买来的韦利版的《西游记》编译本《猴》。书捧在手，詹纳尔立刻被其轻松好玩的故事情节吸引住了，特别是孙悟空的十八般武艺和七十二变更是"摄他心魄"，以至于手不释卷，此书便成了他汉语学习的启蒙。又过了几年，有一次在伦敦，詹纳尔碰巧看到北京京剧团的一场演出，其中的舞台杂技表演令他十分着迷，从此对中国文化更是心生向往。1958 年，詹纳尔考取牛津大学本科，几乎不假思索地选择了汉学专业。求学期间他认识了一位鼎鼎有名的中国学者。这位中国学者名叫吴世昌，是著名红学家，1947 年至1962 年应聘在牛津大学讲学。在吴世昌的帮助下，詹纳尔系统研读了《红楼梦》《左传》和鲁迅文学作品等。1963 年，吴世昌在剑桥大学的讲学结束，回国担任中国科学院哲学社会科学部文学研究所研究员。此时詹纳尔也从牛津大学毕业，经吴世昌介绍来到北京外文局工作，约一年后受外文出版社委托，开始翻译《西游记》。

这个工作安排可谓正合他心意，其实翻译《西游记》是詹纳尔读大学期间萌生的一个愿望。如前所述,詹纳尔是在年少时看了韦利版的《猴》后才喜欢上《西游记》乃至中国文化的。韦利译本 1942 年首次出版便引起轰动,后多次再版,至今仍被奉为英语世界"最受欢迎、阅读最广泛的"①《西游记》译本,但长期以来也因其对原著进行了大幅删减而备受诟病。整部《西游记》共一百回,韦利当时只选译了三十回,还不到原著的三分之一,在保存《西游记》原作风貌方面的确不尽如人意。读大学期间,詹纳尔虽未系统研读过《西游记》,但也意识到韦利并未再现其全貌,因而产生翻译整部《西游记》的想法。在中国外文局工作后不久,詹纳尔便心想事成,也算是机缘巧合。

中国外文局与新中国同一天成立,是新中国外文出版发行事业的主体,其下属的外文出版社于 1952 年 7 月 1 日成立,专门从事对外宣传。20 世纪 60 年代,外文出版社开始实施中国传统著作的对外翻译计划,旨在将中国的四大古典名著、经典唐诗、元剧等译成外文,詹纳尔正是在这种背景下加盟外文出版社并接受《西游记》的翻译任务的。差不多同一时期,杨宪益夫妇开始了对《红楼梦》的翻译,沙博理开始了对《水浒传》的翻译。在外文出版社工作期间,詹纳尔和杨宪益、戴乃迭夫妇结下了深厚友谊。

詹纳尔的翻译初衷是要将《西游记》中那些有趣的故事完整地呈现给英语世界的读者。《西游记》的英译史可追溯至 19 世纪 80 年代②,后来陆续出现了翟里斯等译者翻译的片段英译文,以及韦利等译者的节译本,詹纳尔毫无疑问是《西游记》全译实践的开创者。尽管他的全译本三卷首版于 1982 年至 1986 年,晚于余国藩全译本的首版时间 1977

---

① Peter France：*The Oxford Guide to Literature in English Translation*，New York：Oxford University Press，2001，p. 233.

② 关于《西游记》最早的英译文何时出现,王丽娜、郑锦怀,吴永昇等研究者认为是由美国来华传教士吴板桥(Samuel I. Woodbridge)翻译、由上海北华捷报社(N. C. Herald)1895 年发行的第十回和第十一回的英译文,这也是目前学界广为流行的观点。但吴晓芳最新考察发现,《西游记》小说正式的英译应该是始于 1884 年,起初出现在近代在华外国人创办的英文报刊上,随即被收录在用英文撰写的中国文学史和故事选集中,接着才以单行本的形式独立成书。

年至 1983 年,但他在 1964 年就已经开始了《西游记》的翻译工作,而余国藩从 1973 年才开始,因此詹纳尔比余国藩早了近 10 年。

詹纳尔翻译《西游记》时以"《西游证道书》为底本,参校了'世德堂本'"①,比韦利依据的 1921 年亚东图书馆出版的《西游记》新版更具权威性,这也是确保译语文本能完整再现原著的基本前提。詹纳尔着手翻译之前曾写信给韦利,问他是否介意自己翻译完整版的《西游记》,之所以这样做完全出于对韦利的尊重。事实上,他内心对韦利充满了感激,因为正是韦利译本让他与《西游记》结缘,逐步走上汉学研究之路,并有机会重译《西游记》。若没有韦利,所有这一切也许根本不可能发生。对于这次重译,他担心会冒犯韦利,所以特意写信询问,但韦利的回复是并不介意,还亲切地祝他一切顺利。1965 年 5 月,詹纳尔已经完成了前 17 章的初译。1965 年 8 月,合同到期后他回到英国,进入刚成立不久的利兹大学汉学系担任讲师,但始终未放弃《西游记》的翻译。1979 年,外文出版社委托戴乃迭邀请詹纳尔回到外文出版社继续《西游记》的翻译工作,詹纳尔毫不犹豫地答应了。当年 7 月,詹纳尔利用暑假回到北京,之后每年暑假亦如此,终于在 1985 年完成整部《西游记》的翻译。

与《西游记》之前的诸多译者相比,詹纳尔不仅是第一个全译实践

---

① 石昌渝:《前言》,载《西游记(大中华文库:汉英对照)》,吴承恩著,詹纳尔译,长沙:湖南人民出版社,2013 年,第 32 页。

者,还使用了更多的异化翻译策略。在他之前的汉学家译者无一例外采取归化翻译策略,有时甚至对源语文本进行意识形态领域的操纵和改写,由此导致某种程度的源语文本的扭曲和变形。比如,李提摩太(Timothy Richard)和海耶斯(Helen M. Hayes)的节译本均渗透了浓厚的基督教意识形态,从他们的标题翻译便可见一斑。晚清来华传教士李提摩太将书名直接改译为《天国之行》(*A Mission to Heaven*),由此将原著中的西天取经转化成找寻天国之路。海耶斯翻译的《佛教徒的天路历程》虽然在标题中保留了佛教意味,但实际上也对唐僧形象进行了重构,使之与英国作家班扬的作品《天路历程》中的主人公"基督徒"极具相似之处。韦利译本虽然没有明显加入西方的意识形态,但也对原著肆意删减,只保留了与孙悟空相关的故事情节,并将书名直接改译为《猴》(*Monkey*),以凸显孙悟空的形象。不同于以上译者,詹纳尔改弦更张,首次使用异化翻译策略,尽力保留《西游记》原著中的异质性。下面是个典型的异化法译例:

原文:那刘洪睁眼看见殷小姐面如满月,眼似**秋波**,**樱桃小口**,**绿柳蛮腰**,真个有**沉鱼落雁**之容,**闭月羞花**之貌……(卷一,第 272 页)①

詹译:Liu Hong stared at Miss Yin, and saw that her face was like a full moon, her eyes like **autumn waves**, **her tiny mouth like a cherry**, and **her waist as supple as a willow**; her charms would have **made fishes sink and wild geese fall from the sky**, and her beauty **put moon and flowers to shame**.(卷一,第 273 页)

"秋波""樱桃小口""绿柳蛮腰""沉鱼落雁""闭月羞花"等都是典型的具有中国特色的语言表达,但詹纳尔通过异化的翻译策略,完全保留了原语文本中独具中国特色的文化意象。

---

① 本文选取的詹纳尔译文均摘自:《西游记(大中华文库:汉英对照)》,长沙:湖南人民出版社,2013 年。

詹纳尔认为,因为《西游记》是发生在中国古代的事情,所以翻译时尽量避免使用具有明显当代特色的英语,原文中的习语不能译得太过归化,不能译成地方特色浓厚的英语①,这些都表明了他对保持原著异质性所进行的努力。

虽然詹纳尔努力再现原文的全貌,但他认为"呈现精彩的故事是要不遗余力的"②。考虑到读者的接受能力,詹纳尔也适度采取了流畅翻译法,通过释义、类比等多重手段来实现意义的移植,坚持弘扬韦氏译本的轻松娱乐之功能,"如果读者能够从阅读《西游记》中获得我在翻译过程中所感受到的一些乐趣,我的努力就没有白费"③。再看下面的译例:

> 原文:(老者说:)"你虽是个**唐人**,那个恶的,却非**唐人**。"悟空听罢很是生气:"你这个老儿全没眼色!唐人是我师父,我是他徒弟!我也不是甚'**糖人,蜜人**',是齐天大圣。……"(卷一,第476页)

> 詹译:"I'm no Tang man or Spike man,I'm the Great Sage Equaling Heaven."(卷一,第477页)

此例中的原句出自第十四回:孙悟空和唐僧想在一庄院借宿一晚,庄院主人是一位老者,被孙悟空的长相吓着了,以为是鬼怪,只敢和唐僧说话,于是有了上面这段老者和孙悟空之间的对话。孙悟空故意装糊涂,利用"糖人"和"唐人"的谐音,玩起了文字游戏,要忠实移植难度非常大,詹纳尔通过类比的方式进行了改译,其译文中的 Tang 可指连接凿子与其手柄之间的"柄脚",而 spike 有"大钉"之意,"柄脚"与"大钉"之间有着较密切的联系,所以用来类比"糖人"和"蜜人"也是合情合理的。

---

①参见 W. J. F. Jenner: "Journeys to the East, 'Journey to the West'," *Los Angeles Review of Books*, Feb 3, 2016.

② Ibid.

③ 詹纳尔译:《西游记(大中华文库:汉英对照)》(第六卷),长沙:湖南人民出版社,2013 年,第 3373 页。

尽量不用注释是詹纳尔追求译文流畅性的重要手段,这也是其译本与余国藩译本最大的不同。在他看来,《西游记》是一本为消遣和娱乐而写的书,所以译本中不应充斥乱七八糟的脚注。詹纳尔对佛教和道教的了解非常有限,对中国"三教合一"的历史传统知之甚少,这一点他也有自知之明。不过在其合作者中国学者汤伯文帮助下,他解决了不少翻译难题。为增强故事的可读性,詹纳尔对涉及佛教和道教的内容均做了简化处理,比如"般若"直接译成了"deep insight","三界"译成"Three Worlds","舍利之光"译成"a sacred light"。他写道:"只要读者被故事所吸引,他们就不想被分散注意力,不想被迫阅读那些不计其数的关于佛教徒、道教徒和其他材料的注解。"詹纳尔还说:"因为这是一本篇幅很长的书,所以语言要流畅,节奏要轻松、自然,能够引导读者毫不费力地读完一页又一页。理想情况下,他们应该忘记正在阅读的是译文。"①在对译语文本的功能定位方面,詹纳尔明显受到了韦利的影响,将娱乐功能的呈现放在首位,并不在乎呈现原语文本"三教合一"的宗教文化内涵和学术价值。詹纳尔认为,那些想要获得学术参考的读者可以随时求助于余国藩的版本。

总体而言,如果说韦利的节译重在彰显《西游记》的娱乐功能,余国藩的深度翻译重在传达原语文本的学术价值和文化功能,詹纳尔则采取了相对折中的翻译态度,努力在保持原著的完整性和满足目的语读者的悦读体验方面保持平衡。

1982 到 1986 年,外文出版社分三卷陆续出版了詹纳尔翻译的《西游记》英文全译本,这是继余国藩全译本后《西游记》的第二个英文全译本,之后外文出版社多次再版,并被其纳入"大中华文库"和"汉英经典文库"系列,在国内英语学习者中产生广泛影响,目前该译本也是"中国本土最为流行、影响最大的《西游记》英译版本"。② 在域外,依

---

① 参见 W. J. F. Jenner:"Journeys to the East,'Journey to the West'," *Los Angeles Review of Books*,Feb. 3,2016.

② 郑锦怀、吴永昇:《〈西游记〉百年英译的描述性研究》,《广西社会科学》,2012 年第 10 期,第 151 页。

据亚马逊官网和 WorldCat 图书馆数据库调查结果来看,詹纳尔译本在英语世界的影响虽然比不上韦利和余国藩的译本,但拥有的读者数量也不可小觑。

(二)"熊猫丛书"的重要译者

詹纳尔是到外文出版社工作后正式开始他的中国文学英译生涯的。他受命翻译的第一部作品是清朝末代皇帝爱新觉罗·溥仪的自传《我的前半生》。这是溥仪在抚顺战犯看管所中写下的"反省式"自传,记录了他从登基、流亡到接受新中国"改造"的全过程。詹纳尔将标题译为 *From Emperor to Citizen*: *The Autobiography of Aisin-Gioro Pu Yi*,跟原汉语标题相比,更直截了当地点明了溥仪从"真龙天子"被改造成为普通公民的历程。该书由外文出版社在 1964 年和 1965 年期间分上下卷两次出版,后来牛津大学出版社于 1988 年再版,引起国际社会的广泛关注。英国汉学家亨利·麦克拉维(Henry McAleavy,1911—1968)①认为:"詹纳尔先生的翻译相当令人钦佩。他很明智地省略了那些对外国读者来说可能有阅读障碍或缺乏兴趣的段落。"②

译完溥仪自传后,詹纳尔着手翻译《西游记》。由于多重原因,翻译过程时断时续,一直到 1985 年才最终完成译稿。但在这期间,詹纳尔还翻译并编撰了不少其他中国文学作品。1970 年,在英国利兹大学汉学系担任讲师的詹纳尔选编的《现代中国小说选》由牛津大学出版,并于 1974 年、1978 年、1981 年多次再版。该选集出版后,受到了评论界的广泛好评。有评论者指出:在当时已出版的中国小说英译集中,

---

① 麦克拉维的出生年学界存疑,一直有 1911 年和 1922 年两种说法,本书采用 1911 年的说法。

② Henry McAleavy: "Review of *From Emperor to Citizen*: *The Autobiography of Aisin-Gioro P'u Yi*. by W. J. F Jenner," *The China Quarterly*,Vol. 27,1966,pp. 180-182.

几乎没有哪部像詹纳尔选编的《现代中国小说选》如此受欢迎。[①] 结合当时的时代背景，我们可以更好地理解这部选集的历史价值。就中国现代小说的英译史而言，1936 年由埃德加·斯诺编撰出版的《活的中国》(*Living China*：*Modern Chinese Short Stories*)应该算是第一部，但自那以后，一直到 1970 年，大约只有六本中国文学选集在西方世界出版。虽然北京外文出版社不时也出版一些新兴作家的短篇小说英译选集，但由于正处在冷战时期，对于西方读者而言，要获取这些选集并非易事。因此，詹纳尔编撰出版的这本中国现代小说英译选算得上是及时雨，能够帮助英语世界读者动态地了解中国文学现状和进展。

在这本选集中，詹纳尔选取了 19 位作家共计 20 部作品，时间跨度为五四运动前后到 20 世纪 60 年代早期，是当时外译文学中最全面的中国现代文学选集。选取的作家不仅包括鲁迅、茅盾和老舍等知名作家，也有在 20 世纪五六十年代崭露头角的新兴作家。詹纳尔对新兴作家的推广得到评论家的积极肯定。此外，评论界对该选集的主题内容也给予高度评价。美国加州大学圣迭戈分校历史系教授毕克伟(Paul G. Pickowicz)认为，"与其他选集不同的是，这部选集以中国农村为背景，以农民为焦点——尤其关注长期被忽视的中国妇女的革命转型问题"[②]。中国女性是反复出现的主题，从鲁迅的《祝福》、柔石的《为奴隶的母亲》，再到赵树理的《孟祥英翻身》等，不同故事中女性人物的命运总是时刻牵动着读者的心，引领读者一起见证她们从最开始的被动忍受折磨、违背内心的屈服，逐步过渡到终于奋起反抗并成为自己命运的主人。此外，这些故事基本上都是描写农村生活的。詹纳尔也特意把这些故事按时间顺序排列，直观地反映了中国从五四运动

---

① Swan P. Chong："Review of *Modern Chinese Stories* by W. J. F Jenner," *International Fiction Review*，Vol. 3，1976，p. 271.

② Paul G. Pickowicz："Review of *Modern Chinese Stories* by W. J. F Jenner, Gladys Yang," *The Journal of Asian Studies*. Vol. 30，No. 4，1971，pp. 888 - 889.

前后到 20 世纪 60 年代早期农村生活方式的发展变化。选取的故事中,解放前和解放后的故事有一个显著区别:在解放前的故事中,有一种明显的阴郁和忧郁的情绪,故事中的人是异化和无助的,生活的环境是压抑的、非人性化的,鲁迅和柔石的作品尤其如此。而在解放后的作品中,虽然同样描绘了生活的艰辛和人与人之间的冲突,但整个氛围是高昂的,生活目标是明确的,那就是要建设一个新社会。这种解放前后的鲜明对照对宣传社会主义新中国无疑具有积极正面的意义。

詹纳尔在书中对中国文学发展的各个方面进行了概括性描述,在每一个(或一组)故事之前都有对作者的介绍,并把这些故事放在一个历史进程的背景中,提出了它们之间的内在联系。尤其值得一提的是,詹纳尔在书中抛弃了过时的韦氏拼音系统,而改用现代汉语拼音。他所收录的作品中,有三篇鲁迅作品是由杨宪益翻译的,还有两篇是外文出版社的出版物再版,其余作品均由詹纳尔翻译。有评论者认为:"以任何标准来衡量,翻译绝对是一流的。"①

20 世纪 80 年代,詹纳尔参与了外文出版社推出的"熊猫丛书"翻译计划。这套丛书的主策划是时任《中国文学》主编的杨宪益,旨在以此推动中国文学,特别是当代文学"走向世界"。据说杨先生之所以将工程以"熊猫"来命名,是基于以下两点原因:一是因为"熊猫"的英文拼写 Panda 开头的字母是 P,与当时在英语世界销售很好的"企鹅丛书"(Penguin Books)的首字母一样;二是熊猫是中国的国宝,具有象征意义。② 该翻译工程于 1981 年正式启动。1982 年,詹纳尔翻译出版了鲁迅的诗歌。1985 年,詹纳尔翻译了作家丁玲的《莎菲女士的日记》及其他作品。丁玲是中国现代著名女作家之一,《莎菲女士的日记》是丁玲的成名作,也是中国现代文学史上最优秀的短篇小说之一。

① Swan P. Chong:"Review of *Modern Chinese Stories* by W. J. F Jenner," *International Fiction Review*, Vol. 3, 1976, p. 271.
② 耿强:《中国文学:新时期的译介与传播——"熊猫丛书"的译介与传播》,天津:南开大学出版社,2019 年,第 46 - 47 页。

第四章　汉学家与中国古代章回小说的英语传播(下)

在 20 世纪 80 年代，"丁玲作品被翻译成英文的数量与其作为'中国著名作家之一'的名声相去甚远"①。因此，这本丁玲作品译文集的出版可谓应需而生。虽然丁玲的作品在 20 世纪 30 年代开始出现在英文选集中，但这次由詹纳尔重新翻译并首次发行单行本。詹纳尔的译本涵盖了从 1928 年到 1941 年期间丁玲所写的作品，文集收录的作品并非詹纳尔挑选，而是由丁玲自主决定，所选作品主要描述上海时尚又进步的青年到延安窑洞村落的故事，有助于增强域外读者对中国共产党领导下迅速成长起来的社会主义革命新青年的认识。

1986 年，詹纳尔与其第一任妻子、汉学家迪莉娅·达文（Delia Davin，1944—2016）合作翻译出版了张辛欣与桑晔合作完成的中国首部口述史《北京人：一百个普通人的自述》（*Chinese Lives：An Oral History of Contemporary China*）。②"口述历史实录"最初盛行于欧美。张辛欣与桑晔两位中国作者受到美国作家斯特兹·特克尔（Studs Terkel）的作品《美国梦寻》的启发，率先在国内采用"口述实录"形式，记录普通中国人的日常生活，在当时引起极大轰动。学术眼光敏锐的詹纳尔和迪莉娅·达文注意到这部文集的国际传播价值，立马着手谋划翻译出版工作，很快由伦敦企鹅出版社推出。

这里有必要简要介绍一下詹纳尔的第一位妻子迪莉娅·达文。达文是英国汉学界研究中国妇女问题的先锋人物，她在该领域的开创性研究为汉学界瞩目，出版的专著《妇女工作：革命中国的妇女和党》（*Woman-Work：Women and the Party in Revolutionary China*，1976）是对中国妇女和共产党的开创性研究，此外她还发表了研究中国移民和毛泽东的著作。达文比詹纳尔小 4 岁，1963 年与詹纳尔一同

---

① Yi-tsi Mei Feuerwerker："Reviewed Work：*Miss Sophie's Diary and Other Stories* by Ding Ling, W. J. F. Jenner，" *Chinese Literature：Essays，Articles，Reviews*，Vol. 8, No. 1/2, 1986, p. 115.

② Jonathan Unger："Reviewed Work：*Chinese Lives*. by Zhang Xinxin, Sang Ye, W. J. F. Jenner, Delia Davin，" *The Australian Journal of Chinese Affairs*，Vol. 21, 1989, pp. 182 - 183.

来到北京时只有 19 岁,但两人已相识相恋并结为夫妻了。詹纳尔在外文出版社工作期间,达文在中国传媒大学教授该校首届英语专业的学生。1965 年双双回到英国后,詹纳尔应聘到利兹大学汉学系做了助理讲师,达文则成为汉学专业的一名学生,从此开启了汉学研究之路,并迅速成长为汉学领域极具影响的妇女研究专家。1975 年,她回到北京,受邀到外文出版社从事翻译工作,不过此时已经和詹纳尔离婚,独自带着 5 岁的儿子生活。不久后她回到英国,在约克大学(York University)工作多年,帮助创建了女性研究中心(Centre for Women's Studies)。后来,她转到利兹大学东亚研究系工作,并于 1997 年至 2001 年期间担任系主任。达文 2004 年退休后成为该系中文名誉教授,继续从事研究和写作,于 2016 年离世。

詹纳尔则于 1988 年结束了在利兹大学的教书生涯,转到澳大利亚国立大学任教。詹纳尔和达文虽然夫妻缘分已尽,但两人在学术道路上还是有交集的,共同编撰完成张辛欣与桑晔作品的译介工作便是明证。在一定程度上,达文对中国妇女问题的研究也促进了詹纳尔对丁玲、张辛欣等中国女性作家的关注和译介。

(三)《洛阳伽蓝记》的研译者

自 20 世纪 80 年代以来,中国改革开放政策的实施促进了中国文学文化"走出去"活动进一步向纵深发展,由此也吸引了越来越多的汉学家关注中国现当代文学译介问题。1986 年 6 月,在德国召开了一个主题为中国当代文学的国际会议,参会者围绕中国文学在域外的传播与接受展开了热烈讨论,13 名参会者的发言稿后经葛浩文编撰后以《不同的世界:当代中国写作及其读者》(*Worlds Apart:Recent Writing and Its Audiences*)之名于 1990 年出版。詹纳尔作为参会者之一,他的发言稿《无法超越的藩篱?——论中国文学作品英译在西方的接受状况》("Insuperable Barriers? Some thoughts on the Reception of Chinese Writing in English Translation")也被收录其中。在文中,詹纳尔对如何促进中国文学英译作品域外接受进行了全面系统的阐述。在他看来,有多重原因导致了中国现当代文学作品不被英语读者所认可,为提升其域外接受效果,需要在翻译选材、译作质量和出版发行等方面加以改进。①

首先,詹纳尔认为中国文学英译应该看作"一个营销问题"。在选材方面,要注意拿出"与众不同"或者"物美"的产品来,否则根本无法吸引读者的注意力,因为"不专门研究中国文学的西方人,没有任何阅读中国当代文学作品的义务"②。因此,没有理由、也没有必要抱怨普通英语读者不喜欢中国文学作品,而是要想方设法去"招揽读者,然后把他们变成回头客"③。其次,在出版发行方面,詹纳尔认为中国的出版社应该联合国外出版社特别是国外商业出版社来进行出版发行。他以老舍作品为例,认为其英译作品之所以取得成功,就是因为都是由纽约和伦敦的商业出版社出版的。④ 最后,对于中国文学英译质量,詹纳尔充分肯定了杨宪益、戴乃迭夫妇的译作,认为就中国现代文学作品英译者的成就而言,他们"一定会名列榜首"⑤,但他也结合具体译例指出了诸多其他中国译者的糟糕译文,认为在选词及语言节奏方面都不符合英语读者的阅读习惯,并指出"用一门外语来生动表现文学作品几乎是不可能实现的根本性难题"⑥。一晃 20 多年过去了,他的诸多观点今天看来仍具有很强的前瞻性和建设性,对于新世纪以来的中国文学"走出去"探索仍具有十分重要的启示意义。

前面主要评述了詹纳尔在助推中国文学对外译介和传播方面所做的贡献,其实他还是研究中国历史和文化的专家,针对洛阳历史、中国革命等多个研究主题著书立说,发表自己的独到见解。詹纳尔在牛

① 詹乃尔:《论英译中国文学作品的接受情况》,载马会娟等编译《彼岸的声音——汉学家论中国文学翻译》,天津:南开大学出版社,2019 年,第 159 页。
② 同上书,第 152 - 153 页。
③ 同上书,第 154 页。
④ 同上书,第 161 页。
⑤ 同上书,第 163 页。
⑥ 同上书,第 163 页。

津大学攻读博士学位期间,毕业论文研究领域便是洛阳公元5世纪到6世纪的历史,后来基于该研究成果写成了学术专著《洛阳伽蓝记》,于1981年由牛津大学出版社出版。

该专著主要包括两部分:一是对北魏时期洛阳的历史、作用和性质的研究;二是对《洛阳伽蓝记》的研究及翻译。《洛阳伽蓝记》简称《伽蓝记》,是南北朝时期抚军司马杨炫之重游洛阳时所作,书中历数北魏洛阳城的佛寺,对寺院的缘起变迁、庙宇的建制规模及与之有关的名人逸事、奇谈异闻都有记载,是中国古代重要佛教史籍,在国际汉学界享有一定的地位。詹纳尔译本是英语世界出版发行的首个《洛阳伽蓝记》英译本,比美籍华裔学者、南北朝史专家王伊同译本的出版还早了三年。詹纳尔的翻译受到了评论家的好评,认为"译文的忠实令人钦佩,但译者并没有陷入直译主义的泥淖,而是避免了令人难以读懂的译法"①。

詹纳尔一生辗转于中国、英国和澳大利亚,外文出版社可谓他翻译事业的起点,后来在利兹大学工作期间仍然积极参与中国的翻译项目。1988年,詹纳尔从利兹大学转到澳大利亚国立大学工作。1997年,他回到英国诺维奇东安格利亚大学做访问教授,随着年事已高,和中国的合作也变得日渐稀疏,但他译介的那些中国文学作品仍然被各家出版社多次重印,仍然还拥有数量众多的读者。作为我国国家翻译队伍里曾经最重要的外来译者之一,詹纳尔对中国文学文化对外译介做出了许多开创性贡献,对中国文学"走出去"所面临的困境也提出了自己的独特思考,在新中国成立以来的对外宣传史上留下了浓重的一笔。而今,詹纳尔已进入耄耋之年,当他回首望来路,也许不免感叹:少年情迷《西游记》,终身汉学心中系啊!

---

① Dennis Grafflin:"Review of *Memories of Loyang*:*Yang Hsüan-chih and the Lost Capital* (*493-534*). by W. J. F. Jenner,"*The Journal of Asian Studies*,Vol. 42,No. 1,1982,p. 136.

詹纳尔主要汉学著译年表

1964	*From Emperor to Citizen*：*The Autobiography of Aisin-Gioro Pu Yi*．*Vol*．1［《我的前半生》（上）］. Peking：Foreign Languages Press
1965	*From Emperor to Citizen*：*The Autobiography of Aisin-Gioro Pu Yi*．*Vol* 2［《我的前半生》（下）］. Peking：Foreign Languages Press
1968	*The New Chinese Revolution*（《新中国革命》）. San Francisco，Calif：Bay Area Radical Education Project
1970	*Modern Chinese Stories*（《现代中国小说选》）. Oxford：Oxford University Press
1979	*Havoc in Heaven*：*Adventures of the Monkey King*（《美猴王大闹天宫》）. Beijing：Foreign Languages Press
1981	*Adventures of the Monkey King*（《美猴王历险记》）. Singapore：Singapore Book Emporium
1981	*Adventures of Sanmao the Orphan*（《三毛历险记》）. Hong Kong：Joint Publishing Co.
1981	*Memories of Loyang*．*Yang Hsüan-chih and the Lost Capital*，*(493 － 534)*（《洛阳伽蓝记》）. Oxford：Clarendon Press
1982	*Lu Xun*：*Selected Poems*（《鲁迅诗选》）. Beijing：Foreign Languages Press
1982	*Journey to the West*．*Vol* 1（《西游记》第一卷）. Beijing：Foreign Languages Press
1984	*Journey to the West*．*Vol* 2（《西游记》第二卷）. Beijing：Foreign Languages Press

1984	*Chinese Satire and Humour*：*Select Cartoons of Hua Junwu (1955‑1982)*（《华君武漫画选（1955—1982）》）. Beijing：New World Press
1985	*Miss Sophie's Diary and Other Stories*（《丁玲小说选：〈莎菲女士的日记〉及其他》）. Beijing：Panda Books /Chinese Literature Press
1986	*Journey to the West*. *Vol* 3（《西游记》第三卷）. Beijing：Foreign Languages Press
1986	*Chinese Lives*：*An Oral History of Contemporary China*（《北京人——一百个中国人的自述》）. London：Penguin Books
1988	*China*：*A Photohistory*，*1937‑1987*（《照片里的中国（1937—1987）》）. New York：Pantheon Books
1992	*The Tyranny of History*：*The Roots of China's Crisis*（《专制史：中国危机的根源》）. London：Penguin Books
1993	*A Knife in My Ribs for a Mate*：*Reflections on Another Chinese Tradition*（《为朋友两肋插刀：对中国另一传统的反思》）. Canberra：Australian National University
1994	*Journey to the West*：*An Abridged Version*（《西游记》简写本）. Hong Kong：Commercial Press
1999	*The Chess Master*（*Simplified Chinese-English Bilingual Edition*）［《棋王》（中英对照简体中文版）］. Beijing：Chinese Literature Press &Foreign Language Teaching and Research Press
2005	*The Chess Master*（*Traditional Chinese-English Bilingual Edition*）［《棋王》（中英对照繁体中文版）］. Hong Kong：The Chinese University of Hong Kong

第四章　汉学家与中国古代章回小说的英语传播（下）

她的手断了她的海悬在纸上
隔开一寸远墨迹的蓝更耀眼
体温凝进这个没有风能翻动的地方
　　　　　　　　　　——杨炼《叙事诗》

her cut-off hands above the page her ocean hanging
a single inch away the blue ink still more dazzling
body heat curdles into a place the wind can't blow down
　　　　　—*Narrative Poem*，trans. by Brian Holton

四 苍劲奇辞传《水浒》
清灵诗语寄朦胧
——英国汉学家霍布恩译《水浒传》

英国汉学家
霍布恩
Brian Holton
1949–

"翻译家,鬼笔捉刀人,幽灵创作者"①,国内主办方在一场文学翻译的讲座中曾对他如是描述。《泰晤士报》(*The Times*)曾授予他"斯蒂芬·斯潘德诗歌翻译奖"(Stephen Spender Poetry Translation Prize)。《苏格兰人报》(*The Scotsman*)亦称他是"同一代人中最重要的中文译者"②。他就是英国著名汉学家——霍布恩(Brian Holton,1949—),"英国汉英翻译最出色的三位译者之一"③,中国当代著名诗人杨炼④诗歌的主要英译者,《水浒传》苏格兰盖尔语(Scottish Gaelic)译本的译者。如果说"翻译家"之称与各大权威媒体的褒奖,是国内外译界对霍布恩翻译工作的充分认可,

---

① 2015 年 10 月 16 日,由中国文化研究所、香港中文大学、翻译研究中心联合举办的讲座"Renditions Distinguished Lecture Series on Literature Translation",主办方对霍布恩的简介是"翻译家(translator)/ 鬼笔捉刀人(ghostwriter)/ 幽灵创作者(ghost composer)"。

② "同一代人中最重要的中文译者"指的是把中文译成苏格兰盖尔语。

③ 孙会军、盛攀峰:《从欧美三大图书采购平台看现当代中国文学英译本出版情况(2006—2016)》,《国际汉学》,2020 年第 3 期,第 82 页。

④ 杨炼,当代著名诗人,朦胧诗的代表人物之一。杨炼以长诗《诺日朗》出名,1988年被中国内地读者推选为"十大诗人"之一。其诗歌被译成了多国语言,并多次获得国际性诗歌奖项。

那么"鬼笔捉刀人"与"幽灵创作者"即是对霍布恩译介特征的最佳总结。霍布恩对中国文学的译介主要集中在诗歌领域。自正式进入这个领域以来，霍布恩一直心怀热爱，勤握译笔，由古及今，纵横中西。他苍劲挺拔的笔力、灵隽幽艳的表达，以及独特的译介理念，都得到了中西译界的高度肯定。

（一）求索之路：意外的缘起与半生的探寻

1949 年 7 月，霍布恩出生在苏格兰边区的加拉希尔斯镇（Galashiels），他从小家里就有良好的语言学习环境。霍布恩的祖父和母亲伊瑟贝拉·凯瑟琳（Isobel Catherine Young，1923—2001）虽同是地道的苏格兰人，但都经多见广，精通英法双语。霍布恩的父亲西里尔·斯坦利（Cyril Stanley Holton，1918—1970）是爱尔兰人，会多种语言。霍布恩回忆起父亲时曾说：

> 他是一名受过传统双语教育（英语和法语）的军人，因战争被派遣去非洲。他当时在东非和西非学习了斯希西里语（Swahili），他还能讲一口流利的豪萨语（Hausa）。此外，他也能说一些约鲁巴语（Yoruba），以及西非官方的洋泾浜语（West Africa Pidgin）。①

霍布恩其实早在高中时代就开始了翻译的尝试。霍布恩跟着父母在尼日利亚拉各斯（Lagos）度过了自己的童稚时光。于 1955 年隆冬，6 岁的霍布恩才回到故土苏格兰。1961 年，霍布恩在拉伯特中学（Larbert High School）上学并于 1963 年顺利完成了学业。1963 到 1967 年间，霍布恩在加拉希尔斯学院（Galashiels Academy）接受教育。在这里，霍布恩学习了法语、拉丁语、希腊语，也学了些俄语。正

---

① 参见霍布恩在密歇根大学孔子学院的讲座："From the Dragon's Mouth：A Life in Translation"，https://www.youtube.com/watch?v=flrwUm5QH-U，2021 年 1 月 6 日。

是在这个时期,霍布恩运用自己所学的语言知识开始了翻译的尝试。此后他坚持了将近五六年的法语、拉丁语和希腊语翻译,并且野心勃勃地希望将来能够以翻译谋生。经过辛勤耕耘,霍布恩的确实现了愿望。只不过最终他翻译的不是法语、拉丁语、希腊语,而是令他自己也想不到的汉语。

霍布恩是1967年开始自学汉语的,自此他与中文结下了不解之缘。这一切,皆起因于一本中文古诗小册子。良好的语言基础与对文学的热爱,让霍布恩一得闲暇便去图书馆搜罗各国的诗歌小说等文学作品。一次,霍布恩在图书馆一隅发现了一本名叫《170首古诗选译》(*A Hundred and Seventy Chinese Poems*,1918)的中文古诗小册子,作者是亚瑟·韦利。这一意外发现让霍布恩惊讶不已。因为那时家里常常塞满了来自中国和日本的各种货物,但从来没有人告诉过霍布恩中国竟然还有这么优秀的诗歌!正是这份偶来的诧异与欣喜,为霍布恩将来的译介之旅播下了种子,也为其译笔下的繁花绽蕊埋下了伏笔。

霍布恩在爱丁堡大学(The University of Edinburgh)和杜伦大学(Durham University)的研修经历,对其后来的中诗英译之路产生了十分重要的影响。1971年,霍布恩考入了爱丁堡大学的汉语研究院,并以中文诗歌研究为专业方向潜心求索了四载。这期间,霍布恩本打算来华留学,但由于种种原因最后无奈放弃了。于是,霍布恩便利用这四年宝贵的时间专心研读中国文学经典,其中包括古代诗歌、小说和哲学等各类书籍。在这些书籍中,霍布恩对杜甫、李白、乔吉甫等人的诗歌,以及《水浒传》《西游记》等小说尤为爱不释手。由此霍布恩对古代中国十分痴迷。霍布恩认为,古代中国是一个辉煌与文明共存的帝国,历史文化源远流长;古代的语言也具有现代汉语无法比拟的典雅与精美。1975年,霍布恩从爱丁堡大学以优等生毕业;一年后,他又去了杜伦大学继续进修学位。进修期间,霍布恩注意到中国古代的诗歌批评文集、山水田园诗、山水画等文人作品,似乎都与"风水"中的观念有一定程度的契合。为了深究自己的发现,霍布恩选择了中国古代文人的宇宙思维(cosmological thinking)这一研究课题。霍布恩的这些研修经历,不仅让他具备了深厚的古诗文底蕴,也让他对中国古代文人及其诗作有了更深层次的理解。

霍布恩与《水浒传》有着深厚情缘。它既是他正式译介中国文学的开始,也是他对中国文学满腔热血的见证。1978年至1985年,霍布恩从事了许多与中文并不直接相关的工作;但为终有一天能够鸿鹄得志,霍布恩一直坚持着白天工作晚上翻译的习惯。1980年,他怀着对故土苏格兰深沉的爱和对中国古代文学深沉的情,在磕磕绊绊中开始了对中国名著《水浒传》的译介。尽管霍布恩对最后的结果不甚满意,但客观上这是他正式手执译笔横涉中西的伊始。1985年受老师邀请,霍布恩参与了爱丁堡大学中文系的金圣叹研究项目。不料加入项目后不久,资金短缺等困难接踵而至。在一次语言研究部门的研讨会上,其他大语系研究人员一致认为中文是次要的边缘语言,没必要挪用太多资金。一些资历较老的成员也都表示默许。只有霍布恩满腔不平地站起来,有条不紊地问会议主席:

> 请您告诉我,除了中文,这个世界上还有哪门语言,能以如此卷帙浩繁的文献,让文学文化在历史、战争的长河中经久不衰地存留? 那么,他们所说的边缘,又是以什么为参照呢? 另外,顺便问一句,时至今日,欧洲中心主义和种族歧视之间的区别又在哪?①

尽管霍布恩愤愤不平地据理力争,最后他的提议还是被拒绝了。

1988年,霍布恩第一次来到中国,他先去了杭州,之后在宁波大学执教一年。初到中国,霍布恩对杭州当地人讲的普通话百般疑惑,因为它与自己曾在BBC广播听到的"京味"普通话有很多不同。在宁波生活一年后,他讲的普通话会不自觉地带有南北方不同的口音。几年

---

① 参见霍布恩在密歇根大学孔子学院的讲座"From the Dragon's Mouth:A Life in Translation",https://www.youtube.com/watch? v=flrwUm5QH-U,2021年1月6日。

后,霍布恩在北京与华人作家郭莹①相识并结婚。郭莹就时常被霍布恩独特的普通话发音逗得捧腹大笑。

在宁波大学执教一年后,霍布恩发现自己真正想做的还是文学翻译。1989 年,霍布恩重新回到苏格兰,在爱丁堡大学的东亚研究系担任讲师,教授中国古典和现代文学。20 世纪 80 年代末到 21 世纪初,霍布恩间或有与著名汉学家霍克思和闵福德共事的经历。他们的成就与高质量著作,让霍布恩十分敬佩;霍克思与闵福德对霍布恩的译介工作也十分认可。霍布恩英译的屈原的《九歌》,其中就有四篇收录进了祝贺霍克思 80 寿辰的纪念文集之中。

与杨炼合作关系的正式建立,是霍布恩中文诗歌译介之路的重大转折。1991 年,还在爱丁堡大学执教的霍布恩,经一位认识杨炼的朋友推荐,英译了一册杨炼的诗集。就此,霍布恩正式开始了他的自由译者之路。1992 年 7 月,霍布恩去了杜伦大学的东亚研究所任职,继续教授中国文学。在这一年,霍布恩英译的《杨炼诗集》得到了杨炼本人的肯定。于是,一年后他们第一次互通了电话,一段超过 25 年的合作也就此发生了。与杨炼正式建立合作关系后,霍布恩便在中国文学译介的求索之路上马不停蹄。虽然,1993 年至 1997 年霍布恩在纽卡斯大学教中国文学与汉英翻译,2000—2009 年霍布恩在香港理工大学的双语研究系任教,负责教授中英翻译和文化研究,但是在这两段任教生涯里,霍布恩译著颇丰、成就斐然。这些译著以中国现代诗英译为主,同时也涉及古诗的译介。2009 年,霍布恩退休,但他认为这是自己作为一名译者的重生,于是他便在翻译上投入了更多精力,并一直译笔不辍,佳作频出。他的这些诗歌翻译佳作也"得到了汉学界及中国诗人们的高度认可"②。

---

① 郭莹,英籍华人,世界华文作家协会会员。著有环球行纪实作品《相识西风》和国内外首部群体老外在中国纪实作品《老外侃中国》。

② 杨安文、牟厚宇:《从比较文学变异学视角看霍布恩英译柏桦诗歌》,《中外文化与文论》,2019 年第 3 期,第 350 页。

(二)古诗文译介:沉醉其中与"为我所用"

　　《水浒传》是中国古典小说"四大名著"之一,中国历史上第一部用白话文写成的长篇小说。其以极具艺术光辉的人物刻画、"史诗般广阔"①的情节结构、豪旷洗练的语言表达,对中国文学乃至东亚文学都产生了深远影响。《水浒传》亦被译成了多国语言,在海外流传甚广。怀着对中国古代文学的热爱,霍布恩在学生时代就读过《水浒传》不同的英文旧译本,但他认为那些翻译大多粗糙艰涩,只有原文才会让自己真正沉醉到"产生想延迟毕业的念头"②。于是,他当时就产生了要"翻译出最好版本的《水浒传》"③的意向。

　　霍布恩在决定译介《水浒传》后,花了近五年时间尝试将其翻译成英文,但进展却并不顺利。在翻译过程中,霍布恩强烈地感到在英语相对成熟的语法体系的束缚下,自己很难把《水浒传》那种独特的语言风格完全呈现出来。经过一番深思熟虑,霍布恩觉得自己的第一语言苏格兰盖尔语本就具有自由生动、豪旷晓畅的特点,或许它能将《水浒传》中那种质朴的野性更好地重现。另外,在许多苏格兰人认为本族的文化正在坠落、被吞噬的背景下,霍布恩也对"苏格兰文艺复兴"(Scottish Renaissance)满怀期盼,他希望《水浒传》中"新颖的话语让苏格兰盖尔语克服弊端、重现生机"④。于是,霍布恩放弃了把《水浒

---

① 博尔赫斯:《博尔赫斯谈话录》,王永年译,上海:上海译文出版社,2008 年,第 308 页。

② 参见 2018 年 10 月 5 日,霍布恩在密歇根大学孔子学院的讲座"From the Dragon's Mouth: A Life in Translation",https://www.youtube.com/watch? v = flrwUm5QH-U,2021 年 1 月 6 日。

③ Bruno Cosima: Thinking Other People's Thoughts: Brian Holton's Translations from Classical Chinese into Scots. *Translation & Literature*, Vol. 27, No. 3, 2018, p. 313.

④ Brian Holton, Willian Neil, etc.: *Fare Ither Tongues: Essays on Modern Translation into Scots*. ed., Bill Findlay. Clevedon: Multilingual Matters Ltd., 2004, p. 5.

传》译成英文的想法，并最终决定将其译成苏格兰盖尔语。就这样，霍布恩成为第一个将《水浒传》译成苏格兰本族语的译者。不仅如此，他也是"目前唯一一位把中文译成苏格兰盖尔语的翻译家"①。1980 年，霍布恩的苏格兰盖尔语译本 *Men o the Mossflow*（*Shuihu Zhuan*）发表于苏格兰《艺术与科学》（*Arts and Science*）杂志上，这也是他第一次公开发表作品。

霍布恩译介的《水浒传》，一开始连载不断、备受好评，但后来杂志社以章节太长为由，拒绝继续发表他的译作。虽然寻找出版商无果而终，但霍布恩并未放弃翻译，而是将翻译的笔触从《水浒传》转向中国古代其他名家作品。20 世纪 80 年代早期，霍布恩译笔涉及的中国文人有：唐朝诗人李白和杜甫、元代散曲作家乔吉甫、明末清初著名文学批评家金圣叹等等。另外，他还译介了《诗经》中一些诗篇。

至于为何选择译介中国文学以及持何种标准选择译介对象，霍布恩在后来的一篇文章中有所提及。霍布恩在文中总结源语的选择缘由时，用建议的语气写道：

> 为何不将中文视作苏格兰盖尔语的养料呢？中文是世界上现存最为古老的文学语言，其文学的沃土更是广博深茂。从极其粗鄙低俗的表达，到最为凝练含蓄的措辞，凡是你寻求的，一切应有尽有。那么，为什么不从中文丰饶的沃土中汲取养料、为我所用呢？倘若苏格兰盖尔语能把中文译介处理运用得当，那么其他语言更不在话下。②

在这里霍布恩详细解释了自己译介中国文学的最初原因，其中不仅有对中国文学的敬佩和喜爱，更隐含着一层"为我所用"的意识与对故土苏格兰深沉的情意。在漫漫译介路上，霍布恩始终把自己的这一翻译

---

① Andrew Radford："Review of *Staunin Ma Lane*：*Chinese Verse in Scots and English*，" *Translation and Literature*，Vol. 25，No. 3，2016，p. 390.

② Brian Holton，Willian Neil，etc.：*Fare Ither Tongues*：*Essays on Modern Translation into Scots*. ed.，Bill Findlay，Clevedon：Multilingual Matters Ltd.，2004，pp. 24 - 25.

初衷铭记在心,并全力付诸行动。

在谈及如何从源语中选择译介对象时,霍布恩对自己早期的做法直言不讳,并辩证地评价了亚瑟·韦利的选择标准。基于此,他结合前人的成果、不足与自己的亲身经历,向其他苏格兰本族语译者提出了新的呼吁。霍布恩写道:

> 在这里我必须承认,此前,我只翻译了一些我能觉知其中意味的汉语文本。也就是说,还有些文本(尤其是诗),我的确就没有理解,也确实没能领会其中的幽默诙谐;至于一些典故、名言,更是捉摸不透。每每至此,我可能把那一整段都给跳过了⋯⋯中国诗歌是由亚瑟·韦利"创造"的,这在旧时期,被视为某种程度上的真理:他确实是个伟大的翻译家,但他只译那些听起来像是他自己写的诗。⋯⋯我们必须与那些能在我们内部产生共鸣的声音合作,其音色亦须是我们可以自信满满地予以重现的⋯⋯①

由此可见,霍布恩早期在选取译介对象时和亚瑟·韦利一样,都有"以我为主"的倾向。自己的审美偏好和文化层面的壁垒,都会对他们选择译介对象产生影响。但在霍布恩的呼吁中,其思想观念的变化也显而易见。首先,曾经的以"我"自己的审美为主,转变成了以"我们"苏格兰盖尔语的发展为主;或者说,他希望个人译介经验的总结,能对苏格兰人民自己的语言发展有所帮助。其次,他更加强调声音间的共鸣。这种共鸣既有目标语内部的,又有源语与目标语之间的。在目标语内部,他强调译入的文本在苏格兰文化中必须能被理解和接受;在源语与目标语之间,他强调选择的源语文本必须是用苏格兰本族语可译的。

选择中文、选择译介对象、选择具体文本,再尝试将它们译成英语或者苏格兰盖尔语,霍布恩在这种种抉择中的摸索与徘徊,似乎从未

---

① Brian Holton, Willian Neil, etc.: *Fare Ither Tongues: Essays on Modern Translation into Scots*. ed., Bill Findlay, Clevedon: Multilingual Matters Ltd., 2004, pp. 17 - 18.

停止。约 35 年后,霍布恩终于出版了自己的中国古诗译介集大成之作——《独立》(*Staunin Ma Lane — Chinese Verse in Scots and English*,2016)。这一译作最后以三种语言呈现(霍布恩同时把中国古诗译成了英语和苏格兰盖尔语),其中包含了《诗经》《楚辞》中的部分作品以及李白、杜甫、王维、陶渊明、马致远、乔吉甫、綦毋潜、张孝祥等诗人之作。著名汉学家闵福德在此书的封底推荐语中曾这样称赞道:"这些让人偏爱的中国古诗……读起来就像身穿苏格兰的传统男式褶裙,背系一壶家乡珍藏的纯酿威士忌,一路狂奔,直往非洲腹地,赶赴与儿时挚友之约……"①

在这部译作中,霍布恩的英译本笔力练达遒劲又朴实无华,他几乎是用与原诗同样简洁的笔墨和朴实的辞藻,使原诗带着自己的特质冲出了语言文化的壁垒,在审美上获得了第二次生命。例如,在陶渊明《停云》(Low Cloud)中的开篇,霍布恩将"蔼蔼停云,蒙蒙时雨"译为"Low clouds rolling,rolling;seasonal rain drizzling,drizzling."②。在綦毋潜《春泛若耶溪》(Drifting on Ruoye River in the Spring)中,霍布恩将"际夜转西壑,隔山望南斗"译为"Night falls,and I turn to the western corries;I watch the stars out beyond the slopes."③

从意境和艺术手法的审美再现来看,不难发现霍布恩英译中文古诗的功力之深。如在上例陶诗的英译本中,霍布恩以词语叠用的方法,行云流水般地重现了原诗叠字的运用,并在很大程度上再现了原诗乌云密布、季雨飘洒的意境。上例綦毋潜诗中那种夜色笼罩幽壑、星光洒满重重陡峰的险丽之境,在霍布恩的译文中仅是用寥寥数笔就得到了独到的再现。此外,霍布恩在英译中文古诗时,也存在着"创造性叛逆"与对妥协的创造性弥补。如在上例陶渊明原诗中,前一小句的"停云"与后一小句的"时雨"本有一动一静相互衬托之意,而英译本

---

① Brian Holton:*Staunin Ma Lane-Chinese Verse in Scots and English*. Bristol:Shearsman Books,2016.

② Ibid.,p. 10.

③ Ibid.,p. 11.

则从云雨一直处于运动状态的事实出发，将其全部描绘为动态的景象，并以前后两小句押尾韵来弥补对原诗意境重现的妥协。

尽管霍布恩在中文古诗英译中笔力老道、颇有成就，但他仍然深感力不从心，并认为对源语经典的重现永无止境。霍布恩"翻译的中国大量古典诗词被纳入牛津翻译家词典"[①]，得到了许多译介内人士的赞扬。但在谈及其他译者对杜甫诗的翻译时，他无奈感慨道："截然不同的文字系统掩饰着同一位诗人杜甫。问题的症结在于英译者无法将汉语文本的某些内在的品质完全地呈现。我们无法做到既体现经典的权威，又传达出课堂里的那份通俗。"[②]因此，霍布恩一向对自己的译文精益求精，以期使原诗的中文特质得到最大限度的重现。至于诗中无法重现的"内在品质"，霍布恩则会创造性地将其以另一种艺术化的方式呈现。

（三）今诗译介：鬼笔捉刀人与幽灵创作者

霍布恩对中国现当代诗歌的翻译，以朦胧诗派[③]重要代表诗人的作品居多。这些诗人包括北岛、顾城、欧阳江河、杨炼、芒克、海子和多多等。此外，他还翻译了也斯、西川、张枣、翟永明、柏桦和于坚等著名诗人的部分诗歌。在这些诗人中，霍布恩与杨炼合作时间最长，对其作品进行英译的数量也最多。他们的合作关系超过了 25 年，而且仍在继续。这一切都要从 1993 年的一通电话说起。

那天，霍布恩正在给杜伦大学的学生上中文课。突然，一位秘书

① 孙会军、盛攀峰：《从欧美三大图书采购平台看现当代中国文学英译本出版情况（2006—2016）》，《国际汉学》2020 年第 3 期，第 82 页。

② 霍布恩：《驶向天堂的码头——杨炼长诗〈同心圆〉译后记》，载海岸编译，《中西诗歌翻译百年论集》，上海：上海外语教育出版社，2007 年，第 636 页。

③ 朦胧诗派是中国诗坛 1980 年后出现的一个新诗派，亦称"朦胧派"。朦胧派诗人对光明世界有着强烈渴求，善于用一系列琐碎意象，隐晦地表达对社会阴暗的不满与鄙弃，这开拓了现代意象诗的新天地。其代表诗人主要有北岛、舒婷、顾城、江河、杨炼、海子等。

步履匆匆地过来告诉霍布恩,有一个紧急电话需要去接。可当霍布恩接过电话,听到的却是带有浓重"北京味"的声音。霍布恩回忆说:"杨炼讲着洪亮的'京味'英语,字正腔圆地说他已经看过我翻译的诗了,问我有没有兴趣翻译他的短篇诗集……我说,那为什么不呢……自那以后,我们就像一对老夫妻一样……"①

霍布恩与杨炼的合作就是这么开始的。第一通电话后,他们有两三年没有正式见面,但基于沟通和探讨基础上的合作从未停歇。霍布恩与杨炼合作的一种方法是,若不能见面,霍布恩则把翻译过程中不明白之处清楚地标记出来,通过信件或邮件发给杨炼,用中文告诉他自己哪里不能理解,问他能否写一段说明。杨炼也会仔细地予以回应。若能够见面,霍布恩便会与杨炼面对面进行长时间的探讨。他们合作的另一种方法是,霍布恩、杨炼与另一位以中文为母语的译者三人充分配合,共同参与到翻译中来。后者负责提供英文初稿。霍布恩在与杨炼充分探讨后,负责对初稿进行创造性的润色,以期最大限度地复现原诗特质。从最后的成果看,霍布恩与杨炼的合作模式获得了极大的成功。

尽管如此,他们的合作之路也并非一帆风顺。在霍布恩眼里,杨炼的诗奇丽幽艳,极具想象力,但这些诗往往又复杂艰深、难以表达。因此,霍布恩常常感叹与杨炼的合作虽然十分愉快有趣,但有时候也让人感到挫败连连、失去耐心。杨炼自己也认为诗歌翻译是非常具有挑战性和难度的。在一次访谈中谈到《同心圆》和《叙事诗》的翻译时,杨炼说他对译者的要求与期待是:"对原文的理解不仅在于内容,而且还有原文提出的美学要求,比如韵律、节奏、结构,乃至作为长诗的整体空间设计等等多个层次。"即便合作时有艰难,杨炼仍然"坚决不认

---

① 参见霍布恩在密歇根大学孔子学院的讲座"From the Dragon's Mouth: A Life in Translation",https://www.youtube.com/watch? v=flrwUm5QH-U,2021 年 1 月 3 日。

为诗歌是不能翻译的,只有译者水平的高低,没有能不能翻译这个问题"①。由此便可看出,杨炼对霍布恩的充分认可与极高赞赏。也正是在这种基于彼此信任的合作中,杨炼的诗歌在英语世界获奖不断,而霍布恩也声名远播。

《无人称:杨炼诗选》(*Non-Person Singular*:*Collected Shorter Poems of Yang Lian*,1994)是霍布恩与杨炼合作发表的第一部作品。由霍布恩独立翻译的诗集《大海停止处:新诗》(*Where the Sea Stands Still*:*New Poems by Yang Lian*,1999),荣获英国诗歌书籍协会推荐英译诗集奖。另一部与 Agnes Huang-chong Chan 共同翻译的《同心圆》(*Concentric Circles*,2005),被公认为杨炼最成功的作品。

从 1994 年的《无人称》到最新独立翻译的《叙事诗》(*Narrative Poem*,2017)出版,在近 25 年的杨炼诗歌译介路上,霍布恩为杨诗在海外的传播立下了汗马功劳。不仅如此,国内学者还指出,"陈顺妍和霍布恩对杨炼诗歌的译介都在客观上提升了翻译质量"②。

霍布恩对中国现当代诗歌的译介,也并不只限于杨炼的诗,他也翻译其他诗人的作品,而且也备受称赞,这主要体现在诗集《玉梯》(*Jade Ladder*:*Contemporary Chinese Poetry*,2012)的翻译中。这部中国现当代诗歌英译选集,由霍布恩和苏格兰著名诗人、翻译家威廉·赫伯特(William N. Herbert)领

衔翻译,杨炼、秦晓宇①共同选编。此诗集选一经发表,便在国际上引起好评。英国的《卫报》(*The Guardian*)就称《玉梯》绘制了中文文化的一张思想地图。② 这部诗集的翻译难度是十分巨大的。杨炼在谈到《玉梯》的选编标准时说道:"我们的一个标准就是不翻译那些容易翻译的诗歌。……所谓原创必须是极端的;越是不能译的诗歌,越在我们编选的考虑之内。"③但无论从译界人士的评价来看,还是从诗歌原作者的称赞来看,霍布恩在《玉梯》中的翻译都相当成功。格拉斯哥大学(University of Glasgow)著名学者安德鲁·雷德弗德(Andrew Radford)就认为"霍布恩是当今翻译中国古诗、现当代诗最敏锐的译者之一"④。在谈到霍布恩在《玉梯》中对著名诗人和诗歌批评家臧棣作品的翻译时,他又评价道:"霍布恩的翻译把臧棣的诗推进到了一个新的境界。"⑤诗人柏桦对霍布恩在《玉梯》中对自己诗歌的翻译更是赞不绝口:"他创造性的翻译转换使得译诗甚至超过了原诗"⑥。

作为手持鬼笔的捉刀人、译若幽灵的创作者,霍布恩对中国现当代诗歌的英译受学界一再赞誉也不无道理。这从霍布恩具体的翻译文本中即可窥豹一斑,明白霍布恩"鬼笔捉刀人""幽灵创作者"称号的由来。以下为杨炼《叙事诗》(*Narrative Poem*)的《诗章之一:鬼魂作曲家》("Canto 1:Ghost Composer")第四节,以及霍布恩对其翻译。

---

① 秦晓宇(1974),诗人、导演、文艺评论家,著有《虚度》《夜饮》《长调》等诗文集及诗论专著《玉梯——当代中文诗叙论》。2007 年,他获刘丽安诗歌奖。

② 参见 https://www.google.com/amp/s/amp.theguardian.com/books/2012/jul/06/jade-ladder-chinese-poetry-herbert,2021 年 1 月 12 日。

③ 杨炼、傅小平:《杨炼:别让你的一些手势沦为冷漠死寂的美》,《西湖》,2013 年第 10 期,第 91 页。

④ Andrew Radford:"Review of Jade Ladder:Contemporary Chinese Poetry,"*Translation and Literature*,Vol. 22,No. 1,2013,p. 143.

⑤ Ibid.,p. 148.

⑥ 杨安文、牟厚宇:《从比较文学变异学视角看霍布恩英译柏桦诗歌》,《中外文化与文论》,2019 年第 3 期,第 350 页。

原诗:小耳朵里肉还在流流入一种思想

　　小鬼魂忘情歌唱世界忘情逗留

译文:flesh still **flowing** in the little ears

　　　flowing into a **sort of** thought

　　　a little ghost calm in wordless **song**

　　　a world calm in **loitering** ①

　　这四小句是杨炼对自己刚出生时的描述。在霍布恩的译本中,首先彰明较著的是霍布恩欲重现"鬼魂"和"幽灵"的强烈意图。这种重现既包含"形"的相像性,又涉及"神"的肖似性。先从"形"上看。在杨炼原诗的四个小句中,各句句末一字是交叉押韵的。不仅如此,在这两两交叉对应的小句整句中,还有"肉""逗""流""留"之间的互压与声调回环照应,以及"想""忘""唱"的连环押韵。另外,在第一行与第二行句首,"小"也形成上下呼应的关系。在霍布恩的译诗中"in(to)"贯穿四个小句。第一、三句中的"loitering"与"flowing"压尾韵,"loitering"与"little"压头韵和中韵;在第二、四句中,"sort""thought""song"亦是有连环压中韵。霍布恩译诗中这种两两交叉对应的押韵,在某种程度上,基本复现了杨诗结构上的艺术特色。再从"神"来分析。杨诗的此四句虽短小精悍,但呈现的意境尤为深远。仿佛在此四小句诗交响乐般的轮廓结构中,那"小鬼"诡谲但清脆的歌声里传达着某种混沌的思想;这思想借歌声来表达、附音符而流动。在霍布恩的译文中,"神"的"肉体"(两者间名词意义的对等)是基本得到了重现的。重点在于"神"之"精魂"(名词与动词等其他成分组合后的意境体现)的传达。前两小句中,"肉"流入的"思想",是一种混沌的"思想",霍布恩的译诗较准确地描绘了这一情景。后两小句中,"小鬼魂"情不自控地"歌唱",它为"世界""逗留","世界"亦为它"逗留",这是一种对"生"的欢庆。但在霍布恩的译诗中"忘情"成了"calm",这无疑是没能

① Yang Lian: *Narrative Poem*. Trans. by Brian Holton. Northumberland: Bloodaxe Books,2017,pp. 32-34.

完全传达"神"之"精魂"的,可从某种程度上讲,他却是创造出了"神"的另一种"精魂"。

霍布恩把"捉刀人"与"创作者"二重身份充分融合。捉刀人是就传情达意而言的,而创作者则是需要将这种传情达意提升到艺术审美的层面。从以上分析可见,霍布恩已经相当准确地传达了原诗的"形"与"神"。即便他把"忘情"译作"calm",这在本质上仍是准确且具有艺术审美性的。原因在于这个刚出生的"耳朵"里"流"着"肉"的小鬼,确实无法"忘情""歌唱",于是它只会唱"wordless song",霍布恩译笔下与之照应的"世界"也只能是"calm"。这时霍布恩传达的是,杨炼艺术思想深处对"生"的沉思。只不过杨炼用欢庆来将沉思反照,而霍布恩持笔直入,创造性地把杨炼笔下的"鬼魂"与"幽灵"置于一个新的境地。当然,霍布恩译本中也的确存在缺陷,比如,为追求结构上的艺术体现,而折损了原诗思想上的艺术表达。原诗中运用反语的艺术,在霍布恩笔下成了某种一针见血的陈述,尽管他营造了另一个境界,但它终究是"隔"的。

(四)译介理念:新视角与新时代

霍布恩译介中国诗歌的成功,使他成了国际汉学界闻名遐迩的汉学家和翻译家。与此同时,他的译介理念也得到了学界的广泛认可,并为后代英译中国诗歌的译者提供了行之有效的借鉴。霍布恩的译介理念,涉及他对文学翻译、诗歌翻译的认识,对作者与翻译者关系的理解,以及对翻译实践的思考,等等。

霍布恩对文学翻译的特点有明确认识。他认为翻译是艺术的一部分,文学翻译更是如此。即便是在科技、法律、经济翻译等其他领域的翻译过程中,也会有艺术因素掺杂其中。霍布恩认为,尽管文学翻译类属于另一个范畴,但真正需要掌握的知识甚至比其他领域翻译还要多。也就是说每一位译者都应该"对万事略知一二"(know a little bit about everything)①。在诗歌翻译中,霍布恩对诗的特质与译诗者形象,亦有自己的审美倾向和独特描绘。在他的理解中,诗是紧凑的,有音律、有结构,可以翩翩起舞。相比于押韵,他认为诗的凝聚感与连贯性的结构更为重要。在霍布恩眼里,诗歌译者永远都在言语的意义中遨游。霍布恩这样描述:

> 他们时常借助字典与沉思,把一张稿纸写烂,再拾起另一张,如此不断重复。慢慢地,译者也许会发现诗的精魂开始凝结,它的雏形也开始显露真身,但更多时候是译者还没来得及凝神定睛,它却悄然地插翅而飞了。②

霍布恩对翻译者与作者的关系有着独到的理解。他时常思忖,在文学译作中,读者听到的到底是谁的声音呢? 不懂中文的读者购买杨炼的诗集,希望能听到他的声音。作为译者,霍布恩的任务是确保杨炼的声音被这些读者听见,但杨炼的声音,又必须通过霍布恩自己的声音表达出来。那么读者听到的到底是谁的声音呢? 霍布恩给出的答案是"团队的声音"。他一直强调译者和作者是一个团队,并一贯用"夫妻关系"来形容他与杨炼之间的合作。尽管霍布恩赞同"必须尽力使自己的声音消失,来为杨炼的声音做一个传声筒,继而让杨炼讲英文"③。但他认识到这是只是一个悖论,因为杨炼的声音只有通过他才能被听见,他必须是隐形的存在。因此,他在呼吁读者和译者合作的同时,也认为两者应该被平等对待。

霍布恩对如何翻译亦是见解颇深。霍布恩认为,着手翻译前确保目标语是译者的母语,这一点特别重要。霍布恩甚至强烈建议:"应该

---

① 参见霍布恩在密歇根大学孔子学院的讲座"From the Dragon's Mouth: A Life in Translation",https://www.youtube.com/watch? v=flrwUm5QH-U,2021 年 1 月 3 日。

② 同上。

③ Yang Lian: *Narrative Poem*. Trans. by Brian Holton. Northumberland: Bloodaxe Books,2017,p. 306.

坚定地告知那些想把中诗英译的中国年轻学生和学者,不要那样做!"①倘若非如此不可,也最好找母语是英语且有经验的译者合作。对此,他说:

> 要想提高汉英文学翻译的质量,唯有英汉本族译者之间的小范围合作。汉语不是我的母语,我永远无法彻底理解汉语文本的微妙与深奥;反之,非英语本族语的译者,要想将此类内涵丰富的文本翻译成富有文学价值的英语,且达到惟妙惟肖的程度,绝非是一件容易的事。可一旦同心协力,何患而不成?②

另外,他从自身经验出发,总结出只有大量实践才能做好文学翻译的观点。他在《叙事诗》的《译后记》里就说:"我是在翻译中学习的翻译,这是唯一的办法。"③基于此,霍布恩认为翻译实践是不应该受翻译理论束缚的。因为所有的理论都是实践基础上的总结,而翻译是一门技艺,没有哪种技艺是可以直接通过理论文本习得的;并且,理论只是具有假设性的文本,它的可信与否最终还需要通过实践来求证。对于翻译诗歌,霍布恩坚持诗歌译者首先必须思考的不能是如何感动他人,而是如何借助那些凝结着诗人心血的诗句,潜入自我的灵魂去寻找真理。也就是说,译诗者的任务不能只是关注文字本身,而是要深入诗的内部进行挖掘,进而深入我们自己——去寻觅真理的藏身之地,并且用诗的语言去表达它。

霍布恩的译介理念,得到了国内译界不少学者的认同与深思,也对中国文学"走出去"具有一定的借鉴意义。例如,霍布恩在《同心圆》的《译后记》中提出,本族译者间需要小范围通力合作的理念。著名诗

---

① Brian Holton："When the blind lead the blind：A response to Jiang Xiaohua," *Target*，Vol. 22，No. 2，2010，p. 349.

② 霍布恩:《驶向天堂的码头——杨炼长诗〈同心圆〉译后记》,载海岸编译,《中西诗歌翻译百年论集》,上海:上海外语教育出版社,2007年,第638页。

③ Yang Lian：*Narrative Poem*. Trans. by Brian Holton. Northumberland：Bloodaxe Books，2017，p. 308.

人、翻译家海岸就曾对此由衷地表示感慨："经历了近两年的译编工作，笔者深刻体会到霍布恩在英译杨炼《同心圆》时的那番感言。"①近来，更是有学者从霍布恩的这一理念中受到启发，根据中国新时代特色提出了构建"翻译共同体"的新概念：

> 构建"翻译共同体"实际上就是霍布恩之思的具体实践，这种翻译机制能在保证中国当代文学作品主体性和主导性前提下，在充分尊重译者自主性和自觉性基础上，最大限度保证中国当代文学作品的创作和翻译既具有民族性又具有世界性，真正有效助力中国当代文学作品海外翻译质量持续提升。②

可见，霍布恩的译介理念在得到了不少译界学者认可的同时，也产生了不小的影响。因此，对霍布恩译介理念的进一步总结和深究是十分有必要的。

在新时代背景下，中国文学不仅要"走出去"，还要"逐渐地'走进去'，稳健地'走下去'"③，但这必将是一条艰难且漫长之路。在这条路上，经验告诉我们切忌闭门造车，自足于某种向壁虚构的幻想之中；同时，现实也一再申饬，我们务必重拾那份被历史碾碎的自信，"培养国际化视野"④，寻找新出路。那么，客观地对有译介经历的汉学家群体进行研究，就不失为一个借"世界之眼"审视自我、启发自我，并寻找出路的方法。这个特殊群体的研究价值，从霍布恩的经历中就可略窥一二。霍布恩当初就是因为汉学家亚瑟·韦利的译介作品，而意外地与中文结下了半生的情缘，并决定穷尽余生求索汉学和中国文学译介。

---

① 海岸：《翻译与传播：中国新诗在英语世界》，《中国社会科学报》，2012 年 4 月，第 4 版，第 2 页。
② 孙宜学、摆贵勤：《中国当代文学"一带一路翻译共同体"建构关键要素分析》，《上海师范大学学报》（哲学社会科学版），2020 年第 5 期，第 49 页。
③ 朱振武：《汉学家中国当代文学英译研究存在问题及应对策略》，《外语教学》，2020 年第 5 期，第 87 页。
④ 同上。

霍布恩主要汉学著译年表

1994	*Water on the Border*(《水浒传》)，Yarrow：Weproductions
	Non-Person Singular：*Collected Shorter Poems of Yang Lian*(《无人称：杨炼诗选》)，London：Well Sweep Press
1995	*China Daily*：*trilingual*（*Chinese-German-English*）*edition*［《中国日记》（汉、德、英三语对照版）］，Berlin：Schwartzkopf & Schwartzkopf
	Where the Sea Stands Still(《大海停止之处》)，London：Well Sweep Press
1999	*Where the Sea Stands Still*：*New Poems*(《大海停止之处：新作集》)，Newcastle：Bloodaxe Books
2002	*Notes of a Blissful Ghost*：*Selected Poems*(《幸福鬼手记》)，Hong Kong：Renditions Paperback
	Darknesses：*trilingual*（*Chinese-Italian-English*）*edition*［《黑暗》（汉、意、英三语对照版）］，Rome：Play On Poetry
2005	*Concentric Circles*(《同心圆》)，Tarset：Bloodaxe Books
	Sailor's Home(《水手之家》)，Exeter：Shearsman
	Whaur the Deep Sea Devauls(《大海停止之处》)，Edinburgh：Kettillonia
2008	*Riding Pisces*：*Poems from Five Collections*(《骑乘双鱼座：五诗集选》)，Exeter：Shearsman
2009	*Lee Valley Poems*(《李河谷的诗》)，Tarset：Bloodaxe Books
2011	*The Mossflow*：*Preambill*(《水浒传》)，Whitley Bay：Tentie Translations (self-published)

	Quickenti the Hairst-Time（《秋兴》），Whitley Bay：Tentie Translations（Self-published）
2012	*Jade Ladder：Contemporary Chinese Poetry*（《玉梯：中国当代诗选》），Tarset：Bloodaxe Books
2014	*Ripple on Stagnant Water：A Novel of Sichuan in the Age of Treaty Ports*（《死水微澜》），Portland：Merwin Asia
2015	*Paper Cuts：novel*（《剪纸》），Hong Kong：Renditions Paperback *A Massively Single Number*（《庞大的单数》），Bristol：Shearsman Books
2016	*Staunin Ma Lane：Chinese Verse in Scots and English*（《独立》），Bristol：Shearsman Books
2017	*Narrative Poem*（《叙事诗》），Northumberland：Bloodaxe Books
2018	*Venice Elegy*（《威尼斯哀歌》），Venice：Edizione Damocle
2019	*Anniversary Snow*（《周年之雪》），Bristol：Shearsman Books
2021	*Hard Roads an Cauld Hairst Winds：Li Bai an Du Fu in Scots*（《艰难的路与凛冽的风：李白与杜甫诗的苏格兰语译集》），Edinburgh：Taproot Press
2022	*A Tower Built Downwards*（《一座向下修建的塔》），Northumberland：Bloodaxe Books

本章结语

优秀汉学家译者眼里都是整个时代，而非某一孤立的文本。他们对译作价值的考量标准，是其在整个历史社会语境和世界文学坐标轴中的定位。

因此，除了在知识的传播、主题的深化、思想的融通、内涵多义性的凸显和文化品位的烘托等方面悉心传达原作经典性之外，还须将时代的需要、读者的诉求和原文与译作的联动置于心中，使得译作既不遮蔽原文的精神风貌，又能以自身的特点激发阅读的新兴趣和新角度，在异域空间挖掘出经典原著本身具备的容纳不同声音的解读空间，并在逐步积累中得到海外受众更多更广泛的体认。

由是观之，《西游记》和《水浒传》跨越时代的多个版本在继承前人研究和译介经验的基础上，常有质疑、发挥与革新，虽或多或少都存有歧见，但每一次的推陈出新，都在传承中显现出译作与译作跨越时代的呼应、商榷与补充。

一代又一代的译者秉持抱诚守真和敢于超越的信念，不断丰富原著情节的阐释空间、增强中国文化传播的密度与广度、加速古典名著世界化与经典化的进程，阔开文学翻译的新视野，打通文学与翻译的疆界。他们的努力，既是在为经典原著构筑多元化的海外文本形态，也是为中国文学文化顺利"走出去"并深入"走下去"进行有益的尝试与探索，值得深入细致的考察与研究。

传法、受戒、布道之路历来磨难重重。为求取真经、弘布戒律，玄奘西行天竺，鉴真东渡扶桑，历经千淘万漉而终有所成。今日中华民族推动文学文化跨出国门、走向世界的宏图伟业亦必同样伴随一路风霜。幸而，这一段崎岖征程不仅有杰出的中国译者为之笔耕不辍、痴心不改，更有一代又一代钟情华夏文化的西方汉学家甘于引渠作渡。

在中国文学向外输送的不同历史阶段，汉学家译者根据时代特征、文学风气和读者需求不断调整翻译策略，开掘文本新的内涵，为经典注入活力。

华兹生与倪豪士两代汉学家即是如此，在与《史记》结缘的译路中，他们均孜孜矻矻、探本求源，译笔衔华佩实、古雅厚重。但身处中西文化交流的不同阶段决定了前者的译本更注重对读者接受的精准定位，后者则将文化质感浓郁的"深度翻译"贯穿始终，实现了译本从"讲故事的趣味性"到"史料与文学价值并重"的过渡，完成了一脉相承却又迭代升级的返本开新。

同样地，杜润德英译《左传》以前一代理雅各译本为基石，但同时褪去了前者绮靡的维多利亚文风，以更适应当下读者群体的审美口味。

考辨同一部鸿篇巨制的不同英译版本，对我们深入了解历史文化语境、诗学流变和译者主体意识在译本生成过程中的重要影响力而言，大有裨益。

第五章

汉学家与中国古代史传文学的英语传播

莫隐深山去，君应到自嫌。

齿伤朝水冷，貌苦夜霜严。

渔去风生浦，樵归雪满岩。

不如来饮酒，相对醉厌厌。

——白居易《不如来饮酒》

Don't go hide in the deep mountain—
You'll only come to hate it.
Your teeth will ache with the chill of dawn water，
your face smart from the bite of the night frost.
Go off fishing and winds will blow up from the cove；
return from gathering firewood to find snow all over the cliffs.
Better come drink wine with me；
face to face we'll get mellowly，mellowly drunk.
　—*Better Come Drink Wine with Me*，trans. by Burton Watson

一 英译本于兹在也
太史公其含笑乎
——美国汉学家华兹生译《史记》

美国汉学家

华兹生
Burton Watson
1925—2017

1983 年的夏天，一位美国学者在挚友的陪伴下兴致勃勃地来到北京，开始了他的中国古都文化之旅。在短短三周内，他游览了北京、洛阳、西安等地，寻古迹，访佛寺，用他那双慧眼仔仔细细地打量着这个欣欣向荣的中国。当时，极少有人知道这位行事低调却深爱汉语的美国游客就是著名汉学家伯顿·华兹生（Burton Watson，1925—2017）。他在研究汉学 30 载后，终于踏上了魂牵梦绕的中国国土。华兹生一生情系东方，在近一个甲子的翻译生涯中向英语世界传输了近 20 部中华文化典籍，范围涉及史学、文学和佛学三大学科。华兹生钟情中国和日本的传统文化与禅宗思想，用系统的文学史体例来译介《史记》与诗歌，成就斐然。他用流畅而地道的语言和敏锐而精准的选材掀起一股"中国热"，为高校学子和大众读者带去了一大批优秀的中国文学，助燃了中学西渐之火。

（一）生平与缘起

华兹生于 1925 年出生于纽约州的新罗谢尔城（New Rochelle），父亲经营一家酒店，母亲是家庭主妇。华兹生服兵役前的大部分岁月都是在新罗谢尔城度过的。他在接受采访时提及家乡车站旁的一家华人洗衣店，那是他首次与中文结缘的地方。出于好奇，当时还是中学生的华兹生向洗衣店老板借来一本汉英对照的会话手册,学写几个简单的中国字。第二次世界大战期间,17 岁的华兹生应征入伍,加入美国海军服役。1945 年,他所在的部队在东京湾的横须贺海军基地(the Yokosuka Naval Base)短暂停留半年。短短的日本之行令他对东亚文化,尤其是与日本一衣带水的中国文化心生向往。次年返回美国后,华兹生下定决心要学习中国与日本语言文化。

1944 年,美国国会颁布《退伍军人权利法案》,规定在第二次世界大战期间服过兵役的美国公民如因战争中断学业,可重新进入高等学院接受教育。退役后的华兹生因此受到资助,进入哥伦比亚大学继续深造。哥伦比亚大学不仅位于华兹生最喜欢的家乡纽约,而且是全美亚洲与汉学研究的重镇。自此,华兹生便开始了他的汉学研究生涯。

在哥伦比亚大学学习汉语的第一年,华兹生跟随曾在四川传教的陆义全牧师(Rev. Lutley)全身心投入汉语读写训练。次年又在休假归来的傅路德(Luther Carrington Goodrich,1894—1986)的指点下苦练汉语阅读。傅路德是美国著名汉学家之一,主要研究中国史,曾荣获有汉学界诺贝尔奖之称的儒莲奖(Prix Stanislas Julien,1977)。傅路德出生于中国通州一户传教士家庭,从小精通汉语,在教学中特别强调阅读的重要性。华兹生在哥伦比亚大学的前三年将所有精力都放在汉语读写能力的训练上,跟随名师为日后的翻译事业打下了厚实的基本功。本科毕业后,华兹生继续留校攻读硕士学位。读研期间,他师从美籍华裔翻译家王际真(Chichen Wang,1899—2001)研究中国文学。王际真早年自中国赴美留学后在哥伦比亚大学留校任教,译介了《红楼梦》《醒世姻缘传》《儒林外史》等经典文学,对中国现当代的小说,如鲁迅的《阿 Q 正传》、沈从文的《龙朱》、茅盾的《报施》等也多有涉及。王际真秉持的"翻译应做到言词准确,且在英语文风上也要大气流畅"①的信念,深深影响了华兹生的翻译理念。由于导师治学严谨,坚信翻译中国的经典著作,光是传递汉语的字面意思是远远不

---

① John Balcom:"An Interview with Burton Watson",*Translation Review*,2005,Vol. 70,No. 1,p. 8.

够的,必须译成地道且流畅的英语才够格。正是这样的理念贯穿了华兹生的整个翻译生涯。华兹生在日后的翻译工作中始终贯彻这一翻译理念,力争译文准确传意,流畅自然。① 在近一个甲子的汉学翻译生涯中,华兹生涉猎广泛,无论是中国文学、史学还是佛学均有译介。翻译之余还擅长写文学批评,为多部译著所作的序可独立成文,学术价值很高。华兹生多部专著与译著入选联合国教科文组织"中国代表性著作选集系列丛书",成就斐然。

(二)求学哥大,剑指《史记》

在华兹生的翻译生涯中,《史记》的译介堪称其译介之旅的起点。在哥伦比亚大学读书期间,华兹生的硕士和博士学位论文皆为《史记》批评与翻译相关研究。1961 年,哥伦比亚大学出版社推出华兹生所译的两卷本《史记》(分别为 *Records of the Grand Historian of China*: *Translated from the Shih chi of Ssu-ma Ch'ien*, *Vol. 1*: *Early Years of the Han Dynasty*, *209 to 141 B.C.* 和 *Records of the Grand Historian of China*: *Translated from the Shih chi of Ssu-ma Ch'ien*, *Vol. 2*: *The Age of Emperor Wu*, *140 to circa 100 B.C.*),在此后的半个多世纪"一直是英语世界的标准译本"②。《史记》在史学与文学上的重要性无须赘述,在国际上也吸引了日本与西方诸国汉学家的关注。在

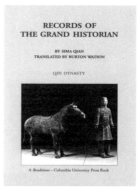

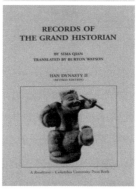

① Burton Watson: "The Shih Chi and I," *Chinese Literature*: *Essays*, *Articles*, *Reviews*, Vol. 17, 1995, p. 199.

② 顾钧:《华兹生与〈史记〉》,《读书》,2016 年第 3 期,第 56 页。

第五章 汉学家与中国古代史传文学的英语传播

美国,《史记》的译介经历了三个阶段的变化与发展,中期阶段当数华兹生的译本最为重要①。

华兹生译介《史记》离不开哥伦比亚大学的影响与帮助。读书期间,他在王际真的指导下攻读《史记·游侠列传》,不曾想却因自己对汉朝术语的不熟悉而引得王教授连连暴怒。纵然华兹生学习汉语已有五年有余,但面对《史记》这样的大部头,还是心有余而力不足。恰好专攻日本史的室友赫谢尔·韦伯(Herschel Webb)正在研究以《史记》为参考的《大日本史》(*Dai Nihonshi*),涉及序言部分引用《史记·伯夷列传》的英译,二人便一心扑到《史记》部分章节的研究与翻译上,这段时间可以说是华译《史记》的萌芽期。

1951年华兹生以硕士研究生的身份从哥伦比亚大学毕业,因在海军服役而得的奖学金也全部用尽。经济压力与就业难的问题让华兹生考虑去国外发展,他第一想去的自然是中国,然而当时中美尚未建交不便前往,也无中间人可联络。所幸在哥伦比亚大学客座教授、日本诺贝尔物理学奖得主汤川秀树(Yukawa Hideki,1907—1981)的引荐下,华兹生怀揣最后的战时储蓄,登上了去日本的客船。在日本京都大学,华兹生在著名汉学家吉川幸次郎(Yoshigawa Koziro,1904—1980)的指导下继续研究中国文学。约一年后,哥伦比亚大学的教授、同为知名汉学家的狄培理(William Theodore de Bary,1919—2017)写信给华兹生,询问是否可为他主编的《中国传统资料集》(*Sources of Chinese Tradition*)贡献一些关于汉朝的资料。华兹生欣然应允,主要负责了这本书的第一章、第七到第十章以及第十六章的后半部分,同时还负责第一到第十九章的编辑和校对。这部《中国传统资料集》最后出版于1960年,涵盖了中国历史、社会、文化与宗教等各方面的知识,是高质量的通识读物。这一时期,他花了大量的时间与精力在翻译和研究《史记》上。完成汉代部分的编写工作后,他决心再次修改他的硕士学位论文《游侠及其在汉朝社会地位研究》("On the Wandering Knights and Their Place in Han Society")。

---

① 参见魏泓:《〈史记〉在美国的译介研究》,《中国翻译》,2018年第1期,第38页。

有了这些研究基础,华兹生就专心研究起了《史记》。1955 年返回纽约后,他重返哥伦比亚大学校园攻读博士学位,并于 1956 年顺利完成博士学位论文。两年后,脱胎于博士学位论文的专著《司马迁:中国伟大的历史学家》(*Ssu-ma Ch'ien*, *Grand Historian of China*)由哥伦比亚大学出版社出版,是西方"第一部专门研究《史记》的英语著作"①。之后,华兹生开始了更进一步的《史记》翻译工作。狄培理也向他抛出橄榄枝,表示他主持的哥伦比亚大学东方经典翻译项目对此很感兴趣,并建议华兹生申请哥伦比亚大学的项目经费。1956 年秋,华兹生再度前往他熟悉的京都,开始专攻《史记》翻译。在京都访学时,华兹生发现当时的日本汉学界推出了几版面向普通读者的普及性《史记》译本,颇受好评,华兹生便萌发了推出大众版英译《史记》的念头,并立志三年内推出《史记》选译本。翻译过程中,华兹生很快发觉他面临的最大难题并不是对中文原文的理解,而是英语译文的表达。如何用生动自然的英语将司马迁简洁优雅的笔法以及文字背后蕴含的特定历史文化内涵表达出来成了华兹生面临的大难题。由于英语译者方面的难题也无法向身边的日本翻译家们求助,华兹生完全像是乘着一艘孤舟,在茫茫译海中摸索航行。皇天不负有心人,1959 年年底,他终于将译者寄给了哥伦比亚大学出版社。

　　减少学术性输出以及三年内推出《史记》选译本的做法在当时的学界引起了不可避免的争议。在孤独的坚守与喧嚣的争议中,哥伦比亚大学出版社于 1961 年出版了两卷本《史记》。华兹生毫不避讳自己的译本是想向大家输出"一系列的好故事"②而非一部历史学巨著,"选材侧重最能反映司马迁创造性天赋"③的章节,因而这套《史记》并没有按照司马迁原著的顺序进行翻译,而是选取了文学性较强的 65 篇,将重点放在汉朝的早期历史及汉武帝时代的社会风貌上重新编排

---

① 魏泓:《〈史记〉在美国的译介研究》,《中国翻译》,2018 年第 1 期,第 40 页。

② 顾钧:《华兹生与〈史记〉》,《读书》,2016 年第 3 期,第 60 页。

③ 李秀英:《华兹生英译〈史记〉的叙事结构特征》,《外语与外语教学》,2006 年第 9 期,第 53 页。

译介。他认为,学界一向重研究而轻翻译,在此基础上又重视纯文学翻译而忽略史学材料中的文学性功能。考虑到大众读者的接受情况,他的译本侧重于《史记》的历史文学功能,并按照每个人物的出场顺序重新编排章节。他摒弃了译界惯用的学术性注释,而是选择在翻译中适当增删内容加以叙事性的解释。这种做法虽难以避免译文忠实度的降低问题,但考虑到《史记》在当时美国的被接受程度,适当地重新编排与文学性译介也无可厚非。此时正是第二次世界大战后美国增强对中国文化关注的时期,在华译《史记》出版之前,大多数美国大众对司马迁和《史记》是完全陌生的。由于华译本重点突出了《史记》的文学趣味性,增强了译本的可读性,因而接受度高,流传广泛。随后,两卷本《史记》成为世界文学经典译本,并被列入联合国教科文组织的代表性著作选集《中国系列丛书》中,影响深远。

　　两卷本《史记》译本一经推出,就吸引了众人的眼球。尽管学界对其学术性不强的特点颇有微词,但不可否认,华译两卷本《史记》是在忠于史实的前提下进行归化翻译,与擅长"把背景信息融合到译文中"①的英国汉学家亚瑟·韦利不谋而合,在当时西方普通读者群的传播中发挥了重要作用,并引发了美国学界对《史记》的研究热潮。由于销量可观,哥伦比亚大学出版社建议华兹生选取一部分出版平装本《史记》。1969 年,华兹生选了之前 65 篇中的 14 篇,同时借此机会增加了 5 篇汉代以前的章节出版了单卷平装本《史记选译》(*Records of the Historian：Chapters from the Shih Chi of Ssu-ma Ch'ien*)。20 年后,华兹生应香港中文大学之邀前往中国香港访问。与香港中文大学翻译研究中心协商之后,翻译研究中心决定与哥伦比亚大学出版社合作推出华译《史记》第三卷。经过半年的全力以赴,1990 年,华兹生在香港选译了《史记》中关于秦朝的 13 个章节。与前两卷不同,第三卷译本没有打乱原文的顺序,而是按照原本的次第继续选译了文学性较

---

① 李秀英:《西方汉学家对华兹生英译〈史记〉的批评视角》,载王维波、耿智主编《译学辞典与翻译研究——第四届全国翻译学辞典与翻译理论研讨会论文集》,北京:外语教学与研究出版社,2008 年,第 245 页。

强的 13 篇。1993 年,三卷精装本《史记》译本面世。至此,伴随华兹生半生的《史记》翻译事业彻底结束。即使学界对华兹生全译《史记》呼声很高,但他明确表示不会再译,因为他所重视的仅仅是《史记》中文学价值突出的章节。华译《史记》具有特殊的时代特征,对当时的美国汉学研究来说具有划时代的重要意义。

(三)译介古典,情系东方

两卷本《史记》出版那年,华兹生返回纽约,在哥伦比亚大学和斯坦福大学任教,讲授中国和日本语言文学,课余时间从事翻译工作。他对中国古典文学的译介横跨史学、诗学和佛学,对中国古典文学在美国的普及化和经典化做出了重要贡献。在对中国古典文学的译介中,诗歌占多数。华兹生是在去京都大学学习日语期间接触中日诗歌的。20 世纪 50 年代初,华兹生应邀译了几首日本诗人所作的汉语诗歌,这些诗歌被收录于格罗夫出版社(Grove Press)1955 年出版的日本文学选集中。返回哥伦比亚大学后,华兹生将兴趣转到汉赋唐诗宋词中,译介了一批优秀古代文豪的诗词歌赋。有着在京都师从吉川幸次郎学习古典诗歌的学养积累,华兹生在翻译古典诗词方面硕果累累。这一时期,他首次翻译并出版的是《寒山诗 100 首》(*Cold Mountain*:*100 Poems by T'ang poet Han-Shan*),该书于 1962 年由格罗夫出版社出版。

寒山是唐代僧侣诗人,著诗 300 余首,内容皆与佛学出世思想有关,语言简洁质朴。寒山诗所蕴含的禅学思想以及那种"佯狂似癫"①的特质受到垮掉派代表诗人加里·斯奈德的青睐,早先由他译介了 24

---

① 周晓琳、胡安江:《寒山诗在美国的传布与接受》,《西南政法大学学报》,2008 年第 2 期,第 126 页。

首并"受到美国年轻一代的热捧"①。而在京都的学习生涯令华兹生对禅宗思想很是欣赏。在看到韦利和斯奈德译的寒山诗后,他便着手自己的翻译。但是这100首寒山诗的出版却让华兹生颇费工夫。20世纪五六十年代的美国对寒山几乎一无所知,就连斯奈德1958年所译的24首诗也是好几年后才引起热潮。华兹生一连找了好几家出版社都被婉拒,最后在哈佛燕京学社同意资助的前提下,《寒山诗100首》才有机会面世。如果说斯奈德的译本在"垮掉的一代"中点燃激情,那么华兹生的百首英译就在学术界打开一扇窗。他有意对寒山诗进行重新编排,展现出诗人寒山从一位无忧无虑的年轻人到归隐寒山的僧侣诗人的人生历程,增添了文学趣味性,具有较强的可读性。华兹生译本出现后引起美国学界的关注,为寒山诗在美国经典化奠定了基础。

华兹生自此开始了中国古典文学的译介之旅。廿载之间,他译介了诸多如墨子、庄子、荀子等中国国学经典,诗歌方面也毫不逊色,译介主要涵盖苏东坡、杜甫、陆游、白居易等著名诗人的诗歌选集。在高校工作、受高校资助的他对汉学的译介主要是为了编纂教材,目标读者为大学生和普通大众。因此,华兹生在这一时期的译介"表现出明显的汉学考证意识和对语言接受性的充分考虑"②。与之前翻译《史记》不同,华兹生在译介典籍和诗歌时为了突出可进行学术性参考的特质,加入了大量的注释,严究细考,翻译与研究双管齐下。在译介选本上,他细细考量诗人作家在文学史上的地位和影响力,并于译者序言中做出详细的评介。译介诗歌时,他充分考虑诗歌语言的可接受性,在遵循汉语诗歌诗行顺序的基础上采用无韵自由诗体,并用美式英语提高传播度。尽管华兹生的翻译一贯会牺牲一点忠实度,但瑕不掩瑜,因为他的翻译一向是为了在学生群体、大众群体中普及并传播

---

① 冯正斌、林嘉新:《华兹生汉诗英译的译介策略及启示》,《外语教学》,2015年第5期,第102页。

② 周晓琳、胡安江:《寒山诗在美国的传布与接受》,《西南政法大学学报》,2008年第2期,第126页。

汉学文化,而非为专业学者提供学术性参考,因而他的译介毫无疑问在读者群体中大受好评,为中国汉学传播与输出做出了重要贡献。1979年,哥伦比亚大学翻译中心为了表彰华兹生对《东方经典著作译丛》做出的杰出贡献,为他颁发了哥伦比亚大学翻译中心金奖(The Gold Medal Award)。三年后,华兹生又因多年来翻译中日经典作品而荣获美国笔会授予的翻译奖(Pen Translation Prize)①。华兹生显然是一位精力充沛、译评双全的学者。1984年,华兹生的《哥伦比亚中国诗选:从早期至13世纪》(*The Columbia Book of Chinese Poetry*:*From Early Times to the Thirteenth Century*)付梓。这部《诗选》涉及了古代中国大部分时期的代表性诗人及诗作,收集了从《诗经》至宋朝的400余首诗,每个章节都有华兹生撰写的序言,对所选诗歌在文学史上的成就与特色做出简明扼要的评介,是华兹生在诗歌翻译与批评方面的集大成之作。这部《诗选》"为在英语世界构建中国古诗的传统,实现英译汉诗经典化等具有极为重要的意义"②。除此之外,华兹生还撰写了《早期中国文学》(*Early Chinese Literature*,1962),影响也很大。

　　为了更好地研究中日文学,近距离感受中日文化,华兹生选择常年旅居日本。1973年,他正式将日本称为自己的家。他在日本加入创价学会(Soka Gakkai),开始接触佛学翻译。借创价学会之便,他接触了不少日本佛学,译介了多部池田大作有关佛教的著作,时而游览日本佛寺,对传统佛教文化的兴趣愈发浓厚。在随后的30多年里,他译介了《维摩经》《莲花经》《临济录》等佛学经文,推动了佛学在美国的流传。

---

① 1995年,华兹生因译介《苏东坡诗选》再次荣获此奖。

② 朱徽:《中国诗歌在英语世界——英美译家汉诗翻译研究》。上海:上海外语教育出版社,2009年,第203页。

1983 年的夏天,他在创价学会总部的国际出版部部长山口弘务先生的陪同下,终于踏上了魂牵梦绕 30 载的中国土地。在为期三周的旅游考察中,他参观访问了北京、洛阳、西安、上海等地,游古都、访佛寺,来之不易的中国行让他对中国的喜爱与了解更深了一层。在游览长城和明十三陵时,华兹生意识到历史悠久的中国只要发掘一点点文物,就足以震撼世界,文化底蕴之深厚非轻易可比。在北京,他与北京大学的卞立强、戴乃迭和杨宪益夫妇短暂会面,与同行交流让他倍感愉快。在西安,他有感而思,不停想起王维、岑参等人的诗;香积寺、慈恩寺等佛教庙宇的游览也唤起了他内心的佛学信仰。华兹生曾坦言自己是一名佛教信徒。记载于史书和古诗中的中国难免与华兹生眼前这个正在发展中的中国有出入,但他依然感念这次旅途,同时对发展中的中国信心满满。他相信这个拥有悠久历史和深厚文化传统的国家虽也曾伤痕累累,但无论是在生态还是人文方面,中国都能再度恢复昔日的辉煌。2011 年秋,华兹生再度到中国访问,这是他第二次也是最后一次访华。他在挚友山口先生的陪同下在西安进行了为期一周的访问,并在回到第二故乡日本后写下《中国纪行:三十载研究与三周之访》(*China at Last:Thirty-Some Years of Study and a Three-Week Visit*),整理记录了两次访华的经历与感想。该书在日本以英文形式出版。

　　华兹生的晚年一直在日本,在日本创价学会和御书(Gosho)翻译委员会潜心翻译,乐在其中。2015 年,美国笔会授予华兹生拉夫·曼海姆翻译终身成就奖(The PEN/Ralph Manheim Medal for Translation),称其为“当代东亚古典诗歌的发明者”①,感谢他对东亚古典诗歌的翻译与评介,以及对晚年还孜孜不倦翻译诗歌的精神。2017 年 4 月 1 日,华兹生在日本千叶县溘然辞世。他对中国典籍、诗歌与佛学的译介因语言通畅优美、读者目标定位精准以及“充分考虑

---

① 参见 2015 PEN/RALPH MANHEIM MEDAL FOR TRANSLATION,https://pen.org/2015-penralph-manheim-medal-for-translation/,2021 年 1 月 13 日。

译入语语境文学市场的可接受能力"的翻译优势①,收获了一大批读者,对中国文化"走出去"以及中国典籍在美"经典化"做出了卓越的贡献。

华兹生对中国文学文化走进英语世界所做出的贡献是大家公认的,但我们也应认识到,不论是何种情况,翻译行为都会明确地彰显出译者的身份认同和文化立场,尽管这种彰显或隐或显,或明或暗,有的时候表现错综复杂,甚至都不为译者自己所察觉。因此,我们一定要在具体社会语境下甚至具体的国情下去考察翻译动机、翻译策略和翻译理念。华兹生等汉学家的中国文化外译就是在这种情况下发生的,不论他们做了多少中国文化译外工作,他们都是主观上为"自己",客观上为"别人"。认清这一点,我们就能心平气和地审视汉学家们的工作,在感激他们作出贡献的同时,理解和接受其翻译中存在的种种问题甚至偶有或时有的偏颇之处,也就不会计较其到底是归化还是异化,就会尽量去吸收和利用其合理内核。

① 朱振武:《汉学家与中国文学英译》,《外国文艺》,2016 年第 4 期,第 94 页。

伯顿·华兹生主要汉学著译年表

1961	*Records of the Grand Historian of China*：*Translated from the Shih chi of Ssu-ma Ch'ien*，*Vol*.1：*Early Years of the Han Dynasty*，209 *to* 141 *B*.*C*.[《史记》（第一卷）]，New York：Columbia University Press
1961	*Records of the Grand Historian of China*：*Translated from the Shih chi of Ssu-ma Ch'ien*，*Vol*.2：*The Age of Emperor Wu*，140 *to circa* 100 *B*.*C*.[《史记》（第二卷）]，New York：Columbia University Press
1962	*Cold Mountain*：100 *Poems by the T'ang poet Han-Shan*（《寒山诗100 首》），New York：Grove Press
1963	*Mo Tzu*：*Basic Writings*（《墨子概要》），New York：Columbia University Press
1963	*Hsun Tzu*：*Basic Writings*（《荀子概要》），New York：Columbia University Press
1964	*Han Fei Tzu*：*Basic Writings*（《韩非子概要》），New York：Columbia University Press
1964	*Chuang Tzu*：*Basic Writings*（《庄子概要》），New York：Columbia University Press
1965	*Su Tung-p'o*：*Selections from a Sung Dynasty Poet*（《宋朝诗人苏东坡诗选》），New York：Columbia University Press
1967	*Basic Writings of Mo Tzu*，*Hsun Tzu and Han Fei Tzu*（《墨子、荀子、韩非子概要》），New York：Columbia University Press
1968	*The Complete Works of Chuang Tzu*（《庄子全译》），New York：Columbia University Press

1969	*Records of the Historian：Chapters from the Shih Chi of Ssu-ma Ch'ien*（《史记选译》），New York：Columbia University Press
1971	*Early Chinese Literature*（《早期中国文学》），New York：Columbia University Press
1971	*Chinese Lyricism，Shih Poetry from the Second to the Twelfth Century*（《中国抒情诗：公元 2 世纪至 12 世纪诗歌集》），New York：Columbia University Press
1971	*Chinese Rhymed-Prose：Poems in the Fu Form from the Han and Six Dynasty Periods*（《中国赋文：从两汉到六朝》），New York：Columbia University Press
1973	*Lu You，The Old Man Who Does as He Pleased*（《陆游诗选》），New York：Columbia University Press
1974	*Courtier and Commoner in Ancient China：Selections from the History of the Former Han by Pan Ku*（《中国古代的朝臣与庶民：班固〈汉书〉选译》），New York：Columbia University Press
1984	*The Columbia Book of Chinese Poetry：From Early Times to the Thirteenth Century，The Columbia Book of Chinese Poetry：From Early Times to the Thirteenth Century*（《哥伦比亚中国诗选：从早期至 13 世纪》），New York：Columbia University Press
1989	*The Tso Chuan：Selections from China's Oldest Narrative History*（《左传选译》），New York：Columbia University Press
1993	*Selected Poems of Su Tung-p'o*（《苏东坡诗选》），Washington：Copper Canyon Press
1993	*Records of the Grand Historian：Qin Dynasty*（《史记：秦朝》），New York：Columbia University Press
1993	*The Vimalakirti Sutra*（《维摩经》），New York：Columbia University Press

1997	*The Lotus Sutra*（《莲花经》），New York：Columbia University Press
1999	*The Zen Teachings of Master Lin-chi：a Translation of the Lin-chi Lu*（《临济录》），New York：Columbia University Press
2000	*Po Chu-i：Selected Poems*（《白居易诗选》），New York：Columbia University Press
2001	*The Essential Lotus：Selections from the Lotus Sutra*（《莲花经精选集》），New York：Columbia University Press
2003	*Selected Poems of Du Fu*（《杜甫诗选》），New York：Columbia University Press
2007	*Late Poems of Lu You*（《陆游晚期诗歌》），Tokyo：Ahadada Books
2007	*The Analects of Confucius*（《论语》），New York：Columbia University Press

力拔山兮气盖世，

时不利兮骓不逝。

骓不逝兮可奈何，

虞兮虞兮奈若何！

——司马迁《史记》

My strength uplifted a mountain，

My vigor shadowed the world.

But the times do not favor me，

and Piebald can not gallop fast enough.

Piebald can not gallop fast enough，

And what can I do about it?

Oh Yü，Oh Yü!

What can I do about you?

—*The Grand Scribe's Records*，trans. by William H. Nienhauser，Jr.

二 豪士丹心移汉史
鸿儒健笔辩唐文
——美国汉学家倪豪士译《史记》

美国汉学家
倪豪士
William H. Nienhauser, Jr.
1943-

美国著名汉学家倪豪士（William H. Nienhauser, Jr., 1943—　），师从著名诗人柳亚子的哲嗣柳无忌先生，一生致力于汉学研究，韦编三绝，著作等身。其所出版的人物研究著作《皮日休》（*P'i Jih-hsiu*）与《柳宗元》（*Liu Tsung-yüan*）为我国唐代诗人域外形象构建奠定了基础，其所创办的专门收录中国文学研究相关作品的杂志《中国文学》（*Chinese Literature：Essays，Articles，Reviews*）为西方汉学界研究中国文化提供了学术支持。此外，倪豪士还一直着力于中国文化典籍的英译，其翻译的《史记》（*The Grand Scribe's Records*）、《唐传奇》（*Tang Dynasty Tales：A Guided Reader*）、《古代经典中国文学》（*Chinese Literature，Ancient and Classical*）等获得西方学界一致好评，其严谨治学的态度与卅载译《史记》的精神值得我们关注。

《史记》是中国第一部纪传体通史，名列"二十四史"之冠，体大思精，在国内外影响深远。汉朝历史学家班固称"其文直，其事核，不虚美，不隐恶，故谓之实录"①，南朝文学评论家刘勰评其"实录无隐之

---

① 班固著、颜师古注：《汉书（第二卷）》（简体字本），北京：中华书局，1999 年，第 2070 页。

旨,博雅弘辩之才"①,鲁迅赞其为"史家之绝唱,无韵之《离骚》"②。西方汉学界对《史记》的翻译③与研究④已有百余年历史。著名汉学家牟复礼(Frederick W. Mote,1922—2005)称其"应在所有值得翻译的中国文学中趋于首位"⑤。汉学家卜德(Derk Bodde,1909—2003)认为其"规模宏大、时间跨度长,在世界文学与史学领域内都具有极高的研究价值"⑥。提到英语世界对《史记》的译介研究,美国著名汉学家倪豪士不容忽视。倪豪士团队从 20 世纪 80 年代末开始译介《史记》,其译著被西方汉学界公认为最具学术研究价值的英译本。

倪豪士于 1972 年博士毕业,后任教于威斯康星大学(University of Wisconsin)东亚语言文学系,教授中国文学,并先后特聘于海内外多所高校与知名研究所。倪豪士醉心汉学,在中国古代文学尤其是唐代文学研究上成果颇丰,著有《皮日休》《传记与小说:唐代文学比较论集》等学术专著及近百篇论文,编著有《唐代文学西文论著选目》(*Bibliography of Selected Western Works on T'ang Dynasty Literature*)、《美国学者论唐代文学》《印第安纳中国古典文学指南》(*The Indiana Companion to Traditional Chinese Literature*)、《柳宗元》等。学术研

①　刘勰、范文澜:《文心雕龙注》,北京:人民文学出版社,1962 年,第 284 页。

②　鲁迅:《鲁迅全集·第 9 卷·司马相如与司马迁》,北京:人民文学出版,2005 年,第 435 页。

③　《史记》译介活动在西方学界较多,英语译介中影响最为广泛的为华兹生译本和倪豪士团队译本。

④　西方汉学界对《史记》的研究主要分为两方面:一是从文学角度研究,约瑟夫·艾伦(Joseph R. Allen)撰写的《〈史记〉叙事结构初探》一文是美国第一篇以文学角度研究《史记》的文章;二是从史学角度对《史记》进行研究,英语世界第一部《史记》史学研究专著为葛兰特·哈代(Grant Hardy)的博士学位论文《〈史记〉的客观性与阐释性问题》。(参见吴原元:《百年来美国学者的〈史记〉研究述略》,《史学集刊》,2012 年第 4 期,第 59 - 68 页。)

⑤　Frederick W. Mote:"Reviewed Work(s):*Records of the Grand Historian of China* by Burton Watson,"*Artibus Asiae*,Vol. 25,No. 2/3,1962,p. 199.

⑥　Derk Bodde:"Reviewed Work(s):*The Grand Scribe's Records*. Vol. I,"*Chinese Literature:Essays,Articles,Reviews*,Vol.17,1995,p. 138.

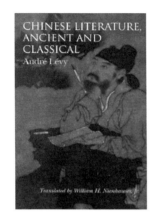

究之余,倪豪士还出版了《史记》、《唐传奇》、《古代经典中国文学》等译著。此外,他还创办了当时美国唯一一份专门研究中国文学的杂志《中国文学》(*Chinese Literature：Essays，Articles，Reviews*),并于 1979 年至 2010 年间担任主编。鉴于其在中国古典文学译介研究领域所做的突出贡献,倪豪士于 2003 年被授予洪堡基金会(Humboldt Foundation)终身成就奖。

(一)弃工从文,拜入柳门

1943 年,倪豪士出生于美国密苏里州(Missouri)圣路易斯市(St. Louis)。高中时期的倪豪士热衷历史文化,阅读了诸多传记文学作品,也正是在这些文学作品中,他第一次感受到中国文化的魅力,对中国以及中国文化产生了兴趣。高中毕业后,倪豪士考入当时美国俄亥俄州的菲恩学院(Fenn College),现为克利夫兰州立大学(Cleveland State University)。与大多数家长想让孩子成为工程师的想法一样,倪豪士的父母也让其选择了工程专业。

1961 年,倪豪士结束了大学一年级的课程,与此同时,他也清楚地知道自己对工程毫无兴趣可言,反而被当时的东方文化所吸引。他向父母表达了自己转系的意愿,但并未得到支持。① 他偶然于电视上看见陆军征兵广告后,为了逃避学习工程的命运,索性放弃了菲恩学院的学业,毅然决然地选择了参军。出于对东方文化的兴趣,他报考了当时的美国陆军语言学校(the Army Language School),即现在的美国国防语言学院(The Defense Language Institute)。1961 年 12 月,在顺利进入陆军语言学校后,倪豪士面临一年专业语言课程的艰难选择。倪豪士非常喜欢陀思妥耶夫斯基和托尔斯泰等 19 世纪俄国作家

---

① 倪豪士:《传记与小说——唐代文学比较论集》,北京:中华书局,2007 年,第 1 页。

的作品,同时也倾心于中国历史。① 再三斟酌之后,他选择了中文课。也正是这一年的中文学习,让其之后的人生与中国结下了不解之缘。三年军队生活使倪豪士对中国文化兴趣日益浓厚。1965 年 1 月,退伍后的倪豪士决定留在大学继续学习中国文学,后考入印第安纳大学(Indiana University)东亚语言文学系。

1966 年,倪豪士以全美优等生联谊会成员(Phi Beta Kappa)的身份本科毕业,又分别于 1968 年和 1972 年在印第安纳大学获硕士学位和博士学位。其博士学位论文为《〈西京杂记〉中的文学与历史》["An Interpretation of the Literary and Historical Aspects of *the Hsi-Ching Tsa-Chi*(*Miscellanies of the Western Capital*)"]。倪豪士在印第安纳大学师从柳亚子之子柳无忌(1907—2002)。柳无忌为著名诗人、翻译家,深受家庭环境熏陶,学养深厚,于 1963 年创办印第安纳大学东亚语言文学系,并出任首任系主任。柳无忌 1975 年出版的《葵晔集》(*Sunflower Splendor*)在西方汉学界获得广泛关注。该书选取了中国极具时代特征的近千首诗歌进行译介,由北美 50 多位优秀学者共同参与翻译,向西方学界展示了中国诗歌的发展历程与独特魅力。《葵晔集》篇目众多、时间跨度大、多译者模式等特点无不影响着倪豪士后来的《史记》英译工作。正是在柳无忌的言传身教下,倪豪士脚踏实地、潜心汉学研究,不断努力提升自己的中国文学修养,多次赴德国、日本、中国、新加坡等国求学。

(二)著书创刊,汉学西移

在印第安纳大学求学期间,倪豪士接触到大量汉学作品,并掌握了使用大量学术参考文献对作品进行细读的研究方法。1968 年,倪豪士选择去德国波恩大学(University of Bonn)进修一年。波恩大学的汉学研究在欧洲乃至西方世界均首屈一指,德国著名汉学家顾彬

---

① 徐公持、倪豪士:《一生一世的赏心乐事——美国学者倪豪士教授专访》,《文学遗产》,2002 年第 1 期,第 126 页。

（Wolfgang Kubin，1945—　　）便毕业并执教于此。波恩大学在 1917 年成立了"波恩大学友人及赞助者协会"，协会成立之初就聘请了教授汉语的老师，并购置了多达 6000 册的中文书籍。波恩大学汉学研究在汉学家施密特教授（Erich Schmitt，1983—1955）的带领下蓬勃发展，中国历史、哲学、文学和社会学研究作品汗牛充栋。波恩大学还专门为中文系订购了当时汉学研究最为重要的杂志《通报》（T'oung Pao），且中文系从创立伊始便和中国多所大学有着频繁交流，第一年专业学生人数便多达 14 人。① 在如此浓厚的汉学研究氛围与学术环境中，倪豪士学会了"使用没有标点过的版本，并参考日本学者的注释和研究成果来攻读唐代文学"②的方法。随着阅读数量的累积，他对中国古典文学的认识也有了质的变化。

求学一年之后，倪豪士于 1969 年返回美国，继续博士学位课程的学习。在此期间，柳无忌应倪豪士请求，在印第安纳大学开设了"柳宗元研究"课程。③《柳宗元》（Liu Tsung-yüan）一书便是倪豪士选修这门课的研究成果。他将课程中自己与他人撰写的研究论文一起编著成书。该书于 1973 年一经出版，便在西方汉学界引起高度关注。哈佛大学荣休教授、世界知名汉学家伊维德评价该书："每篇论文均配有极具可读性的译文来支撑论点。尽管该著作为合集，论文作者较多，但论文处理具有统一性，研究结果令人信服。"④汉学家宇文所安也给予称赞。

　　　　倪豪士先生一反以往对柳宗元评价的陈词滥调，着重强调柳宗元纯粹的政治身份。……倪豪士先生撰写的《山水田

① 参见李雪涛、司马涛：《德国波恩大学汉学系历史回顾——从创立至今的汉学发展》，《世界汉学》2006 年第 1 期，第 23 页。
② 徐公持、倪豪士：《一生一世的赏心乐事——美国学者倪豪士教授专访》，《文学遗产》2002 年第 1 期，第 126 页。
③ 同上。
④ Wilt L. Idema："Reviewed Work（s）：… Liu Tsung-yuan by William H. Nienhauser Jr.," T'oung Pao，Second Series，Vol. 62，1976，p. 348.

园作品》章节十分精彩，让人耳目一新。……这本书的厚实
度以及对大量资料予以清晰阐述，使其优于其他同类著作。
这将对柳宗元作品的传播大有裨益。①

虽然宇文所安极大地肯定了此书的新颖性与学术性，但也指出了书中
存在的问题："也许这本书最严重的错误便是将一位敏锐复杂的作家
简化为一个极其单一的作家。"②

　　1975年，倪豪士在奖学金的支持下再次赴德深造一年，并发表多
篇学术论文。1979年，倪豪士出版专著《皮日休》。该书共分为5章，
分别介绍了皮日休所处的时代背景与社会环境、其作品、散文、诗歌的
分类与分析以及皮日休对后世的影响。悉尼大学汉学研究学者希罗
克拉—斯蒂凡斯卡（A.D. Syrokomla-Stefanowska）对该书做出了详细
的评价，"作者将皮日休的诗歌进行了分类，并详细阐述……这是对一
位诗人的透彻研究"③。奥克兰大学汉学研究者约翰·马尼（John
Marney）对书中倪豪士的学术规范及译文也提出了自己的看法，认为
"每章都有翔实的注解。此外，他的译文不同于其他文学传记中的生
硬翻译，全书译文生动精确"④。无论是《柳宗元》还是《皮日休》的出
版，抑或是其他学术论文的发表，都为倪豪士日后的汉学研究打下了
坚实的基础，也让他在西方汉学界得到了进一步认可。

　　同年，在印第安纳大学、威斯康星大学以及亚利桑那大学（The
University of Arizona）的支持下，倪豪士与印第安纳大学东亚语言学
系欧阳桢教授（Eugene Chen Eoyang）一起创办了专门研究中国文学

①　Stephen Owen："Reviewed Work（s）：*Liu Tsung-yuan* by William H.
Nienhauser, Jr....,"*Journal of the American Oriental Society*，Vol. 95，No. 3，
1975，pp. 519‐520.

②　Ibid，p. 520.

③　A.D. Syrokomla-Stefanowska："Reviewed Work(s)：*P'i Jih-hsiu* by William H.
Nienhauser"，*The Journal of Asian Studies*，Vol. 41，No. 2，1982，p. 337.

④　John Marney："Reviewed Work(s)：*P'i Jih-hsiu* by William H. Nienhauser,"
World Literature Today，Vol. 54，No. 3，1980，p. 486.

的杂志《中国文学》(*Chinese Literature：Essays，Articles，Reviews，CLEAR*)，1979 年出版第 1 期，其后与两位美国著名汉学家——耶鲁大学苏源熙教授(Haun Saussy)和加州大学戴维斯分校东亚语言文化系主任奚密教授(Michelle Yeh)——一同担任杂志编辑工作。杂志学术顾问由牟复礼、白之、韩南等 12 位知名汉学家共同担任。倪豪士与欧阳桢在《中国文学》创刊号的《前言》中表明了自己的创刊想法。

> 我们期望创办一份像 *T'oung Pao*(《通报》)一样有价值的学术期刊，但我们将范围缩小，只关注中国文学。我们致力于创办中国文学批评、分析和历史研究的期刊，对当前中国文学研究或中国文学研究的评价进行调查，以及对文学作品进行详细、有针对性地评论。……美国对中国的兴趣似乎达到了顶峰，此时比以往任何时候都更需要对中国文化进行冷静而明智的阐述。……一个人不再被自己的力量所限制，也不再被自己的局限所约束。在学习的共同体中，没有边界。①

他还借用《通报》创刊者语来表达自己的创刊初衷："创办一本新杂志，既不是出于个人虚荣心，也不是为了不必要地增加现有期刊数量，而是因为我们坚信，我们所出版的期刊会填补一个令人烦恼的空白。"②正如他们所秉持的理念，《中国文学》杂志首期便刊登了 17 篇知名汉学家的文章与书评，如著名法国汉学家雷威安(André Lévy，1925—2017)、美国汉学家薛爱华(Edward H. Schafer，1913—1991)、韩禄伯(Robert G. Henricks，1934—　)、康达维(David R. Knechtges，1942—　)和宇文所安等。《中国文学》杂志凭借着强有力的学术团队及赞助者的大力支持，短时间内便收获了西方汉学界极高

---

① Eugene Eoyang，William H. Nienhauser："Foreword"，*Chinese Literature：Essays，Articles，Reviews*，Vol. 1，1979，p. 1.

② Ibid.

的评价。伊维德教授评价道：

> CLEAR(《中国文学》)非常吸引人的地方是它不仅有常
> 见所需的书评,还包含大量涵盖特定主题或特定语言研究的
> 评论文章。……CLEAR 至今已表现出极高的质量,收录文
> 章拥有详尽注释……CLEAR 是一本极其重要的期刊,无论
> 是对于汉学图书馆还是对于比较文学系来说,都是必不可少
> 的。每个研究中国文学和文化的学生都应该阅读
> CLEAR。[①]

精良的学术团队与高质量的文章都是优秀期刊不可或缺的条件。
杂志的成功创办与发行,使得倪豪士在汉学研究中有了更广阔的视
野,对中国文学与文化有了更宏观的把控。1983 年,他赴台湾大学担
任客座教授。在此前的三年时间里,倪豪士编写了《印第安纳中国古
典文学指南》,并用中文撰写了多篇学术论文。这些作品的陆续出版
与见刊,也让倪豪士在西方汉学界的地位日渐稳固凸显。在印第安纳
大学,柳无忌的治学之道影响着倪豪士一生的学术研究之路。无论是
学术研究,抑或是译介工作,倪豪士都始终秉承着严谨认真的学术态
度,其著作和论文均具有翔实的注释与充分的注解说明。

(三)痴心史记,华典英译

倪豪士一直对唐传奇兴趣浓厚,不仅用中文撰写了与唐传奇相关
的学术论文,如《〈南柯太守传〉、〈永州八记〉与唐传奇及古文运动的关
系》《〈南柯太守传〉的语言、用典和外延意义》《唐传奇中的创造和故事

---

① Wilt L. Idema："Reviewed Work(s)：*Chinese Literature*：*Essays*，*Articles*，*Reviews* by Eugene Eoyang and William H. Nienhauser Jr，" *T'oung Pao*，Second Series，Vol. 66，1980，p. 340.

讲述：沈亚之的传奇作品》等，还翻译并出版了《唐传奇》①。研究唐传奇的过程并不轻松，倪豪士在研读文本时常感到对有些部分不甚理解。在中国台湾任教期间，他与众多中国古典文学研究专家结下深厚情谊。当其提及唐传奇研究有关难点时，著名学者王秋桂教授建议他先去研读《史记》。正是这一建议，开启了倪豪士与《史记》的半生缘。

　　1989年，年近半百的倪豪士在台湾文建会的资助下，带领郑再发、魏伯特（Robert Reynolds）、陈照明和吕宗力等人组成翻译团队，开始着手英译《史记》。在此之前，著名汉学家华兹生已经出版了接受度高、可读性强的《史记》选译本。倪豪士认为"西方的现实接受环境需要两种不同的译本"②，与华兹生英译本不同，其翻译目标是"译出一种忠实的、具有详细注解的并尽可能拥有文学可读性与文体统一性的《史记》全译本"③，其翻译目的在于"帮助阅读"，且译文中包含"准确的注释又将使译文更能为学者所用"④。倪豪士团队采用的翻译底本为1959年中华书局出版的十册版《史记》，整理者为顾颉刚（1893—1980）、宋云彬、贺次君和聂崇岐。除此之外，他们还参考了泷川资言（Takikawa Kametaro，1865—1946）编撰的

① 倪豪士分别于2010年和2016年翻译出版了两卷《唐传奇：导读》（*Tang Dynasty Tales：A Guided Reader Vol. 1/Vol. 2*），均由新加坡世界科学出版社（Singapore：World Scientific Publishing Co.）出版，翻译底本主要为王梦的《唐人小说校释》（台北：中正书局，1983年）和李建国的《唐宋传奇品读辞典》（北京：新世界出版社，2007年）。

② 魏泓：《历史的机缘与承诺——美国著名汉学家倪豪士〈史记〉翻译专访》，《外语教学理论与实践》2018年第3期，第86页。

③ William H. Nienhauser，Editor and Co-translator：*The Grand Scribe's Records*. Vol. I，Bloomington：Indiana University Press，1994，p. xviii.

④ 倪豪士（著），罗琳（译）：《〈史记〉翻译回顾》，《国外社会科学》1994年第3期，第62页。

1934 年日本东方文化学院东京研究所出版的《史记会注考证》①，1955
年台湾二十五史编刊馆出版的北宋景祐监本《任寿二十五史》以及
1968 年台北商务印书馆出版的黄善夫编的《百纳本二十四史》，1969
年小川环树（Ogawa Tamaki，1910—1993）主编、东京筑摩书房（Tokyo
Chikuma Shobo）出版的《史记列传》，1973 年吉由贤抗（Yoshida
Kenko）主编由东京明治书院（Tokyo Meiji Shoin）出版的《史记》，
1983 年王叔岷（1914—2008）主编由台北历史语言研究所出版的《史记
校正》，1988 年王利器主编由三秦出版社出版的《史记注释》等。②

倪豪士团队将精确性与学术性放在译介第一位，力求为西方学者
专家译出精确的《史记》全译本。其译本保留了原文体例结构，按照原
文的排列顺序对本纪、世家、列传依次进行翻译。每卷译本中均有真
诚的致谢，《序言》中就翻译项目情况、该卷内容以及翻译方法做出详
细介绍，使用说明中就该卷出现的各类注释与术语表进行详尽解释，
年表纪事翔实易懂，度量衡表不仅列出中西对比，还一一给出参考资
料来源。为了避免冗长的注释与重复的术语影响阅读体验，每卷译本
还配有数十页的缩写表。每篇译文之后都有译者注，每卷译本之后都
有全书的参考目录、索引表以及朝代地图。在翻译实践中，每篇译文
均有一名主要译者负责初稿，翻译团队成员进行审校及讨论，对于不

---

① 泷川资言编撰的《史记会注考证》出版以来，受到文学界和史学界的高度关注，影
响深远。钱锺书在《管锥编·史记会注考证五八则》中写道："泷川此书，荟萃之功
不小，挂漏在所难免。涉猎所及，偶为补益，匪吾思存也。"（钱锺书：《管锥编（第一
册）》，上海：上海古籍出版社，1979 年，第 249 页。）上海古籍出版社 1986 年出版
的《史记会注考证附校补》的"出版说明"中提到："《考证》资料比较详实。……《考
证》内容繁富。……对前人未加解说或解之未详的亦往往加以考说。……泷川常
于正文之下，指出此事见于某书；与他书文字有异，也予注明。……《考证》特别注
重地理……此外，正文、注文全部断句，这在标点本未问世之前，不能不说是一项
成果。"（泷川资言考证，水泽利忠校补：《史记会注考证附校补》，上海：上海古籍出
版社，1986 年，第 1-2 页。）
② 参见 William H. Nienhauser，Editor and Co-Translator：*The Grand Scribe's
Records*. Vol. I，Bloomington：Indiana University Press，1994，pp. xvii-xxv.

确定之处与诸多中外专家进行讨论，这些名家中就包括《史记》研究专家韩兆琦教授和中国社会科学院历史研究所吴树平研究员。不论是译介策略还是实践过程，无不体现了倪豪士严谨治学的态度。这种翻译策略与翻译态度，无论是在 20 世纪 80 年代还是如今，都值得参与文化典籍译介的实践者借鉴与学习。美国翻译理论家阿皮尔（Kwame Anthony Appiah，1954—　）于 1993 年提出"厚译"（Thick Translation）概念：

> 我对文学翻译有着不同的理解，也就是说，翻译的目的是在文学教学中使用。在我看来，这种"学术性"翻译，即通过注释和附注将译语文本置于深厚的文化和语言背景下的翻译，是极具价值的。我将其称为"厚译"。①

"厚译"概念自提出后，在翻译界影响广泛。英国伦敦大学学院（University College London）西奥·赫曼斯教授（Theo Hermans）对"厚译"评价道，"如果我们要研究跨语言和跨文化的翻译，'厚译'似乎是一条值得追寻之路"②。倪豪士所拥有的翻译理念与治学思想是具有前瞻性的。虽然倪译本《史记》1994 年才付梓出版，但倪豪士团队早在 1989 年开始翻译实践时，便已确定其翻译策略和方法，而"厚译"翻译概念在几年后才被提出。

《史记》英译本中除了用注释对文化负载词加以说明外，倪豪士团队对具体词语的选用也十分考究。仅就书名"史记"二字的翻译而言，倪译本为"The Grand Scribe's Records"。"史记"二字意为对历史的记录。《牛津高阶英汉双解词典》对"scribe"的界定为："a person who

---

① Kwame Anthony Appiah："Thick Translation，"*Callaloo*，*On "Post-Colonial Discourse"：A Special Issue*，Vol. 16，No. 4，1993，p. 817.

② Theo Hermans："Cross-Cultural Translation Studies as Thick Translation，"*Bulletin of the School of Oriental and African Studies*，Vol. 66，No. 3，2003，p. 386.

made copies of written documents before printing was invented."① (在印刷术发明之前,手抄文本复件的人)夏朝伊始,中国就有"太史令"一职。司马迁于 37 岁继承父亲"太史令"官职,记载史事,著述史书。其当时的主要工作是记录并编写史书,从此层意义上来说,将"太史公"译为"scribe",能为西方读者更好地呈现司马迁在中国历史上的真实形象。"作为文化沟通的信使,译者也有责任让目标读者欣赏原原本本的中国文学作品,体会中国文学的艺术特点和魅力"。② 而倪译本正是如此,其对中国文学作品中人物形象的传播起到了促进作用。如《史记·项羽本纪》中的例子:

原文:今日固决死,愿为诸君快战,必三胜之,为诸君溃围。③

倪译:Today, I must surely resolve to die, but let me fight a **joyful battle** for you first. I **vow** to defeat them three times.④

《史记笺证》中记载"快战"意为"痛痛快快、漂漂亮亮地打一仗。又,快战:一作决战"⑤。"快战"一词,译为"joyful battle"。"joyful"在

① 霍恩比:《牛津高阶英汉双解词典》(第 7 版),王玉章等译,北京:商务印书馆,2009 年,第 1791 页。

② 朱振武:《〈三国演义〉的英译比较与典籍外译的策略探索》,《上海师范大学学报(哲学社会科学版)》2017 年第 6 期,第 88 页。

③ 司马迁(著),韩兆琦(评注):《〈史记〉评注本》,长沙:岳麓书社,2004 年,第 189 页。

④ William H. Nienhauser, Editor and Co-Translator: *The Grand Scribe's Records*. Vol. I, Bloomington: Indiana University Press, 1994, p. 206.

⑤ 韩兆琦编著:《史记笺证》,南昌:江西人民出版社,2009 年,第 634 页。

《牛津高阶英汉双解词典》中解释为"very happy；causing people to be happy"①（非常开心；使人感到开心）。在此处的词语选择上，倪豪士团队的用词与司马迁对项羽人物形象的构建相符合，"joyful"一词不仅巧妙地将西楚霸王此时四面楚歌的复杂情绪与想要殊死一搏的痛快感表达出来，还展示了项羽此时身陷囹圄但仍豁达的霸王心态。

"愿为诸君快战"一句中的"愿"在《古代汉语词典》中的释义为"①心愿，愿望；②愿意，情愿；③希望；④倾慕，仰慕；⑤思念"②。倪豪士团队将其译为"vow to"，《牛津高阶英汉双解词典》对"vow"一词的解释为"to make a formal and serious promise to do sth or a formal statement that is true"③（正式且认真地承诺做某事或做出严正声明）。项羽自带兵起义起已有 8 年，亲自参战 70 余场，从未战败，因而称霸。此处语境为项羽在撤离路上遭到农夫欺骗，面对围追堵截，与其下属对话，表达自己内心的想法。倪译本将"愿"译为"vow"，显示出西楚霸王气宇轩昂的魅力与面对危难时的王者担当，生动描绘出项羽真心诚意愿为跟随他征战沙场的壮士们去与敌军决一死战、打他个酣畅淋漓的英雄气概。

倪豪士深厚的学术素养为《史记》的"学术化"英译提供了保证。他在面对不同翻译目的的作品时所使用的翻译方法也有所不同。《史记·五帝本纪》中黄帝战蚩尤的故事，倪豪士曾在 1985 年发表的论文《中国小说的起源》（"*The Origins of Chinese Fiction*"）中对这一"母题"故事做过研究，他在文章伊始《山海经》的译文中将"黄帝"与"蚩尤"分别译为"Huang-ti 黄帝（The Yellow Emperor）"和"Ch'ih Yu（The Wormy Transgressor）"；在其后《集仙录》与《太平御览》中均直

---

① 霍恩比著、王玉章等译：《牛津高阶英汉双解词典》（第 7 版），北京：商务印书馆，2009 年，第 1097 页。

② 《古代汉语词典》编写组编《古代汉语词典》，北京：商务印书馆，2003 年，第 1952 页。

③ 霍恩比著、王玉章等译：《牛津高阶英汉双解词典》（第 7 版），北京：商务印书馆，2009 年，第 2253 页。

接将"黄帝"与"蚩尤"表示为"The Yellow Emperor"和"The Wormy Transgressor"①;在《史记·五帝本纪》英译本中,"黄帝"与"蚩尤"第一次出现时分别译为"The Huang-ti 黄帝(The Yellow Emperor)"和"Ch'ih-yu 蚩尤(The Wounder)",再出现时均使用汉字韦氏拼音"The Huang-ti"和"Ch'ih-yu"②。

由此看来,倪豪士虽然推崇学术化"厚译",但学术论文中出现的文学作品译文,更多地是用来为自己的论点作支撑,此时的译文会更注重文学可读性。他这一机智处理在学界亦获得了好评。新西兰汉学研究者约翰·马尼在评价其学术论文时称,"倪豪士既生动有趣又准确可读的译文,为其论述提供了大力支持"③。翻译学术论文和专著中的文学作品时,倪豪士在保留源语文化异质性的基础上,同时保证了译文的易懂与可读性。当涉及故事情节讨论时,他还注重译文的故事性,会适当弱化译文的异域痕迹。在专业的学术化"厚译"典籍中,倪豪士则会完整保留源语异质文化,给出详尽注解和资料考证,保留源语文化表达形式,让读者和研究者能更好地体验异域文化。

因"厚译"本《史记》注释繁多且具有学术研究价值的特点,西方学界对其好评如潮。美国汉学家葛朗特·哈代(Grant Hardy)称:

> 我认为倪豪士的《史记》英译本值得仔细反复阅读。……如果倪豪士及其团队能坚持到底,他们的译本将会是一个世纪甚至更长时间里最权威的英译本。……我十分期待看到未来的译卷。④

---

① 参见 William H. Nienhauser: "The Origins of Chinese Fiction," *Monumenta Serica*, Vol. 38, 1988 - 1989, pp. 191 - 219.

② 参见 William H. Nienhauser, Editor and Co-Translator: *The Grand Scribe's Records*. Vol. I, Bloomington: Indiana University Press, 1994, pp. 1 - 2.

③ John Marney: "Reviewed Work(s): *P'i Jih-hsiu* by William H. Nienhauser," *World Literature Today*, Vol. 54, No. 3, 1980, p. 486.

④ Grant Hardy: "His Honor the Grand Scribe Says...," *Chinese Literature*: *Essays*, *Articles*, *Reviews*, Vol.18, 1996, p. 151.

不过，繁多的评注也在一定程度上影响了文本阅读的流畅度。在倪译《史记》第八卷第一篇译文《张耳陈余列传第二十九》（Chang Erh，Ch'en Yü，Memoir 29）中，正文内容仅 3 行，注释足足占了 31 行，注释是正文的十倍有余。注释一旦篇幅过多，便会影响读者的阅读体验。不仅如此，繁复的注解也为倪译本带来了校对与审核上的纰漏。卜德指出："倪译本第一卷第 136 页缺少术语的中文表达，译文缺少中文通常意味着索引中也没有中文。"①当然，译本中出现的这些问题与倪豪士为中国文化走进英语世界所做的贡献相比，都是微不足道的。

皮日休和柳宗元是倪豪士最喜欢的两位唐代诗人，对倪豪士的汉学研究起着至关重要的作用。倪豪士在两位文学家的作品中看到了他们在巨大挫折前仍努力发光的人性坚强之处。这种精神亦时时刻刻影响着倪豪士的汉学之路，促使他用这种豁达的精神去面对满路荆棘。如今已是耄耋之年的倪豪士仍全心全意致力于《史记》的英译，他的团队启动《史记》英译工程距今已有 30 余年，始终秉持着完成英语世界第一部为专家学者所用的《史记》全译本的理念，在这片翻译田野上默默耕耘。自 2016 年起，倪豪士多次于南京大学开展《史记》英译工作坊，距离他 1981 年第一次邂逅金陵学府已过去 40 年。40 年间，倪豪士一直保持着对中国文化最初的热爱，与广大专家学者一同探讨中国文化，一起研究中国文化典籍英译问题。倪豪士不仅为西方专家学者研究中国古典文化开辟了路径，同时也为中国文化走进英语世界做出了重要贡献。

---

① Derk Bodde："Reviewed work(s)：*The Grand Scribe's Records*. Vol. I," *Chinese Literature：Essays，Articles，Reviews*，Vol.17，1995，p. 142.

倪豪士主要汉学著译年表

1973	*Liu Tsung-yüan*（《柳宗元》），New York：Twayne Publishers
1979	*P'i Jih-hsiu*（《皮日休》），New York：Twayne Publishers
1986	*The Indiana Companion to Traditional Chinese Literature*（《印第安纳中国古典文学指南》），Bloomington：Indiana University Press
1988	*Bibliography of Selected Western Works on T'ang Dynasty Literature*（《唐代文学研究西文论著目录》），台北：汉学研究中心编印
1994	*The Grand Scribe's Records*. Vol. I and Vol. VII（《史记》英译本第一卷和第七卷），Bloomington：Indiana University Press
1994	《美国学者论唐代文学》，上海：上海古籍出版社
1995	《传记与小说：唐代文学比较论集》，台北：南天书局
1998	*The Indiana Companion to Traditional Chinese Literature*. Vol.2（《印第安纳中国古典文学指南》第二卷），Bloomington：Indiana University Press
2000	*Chinese Literature*，*Ancient and Classical*（《古代经典中国文学》英译本），Bloomington：Indiana University Press
2002	*The Grand Scribe's Records*. Vol. II（《史记》英译本第二卷），Bloomington：Indiana University Press
2006	*The Grand Scribe's Records*. Vol. V.1（《史记》英译本第五卷第一部分），Bloomington：Indiana University Press
2008	*The Grand Scribe's Records*. Vol. VIII（《史记》英译本第八卷），Bloomington：Indiana University Press
2010	*Tang Dynasty Tales*：*A Guided Reader*（《唐传奇：导读》），Singapore：World Scientific Publishing Co.

第五章　汉学家与中国古代史传文学的英语传播

2010	*The Grand Scribe's Records*. Vol. IX（《史记》英译本第九卷），Bloomington：Indiana University Press
2016	*Tang Dynasty Tales*：*A Guided Reader*. Vol. 2（《唐传奇：导读》第二卷），Singapore：World Scientific Publishing Co. *The Grand Scribe's Records*. Vol. X（《史记》英译本第十卷），Bloomington：Indiana University Press
2019	*The Grand Scribe's Records*. Vol. XI（《史记》英译本第十一卷），Bloomington：Indiana University Press ／ Nanjing：Nanjing University Press

夫宠而不骄,骄而能降,降而不憾,憾而能眕者,鲜矣。

——左丘明《左传》

Few indeed are those who are indulged but do not become prideful; are prideful but able to step down; are able to step down but not be indignant; are indignant but able to keep within boundaries!

—*Zuo Tradition / Zuozhuan*：*Commentary on the Spring and Autumn Annals*，trans. by Stephen Durrant

三 精研"史记"得"雾镜"
专攻"左传"润汉学
——美国汉学家杜润德译《左传》

美国汉学家
杜润德
Stephen Durrant
1944-

史蒂芬·杜兰特(Stephen Durrant, 1944—)①, 中文名为杜润德,1975年取得华盛顿大学哲学博士学位,后任教于俄勒冈大学东亚语言文化系(East Asian Languages & Literatures)。几十年来,他主要致力于中国古典文学研究,涉及《史记》《左传》《墨子》《春秋》等多部典籍,成果丰硕,影响深远。他于1995年出版的《雾镜——司马迁著作中的紧张与冲突》(*The Cloudy Mirror: Tension and Conflict in the Writings of Sima Qian*),(以下简称《雾镜》)是西方汉学界《史记》研究的代表作品。这部作品因对《史记》独树一帜的文学化解读而受到广泛赞誉。2016年,由其领衔翻译的《左传》被隆重推出,这是自1872年理雅各出版的《左传》译本后的第二部英文全译本。八秩高龄的杜润德时至今日仍活跃在汉学研究与译介领域,为中国文化在西方的传播做出了卓越贡献。

按:嵌入人名。杜润德英译《春秋》,并研究满族史诗,故云。

① 这篇文章部分资料来源于作者通过电子邮件对杜润德的书面采访。采访内容涉及杜润德的求学经历、《左传》译介理念、满文和《史记》研究等方面。

(一)恩师引路,结缘汉满

杜润德于 1944 年出生于美国,从小便对中国产生了强烈的好奇心。带着这番憧憬,杜润德在 1963 年来到了中国台湾,开始了为期三年的中国文化之旅。他并不认为自己是有天赋的语言学习者,但在浓厚中国文化气息的沁润下,杜润德通过刻苦的语言训练,快速掌握了现代汉语。回国后,杜润德来到杨百翰大学(Brigham Young University)继续攻读学士学位。他选择主修历史与中文两个专业,并以优异的成绩从大学毕业。深深痴迷于中国文化的他决定继续攻读华盛顿大学(University of Washington)的研究生学位。在那里,杜润德遇到了一位对他有着深刻影响的老师——著名汉学家,中国方言以及满族语研究专家罗杰瑞(Jerry Lee Norman,1936—2012)。在他的指导下,杜润德接受了汉语语法与语言学训练。罗杰瑞的满文研究对杜润德产生了极大的影响,满族语言以及满族文学便成为杜润德早期的研究方向。

1977 年,杜润德与同事格丽特·诺瓦克(Margaret Nowak,1944—　)共同出版了专著《〈尼山萨满传〉:一部满族民间史诗》(*The Tale of the Nišan Shamaness: A Manchu Folk Epic*,1977)。下称《民间史诗》),这也是杜润德出版的第一部学术著作。两位学者合作研究了一则名为《尼山萨满传》(*The Tale of the Nišan Shamaness*)的满族民间故事:尼山萨满借助自己的神力去阴间取回当地一位员外儿子的魂魄。她的大恩大德使得握有大权的员外拜倒在自己脚下。她在阴间遇见了死去的丈夫,却没有救她,任凭丈夫苦苦哀求。然而,尼山萨满戏弄丈夫的行为最终为她带来了灭顶之灾,皇帝听闻这件事后龙颜大怒,命人将尼山萨满投入了枯井。这则故事在众多通古斯民族①间

---

① 通古斯民族指所有使用阿尔泰语系中满—通古斯语族的民族。通古斯民族主要居住在俄罗斯、中国、朝鲜以及韩国境内。在我国,典型的通古斯民族有满族、锡伯族、鄂伦春族等。

广为流传传,反映了诸多萨满教教义,且对古代满族民间风貌做了较为详细的记录,因而对萨满教、满族文化研究颇具价值。

在《民间史诗》中,杜润德将《尼山萨满传》全文翻译为英文,使用的底本是由一位满族人士手写稿的影印本。影印本中有着诸多不规范的满文书写,包括一些模棱两可的表述和一些非标准满语的方言化表达等。① 杜润德以脚注的方式指出这些不规范的书写,并分析了原稿撰写者撰写时的主观原因。同时,杜润德对《尼山萨满传》的文本解读同样出彩。他认为尼山萨满的神力隐匿着对传统男权的颠覆力量:

> 听众聚在火堆旁,一同倾听这个伟大的民间故事。他们肯定喜欢尼山的古灵精怪,她戏弄有权势的男人,甚至羞辱自己的丈夫。但在笑声的背后,他们一定会产生一种不安,认为尼山走得太远了,她用自己的精神力量颠覆了既定的社会纲常秩序。②

在阐释这则故事时,杜润德并未强行赋予尼山萨满一个打破旧社会桎梏的女性形象,亦没有在故事中所体现的女性主义思想上过度生发。杜润德仅仅认为这则故事表现了"女性的传统角色和女性萨满的超然能力之间的隐匿的张力"③。同时,他在波伏瓦(Simone de Beauvoir,1908—1986)的《第二性》那里找到了相应的理论支持,即女性在被男权社会规训的同时,也时常表现出"令人不安的自然神秘"(the disturbing mysteries of nature)④。由此可见,杜润德从这则知名度并不高的中国少数民族文学作品中,提炼出了一种在中西文化中都可供参照的价值意义。

---

① Ruth-Inge Heinze:"The Tale of the Nišan Shamaness:A Manchu Folk Epic (Book Review)," *Journal of Asian Studies*,Vol. 38,No. 2,1979,p. 375.

② Stephen Durrant:"The Nišan Shaman Caught in Cultural Contradiction," *Signs*,Vol. 5,No. 2,1979,p. 347.

③ Ibid.,p. 340.

④ 西蒙娜·德·波伏瓦:《第二性》,郑克鲁译,上海:上海译文出版社,2011 年,第102 页。

汉语文本的满语译介同样是杜润德的研究重点。他在《盛京朝廷的汉满翻译》（"Sino-Manchu Translations at the Mukden Court"，1979）一文中研究了皇太极主政时期，满政权主导下的汉满译介的主要动机。杜润德追溯了著名满族翻译家达海（Dahai，1595—1632）的译介历程。作为满族"第一位伟大的汉语文本译者"①，达海的译介代表了早期的汉满翻译，他译介了三部具有军事战略色彩的汉语文本：《素书》《三略》《六韬》。《素书》与《三略》的思想曾经帮助刘邦建立了汉王朝，《六韬》的作者姜子牙则为周王朝的诞生立下了汗马功劳。由此，杜润德认为，这些文本均关涉一个新兴政权对没落王朝的征服，早期的满族统治者很可能认为，这些汉语文本中蕴藏着大量有关征服与治国的智慧，可以为己所用，因而大力推进它们的译介。同时，达海对《大乘经》《三国志》《孟子》等书的翻译以及同时期其他译者对辽、金、元、宋等朝史书的译介历程，均反映了早期满族统治者通过翻译汉语文本增进自己的统治智慧的意图。通过研究，杜润德对一种学界盛行的观点发出怀疑，即早期的汉满译介是为了"促进满族的汉化"。②

杜润德认为："从语言学的角度来看，满语有着丰富的研究价值。"在《清晰度与字符：皇太极对汉语复杂性的解决之道》（"Clarity vs. Character：Abahai's Antidote for the Complexities of Chinese"，1978）③一文中，他指出，满语作为阿尔泰语系的一个分支，相较于汉语，更符合西方人的语言使用习惯，因为满语有着相对固定的语法，以及和西方语言相近的词性规则，它同时还是一种字母语言。④ 但通过汉语与满语对比，杜润德也意识到一个令人沮丧的事实：由于汉语"出

① Stephen Durrant："Sino-Manchu Translations at the Mukden Court，" *Journal of the American Oriental Society*，Vol. 99，No. 4，1979，p. 653.

② Ibid.，p. 654.

③ 皇太极的真名存在争议，杜润德在此处采用了俄罗斯汉学家 G. V.戈尔斯基的观点，即皇太极的本名为"阿巴海"（Abahai）。

④ Stephen Durrant：" Clarity vs. Character：Abahai's Antidote for the Complexities of Chinese，" *Deseret Language and Linguistic Society Symposium*，Vol. 4，No. 1，1978，p. 149.

奇的困难"（absurdly difficult），它在学生中难免遭受冷遇；相比之下，学生更愿意学习满语。他直言道："如果我们想与占大约四分之一人口的居民交流的话，我们将不得不掌握单音节的没有语法的汉语。"①这是杜润德的隐忧。

（二）结伴史公，精研《史记》

大学期间，杜润德通过古典汉语课程接触到了《墨子》《史记》《左传》《春秋》等中国典籍。由于课程精读的要求，杜润德花费了大量时间与精力细细发掘这些典籍中蕴含的研究价值，对中国典籍的浓厚兴趣由此产生。1972年，正在攻读硕士学位的杜润德回到了阔别八年之久的台湾，在此后的一年时间都沉浸在中国古典研究中，与这些中国典籍的一生之缘由此展开。1975年，杜润德以论文《〈墨子〉语法与文本问题考究》（"An Examination of Grammatical and Textual Problems in Mo Tzu"）从华盛顿大学获得哲学博士学位。与此同时，他的《史记》研究亦在如火如荼地进行。

除了《墨子》，杜润德结缘最深的中国典籍当属《史记》。《史记》研究也是杜润德在西方汉学界最负盛名的成果之一，其中最著名的专著莫过于前文提的《雾镜》。这一作品甫一面世，便在汉学研究界产生了强烈反响，"美国加州大学伯克利分校奚如谷（Stephen H. West，1944—　）教授称赞这是本古典、史学和文学相结合的出色学术著作，盛赞杜润

① Stephen Durrant："Clarity vs. Character：Abahai's Antidote for the Complexities of Chinese," *Deseret Language and Linguistic Society Symposium*，Vol. 4，No. 1，1978，p. 149.

德对历史和文学的卓越洞察力"①。《雾镜》全书共分为六章,分别为《第二位孔圣人的挫败感》(The Frustration of the Second Confucius)、《司马迁笔下的孔子》(Sima Qian's Confucius)、《司马迁与六艺和春秋》(Sima Qian, the Six Arts, and Spring and Autumn Annals)、《祖辈和鲜活的记忆》(Dying Fathers and Living Memories)、《有名或无名》[(Wo)men with(out) Names]、《理论家还是叙述者》(Ideologue versus Narrator)。杜润德详细探讨了《史记》的叙事技巧,揭示了"司马迁所经历的挫折与失败多大程度上激发了他的创造性活动"②。杜润德指出,司马迁惨遭宫刑,这一巨大的人生变故使他产生了极大的羞辱感,让他徘徊在苟延残喘与以死明志之间。《雾镜》细致分析了《史记》中所蕴藏的司马迁的彷徨、矛盾、沮丧、悲怆;探析了他对于孔子的复杂看法,以及这些看法对《史记》创作产生的巨大影响;考察了司马迁对《战国策》以及《左传》的改编,并认为这些改编中蕴藏着司马迁对个人凄凉境遇和沮丧之情的言说。不难看出,奚如谷口中杜润德"卓越的洞察力",正表现在他对司马迁创作心理精妙而扎实、富有逻辑又颇具胆量的推测与分析之中。杜润德曾言:"我们可以用枯燥的或精彩的方式来讲述过去的真实故事,而司马迁经常能以一种极为精彩的方式讲述中国过去的故事。从这个意义上说,他不仅是位历史学家,而且是位文学天才。"③司马迁在恢弘的历史书写中隐匿自己备尝艰苦的一生,用《史记》为自我言说。

2000 年,杜润德又与同事尚冠文(Steven Shankman,1947—)合作出版了专著《海妖与圣人——古希腊和古典中国的知识与智慧》(*The Siren and the Sage*:*Knowledge and Wisdom in Ancient Greece*

---

① 吴涛、杨翔鸥:《〈史记〉研究三君子——美国汉学家华兹生、侯格睿、杜润德《史记》研究著作简论》,《学术探索》2012 年第 9 期,第 79 页。

② Stephen Durrant:*The Cloudy Mirror Tension and Conflict in the Writings of Sima Qian*,New York:State University of New York Press,1995,p. xvii.

③ 魏泓:《〈左传〉〈史记〉等中国典籍在西方的翻译与研究——美国著名汉学家杜润德教授访谈录》,《外国语》2019 年第 3 期,第 100 页。

and China)（下称《海妖与圣人》）。这部著作将司马迁与希腊史学家修昔底德的创作进行了多重角度的对比。首先是两位史学家如何看待传统与自我的关系。司马迁将自己视为深受传统熏陶的孝子。他在《太史公自序》中表明自己的创作是家族修史传统的延续，尤其强调了自己对父亲司马谈生前工作的继承；同时，他充分吸收前代史书的创作经验，深受老子、孔子等先贤大哲的影响。这与修昔底德对其文学先辈荷马的创作大加批判的态度形成鲜明的对比。因而，"司马迁远比修昔底德更加自认为完全融入传统之中"①。其次是二人史书创作的体例差别。修昔底德的《伯罗奔尼撒战争史》(History of the Peloponnesian War)有着一以贯之的叙述主旨，清晰的结构明显借鉴了古希腊悲剧的书写方式，因此可以认为"有一种单独的文学体裁塑造并统一了这位希腊史家的作品"②；而《史记》则是诸多文本形式和记述材料的汇编。司马迁将"本纪"(Basic Annals)、"表"(Tables)、"书"(Treatise)、"世家"(Hereditary Households)、"列传"(Biographies)五种体例融为一体，这是史学的伟大开创。同时，杜润德认为出现这样体例的原因是多样的，如司马迁对《春秋》《左传》《公羊传》等传统文献的化用；当时社会和宇宙论思想的潜在影响（"十二本纪"对应农历十二个月和木星运行的十二星次）；腐刑的惨痛遭遇也深刻影响了司马迁的体例选择。最后，《海妖与圣人》对比了二者的史书创作多大程度上带入了自我的情感。修昔底德极力从讲述的故事中抹去自己的主观痕迹，尽可能客体化地呈现历史史实。与之相比，"司马迁对自己所讲述的故事有着更深的情感投入和牵涉"③。他在《孝文本纪》中对汉文帝的诸多德政，尤其是"除肉刑"的政策大加赞誉，其内在含义不言自明；他称颂屈原与贾谊，他们同为贤明之人却与自己一样怀才而不遇、忠贞而受辱；他在《李将军列传》中将李广塑造

---

① 尚冠文、杜润德：《海妖与圣人：古希腊和古典中国的知识与智慧》，吴鸿兆、刘嘉等译，上海：生活·读书·新知三联书店，2020年，第229页。

② 同上书，第183页。

③ 同上书，第229页。

为一代盖世英豪，而其中难免夹杂着个人的情感偏向：他与李广一样来自秦国故地，一样生不逢时。他为李广雄武悲壮的一生大书特书，其中难免寄予了对李氏这一将门世家的敬仰，和对其孙李陵的痛惜与同情。司马迁便是这样在史书创作中围绕个人和政治经验形塑了历史。由此可以看出，《雾镜》是杜润德立足于中国文化视角的司马迁创作研究，《海妖与圣人》则充分体现了杜润德的中西文化比较视野。

在此之后，杜润德和同事全力投入《左传》的翻译工作当中。当人们以为杜润德的《史记》与司马迁研究即将告一段落时，2016年，他与李惠仪（Wai-yee Li）、迈克尔·尼兰（Michael Nylan）、叶翰（Hans van Ess）等人一同出版了专著《〈报任安书〉与司马迁遗产》（*The Letter to Ren An and Sima Qian's Legacy* 以下简称《遗产》）。四位汉学家共同为读者呈现了一场精彩的讨论：《报任安书》真的是司马迁所作吗？其中，迈克尔·尼兰与叶翰均对司马迁的作者身份产生了怀疑，叶翰认为我们目前在《汉书》所看到的《报任安书》中有诸多叙事上的矛盾，这些疑点都不得不使人怀疑司马迁的作者身份。但他同时也认为，这亦有可能是班固对其进行了大刀阔斧改写的结果。迈克尔·尼兰则将《报任安书》与《史记》以及其他的司马迁作品进行了语言特征上的对比，认为这封信在语言的使用上完全不同于司马迁的叙事传统。与两位同事强烈的质疑态度不同，李惠仪和杜润德还是认为《报任安书》是司马迁辉煌创作生涯的一部分。杜润德认为，"这封信表面上是写给任安的，实际上是写给子孙后代的，说明了司马迁编撰《史记》的动机，从而使自传式的历史解读合法化"①。四种不同的声音齐聚一堂，看似矛盾的观点相互碰撞，火花四溢。

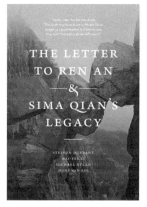

① Christian Schwermann："Stephen Durrant，Wai-yee Li，Michael Nylan and Hans van Ess. The Letter to Ren An and Sima Qian's Legacy," *The American Historical Review*. Vol. 122，No. 4，2017，p. 1194.

杜润德对《史记》的文学化解读在西方汉学界独树一帜，对司马迁创作心理的深入分析尤为精妙，他以再现作者写作的第一视角的方式营构司马迁的史学世界。而跨文化视野下的司马迁与西方史学巨匠的对比研究更使得司马迁的史学创作打破了地域文化的局限，生发出世界性的意义。如今，有国内学者将杜润德、华兹生和候格睿（Grant Hardy，1961— ）并称为美国汉学界"史记研究三君子"①，他们对《史记》以及司马迁的研究各有侧重，但均凸显出司马迁在世界史学史中举足轻重的地位。

（三）匠心独运，移译《左传》

在谈及自己的翻译理念时，杜润德认为，译者为读者服务的最好方法是使译文易于理解，在翻译时应力求将汉语译为最清晰的英语。学术化的翻译会使得译文充满过多专业化的语言，普通大众往往难以接受。研究人员作为翻译工作的主力军，往往都在追求这种学术化的翻译。对此，他说道："我们应不断自问，是否我们所写的东西能被广泛的非专业读者接触到。"②而中国典籍的文本性质决定了它们的翻译必然具有高度的学术性色彩，这就需要译者在"文本呈现方式、围绕它的解释材料和所使用的语言类型"③等方面更多考虑普通读者的需求。在他看来，倪豪士主持翻译的《史记》是这方面的典范。杜润德曾亲自参与了这项译介工作，翻译了第八卷中的《魏豹彭越列传》一文。相较于华兹生的译本，倪译《史记》中有着大量的注释索引，这使得这部译作在有着相当可读性的同时兼具极高的学术价值。杜润德对此有着高度的评价，他认为："倪译注释详尽，体现了丰富的评注传统，既

---

① 吴涛、杨翔鸥：《〈史记〉研究三君子——美国汉学家华兹生、候格睿、杜润德〈史记〉研究著作简论》，《学术探索》，2012 年第 9 期，第 75 页。
② 魏泓：《〈左传〉〈史记〉等中国典籍在西方的翻译与研究——美国著名汉学家杜润德教授访谈录》，《外国语》，2019 年第 3 期，第 98 页。
③ 同上书，第 99 页。

能让读者很好地把握原文的疑难之处,又能让读者品味到《史记》深厚的中文学术传统。"①

在《史记》的研究过程中,杜润德发现其对《左传》中一些故事的改写方式颇为巧妙,这使得杜润德的研究兴趣转向了《左传》,并萌生了翻译《左传》的想法。但他担心自己永远无法读完中国学术界《左传》研究的高质量成果。此时,罗杰瑞提醒他应该将重点放在杜预和杨伯峻的评注上,而不要遍地撒网。同时,杜润德渐渐明白了谁都不可能做出真正"完美的翻译"②。丢掉了心理包袱,并随着对《左传》研究的日益深入,杜润德开始了长久的翻译规划和筹备。他找到了两位志同道合的同仁,一同创作《遗产》的李惠仪以及加州大学洛杉矶分校(University of California,Los Angeles)教授史嘉柏(David Schaberg)。三位学者组成了翻译工作组,耗十年之功译介《左传》。

在杜译《左传》出版之前,理雅各于 1872 年出版的《左传》译本是唯一的英文全译本。理雅各本人也对自己的翻译十分满意,他认为自己的《左传》翻译达到一种"已臻成熟的翻译风格"③。然而,作为一部将近 150 年前的译本,理译《左传》存在着相当数量的错译,理雅各本人对《左传》中的部分细节也存在着理解上的误区。这使得理译《左传》已经很难满足现代汉学的学术与教学需求,用杜润德本人的话说:"历时多年,我认为,对这部古老巨著,我们迫切需要一部全新的英译本来取代曾经的译作。"④

杜译《左传》以阮元《十三经注疏》和杨伯峻的《春秋左传注》为底本。在《序言》中,杜润德首先向前辈理雅各的工作致以崇高的敬意,

<hr />

① 魏泓:《〈左传〉〈史记〉等中国典籍在西方的翻译与研究——美国著名汉学家杜润德教授访谈录》,《外国语》2019 年第 3 期,第 97 页。

② 同上。

③ 诺曼·吉瑞德:《朝觐东方:雅格里评传》,段怀清、周俐玲译,桂林:广西师范大学出版社,2011 年,第 67 页。

④ 参见 "Asia Now Speaks with the Translators of Zuo Tradition/Zuozhuan," *Asian Studies*,https://www.asianstudies.org/asianow-speaks-with-the-translators-of-zuo-traditionzuozhuan,2021 年 3 月 15 日。

并坦言自己是站在理雅各的肩膀上完成的这部译作。但同时，他认为理雅各译本的"维多利亚风格"在如今的英语世界早已过时，对春秋时代的注释亦不具备足够的学术价值。更为关键的是，"尽管经过了几次的再版，理雅各版本的《左传》在排版格式（format）和呈现方式（presentation）上的吸引力乏善可陈，十分死板，难以使用"①。而杜润德团队显然针对这个问题进行了大量的工作。杜译《左传》有着不下于倪译《史记》的丰富注释。"译文主体中还穿插了斜体字的介绍，用以强调重大的历史事件，或者点明贯穿某些篇章的共同主题，便于读者在阅读时将散落于不同篇章的零落事件相互关联"②。为了方便读者按图索骥，杜译《左传》还设置了大量的辅助材料，如鲁国十二公期间的主要国家疆域地图、主要民族分布图、人物姓名列表和主要地点名称列表等。同时，杜润德团队做出了一个大胆的决定：在《左传》中，同一人物在不同的章节中也许会存在多个不同的称呼，杜润德团队决定对人物使用统一的称呼。（只有《春秋》与《左传》中的称呼不同时，才会同时保留，并以注解标明。）所有以上种种做法都是为了在增进译著的学术性的同时，方便"非专业读者"阅读，以实现《左传》更为广泛的传播，这无疑是杜润德译介理念的贯彻。

在翻译的策略和方法上，杜润德多采用归化和意译的方法。一方面是为了方便西方读者理解和接受，另一方面也是《左传》叙述特色的必然要求。《左传》的叙述简洁明快，句子多为短句，这就意味着译者在翻译的过程中必须准确全面地把握短句中所蕴含的丰富信息。为了能使来自英语世界的读者更易于把握《左传》的内容，译者有必要在翻译时为这些短句做出相应的补充。例如，在《文公》（*Lord Wen*）一卷中的"毛伯卫来求金"，此句中的"金"需加以全面的补充说明，否则

---

① Stephen Durrant，Wai-yee Li，David Schaberg：*Zuo Tradition/Zuozhuan Commentary on the Spring and Autumn Annals*，Seattle：University of Washington Press，2016，p. xxiv.

② 黄淑仪：《美国汉学中的〈左传〉译介与文学性研究》，《江西社会科学》2017 年第 2 期，第 116 页。

将很难被西方读者所理解。杜润德将此句翻译为"The Mao Liege Wei came to seek bronze burial gifts"①，通过增译和意译告诉读者"金"是一种青铜制的丧葬礼器，而非字面意义上的"金子"或"财产"。可见，杜润德团队在翻译时进行了大量的考证，并尽可能译出简短原文所蕴含的丰富信息量。左丘明作为一位鲁国史学家，他本人在创作《左传》时有着较为明显的身为鲁国人的主体意识，杜润德团队对这种主体意识把握也十分到位。例如，在记述外邦人访问鲁国、谨见鲁公的事件时，左丘明多使用"来朝""来见"等词语，为了译出同样的效果，杜润德使用归化的策略，用"our lord"来指代鲁国公，在解释说明"公"的含义的同时，用更加贴近西方读者语言习惯的方式表达出了左丘明的主体意识。

2016 年，华盛顿大学出版社出版了由杜润德领衔翻译的《左传》，在汉学界获得了广泛的认同，诸多著名汉学家对杜译《左传》出色的翻译以及强大的注释索引功能赞不绝口。夏含夷（Edward Louis Shaughnessy，1952— ）评价道："新版译本的译文明快生动，引言简单明了，内容翔实，注释和索引有着相当的作用"②。卜正民（Timothy James Brook，1951— ）则认为杜译《左传》使得这部"具有重要意义的作品最终可以在全球早期核心的历史经典著作中占据一席之地"③。2018 年，杜译《左传》荣获美国亚洲研究协会（Association for Asian Studies）颁发的韩南翻译奖。杜润德宛如汉学常青树一般，在年近八旬的高龄迎来了自己汉学生涯最辉煌的时刻。

译本终究要走入寻常百姓之家，杜润德始终这样期待着。雷蒙·

---

① Stephen Durrant，Wai-yee Li，David Schaberg：*Zuo Tradition/Zuozhuan Commentary on the Spring and Autumn Annals*，Seattle：University of Washington Press，2016，p.513.

② 参见 "Zuo Tradition/Zuozhuan Commentary on the ' Spring and Autumn Annals'". *University of Washington Press*，2021. https：//uwapress. uw. edu/book，2021 年 3 月 15 日。

③ Ibid.

斯坦利·道森(Raymond Stanley Dawson,1923—2002)翻译的《论语》入选牛津大学出版社的《世界经典》丛书,这令杜润德感到由衷的欣慰。对此,他在论文《救赎司马迁》(*Redeeming Sima Qian*,1997)中写道:"一个面向普通大众的科普类丛书中引入了一部亚洲文学经典。"①同时,杜润德也期盼着如《左传》《史记》这样的经典在翻译后也能享受同样的殊荣。与辉煌的学术之路相辉映的是出众的教学生涯。2001年,为表彰杜润德出色的教学工作,俄勒冈大学将托马斯·赫尔曼奖(Thomas F. Herman Award)授予了他。当时的东亚语言文学系主任这样评价杜润德:"对于他的大多数学生而言,那些复杂文化的机理是完全陌生的,而他朴实的授课风格使得再复杂的文化都易于理解和接受。"

杜润德为人谦和低调,尽显中国文化的君子之风。用他曾经的学生、美国著名汉学家安东尼·E. 克拉克(Anthony E. Clark,1967—　)的话来说:"杜润德的作品数量惊人,有着极高的价值,但他本人很少费尽心思自我宣传。"②谦逊为人的背后是其熠熠生辉的学术成果:《史记》的文学化解读紧扣司马迁的创作心理,从立足于中国文化场域内的文史解读,到跨文化视野下的中西史学对照,实现了由个案生发现象、从单一构建多元的学理路径。《左传》的译介为汉学界的《左传》研究提供了有力的学术资料和权威的教学材料,大大提高了《左传》在西方世界的研究地位。杜译《左传》以朴实简明的译文和系统讲究的注释索引,为西方世界娓娓述说先秦254载春秋。

---

① Stephen Durrant:"Redeeming Sima Qian," *China Review International*, Vol. 4, No. 2, 1997, p. 308.

② Anthony E. Clark:"Warming the Past:Paul Serruys, Stephen Durrant & the Voices of Ancient China," *Whitworth Digital Commons*, Vol. 2, 2015, p. 9.

杜润德主要汉学著译年表

1977	*The Tale of the Nišan Shamaness：A Manchu Folk Epic*（《尼山萨满传：一部满族民间史诗》），Seattle：University of Washington Press.
1978	"Clarity vs. Character：Abahai's Antidote for the Complexities of Chinese"（清晰度 VS 字符：皇太极对汉语复杂性的解决之道》），*Deseret Language and Linguistic Society Symposium*，No. 1，pp. 141-149
1979	"Sino-Manchu Translations at the Mukden Court"（《盛京朝廷的汉满翻译》），*Journal of the American Oriental Society*，No. 4，pp. 653-661
1979	"The Nisan Shaman Caught in Cultural Contradiction"（《文化矛盾中的尼山萨满》），*Signs*，No. 2，pp. 338-347
1985	"Self as the Intersection of Traditions：The Autobiographical Writings of Ssu-ma Ch'ien"（《传统交汇处的自我：司马迁的自传体书写》），J*ournal of the American Oriental Society*，No. 1，pp. 33-40
1992	"Ssu-ma Ch'ien's Conception of Tso chuan"（《司马迁眼中的〈左传〉》），*Journal of the American Oriental Society*，No. 2，pp. 296-301
1995	*The Cloudy Mirror—Tension and Conflictin the Writings of Sima Qian*（《雾镜——司马迁著作中的紧张与冲突》），New York：State University of New York Press
2000	*The Siren and the Sage：Knowledge and Wisdom in Ancient Greece and China*（与尚冠文合著，《海妖与圣人——古希腊和古典中国的知识与智慧》），Bloomsbury Academic

2002	*Thinking Through Comparisons：Ancient Greece and Early China* （《比较思考：古代希腊与早期中国》，与 Steven Shankman 合著），New York：State University of New York Press
2016	*The Letter to Ren An and Sima Qian's Legacy*（《〈报任安书〉与司马迁遗产》，与 Wai-Yee Li，Michael Nylan，Hans van Ess 合著），Seattle：University of Washington Press *Zuo Tradition / Zuozhuan：Commentary on the 'Spring and Autumn Annals'*（《左传》，与 David Schaberg 合译），Seattle：University of Washington Press

本章结语

借助于华兹生流畅地道的翻译,英译本《史记》不仅成为西方学者的案头读物,更是一个让人不忍释卷的艺术文本,实现了原著本身并没有达成的"雅俗共赏"的功用。

同样地,倪豪士皓首穷经凡廿八载,致力于以雄厚的副文本资源诠释原文、拓展原文,确立了译本在英语世界的史学经典地位,进一步增强了海外汉学的影响力。

杜润德对历史叙事的娴熟驾驭使之突破中国典籍传统的学术属性,通过多样化的文本呈现方式挖掘个体在宏大历史事件中的感受,生动还原历史场景,促成译作的"文化渗入"以及异域读者与原文的"视域融合",赋予西方读者新颖的全球视角。

可以说,正是译者对汉英两种并非同根互生语言体系的熟稔程度和文化视野,决定了他们能够对原文进行如此深入、丰富而又具备个性辨识度的重新解读,令原文获得了不一样的全新生命力。

由此可见,译作不必不如原文,甚而"正无妨出原作头地",尤其对于文学经典而言更是如此。因为从历史发展和文化传诵的角度来看,译作的价值并非复制模仿,而是更新创造。译者是与原著的对话和对原著的吸收,以便从原著中汲取养分并成就自身的新形态和新面目,以民族性促成世界文化多样性,继而传布新思想,廓开新空间,增加世界文学读者的黏性。

在中国传统戏曲的跨文化阐释及其现代转型中，汉学家译者发挥了重要的话语建构作用。戏曲中含有大量唱段、宾白、方言、俚语、詈词与禁忌语，这种复杂多变的语言风格对人物形象的塑造和整个文本意境的烘托举足轻重，也对英译形成了语言移译和语境重构的双重挑战。译者必须在"文化译"和"文学译"之间不断取舍，同时还要兼顾戏曲文本的口语化和表演性特征，难度之大可想而知。

本章所涉六位汉学家艾克顿、柯迁儒、白之、奚如谷、梅维恒、伊维德在译介中国戏曲的征途中如切如磋、如琢如磨。他们既是戏曲和说唱文学的异域知音，又是扩大其世界影响力的引路人。

艾克顿对中国文化满腔热忱，尽力显化原作精神内核，力挽古典戏曲之颓势。深受艾克顿熏陶的白之以腹有之诗书、文字之气华增译情节、深度诠释戏曲内蕴。柯迁儒以研养译，用词鲜活精准，译作历史感与文学性兼得。奚如谷对经典文本与"场上之曲"和表演程式的翻译并兼到位，全力还原戏曲作品全貌。梅维恒以"他者"视野开掘原作少人关注的细节内涵，于精准注释中尽显文采与哲思。伊维德高度重视译文与原作之间"功能对等"，努力在译文读者心中激荡起相似的心灵涟漪。

在他们"以己之眼，观彼之心"的孜孜求中，缺少了舞台演绎加持的戏曲唱本非但没有失去活力，反而因译者的全面阐释和多方补偿而别具风貌，在异国他乡绽放出独特的魅力。

第六章　汉学家与中国古代戏剧及说唱文学的英语传播

烽烟满郡州,南北从军走;叹朝秦暮楚,三载依刘。归来谁念王孙瘦,重访秦淮帘下钩。徘徊久,问桃花昔游,这江乡,今年不似旧温柔。

———孔尚任《桃花扇》

The smoke of war has covered half the land.

I have been with the army north and south，

One camp after another，three wasted years.

Now I return；who pities this wasted body?

I have lingered by the Ch'in-huai River，

Among the peach blossoms of my former haunt，

But the shore no longer extends its former welcome.

—*The Peach Blossom Fan*，trans. by Harold Acton，

Chen Shih-hsiang and Cyril Birch

一 唯美襟怀书画史
梨园妙笔北南东
——英国汉学家艾克顿译《桃花扇》

英国汉学家
艾克顿
Harold Acton
1904-1994

20世纪30年代，随着战后帝国主义的瓦解和西方精神危机的显现，一批英美学者逃离故土来到中国旅居生活，以期寻得新的精神家园。此时的中国，各方建设均有成就，新旧思想激荡，中西文化交融。这些因中国魅力而来的西方学者虽大都迷恋东方主义想象下的中国（Cathay），却也有不少因在中国（China）生活的切身经历而成为中国文化的传播者。英国作家、学者、唯美主义者哈洛德·艾克顿爵士（Sir Harold Acton，1904—1994）即是其中一员。

艾克顿80大寿时，他遍布全球的作家、历史学家、汉学家和文学评论家朋友们共同为其撰写了一部文集《牛津、中国和意大利》以作贺礼。这一书名折射了他人生历程的三个关键之地，也暗合了其身兼诗人、汉学家和历史学家的三重身份。艾克顿长居中国七年的生活让他成了通晓古今中国的汉学家。他译介中国新诗与古典文学作品，并根据自己在北京的生活经历创作了中国题材小说《牡丹和马驹》

按：艾克顿"身兼诗人、汉学家和历史学家三重身份"，且"对中国书画有着非常浓厚的兴趣"，曾随溥心畬学画，并与齐白石有交游，故曰"书画史"；其译介中国戏曲成果丰硕，包含京戏（北）、南戏（南）、昆曲（东）等多个流派，故曰"北南东"。此处借龚自珍《夜坐》"沉沉心事北南东"句。

（*Peonies and Ponies*，1941年出版；1984年再版）。纵观艾克顿的汉学研究，他对中国古典戏剧的译介成果最为丰厚。在他的两部回忆录《一位唯美主义者的回忆录》（*Memoirs of an Aesthete*，1948）和《一位唯美主义者的回忆录续》（*Memoirs of an Aesthete，1939－1969*）中，他曾多次回忆自己在北京看戏的经历，还坦言"北京戏院是我主要的消遣和爱好，每天大半的时间都在和不懂英语的中文老师周先生一起翻译喜欢的戏剧"①。中国古典戏剧是艾克顿这位具有世界公民特质的唯美主义者在中国之旅中寻找到的理想之美。

（一）世界公民，置宅北京胡同

　　艾克顿的世界公民特质是与生俱来的。他生长于意大利的佛罗伦萨，其父是英国艺术收藏家，其母是美国银行家之女。艾克顿在那座文艺复兴时期兴建的皮耶特拉庄园（Villa La Pietra）中长至9岁，后被父母送至英国读书，14岁入伊顿公学，19岁入牛津大学基督教会学院。在牛津，艾克顿在宿舍阳台用喇叭高声朗诵艾略特（T. S. Eliot，1888—1965）的《荒原》（*The Waste Land*，1922）片段，与人合创先锋派杂志，并发表了自己的首部诗集《鱼缸》（*Aquarium*，1923），成为学校的风云人物。其友伊夫林·沃（Evelyn Waugh，1903—1966）所著小说《旧地重游》（*Brideshead Revisited*，1945）中的安东尼·布兰奇（Anthony Blanche）就是以艾克顿为原型。20世纪20年代后期，艾克顿频繁出入伦敦各大沙龙，结识了英国诗人艾兹拉·庞德和爱尔兰小说家乔治·摩尔（George Moore，1852—1933）等文学大家和各界名流。

---

① Harold Acton：*Memoirs of an Aesthete，1939－1969*. New York：The Viking Press，1971，p. 2.

1932 年,艾克顿进行了一次旅行壮举。他从英国出发,沿美国东西海岸而行,经夏威夷,最后从日本来到中国。在北京各处短暂居住过一段时间后,他在离故宫不远的恭俭胡同里买下了一处四合院,长期定居于此,直到 1939 年离开中国。在北京居住的 7 年里,艾克顿除了在北京大学任教,广结文人雅士,还学习了中文,与人合译了中国文学作品。

1932 年冬,艾克顿受北京大学外文系主任温源宁邀请,开始讲授英国文学课程,先后共开设了"英国文学史""莎士比亚悲剧""莎士比亚喜剧"和"现代英文诗歌"4 门课程。在北京大学教学期间,他结识了梁宗岱、陈世骧、卞之琳、何其芳、废名、李广田和林庚等诗人和作家,并与陈世骧合作,翻译出版了首部《中国现代诗选》(*Modern Chinese Poetry*,1936)英译本。他还常常出入朱光潜、林徽因等学者举办的茶话会,并因此认识了萧乾。此后两人书信往来频繁,成为终生挚友。后来,当艾克顿立下遗嘱准备将其家传庄园及收藏品捐赠给纽约大学时,所提条件之一就是希望纽约大学邀请萧乾夫妇去该校访问。①

除了热爱中国新诗,艾克顿对中国古典文学更是表现出了浓厚的兴趣。在前往中国的旅途中,他一直在阅读"道家的哲学诗人庄子,理雅各译的儒家经典和亚瑟·韦利的精彩新译古诗"②。定居北京之后,他开始学习中文,并阅读了《三国演义》《水浒传》《红楼梦》等经典小说。和其好友亚瑟·韦利一样,艾克顿虽然喜欢这些长篇小说,但却不愿意耗费数年精力去用英语翻译这些大部头,因为翻译《红楼梦》这样的鸿篇巨制确实是一件不易之事③。对于那些明清通俗短篇小说,艾克顿就没能抑制住翻译的冲动。他和李宜燮(1914—1994)合作

① 萧乾著、文洁若选编:《悼哈洛德·艾克顿——一个唯美主义者的陨落》,《萧乾英文作品选》,北京:北京语言文化大学出版社,2001 年,第 399 页。

② Cyril Birch: "Harold Acton as a Translator form the Chinese," Edward Chaney & Neil Ritchieeds., *Oxford*, *China*, *and Italy*: *Writings in Honour of Sir Harold Acton on His Eightieth Birthday*. London: Thames and Hudson Ltd., 1984, p. 38

③ Ibid., p. 40.

翻译,选取了冯梦龙《醒世恒言》中的四个故事,即《赫大卿遗恨鸳鸯绦》("The Mandar in Duck-Girdle")、《刘小官雌雄兄弟》("Brother or Bride?")、《陈多寿生死夫妻》("The Predestined Couple")和《吴衙内邻舟赴约》("Love in a Junk"),最后结集出版了《胶与漆》(*Glue and Lacquer*,1941)。此书装潢精美,配以英国版画大师埃里克·吉尔(Eric Gill,1882—1940)的插画,并邀请到亚瑟·韦利作序,但只出版发行了 350 本,如今已成为收藏珍品。1947 年,《胶与漆》更名为《四个警世故事》(*Four Cautionary Tales*)再版。其实,艾克顿所译的中国短篇小说远远不止这四篇,但遗憾的是大都未能出版,目前仅在耶鲁大学的拜内克古籍善本图书馆(Beinecke Rare Book and Manuscript Library)的哈洛德·艾克顿档案中还能看到他的 19 篇中国短篇小说译稿。

艾克顿对中国古典文学的译介源自他对中国文化全面多元的喜爱。他对中国书画有着非常浓厚的兴趣,曾在与张大千齐名的爱新觉罗·溥儒(又名溥心畬,1896—1963)那里学过一阵国画,还经常带着劳伦斯·史可门(Laurence Sickman,1907—1988)、朱利安·贝尔(Julian Bell,1908—1937)等好友拜访齐白石(1864—1957)。艾克顿觉得溥儒和齐白石这两位国画大师的区别就"犹如皮尔·波纳尔(Pierre Bonnard,1867—1947)和毕加索(Pablo Picasso,1881—1973)。前者有着满族的皇族血统,而后者只有最卑微的出身。"①艾克顿对中国文化的倾慕还让一些名家将其绘入画中。康有为之女康同璧就曾为艾克顿作了一幅罗汉打坐图,画上还附有像赞:"学冠西东,世号诗翁。神来韵乃,上逼骚风。亦耶亦佛,妙能汇融。是相非相,即心自通。五百添一,以待于公。"②艾克顿所欣赏的是中国画中的"文人画",看重描摹山水花鸟之外的个人性灵抒发,认为中国画就像贝内戴托·克罗齐(Benedetto Croce,1866—1952)的"精神哲学"一

① Harold Acton:*Memoirs of an Aesthete*. London:Methuen,1984,pp. 372-373.

② Ibid., flyleaf(扉页).

样,是"通过心中的一个完美意象来捕捉感知对象的本质"①。

　　除了对戏剧、小说、诗歌、书画、古董等古典艺术充满喜爱,艾克顿对成长中的中国满怀热忱。离开中国后,艾克顿非常关注第二次世界大战时期的中国战况。他进入英国皇家空军服务,其目的居然是希望能去重庆服役,并借此回到中国。中国是他战时生活的唯一慰藉和最终目标,"一本《袖珍汉语字典》帮助我舒缓了紧张情绪⋯⋯我从一开始就意识到这次的航行漫长而乏味,但至少我是在去往中国的路上,中国已经成为我被割断的生活的一切象征"②。在一次聚会中,当一位美国中尉高唱美国国歌《星条旗》时,艾克顿不甘示弱地唱起了中国国歌"起来",还赢得了满堂喝彩。③ 艾克顿将自己对中国的热爱最终艺术性地呈现在了其小说《牡丹和马驹》之中,并借小说主人公菲利普·弗劳尔(Philip Flower)之口对中国做了深情告白:"我的身体是外国人,但我的灵魂是中国人。"④

　　艾克顿对中国文化全方位的深刻了解,使得他能领略一般人所无法涉足的中国古典戏剧之美;他对新中国的成长的关注,让他意识到当时盛行的西方风潮正在摧毁一些古老的中国文化,希望通过译介来挽救日渐式微的中国古典戏剧。

(二)痴迷京昆,倾情戏剧译介

　　在中国文化中,最让艾克顿难以忘怀的是中国古典戏剧。他一有闲暇就去剧院听戏,并根据自己的听戏感受精选了一批戏曲名剧,将其译成英文。此外,他还在小说《牡丹和马驹》中重点塑造了一位京剧伶人杨宝庆(Yang Pao-ch'in),并通过菲利普和杨宝庆的养父养子关

① Harold Acton：*Memoirs of an Aesthete*. London：Methuen，1984，p. 56.
② Ibid.，p. 100.
③ Ibid.，p. 156.
④ Harold Acton：*Peonies and Ponies*. Hong Kong：Oxford University Press，1984，p. 98.

系描绘出了一种颇具讽刺意味的文化异位现象。离开中国后,艾克顿常常通过戏剧翻译来消解对中国的相思之苦。艾克顿对戏剧的翻译并不是语言文字的单纯转化,而是在充分了解中国戏剧表演艺术的基础上,注重戏剧传播的故事性和语言表述的多样性,其学者诗人的深厚文化底蕴让他成为中国古典戏剧英译的先驱,也让其译本成为同类作品中的经典。

艾克顿的中国古典戏剧英译主要涉及戏曲名剧和经典南戏全本,都是与他人合作翻译完成。其中戏曲名剧大都以京剧昆曲为主,目前所知译出的共有 71 部,基本上是在中国居住期间完成。艾克顿与阿灵顿(L. C. Arlington,1859—1942)合译的《戏剧之精华》(*Famous Chinese Plays*,1937)收录有"《战宛城》《长坂坡》《击鼓骂曹》《奇双会》《妻党同恶报》《金锁记》《庆顶珠》《九更天》《捉放曹》《珠帘寨》《朱砂痣》《状元谱》《群英会》《法门寺》《汾河湾》《蝴蝶梦》《黄鹤楼》《虹霓关》《一捧雪》《雪杯缘》《牧羊圈》《尼姑思凡》《宝莲灯》《碧玉簪》《打城隍》《貂蝉》《天河配》《翠屏山》《铜网阵》《王华买父》《五花洞》《御碑亭》和《玉堂春》共计 33 部戏曲剧本的英译及故事梗概"①。《戏剧之精华》刚一出版就获得了国内外各方好评。剧作家、翻译家姚莘农还特意为此书撰文进行推荐,赞赏了两位译者的出色翻译及此书对中西戏剧文化交流的贡献。在国外,《戏剧之精华》也有着不少的阅读受众。美国汉学家白之(Cyril Birch,1925—   )回忆:"在伯克利的图书馆,阿灵顿和艾克顿的《戏剧之精华》副本被人仔细翻阅过,并且不止一次地进行过重新装订。这书如今依然富有趣味,不仅生动展现了全盛时期的中国古典戏剧,还体现了艾克顿身为世界戏剧研究者的素养。"②

---

① 管兴忠、马会娟:《胡同贵族中国梦——艾克敦对中国文学的译介研究》,《外语学刊》2016 年第 2 期,第 155 - 156 页。

② Cyril Birch:"Harold Acton as a Translator form the Chinese," Edward Chaney & Neil Ritchieeds., *Oxford*,*China*,*and Italy*:*Writings in Honour of Sir Harold Acton on His Eightieth Birthday*. London:Thames and Hudson Ltd.,1984,p. 41.

艾克顿和其中文老师周逸民①共同完成了另外 38 部戏曲名剧的英译工作。但是当时正逢第二次世界大战爆发，局势动荡，译文未能如期出版。在回忆录中，艾克顿对这件憾事也有一段相关描述：

> 这些厚厚的译文本该由法国出版商亨利·魏智（Henri Vetch）出版，但是除了战争爆发之前我做了几次校样外，此后就再也没见到或听说过这些译稿了。这些译稿估计成了战时牺牲品。我一时极为悲痛，因为这些精选的戏剧在许多方面都要优于我与阿灵顿简要合译的那些。听着耳旁的曼妙歌声，望着眼前的婀娜舞姿，我真希望能将其中的魅力多少传达给西方的戏迷，尽管这些文本不过是多种精彩演出的框架。②

幸运的是，这些本以为"牺牲"了的手稿最终保存在耶鲁大学的拜内克古籍善本图书馆。馆藏资料显示，这 38 出戏按故事内容和表演形式共被分为 6 类：文戏（Civil Dramas）、喜剧（Comedies）、滑稽剧（Domestic Farces）、歌舞剧（Song and Dance Plays）、武戏杂耍（Military and Acrobatic Plays）和杂剧（Half-Civil，Half-Military or Acrobatic Plays）。其中，文戏收录了《乌龙院》《马前泼水》《贞娥刺虎》《问樵闹府》《三娘教子》《打囚车》《徐母骂曹》《逍遥津》《宇宙锋》《铡美案》等 10 部，喜剧收录了《狮吼记》《春香闹学》《打严嵩》《金雀记》《晴雯撕扇》《辛安驿》等 6 部，滑稽剧收录了《小过年》《双摇会》《探亲相骂》《打灶分家》等 4 部，歌舞剧收录了《林冲夜奔》《贵妃醉酒》《小上坟》《打花鼓》这 4 部，武戏杂耍收录了《安天会》《金钱豹》《挑滑车》《武松打虎》《狮子楼》《艳阳楼》《花蝴蝶》《八蜡庙》等 8 部，杂剧收录了《霸王别姬》《白蛇传》《八大锤》《白门楼》《连环套》《丁甲山》等 6 部。如艾克敦所言，这些剧目确实要比他与阿灵顿合译的那些更为脍炙人口、

① 艾克顿在其回忆录中提及其中文老师是 Chou I-min，根据发音译为"周逸民"。
② Harold Acton：*Memoirs of an Aesthete，1939－1969*. New York：The Viking Press，1971，p. 2.

更具艺术魅力。可惜的是，这些优秀剧目的译本不知何时才能出版发行，从而真正与读者大众见面。不过，好在《春香闹学》《狮吼记》《林冲夜奔》这 3 出昆曲译本早已在 1939 年《天下月刊》（*T'ien Hsia Monthly*）的第 4、8、9 期上发表，译文附有艾克顿的剧情梗概介绍和选取缘由，以及他对昆曲艺术起源发展和艺术特色的介绍与点评。

艾克顿和陈世骧合译了中国南戏的经典之作——清代文学家孔尚任的《桃花扇》（*The Peach Blossom Fan*，1976），开创了中国古典名剧全本英译的先河，并赢得了学者们的不少赞誉。《桃花扇》的翻译出版可谓历经坎坷，从最初着手翻译到后来校改出版共经历了 20 多年。其实，艾克顿之所以翻译《桃花扇》，完全是为了帮助远离故土赴美国生活工作的陈世骧排遣忧愁，也希望能借此魂归故里。直到 1971 年陈世骧去世，两人的好友白之才发现了这份尘封已久的手稿。《桃花扇》全本共有 41 出，艾克顿和陈世骧只合译了其中的前 34 出。为了完整展现作品的全貌，白之遵照两人的翻译风格完成了最后 7 出的英译，并对全文进行了校对和修改，最终于 1976 年交由加利福尼亚大学出版社出版。作为第一部英译的中国古典名剧，《桃花扇》甫一出版就获得了不俗反响。耶鲁大学的汉学家理查德·斯特拉斯伯格（Richard Strassberg）撰写书评，认为"这是一次真正的文学事件，为更多此类的翻译、评论研究和文学传记开辟了道路"①。明尼苏达大学的刘君若（Chun-jo Liu）认为，"这部《桃花扇》的英译本无疑是部文学佳作……其特色各异的文风反映了三位译者不同的文

---

① Richard Strassberg："Reviewed Work（s）：*The Peach Blossom Fan*（T'ao-hua-shan）by K'ung Shang-jen，Chen Shih-hsiang and Harold Acton，"*Journal of the American Oriental Society*，Vol. 97，No. 3，1977，p. 390.

学背景与品位,阅读起来颇具吸引力"①。美国汉学家葛浩文盛赞《桃花扇》的"译文对专家和普通读者都极具吸引力。虽然翻译很难,但不论是晦涩凝练(甚至时而押韵)的唱段,还是略显老套的宾白对话或是仆人歌女的俗俚话语,译者们都成功地再现了原作这种不断变化的语言风格"②。

　　此外,艾克顿还与我国植物学家、教育家胡先骕博士(Dr. H. H. Hu)合译了另一部与《桃花扇》齐名的古典名剧,即清代剧作家洪昇的《长生殿》(*The Palace of Longevity*)。遗憾的是,这部名剧的译本未能出版发行,也没有如艾克顿所愿在伦敦上演,其译稿如今收藏在耶鲁大学的拜内克古籍善本图书馆中。馆藏资料显示,《长生殿》全本50出基本已全部译出③,并附有前言、序言和译者序及译者简介,同时还有一份人名地名列表。虽然艾克顿所译《长生殿》未能进入广大读者视野,但他对这部中国名剧的喜爱早已通过小说《牡丹与马驹》流露出来。小说的第一章名为《万寿阁中》(In the Pavilion of Longevity),第八章名为《杨贵妃来访》(A Visit from Yang Kui-fei),这些都是对《长生殿》元素的象征性借用。

　　艾克顿对中国古典戏剧方面的博学与热爱还使他参与到了《牛津戏剧指南》(*The Oxford Companion to the Theatre*)的编写工作中。在他所负责撰写的中国条目里,艾克顿对中国古典戏剧的基本分类、起源与发展、演员表演程式、角色类型和服装道具进行了高度凝练的介绍,并借助与英国戏剧和希腊戏剧在某些方面的共通性,来帮助西方读者理解接受中国古典戏剧。

① Chun-jo Liu: "Book Reviews: The Peach Blossom Fan (T'ao-hua-shan) by K'ung Shang-jen, translated by Chen Shih-hsiang and Harold Acton, with collaboration of Cyril Birth", *The Journal of Asian Studies*, 1977, p. 97.

② Howard Goldblatt: "Reviewed Work(s): The Peach Blossom Fan (T'ao-hua-shan) by K'ung Shang-jen, Chen Shih-hsiang, Harold Acton and Cyril Birch," *Books Abroad*, Vol. 50, No. 4, 1976, p. 952.

③ 拜内克古籍善本图书馆哈洛德·艾克顿档案目录显示,除了第一出,包括"楔子"在内的四十九出全都收录在内。

（三）唯美戏骨，致力文化传播

在中国典籍外译的领域中，古典戏曲的翻译可谓颇具难度，因而此类译作并不多见，优秀之作更是凤毛麟角。正如姚莘农所言，"翻译戏剧是一项艰巨的工程，译者需要对中国戏剧所采用的表演技巧和表演程式有相当的专业知识，因此很少有人能胜任该项工作"①。对于汉学家而言，这不仅要求译者熟稔中国古典文学的文言诗词，通晓民间文化的风俗俚语，还要求译者能冲破中西文化壁垒，全身心地去欣赏这种深蕴中国传统文化的艺术表演。

艾克顿能成为中国古典戏剧的译介者和传播者，与其独特的成长环境不无关系。他本身就是多国文化的综合体，意大利的家庭生活培育了他高雅的艺术品位，英国的求学经历激发了他的诗歌创作，全球各国的四处游历赋予了他广阔的国际视野。这种多元文化混杂的成长历程让艾克顿毫无隔阂地融入中国文化之中，并在中国寻美之旅中发现古典戏剧这颗璀璨的明珠。在熟谙各国文化艺术的艾克顿看来，中国的古典戏剧是多种舞台艺术的完美综合体。不论是希腊的悲喜剧、意大利的歌剧，还是英国戏剧，抑或俄罗斯的芭蕾舞剧，都无法与中国戏剧媲美：

> 中国戏剧提供了我一直在寻找的理想艺术综合体，一种在欧洲只有俄罗斯芭蕾舞还算接近的综合体。对话、歌唱、舞蹈和杂耍完美融合。服装、妆容和动作之优美，无声表演之细腻，即使人们对情节一无所知、对音乐毫无感触，也会为之兴奋不已。中国演员的表演技巧让布景显得多余。舞台上的一切都被简化增强了。②

---

① 转引自王子颖：《〈天下月刊〉与中国戏剧的对外传播》，《戏剧艺术》，2015 年第 4 期，第 111 页。

② Harold Acton：*Memoirs of an Aesthete*. London：Methuen，1984，p. 355.

正是这种对无与伦比的艺术之美的领悟,促进了艾克顿对中国古典戏剧的译介。因为他意识到,在那个战火纷飞、局势动荡的年代,在当时中国新旧思想交替的革新时期,一些本土的传统艺术正在不可避免地受到动摇和破坏。他发现,这种中国孕育的最为激动人心的艺术已经开始出现解体的趋势,因为在当时现实主义的趋势下,四处盛行的西方思潮带来了一些糟糕的影响。①。艾克顿对中国古典戏剧的译介不仅是为了向西方传播这种具有极高审美价值的中国舞台艺术,更希望多少能挽救一下当时已显颓势的中国古典戏剧。

艾克顿对中国古典戏剧的推崇,并不表明他是一位迷恋古典中国、不希望看到现代中国的好龙叶公。正如其好友萧乾所言,艾克顿"不同于有些在华的西方人,他对明代的冯梦龙和民国初年的朱湘同样爱慕"②。他喜欢中国古典文化是因为从中寻找到了美。中国古典戏剧的综合之美让他成了这一古老艺术形式的推崇者和守护人,因为他"骨子里面是位'唯美者','美'显然是他评判一切的基本标准以及自身态度的最主要出发点"③。

此外,艾克顿还具有历史学家的宏观视野,这让他能更加客观地看待中国文化。28 岁来华之前,他就已经出版了两部美第奇(Medici)家族史,此后也撰写了多部关于意大利的史学著作。他对中国的爱恋也是怀着历史学家的清醒认识。在回忆录里讲到北京的生活岁月时,他披露了当时虽然表面平静但却因战乱而不安的心境,"我焦虑地想要生活在这个与理想化的过去密不可分的现实之中,但我和我的几个朋友一样,又对未来忧心忡忡"④。之所以选择《桃花扇》进行翻译,也

① Harold Acton:*Memoirs of an Aesthete*,*1939 - 1969*. New York:The Viking Press,1971,p. 5.
② 萧乾著、文洁若选编:《悼哈洛德·艾克顿——一个唯美主义者的陨落》,《萧乾英文作品选》,北京:北京语言文化大学出版社,2001 年,第 397 页。
③ 叶向阳:《"北京让我的生活像牡丹般绽放"——英国作家艾克敦与北京》,《国际汉学》2016 年第 3 期,第 150 页。
④ Harold Acton:*Memoirs of an Aesthete*,*1939 - 1969*. New York:The Viking Press,1971,p. 5.

是因为艾克顿觉得"这部与明朝衰亡有关的长篇古典戏剧也与近代史有着密切关联"①,他惋惜中国古典戏剧的日渐式微,也忧虑当时中华民族所面临的存亡危机。在《桃花扇》中,孔尚任将象征侯李爱情的桃花扇比作"珠",将描写南明兴亡的叙事手法比作"龙",其写作目的是想以爱情之珠来牵引蜿蜒变化的历史长龙。艾克顿的中国古典戏剧译介似乎也是如此,想借这颗艺术明珠来让世人认识真正的中国。

正如他常因自诩"唯美主义者"②而受人误解一样,艾克顿也注意到,中国的形象也因为一些西方人的刻板形象塑造而遭到了扭曲,"吴先生、傅满洲以及类似的邪恶妖魔的传说依然还存在于通俗小说和电影之中。中国有太多与我们完全相反的风俗,他们的精致似乎成了堕落的象征"③。艾克顿热衷中国古典戏剧,一方面是因为这是一项精致的艺术,另一方面他也看到这种舞台表演背后实则蕴藏了丰厚的历史文化。以京昆艺术为代表的中国古典戏剧多是从文学作品、历史典故和民间传说中汲取故事养分,同时借助舞台表演打破了高雅文学与民间艺术之间的樊篱,形成一种雅俗共赏、富有历史情怀的艺术综合体。在回忆录中,艾克顿说:"虽然偶尔会有些沉闷,但正是对中国文化中某种永恒东西的热爱吸引了我去剧院,因为舞台反映了中国数百年以来的生活与思想、风俗与服饰。"④

艾克顿对中国古典戏剧的喜爱也影响到了身边的汉学家朋友。第二次世界大战期间,当亚瑟·韦利因英法联军被德国击溃而沮丧时,为了转移他的悲伤情绪,艾克顿和他聊起了中国戏剧并在留声机里放起了北京唱片。很快,两人都沉迷在了"白娘子"和"孙猴子"的传

---

① Harold Acton：*Memoirs of an Aesthete*，1939—1969. New York：The Viking Press，1971，p. 265.

② "唯美主义者"(aesthete)一词在当时具有贬义,通常是指穿着奇装异服、留着长发嚷着为艺术而艺术的邋遢人士,同时作为"唯美主义者"代表的王尔德的丑闻也加剧了人们对这一词语印象的恶化。

③ Harold Acton：*Memoirs of an Aesthete*，1939－1969. New York：The Viking Press，1971，p. 1.

④ Ibid.，p. 3.

说中,亚瑟·韦利也由此开始了《西游记》的编译工作①。1942 年,亚瑟·韦利完成了《猴》(Monkey,《西游记》编译本)英译,并将译作赠送给艾克顿一本。艾克顿借此机会又和亚瑟·韦利聊起了《白蛇传》,希望他接下来能着手这个故事的英译。于是,1946 年,亚瑟·韦利在《地平线:文学艺术评论》(Horizon:A Review of Literature and Art)8 月刊上发表了《白娘子》(Mrs. White)译文。另外受到艾克顿影响的还有美国汉学家白之。在帮助艾克顿完成了《桃花扇》英译本的完善及整理工作后,白之感受到了中国戏剧的魅力,开始翻译《牡丹亭》(The Peony Pavilion),并于 1980 年交由印第安纳大学出版社出版。

1994 年,艾克顿去世,他留给世人一份庞大的珍贵遗产,即其居住生活过的皮耶特拉庄园。艾克顿父母在其出生后不久买下的这座庄园,"有着五座宏伟的别墅,坐落在 57 英亩的橄榄林和俯瞰佛罗伦萨的传统古典花园之中,内有国际知名艺术藏品,如今连同 2500 万美元的捐赠,都已成为纽约大学的财产"②。现在的耶特拉庄园已经成为纽约大学的佛罗伦萨学术中心,是纽约大学学生海外学习项目的主要基地,也是各国学者访学与交流的场所。在皮耶特拉庄园的官方网站上可以看到,中心除了展示艾克顿的生平与收藏之外,还有一个极为重要的板块,就是展示他在中国的生活。除了收藏各种中国物件,艾克顿还保存了 900 多张在中国拍摄的照片。皮耶特拉庄园学术中心每年都会根据这些与中国相关的丰厚藏品来举行学术活动和相关特展。展览通常分为四个板块:哈洛德·艾克顿的恭俭胡同、哈洛德·艾克顿在北京的生活、京剧、哈洛德·艾克顿在北京的游览之地。其实,艾克顿自己从来不用 Peking Opera(京剧)一词,他更多的是用 Chinese Play 或 Chinese Drama。因为他明白,中国古典戏剧是超越

---

① Harold Acton:*Memoirs of an Aesthete*,1939-1969. New York:The Viking Press,1971,p. 81.

② William H. Honan:"Plucking a Treasure from Tuscany's Groves:A Historian's Legacy to New York University Is a Life,and Villa,Devoted to Art," *New York Times*,March 1st,1994.

opera(歌剧)的独特艺术存在,其中的魅力和其背后所蕴藏的中国文化,都需要通过更为全面、鲜活的多维展示和中西双方长期的对话交流,才能使人民真正领略欣赏。

艾克顿主要汉学著译年表

1936	*Modern Chinese Poetry*（《中国现代诗选》，与 Ch'en Shih-Hsiang 合译），London：Duckworth
1937	*Famous Chinese Plays*（《戏剧之精华》，与 L. C. Arlington 合作），Peiping：Henri Vetch
1941	*Glue and Lacquer：Four Cautionary Tales*（《胶与漆：四个警世故事》，与 Lee Yi-Hsieh 合译），London：The Golden Cockerel Press
1967	"China"（中国条目），*The Oxford Companion to the Theatre*，London：Oxford University Press，pp. 173-175.
1976	*The Peach Blossom Fan*（《桃花扇》）（with Ch'en Shih-Hsiang and Cyril Birch），Berkeley：University of California Press
未出版	*Popular Chinese Plays*（《中国戏剧》，与 Chou I-min 合作）
未出版	*The Palace of Longevity*（《长生殿》，与 H. H. Hu 合译）

宁封子，黄帝时人也，世传为黄帝陶正。有异人过之，为其掌火，能出入五色烟。久则以教封子。封子积火自烧，而随烟气上下。视其灰烬，犹有其骨。时人共葬之宁北山中，故谓之"宁封子"。

——干宝《搜神记》

Ning Feng-tzu lived in the days of the Yellow Emperor; common tradition has it that he was the Pottery Director for the Yellow Emperor. Once, a person from distant lands came to him who could control [pottery] fire in his hands and could come and (go) with the five-colored smoke. In time he taught this to Feng-tzu, who put the firewood together and set himself alight. He rose and fell with the smoke. When the fire-pan was inspected, it appeared that his bones were still there. The people of the time buried these remains on the north mountain of the Ning range. This is why he is called Feng-tzu of Ning.

——*In Search of the Supernatural: The Written Record*, trans. by J. I. Crump, Jr.

二 天地间一番戏场
古今文尽汇迁儒
——美国汉学家柯迁儒译元杂剧

美国汉学家
柯 迁 儒
J. I. Crump, Jr.
1921-2002

提到美国汉学界对中国元曲的研究,人们无法绕开第一代元曲研究的领军人物柯迁儒(J. I. Crump, Jr., 1921—2002,又名柯润璞)。柯迁儒出生于一个书香世家。1945 年,他获得了哥伦比亚大学的学士学位,并前往耶鲁大学继续攻读博士学位。在长期的学术生涯里,柯迁儒将一腔热爱倾注在元杂剧的翻译与研究中,自译了《潇湘雨》(*Rain on the Hsiao-hsiang*, 1975)、《布袋和尚忍字记》(*The Monk Pu-tai and the Character*, 1994)等众多杂剧,编撰了《忽必烈时期的中国剧场》(*Chinese Theater in the Days of Kublaikhan*, 1980)①、《元上都诗歌》(*Songs from Xanadu*: *Studies in Mongol-Dynasty Song-Poetry*(*San-ch'ü*), 1983)等专著。柯迁儒精于元曲研究但不局限于此,他耗费大量心血译就了史学巨著《战国策》(*Chan-kuo Ts'e*, 1970),并与密歇根大学的杜志豪(Kenneth J. De Woskin)教授合译了《搜神记》(*In Search of the Supernatural*: *The Written Record*, 1996),发表的有关研究论文与书评难以计数。大半生中,柯迁儒笔耕不辍,严谨治学。他以元曲研究为横轴,文学翻译为纵轴,不断地延伸两条长线,在多领域取得了丰硕的成果,为美国汉学

---

① *Chinese Theater in the Days of Kublaikhan*,中译本为《元杂剧的戏场艺术》,魏淑珠译,台北:巨流出版社,2001 年。

界开辟出崭新的一隅。同时，他运用贯穿古今中西的学识，传道授业以解惑，培养出一批优秀的曲艺研究者，壮大了英语世界中的中国曲艺研究力量，补充、丰富了整体汉学的研究内容。

（一）勤学青年品白话，德高儒者乐授业

1921 年，柯迁儒出生在美国新泽西州的最大港市纽瓦克（Newark），父亲詹姆斯·欧文·克朗普（James Irving Crump，1887—1979，以下简称"詹姆斯"）担任美国童军青年杂志《男孩生活》（*Boy's Life*）①的刊物主编长达 25 年。同时，詹姆斯还是一位天马行空的写作者，创作了大量的冒险作品，其中以史前男孩系列（prehistoric boy series）最为出名。柯迁儒从小就畅游在父亲搭建的奇幻世界里，既翱翔蓝天，又潜入海洋，与主角共同感受，共同历险。书本是他成长的养料，文字是他亲密的好友。这种有趣又独特的童年生活，在柯迁儒心中深深埋下了求知与浪漫的种子，促使他成长为一名不断探寻未知的"冒险家"。

若将萦绕着书香气的童年视为柯迁儒学术道路上的地基，其博士时期的积累则勾画出了他学术生涯的草图。结束哥伦比亚大学的学业以后，渴求知识的柯迁儒选择进入耶鲁大学攻读东亚研究博士学位，并跟随老师金守拙（George Alexander Kennedy，1901—1960）②进行中文方面的深造。金守拙拥有独特的语言教学手段，他以威妥玛式拼音（Wade-Giles romanization）③为基础，创建了"汉语耶鲁拼音法"

---

① 《男孩生活》是一部关于美国青少年的生活杂志，内容栏目众多，包含笑话、图片、游戏等，介绍和引导青少年如何更好地生活。

② 金守拙，语言学家，生于浙江省莫干山，柏林大学博士，任教于耶鲁大学，以古典汉语研究和汉语教学闻名。

③ 威妥玛式拼音法由英国学者威妥玛（Thomas Wade，1871 年任英驻华大使）创立，是世界上最早使用罗马字母拼写中文普通话的拼音系统。

（Yale Romanization of Mandarin）①，这种拼音方法在一定程度上加速了中文在美国的传播。跟随金守拙学习的柯迁儒，正如良驹得遇伯乐一般，对于汉语的掌握越发成熟。同时，他研习了拉丁文、日文、法文和德文，并对通俗文学展现出了极大的兴趣。1947 年，柯迁儒在金守拙的指点下，在《美国东方学会会刊》上发表了第一篇论文《柳宗元》（"Lyou Dzung-Ywan"），拉开了半生研究的华丽大幕。1950 年，柯迁儒完成了他的博士学位论文《〈新编五代史平话〉语言中的一些问题》（"Some Problems in the Language of the Shin-bian Wuu-day Shyy Pyng-huah"），向通俗文学领域迈出了坚实的一步。在这篇文章里，他紧紧围绕着作品的创作时间、英译问题和叙事特点展开分析，深入浅出。柯迁儒从形式词（form words）的引用和语法比较得出书写时间的猜测，并总结了文本的历史叙事特点。次年，柯迁儒在毕业论文的基础上写就《平话及〈三国志〉的早期历史》（"Pinghua and the Early History of the *San-kuo Chih*"）一文，以"咏史"诗为切入点，结合历史小说进行引证，寻找平话的源头。除此之外，柯迁儒还著有《论中国古代的白话文学》（*On Chinese Medieval Vernacular*，1953）《远程视域中的定位：有关中世纪中国世俗文学的一个主题》（*Dans uneecran de radar：Un Theme de la Litterature Vulgaire du Moyen Age Chinois*，1961）等作品，对白话源头与演变提出了自己的假设。

柯迁儒的求学路上，不仅有良师，更有益友。20 世纪 50 年代，时值美国的陆军特别训练班（Army Specialized Training Program）②开设之际，他与这个特殊的班级结缘。帕森斯（Talcott Parsons，1902—

---

① 汉语耶鲁拼音法是金守拙在 1943 年开发的拼音系统，最初用于培训赴中作战的美军。第二次世界大战结束后，耶鲁拼音成为美国人学习普通话的辅助工具。1982 年，随着"汉语拼音"成为国际标准拼音，耶鲁拼音使用率大大降低。

② 1942 年 5 月，美国陆军战略服务处与哈佛、斯坦福、芝加哥等 25 所知名大学合作，开设"陆军特别训练班"（Army Specialized Training Program，ASTP），培训科目主要包括工程、医疗和外语教学三大类，目的是培养高素质军官和士兵。此处提到的陆军特别训练班开设在哈佛大学。哈佛大学受美国陆军委托，1943 年开始举办中文、日文培训班，由赵元任主持，胡适、费孝通等人都参加了授课。

1979）、金岳霖，以及胡适、费孝通等学者都被邀请于此讲习。课堂讲授内容涉及语言、哲学、文学等众多领域，各国学者得以有机会相互深入交流，在哈佛内搭建起了一座知识的殿堂。柯迁儒在此浸润了深刻与前沿并存的汉学研究思想，对于汉文化的理解亦更加深入。1969年，北美"中国口传暨表演文学研究会"成立，并创办会刊《中国演唱文艺》（*Journal of Chinese Oral and Performing Literature*，*Literature*，*CHINOPERL*）。会刊致力于探究中国的口传文学和表演文学同社会文化的关系，并为美国汉学曲艺研究学者提供了一个良好的平台。

从耶鲁大学结业后，柯迁儒选择了教学以推动美国汉学研究的发展，他长期任教于密歇根大学安娜堡分校（University of Michigan，Ann Arbor），主讲中国语文和文学。在 40 余年的教学生涯中，柯迁儒诲人不倦，兢兢业业，培养出了一批美国本土曲艺研究者和华裔戏剧研究专家，前者如汉学家奚如谷，后者则有中西戏剧研究专家彭镜禧（Ching His Perng，1945—　）等，他们成为当代西方在中国戏曲研究方面的中坚力量。这些学者着眼于不同的时间点，从多角度切入，就元曲、金代戏剧等作品的曲律、词谱和翻译展开了多领域的研究。柯迁儒掌鞭半生，于 1989 年退休。次年，他获得了学校授予的"荣誉退休教授"头衔。虽身已老，但他仍步履匆匆，不仅常常举办学术讲座，而且在退休后集中翻译了多部元曲作品。1994 年，中国台湾授予了柯迁儒"中国文学翻译终身成就奖"，以表彰他在翻译领域的贡献。

（二）半生砥砺磨一剑，愿为元曲一知音

长期的学术积累和浓厚的文学兴趣使柯迁儒在博士毕业后很快将研究目标转向了相似的另一文体：元杂剧。他沉浸于元杂剧的生动活泼与诙谐多变之中，对元杂剧研究充盈着澎湃的激情。在缅怀柯迁

儒的纪念刊里，魏淑珠①这样形容柯迁儒对于元曲的热爱："他的眼睛变亮了，手以一种富有感情的形式移动，且这还不够，柯迁儒会从椅子上站起来，开始现场表演。……他将装满书的办公室变成一个舞台，所有这些都是为了使无魂的剧本生动起来。"②

　　元杂剧是柯迁儒的指引，而柯迁儒也正是元杂剧的知音。1980年，柯迁儒在前期的研究基础上出版了自己最重要的一本元曲专著《元杂剧的戏场艺术》。全书分为《幕后》《剧本》《附录》三个部分。

　　在《幕后》中，他巧妙地借杂剧的结构阐述自己的研究，并将其分割为四节，分别对应于元曲中的四折。柯迁儒围绕着社会背景、演出技艺、元曲本质等方面展开论述，层层推进，逐渐触及元曲的本质，为读者揭示出这一传统艺术的美妙之处。

　　在《幕后》的第一章《社会背景：夷狄与华夏戏曲》里，柯迁儒立足当时的时代背景，并结合元代钟嗣成写就的《录鬼簿》一书，提出了戏剧发展理论"飞地论"③，即元杂剧得以存活和发展的原因很大程度上依赖于"飞地"这一政治地理现象。

　　"飞地论"这一基本概念受《录鬼簿》中记载的 54 位元杂剧家及其小传的启发。柯迁儒将记录在册的作家按籍贯分类，探寻为何在内忧外患的元代，伟大的戏曲艺术如雨后春笋一般蓬勃而起。他将作家的籍贯划归为"飞地"与"非飞地"，分别展开史实分析。在鼎革之际，飞地地区选择了"变节"，因此这一地区受到改朝换代的影响相对较小，社会相对安定，经济发展迅速。随着市民们生活水平的提高，相关的娱乐需求也不断增加，极大滋养了飞地地区元杂剧的生长。而在饱受

① 魏淑珠，东海大学外文系毕业，美国夏威夷英美文学硕士，马萨诸塞大学阿默斯特分校比较文学硕士和博士，曾任教东海大学外文系讲师及美国华盛顿洲惠特曼学院（Whitman College），主要研究中西方戏曲以及儿童文学。

② Shu-chu Wei："My Adventure of Working with Jim Crump，" *CHINOPERL*，Vol. 26，2005，p. 21.

③ 飞地一般是指特殊的政治地理现象，即隶属于某区政治管辖之内，地理上却不毗邻的地域。在柯迁儒的概念中，具体是指政治上隶属于元政权，本质上却较为独立的区域，具有社会稳定、经济繁荣的特点。

战争之苦的非飞地地区,如大都与平阳,元杂剧的兴起则与掌权者的取舍不无关系。为了论证此观点,柯迁儒举史天泽为例:史天泽本人孔武有力,善于骑射,具有盘踞一方的势力。同时他又通晓文事,喜爱曲艺。在他的保护下,管辖区内的诗人作家得以安生,继续创作优秀作品。

同时,柯迁儒认为,元曲繁荣的原因不仅是历史发展的结果,而且是因为自身的艺术价值。

柯迁儒小心求证徐渭①的论述,并引吉川幸次郎②的史料和一些杂剧剧本上的证据,认为元曲的繁荣有一个潜在的发展过程。"之前的中国社会已经为这个戏曲的黄金时代奠下基础。"③金朝的开宗鼻祖女真人是一个善于歌舞的种族,他们夺取中国北方时,对于汉人的娱乐活动表现出极大的兴趣,对此他提出假设:"元曲赖以发展成型的音乐很可能源于女真。"④

再者,柯迁儒认为中国的传统戏剧拥有强大的包容性与生命力。元杂剧在核心的白话故事中加入了许多杂耍技艺,并且不断创新,使元杂剧始终保持着活力与吸引力。老少皆宜的故事是元杂剧的栋梁屋脊,而附加的表演形式、音乐和技艺则像攀在外部的一条条枝蔓,使元杂剧的表现形式更为丰富,推动元杂剧在狼烟四起的时代达到了它的顶峰。

虽然元杂剧的真实演绎情况在时代的激荡下已经逐渐褪色,但在第一部第二章《戏院与戏台》和第三章《优伶的技艺》里,柯迁儒大量搜集文本资料,着眼范围从外部客观设施一直深入演员主观技巧。他不但运用生动的语言,还辅以插图,兼容并蓄,深浅结合,以此设法还原出元杂剧上演时的情景。李安光认为,他将考辨与想象融为一体,主要探讨典型的、更具戏剧性的因素,充分体现了西方英语世界元杂剧

① 徐渭(1521—1593),剧作家、评论家,谙熟音律,著有《四声猿》《南词叙录》等。
② 吉川幸次郎(1904—1980),日本汉学家,著有《宋诗概说》《元明诗概说》等。
③ 柯迁儒:《元杂剧的戏场艺术》,魏淑珠译,台北:巨流出版社,2001年,第25页。
④ 同上书,第26页。

研究由文学性向戏剧性方面的研究转向。[①]

在第四章中,柯迁儒用简练的语言阐述了元曲的性质。首先,他指出西方对传统中国戏剧的两大误解。其一即忽略了传统中国戏剧一直是词曲结合的形式,其二是部分西方演员没有认清中国戏剧本质上是杂剧或综合剧场。面对这种误解,柯迁儒强调了元杂剧的性质即"发挥宫调的体律,按曲填词,把故事素材按曲牌加以裁剪组合而写成的诗剧"[②]。他同时认为,只有站在历史语境中,才"不会错误地拿元杂剧不曾想要达到的成就做标准来苛责其无成,也不会无所谓地低估其客观的特长"[③]。这些观点充分彰显了他研究的客观性和历史性。

在第二部,柯迁儒附上了自译的三出杂剧:康进之的《李逵负荆》(*Li K'uei Carries Thorns*)、杨显之的《潇湘雨》和孟汉卿的《魔合罗》。在柯迁儒笔下,这三部风格迥异的剧作保留了极大的异域特色。关照其译作,柯迁儒对于元杂剧的翻译可以归纳为以下几个特点。

首先,在翻译对象的选择上,他重视更为世俗化的文章。在翻译时,柯迁儒会选择一些遭到忽视、更贴近生活的被边缘化作品,重新赋予其文本生命。其次,柯迁儒重视作品的韵律。为了使译作与原文中的音部相对,他一般以最初的朗读效果进行翻译,还原原作的音律美,使译作朗朗上口。再次,他在翻译时区分正字和衬字,以达到近似于原文的节奏感。为了突出衬字,柯迁儒往往采用半句法,通过分行来达成朗读的停顿,促成和谐的音韵效果。最后,白之(Cyril Birch,1925—2018)指出柯迁儒在部分诗句和杂剧的翻译中运用了行中大停(ceasing)的模式,曹广涛举"险些儿趁一江春水向东流"为例[④],印证此说法,柯迁儒将其译为:I might better have surrendered myself and

---

① 李安光:《英语世界的元杂剧研究》,北京:中国社会科学出版社,2017年,第217页。

② 柯迁儒:《元杂剧的戏场艺术》,魏淑珠译,台北:巨流出版社,2001年,第167页。

③ 同上书,第167页。

④ 曹广涛:《英语世界的中国传统研究与翻译》,广州:广东高等教育出版社,2011年,第280页。

floated east on the spring-swollen stream。这样使译文拥有了与原文相似的停顿点与长音,保留了原语言节奏独特的美感。

面对特性十分鲜明的元杂剧,柯迂儒尽可能地避免增、改,做到译文符合原文顺序。虽然他的译笔已经拥有了完整的体系,但面对不同的本子,他会适当调整翻译策略,转换关注重点。对于部分把重点放在唱曲上的折子而言,例如《李逵负荆》第四折和《摩合罗》,柯迂儒会更注重词语间音调的契合性,使其更加悦耳。林顺夫称柯迂儒的译文"将杂剧的精神面貌传达得栩栩如生"①。白之也认为他的译作语言鲜活、翻译精准。柯迂儒作为美国本土汉学家,能达到此境界实属不易。

《元杂剧的戏场艺术》可以被称为柯迂儒在元曲研究领域中的集大成之作,凝结他的 18 年心血才磨砺而出。写作时,他踏足法国、英国、德国、日本,于大量史材中披沙拣金,并结合社会史和战争史,俯视整个时代。柯迂儒在全局下提笔挥墨,在细微处结合文本翔实分析,在实以古文资料、出土文物为证,在趣则说笑逗骂,文笔诙谐。千淘万漉虽辛苦,吹尽狂沙始到金。他的译本加速了中国传统戏曲艺术在英语汉学界的传播,也促进了美国汉学界元杂剧研究集团的诞生与发展。

除《元杂剧的戏场艺术》外,柯迂儒还著有大量相关的论文、专著。他勇于突破,常常扩大自己的研究范围,关照内容涉及元杂剧的结构、创作、表演、翻译等方面。在研究之初,柯迂儒将视野集中于戏剧的前身,考据杂剧的整体演化过程,发表了《院本,元杂剧喧闹的前生》("Yuan-pen,Yuan Drama's Rowdy Ancestor",1970)一文。而后,柯迂儒更为关注元杂剧的框架和构成要素,并结合具体文本进行书写,发表了《元杂剧的程式和技巧》("The Conventions and Craft of Yuan Drama",1971)等文,对元杂剧做出细节性的分析。1972 年,他写就论文《曲及其批评》("The Ch'üand its Critics")和《四川的剧场》

---

① 柯迂儒:《〈元杂剧的戏场艺术〉序》,《元杂剧的戏场艺术》,魏淑珠译,台北:巨流出版社,2001 年,第 ii 页。

（"Theater in Szechwan"），将研究逐渐上升到学理高度，使文本与理论结合、考证与假设同存。不仅如此，柯迂儒还将部分杂剧家放在社会文化的脉络中展开论述，概括其写作特点，如《中国史诗、歌谣和传奇中的刘知远》（"Liu Chih-yuan in the Chinese 'Epic'"，1970）等文章就以此为主要内容。同时，柯迂儒对元曲作品的译介功劳亦不可小觑。1962 年到 1994 年之间，他陆续翻译了《李逵负荆》《王勃院本》（*Wang Po Yuan-Pen*，1970）、《潇湘雨》《王九思：中山狼》（*Wang Chiu-ssu：The Wolf of Chung Shan*，1977）、《布袋和尚忍字记》《三部川剧》（*Three Szechuanese Plays*，1994）、《竹叶舟》（*The Bamboo-Leaf Boat*，1994）等元杂剧，丰富了英语汉学界的学术资源。柯迂儒在英语汉学界的元杂剧研究中可谓是劳苦功高。

自 20 世纪 80 年代以后，柯迂儒将目光转向了更鲜少人知的元散曲，不断完善自己的散曲主题理论。他认为元散曲内容庞杂，不仅多角度反映了元代的社会生活，同样也展现了中国文学的部分传统主题，如享乐、虚无、爱情等，所以学者不能只注重于元散曲的历史性，简单地将所有元散曲视为一种抗争文学。柯迂儒对这种多样性的文类展开了研究。1983 年，他出版了《元上都诗歌》[*Songs from Xanadu：Studies in Mongol-Dynasty Song-Poetry（San-ch'ü）*]，对元散曲的韵律、主题和部分代表作家展开阐述。1993 年，续作《上都乐府续集》（*Song-Poems from Xanadu*）出版，结合 1988 年发表的《元上都诗歌：情歌及相关》（*More Songs from Xanadu：Songs of Love and Related Matters*）一文，将爱情、友谊、智慧等重要散曲主题分类叙述，并收录了大量自译小令。柯迂儒将这些文本一一列举，译文优美生动，基本上保留了原文的韵味，一字一句都彰显出柯迂儒深厚的治学功力和广博的知识储备。

（三）巧译"战国"《搜神记》，扶须生花笔如椽

　　除了重视白话文学和元杂剧领域，柯迁儒同时也关注其他文体的译介，其代表性的成就当数 1970 年的译著《战国策》和 1996 年与杜志豪教授合译的《搜神记》。柯迁儒持之以恒地探寻中国传统文学领域未被开凿的小支流，拓展了美国汉学界的研究面，推进了不同领域的研究向纵深处发展。

　　面对《搜神记》这类独特而厚重的中国传统著作，非本土翻译者大都面临着一个困境，即译者无法真正触及其他民族的文化内涵。再加之受到社会集体意识的影响，他们时常会被框在固有的知识结构之中，导致译文与原文的割裂，无法准确还原出源语的异域感和独特性。

　　回望《搜神记》的文本特点，其内容十分广博，从自然到社会，从仙人到志怪，天上地下，无奇不有。且书中每一章都篇幅短小，情节简单，以介绍性为主，想象绚丽奇幻，全书充斥着浓郁的浪漫主义色彩。在当时的美国汉学界，对于《搜神记》等志怪小说的研究少之又少，呈现出匮乏的状态。原著的特殊性决定了柯迁儒需要调整自己的翻译策略，以求在叙述故事的同时，挖掘隐藏在文本下的宗教思想与文化内涵。

　　《搜神记》译本内容分为简介和正文。在开篇的简介里，柯迁儒和杜志豪两人花费了大量笔墨阐述书本背后的历史与思想，涵盖社会背景、作者介绍、宗教思想、版本变化等多方面的内容，以求还原一个近似的社会背景。同时，他们将一些包含道德普遍性的主题提取出来，并简要分析了故事的书写方法和思想。他们在简介中所做的种种努力，为缩小文化背景差异带来的阅读断裂做出了一定的贡献。

　　柯迁儒在翻译《搜神记》时，为了取得更好的阅读效果，他秉持着归化的观念，迎合了读者的阅读习惯，使作品更易于成为传播传统文化的媒介。面对这些简短的异域传说，柯迁儒在翻译时采用直译的方式，如将"五谷"译为"five grains"，"老庄之奥区"译为"the hidden meanings of Lao-tzu and Chuang-tzu"，将原意用最通俗的语言呈现

出来,并在难以理解的部分进行增改扩写,令作品更连贯,更具有可读性。

虽然柯迁儒和杜志豪在简介中为读者做了一些解释,但对某些概念的诠释仍显不足。作为美国本土译者,柯迁儒所处时代距离原著时代相距甚远,因而他在翻译时会出现漏译和错译的问题,这也是域外学者不可避免的局限。《搜神记》成书于东晋时期,是一部记录民间奇闻逸事的志怪小说,蕴含着许多历史隐喻和民族文化。而该译本最大的局限就在于缺少注释。对外国读者而言,文化语境的隔阂必然会让阅读倒向难以理解和支离破碎,最终导致他们误读文本。除此之外,有时因为部分史料难以搜寻,柯迁儒和杜志豪就会直接用特殊符号标注其上。如在《赤将子舆》一则中:"时于市门中卖缴,故亦谓之缴父。"对于缴的含义,二者难下定论,译为"silk floss",并在其后打上了问号,表示词语本质含义的难以定夺。

作为第一本完整的《搜神记》译本,它推动了美国汉学界对志怪小说的研究,使许多年轻学者踏着两位老师开掘的幽径,走向另一片浪漫的世外桃源。当然柯迁儒的功劳并不止于此,他同时也推动了《战国策》的英译进程。在《战国策》的英译上,他起步早,成就高,一系列的翻译和论文成果使相关领域更进一竿。

1970年,《战国策》译著出版。对于《战国策》的翻译,柯迁儒明确自己的译作面向广大读者,所以采取抓住重点的策略,运用简洁通俗的语言,为顺应本土读者的审美特点和阅读形式做出了极大的调整。

除了关注原文文本之外,柯迁儒同样对当时的历史背景、地理分布和人物关系有所关注。他会对文本背后的历史文化信息进行梳理,以便读者能准确理解文本的历史性。他按照具体的文本内容撰写相应的章节名,使厚重的文本便于翻阅与理解。同时,为了取得最合适的阅读体验,他大量删改内容,留下激动人心的故事和结局。这种提取重心的译法使文本内容简洁明了,并给予读者最便捷的途径触及历史。这种创造性的叛逆,虽然损失了不少文本信息,但仍不失为一种面对历史文本的有益尝试。

由于文化语境差异,柯迁儒在对一些中国传统词语的翻译上似有欠妥,直译的局限在多处被放大了,如"秦兴师临周而求九鼎,周君患之,以告颜率"。柯迁儒将"九鼎"译为"the Nine Cauldrons",抹去了九鼎之下的政治隐喻与历史含义。非专业的读者面对"Cauldrons"这种词语会产生疑惑,更无法理解为何需要花大量精力去追寻这种器具,理解的偏差由此产生。

1979 年,《战国策》译著第二版出版。在长期的研究生涯里,柯迁儒做了大量的相关研究工作:1960 年,发表论文《〈战国策〉及其虚构内容》("The *Chan-kuo Ts'e* and its Fiction");1984 年,《计策:〈战国策〉研究》(*Intrigues:Studies of the Chan-kuo Ts'e*)出版;1975 年,发表战国策论文的研究综述:《近期有关〈战国策〉研究论文综述》("A Summary of Recent Articles on the *Chan-kuo Ts'e*");1999 年,编著了《战国策读本》(*Legends of the Warring States:Persuasions, Romances and Stories from Chan-kuo Ts'e*)。柯迁儒的有关研究对《战国策》在美国的传播与深入研究起到了极大的帮助作用。

作为学者与教师,柯迁儒是谦逊的。"迁儒"一名为他本人所改,带着一丝自嘲与乐观的色彩。牟复礼曾评价道:"柯当时即颇诙谐幽默也。"①曾永义则说:"他二十年前所取的'柯迁儒',固然也以'柯'译其姓,但也可以看出他儒者的谦虚中透露着几分诙谐。"②面对自己的学术成就,柯迁儒自矜自谦,自由自勉。而作为汉学家,柯迁儒则是浪漫且坚定的。1976 年,他在《我对燕昭王黄金台的寻觅:答普实克③的一封信》("My Search for the Golden Terrace of King Chao:A Letter to J. Prusek")中说道:

> 我首先是一个人,一个热爱中国文学并抱有浪漫主义的

① 周启锐编《载物集:周一良先生的学术与人生》,北京:清华大学出版社,2003 年,第 50 页。
② 柯迁儒:《元杂剧的戏场艺术》序,魏淑珠译,台北:巨流出版社,2001 年,第 i 页。
③ 雅罗斯拉夫·普实克(Jaroslav Prusek,1906—1980),捷克汉学家,被视为汉学布拉格学派的创始人,曾翻译过鲁迅的《呐喊》与《狂人日记》。

人……所以，即便对这个虚构的高台进行了一番研究后，未能发现真正的遗迹，我也知晓，在另一个层面上，黄金台就坐落在某个地方，它仍旧求贤若渴，吸引着有志之士从事着高尚的事业。①

促使柯迁儒寻找黄金台的契机，或是幼时藏在字节里的天马行空，或是弱冠之年良师益友的声声教诲，又或是对异国他乡文明的一腔向往与求知。置身于少有人采撷的元曲花园里，柯迁儒在《元杂剧的戏场艺术》中借《散场》一章抒写了成书后的万千思绪。这些诚挚的感慨之语，更像是他对于一生追求的提炼："科诨吟唱，声声送/看官优纵/任我抒情/今生宿愿/书刊戏弄/评书看戏邀君共/从容/赏习元曲味无穷。"②一颗澄澈心、不拘身外物，他在半生里，为美国汉学界留下了浓墨重彩的一笔。博古通今，独辟蹊径，他不仅是开山者，而且是植树人。短短浮生，弹指一挥间，倒也到了尽头，2002 年，柯迁儒为自己的科研和人生画上了一个完整的句号。剧场的帷幕缓缓落下，但与最初不同的是，泛着旧色的布面上别戴着沉甸甸的奖章与成果。柯迁儒像翔空老翁一般，顺着清风自在而去，独留观众仍坐于此，望着一道大幕，回味无穷，正如曾永义的悼诗所写的那样：

> 昔年密大识荆州，杖屦追随长者游。
> 学术殿堂高仰望，功名场屋作清流。
> 等身著作传中外，译笔纵横千百秋。
> 契阔死生多苦恨，天涯望断泪难收。

---

① James Irving Crump："My Search For the Golden Terrace of King Chao：A Letter to J. Prusek，" *Etudes d'histoire et de literature chinoises offertes au professeur Jaroslav Prusek*，Paris：Presses Universities de France，p. 69.

② 柯迁儒：《元杂剧的戏场艺术》，魏淑珠译，台北：巨流出版社，2001 年，第 184 页。

柯迁儒主要汉学著译年表

1947	"Lyou Dzung-Ywan"（《柳宗元》），*Journal of the American Oriental Society*，Vol. 67，No. 3，pp. 166-171
1950	"Some Problems in the language of the *Shin-bian Wuu-day Shyy Pyng-huah*"（《〈新编五代史平话〉语言中的一些问题》，博士学位论文）
1951	"Pinghua and the Early History of the *San-kuo Chih*"（《平话及〈三国志〉的早期历史》），*Journal of the American Oriental Society*，Vol. 71，No. 4，pp. 249-256
1953	*On Chinese Medieval Vernacular*（《论中国古代白话文学》），Connecticut：Yale University
1958	"The Elements of Yuan Opera"（《元杂剧的要素》），*The Journal of Asian Studies*，Vol. 176，pp. 417-434
1962	*Li K'uei Carries Thorns*（《李逵负荆》），Ann Arbor：Center for Chinese Studies，University of Michigan
1963	*Dragon Bones in the Yellow Earth*（《黄土地上的龙骨》），New York：Dodd，Mead
1964	*Intrigues：Studies of the Chan-kuo Ts'e*（《计策：〈战国策〉研究》），Ann Arbor：University of Michigan Press
1970	*Chan-kuo Ts'e*（《战国策》），Oxford：Clarendon Press
1971	*Ballad of the Hidden Dragon*（《潜龙之歌》，与 Milena Dolezelova-Velingerova 合译），Oxford：Clarendon Press "The Conventions and Craft of Yuan Drama"（《元杂剧的规律和技巧》），*Journal of the American Oriental Society*，Vol. 91，pp. 14-29

1973	*Index to the Chan-Kuo Ts'e*（《战国策索引》，与 Sharon Fidler 合作），Ann Arbor：Center for Chinese Studies，University of Michigan
1974	*Giant in the Earth：Yuan Drama as Seen by Ming Critics*（《陆上巨人：明代批评家眼里的元杂剧》），Ann Arbor：Center for Chinese Studies，University of Michigan
1975	"Rain on the Hsiao-hsiang"（《潇湘雨》），*Renditions*，No. 4，pp. 49-70
1976	"My Search For the Golden Terrace of King Chao：A Letter to J. Prusek."（《我对燕昭王黄金台的寻觅：答普实克的一封信》），Paris：Presses Universities de France
1977	"Wang Chiu-ssu：The Wolf of Chung-Shan"（《王九思：中山狼》），*Renditions*，No. 7，pp. 29-38
1979	*Chan-kuo Ts'e*（《战国策》第二版），San Francisco：Chinese Materials Center
1980	*Chinese Theater in the Days of Kublai Khan*（《忽必烈时期的中国剧场》），Tucson：University of Arizona Press
1983	*Songs from Xanadu：Studies in Mongol-Dynasty Song-Poetry*（*San-ch'ü*）（《元上都诗歌》），Ann Arbor：Center for Chinese Studies，University of Michigan
1988	"More Songs from Xanadu：Songs of Love and Related Matters"（《元上都诗歌：情歌及相关》），*Asian Culture Quarterly*，No. 16，pp. 43-58
1990	"Snowy Day near Xanadu：Feng Tzu-chen and His Songs"（《雪日近上都：冯子振及其诗》），*Asian Culture Quarterly*，No. 18，pp. 65-73
1993	*Song-Poems from Xanadu*（《上都乐府续集》），Ann Arbor：Center for Chinese Studies，University of Michigan

1994	*The Monk Pu-tai and the Character*（《布袋和尚忍字记》），New York：Columbia University
1994	*Tune*："*Shua Hai'er*：*Cuntry Cousin at the Theater*"（《般涉调·耍孩儿·庄家不识勾栏》），New York：Columbia University "*The Bamboo-Leaf Boat*"（《竹叶舟》），*Acta Universitatis Carolinae*，No. 5，pp. 13-65
1996	*In Search of the Supernatural*：*the Written Record*（《搜神记：书写的记录》），与 Kenneth J. Dewoskin 合译，Stanford：Stanford University Press
1999	*Legends of the Warring States*：*Persuasions*，*Romances and Stories from Chan-kuo Ts'e*（《战国策读本》），Ann Arbor：Center for Chinese Studies，University of Michigan
2000	*Intrigues of the Warring States*：*Selected Anecdotes*（《〈战国策〉中的逸闻》），New York：Columbia University Press

（旦）袅晴丝吹来闲庭院，
摇漾春如线。
停半晌、整花钿。
没揣菱花，偷人半面，
迤逗的彩云偏。
（行介）我步香闺怎便把全身现。

——汤显祖《牡丹亭》

LI-NIANG

The spring a rippling thread/of gossamer gleaming sinuous in the sun/ Borne idly across the court. / Pausing to straighten/ the flower heads of hair ornaments/ I tremble to find that my hair/ has thrown these "gleaming clous"/ into alarmed disarray. (She takes a few steps)/ Walking here in my chamber/ How should I dare let others see my form!

—*The Peony Pavilion*，trans. by Cyril Birch

三 等身著译通今古
皓首文章馈往来
——美国汉学家白之译《牡丹亭》

美国汉学家
白 之
Cyril Birch
1925-2018

他与汉语结缘于英国,而立后移居美国并活跃于北美汉学界;他是西方文学史上第一位系统翻译冯梦龙《喻世明言》的学者,他翻译过如《牡丹亭》《娇红记》等中国古典文学作品,研究过中国文学流派,于北美知名高校进行过汉学教学;他英译的《牡丹亭》推动了美国汉学戏曲研究,被称赞可与霍克思、闵福德合译的《红楼梦》相提并论;他编译的《明代短篇小说选》,使西方世界领略到了中国儒家思想的"仁、义、礼、智、信"。他为中外文学文化交流做出了卓越贡献,他就是美籍英裔汉学家西里尔·白之(Cyril Birch,1925—2018)。

(一)阴差阳错学中文

白之与中国文学的缘分,始于他青年时与汉语的一次美丽邂逅。1925 年,白之出生于英格兰兰开夏郡,青年时就读于英格兰西北部的博尔顿学校。第二次世界大战前夕,16 岁的白之参加了英国政府语言天才的招募活动,信心满满报名学习波斯语。出乎意料的是,30 分钟

按:白之淹会今古,著述甚丰,故云。

的面试后,白之被告知有学习汉语的天赋。① 自此,中国文学翻译与研究开始伴随白之成长。1942 年至 1944 年,白之参加了专门针对军事情报人员的现代汉语密集培训班,他的汉语学习生涯就这样拉开了帷幕。为期两年的汉语集训后,白之即被派往英属殖民地印度加尔各答从事情报工作,司职中尉。1947 年战争结束,白之返回伦敦大学亚非学院继续研习中国语言文学文化。1948 年,白之顺利毕业于伦敦大学亚非学院,获中国现代文学一级荣誉学士学位。求知若渴的白之仍不满足,在当时西方世界中国当代文学作品研究稀缺的背景下,他积极寻求学习进步机会,师从德国著名语言学家西蒙华德(Walter Simon,1893—1981)②,博士学位攻读方向选定为中国古典小说。在准备博士学位论文的过程中,白之搜集到了冯梦龙的话本故事集《古今小说》,认真阅读书中的 40 个故事,详细做笔记,并将故事分门别类,认真评论分析,系统总结郑振铎及雅罗斯拉夫・普实克(Prusek Jaroslav,1906—1980)等人的话本小说研究成果,最终形成了题为《古今小说考评》("Ku-chinhsiao-shuo:A Critical Examination")的博士学位论文。1954 年,白之于伦敦大学东方学院取得了中国文学博士学位。

博士毕业后的白之,先后就职于伦敦大学亚非学院与美国加州大学伯克利分校,孜孜不倦地为中国文学研究努力着。在伦敦大学亚非学院就读期间,白之的研究能力和学术水平皆表现出色,1948 年毕业后,留任亚非学院讲授中国语言文学,执教时间长达 12 年。1958 年,白之赴斯坦福大学胡佛研究所研习一年,兼任中文客座讲师及洛克菲勒基金会研究员。1960 年,白之转赴加州大学伯克利分校东方语言文

---

① 事后也证明确实如此,白之在香港短暂度假后,他在普通话与粤语间自由转换的能力让人惊讶。

② 西蒙华德,德国汉学家、比较语言学领域知名学者,出生于柏林,曾就读于柏林大学。1932—1933 年作为交流图书馆员曾访问中国国家图书馆,1934 年,为摆脱德国纳粹统治他逃亡伦敦,1947 年至 1960 年于伦敦大学亚非学院讲授中文,并在伦敦度过余生。他为汉语历史音韵学和汉藏语言学做出了巨大贡献。

化系(后来改名为东方语言系)执教,1963 年至 1964 年任美国学术团体理事会研究员和古根海姆基金会研究员、《中国季刊》(*China Quarterly*)编委;1964 年任东方语言文化系中国文学与比较文学副教授,1966 年任教授;1966 年至 1969 年任加州大学伯克利分校文理学院副院长;1982 年至 1986 年担任东方语言系主任一职;1990 年,白之以荣誉退休教授的身份在加州大学伯克利分校退休,获得了时任校长、著名华裔科学家田长霖(Chang-Lin Tien,1935—2002)颁发的伯克利奖(Berkeley Citation)。这个奖项是授予该校教职员工的最高荣誉,是对白之学术成就超过伯克利卓越标准和卓越服务的认可;2017 年,加州大学伯克利分校宣布为中国文学研究生设立西里尔·白之奖,该奖项的设立是对白之作为中国文学学者和翻译家所取得的卓越成就的肯定。

(二)通晓古今成果丰

白之对中国文学涉猎广泛,研究涵盖中国古典小说、白话小说、明代戏剧、诗歌和 20 世纪中国文学等领域,一生笔耕不辍,出版著作十余部,发表文章 50 余篇。凭借多年的汉学功底,白之搭建起了中西文学文化交流的桥梁,有效地将中国文学引荐给了英语世界乃至西方世界。

1958 年,白之选译明代小说,出版了《明代短篇小说选》(*Stories from a Ming Collection* ,1958),而后著有《中国神话与志怪小说》(*Chinese Myths and Fantasies*,1961)、《中国共产主义文学》(*Chinese Communist Literature*,1963)、《中国文学选集(1)》(*Anthology of Chinese Literature*:*From Early Times to the 14ʰ Century*,1965)、《中国文学选集(2)》(*Anthology of Chinese*

Literature Volume 2: From the 14th Century to the Present Day，1972)、《中国文学文类研究》(*Studies in Chinese Literary Genres*，1974)等作品，退休之后仍继续从事明代文学研究工作，撰写了《旧中国官吏看的选段：明朝的精英剧场》(*Scenes for Mandarins: The Elite Theater of the Ming*，1995)和《情妇与女佣：娇红记》(*Mistress and Maid: Jiaohongji*，2001)等著作。

白之的论文主要研究中国话本小说特点，曾发表在《东方学院通报》(*Bulletin of the School of Oriental and African Studies*)、《通报》(*T'oung Pao*)①、《泰晤士报文学副刊》(*Times Literary Supplement*)、《亚洲文学专业》(*Asia Major*)等知名期刊上。1955 年，白之在《东方与非洲研究学院通报》上发表的《略论话本小说的形式特点》("Some Formal Characteristics of the Hua-pen Story")一文值得关注，此文是西方世界第一次系统研究中国白话文短篇小说，迄今仍是国外学者研究中国通俗小说的必读文章。

白之博览精读中国"五四"文学、新中国成立前后的文学和台湾文学，在中国现代文学方面的研究贡献尤其高于中国古典小说及戏曲。他著文评述，评论过赵树理、老舍、鲁迅以及徐志摩等中国现代文学作家，翻译过毛泽东的诗歌和吴祖湘的短篇小说，对 20 世纪作家所面临的政治和社会压力亦非常感兴趣。从 1952 年发表的讨论赵树理的文章《赵树理：一个当代中国作家及其背景》("Zhao Shuli: A Writer of Contemporary China and His Background")到 1988 年发表的《朱西宁〈破晓时分〉的分析》("The Function of Intertextual Reference in Zhu Xi'ning's Daybreak")，白之全面探讨了中国受西方政治变革影响而呈现出的五四新文学；他研究徐志摩诗的韵律，比较过徐志摩与英国作家托马斯·哈代(Thomas Hardy，1840—1928)的作品；台湾文学方面，他分析了作家笔下呈现出的民生困境。对整个中国现代文学

---

① 1890 年创刊于法国。其名称就是用威妥玛拼音转写的中文"通报"二字。该刊由亨利·柯蒂埃与施古德创立于巴黎。之后著名汉学家沙畹及伯希和相继担任该刊负责人。

的发展,他专门讨论现代小说的承传递变,新文字语言的使用,以及如何在课堂上讲授"五四"文学。

白之的诸多著作中,《明代短篇小说选》与两卷《中国文学选集》在西方世界影响深远。白之翻译的《明代短篇小说选》,简洁流畅,忠实通顺,向英语世界读者明确了明代小说在文学史上的作用,受到汉学家与中国学者的好评。《明代短篇小说选》也成了最早将中国的神仙志怪小说翻译到西方的一部著作。① 白之从读者的接受角度出发,采用插图、脚注等副文本形式完成了英译。意大利

中国学家利奥内洛·兰乔第(Lionello Lanciotti,1925—2015)这样评价白之的《明代短篇小说选》:"译文非常忠实于中国原著,在翻译之前都有一个简短的描述,说明它的文学质量和价值、特定故事的背景,以及与之相关的审美思考。"②

两卷《中国文学选集》内容从公元前 6 世纪的《诗经》开始,横跨到 20 世纪话剧的整个中国文学,为中国文学在西方世界系统的传播做出了突出贡献。20 世纪五六十年代,美国《国防教育法》的推行以及资助资金的获得,使美国的中国学研究条件获得了极大改善,为满足美国政府和美国大中院校等需求,美国丛林等出版社开始系统介绍中国古典文学。1965 年白之的《中国文学选集(1)》出版,

① 作品中六个短篇故事均选自冯梦龙的《喻世明言》(原名为《古今小说》)。

② Lanciotti Lionello:"*Stories from a Ming Collection* by Cyril Birch,"*East and West*,Vol. 12,No. 2/3,*The Work and Life of Rabindranath Tagore*,(June-September 1961),p. 213.

该书的出版受到了亚洲协会亚洲文学项目（*Asian Literature Program of the Asia Society*）的支持，被联合国教科文组织认定为中国文学翻译系列著作。广大受众盛赞白之版的《中国文学选集》，大中学生和普通读者称之为"近几年英文翻译最好的中国文学选集""中国文学的盛宴"，专业评论家认为该选集"树立了准确性与可读性完美结合的典范"，对"中国学研究做出了不可磨灭的贡献，具有里程碑的意义"①。1972年，在美国《国防教育法》的进一步推动下，美国政府部门、学术团体等开始关注中国历史及现状，美国大中学校汉语教育得以迅速发展，有学者在中国文学研究领域研究并翻译了部分中国戏剧典籍。在广大专业人士和普通读者的期盼之下，白之的《中国文学选集（2）》应运而生。与《中国文学选集（1）》相比，《中国文学选集（2）》突破了选集编撰的传统思路，完全按照白之自己的学术品位挑选内容，而且绝大部分译文都是白之自己翻译而成的。两卷《中国文学选集》最初是服务于美国汉学研究和汉语语言文学教育体系的，读者对象必然是汉学研究者和汉语语言文学教育体系中的专业读者。因此，选集获得了英语文化系统内诸多专业评论人员的好评，具有"较高准确性和文学性"，能"激起了读者对完整文学作品兴趣"②，且在"英语世界长期广泛地被当作大学教材使用"③。

① Harold Shadick："Review of *Anthology of Chinese Literature：From Early Times to the 14ʰ Century*，by Cyril Birch，" *The Journal of Asian Studies*，Vol. 26，No. 1，1966，pp. 101 - 103.

② Frankel Hans H.："Review of *Anthology of Chinese Literature，Volume 2.From the 14ᵗʰ Century to the Present Day*，by Cyril Birch，" *The Journal of Asian Studies*，Vol. 32，No. 3，1973，pp. 510 - 511.

③ 江弱水、黄维樑：《余光中选集》（第4卷语文及翻译论集），合肥：安徽教育出版社，1999年，第158页。

（三）独辟蹊径牡丹开

白之对"元明戏曲"情有独钟，一方面是因为这是他攻读博士学位期间对于明代传奇剧研究的延续，另一方面是受同事、旅居美国的中国文学评论家陈世骧对京剧与昆曲的着迷的影响。陈世骧去世后，白之依据哈洛德·艾克顿和陈世骧二人的翻译风格，完成了《桃花扇》最后七出的英译，对全文进行校对、修改后于 1976 年出版。白之也希望通过翻译元明戏曲与人分享快乐，而白之翻译的《牡丹亭》成就了他中国传统戏剧研究的巅峰之作。从 1972 年的选译到 1980 年的全译再到 2002 年的再版，白之对《牡丹亭》的英译日臻完善，中国戏剧《牡丹亭》得以在美国和欧洲成功传播。加之作者汤显祖被誉为"东方莎士比亚"，白之《牡丹亭》译本被称为"世界戏剧永恒经典"和"中国戏剧在西方世界的象征性符号"[1]，《牡丹亭》由此赫然进入西方世界经典之列，中国古典文学在西方学术界的地位得以提高，英语世界读者透过中国古典文学了解了更多中国文化内涵。由于得到读者认可，《牡丹亭》的白之译本成为英语世界诸多中国文学读本和中国文学研究工具书选定的唯一权威英文参考资料，因而在美国大中学校师生中成为不断阅读、品评的对象。[2]

白之的《牡丹亭》翻译始于一次去日本的旅行中与《牡丹亭》的邂逅。1972 年，白之在编写《中国文学选集（2）》中的明时代文学章节时，以"明朝戏剧的杰作"命名，简要介绍了《牡丹亭》的作者汤显祖，将《牡丹亭》中的《闺塾》《惊梦》《写真》《闹殇》四出选译并收录在内。当时，白之作为有着丰富英美高校任教经验的中国文学教师，对于中西戏剧诗学传统的差异与元剧的翻译难度自然了然于胸。在其《中国戏剧翻译：问

---

[1] Daniel S. Burt：*The Drama* 100：*A Ranking of the Greatest Plays of All Time*，New York：Facts On File，Inc.，2008，p. 184.

[2] 赵征军：《汉学家白之英译〈牡丹亭〉戏剧翻译规范探究》，《燕山大学学报》（哲学社会科学版），2018 年第 2 期，第 62 - 66 页。

题和可能性》论文中,他曾这样论述中西戏剧差异以及文字的翻译:

> 英国剧本一句台词,往往包含着无穷的智慧与幽默,足
> 够让观众回味半天;中国传统戏剧里,一个意思花费一大套
> 曲辞去铺陈渲染,局外人肯定不耐烦。文字的翻译也困难重
> 重,令人望而生畏——杂剧、传奇戏都有不少专门的词汇,即
> 使中国读者也未必全部通晓;传奇戏的曲辞差不多就等于一
> 首诗与词的组合,翻译一出戏等于翻译许多首诗歌。不过有
> 问题并不意味着没有可能性。他认为,只要体察与尊重中国
> 戏剧自身的特点,下功夫克服文字上的障碍,中国古代戏剧
> 作品的译介还是可以有所作为的。①

这话有错的地方,也有对的地方,对中国戏剧翻译难度的认识还是比
较中肯的。白之既照顾到了原作的意象再现,又考虑到了读者的理解
接受,在选译版《牡丹亭》的翻译过程中,在戏剧形式上省略了原剧中
的唱腔以及对白中的曲牌名和词牌名,以人物姓名替换了原剧中的生
旦净末丑等角色名,翻译词曲时删去了每出结尾的集唐诗,以更容易
为西方读者所接受。

　　在选译本流通八年后的 1980 年,随着美国汉语教育的普及推进
和美国本土戏剧文学的逐步复苏,中国古典戏剧研究在美国也得以迅
速发展,白之则继续为中国戏剧典籍译介锦上添花。在美国安德鲁·
梅隆基金会的赞助下,白之的《牡丹亭》全译本得以出版发行。由此
《牡丹亭》第一次以完整的形式出现在英语读者面前,其修订版于
2002 年又在同一家出版社出版。② 知名汉学家史恺悌(Catherine
Swatek)为白译本《牡丹亭》"代言",在《前言》中特别提及了白之的贡
献,称其为"教授""大师",证实了白之翻译水平之高、译文之妙。全译

---

①　Cyril Birch: "Translating Chinese Plays: Problems and Possibilities," *Literature East & West*, Vol. XIV, No. 4, 1970.

②　《牡丹亭》目前共有 14 个英译本,哈罗德·阿克顿、宇文所安等汉学家,杨宪益、戴乃迭夫妇等翻译家,汪榕培等知名人士均对《牡丹亭》的选译、改译或者全译做过突出贡献。

本修订了 1972 年选译本中的部分错误。《序言》的前半部分扼要介绍了原剧的主题、人物、情节和结构等要素,将《牡丹亭》比作西方的《罗密欧与朱丽叶》,认为主题是对人性自然之爱"情"战胜残酷理性传统的歌颂;汤显祖笔下男女之间的爱情除了包含性的吸引、生理激情,还包含着超越两性关系之外广义爱情的美德:依恋、共鸣和忠诚。① 后半部分普及了中国戏剧常识,对剧中的舞台指令、道具、人物自我介绍、情节等相关戏剧形式做了说明,减少了英语读者译文阅读中的诗学障碍。有读者对白之译本《序言》赞誉有加:"我对中国文化并不熟知,但这篇序言简直太棒了! 仅仅在序言中便充满了故事活动、浪漫爱情及悬念。该译本可读性强,一旦读到这些故事便爱不释手。我会推荐给更多朋友。"②

白之的《牡丹亭》全译本受到汉学界同仁、知名学者以及亚马逊网站上普通读者的一致好评。美国著名汉学家宣立敦(Richard E. Strassberg)评价道,"白之所译《牡丹亭》虽千呼万唤,姗姗来迟,但却是中国文学研究领域中的重大事件,具有里程碑式的意义","他翻译的《牡丹亭》足以与霍克思所译《红楼梦》相提并论,二者分别筑建起中国戏剧和小说翻译的里程碑。这一经典翻译呈现的经典作品值得每位学者和中国文学爱好者拥有"③;美国著名汉学家芮效卫认为白之的译文不负众望,"汉语原文虽晦涩难懂,令人懊恼,但译者却以清晰

① Cyril Birch: *The Peony Pavilion*, Bloomington and Indianapolis: Indiana University Press, 2002, p. X.

② https://www.amazon.com/Peony-Pavilion-Mudan-ting-Second/dp/0253215277/ref=sr_1_1? ie=UTF8&&qid=1501122892&sr=8-1&keywords=the+peony+pavilion.

③ Richard Strassberg: "Review of *The Peony Pavilion* by Tang Xianzu," Cyril Birch, "The Romance of the Jade Bracelet and other Chinese Opera by Lisa Lu," *Chinese Literature*: *Essays*, *Articles*, *Reviews* (*CLEAR*), Vol. 4, No. 2, 1982, pp. 276-279.

流畅的英文将之译出,堪称一绝"①;汉学家奚如谷则评价白之的译文
"熠熠生辉、极具可读性,整个翻译既忠实于原文的意义和语旨,同时
具有自己的文学价值。……其译文之美在于它既可读又可靠,这是很
少有人能够达到的"②;英国著名汉学家杜维廉(William Dolby,
1936—2015)曾经评论道:"该译本填补了中国传奇翻译的空白。……
白之非常成功地将汉语中不同的传统、文学态度转化为英文,展现了
原文的艺术魅力。"③

　　此外,白之《牡丹亭》全译本在亚马逊网站上被普通读者评级为五
星。一位读者留言,"该剧足以与莎士比亚戏剧相媲美,它将极富诗意
的爱情故事与战争、喜剧融为一体","与莎士比亚大多数剧作相比而
言,白之的翻译和注释更能让人理解戏剧内涵,同时也能帮助读者深
入了解中国中世纪的文学、传说、诗歌和社会习俗"。④

(四)诲学不倦桃李芳

　　1960 年,白之移民美国,于加州大学伯克利分校开启了崭新的执
教生涯。在那里他实现了自己的人生梦想,即"在一个有雄厚传统汉
学及古典语言学实力,而同时又需要并计划增开近、现代文学课程的
学系里,引导有天分的学生在近、现代文学的学习上进入高级的层次;
在个人的学术研究方面,则希望能得到同事和学生们的激励并能有一

---

① David T. Roy："Review of *The Peony Pavilion* by Tang Xianzu，" Cyril Birch，
　　Harvard Journal of Asiatic Studies，Vol. 42，No. 2，1982，p. 692.

② Stephen. H. West："Review of *The Peony Pavilion* by Tang Xianzu，" Cyril
　　Birch，*The Journal of Asian Studies*，Vol. 42，No. 4，1983，p. 945.

③ William Dolby："Review of *An Anthology of Chinese Literature：Beginning to
　　1911* by Stephen Owen，" *Bulletin of the School of Oriental and African Studies*，
　　Vol. 1，1982，pp. 201‐203.

④ 参见 http://www. amazon. com/The-Peony-Pavilion-Second-Edition/product-
　　reviews/0253215277/ref＝sr_1_1_cm_cr_acr_txt？ie＝UTF&&showViewpoints
　　＝1,2021 年 4 月 9 日。

个资料齐备的优良图书馆"。①

　　白之讲授的中国语言文学课程教学内容涉猎广泛,无论是元明戏曲、中国现代文学,还是比较文学,皆受本科生、硕士研究生和博士研究生欢迎。学生中,有专攻中国文学方向的必修生,也有外系的选修生,有美国本土学生,也有中国留学生和访问学者。在授课中,白之教授充分发挥自己的中文天赋,在课堂上,能熟练使用中文对华裔学生进行中国文学讲授。20世纪80年代,一位来自中国的访问学者在旁听白之教授的文学课后,惊叹于白之教授对中国文学的博学多识。白之授课时微笑中总带着督促鼓励的眼神,正如他的一名学生所说,"在人才济济的东方语言系中,白之教授是一个热情而令人鼓舞的存在,他有时会提供父亲般的非常受欢迎的建议"。②

　　白之三尺讲台上海学不倦,收获桃李芬芳,门下高徒,不乏当今学术界名教授。比如,达慕思大学的艾兰(Sarah Allan)、耶鲁大学的马斯顿·安德生(Marston Anderson)、科罗拉多大学的高为宁(Vicki Cass)、德州大学的富静宜(Jeannette Faurot)、俄勒冈大学的文棣(Wendy Larson)、达慕思大学的李华元(Hua-yuan Li Mowry)、加州圣荷西州立大学的梁启昌、麻州州立大学的米乐山(Amherst, Lucien Miller)、哥伦比亚大学的魏玛莎(Marsha Wagner)、加州州立大学长滩分校(Long Beach)的水晶以及当时在伦敦大学后来回到四川大学执教的赵毅衡等。③

　　白之为中国戏曲从中国走向世界起到了重要作用。白之的《牡丹亭》全译本之所以能够在英语世界处于绝对的中心地位,是他有机地融合了文学作品外译的两个重要因素:一是足够了解目标读者的接受

---

① 李华元:《逸步追风西方学者论中国文学》,北京:学苑出版社,2008年,第10页。

② 参见 http://ealc.berkeley.edu/sites/default/files/Cyril% 20Birch% 20Award% 20bio_0.pdf,2021年3月16日。

③ 李华元:《逸步追风西方学者论中国文学》,北京:学苑出版社,2008,第4页。

力,翻译策略灵活;二是翻译之外的宣传推广做得到位。① 白之灵活的翻译策略,既忠实于《牡丹亭》原文,重视目标语读者的接受,又注重通过教材等辅助《牡丹亭》在英美市场的传播,更好地促进了《牡丹亭》等中国文化典籍在英美文化系统中的传播及接受,从而推动了中国文化"走出去"。

---

① 朱振武:《文学外译,道阻且长》,《社会科学报》,2019 年 7 月 4 日,第 1664 期,第 8版。

白之主要汉学著译年表

1958	*Stories from a Ming Collection*（《明代短篇小说选》），London：Bodley Head；New York ：Grove Press
1960	*Chinese Myths and Fantasies*（《中国神话与志怪小说》），London：Oxford University Press；
1963	*Chinese Communist Literature*（《中国共产主义文学》），New York：Praeger
1965	*Anthology of Chinese Literature*，*Vol. 1*（《中国文学作品选集》（1），与 Donald Keene 合译），New York：Grove Press
1972	*Anthology of Chinese Literature*，*Vol. 2*（《中国文学作品选集》（2），与 Donald Keene 合译），New York：Grove Press
1974	*Studies in Chinese Literary Genres*（《中国文学文类研究》），Berkeley：University of California Press
1974	*The Peach Blossom Fan*（《桃花扇》，与陈世骧、艾克顿合译），Berkeley：University of California Press
1980	*The Peony Pavilion*（《牡丹亭》），Bloomington：Indiana University Press
1995	*Scenes for Mandarins*（《旧中国官吏看的选段：明朝的精英剧场》），New York：Columbia University Press
2001	*Mistress and Maid*：*Jiaohongji*（《情妇与女佣：娇红记》），New York：Columbia University Press

四围山色中，一鞭残照里。遍人间烦恼填胸臆，量这些大小车儿如何载得起？

——王实甫《西厢记》

Amid four bounds of mountain colors,

In the single lash of the lingering rays,

A vexation that encompasses all the human realm fills my bosom.

How can a carriage so small

Cart it all away?

　　—*The Story of the Western Wing*，trans. by Stephen H. West

四 如溪如谷津梁就
亦幻亦真戏曲传
——美国汉学家奚如谷译《西厢记》

美国汉学家

奚如谷
Stephen H. West
1944–

随着我国综合国力的不断提升，中国文化也逐渐进入国际视野的关照范畴内，而在文学领域内，学术界对中国戏曲经典的关注度也日益提高。随着中外学术交流的日渐深入，国际汉学研讨会和论坛大量召开，在这些会议上，总有这样一个身影出现：

体型微微发福，个子高挑，一把白色长须随风而拂。这位神似圣诞老人的学者，正是美国汉学界的领跑者——奚如谷（Stephen H. West，1944— ）。他的研究领域主要聚焦于12—15世纪的中国古典文学，内容涉及诗词、散文、戏曲、都市文化和园林文化等方面。数年来，奚如谷在这些领域建树颇多。自1976年至今，他受邀做中国文学与戏曲研究专题讲座120多次，发表有关研究论文50多篇。他还译介了十余部中国经典戏剧，其中最具有代表性的作品当数《西厢记》。

（一）翻译之路，始于文学

奚如谷是美国汉学研究的先锋，同时也是一位翻译家和哲学家。1944年1月6日，奚如谷出生于美国亚利桑那州。此后数十年，他的

按：嵌入人名；津梁，即渡口和桥梁，比喻能起引导作用的事物和方法；奚如谷翻译研究宋元戏曲，故有"亦幻亦真"语。

求学经历一直围绕着汉学。1963 年，奚如谷进入美国印第安纳大学空军中文学校（U.S. Air Force Chinese Language School，Indiana University）学习，浓厚的汉语学习氛围使他下意识地开始关注中国传统文化。但实际上，奚如谷很快认识到，对中国文化感兴趣和做研究完全是两码事。中国文化内涵深，要深入其中就必须先克服语言这一难关。他学起中文虽然有些吃力，但他认为汉语虽然难学，但其底蕴深厚，令人神往。为了解决语言问题，1966 年，奚如谷进入亚利桑那大学（University of Arizona），开始研习东方学。在这期间，奚如谷广泛参加各种中文学习活动，同时大量阅读中文书籍，仔细研习中文，在掌握中文的基础上学会对文字进行精雕细琢。他凭借卓越的学术成就获得了 1968 年的"美国大学优等生"（Phi Beta Kappa）和"高级荣誉奖"（Senior Honors Award）两大奖项，并且于 1969 年取得东方文学硕士学位。面对汉学研究，他坚信做研究不能只依赖译文，而必须深入原文，才能避免流于表面。因此，他博览群书，通过阅读大量的中国文学文化经典著作，例如《论语》《心经》等，培养了深厚的文学功底。但奚如谷并没有满足于此，他深知自己对于汉学的研究仅仅是初窥门径而已。1970 年，他决定进入美国明尼苏达大学（University of Minnesota）继续深入研习汉学。1972 年，奚如谷获密歇根大学（University of Michigan）东亚语言与文学博士学位。除了专注于学校的学业外，奚如谷还常常远赴他国游学，不仅踏足澳大利亚、德国、荷兰等国，还在 1974 年，亲自到中国台湾，切身感受中国文化的博大精深。在这次中国之行中，他意识到"中国文化与文学不仅是中国的，而且还是世界文化中一种难得的文化资源"①。从此，他更加热爱中国文化，并坚定了长久研究汉学的决心。

攻读硕士研究生期间，奚如谷就展现出了对翻译的兴趣。他的翻译之路始于宋、金、元文学研究。最初，他主要研究金朝末年至元朝时期著名文学家元好问的诗歌。20 世纪 60 年代，他在硕士学位论文中

① 奚如谷：《中国和美国：文化、仪式、书写与都市空间》，王晓路译，《文艺研究》2007 年第 9 期，第 76 - 86 页。

翻译了元好问《论诗三十首》中的绝大部分诗歌。以其中一首为例,元好问借此诗赞颂陶渊明诗歌的真淳朴素与明丽夭然:"一语天然万古新,豪华落尽见真淳。南窗白日**羲皇上**,**未害**渊明是晋人。"①

Each syllable natural

each word eternally new

embellishment, extravagance fallen aside

truth and purity revealed.

Bright day beneath the southern window

the age of antiquity,

no hindering T'ao Yüan-ming

this man of chin.②

译文采用"直译"的方式,以简练而忠实的语言展现出原文的质朴,保留了原作的神韵和风貌。译文中"the age of antiquity"意为"上古时代",是对原文典故"羲皇上"的直译。"no hindering"意为"不妨碍",准确地表达出"未害"的含义。不仅如此,奚如谷按照中文的思维和七言绝句的韵律对译文进行断句。各句译文一一对应,节奏鲜明,读起来朗朗上口。这样的直译做到了内容上的忠实和形式上的统一,使读者能够感受到原文的诗学特征和美学传统,进而得以欣赏原汁原味的中国古诗词。

除了将元好问的诗歌译成英文,奚如谷同样对元好问的诗歌进行了深入的研究。在《沧海与东注的大河——元好问的丧乱诗》("Chilly, Seas and East Flowing Rivers: Yuan Haowen's Poems of Lament",1986)一文中,奚如谷认为:

元好问在金国被元国所灭前后时期的诗文,描述了他从被压抑到面对现实,最终把保护传统文化作为一种责任的过

---

① Stephen H. West: *Yüan Hao-wen* (1190 - 1257), *Scholar-Poet*. M. A. Thesis, University of Arizona, 1969, p. 71.

② Ibid.

程。奚如谷教授将元好问的诗与当时的有关史料进行比较，更深入地解读了元好问如何将文人的想象力与自我意识加入了他对逐渐消亡的传统文化的见解里面。①

该文章收录于奚如谷和研究宋代思想史的美国汉学家田浩（Hoyt C. Tillman）合著的学术论文集《女真统治下的中国——金代思想与文化史》（*China under Jurchen Rule：Essays on Chin Intellectual and Cultural History*，1995）一书中。在国内女真研究刚起步的 20 世纪 60 年代，这本书的重要性不言而喻。美国夏威夷大学中国研究中心副主任任友梅（Cynthia Y. Ning）评价称，"这本书对金代进行多方面的研究，展现了一段被忽略的中国历史文化，对汉学研究具有重要意义"②。这本书对金代的历史进行了深入的探索，内容广泛，涵盖诗歌和戏曲等多个方面，具体又涉及儒家思想、佛教和道教的传播等，凸显了金代文化发展在历史中的重要作用。除却两位编者，这本论文集还汇聚了众多著名学者，如姚道中、陶晋生、刘子健、伊维德等学者的论文。

通过长期的知识积累，奚如谷开始着手从事汉学研究领域相关工作。1976 至 1985 年，奚如谷在《宋元研究公报》（*Bulletin of Sung and Yuan Studies*）担任特约编辑。自 1999 年始至今，奚如谷先后在汉学研究中心（Center for Chinese Studies）、东亚研究中心（Institute for East Asian Studies）、伯克利东亚国际研究所（Berkeley East Asia National Resource Center）、美国高校汉语言研习所（Inter-University Board of Chinese Language Studies）、清华大学、加利福尼亚大学伯克利分校、亚利桑那大学等多个汉学研究中心和高校任教。他的授课课程涵盖中国戏曲、诗歌、散文、文言文、翻译、传统中国城市历史与文化等多个方面。奚如谷丰富的求学经历和任教生涯为他今后的汉学研

---

① 霍明琨、武志明：《20 世纪欧美学界的女真研究——以〈女真统治下的中国：金代思想与文化史〉》为例，《东北史地》，2011 年第 1 期，第 63 - 66 页。

② 参见 https://www.sunypress.edu/p-2017-china-under-jurchen-rule.aspx，2021 年 1 月 13 日。

究事业打下了坚实的基础。1999 年,奚如谷在早期的学习和教学基础上,就如何阅读中文文本发表了三篇文章,分别是:《观察手指,勿望所指:庄子〈齐物论〉》("Look at the Finger, Not Where It Points: Zhuangzi's Essay Equalizing Things",1999)、《心经》("Heart Sutra",1999)和《笔法记》("The Bifaji",1999)。这三篇文章与奚如谷的《心经》英译本被收录在《文字的方法——中国古代文献解读论文集》(*Ways with Words*:*Writing About Reading Texts in Chinese From Early China*,1999)一书中。

(二)戏曲译介,佳作迭出

奚如谷喜爱中国的表演艺术,尤其钟情于中国的戏曲经典。他与戏曲的渊源始于他的老师柯迁儒。柯迁儒作为美国汉学界著名的翻译家与元杂剧研究鼻祖,不仅精于元杂剧研究,出版了《忽必烈时期的戏场艺术》一书,同时也传道授业,桃李无数。奚如谷正是柯迁儒的高徒之一。在柯迁儒的指导下,奚如谷踏上了戏曲研究与翻译之路。

在西方汉学界元曲研究的起步阶段,许多学者认为古典戏曲很难被西方文化接受,即使对其进行研究也难以将其"全球化"。可是在奚如谷看来,"古代的文学与文化史,则是我们当代人认识区域文化之间和自身文化发展内在逻辑的重要起点"①。实际上,戏曲从文人案头的剧本转化到舞台表演的过程中,展现出了这一特定时期的民间文化和习俗,因此研究戏曲对于深入剖析中国文化具有不可忽视的作用。奚如谷深谙元杂剧的深刻本质,故在元曲研究领域耗费了大量的心血。自 1977 年至今,奚如谷就戏曲研究共出版专著十余部,发表论文20 多篇,其中专著多为戏曲的译介,这些成就为中国戏曲西传做出了重要贡献。奚如谷研究的戏曲多为经典元杂剧,包括《西厢记》《才子牡丹亭》和《东京梦华录》等。

---

① 奚如谷:《中国和美国:文化、仪式、书写与都市空间》,王晓路译,《文艺研究》,2007年第 9 期,第 77 页。

奚如谷在 1977 年出版的专著《通俗剧与叙事文学：金代戏剧面面观》(*Vaudeville and Narrative：Aspects of Chin Theater*)和 1982 发表的论文《蒙古对北杂剧的影响》("Mongol Influence in the Development of Northern Drama")中重新评估了蒙古的统治对杂剧形成的影响。奚如谷认为，中国的戏曲传统"在元代之前很久就已经形成并存在了"①，具体时间能够追溯到北宋时期，而且杂剧植根于"中国乡村和城市的本土环境"②。元代的统治并没有直接影响杂剧，而是影响了士大夫阶层，促使戏剧文化加入士大夫文化的行列。1985年，奚如谷发表了《释梦：〈东京梦华录〉的来源、评价与影响》("The Interpretation of a Dream：The Sources，Influence，and Evaluation of the *Dong Jing Meng Hua Lu*")。这篇文章被收录于乐黛云主编的《北美中国古典文学研究名家十年文选》一书中。《东京梦华录》是"都城记录之作的首创之作"③，生动地描绘了当时的都市生活和东京的风土人情。奚如谷在本文中探讨不同学者对《东京梦华录》的阐释，认为学者们对这部作品的研究不够谨慎。虽然《东京梦华录》的语言多为描述性话语，未加雕琢，且"以讽刺为主要特色"④，但其文学价值是不可否认的。奚如谷认为它并不仅是一种消遣式的对话，而是一种特殊的历史景观。

在研究戏曲的同时，奚如谷凭借着自己深厚的文学功底和语言优势在翻译方面开拓了一片天地。奚如谷的古典戏曲英译以戏曲名剧和元杂剧为主，除了 1976 年译介出版的《秦观与元好问诗歌四首》(*Four Poems by Qin Guan and Yuan Haowen in Sunflower Splendor*)，其

---

① Stephen H. West：*Vaudeville and Narrative：Aspects of Chin Theater*. Wiesbaden：Franz Steiner Verlag，1977.

② 张海惠主编《北美中国学——研究概述与文献资源》，北京：中华书局，2010 年，第667 页。

③ 乐黛云、陈珏编《北美中国古典文学研究名家十年文选》，南京：江苏人民出版社，1996 年，第 543 页。

④ 曹广涛：《英语世界的中国传统戏曲研究》，广州：广东高等教育出版社，2011 年，第 75 页。

他译著都是与他人合作完成的。

奚如谷与哈佛大学的伊维德教授志同道合，两人合作长达 30 余年。1982 年，两人合著出版了《中国戏剧资料手册 1100—1145》（*Chinese Theater 1100‑1145：A Source Book*）。在这本书中，奚如谷对杂剧的划分时期提出疑问，并考辨了杂剧和南戏的形成时期，对宋、金、元、明时期的戏剧做了详细的介绍，其中包括《都城纪事》《梦粱录》《西湖老人繁胜录》等。奚如谷认为杂剧始于 12 世纪，衰退于 15 世纪，而且称这一时间段是"中国戏剧的第一个黄金时期"①。此外，这本书中收录了六章杂剧和南戏的译文，其中包括《永乐大典》中的经典南戏《宦门弟子错立身》和明初剧作家朱有燉的三部剧作。奚如谷在分析作品和文本历史背景的基础上将其翻译成英文，并且对中国早期戏剧进行了详细的论证和梳理，翔实准确的内容使这本书成为西方了解中国传统戏曲的重要参考手册。

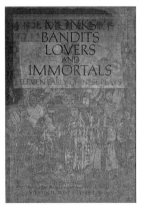

哈科特出版公司（Hackett Publishing Company）在 2010 年推出了奚如谷与伊维德合作译介的《僧侣、强盗、恋人和神仙：十一部早期中国戏剧》（*Monks，Bandits，Lovers，and Immortals：Eleven Early Chinese Plays*）。在这本书中，奚如谷将 1250 年至 1450 年间主题各异的元明杂剧和南戏译成英文，其中包括关汉卿的《感天动地窦娥冤》《包待制三堪蝴蝶梦》《闺怨佳人拜月亭》、白朴的《唐明皇梧桐雨》、马致远的《汉宫秋》、郑光祖的《倩女离魂》和佚名元曲作家的《汉钟离度脱蓝彩合》等戏文。奚如谷采用译文与插图相结合的方式，在书中详细介绍了古都开封，并集中展现了中国古代口头表演艺术传统，让读者得以一窥早期中国的城市文化。

2012 年，奚如谷与伊维德联袂翻译了《战争、背叛和兄弟情：早期

---

① 张海惠主编《北美中国学——研究概述与文献资源》，北京：中华书局，2010 年，第 667 页。

中学西渐——汉学家与中国古代文学的英语传播

的三国戏剧》(*Battles*，*Betrayals*，*and Brotherhood*：*Early Chinese Plays on the Three Kingdoms*)。这部专著包含七部三国题材戏曲的译文，内容包括《刘关张桃园三结义》《关大王单刀会》《关张双赴西蜀梦》《诸葛亮博望烧屯》等。同时，奚如谷在书中提供了《关大王单刀会》和《诸葛亮博望烧屯》的《元刊三十种》版和宫廷演出版两种版本的译文，为汉学界提供了宝贵的学术资源。

《杨家将：四部早期戏剧》(*The Generals of the Yang Family*：*Four Ming Plays*,2013)具有开创性的意义。在历史中，杨家将以反抗契丹、保卫宋朝出名。这段历史被改编为戏剧之后，凭借着其特殊的杂技表演一直深受中国观众的喜爱，但在西方，《杨家将》却很少受到关注。奚如谷的这本译著是第一部集中研究《杨家将》的英文著作。具体内容不仅聚焦于中国传统戏曲与民间表演艺术，同时关注《杨家将》中的爱国主义、忠诚、嫉妒和背叛等丰富的主题内涵。奚如谷将其中的四部元杂剧剧本译成英文，使读者能够了解这些剧目早期的表演形式。同时，两人在这部著作中提出了新的观点：《杨家将》的戏曲版本出现在1330年之后，而非说书人口中的12世纪早期。

除了这些译作之外，奚如谷与伊维德于2014年再度合作杂剧译文集《〈赵氏孤儿〉及其他元杂剧》(*The Orphan of Zhao and Other Yuan Plays*)。此前所有的英译本都是基于晚明时期修订过的版本，而这些版本为了适应舞台表演被大量修改删减，在很大程度上已经失去精华所在，变得面目全非。面对这种状况，奚如谷选取14世纪的杂剧版本作为翻译底本，很好地弥补了这一缺陷。此外，奚如谷在导言部分对元杂剧的结构和表演形式进行了详尽的说明与考辨，将杂剧完整地展现给读者，让读者切身感受到13世纪至14世纪中国古人的都市戏剧活动。这部译文集收录了《赵氏孤儿》《霍光鬼谏》《薛仁贵》《竹叶舟》《赵元遇上皇》《东窗事犯》《焚儿救母》等戏曲的译作，在文本中，奚如谷做了详细的题解和注释。这部译文集为元杂剧在英语世界的传播起到了推动作用。

（三）译坛巅峰，成于"西厢"

在奚如谷众多的译著中，1991 年出版的《月与琴：西厢记》(*The Moon and the Zither：The Story of the Western Wing*)最具有代表性。《西厢记》问世于 13 世纪，由元代戏剧家王实甫所作。其中讲述了张生与崔莺莺的爱情故事，被视为我国戏曲经典，在国内久负盛名。到目前为止，这部戏曲共有四种英译本。1991 年，奚如谷作为第一译者，与伊维德共同完成的弘治岳刻本《西厢记》英译本得到了学界的一致好评，在国外广为流传，被誉为"《西厢记》英译本中的最佳之作"①。

奚如谷对翻译有独到的见解和思考。他认为，许多翻译家都过于关注翻译作品的文学鉴赏价值，他们沉醉于将中国戏剧、诗歌或者小说等译成简单易懂的西方语言，以博取目标语读者的追捧。正如本书序言中所述，认为只要把中国文化典籍和文学作品翻译成外文，中国文化和文学就能走出去，这是不切实际的。奚如谷觉得翻译最重要的问题在于翻译底本的选择和译文的受众群体，认为，"选择一个版本就不能仅仅因为其流行，或是这个版本有现成的标点和注释，或是它已经为别人所认可"②。他从域外视角深刻地洞察到了这一点。奚如谷英译本的目标语读者主要是学者。在他眼中，中国的经典是"具有知识价值的文献，是在评论和文化的阵列里闪烁着钻石般光芒的文献"③。他希望目标语读者可以感受到中国文学作品的文化价值，而不是像门外汉一般将其当作一笑而过的娱乐作品。因此，奚如谷十分重视翻译底本的挑选。假如翻译底本是最原始的，没有经过修改或删减，那么相对应的译本也自然能呈现出一个新的世界。

---

① 张海惠主编《北美中国学——研究概述与文献资源》，北京：中华书局，2010 年，第 633 页。

② 奚如谷：《版本与语言——中国古典戏曲翻译之思》，杜磊译，《文化遗产》，2020 年第 1 期，第 53 页。

③ 同上书，第 48 页。

在奚如谷之前,《西厢记》已经被译成多种西方语言,但译者们选择的翻译底本都是金圣叹修订过的版本。《西厢记》经金圣叹大量修改删减之后,凭借其通俗易懂的语言和风趣幽默的评论,流传在各种娱乐场所中。而奚如谷对这种选择表示了异议。他在现存近40个《西厢记》版本中,选择了最老旧的弘治岳刻本,将其译成英文。与金圣叹版本相比,现存最早的弘治岳刻本《西厢记》虽显得十分晦涩难懂,但最初的文本很好地保留了当时的时代特色。通过研究弘治岳刻本《西厢记》,奚如谷认为《西厢记》的文化语境并不在于城市和商业文化,而是植根于农业社会伦理中。在后续的研究中,他还发现许多后来的版本都存在错误,如将唱段张冠李戴等问题。这也证明了他与伊维德选择翻译底本的明智,并非所有版本都可以等量齐观。

之后,奚如谷多次在其文章中强调版本选择的重要性。在《臧懋循对窦娥之不公》("Zang Maoxun's Injustice to Dou E", 1992)一文中,奚如谷对戏曲研究版本的挑选做出深刻的论述。以《窦娥冤》为例,奚如谷肯定了臧懋循的高超的改写技艺,同时也指出其修订本造成原版戏文被学界和大众所忽视。臧懋循将《窦娥冤》中的零散戏文改为对仗,并且使其押韵,同时将部分情节删去,以便整体结构更加紧凑,而且在戏文中加上了表演所需的舞台说明和注解。这版修订本刻字清晰,版式优美,成为坊间推崇的珍品,使最初的版本一时间相形见绌,成了收藏品。《窦娥冤》原本的主题是窦娥命运的商品化、因果报应以及由此引发的对人类存在和命运的思考,反映出当时城市生活的观念和兴趣所在。而臧懋循改编修订的《窦娥冤》却集中表达了儒家正统礼教思想,变成了道德上的说教,掩盖了当时都市生活的本来面目。长期以来,臧懋循改编修订的《窦娥冤》被学界当作元杂剧研究的底本,但实际上,其中的戏文由于文人的个人喜好和舞台演出技巧的需要被大量修改删减,再加以润饰之后,其文化寓意也相应被破坏,无法传达出戏曲原本的精神内涵。此外,2005年,奚如谷在《论〈才子牡丹亭〉之〈西厢记〉评注》("*The Talented One's Version of the Peony Pavilion's* Commentary on *The Story of the Western Wing*")中指出了文本互证的必要性。他认为"剧本和小说常有多人进行改写,版本情况特别需要'小心求证'，而多种材料的参见既可以弥补一些人为的、主观的推断，也可以在参见中看出一些新的问题"①。通过将毛奇龄、金圣叹和弘治岳刻本的《西厢记》做对比，奚如谷发现崔莺莺这一人物形象在不同的修订版本中各具特色。

除了重视底本的选择，奚如谷在翻译时还致力于还原文本特定的历史语境和场景，再现文化语境，以此追求翻译的精确性。他期望西方的学者能够在最原始的版本和最忠实的翻译语言中感受到其价值所在。在这个基础之上，他提出译者应该深入思考文化与文学的翻译之间的关系。只有在翻译时考量文化语境，才能译出原文本深刻的内涵，否则只会如同隔靴搔痒，流于肤浅。杂剧作为一种口述文学，其语言具有程式化的特点，并且伴有一定的流动性。故在翻译杂剧时，译者就应当将其语言放在特定的文化语境中进行考量。为此，奚如谷在翻译时深入考究戏曲中方言俗语和市语行话等的历史根源，将文本和语言放在特定的文化语域中去理解，竭力做到知其然，也要知其所以然。

与此同时，奚如谷认为戏曲中的语言使用必须与对应的人物形象相匹配。因此，在翻译过程中，奚如谷关注不同人物形象所使用语言的微妙差别。以《西厢记》中的人物张生为例，张生的形象介于拘谨迂腐和好色俗气之间，因此他的语言风格多变，既灵活又悲伤。例如，张生初见崔莺莺时说道："颠不剌的见了万千，似这般可喜娘的庞儿罕曾见。则着人眼花缭乱口难言，魂灵儿飞在半天。他那里尽人调戏亸着香肩，只将花笑捻。"②其中"颠不剌"就是一处理解难点。这个词意蕴丰富，可以指"轻佻荒唐"，也可以指"绝顶极佳"。而根据张生的人物形象，这里就只能将其解释为"极度粗俗"，意指张生对崔莺莺隐含的色欲。

---

① 奚如谷：《中国和美国：文化、仪式、书写与都市空间》，王晓路译，《文艺研究》，2007年第9期，第82页。

② 王实甫：《新刊奇妙全相注释西厢记》(1498年木刻本重印版)，上海：商务印书馆，1955年。

此外，在翻译的方法上，奚如谷多采用异化译法，"尽可能保留原著的创作风格，用字、意象甚至双关"①，以达到忠实原文的效果。例如，1898 年版的英译本将《西厢记》译为 *The Romance of the Western Chamber*，但"romance"一词过度强调男女之间的爱情，无法表达出《西厢记》中引人入胜的故事情节。对比奚如谷的英译本 *The Story of the Western Wing*，我们不难发现"story"一词更加合适。除此之外，"wing"比"chamber"更能表达出古代厢房的含义。再者，以《西厢记》中的戏文为例：

原文：夫主京师禄命终，**子母孤孀**途路穷；因此上旅榇在梵王宫。盼不到博陵旧冢，血泪洒杜鹃红。②

译文：In the capital did my lord and master's life come to a close;

Child and mother，orphan and widow，we've come to the end of our road，

And so we have lodged this casket in the palace of Brahma.

I'm filled with longing for the old graves at Boling，

And bloody tears sprinkle "azalea bird" red.③

奚如谷的译文尽可能忠实于原文，并且与原文的对应性极强。例如，译文中的"Child and mother，orphan and widow"与原文"子母孤孀"一一对等。其他几句的翻译同样拿捏得当，不仅准确地传达出原文的含义，且其字词的排列顺序也基本上与原文相符，达到了形式与内容的双重忠实。

但是，由于语言文化等方面的差异，奚如谷在翻译《西厢记》的过程中难免存在一些失误。例如，奚如谷将九首《满庭芳》误译成 *Eight*

---

① 张慧如：《英语世界中的〈西厢记〉研究》，浙江师范大学硕士学位论文，2019 年，第 27 页。

② 王实甫：《西厢记》，吴晓铃校注，北京：作家出版社，1954 年，第 2 页。

③ Stephen H. West，Wilt L. Idema：*The Story of the Western Wing*. Berkeley：University of California Press，1995，p. 115.

Satiric Songs Against The Western Wing，将"Chaibaizi"错写成"Zhebaizi"。尽管其翻译存在一定的瑕疵，但奚如谷对弘治岳刻本《西厢记》的英译实属学界首作。西学大家蒋星煜称奚如谷的这版《西厢记》英译本"是中外戏剧交流、中外文化交流的重大事件，必将产生十分深远的影响"①。

奚如谷长期浸染于中国文学中，他的中文名字就源自《老子》中的"上德若谷"和"如溪如谷"。钻研汉学40多载，奚如谷掌握了流利的中文。近年来，奚如谷多次在中国各大高校开办文学与戏曲研究专题讲座，在每一场讲座中，他都能够对所授内容进行地道的中文阐释。奚如谷常说，"读书人是长了两只脚的书橱"，他也身体力行做到了这一点。与中国戏曲和文学的奇妙邂逅促成了他和中国的深厚情缘。他带着一片诚心与痴心，在学术之路上追求真知灼见，既钟情戏曲又醉心翻译。鉴于奚如谷硕果累累的汉学研究，美国汉学界把他和哈佛大学的宇文所安称为"东西部两个 Stephen"。时至今日，奚如谷早已是著作等身，功成名就，但年逾古稀的他仍然活跃在汉学界，依旧致力于中国古典戏曲研究与译介，为汉学传播辛勤笔耕，做中西方文化交流的信使和桥梁。

① 蒋星煜：《〈西厢记〉研究与欣赏》，上海：上海人民出版社，2009年，第428页。

奚如谷主要汉学著译年表

1976	*Four Poems by Qin Guan and Yuan Haowen in Sunflower Splendor*(《秦观与元好问诗歌四首》)，Bloomington：Indiana University Press.
1978	*China* 1976(《1976 年的中国》)，Tucson：University of Arizona Press.
1977	*Vaudeville and Narrative*：*Aspects of Chin Theater*(《通俗剧与叙事文学：金代戏剧面面观》)，Wiesbaden：Franz Steiner Verlag.
1979	Ding Mingyi, "Stages Unearthed in the South-Central Part of Shanxi"(《山西中南：开启尘封的往事》)，*Journal of Chinese Archeology*，No. 1，pp. 25-47
1982	*Chinese Theater 1100—1450*：*A Source Book*(《中国戏剧资料手册(1100—1145)》，与伊维德合译)，Wiesbaden：Franz Steiner Verlag
1991	*The Moon and the Zither*：*Wang Shifu's Story of the Western Wing*(《月与琴：西厢记》，与伊维德合译)，Berkeley：University of California Press Lin Yaode, "The Ugly Land"(《丑陋的土地》)，*Renditions*，No. 35/36，pp. 188-197
1995	*The Story of the Western Wing*(《西厢记》，与伊维德合译)，Berkeley：University of California Press（Rev. ed. of *The Moon and the Zither*：*Wang Shifu's Story of the Western Wing*）

2007	Zhou Xiangpin，"The Shanghai Garden in Transition from the Concessions to the Present"，*Garden Culture and Urban Life*. Washington D. C.：Dumbarton Oaks，pp. 123-138
2010	*Monks，Bandits，Lovers，and Immortals：Eleven Early Chinese Plays*（《僧侣、强盗、恋人和神仙：十一部早期中国戏剧》，与伊维德合译），Cambridge：Hackett Press
2012	*Battles，Betrayals，and Brotherhood：Early Chinese Plays on the Three Kingdoms*（《战争、背叛和兄弟情：早期的三国戏剧》，与伊维德合译），Cambridge：Hackett Press
2013	*The Generals of the Yang Family：Four Ming Plays*（《杨家将：四部早期戏剧》，与伊维德合译），Singapore：World Scientific Press
2014	*The Orphan of Zhao and Other Yuan Plays*（《〈赵氏孤儿〉及其他元杂剧》，与伊维德合译），New York：Columbia University Press
2016	*The Record of the Three Kingdoms in Plain Language*（《三国志》，与伊维德合译），Cambridge：Hackett Press *Ghosts，Demons，and Monsters：Ming Court Plays on the Supernatural*（《鬼魂、魔鬼和怪物：明代超自然宫廷剧》，与伊维德合译），Cambridge：Hackett Press

声号叫天,炭炭汗汗;雷震动地,隐隐岸岸。向上云烟,散散漫漫,向下铁锵,撩撩乱乱。箭毛鬼喽喽窜窜,铜嘴鸟咤咤叫唤。

——《目连变文》

With wailing voices, they called out to heaven-moan, groan. The roar of thunder shakes the earth-rumble, bumble. Up above are clouds and smoke which tumble-jumble; down below are iron spears which jangle-tangle. Goblins with arrows for feathers chattered-scattered; birds with copper beaks wildly-widely call.

—Tun-huang Popular Narratives, trans. by Victor H. Mair

五 翰墨欣逢青眼客
梅香暗渡玉门关
——美国汉学家梅维恒译变文

美国汉学家
梅维恒
Victor H. Mair
1943–

1965年，美国和平队（US Peace Corps）像往年一样向不同的国家、地区派出队伍进驻，其中一队的目的地是尼泊尔——一个南亚内陆国家。这个国家北面紧靠喜马拉雅山脉，与中国隔山相邻，其余三面与印度接壤，是一个多民族、多宗教、多种姓、多语言国家。在这支队伍中，一位年轻小伙子刚从达特茅斯学院（Dartmouth College）本科毕业，他与同行战友一样满腔热情。然而那时的他还不知道这段工作生活经历将完全改变他人生的轨迹，开启一个全新的篇章。他就是被称为"北美敦煌学第一人"的梅维恒（Victor Henry Mair，1943—　　）。

（一）心怀和平，结缘东方

梅维恒出生于美国中西部的俄亥俄，本科毕业于达特茅斯学院，主修中世纪英国文学，1965年毕业后加入美国和平队，在尼泊尔服役两年。1967年秋，他进入华盛顿大学学习印度佛经、中印佛教、藏文及梵文。翌年，他留学英国伦敦大学亚非学院，学习梵文。从那以后，他

按：梅维恒著述宏富，造诣极深，深得同行赏识，故曰"翰墨欣逢青眼客"；主攻敦煌学，故曰"梅香暗渡玉门关"。

报读哈佛大学东亚语言及文明系博士学位课程，以敦煌唐代变文为论文题目，并于 1976 年获得该系博士学位，继而留校任教。1979 年起，他转任至宾夕法尼亚大学，后担任宾夕法尼亚大学亚洲及中东研究系教授、宾夕法尼亚大学考古及人类学博物馆顾问，同时也在京都大学、香港大学、北京大学、四川大学等多所高校兼任教职，研究领域包括中国语言文学、中古史和敦煌学。

1967 年服完兵役回到美国的梅维恒想要继续本科时的专业，研究英国文学。然而在命运的指引下，梅维恒走进了东方文学世界。

1967 年秋，他来到位于美国西海岸西雅图的华盛顿大学，这是当时学佛教最好的学校。第一次见到导师，梅维恒就被要求在第一学期同时学习中文、日文、藏文和梵文四种难度非常大的语言。在近乎崩溃的第一学期结束时，他获得了更优渥的马歇尔奖学金[1]，前往英国伦敦大学亚非学院继续研究佛学。也正是在这个时期，梅维恒开始接触到敦煌学。然而，本性热爱科学却每日埋头于佛学、文学和不同的语言中，这样的拉扯让 25 岁的梅维恒陷入空虚与迷茫之中。也许是佛教的学习让他的心态发生转变，认为金钱、学位皆是浮云，他毅然放弃优厚的奖学金，从伦敦大学亚非学院退学，娶妻生子，到中国台湾生活，以教书养家糊口。通过冷静反思，他决心文理双修，用科学思维研究，用文学语言表达。他重新申请到了奖学金，到哈佛大学继续研究佛学和敦煌学。自此开始了他与汉学紧密联系的一生。

（二）始于变文，潜心卅载

如果说 1965 前往尼泊尔是命运为梅维恒与东方文化相遇埋下的

---

① 马歇尔奖学金（Marshall Scholarship），由英国国会根据 1953 年通过的《马歇尔援助纪念法案》（*Marshall Aid Commemoration Act*）所设立的学士后研究所奖学金。这是英国对美国马歇尔计划所作的回报，奖学金主要用于奖励美国人至英国求学。英国政府希望可以借此加强美国与英国之间的外交关系，并且让美国具有潜力的优秀学者能接受到英国生活与想法的影响。

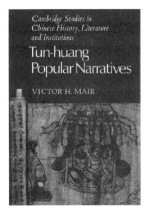

伏笔,那么这条隐线在1973年则完全显现了出来。他开始对敦煌变文的起源与性质产生浓厚的兴趣。1976年在哈佛大学完成的博士学位论文是梅维恒在敦煌研究上的第一个高峰。在论文中他选取了几篇敦煌变文进行了注译工作。这篇学位论文在1983年加以修订,以《敦煌通俗叙事文学》(*Tun-huang Popular Narratives*)为名由剑桥大学出版社出版。

对于敦煌变文的翻译研究工作在学界并不多见,一来这种文学体裁是对于佛教文化的再创作,二来变文的研究即使在中国学界也并非热门课题,因此选取变文作为研究对象,研究者除了需要具备丰富的汉学知识,更需要一定的宗教知识背景,以及坚定的恒心与毅力。也许是因为汉语、梵文与佛教的求学经历,让时任哈佛大学东亚语言与文明系教授的著名汉学家韩南看到了梅维恒的潜质,便对他悉心指导。在名师的引导下,梅维恒开始了敦煌变文翻译研究之路。他选取了《伍子胥变文》《降魔变文》《目连变文》《张义潮变文》四篇变文进行注译,尽力做到忠实原文。

变文作为一种特殊的文学体裁,在格式上并不统一固定,有韵有散,有些篇目全是韵文,有些则全是散文,还有些则韵散结合,这样复杂多变的文学样式使得译者在翻译时面临更多的挑战。梅维恒也留意到韵散在变文中不同的表达样式,韵脚、格式都有比较大的区别。为了在译文中展现这些区别,他采用了多种多样的方法进行处理,比如印刷排版时进行设计,每一行排列的字节数目固定等。① 当然不仅在格式上梅维恒力求做到展现原文的样式特点,在内容上他也努力忠实于原文,采用注释性翻译方法。在《敦煌通俗叙事文学》中,注释内容比正文内容还要多,因为正文中碰到了大量的中国文化典故与佛教

---

① Victor H. Mair: *Tun-huang Popular Narratives*, New York: Cambridge University Press, 1983, p. 7.

典故,因此大量的注释是非常必要的。这对于读者理解文章内容有很大的帮助,为异质文化读者理解敦煌变文提供了可能性。梅维恒所译的变文在学界备受认可与推崇,也因为这本著作,这位美国年轻人,在敦煌学界为人所知,为他以后成为敦煌学大家打下了坚实的基础。

梅维恒对于敦煌变文的兴趣绝不仅仅止步于翻译,在《敦煌通俗叙事文学》一书的序言中,他就表达出自己对于变文独特的认识与看法:"他不再像前人那样僵硬地将自己局限于历史时空之中。作为另外一个文化背景下的研究者,他注意了中国学者视之为理所应当而不加留心的地方。"①他认为敦煌变文"对于理解包括小说、戏剧、朗诵等各种流行文学类型的发展至关重要",然而"由于晦涩的语言,变文并没有得到应有的重视"②。因此在 20 世纪七八十年代,梅维恒在美国学术团体协会的资助下,访问了大量收藏敦煌写卷的图书馆、博物馆,足迹遍布伦敦、巴黎、列宁格勒、北京等多个地方,得以阅读观察大量第一手资料。1981 年,他将在各地收集到的资料加以整理,编纂了《世俗学者及其所创作的文学:敦煌写卷目录》(*Lay Students and the Making of Written Vernacular Narrative:A Inventory of Tun-huang Manuscripts*),其中收录了 598 条敦煌写卷和 1 条补遗。

正是这样丰富的原始资料和扎实的文献功底为梅维恒的进一步研究夯实了基础。20世纪 80 年代末,两本关于敦煌变文研究的重要著作相继问世:《绘画与表演——中国绘画故事及其印度渊源》(*Painting and Performance:Chinese Picture Recitation and Its Indian Genesis*)于 1988 年由夏威夷大学出版社出版,《唐代变文:佛教对产生中国通俗小说的

---

① 钱文忠:《俗文学·民间文艺·文化交流——读美国梅维恒教授的三部近著》,《读书》1990 年第 8 期,第 106 页。

② Victor H. Mair:*Tun-huang Popular Narratives*,New York:Cambridge University Press,1983,p. 1.

戏剧的贡献》（*T'ang Transformation Texts: A Study of the Buddhist Contribution to the Rise of Vernacular Fiction and Drama in China*）于 1989 年由哈佛大学出版社出版。

在这两本书中，梅维恒用一种更加深刻开阔的眼光来看待俗文学与民间艺术以及文化交流错综复杂的关系。在《唐代变文：佛教对产生中国通俗小说的戏剧的贡献》一书中，梅维恒总结了自己在七八十年代的文献搜集整理工作，引用了多种语言文献材料，对敦煌变文研究进行了一个全面且系统的总结。在书中，他强调了敦煌在地理位置上的重要影响，对变文这一文学样式进行明确的定义，并对比了变文与其他俗文学体裁的区别。此外，他还论证了"变"字是中国文字与印度佛教内涵相结合的产物，并且论证了变文是一种与图画相关联的艺术形式，其翔实的注释与文献使得这本著作更加具有参考价值。这本书在 2011 年由杨继东、陈引驰翻译成中文，由中西书局出版。

在这本书的基础上，《绘画与表演》是梅维恒研究成果更加深入成熟的展现。变文作为一种独特的文学类型，对于研究中国传统文学尤其是通俗文学发展史具有重要价值，但是关于变文的起源问题，学界始终没有统一定论，"谓其源于印度者有之，谓其萌发于中国本土者亦有之。这种争论有助于变文研究的深入与进一步了解书面文学与口头文学及中国文学与世界文学之间的关系"①。梅维恒的这本书针对这个问题进行了研究探讨。他认为，变文是从一种口头的看图讲故事的形式发展而来的，然而这种艺术样式在史书中并没有任何相关的记载，因此研究起来就具有一定的难度。

所幸，梅维恒对变文的研究绝不仅仅局限于中国文学与中国历史，而是结合其他艺术形式、其他地区文化进行学术研究，做到真正的

---

① 杨宝玉：《敦煌变文研究的新业绩——梅维恒〈绘画与表演〉中译本出版》，《书品》2001 年第 1 期，第 35 页。

跨学科和跨文化。正如他自己曾经说过:"我研究变文越多,便越认识到有关变文的许多争论都是由于有些学者不愿从中国以外去探寻必要的史源,并且错误地理解它们在宗教和社会中所处的地位。"①因此,在这本书中,他研究分析了伊朗、印度、意大利、西班牙、德国等多个国家类似看图讲故事、街头吟唱等艺术形式,与变文进行对比分析,探寻这种艺术样式的起源、发展与传播,得出"印度显然是看图讲故事的显而易见的源头"②,这样的结论可能并不能得到所有人的认同,但是他的研究方法以及丰富的文献资料已经令人叹服。国学大师季羡林就很欣赏这本书,在为这本书做的序中写道:"书中新观点和提法之多,却是很少有书能望其项背的。在学者平常不注意的地方,他能提出崭新的解释。在学者平常不能联系的地方,他能联系起来。"这样的点评足以看出梅维恒的研究的非凡价值与意义。《绘画与表演》的中译本由王邦维、荣新江、钱文忠三位著名学者翻译,于 2000 年 6 月北京燕山出版社出版。

　　这样丰硕的研究成果是与梅维恒严谨的治学态度、扎实的探究方法和开阔的学术视野分不开的。在多年的敦煌变文研究中,梅维恒始终关注学界不断更新的研究成果,博采众长,为自己的研究扩展思路,并且充分发挥了自己掌握多种语言的优势,在不同的文化中寻找一手资料,作为自己结论的佐证,使得研究更加充分可靠。此外,虽然敦煌变文是中国古代文学中的一种,但他却不局限于中国文化与文学领域,而是深入异域文化、宗教以及其他艺术领域,探寻与变文相关联的蛛丝马迹,如此这般,他才能提出不同的见解,一新耳目。也正是这种跨文化、跨学科的眼界,使他成为当之无愧的"北美敦煌学第一人"。

---

① 梅维恒:《我与敦煌变文研究》,林世田译,《文史知识》,1988 年第 8 期,第 9 页。

② 梅维恒:《绘画与表演:中国绘画故事及其印度渊源》,王邦维、荣新江、钱文忠译,北京:北京燕山出版社,2000 年,第 195 页。

（三）重现经典，译注得彰

作为一位汉学家，梅维恒不仅在敦煌变文的研究领域硕果累累，对于中国古代其他文化典籍也充满兴趣，做了大量翻译工作。20世纪90年代，他翻译了《老子》《庄子》和《孙子兵法》等中国先秦诸子思想典籍，从源头了解把握中国思想文化。

1973年，在长沙马王堆出土的帛书版《道德经》，早于世传本，具有极高的学术价值，掀起了英语世界《老子》翻译和研究的热潮。梅维恒也不例外，他翻译的帛书版《道德经》于1990年出版，名为《道德经：德与道德经典论著》（*Tao Te Ching：The Classic Book of Integrity and the Way*）。《道德经》句法整饬，用韵颇多，体现出汉字的音韵之美，对偶、排比、比喻等修辞手法的运用使得原文非常具有艺术性。文中论述严谨，逻辑清晰，蕴含丰富深刻的哲理。面对如此优秀的经典作品，译作想要达到文采斐然且哲理深邃，对于译者来说并非易事。梅维恒就是少数做到两者兼顾的翻译家，在他的译本中，可以看出译者的匠心独运。《道德经》中有一句经典话语："祸，福之所倚；福，祸之所伏。"梅维恒将它翻译为："Disaster is that whereon good fortune depends，Good fortune is that wherein disaster lurks."可以看出，这句原文对仗工整，想要翻译出意思很容易，想要保留形式却不简单，但是梅维恒却做到了在译文中保有原文的整饬句式，意思也非常贴切，做到了忠实于原文的形式、内容与风格，这样严谨的翻译使得这版《道德经》译本非常成功。

梅维恒对于发轫于中国本土的道家思想保有浓厚的兴趣。他不仅翻译了《道德经》，对于另一本道家经典《庄子》更是推崇备至。1994年，他的《庄子》译本《逍遥游：庄子中的早期道家故事和寓言》（*Wandering on the Way：Early Taoist Tales and Parables of Chuang*

Tzu)出版问世,"开启了当代《庄子》英译的繁荣时期,带动了美国《庄子》研究的热潮"①。在这本书的《前言》中,梅维恒指出,虽然之前已经有了一些《庄子》的译本,但是他认为没有一本"成功地抓住了这本书的精髓","《庄子》这本书无论是风格还是思想都是非凡的",所以他尝试用各种各样的方法使得自己的译文努力贴近这种"奇特的写作风格"。他希望通过他的翻译,使读者认为"庄子是一个杰出的文学创作家,从而脱离一直以来被误解的优柔寡断的哲学家,或者多愁善感的道家创始人的形象"。因此,他翻译了整本的《庄子》,这也是唯一的《庄子》全译本,就连原文中出现的韵文,他都翻译成了诗歌的形式,如此,以达到"在翻译中努力展现出原文诗意"②的目的。本着这样的目的,揣怀对于庄子的热爱之情,凭着严谨的翻译态度与丰富的翻译策略,梅维恒的《庄子》译本在英语世界得到广泛的认同,使得这部道家经典在西方的影响力不断扩大。

进入 21 世纪后,他将关注视线转向《孙子兵法》,着手进行相关翻译与研究。在英语世界中,谈到《孙子兵法》的译本,不得不提英国著名汉学家翟理斯(Herbert Allen Giles)之子翟林奈(Lionel Giles)于 1910 年出版的《孙子兵法——世界上最古老的军事著作》(*Sun Tzu on The Art of War*,*The Oldest Military Treatise in the World*)。这本译著结构紧密,文风流畅,与原文传达的哲学思想较为贴切,因而被奉为《孙子兵法》的经典译作,然而不得不承认的是 100 年前的翻译在某些方面确有些陈旧。梅维恒的译本显然更加契合现代读者的阅读习惯,在 2007 年出版的《孙子兵法:孙子的军事方法》(*The Art of War*:*Sun Zi's Military Methods*)一书中,梅维恒不仅对《孙子兵

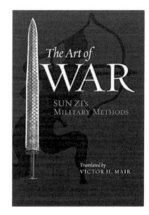

① 刘妍:《梅维恒及其英译〈庄子〉研究》,《当代外语研究》2011 年第 9 期,第 42 页。
② 这五处引文均出自 Victor H. Mair,(tr.):*Wandering on the Way*:*Early Taoist Tales and Parables of Chuang Tzu*,1994,p. xii.

法》进行了精准贴切的翻译,还对这本著作的起源进行了研究。他凭借汉语词源学的知识,大胆提出自己的设想:孙子和孙膑是同一个人。在书中,他列出一系列令人信服的证据以挑战人们已有的认知体系,令人耳目一新。此外这本书的翻译也秉承他一贯忠实于原文的翻译风格,在文风与遣词方面努力做到与原文统一。

正是由于一直持有这样严谨且艺术的翻译标准,才使梅维恒每翻译一部作品皆是精品。在亦译亦论中,梅维恒在汉学的多个领域都取得了令人钦佩的学术成就,终成一位汉学大家。

(四)著史编典,推动汉学

梅维恒在敦煌变文、古代典籍方面已是成就斐然,然而他却并不自满于这些,依旧不断开拓自己的研究领域。他编写中国文学史与文学选集,为推动中国文学的世界传播贡献自己的力量。

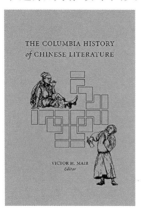

2001 年,梅维恒主编的《哥伦比亚中国文学史》(*The Columbia History of Chinese Literature*)付梓。暌违 15 年,这本书的中文版才得以面世。这部从体例到观点都非常新颖的中国文学通史,一经面世就引起巨大反响。这部书一改传统文学史以时间前后为顺序,以各个时期典型问题与代表作家为内容的编写体例,而是分为几大主题"基础""诗歌""散文""小说""戏剧""注疏批评和解释""民间及周边文学"。在不同主题中,他再大致以朝代为顺序进行论述,在这样主题框架中的时间顺序叙述下,这本文学史有了横向与纵向的无限延展性,有助于打破传统的知识思维定式,给读者全新的视角与启发。正如梅维恒在接受采访时说的:"总是去读那些按照朝代来划分的中国文学史,是非常无趣和陈腐的。用政治事件而不是文学自身的特征和品性对文学进行划分,是非常武断的。毕竟这是一部文学史,我想保持对文学本身的直接关注。"①正是在这样的编写思想指导下,这部《哥伦比亚中国文学史》充分体现了西方语境中对于中国文学研究的别样理论视角与研究方式,丰富扩展了对中国文学史的认识与解读。在梅维恒一贯的跨学科、跨文化的研究思想指导下,这本书重点观察思想和宗教如何影响中国文学的发展,因此"突破政治意识下文学经典的格局,尝试更为多元、全面的文学批评标准"②,具有重要的启发意义。

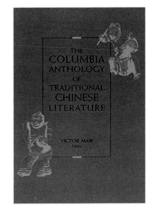

　　一本《哥伦比亚中国文学史》展现出梅维恒对于中国文学发展的把握以及身为汉学家的文化责任感,展现出他始终以将中国文化带入英语世界视为自己的责任与努力目标。因此,他编著中国文学史,早在 1994 年便出版了《哥伦比亚中国传统文学选集》(The Columbia Anthology of Traditional Chinese Literature)。这本书中有他节选的中国文学作品优秀英译片段,也有一些他自己进行的翻译尝试,为英语读者感受中国传统文学的美好打开一扇窗。此外,他还有一本 2011 年问世的《哥伦比亚中国民间故事选集》(The Columbia Anthology of Chinese Folk and Popular Literature),这些作品选集在扩大中国文化传播与提高汉学的影响力方面都有着很大的帮助。

　　作为一个从事汉学研究的西方学者,在多年学术历程中,梅维恒发现在阅读中国古典作品时,遇到生僻的词语查词典是件很占用时间的事情,因为大部分情况下需要查找的是一个词语的读音与含义,然而中国的词典大多是以形序排检法而并非音序排检法编排的,这样的情况对于使用者来说非常不方便。梅维恒决心对这一现状进行改善。

①　李妍:《对话梅维恒:文学史需要不断地重写》,《新京报》,2016 年 10 月 29 日。
②　张震英、黄阳华:《欧美学术视野下的中国文学史书写——以〈哥伦比亚中国文学史〉为视角》,《中华文化论坛》,2018 年第 5 期,第 95 页。

1994 年出版的《汉语大词典》是中国有史以来第一部包罗古今的汉语综合大型词典,但是这本词典中的拼音索引只有单个汉字的,没有词目条文的拼音。于是梅维恒找到资金,聘请专家组成团队给全部词目条文加注拼音,条文全部按照字母顺序单一排列。这项工作正式开始于 1995 年,历时近十年,终于在 2004 年汉语大词典出版社出版了《汉语大词典词目音序索引》。这项工作的完成是"一种技术革新工作,一种在中国文化大道上加装新式指路碑和照明灯的现代检索技术"①,对于提高从事中国文化研究的各方人士的工作效率大有裨益。

一次偶然的机会,梅维恒来到东方的土地,让他与东方的文化有着一生难解的羁绊。这位已过耄耋之年的学者,一生都致力于推动汉学的发展,在等身著作的背后是他渊博的学识与广阔的视野,更隐含着一位汉学家的深刻的人文关怀。梅维恒希望通过自己努力,可以为两种文化的和平交流贡献一份力量。他在帮助美国,更在帮助中国,让这个世界更加和谐。这样的胸襟与情怀着实令人钦佩。

---

① 周有光:《汉语大词典词目音序索引·序言》,《中国索引》,2004 年第 1 期,第 19 页。

梅维恒主要汉学著译年表

1983	*Tun-Huang Popular Narratives*（《敦煌通俗叙事文》），New York：Cambridge University Press
1988	*Painting and Performance：Chinese Picture Recitation and Its Indian Genesis*（《绘画与戏剧：中国绘画故事及其印度渊源》），Honolulu：University of Hawaii Press
	Mei Cherng's "Seven Stimuli" And Wang Bor's "Pavilion of King Terng"：Chinese Poems for Princes（《枚乘的〈七发〉与王勃的〈滕王阁序〉：中国献给君主的诗歌》，与 Cheng Mei Bo Wang 合作），Lewiston，New York：E. Mellen Press
1989	*T'ang Transformation Texts：A Study of the Buddhist Contribution to the Rise of Vernacular Fiction and Drama in China*（《唐代变文：佛教对产生中国通俗小说的戏剧的贡献》），Cambridge，Mass.：Harvard University Asian Center
1990	*Tao Te Ching：The Classic Book of Integrity and the Way*（《道德经：德与道德经典论著》），New York：Bantam Books
1994	*The Columbia Anthology of Traditional Chinese Literature*（《哥伦比亚中国传统文学选集》），New York：Columbia University Press
1998	*The Bronze Age and Early Iron Age Peoples of Eastern Central Asia*（《中东亚的青铜时代和早期铁器时代》），Washington，D. C.：Institute for the Study of Man Inc. in collaboration with the University of Pennsylvania Museum Publications
1998	*Wandering on the Way：Early Taoist Tales and Parables of Chuang Tzu*（《逍遥游：庄子中的早期道家故事和寓言》），Honolulu：University of Hawaii Press

2000	*Liaozhai Zhiyi Xuan*（《聊斋志异选》，与梅丹理合译），Beijing：Foreign Languages Press *The Tarim Mummies：Ancient China and the Mystery of the Earliest Peoples from the West*（《塔里木木乃伊：古代中国来自西方的最早民族之谜》，与 J. P. Mallory 合作），London：Thames & Hudson
2001	*The Columbia History of Chinese Literature*（《哥伦比亚中国文学史》），New York：Columbia University Press
2005	*Hawai'i Reader in Traditional Chinese Culture*（《中国传统文化的夏威夷读者》，与 Nancy Shatzman Steinhardt，Paul Rakita Goldin 合编），Honolulu：University of Hawaii Press
2007	*The Art of War / Sun Zi's Military Methods*（《孙子兵法：孙子的军事方法》），New York：Columbia University Press
2009	*The True History of Tea*（《茶的真实历史》，与 Erling Hoh 合作），London：Thames & Hudson
2011	*The Columbia Anthology of Chinese Folk and Popular Literature*（《哥伦比亚中国民间故事选集》，与 Mark Bender 合编），New York：Columbia University Press

慢俄延，投至到栊门儿前面，刚那了一步远。刚刚的打了个照面，风魔了张解元。似神仙归洞天，空馀下杨柳烟，只闻得鸟雀喧。

——王实甫《西厢记》

Slowly, she meanders

Until she reaches the doorway,

And then a final step takes her far away.

She has just shown her face for a moment

But has driven to madness this laureate Zhang.

Like a divine sylph returning to her grotto heaven,

She leaves emptiness behind in the mists of willows,

Where all that van be heard is the chattering of sparrows.

—The Story of the Western Wing, trans.
by Stephen H. West and Wilt L. Idema

六 戏词格调看仍在
宝卷风流许再攀
——荷兰汉学家伊维德英译宝卷

荷兰汉学家
伊维德
Wilt L. Idema
1944~

伊维德（Wilt L. Idema，1944— ）是哈佛大学中国文学教授，荷兰皇家艺术和科学院院士。1970 年至 1999 年，伊维德任教于荷兰莱顿大学（Leiden University）中国语言与文化系。2000 年至 2013 年，伊维德任教于哈佛大学东亚语言与文明系，先后任哈佛大学费正清研究中心主任、东亚语言与文明系主任（Department of East Asian Language and Civilizations）。几十年来，伊维德致力于中国话本小说、戏曲和古代通俗文学研究，用荷兰语和英语向世界读者译介中国文学，出版学术专著、译著 60 余部，成就斐然。他用英文翻译的《西厢记》《窦娥冤》《汉宫秋》和《倩女幽魂》等元代戏剧，被欧美学界视为最重要的参考文献。他还是西方译介中国古代通俗文学最多的汉学家，对中国文学在海外的传播起到了重要的推动作用。2015 年，伊维德获得"第九届中华图书特殊贡献奖"①。

---

① 中华图书特殊贡献奖是中国原国家新闻出版总署设立的一个政府奖项，旨在表彰在介绍中国、翻译和出版中国图书、促进中外文化交流等方面作出重大贡献的外国翻译家、作家和出版家。

（一）结缘中国，母语译介

1944年11月，伊维德出生在荷兰达伦（Dalen）的一个普通家庭。当时没人能想到，这个男孩日后会和万里之外的中国结下一生不解情缘。读高中期间，伊维德表现出对语言的非凡热爱，认真学习了英语、法语、德语、拉丁语、希腊语和希伯来语。因有着不错的语言天赋，他决定在大学继续学习语言，他想学一门历史悠久且至今仍在使用，且不属于印欧语系的语言。再三考虑后，伊维德决定学习汉语，因为"汉文化既古老又鲜活，它的语言不属于我知道的任何语系"①。

事实上，年少的伊维德对中国知之甚少。他对中国的全部了解，仅限于两本书：一本是美国作家赛珍珠的《牡丹》（*Peony*，1948）②，另一本是荷兰汉学家高罗佩（Robert H. Van Gulik，1910—1967）的《大唐狄公案》（*Judge Dee*）。正是因为这两本书，伊维德萌发了对中国文学的兴趣。

1963年，19岁的伊维德如愿就读著名的莱顿大学，主修中国语言与文化，从此学术生涯与中国紧密相连。莱顿大学是荷兰汉学研究重镇，有着悠久的汉学研究传统。大学里系统的汉语和中国文化学习为伊维德之后的汉学研究打下坚实的基础。五年后，伊维德顺利毕业，取得了学士学位和硕士学位，硕士论文研究中国话本小说。

大学时期，伊维德对中国文学和社会学同样感兴趣。1968年，他获得奖学金，去日本札幌的北海道大学（Hokkaido University）学习社会学。主修课程之余，伊维德坚持每天阅读中国文学作品，并发现自己对中国文学的热爱有增无减。1969年，伊维德申请转学，同年4月

---

① 伊维德等：《我的中国故事：海外汉学家视野里的中国》，北京：北京时代华文书局，2018年，第3页。

② 同上书。伊维德在另一访谈中讲述他阅读的第一本英语小说与此不一致，为赛珍珠的《群芳庭》（*Pavilion of Women*，1948），详见霍建瑜：《徜徉于中国古代通俗文学的广场——伊维德教授访谈录》，《文艺研究》，2012年第10期，第77页。

转入京都大学(Kyoto University)学习中国文学,并幸运地遇到了早期中国白话文领域的知名学者田中谦二(Tanaka Kenji,1912—2002)①。时值日本学生暴乱,大学停课,田中谦二便为伊维德和几个外国学生组织了元代戏曲阅读小组,这是伊维德第一次接触中国杂剧。在这期间,伊维德阅读了《杀狗劝夫》,这部生动有趣的喜剧激发了伊维德对元代戏曲的热爱,为他之后翻译元代戏曲埋下了种子。

1970 年,伊维德回到荷兰,继续跟随导师何四维(Anthony Hulsewé,1910—1993)在莱顿大学攻读博士学位,主要研究中国早期白话小说。1974 年,伊维德完成了博士学位论文答辩,学位论文题目为《中国白话小说:形成时期》("Chinese Vernacular Fiction:the Formative Period")。读博期间,出于对元代戏曲的兴趣,他和老师迪尔克·约恩克(Dirk Jonker,1925—1973)一起将几部元代戏曲译成荷兰语。博士毕业同年,他和迪尔克·约恩克出版了元杂剧集《杀狗劝夫》(*Vermaning door eendodehond*)②,收录了萧德祥《杀狗劝夫》、关汉卿《窦娥冤》与《救风尘》、康进之《李逵负荆》和白朴《梧桐雨》在内的5 篇元杂剧。

1975 年,伊维德又与迪尔克·约恩克合作翻译了话本小说《美猴王》(*Deaap van begeerte*)。伊维德始终对中国古代通俗文学情有独钟,陆续又翻译了冯梦龙的《三言》(*De driewoorden*,1976)、蒲松龄的《画皮》(*De beschilderdehuid*,1979)和王实甫的《西厢记》(*Het verhaal van de westerkamers in alle toonaarden*,1984)等一系列通俗文学,还出版了专著《朱有燉的杂剧》(*The Dramatic Oeuvre of Chu Yu-tun*,1985),北京大学出版社于 2009 年出版了该专著的中译本。

中国传统白话小说有一大特点,即在散文式的叙述中点缀大量具

---

① 田中谦二是青木正儿(Aoki Masaru,1887—1964)的学生,在日本被视为青木正儿之后中国古典文学造诣最深的学者。他在元杂剧及中国古典戏曲研究方面成就瞩目,对元杂剧《西厢记》研究有突出贡献。

② 这部作品的外文为荷兰语,这个阶段伊维德将许多中国古典文学译成荷兰语。下文标注荷兰语的地方,均属此种情况,特此说明,不再一一标注。

有多种形式的诗歌。一开始,伊维德为了强调叙事的松散和诗歌的对仗,尝试将诗歌翻成押韵诗。然而,汉语与属于印欧语系的荷兰语不同,丰富的词汇使汉语更容易押韵,而荷兰语中只有一两个常见押韵词。若强行让荷兰语也押韵,伊维德就得重新编排诗歌内容,选择生硬的荷兰语,增添词句形成蹩脚的旋律,丢失诗歌的音韵美。此时,伊维德做出重大决定,这也成为他之后诗歌翻译的重要策略,即:放弃押韵,改用荷兰语的抑扬格。他将汉语的五言诗变为五个音部的荷兰语诗歌,将七言诗变成七个音部的荷兰语诗歌。伊维德认为,放弃押韵,可以使诗歌的再创作更接近中文的语序和排比等修辞手法。他采用这种方法编译了唐代诗人寒山、白居易和杜甫的诗集,分别取名《寒山诗:禅诗》(*Gedichten van de Koude Berg: Zen-poëzie*,1977)、《永恒的悲歌》(*Lied van het eeuwigverdriet*,1986)和《孤舟》(*De verweesde boot*,1989)并相继出版。1991年,伊维德受荷兰莫伦霍夫(Meulenhoff)出版社邀请,整理并翻译了从《诗经》到清代初期的中国古典诗歌选集,还包括一些赋、词和散曲,取名《中国古典诗歌之镜》(*Spiegel van de klassieke Chinese Poëezie*,1991)予以出版。《中国古典诗歌之镜》在荷兰取得了不错的销量,多次再版。

(二)始于"西厢",合译戏曲

自1970年开始翻译,伊维德已经出版不少中译荷的作品,但他仍秉承翻译界不成文的规矩,即文学作品最好让以目标语言为母语的人来翻译。即便他的大量学术论文都用英语发表,他始终未着手中译英的翻译。

伊维德的中译英历程始于一次愉快的巧合。20世纪70年代中期,伊维德受《通报》杂志编辑的邀请审阅一篇元代戏曲的论文,文章作者为美国汉学家奚如谷。两人结识后,发现彼此都对戏曲的表演形式感到好奇,于是一拍即合,决定合编一本1100年到1450年间中国表演艺术的资料性成果。1982年,伊维德与奚如谷合作的《中国戏剧资料手册(1100—1450)》出版,学界反响很好。

有了这个成功的开端，他们决定继续合作，用英文重译王实甫《西厢记》。此前，《西厢记》已有多个英译本，如熊式一（S. I. Hsiung，1902—1991）译本（1935）、哈特（Henry H. Hart，1886—1968）译本（1936）、亨利·威尔斯（Henry W. Wells，1895—1978）译本（1972），这些译本都以金圣叹批本为底本翻译而成。伊维德与奚如谷选取明弘治十一年(1498)北京金台岳家书坊所刊刻的《新刊大字魁本全相参增奇妙诠释西厢记》为底本进行翻译，明刻本是现存最为悠久和完整的《西厢记》插图本。伊维德进行翻译时，对戏曲版本的选择有独到的见解，他总是尝试提供完整的版本，"因为完整的版本能够尽可能反映原文的真实质量。"①他认为，"金批本带有强烈的个人色彩，删节过多，与原著风格相去甚远"②。据《西厢记》研究专家蒋星煜回忆，早在1982 年，伊维德就来华与他探讨过《西厢记》的版本问题，伊维德表示，已经下定决心翻译最早版本的《西厢记》。③ 1991 年，伊维德与奚如谷合译本取名《月与琴：西厢记》（*The Moon and the Zither*：*The Story of the Western Wing*）出版。译作出版后影响很大，1995 年，译本再版更名为《西厢记》（*The Story of the Western Wing*）。他们的合译本结束了金圣叹"第六才子书"统治《西厢记》西译的局面，无疑是元杂剧翻译史上的一个里程碑。④

　　伊维德秉承忠实于原文的翻译策略。在《导言》中，他明确表示要"毫无保留地为西方读者提供一种尽可能接近原文的文学翻译"⑤。他们的译本译出了《西厢记》的所有内容，且尽可能地保留了原作的风

---

① 庄新：《翻译与研究：站在中国文学研究的前沿——伊维德教授访谈录》，《汉风》，2016 年，第 13 页。

② Stephen H. West，Wilt L. Idema：*The Story of the Western Wing*. Berkeley：University of California Press，1995，p. 46.

③ 蒋星煜：《梅陇漫录》，上海：上海书店出版社，2015 年，第 176 页。

④ 孙歌等：《国外中国古典戏曲研究》，南京：江苏教育出版社，2000 年，第 32 页。

⑤ 奚如谷、伊维德：《王实甫的〈西厢记〉在中国文学中的地位》，吴思远译，《国际汉学》，2015 年第 3 期，第 130 页。

格、用字、意象，甚至双关，是翻译中国古典文学的新的有益的尝试①。为了帮助西方读者更好理解原文，伊维德在译文中添加大量内容翔实的注释。《西厢记》开篇还有长达 113 页的《导言》，介绍了《西厢记》的背景知识，兼具学术性和知识性，蒋星煜高度评价这篇导《言》，"序文篇幅达一百页左右，为全书的三分之一，可以说是一部简明扼要的《西厢记概论》，单独出版亦无不可"②。

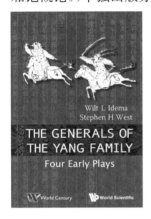

伊维德和奚如谷合作翻译多年，共出版了 7 个合译本，是翻译史上的佳话。2010 年，他们合译了《僧侣、强盗、恋人和神仙：十一部中国早期戏曲》（Monks，Bandits，Lovers，and Immortals：Eleven Early Chinese Plays），收录了 1250 年至 1450 年间十一部元、明杂剧和南戏，包括关汉卿《感天动地窦娥冤》《包待制三堪蝴蝶梦》和《闺怨佳人拜月亭》、白朴《唐明皇秋夜梧桐雨》、郑光祖《倩女离魂》、马致远《汉宫秋》、李行道《包待制智勘灰阑记》、朱有燉《豹子和尚自还俗》《黑旋风李逵仗义梳财》、无名氏《汉钟离度脱蓝采合》和无名氏《小孙屠》。2012 年，译作《战争、背叛和兄弟情：早期的三国戏剧》（Battles，Betrayals，and Brotherhood：Early Chinese Plays on the Three Kingdoms）出版。次年，《杨家将：四部早期戏曲》（The Generals of the Yang Family：Four Early Plays）出版。2014 年，《〈赵氏孤儿〉及其他元杂剧》（The Orphan of Zhao and Other Yuan Plays）出版。2016 年，他们又合译了《三国志》（The Record of the Three Kingdoms in Plain Language）和《鬼魂、魔鬼和怪物：明代超自然宫廷剧》（Ghosts，Demons，and Monsters：Ming Court Plays on the Supernatural）。

① 宋耕：《元杂剧改变与意识形态——兼谈〈宏观文学〉的思考》，《二十一世纪》，2003 年第 5 期，第 46 页。
② 蒋星煜：《〈西厢记〉研究与欣赏》，上海：上海辞书出版社，2004 年，第 330 - 331 页。

伊维德与奚如谷或其他学者合译作品时,首先将原文分工,各自翻译完成初稿。然后校阅对方初稿,将中文与译文对照并逐字逐句校对,修改错误,这样的校对需要进行三四次。最重要的是,他们时常需要当面讨论,寻找更符合英语的表达方式,直至双方都满意。伊维德曾坦言,"对于时间紧迫的翻译任务,合作翻译可能并不是最好的方式"①,所以当他把学术和翻译兴趣转到中国说唱文学后,主要译著都是个人独译。

(三)英译"说唱",佳作不断

伊维德是西方中国说唱文学译介领域的集大成者。说唱文学又名讲唱文学,以说白(散文)来讲述故事,同时又以唱词(韵文)来歌唱,使听众享受着音乐和歌唱之外,又能够明了故事的经过②。到目前为止,伊维德已经出版说唱文学英译作品十三部,成为英语世界中译介说唱文学最多的汉学家。他的译作不仅数量可观,种类也十分丰富,包括变文、宝卷、子弟书和弹词等主要说唱文学形式。

2000 年,伊维德出任哈佛大学中国文学教授。他在讲授说唱文学课程时发现目前欧美学界关于中国早期说唱文学的研究材料较多,但缺少关于明清说唱文学的研究材料,尤其缺乏一流的英译本。于是,他决定选编翻译一些中国传奇故事,如民间四大传说和宝卷。伊维德有意呈现传统故事的多个版本。受社会学影响,他"感兴趣的正是这些传说故事的演变过程:不同地域、时间、文体以及作者对故事叙述的影响"③。他希望西方读者能够通过这种方式了解中国文学作品的多样性与丰富性。

① 刘翔、朱源:《带中国古代说唱文学走向世界文学舞台——汉学家伊维德访谈录》,《中国翻译》,2020 年第 2 期,第 81 页。

② 郑振铎:《中国俗文学史》,上海:上海古籍出版社,2013 年,第 6 页。

③ 刘翔、朱源:《带中国古代说唱文学走向世界文学舞台——汉学家伊维德访谈录》,《中国翻译》,2020 年第 2 期,第 79 页。

伊维德翻译了中国民间四大传说。孟姜女的故事因距今 2000 多年，年代久远，加上南北方文化背景不同，在传播的过程中演变出多种版本。伊维德搜集到十个版本，五个版本来自帝国晚期和民国早期的城市印刷本，另五个版本来自近几十年来在农村收集的口头表演写作的文本，它们代表了不同的体裁、地域风格、年代和内容，体现了民间传说的地方性特色。伊维德细读作品时发现其中许多细微差别，于是将搜集到的十个版本全都翻译成英语，力图给读者呈现原汁原味的说唱文学作品。2008 年，伊维德编译出版了《孟姜女哭长城的十个版本》（*Meng Jiangnv Brings Down the Greatwall：Ten Versions of a Chinese Legend*）。

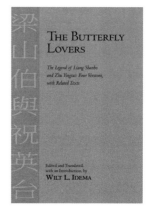

2019 年，他翻译了《香山宝卷》与《善才龙女宝卷》，合并取名为《孝道与善报——董永与织女的传说及相关文献》（*Filial Piety and Its Divine Rewards：The Legend of Dong Yong and Weaving Maiden with Related Texts*）。此后，他陆续出版了《化蝶：梁山伯与祝英台传说的四种版本及相关文献》（*The Butterfly Lovers：The Legend of Liang Shanbo and Zhu Yingtai：Four Visions with Related Texts*，2010）《木兰从军：中国传奇的五种版本》（*Mulan：Five Versions of a Classic Chinese Legend with Related Texts*，2010）以及《天仙配的变异：革命时期的地方戏曲（1949—1956）》（*The Metamorphosis of Tianxian Pei：Local Opera Under the Revolution (1949-1956)*，2014）。

伊维德还翻译了多部宝卷。2008 年，他出版了《自我救赎与孝道：观音及其侍者的两种宝卷》（*Personal Salvation and Filial Piety：Two Precious Scroll Narratives of Guanyin and Her Acolytes*）。《香山宝卷》是我国最早的宝卷，美籍华裔学者于君方认为该译本"使《香山宝卷》真正走入英语读者的视野①"。之后,他陆续出版了《白蛇和她的儿子:英译〈雷峰宝卷〉和相关文本》(*The White Snake and Her Son：A Translation of the Precious Scroll of Thunder Peak with Related Texts*,2009)和《天堂中的不朽少女:甘肃西部的其他宝卷》(*The Immortal Maiden Equal to Heaven and Other Precious Scrolls from Western Gansu*,2015)。有关包公故事,伊维德编选《明成化说唱词话丛刊》中八个包公故事,出版了《包拯及法律规则:八种说唱词话(1250—1450)》(*Judge Bao and the Rule of Law：Eight Ballad-Stories from the Period 1250‐1450*,2010)。涉及地方民谣,他出版了《江永的女英雄:女书中的中国民谣》(*Heroines of Jiangyong：Chinese Narrative Ballads in Women's Script*,2009)与《热情、贫困与旅行:传统客家歌曲与民谣》(*Passion，Poverty and Travel：Traditional Hakka Songs and Ballads*,2015)。

伊维德在译作中提供了非常丰富的副文本,包括译作译序、导言、附录、注释和文献等。他通过大量副文本呈现故事背景,从而帮助西方读者理解原文。比如,在《译本序》中,伊维德阐述翻译作品的目的,在《导言》中,他介绍说唱故事的发展和演变过程。

翻译说唱文学唱词部分的韵文时,伊维德采用之前用荷兰语翻译中国诗歌的翻译策略,进行无韵化处理。英语与荷兰语类似,押韵词较少,如果用韵体诗翻译中国诗歌,必须进行"改写"。韵文中的七言诗,伊维德采用英文中七音部诗来翻译,而不是七音节诗体,并通过排版尽量在形式上和原文统一。

(四)别开生面,著史推新

作为知名汉学家,伊维德对中国文学的一大贡献在于文学史的编写。他认为人们应当从物质性角度重新思考中国文学史的分期问题,

---

① 金倩:《伊维德英译〈香山宝卷〉中民间神祇之策略——基于数据统计和实例分析的考察》,《陇东学院学报》2019 年第 3 期,第 18 页。

文学史中最根本的变迁不是政权更迭,而是技术变革。1985 年,伊维德与汉乐逸(L. Haft,1946)主编的《中国文学导读》(*A Guide to Chinese Literature*)出版,在海外汉学界产生深远影响。这本书创新地引进文化史和印刷术的概念来替代传统文学史以朝代和文体分期这两大主导思维。他们在书中划分出四个主要时期:从骨骼与青铜上的篆刻到纸张发明的时期(直到公元 100 年)、纸张发明之后的文学手稿时期(公元 100—1000 年)、雕版印刷文化时期(直到 19 世纪末期)和工业印刷时期(从 1875 年到 20 世纪末期)[①]。《中国文学导读》通过文学物质载体的革新,即造纸术的发明及印刷术的改进来论述中国古典文学的演进,有别于多数传统文学史以朝代更迭作为文学划分的方法。伊维德始终考虑目标读者的实际情况,在编写《中国文学导读》时,将读者定位为没有中国历史文化知识背景的本科生,为他们提供中国文学史的基本概况,认为若文学史按照传统朝代进行编写对他们作用不大。

伊维德在中国早期戏曲研究方面也有独特贡献。他与奚如谷合著的《中国戏剧资料(1100—1450)》是西方了解中国戏曲的重要资料,系统梳理了宋金元明初期的戏曲及演出资料,收录了南戏《宦门子弟错立身》、元刊本《紫云亭》以及朱有燉《复落娼》《香囊冤》《蓝采和》共五个戏曲英译本,同时附录相关文献资料。在论文《我们读到的是"元"杂剧吗——杂剧在明代宫廷的嬗变》中,伊维德从元杂剧版本流传和变异角度指出,我们读到的"元"杂剧与元代的演出脚本相去甚远。伊维德还参编了梅维恒主持编写的《哥伦比亚中国文学史》(*The Columbia History of Chinese Literature*,2001),在专论戏剧的部分负责撰写包括元、明、清三朝长达七个世纪的传统戏剧。2018 年,大象出版社出版了《海内外中国戏剧史家自选集伊维德卷》,汇编了伊维德戏剧研究的代表性论文。

伊维德还发现了中国说唱文学的重要价值,并将其编写进几部中

[①] 庄新:《翻译与研究:站在中国文学研究的前沿——伊维德教授访谈录》,《汉风》2016 年,第 16 页。

国文学史中。他认为,"现在的文学史还是大多带有精英主义色彩,有某种等级意识在里面,编选者会觉得这些文学比较俗,不登大雅之堂"①。在《中国文学导读》的第 23 章《表演文本和口头文学》(*Performance Texts and Oral Literature*),伊维德专门论述了说唱文学。20 世纪 80 年代初,美国汉学家倪豪士最初编写《印第安纳中国古典文学指南》(*The Indiana Companion to Traditional Chinese Literature*,1986)时,并未考虑将说唱民俗叙事纳入其中。伊维德得知后,强烈建议倪豪士加入说唱文学部分,这一建议终被倪豪士采纳。到了哈佛大学任教后,伊维德参与撰写宇文所安和孙康宜(Kang-I Sun)主持编写的《剑桥中国文学史》(*The Cambridge History of Chinese Literature*,2010),单辟一章系统论述"说唱文学"(Prosimetricand verse Narrative)。《剑桥中国文学史》总体上按年代顺序编写,宇文所安撰写《文化唐朝》、奚如谷撰写《金末至明初文学》、王德威撰写《1841—1937 年的中国文学》,唯有伊维德撰写的《说唱文学》一章例外,以单一文体开辟一章,十分吸引西方读者的眼球。

除此之外,伊维德在近些年也开展中国古代女性文学的研究。长期以来,中国古代女性书写的文学未被学界重视。伊维德从社会学视角研究文学史,将文学视为一个整体,认为在"正典"之外,女性作家们的文学活动亟待关注,对她们的研究有助于提供一个更加全面的观点去认识中国的传统文化。他与管佩达(Brata Grant)合作选编《彤管:中国帝制时期的妇女文学》(*The Red Brush*:*Writing Women of a Imperial China*,2004)。2005 年起,伊维德与李惠仪(Wai-yee Li)、魏爱莲(E. Widmer)等合编了《清初文学中的创伤与超越》(*Trauma and Transcendence in Early Qing Literature*,2006)。2009 年,伊维德与方秀洁(Grace Fong,1948)合编了《美国哈佛大学哈佛燕京图书馆藏明清妇女著述汇刊》。

---

① 季进、王吉:《说唱文学与文学生产——哈佛大学伊维德教授访谈录》,《书城》2012 年第 2 期,第 50 页。

退休后的伊维德依然活跃在中国古代通俗文学研究领域和翻译界,不断推出新的研究成果和译作。在莱顿大学读书时,伊维德就非常渴望来到中国。1978 年,伊维德终于圆了他的中国梦。当时有个荷兰旅行团要到中国旅游,团里没有人会说汉语,伊维德担任向导。他从首都阿姆斯特丹坐飞机途经巴黎、伊朗、印度,最后来到中国。这一趟,伊维德兴奋地去了 5 个城市:香港、广州、长沙、西安、北京。此后,随着汉学研究的深入,伊维德的成果更加丰硕。他多次受邀来华讲学,参加学术活动,足迹遍布中国大江南北。近年来,伊维德受邀在北京大学、武汉大学、苏州大学、广东外语外贸大学、华东理工大学等多所中国高校讲学,分享他对中国古典文学的独特理解。

伊维德主要汉学著译年表

1974	*Chinese Vernacular Fiction*：*The Formative Period*（《中国白话小说：形成时期》），Leiden：Leiden Univerisity *Vermaning door eendodehond*（《杀狗劝夫》），Amsterdam：Arbeiderspers
1975	*De aap van begeerte*（《美猴王》），Amsterdam：Arbeiderspers
1976	*De driewoorden*（《三言》），Amsterdam：Meulenhoff
1977	*Hanshan*，*Gedichten van de Koude Berg*，*Zen-poëzie*（《寒山诗：禅诗》），Amsterdam：Arbeiderspers
1978	*De beschilderdehuid*（《画皮》），*Spookverhalen*. Amsterdam：Meulenhoff
1982	*Chinese Theater* 1100-1450：*A Source Book*（《中国戏剧资料：1100 年－1450 年》，与奚如谷合作），Wiesbaden：Steiner
1984	*Het verhaal van de westerkamers in alle toonaarden*（《西厢记》），Amsterdam：Meulenhoff
1985	*The Dramatic Oeuvre of Chu Yu-tun*（1379-1439)（《朱有燉的杂剧》），Leiden：E. J. Brill
1991	*Spiegel van de klassieke Chinese Poeëzie*（《中国古典诗歌之镜》），Amsterdam：Meulenhoff *The Moon and the Zither*：*The Story of the Western Wing*（《月与琴：西厢记》，与奚如谷合译），Oxford：University of California Press
1995	*The Story of the Western Wing*（《西厢记》，与 Stephen H. West 合作），Berkeley：University of California Press
1997	*A Guide to Chinese Literature*（《中国文学导读》，与 L. Haft 合作），Ann Arbor：The University of Michigan

2004	*The Red Brush：Writing Women of Imperial China*（《彤管：中国帝制时期的妇女文学》，与管佩达合作），Cambridge：Harvard University Asia Center
2006	*Trauma and Transcendence in Early Qing Literature*（《清初文学中的创伤与超越》，与李惠仪等合作），Cambridge：Harvard University Asia Center
2008	*Meng Jiangnü Brings Down the Great Wall. Ten Versions of a Chinese Legend*（《孟姜女哭长城的十种版本》），Seattle：University of Washington Press *Personal Salvation and Filial Piety：Two Precious scroll Narrativers of Guanyin and her Acolytes*（《自我救赎与孝道：观音及其侍者宝卷》），Honolulu：University of Hawaii Press
2009	*Heroines of Jiangyong：Chinese Narrative Ballads in Women's Script*（《江永的女英雄：女书中的中国民谣》），Washington：University of Washington Press *The White Snake and Her Son：A Translation of The Precious Scroll of Thunder Peak with Related Texts*（《白蛇和她的儿子：英译〈雷峰宝卷〉和相关文本》），Indianapolis：Hackett *Filial Piety and Its Divine Rewards：The Legend of Dong Yong and Weaving Maiden，with Related Texts*（《孝道与善报：董永与织女的传说及相关文献》），Indianapolis：Hackett 《朱有燉的杂剧》，北京：北京大学出版社
2010	*Mulan：Five Versions of a Classic Chinese Legend，with Related Texts*（《木兰从军：中国传奇的五种版本》，与 Shiamin Kwa 合作），Indianapolis：Hackett *Monks，Bandits，Lovers，and Immortals：Eleven Early Chinese Plays*（《僧侣、强盗、恋人和神仙：十一部中国早期戏曲》，与奚如谷合著），Indianapolis：Hackett

	The Butterfly Lovers：The Legend of Liang Shanbo and Zhu Yingtai：Four Versions，with Related Texts（《化蝶：梁山伯与祝英台传说的四种版本及相关文献》），Indianapolis：Hackett *Judge Bao and the Rule of Law：Eight Ballad-Stories from the Period* 1250-1450（《包拯及法律规则：八种说唱词话（1250—1450）》），Singapore：World Scientific
2011	*Escape from Blood Pond Hell：The Tales of Mulian and Woman Huang*（《逃离血池地狱：目连及黄氏女的传说》，与管佩达合著），Seattle：University of Washington Press
2012	*Battles，betrayals，and brotherhood：early Chinese plays on the Three Kingdom*s（《战争、背叛和兄弟情：早期的三国戏剧》，与奚如谷合著），Indianapolis：Hackett
2013	*The Generals of the Yang Family：Four Early Plays*（《杨家将：四部早期戏曲》，与奚如谷合著），Singapore：World Scientific
2014	*The Resurrected Skeleton：from Zhuangzi to Lu Xun*（《复活的骸骨，从庄子到鲁迅》），New York：Columbia University press *The Orphan of Zhao and Other Yuan Plays*（《〈赵氏孤儿〉及其他元杂剧》，与奚如谷合作），New York：Columbia University Press.
2015	*The Immortal Maiden Equal to Heaven and Other Precious Scrolls from Western Gansu*．Amherst（《天堂中的不朽少女：甘肃西部的其他宝卷》），New York：Cambria Press *The Metamorphosis of Tianxianpei：Local Opera under the Revolution*（1949－1956）（《天仙配的衍变：地方戏曲革命（1949—1956）》），Hong Kong：The Chinese University of Hong Kong Press
2016	*The Record of the Three Kingdoms in Plain Language*（《三国志》，与奚如谷合译），Cambridge：Hackett Press

	Ghosts，Demons，and Monsters：Ming Court Plays on the Supernatural（《鬼魂、魔鬼和怪物：明代超自然宫廷剧》，与奚如谷合作），Cambridge：Hackett Press
2017	*Two Centuries of Manchu Women Poetry*（《满族女性诗歌二百年》），Washington：University of Washington Press
2019	*Insects in Chinese Literature：A Study and Anthology*（《中国文学中的昆虫：研究与选集》），New York：Cambria press
	Mouse vs. Cat in Chinese Literature：Tales and Commentary（《中国文学中的鼠与猫：故事与评述》），New York：Cambria Press

本章结语

　　但令心有赏，岁月任渠催。文学经典的成功译介，源自译者心无旁骛的深情、十年如一日的坚守和岁月的打磨沉淀。几代汉学家通过持续不竭的努力，将长期处于对外译介边缘位置的中国古代戏曲和说唱文学牵引出历史的深谷，重新焕发出生机。

　　这种主动式的"译入"行为既是译者自身的兴趣使然，也是英美文学系统在发展历程中，构建和延续自身文化的实际需求，具有鲜明直接的译介效果。尽管每一位海外译者交付的都是富有学术个性的选择与创造，但他们的翻译基本上形成了一个学术小传统或者一种默契，即尽力尊重和保留原文的文学文化底色，同时借助母语优势和敏锐的读者意识打造译本的流畅可读，在充分性和可读性之间做到平衡不偏。

　　更重要的是，汉学家通过"他者"的独特视角，冷静观察，深入分析，往往能发掘现象背后的文化内涵，捕捉到原作在源语语境中的空白点和未知处，从而拓展文本解读空间。

　　由是观之，除去语言天然优势外，汉学家英译中国文学有其核心竞争力：他们往往能够摆脱单一的文学思维，将视野提升至跨文化交际模式，同时对于世界格局、文化变迁，亦有相当了解。

　　因此，他们的译介行为不以还原原文、再现原文为满足，而是以自身渊博的学识、开阔的视野不断为原文注入新的诠解为目标。这样一来，中国古代文学海外译介和研究领域便形成了一个多元并存、互竞其长的局面。这，就是我们研究汉学家中国古代文学英译的价值所在。

结语

翻译活动就是要有文化自觉

    中国文化典籍不仅承载着中国的思想、文化,更承载着中国的文艺、美学、价值观和世界观。因此,文化典籍的翻译在内容和形式上重视源语文本是第一要务。这些年来,我们在文化外译时尽量考虑目标语读者的接受习惯和思维方式,却较少注意到我们翻译活动的重心早已出了问题,很大程度上已经失去了自我,失去了文化自觉。翻译家赵彦春先生近年来在《三字经》《百家姓》《千字文》等一系列的中国文化典籍的英译活动中就恰到好处地解决了这些问题。这种极为忠实地原汁原味地把中国经典"直译"成英文的做法体现出的强烈的文化自信和文化自觉正是我们当下所需和所缺的东西。

    这些年来,特别是改革开放以来的 40 多年时间里,我们的翻译事业有了长足的进步,不论是译介活动、翻译研究还是翻译教学,成绩都相当显著。但我们同时也发现这样的情况,那就是我们一味地进行外译中,却殊少中译外;一心做国外学者的翻译研究和教学,却较少对国内翻译名家的翻译实践做学理上的梳理和诠解;一心研究如何重视国外特别是西方的文学文化,如何在译进时要忠实外来文本,如何在译出时要尽量考虑目标语读者的接受习惯和思维方式,却较少注意到我们翻译活动的重心早已出了问题,很大程度上已经失去了自我,失去

按:本文原载《外语教学》2016 年第 5 期,第 83 - 85 页,有改动。

了文化自觉。而这一现象在我们外译活动中的表现尤甚。

（一）外译需要外人，国人也有作为

文化典籍的翻译要忠实地传递原文的文本信息，还要尽可能地再现原文本的诗学特征和美学传统。形式和内容的双重忠实才说得上是好的译本。短小精悍、朗朗上口的《三字经》是中华民族珍贵的文化遗产，与《百家姓》《千字文》并称为三大国学启蒙读物。《三字经》每行三个字，每一首四行，而且是韵体，翻译的时候在内容和形式上完全与之对应当然比较困难，这也是《三字经》几百年的译介历程中的最大问题。我们现在看到的赵彦春译《英韵三字经》做到了这一点，这是毋庸置疑的。实际上早在明朝万历年间，利玛窦就翻译过《三字经》，后来俄国人、英美人、法国人相继移译。这些译者大都把《三字经》的题目译作"每行三个词的经典（书）"，但并没有哪个译者严守这个"每行三个词"规则去翻，导致书名和内容严重脱节。另外，西方传教士和外交家译的只是一种口水话式的解释，在内容和形式上都远离了原文，在深层的忠实上则差得更远，并没有像赵译本这样简明扼要，保留原作的神韵、气质和风貌。至于 100 多年前翟里斯的译本则更是以解释说明为主，基本上不能叫翻译。当然这不是说翟里斯译本有多么不好，因为那是彼时的社会语境的产物。

赵彦春还翻译了《千字文》和《弟子规》等多种中国传统文化经典，《增贤广益》《道德经》等经典古代文化英译作品相继与大家见面。他翻译的三曹的诗歌等也即将付梓。《千字文》翻译的难度首先在于要用一千字英文常用字来移译，语义要通，语法要通，句式要通，但还不能有一个字的重复，要做到多方面的对等，其难度可想而知。但赵彦春竟然都做到了。我们无暇把赵彦春翻译国学经典的要义和体会都叙说一遍，但这的确让我们对文化"走进来"与"走出去"的诸种现象进行反思。

（二）奴译必须摒弃，"豪杰译"可推敲

回想一下，几乎全体国人包括高层媒体等对大不列颠（Great Britain）、美利坚（America）、近东（Near East）、中东（Middle East）和远东（Far East）等许多源自西方语汇或奴性翻译词汇的泰然接受，想一想我们跟着欧洲人把我们西边的地方叫近东和中东，甚至跟着人家把我们自己叫远东，我们就会觉得我们在翻译和接受这些词语的时候似乎太多欧洲中心论，太多跟着西人的话语走，太缺少权衡和批判意识，太缺少了民族立场和文化自觉。其实，我们都知道，从地理上说那个地方叫西亚，我们的古人则十分准确地把中土西边的地方都叫西域。他们至少还没弄错方向。

这样以西方为立足点进行的翻译还有很多，不仅是词语的翻译，还包括翻译活动和翻译理论。不少译者抱着欧洲文化中心论的思想，对自己的文化缺乏自知之明和信心，对本国的文化有自卑心理，甚至羞于将自己国家的文学文化作品译出，羞于将本国文化介绍出去。这与我们100多年前梁启超等先辈们比起来可就差得远。

梁启超等众多现代文化的先行者和翻译家们在彼时都有着强烈的文化自觉和翻译自觉。1898年，梁启超在《译印政治小说序》中说："特采外国名儒撰述，而有关于中国时局者，次第译之。"[1]随着国情的变化，以梁启超为代表的知识分子们愈加认识到了文学文化翻译的积极意义。1902年11月，《新小说》杂志在日本横滨创刊。梁启超在所刊的《论小说与群治之关系》中，提出了"欲改良群治，必自小说界革命始，欲新民，必自新小说始"的口号，这是"小说界革命"的开始。梁启超强调了小说对于社会改革和社会进步的积极作用，把经世致用的思想演绎到了极致。译家们已经绝不满足于将一种语言的文学转换成另一种语言的文学，正如王晓平在《近代中日文学交流史稿》中所说，

---

[1] 梁启超：《译印政治小说序》，选自陈平原、夏晓红编：《二十世纪中国小说理论资料（1897—1916）第一卷》，北京：北京大学出版社，1989年，第22页。

"他们要做生活的评判家、读者的引路人、原作的改造者"①。他们对原作的选择和移译中的增、删、改等各个方面都表现出明显的为当时社会改良服务的思想。当时的翻译观中,"豪杰译"可以算是个代表。"豪杰译"是指"对原作的各个层面做随意改动,如删节、替换、改写、增减及译者的随意发挥"②。鲁迅说这是"削鼻挖眼"似的翻译,有人称之为"滥译",则多少有失公允。梁启超一般被看作中国"豪杰译"的始作俑者。作为政治活动家和社会改良家,梁启超从事小说翻译的目的极为明确,就是维新救国和开通民智,因此,只要能达到目的,他会对原文做"伤筋动骨"的"大手术"。其实,林纾、苏曼殊、周桂笙、吴檮、陈景韩、包天笑,甚至鲁迅的早期翻译,都在一定程度上是"豪杰译"的产物。应该说,"豪杰译"是特殊时代的特殊产物。五四运动以后,知识分子们秉承了晚清以来经世致用的传统,西学中用,更积极地译介西方文学作品,以达到对传统文学和传统思维方式进行改造的目的。鲁迅、瞿秋白、矛盾、巴金、郭沫若等都是从"感时忧国"改造社会的目的出发而从事文学翻译的。但这些先辈们从事翻译活动的共同特点是自己的民族利益,他们都有着强烈的文化自觉,而这种自觉正是我们当下的翻译活动中所严重缺失的。这也是我们应该极力推广和宣传赵彦春式的翻译的要旨所在。

　　文化学派的兴起和进步发展使翻译研究不再依附比较文学而存在,其作为一个独立学科而存在,提高了翻译研究的地位。③ 费孝通于 1997 年在第二届社会文化人类学高级研讨班上告诫大家要有文化自觉,其核心思想就是:生活在一定文化中的人对其文化要有"自知之明",要明白它的来历、形成过程及其在生活各方面所起的作用。自知之明是为了增强文化发展的自主能力,取得决定适应新环境时文化选择的自主地位。翻译越来越成为文化自觉的一种形式和表现,译者对

---

① 王晓平:《近代中日文学交流史稿》,长沙:湖南文艺出版社,1987 年,第 155 页。

② 蒋林:《梁启超"豪杰译"研究》,上海:上海译文出版社,2009 年,第 45 页。

③ 薛芳:《翻译文化研究的渊源及影响》,《西安外国语大学学报》2010 年第 1 期,第84 页。

本民族文化的自知之明和自信力直接影响到其翻译活动和文本的选择。而文化交流从来都不是平等的,文化和文学的交流总是被经济政治所影响甚至主导,因而翻译不再是与政治和经济斗争无关的事件。但我们的一些翻译评论在很多时候很大程度上为西方人的某种或某些学说甚至是某句话做阐释、做解说、做宣传,全然迷失其中而不觉。

这表现在几个方面。首先是文本选择的不自觉、不接地气。只要是国外认为好的、获奖的作品,我们大都依样引进。其次是翻译中的双重标准,也就是说许多译者在对待英译汉和汉译英时实行截然不同的标准:在英译汉中主张尽量以原作为基础,认为汉语可以包容和接受英美文化,而在汉译英中,则主张以译入语为主,用译入语来表达源语言,从而避免文化冲突。再次是受众意识的双重标准。由于西方文化的浸入和西方价值观的影响,中国许多译者过度倾向西方价值观,过于认同西方文化,认为让外国观众和读者接受和理解是头等大事,而将英语文学译入时则较少考虑中国读者和观众。这点从探讨受众意识的论文的重心和数量上就可看出,讨论中国读者受众意识往往是一笔带过。最后,对本民族文化的不自知和不自觉也会直接影响学者对本民族文献、研究资料的不自信,也就很难提出本民族特有的理论和理念。许多学者对西方的各种学说达到顶礼膜拜的地步,其翻译行为不是主动的文化传递,而是成了简单的传声筒,成了“奴译”或曰“仆从译”。从这点来说,我们倒可以把赵彦春式的传统文化翻译称为“豪杰译”,当然与上文所说的随心所欲的翻译迥异,是真正的豪杰的翻译。

(三)归化不能过头,异化应该采用

中国文学“走出去”战略是中国文化“走出去”的重要组成部分。通过文学传播让世界来认识、了解中国的文化、历史、传统等显得极为重要。① 的确,这些年来,特别是 20 世纪 80 年代中后期以来,我们的

---

① 魏泓、赵志刚:《中国文学“走出去”之翻译系统建构》,《外语教学》2015 年第 6 期,第 109 页。

文学、文化、翻译批评蓬勃发展，各种各样或者说花样繁多的西方批评理论的引进和译介极大拓展了我们的批评视阈和思考维度，也在一定程度上丰富和繁荣了我国的文学、文化和翻译事业。但同时也出现了这样一种情况，即我们的批评活动言必称西方的某某或某某学说，不这样说似乎就落伍了，就不懂批评了，就不是学问了。试想，没有自我意识特别是自主意识的批评，还能称得上真正的批评吗？能够给学界带来有较大价值的学术贡献吗？能够走得很远甚至走向世界吗？有些人说莫言获得诺贝尔文学奖主要是葛浩文的翻译功劳，全然忽略了莫言走向世界的深层原因是其作品植根于家乡土壤，立足于中国传统文化，同时也较好地做到了兼收并蓄，全然忽略了莫言是个有着强烈文化自觉和创作自觉的地道的中国作家。

其实，葛浩文曾多次强调，不能做一个文化殖民者。他坚决反对个别英美翻译家所采取的完全归化（英语化）的翻译方法。他正是本着这样的精神，把莫言作品忠实地翻译到英语世界中去的，为数不多的增、改、删都做得非常审慎。葛浩文的翻译总体来说非常忠实于原文，且妙译连连，仔细对比过莫言作品及其英译的人都能认识到这一点。葛浩文越是忠实于原文，越是说明莫言作品的自身魅力和独特价值。

我们经常抱怨西方的许多汉学家在中国经典外译中的不忠实和不准确，殊不知他们正是出于他们自己的文化自信自觉和他们的社会所需才那么做的，而我们却过多地从字面意思和机械对等方面去做简单的技术评判。正如前面所说，葛浩文的译文越是忠实于原文，我们就越能看出莫言作品自身具有的魅力所在，同时也说明像杨宪益等中国自己的翻译家所采的尽量忠实原文的"直译法"的必要性和存在意义，说明这个时间中国文学文化原汁原味地"走出去"已经具备了一定的社会语境和国际条件。当然，中国文化"走出去"绝不是一朝一夕、一厢情愿或一蹴而就的事情，"我们要承认和接受一个循序渐进的过程,在逐渐积累中推动中国文学文化真正走向世界"。① 在 100 多年前,翟里斯那样对《三字经》的解释性的翻译在当时是必要的是适当的,而现在,像赵彦春这样逐字逐句对应着"硬译""直译"以及真正的豪杰译,也是必要和适合的! 试看一例:

人之初,性本善。性相近,习相远。

翟里斯译:

Men at their birth are naturally good,

Their natures are much the same,

Their habits become widely different.

赵彦春译:

Man on earth,

Good at birth.

The same nature,

Varies on nurture.

我们一眼就能看出,翟里斯的译本不论是在内容上还是在形式上,抑或是在音节上还是在音韵上,都远离了原文,而赵译显然在几个方面都满足了要求。可见,光凭国外汉学家们就想让中国文学文化原汁原味"走出去"不现实也不可能。由此不难看出,中国文学"走出去",是要首先考虑优秀的文学作品要优先"走出去",但绝不是有些人认为的那样要改头换面,要曲意逢迎,要削足适履,要委曲求全,要适合西方人的价值观,等等。中国文化"走出去"绝不是卑躬屈膝地仰人鼻息,绝不是唯西人外人之马首是瞻。我们首先要推出那些有文化自觉和创作自觉的优秀的民族文学作品。可以说,正是葛浩文的"信"很大程度上成就了有文化自信和创作自觉的莫言等中国作家,使他们的作品成功地走向英语世界乃至西方世界。但这给我们的又一重要启示是,从翻译到创作再到批评都应多几分文化上的自信和自觉。

---

① 朱振武、唐春蕾:《走出国门的鲁迅与中国文学走出国门——蓝诗玲翻译策略的当下启示》,《外国语文》2015 年第 6 期,第 115 页。

要真正将中国文学文化推向世界，就必须统筹安排、整合和优化翻译资源，同时要改变概念，认清译入和译出的本质差异，形成翻译自觉。的确，无论是作家还是翻译家，只有拥有良好的文化自觉和社会担当，才能够使中国文学文化走得更远，并为学界带来更大价值的学术贡献。当然，中国文学"走出去"还要求译者不仅要具有扎实的双语能力，还要具备深厚的双语基础和勇敢的社会担当。有些人说，莫言的作品主要是学习了马尔克斯的《百年孤独》等拉美的魔幻现实主义和福克纳的《喧哗与骚动》等欧美现代主义意识流小说，其实，莫言向他的同乡蒲松龄的《聊斋志异》等中国文学经典学习的东西，远超过其向欧美的前辈和同行们学习的东西。莫言的作品植根于家乡土壤，立足于中国传统文化，当然同时也较好地做到了兼收并蓄，这是其作品走向世界的深层原因，也应该是我们考虑选择源语文本的重要因素。因此，中国文学文化要想"走出去"，译介什么和怎么译介应该同时考量才行。当然，作为译者，你还要像赵彦春这样既有深厚的双语文学文化功底，又有强烈的文化使命感和责任担当。

　　回顾过去的 30 多年时间里，我国的翻译学者为我国的文学和文化事业做出了卓越贡献。但同时我们也越来越意识到，我们一定程度上，甚至有时是在很大程度上迷失了自我，迷失于西方文学文化批评话语之中而不能自拔。提高自主意识，加强文化自觉和批评自觉，大胆地走自己的翻译实践、翻译批评、翻译研究和翻译教学之路，中国文学文化才能真正"走出去"，才能更好地立足于世界文坛！

附录

一 中华文化"走出去" 汉学家功不可没

——访上海师范大学教授朱振武

中国现当代文学的英译活动随着中国现当代文学的开展而递次展开,到新千年始呈突破之势。从 1935 年第一个由官方创办向西方译介中国现代文学的杂志《天下》,到新世纪的"大中华文库",中国现当代文学正逐渐闯入外国读者和学者们的视野,随之而来的是对其英译现状的研究和中国文学"走出去"的各类讨论。但是,以往的研究者大都以译作为着眼点,殊少以汉学家为重心进行研究。由上海师范大学人文与传播学院教授朱振武领衔撰写的《汉学家的中国文学英译历程》一书则弥补了上述不足。这部专著通过对汉学家们的成长历程、求学历程及其中国文学英译历程进行追述,对他们的翻译作品的总体情况、宏观的翻译策略,特别是这些翻译互动给我们的启示进行探讨,为中国文化"走出去"寻得了新的路径与策略。而这个研究课题也成为 2017 年国家哲学社会科学重点项目中唯一的一个翻译重点项目。《文汇读书周报》记者蒋楚婷就此独家专访了朱振武教授。这里为访谈的原稿,刊登时有少许改动。

记者:能不能简单介绍一下中国现当代文学英译活动的历史与现状?

朱振武:随着中国经济、政治力量的不断增强,其在世界中的地位也显著提高,而中国文化也越来越受到世界各地人们的关注。出于增强与世界各国的交流互信以及扩大中国文化的影响力这一目的,中国文化"走出去"就成了目前急需关注的问题。所以,中国文学外译就成了一个热门话题。目前,英语已经成为世界性语言,使用的人群也非常广泛,因此,中国文学的英译也就成为重中之重。中国政府为此也是煞费苦心,付出了许多精力和财力。20 世纪八九十年代,由著名翻译家杨宪益主持编辑出版的"熊猫丛书"计划,推出了 195 部文学作品。但是,规模庞大的"熊猫丛书"并未获得预期的效果。除个别译本获得英美读者的欢迎外,大部分译本并未在他们中间产生任何反响。进入新世纪以来启动的"大中华文库"翻译项目也是声势浩大。到目前为止,这个庞大的翻译计划已经出版了一百八十多册。然而除个别几个选题被国外相关出版机构看中购买走版权外,其余绝大多数已经出版的选题都局限在国内的发行圈内,似尚未真正"传出去"。中国文化"走出去"的良好愿望与现实状况形成了强烈的反差,这就促使众多专家学者探求问题的症结所在,并开出有益于中国文学外译的良方。在这种情况下,汉学家的中国现当代文学英译的成功自然就引起了我们的关注。

中国文学英译中,英国汉学家和翻译家理雅各、翟理斯、亚瑟·韦利、霍克思、闵福德、韩斌、彭马田、狄星、蓝诗玲和米欧敏等,美国著名汉学家和翻译家巴顿·华兹生、威廉·莱尔、芮效卫、葛浩文、赤松、金介甫、白亚仁、徐穆实、金凯筠、安德鲁·琼斯、罗鹏和白睿文等,澳大利亚汉学家陈顺妍、杜博妮,加拿大的蒲立本、杜迈可、白光华、王健和卜正民等,对鲁迅、茅盾、沈从文、萧红、郭沫若、丁玲、老舍、王蒙、莫言、贾平凹、姜戎、余华、王安忆、阎连科、韩少功、残雪、麦家等中国现当代作家作品进行了卓有成效的译介,其相关研究也成绩斐然,直接涉及中国现当代文学作品三百多部。但目前国内外还没有对这些汉学家们的翻译活动、翻译策略,特别是存在问题进行系统整理和研究的成果。

记者:您提到从 2010 年到 2016 年的六年,此类专著的数量就有 22 部之多,论文更是达到 100 多篇,为什么对中国文学英译活动的研究会成为新世纪特别是近几年的一个热点?

朱振武：中国文学文化是世界文明遗产的组成部分之一，让世界了解中国，文学文化是重要途径。随着我国经济、政治等各方面实力的不断增强，中国在世界上的地位也显著提高，而中国文学文化也越来越受到世界各地人们的关注，在一些国家和地区，学习汉语乃至中国文学文化甚至很热。这就促使专家学者对这个问题展开进一步研究：中国文学文化怎样才能更加有效地"走出去"成为人们关注的热点？

记者：这本《汉学家的中国文学英译历程》与同类图书相比，有什么特别之处？当初是怎么想到要撰写这样一本书的？

朱振武：虽然相关研究不少，但这些研究的侧重都不在汉学家的翻译实践、译介策略和理念及其学术贡献等问题上，至于这些翻译活动发生的深层原因、存在的诸多问题及给中国文学"走出去"带来的启示意义则更是鲜有人问津。

学者们主要围绕中国文学英译的现状、挑战与机遇以及"谁来译""译什么""如何译"等问题展开研究，对中国现当代小说在英语世界的传播效果和接受度研究较少，对汉学家们在我国文学外译方面的活动和贡献也缺乏梳理、评述和总结。另外，对译者的翻译动机、翻译作品的总体情况、宏观的翻译策略及存在的问题的探讨则更少。

我们的重心不再主要围绕专家们一直探讨的中国文学英译的现状、挑战与机遇以及"谁来译""译什么""如何译"等问题，而是聚焦于中国现当代小说在英语世界的传播效果和接受度、汉学家们在我国文学外译方面的活动、贡献、翻译动机、翻译策略及存在的问题上。这是我们撰写这部著作的主要原因。

记者：我注意到这本书各节的小标题很有意思，全都采用了对仗的形式，如"聊斋长住移译客，红楼高卧释梦人——闵福德的译介历程"、"天外孤云应知我，寒山深处觅赤松——赤松的译介历程"，将这些汉学家的学术经历和成果很巧妙地融入了中国传统文化。这样的形式是一开始就构思好的吗？达到效果了吗？

朱振武：由于是介绍和研究汉学家，而汉学家们都很注重中国传统文学文化元素，因此用这样的形式感到更贴切，更适合书中的内容。我跟汉学家在交流中，获知他们对这样的标题和章节名很感兴趣。我平时也喜欢写诗，也很喜欢这种久违了的形式。最近的微信中，很多朋友都反馈说这种形式很好，有一种陌生的熟悉感，感到很亲切。看来这种形式还是很成功的。

记者：一直以来，大家争议最多的就是汉学家对中国文学所进行的"改头换面式"的翻译，包括著名汉学家葛浩文对莫言作品的一些处理方式，这点您在附录的文章《朱振武谈莫言与葛浩文：莫言的电话号码》中也有提到。对于这种争议您怎么看？

朱振武：葛浩文对莫言作品的英译获得了巨大成功，可谓有目共睹。而不少人就葛氏对原作"误译"的指责，也不容忽视。《狼图腾》的作者姜戎与葛浩文一同参加在莫干山举办的笔译工作坊时，曾就"误译"的问题发生激烈的讨论。比如，就"熊可牵，虎可牵，狮可牵，大象也可牵，蒙古草原狼不可牵"一例，葛浩文的译文是"You can tame a bear, a tiger, a lion, and an elephant, but you cannot tame a Mongolian wolf"，姜戎认为不妥。作者认为"pull"与"牵"完美对应，而译者认为译成"tame"更合情合理。上述事例中，由于译者与作者的知识结构和文化背景不同，译文出现对原文有所偏离的现象在所难免。同时，出于译者对目标语读者阅读习惯的考虑，翻译也不可能一一对等，更不可能简单地机械对等。因此，《丰乳肥臀》中"咱们做女子的，都脱不了了这一难"，在葛氏的译本中改头换面为"It's the curse of females"，也就不足为怪了。当然，真正的误译，如在《丰乳肥臀》的英译本中把"六个姐姐"译成"seven sisters"，把"手脖子"译成"neck"那是另一回事。

葛浩文的翻译与原文信息有所偏离的现象看似不少，但仔细考察其译文，我们发现，有些偏离，也就是有的文章批评的改译或所谓的"误译"，实为译者出于接受的考虑对原文本做出的创造性重构。本文以莫言的中短篇小说集和几部长篇小说的英译为例,探讨葛氏如何在"误译"的表象之下,有时一词多译,有时唯意是图,有时"得意忘形",有时也难免误读误译,但又瑕不掩瑜,避免了机械对等和简单愚忠,从而超越了归化和异化等传统翻译技巧和理念,极大提高了译文在目标语语境的可接受性。

其实,说葛浩文随意增、改、删莫言作品,主要是源于葛浩文给莫言的那封信。翻译《丰乳肥臀》时,葛浩文由于不得已要调整、删除和改动一些地方,便给莫言写了那封信。莫言很大度,说你怎么翻译都行。莫言的话当然不能代表葛浩文真的就随便翻译了。事实上,那封信正说明,葛浩文作为一名严谨的翻译家,由于非常重视原文,尊重作者,于是稍加增、改、删,都要征求原作者的意见。葛浩文的翻译越是忠实原文,就越说明是莫言获奖;汉学家们的翻译越是忠实原文,越说明是中国文学获了奖。正是葛浩文等汉学家们的"信"很大程度上成就了有文化自信和创作自觉的莫言等中国作家,使他们的作品比较原汁原味地走向英语国家乃至世界各地。近年,莫言、阎连科、王安忆、贾平凹、曹文轩等中国作家获得了一个个国际大奖,这正说明了这个问题。但是,我还强调过,文学走出去,译什么和怎么译要同时考量才行,而绝不是一味地仰人鼻息,绝不是一味地唯人马首是瞻。没有创新、没有自己、步人后尘、机械模仿西人外人的作品的话,推出去也不会有什么市场。

我们也发现,葛浩文的翻译确实偶尔有误译。但更多情况下,所谓"误译",其实是译者以更加忠实于原作的方式,凿穿文字表层,破解文本的深层含义,并最终重新确立忠于原作而又使目标语读者喜闻乐见的译本。这些貌似误译的地方,其实正是传神之笔,是妙手偶得之作。葛浩文的移译使莫言的文学想象成功地消弭了中西方语言、文化、心理和审美层面上的诸多差异,在全新的接受语境中焕发出了新的生命力。葛浩文的成功是译无定法的有力诠释,是对机械对等和简单愚忠的有力回应,不仅打破了归化异化之类的成规和窠臼,也为翻译工作者和中国文化"走出去"提供了一条不破不立的翻译路径。

记者:在前不久举行的"再登巴别塔——文学翻译的现状与未来"的研讨会上,翻译家黄福海将汉学家霍克思与翻译大家杨宪益的《红楼梦》英译本进行了比较,认为杨宪益的译本更好。您认为呢? 中国文学由汉学家来译,或是由中国的翻译家自己译,两者的差异在哪里?

　　朱振武:那个会上,我也作了发言,还专门把霍克思、闵福德翁婿的《红楼梦》英译本与杨宪益、戴乃迭夫妇的《红楼梦》英译本作了个比较。我认为,霍译本《红楼梦》在过去几十年里销路和影响明显超过杨译本《红楼梦》,一个重要原因,是霍译本采用的归化为主(尽量从读者的接受角度出发)的译法,更适合当时及稍后的读者。而杨译本采用的异化为主(尽量贴着原文走,以忠实为圭臬)的译法对当时和稍后的读者来说有些超前。我还强调,现在中国在世界上的影响非常大,正是英语世界的读者了解和接触原汁原味中国文学文化的时候,因此杨译本《红楼梦》会越来越受欢迎。

　　其实,葛浩文曾强调不能做一个文化殖民者,他坚决反对个别英美翻译家所采取的完全归化(英语化)的翻译方法。他正是本着这样的精神把莫言作品忠实地翻译到英语世界中去的,为数不多的增、改、删都做得非常审慎。葛浩文的翻译总体来说非常忠实原文,且妙译连连,仔细对比过莫言作品及其英译的人都能认识到这一点。葛浩文越是忠实原文,越是说明莫言作品的自身魅力和独特价值。

　　我们经常抱怨西方的许多汉学家在中国经典外译中的不忠实和不准确,殊不知他们正是出于他们自己的文化自信自觉和他们的社会所需才那么做的,而我们却过多地从字面意思和机械对等诸方面去做简单的技术评判。正如前面所说,葛浩文的译文越是忠实原文,我们就越能看出莫言作品自身具有的魅力所在,同时也说明像杨宪益等中国自己的翻译家所采取的尽量忠实原文的"直译法"的必要性和存在意义,说明这个时间中国文学文化原汁原味地走出去已经具备了一定的社会语境和国际条件。

　　我们也一定要知道,光凭国外汉学家们就想让中国文学文化原汁原味走出去不现实也不可能。中国文学"走出去",首先要考虑让优秀的文学作品优先走出去,但绝不是有些人认为的那样要改头换面,要曲意逢迎,要削足适履,要委曲求全,要完全适合西方人的价值观等等。中国文化"走出去"绝不是卑躬屈膝地仰人鼻息,绝不是唯西人外人之马首是瞻。我们首先要推出那些有文化自觉和创作自觉的优秀的民族文学作品。可以说,正是葛浩文的"信"很大程度上成就了有文化自信和创作自觉的莫言等中国作家,使他们的作品成功地走向英语国家乃至西方世界。但这给我们的又一重要启示是,从翻译到创作再到批评都应多几分文化上的自信和自觉,都要强调主体意识。

记者:在当下多元化的文化语境下,中国文学的海外传播要实现实质性的跨越与突破,应该从哪些方面进行努力?

朱振武:要真正将中国文学文化推向世界,就必须统筹安排、整合和优化翻译资源,同时要改变观念,认清译入和译出的本质差异,形成翻译自觉。的确,无论是作家还是翻译家,只有拥有良好的文化自觉和社会担当,才能够使中国文学文化走得更远,并为学界带来更大价值的学术贡献。当然,中国文学"走出去"还要求译者不仅要具有扎实的双语能力,还要具备深厚的文化基础和勇敢的社会担当。有些人说莫言的作品主要是学习了马尔克斯的《百年孤独》等拉美的魔幻现实主义和福克纳的《喧哗与骚动》等欧美现代主义意识流小说。其实,莫言向他的同乡蒲松龄的《聊斋志异》等中国文学经典学习的东西,远超过其向欧美的前辈和同行们学习的东西。莫言的作品植根于家乡土壤,立足于中国传统文化,同时也较好地做到了兼收并蓄,这是其作品走向世界的深层原因,也应该是我们考虑选择源语文本的重要因素。因此中国文学文化要想"走出去",译介什么和怎么译介应该同时考量才行。

首先,中国文学要想走向世界就要充分利用国外翻译资源和汉学资源,但怎样有效利用是个问题。要真正将中国文学推向世界,就必须统筹安排、整合和优化翻译资源,同时要改变概念,认清译入和译出的本质差异。汉学家们的译作越是忠实源语,就越是证明中国作家的独特艺术魅力所在。但他们的翻译都存在这样那样的问题,包括汉学水平、文化操控、翻译技巧、译者个性、审美差异和意识形态等各种问题。所以,中国当代文学要想真正"走出去",就要摒弃单纯的文学思维,那些不顾目标语读者的接受习惯和思维方式、不考虑市场因素的一厢情愿都是要纠正的。

其次,我们当然也要重视政治因素,加强政治思维。翻译本身就是一种政治行为,尤其是文学翻译,历来都是一种充满政治意味的文化行为。中国文学外译过程中不可能避免政治因素,而具有政治因素在世界文学的翻译中历来就是正当和必不可少的。认清政治因素的正当性与必要性,才能揭示西方在接受中国文学过程中的政治偏见,充分利用各种政治资源,提高中国文学"走出去"的效率。

最后,就是要注重市场因素,培养市场思维。从英语世界这些专门从事中国文学英译的翻译家所译介的作品来看,目标语翻译家和出版商对目标市场的考察都下了很大功夫,他们的译作在英语世界的畅行与市场因素显然密不可分。由此看出,中国文学"走出去"需要重点考虑的另一个因素是市场。随着翻译商业化和产业化的不断深入,在应用翻译领域,市场已成为首要考虑的因素。市场运作很重要,我们不应该对市场运作抱有成见,不能从本质上忽视市场的作用。如果更多的国内出版社能够像推广《狼图腾》这样对外推广文学作品,中国文学"走出去"的日子就不远了。

尽管是"走出去",但我们的外译工作还是要以我为中心,为我服务,必须有主体意识,而不是迷失自己,委曲求全,唯他人的喜好和价值观马首是瞻。事实上,越是没有自己的特色,你的文学就越是走不出去。

二 汉学家姓名中英文对照表
（按生年先后排序）

1. 英国汉学家翟理斯　　　　Herbert Allen Giles，1845—1935

2. 英国汉学家亚瑟·韦利　　Arthur Waley，1889—1966

3. 英国汉学家艾克顿　　　　Harold Acton，1904—1994

4. 美国汉学家马瑞志　　　　Richard B. Mather，1913—2014

5. 美裔汉学家沙博理　　　　Sidney Shapiro，1915—2014

6. 美国汉学家柯迁儒　　　　J. I. Crump，Jr.，1921—2002

7. 英国汉学家霍克思　　　　David Hawkes，1923—2009

8. 美国汉学家白之　　　　　Cyril Birch，1925—2018

9. 美国汉学家华兹生　　　　Burton Watson，1925—2017

10. 美国汉学家刘若愚　　　　James J. Y. Liu，1926—1986

11. 美国汉学家韩南　　　　　Patrick Hanan，1927—2014

12. 美国汉学家芮效卫　　　　David Tod Roy，1933—2016

13. 美国汉学家罗慕士　　　　Moss Roberts，1937—

14. 英国汉学家詹纳尔　　　　W. J. F. Jenner，1940—

15. 美国汉学家康达维　　　　David R. Knechtges，1942—

16. 美国汉学家梅维恒　　　　Victor H. Mair，1943—

17. 美国汉学家倪豪士　　　　William H. Nienhauser，Jr.，1943—

18. 美国汉学家赤松　　　　　Bill Porter，1943—

19. 美国汉学家奚如谷　　　　Stephen H. West，1944—

20. 美国汉学家杜润德　　　　Stephen Durrant，1944—

21. 荷兰汉学家伊维德　　　　Wilt L. Idema，1944—

22. 美国汉学家宇文所安　　Stephen Owen，1946—

23. 英国汉学家闵福德　　John Minford，1946—

24. 英国汉学家霍布恩　　Brian Holton，1949—

25. 美国汉学家戴维・亨顿　David Hinton，1954—

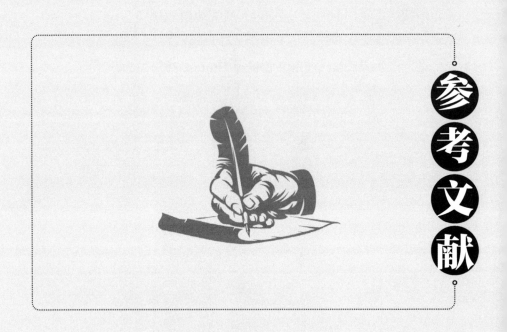

参考文献

一、著作类

中文著作

1. 班固：《汉书·第二卷》（简体字本），颜师古注，北京：中华书局，1999年。

2. 北岛：《北岛作品》，武汉：长江文艺出版社，2014年。

3. 比尔·波特：《空谷幽兰——寻访中国现代隐士》，成都：四川文艺出版社，2014年。

4. 博尔赫斯：《博尔赫斯谈话录》，王永年译，上海：上海译文出版社，2008年。

5. 曹广涛：《英语世界的中国传统戏曲研究》，广州：广东高等教育出版社，2011年。

6. 曹凌志、杨静武编著《访问历史》，桂林：广西师范大学出版社，2007年。

7. 曹雪芹、高鄂：《红楼梦》，北京：人民文学出版社，1982年。

8. 陈复华、《古代汉语词典》编写组编《古代汉语词典》（大字本），北京：商务印书馆，2003年。

9. 陈荒煤编《周恩来与艺术家们》，北京：中央文献出版社，1992年。

10. 陈思和，王德威：《史料与阐释》，上海：复旦大学出版社，2015年。

11. 冯庆华：《红译艺坛——〈红楼梦〉翻译艺术研究》，上海：上海外语出版社，2006年。

12. 冯亦代：《绿的痴迷》，北京：大众文艺出版社，2000年。

13. 风子：《人间海市》，上海：上海文艺出版社，1998年。

14. 耿强：《中国文学：新时期的译介与传播——"熊猫丛书"英译中国文学研究》，天津：南开大学出版社，2019年。

15. 郭建中：《文化与翻译》，北京：中国对外翻译出版公司，2000年。

16. 海岸编译《中西诗歌翻译百年论集》，上海：上海外语教育出版社，2007年。

17. 邗上蒙人：《风月梦》，北京：北京师范大学出版社，1992年。

18. 韩南：《创造李渔》，杨光辉译，上海：上海教育出版社，2010年。

19. 韩南：《韩南中国小说论集》，王秋桂等译，北京：北京大学出版社，2008 年。

20. 韩南：《中国白话小说史》，尹慧珉译，杭州：浙江古籍出版社，1989 年。

21. 韩南：《中国近代小说的兴起》，徐侠译，上海：上海教育出版社，2004 年。

22. 韩兆琦编著《史记笺证》，南昌：江西人民出版社，2009 年。

23. 郝春文编《敦煌学国际联络委员会通讯》，北京：中华书局，2003 年。

24. 霍恩比：《牛津高阶英汉双解词典》（第 7 版），王玉章等译，北京：商务印书馆，2009 年。

25. 江弱水、黄维樑：《余光中选集》（第 4 卷语文及翻译论集），合肥：安徽教育出版社，1999 年。

26. 蒋星煜：《〈西厢记〉研究与欣赏》，上海：上海辞书出版社，2004 年。

27. 蒋星煜：《〈西厢记〉研究与欣赏》，上海：上海人民出版社，2009 年。

28. 金瑞英主编《风雨同舟四十年 1949—1989》，北京：中国文史出版社，1990 年。

29. 金庸：《神雕侠侣》，北京：生活·读书·新知三联书店，1994 年。

30. 康达维：《赋学与选学——康达维自选集》，张宏生编，南京：南京大学出版社，2019 年。

31. 康达维：《汉代宫廷文学与文化之探微：康达维自选集》，苏瑞隆译，上海：上海译文出版社，2013 年。

32. 柯迁儒：《元杂剧的戏场艺术》，魏淑珠译，台北：巨流出版社，2001 年。

33. 克罗齐：《美学原理》，朱光潜译，上海：上海人民出版社，2007 年。

34. 乐黛云、陈珏编《北美中国古典文学研究名家十年文选》，南京：江苏人民出版社，1996 年。

35. 李安光：《英语世界的元杂剧研究》，北京：中国社会科学出版社，2017 年。

36. 李华元：《逸步追风 西方学者论中国文学》，北京：学苑出版社，2008 年。

37. 李岫、秦林芳：《二十世纪中外文学交流史》，石家庄：河北教育出版社，2001 年。

38. 李渔：《闲情偶记》，沈勇译注，北京：中国社会出版社，2005 年。

39. 林以亮：《红楼梦西游记》，台北：联经出版事业公司，1976 年。

40. 刘瑾：《翻译家沙博理研究》，武汉：武汉大学出版社，2018 年。

41. 刘齐文：《文化语言学视角下的译注法研究：以三国演义多种日译本为文本》，北京：中国书籍出版社，2014 年。

42. 刘若愚:《中国的文学理论》,田守真、饶曙光译,成都:四川人民出版社,1987年。

43. 刘若愚:《中国古诗评析》,王周若龄、周领顺译,开封:河南大学出版社,1989年。

44. 刘若愚:《中国诗学》,赵帆声、周领顺、王周若译,郑州:河南人民出版社,1990年。

45. 刘若愚:《中国文学艺术精华》,王镇远译,合肥:黄山书社,1989年。

46. 刘若愚:《中国之侠》,周清霖、唐发铙译,上海:生活·读书·新知三联书店,1991年。

47. 刘士聪:《红楼梦翻译研究论文集》,天津:南开大学出版社,2005年。

48. 刘晓辉:《汉学家韩南中文小说英译的价值建构研究》,北京:中国人民大学出版社,2020年。

49. 刘勰:《文心雕龙注》,范文澜注,北京:人民文学出版社,1962年。

50. 刘雪玲编著《细读八大古典名著》,北京:中国电影出版社,2013年。

51. 泷川资言、水泽利忠:《史记会注考证附校补》,上海:上海古籍出版社,1986年。

52. 鲁迅:《鲁迅全集·第9卷·司马相如与司马迁》,北京:人民文学出版社,2005年。

53. 马红军:《从文学翻译到翻译文学:许渊冲的译学理论与实践》,上海:上海译文出版社,2006年。

54. 梅维恒:《绘画与表演——中国绘画故事及其印度渊源》,王邦维、荣新江、钱文忠译,北京:北京燕山出版社,2000年。

55. 莫东寅:《汉学发达史》,郑州:大象出版社,2006年。

56. 倪豪士:《传记与小说——唐代文学比较论集》,北京:中华书局,2007年。

57. 诺曼·吉瑞德:《朝觐东方:雅格里评传》,段怀清、周俐玲译,桂林:广西师范大学出版社,2011年。

58. 钱锺书:《管锥编》(第一册),北京:中华书局,1979年。

59. 钱锺书:《林纾的翻译》,上海:上海古籍出版社,1979年。

60. 沙博理:《马海德传》,郑德芳译,北京:中国青年出版社,1997年。

61. 沙博理:《我的中国》,宋蜀碧译,北京:中国画报出版社,2006年。

62. 尚冠文、杜润德:《海妖与圣人:古希腊和古典中国的知识与智慧》,吴鸿兆、刘嘉等译,上海:生活・读书・新知三联书店,2020 年。

63. 施耐庵、罗贯中:《容与堂本水浒传(全二册)》,上海:上海古籍出版社,
1988 年。

64. 司马迁:《〈史记〉评注本》,韩兆琦评注,长沙:岳麓书社,2004 年。

65. 斯蒂芬・欧文:《韩愈和孟郊的诗歌》,田欣欣译,天津:天津教育出版社,
2004 年。

66. 宋柏年:《中国古典文学在国外》,北京:北京语言学院出版社,1994 年。

67. 孙歌等:《国外中国古典戏曲研究》,南京:江苏教育出版社,2000 年。

68. 孙康宜、宇文所安主编《剑桥中国文学史》,北京:生活・读书・新知三联
书店,2013 年。

69. 索尔・贝娄著:《索尔・贝娄全集》(第 5 卷),汤永宽、主万译,石家庄:河
北教育出版社,2002 年。

70. 谭载喜:《新编奈达论翻译》,北京:对外翻译出版公司,1999 年。

71. 汪榕培、王宏:《中国典籍英译》,上海:上海外语教育出版社,2009 年。

72. 王实甫:《西厢记》,吴晓铃校注,北京:作家出版社,1954 年。

73. 王实甫:《新刊奇妙全相注释西厢记》(1498 年木刻本重印版),上海:商务
印书馆,1955 年。

74. 王维波、耿智主编《译学辞典与翻译研究——第四界全国翻译学辞典与翻
译理论研讨会论文集》,北京:外语教学与研究出版社,2007 年。

75. 王佐良:《翻译:思考与试笔》,北京:外语教学与研究出版社,1989 年。

76. 文洁若选编《萧乾英文作品选》,北京:北京语言文化大学出版社,2001 年。

77. 吴承恩:《西游记(大中华文库:汉英对照)》,长沙:湖南人民出版社,2013 年。

78. 西蒙娜・德・波伏瓦:《第二性》,郑克鲁译,上海:上海译文出版社,2011 年。

79. 夏志清:《中国古典小说导论》,合肥:安徽文艺出版社,1988 年。

80. 萧统:《文选》(第 12 卷),上海:上海古籍出版社,2019 年。

81. 谢天振:《译介学》,上海:上海外语教育出版社,1999 年。

82. 谢天振编《彼岸的声音——汉学家论中国文学翻译》,马会娟等译,天津:
南开大学出版社,2019 年。

83. 徐震堮:《世说新语校笺》,北京:中华书局,1984 年。

84. 许钧:《翻译论》,武汉:湖北教育出版社,2003 年。

85. 许钧:《生命之轻与翻译之重》,北京:文化艺术出版社,2007 年。

86. 阎纯德主编《汉学研究》,北京:学苑出版社,2015年。

87. 杨衍松:《果戈里——俄国散文之父(译序)》,长沙:湖南文艺出版社,1994年。

88. 叶丽主编《来自异国的朋友:在中国有过特殊经历的外国人》,北京:解放军出版社,1993年。

89. 叶长海编《曲学》(第二卷),上海:上海古籍出版社,2014年。

90. 伊维德等:《我的中国故事:海外汉学家视野里的中国》,北京:北京时代华文书局,2018年。

91. 尹畅、龙安志编著《泊客中国》,北京:五洲传播出版社,2009年。

92. 宇文所安:《初唐诗》,贾晋华译,北京:生活·读书·新知三联书店,2004年。

93. 宇文所安:《他山的石头记——宇文所安自选集》,田晓菲译,南京:江苏人民出版社,2003年。

94. 宇文所安:《中国"中世纪"的终结:中唐文学文化论集》,陈引驰、陈磊译,北京:生活·读书·新知三联书店,2006年。

95. 宇文所安:《中国文论:英译与批评》,王柏华、陶庆梅译,上海,上海社会科学院出版社,2002年。

96. 詹杭伦:《刘若愚:融合中西诗学之路》,北京:文津出版社,2005年。

97. 张海惠:《北美中国学——研究概述与文献资源》,北京:中华书局,2010年。

98. 张海惠主编《北美中国学——研究概述与文献资源》,北京:中华书局,2010年。

99. 张宏:《中国文学在英国》,广州:花城出版社,1992年。

100. 张经浩、陈可培主编《名家·名论·名译》,上海:复旦大学出版社,2005年。

101. 赵敏俐、佐藤利行:《中国中古文学研究》,北京:学苑出版社,2005年。

102. 郑振铎:《郑振铎古典文学论文集》,上海:上海古籍出版社,1984年。

103. 郑振铎:《中国俗文学史》,上海:上海古籍出版社,2013年。

104. 中国翻译编辑部编《中译英技巧文集》,北京:中国对外翻译出版公司,1992年。

105. 钟敬文等编《东西方文化研究》(第1辑),郑州:河南人民出版社,1987年。

106. 周启锐编《载物集:周一良先生的学术与人生》,北京:清华大学出版社,

2003 年。

107. 朱徽:《中国诗歌在英语世界——英美译家汉诗翻译研究》,上海:上海外语教育出版社,2009 年。

108. 朱振武:《在心理美学的层面上——威廉·福克纳小说创作论》,上海:学林出版社,2004 年。

109. 朱振武等:《汉学家的中国文学英译历程》,上海:华东理工大学出版社,2017 年。

英文著作

1. Acton, Harold. *Memoirs of an Aesthete*, 1939－1969. New York:The Viking Press, 1971.

2. Acton, Harold. *Memoirs of an Aesthete*. London:Methuen, 1948.

3. Acton, Harold. *Peonies and Ponies*. Hong Kong:Oxford University Press, 1984.

4. Barmé, Geremie & Minford, John. *Seeds of Fire*:*Chinese Voices of Conscience*. New York:Hill & Wang Pub, 1988.

5. Bingjun, Pang, Minford, John and Golden, Sean. *Modern Chinese Poems*. Beijing:China Translation and Publishing Corporation, 2008.

6. Birch, Cyril. *The Peony Pavilion*. Bloomington & Indianapolis:Indiana University Press, 2002.

7. Burt, Daniel S. *The Drama* 100:*A Ranking of the Greatest Plays of All Time*. New York:Facts On File Inc., 2008.

8. Ch'ien, Ssu-Ma. *The Grand Scribe's Records*, Vol. I. Nienhauser, William H., ed. Bloomington:Indiana University Press, 1995.

9. Cha, Louis. *The Deer and The Cauldron*:*A Martial Arts Novel*(*The First Book*). Minford, John, trans. Hong Kong:Oxford University Press, 1997.

10. Chang, Ji. *I Ching*. Minford, John, trans. London:Penguin Classics, 2015.

11. Crevel, Van Maghiel & Klein, Lucas. *Chinese Poetry and Translation*:

Rights and Wrongs. Amsterdam: Amsterdam University Press, 2019.

12. Crump, James Irving & De Woskin, Kenneth J. *In Search of the Supernatural: The Written Record*. Stanford: Stanford University Press, 1996.

13. Crump, James Irving. *Chan-kuo Ts'e*. Oxford: Clarendon Press, 1970.

14. Durrant, Stephen, Li, Wai-yee and Schaberg, David. *Zuo Tradition / Zuozhuan Commentary on the Spring and Autumn Annals*. Seattle: University of Washington Press, 2016.

15. Durrant, Stephen. *The Cloudy Mirror Tension and Conflict in the Writings of Sima Qian*. New York: State University of New York Press, 1995.

16. Edward Chaney & Neil Ritchie, ed. *Oxford, China, and Italy: Writings in Honour of Sir Harold Acton on His Eightieth Birthday*. London: Thames and Hudson Ltd. , 1984.

17. Eugene A, Nida. *Toward a Science of Translating*. Netherlands: Brill Academic Publishers, 1964.

18. Findlay, Bill, ed. *Fare Ither Tongues: Essays on Modern Translation into Scots*. Clevedon: Multilingual Matters Ltd. , 2004.

19. France, Peter. *The Oxford Guide to Literature in English Translation*. Oxford: Oxford University Press, 2001.

20. Fu, Du. *The Poetry of Du Fu*. Owen, Stephen, trans. Boston: Walter de Gruyter Inc. 2016.

21. Giles, Herbert. *A Chinese-English Dictionary*. London: Bernard Quaritch, 1912.

22. Giles, Herbert. *A History of Chinese Literature*. New York: D. Appleton and Company, 1901.

23. Giles, Herbert. *Autobiography and Translation of Records of Strange Nations*. Cambridge: Cambridge University Library, 1920.

24. Giles, Herbert. *Chuang Tzu: Mystic, Moralist, and Social Reformer*. London: Bernard Quaritch, 1889.

25. Guanzhong, Luo. *Three Kingdoms*. Roberts, Moss, trans. Beijing:

Foreign Language Press，1992.

26. Hanan，Patrick. *Courtesans and Opium*：*Romantic Illusions of the Fool of Yangzhou*. New York：Columbia University Press，2009.

27. Hawkes，David. *Ch'u Tz'uthe Songs of the South*：*An Ancient Chinese Anthology*. London：Oxford University Press，1959.

28. Hawkes，David. *Chinese Poetry and the English Reader*. Hong Kong：The Chinese University Press，1989.

29. Hawkes，David. *Classical*，*Modern and Humane Essays in Chinese Literature*. Hong Kong：The Chinese University Press，1989.

30. Hawkes，David. *Translation from the Chinese*. Hong Kong：The Chinese University Press，1989.

31. Herbert，W. N.，Yang，Lian，Holton，Brian and Qin，Xiaoyu，ed. *Jade Ladder*：*Contemporary Chinese Poetry*. Northumberland：Bloodaxe Books，2012.

32. Hinton，David. *Tao Te Ching*. Washington：Counterpoint，2015.

33. Holton，Brian. *Staunin Ma Lane - Chinese Verse in Scots and English*. Bristol：Shearsman Books，2016.

34. Hsia，C. H. *The Classical Chinese Novel*：*A critical Introduction*. New York：Columbia University Press，1968.

35. Idema，Wilt L. *Meng Jiangnü Brings Down the Great Wall*. *Ten Versions of a Chinese Legend*. Seattle：University of Washington Press，2008.

36. Knechtges，David Richard. *Court Culture and Literature in Early China*. Farnham：Ashgate，2002.

37. Lao zi. *Dao De Jing*. Roberts，Moss，trans. California：University of California Press，2004.

38. Lian，Yang. *Concentric Circles*. Holton，Brian &Agnes，Hung-chong Chan，trans. Northumberland：Bloodaxe Books，2005.

39. Lian，Yang. *Narrative Poem*. Holton，Brian，trans. Northumberland：Bloodaxe Books，2017.

40. Lian，Yang. *Non-Person Singular*：*Collected Shorter Poems of Yang Lian*. Holton，Brian& Chen Shunyan，trans. London：Wellsweep，1994.

41. Lian, Yang. *Where the Sea Stands Still: New Poems by Yang Lian*. Holton, Brian, trans. Wales: Bloodaxe Books, 1999.

42. Liu, James J. Y. *The Poetry of Li Shang-yin: Ninth-century Baroque Chinese poet*. Chicago: The University of Chicago Press, 1969.

43. Mair, Victor H. *Painting and Performance: Chinese Picture Recitation and Its Indian Genesis*. Honolulu: University of Hawaii Press, 1988.

44. Mair, Victor H. *Tao Te Ching: The Classic Book of Integrity and the Way*. New York: Bantam Books, 1990.

45. Mair, Victor H. *Tun-huang popular narratives*. New York: Cambridge University Press, 1983.

46. Mair, Victor H. *Wandering on the Way: Early Taoist Tales and Parables of Chuang Tzu*. Honolulu: University of Hawaii Press, 1998.

47. Mair, Victor H. *T'ang Transformation Texts: A Study of the Buddhist Contribution to the Rise of Vernacular Fiction and Drama in China*. Cambridge: Harvard University Asia Center, 1989.

48. Mao, Nathan K. *Twelve Towers: Short Stories by Li Yu*. Hong Kong: The Chinese University Press, 1979.

49. Mather, Richard B. *Shih-shuoHsin-yü: A New Account of Tales of the World*. Minneapolis-St. Paul: University of Minnesota Press, 1976.

50. Mather, Richard B. *Shih-shuo Hsin-yü: A New Account of Tales of the World, 2nd Edition*. Minneapolis-St. Paul: University of Minnesota Press, 2002.

51. Minford, John & Wong, Siu-kit. *Classical Modern and Humane: Essays in Chinese Literature*. Hong Kong: The Chinese University Press, 1989.

52. Morris, Ivan. *Madly Singing in the Mountains: an Appreciation and Anthology of Arthur Waley*. London: George Allen & Unwin Ltd. , 1970.

53. Nai'an, Shi & Luo, Guanzhong. *Outlaws of the Marsh*. Shapiro, Sidney, trans. Beijing: Foreign Languages Press, 1988.

54. Owen, Stephen. *An Anthology of Chinese Literature: Beginnings to 1911*. New York: W. W. Norton, 1996.

55. Perlmutter, Ruth. *Arthur Waley and his Place in the Modern Movement*

Between the two Wars. Michigan：A XEROX Company，1971.

56. Pine，Red. *The Collected Songs of Cold Mountain*. Port Townsend：Copper Canyon Press，1983.

57. Pound，Ezra. *Letters of Ezra Pound*. Brooklyn：M. S. G. Haskell House，1974.

58. Roberts，Moss，eds & trans. *Chinese Fairy Tales and Fantasies*. New York：Pantheon Books，1979.

59. Said，Edward W. *Orientalism*. London：Penguin Books Ltd. ，2003.

60. Shapiro，Sidney. *An American in China*：*Thirty Years in the People's Republic*. Beijing：New World Press，1979.

61. Shapiro，Sidney. *Ma Haide*：*The Sage of American Doctor George Hatem in China*. Beijing：Foreign Languages Press，2004.

62. Shapiro，Sidney. *My China*：*The Metamorphosis of a Country and a Man*. Beijing：Foreign Languages Press，2005.

63. Songling，Pu. *Strange Tales from a Chinese Studio*. Minford，John，trans. London：Penguin Group，2006.

64. Sun-tzu. *The Art of War*. Minford，John，trans. New York：Penguin Group，2009.

65. Tod Roy，David. *Kuo Mo-jo the Early Years*. Cambridge：Harvard University Press，1971.

66. Tse-Tung，Mao. *Critique of Soviet Economics*. Roberts，Moss，trans. New York：Monthly Review Press，1977.

67. Waley，Arthur. *A Hundred and Seventy Poems*. New York：Alfred A. Knopf. Inc. ，1919.

68. Watson，Burton. *Chinese Rhyme-Prose*：*Pomes in the Fu Formfrom the Han and Six Dynasties Periods*. New York：Columbia University Press，1971.

69. West，Stephen H. & Idema，Wilt L. *The Story of the Western Wing*. Berkeley：University of California Press，1995.

70. West，Stephen H. *Vaudeville and Narrative*：*Aspects of Chin Theater*. Wiesbaden：Franz Steiner Verlag，1977.

71. Xueqin，Cao & Gao，E. *The Story of the Stone*，*vol*.4，*The Debt of Tears*. Minford，John，trans. Shanghai：Shanghai Foreign Language Education Press，2012.

72. Yinglin，Wang. *Elementary Chinese San Tzu Ching*. Giles，Herbert，trans. Shanghai：Kelly & Walsh，1900.

73. Yu，Anthony C. *The Monkey & the Monk*：*An Abridgement of the Journey to the West*. Chicago：University of Chicago，2006.

二、期刊类

中文期刊

1. 陈刚：《归化翻译与文化认同——〈鹿鼎记〉英译样本研究》，《外语与外语教学》，2006 年第 12 期，第 43 - 47 页。

2. 陈梅：《白居易诗歌英译及研究述评》，《外语教育研究》，2016 年第 1 期，第 41 - 46 页。

3. 戴维·亨顿：《中国文化之根：道教和禅宗》，《对外传播》，2020 年第 11 期，第 80 页。

4. 党争胜：《从翻译美学看文学翻译审美再现的三个原则》，《外语教学》，2010 年第 3 期，第 98 页。

5. 党争胜：《霍克思与杨宪益的翻译思想刍议》，《外语教学》，2013 年第 6 期，第 99 - 103 页。

6. 段艳辉、陈可培：《罗慕士对〈三国演义〉曹操形象的创造性阐释》，《沈阳大学学报》，2010 年第 5 期，第 55 - 58 页。

7. 范子烨：《马瑞志博士的汉学研究》，《世界汉学》，2003 年第 2 期，第 140 - 142 页。

8. 范子烨：《马瑞志的英文译注本〈世说新语〉》，《文献》，1998 年第 3 期，第 210 - 229 页。

9. 冯毓云：《艺术即陌生化——论俄国形式主义陌生化的审美价值》，《北方论丛》，2004年第1期，第21-26页。

10. 冯正斌、林嘉新：《华兹生汉诗英译的译介策略及启示》，《外语教学》，2015年第5期，第101-104页。

11. 凤子、沙博理：《迎接金婚——八十自述（节选）》，《英语世界》，2019年第12期，第65-70页。

12. 高方、许钧：《现状、问题与建议——关于中国文学走出去的思考》，《中国翻译》，2010年第6期，第5-9页。

13. 顾钧：《华兹生与〈史记〉》，《读书》，2016年第3期，第55-61页。

14. 管兴忠、马会娟：《胡同贵族中国梦——艾克敦对中国文学的译介研究》，《外语学刊》，2016年第2期，第154-158页。

15. 洪捷：《五十年心血译中国——翻译大家沙博理先生访谈录》，《中国翻译》，2012年第4期，第62-64页。

16. 胡安江、周晓琳：《空谷幽兰——美国译者赤松的寒山诗全译本研究》，《西南政法大学学报》，2009年第3期，第131-135页。

17. 黄淑仪：《美国汉学中的〈左传〉译介与文学性研究》，《江西社会科学》，2017年第2期，第115-121页。

18. 黄天源：《误译存在的合理性与翻译质量评价》，《中国翻译》，2006年第4期，第37-42页。

19. 霍建瑜：《徜徉于中国古代通俗文学的广场——伊维德教授访谈录》，《文艺研究》，2012年第10期，第77-88页。

20. 霍明琨、武志明：《20世纪欧美学界的女真研究——以〈女真统治下的中国：金代思想与文化史〉为例》，《东北史地》，2011年第1期，第63-66页。

21. 季进、王吉：《说唱文学与文学生产——哈佛大学伊维德教授访谈录》，《书城》，2012年第2期，第45-55页。

22. 蒋文燕：《研穷省细微精神入画图——汉学家康达维访谈录》，《国际汉学》，2010年第2期，第13-22页。

23. 金倩：《伊维德英译〈香山宝卷〉中民间神祇之策略——基于数据统计和实例分析的考察》，《陇东学院学报》，2019年第3期，第18-21页。

24. 金玉钗：《罗慕士对〈道德经〉的翻译与阐释》，《井冈山学院学报（哲学社会科学版）》，2009年第9期，第75-78页。

25. 康达维：《〈中华文明史〉英文版国内首发致辞》，《国际汉学研究通讯》，

2012 年第 6 期,第 280 - 282 页。

26. 康达维:《华盛顿大学汉学研究与中国和欧洲的渊源》,《国际汉学》,2011 年第 21 期,第 264 - 275 页。

27. 康达维:《论赋体的源流》,《文史哲》,1988 年第 1 期,第 40 - 45 页。

28. 李德凤、鄢佳:《中国现当代诗歌英译述评(1935—2011)》,《中国翻译》,2013 年第 2 期,第 26 - 38 页。

29. 李海琪:《难以译出的精彩——从霍译本〈红楼梦〉的熟语翻译看文化流失》,《红楼梦学刊》,2008 年第 2 辑,第 304 - 323 页。

30. 李明滨:《世界第一部中国文学史的发现》,《北京大学学报》,2002 年第 1 期,第 92 - 95 页。

31. 李秀英:《华兹生英译〈史记〉的叙事结构特征》,《外语与外语教学》,2006 年第 9 期,第 52 - 55 页。

32. 李雪涛、司马涛:《德国波恩大学汉学系历史回顾——从创立至今的汉学发展》,《世界汉学》,2006 年第 1 期,第 20 - 36 页。

33. 利思·托尼诺、刘士聪:《关于戴维·欣顿》,《中国翻译》,2015 年第 3 期,第 115 - 116 页。

34. 梁春燕:《再评李渔:"帮闲"或是勇士》,《江苏科技大学学报》,2014 年第 3 期,第 24 - 29 页。

35. 梁实秋:《读马译〈世说新语〉》,《世界文学》,1990 年第 2 期,第 295 - 300 页。

36. 梁志明:《越南战争:历史评述与启示》,《东南亚研究》,2005 年第 6 期,第 10 - 15 页。

37. 凌云:《比尔·波特:在中国旅行就像穿行在历史中》,《环球人物》,2014 年第 6 期,第 84 - 86 页。

38. 刘红华、张冬梅:《沙博理的中国文学英译成就考》,《翻译史论丛》,2020 年第 1 期,第 94 - 107＋146 页。

39. 刘士聪:《论〈红楼梦〉文化内容和翻译》,《中国翻译》,1997 年第 1 期,第 17 - 20 页。

40. 刘翔、朱源:《带中国古代说唱文学走向世界文学舞台——汉学家伊维德访谈录》,《中国翻译》,2020 年第 2 期,第 77 - 83 页。

41. 刘晓晖、朱源:《"浅处见才":韩南明清通俗小说翻译原本选择的偏爱价值考略》,《外语与外语教学》,2020 年第 2 期,第 84‑89＋149 页。

42. 刘妍:《梅维恒及其英译〈庄子〉研究》,《当代外语研究》,2011 年第 9 期,第 42‑47 页。

43. 刘艳丽、杨自俭:《也谈"归化"与"异化"》,《中国翻译》,2002 年第 6 期,第 20‑24 页。

44. 刘子超:《比尔·波特:"整个生命就是一个公案"》,《南方人物周刊》,2010 年第 42 期,第 87‑89 页。

45. 卢思宏:《变异学视角下的六朝小说译介研究——以〈搜神记〉与〈世说新语〉的英译为例》,《中华文化海外传播研究》,2018 年第 1 期,第 249‑269 页。

46. 骆海辉:《〈三国演义〉罗慕士译本副文本解读》,《绵阳师范学院学报》,2010 年第 12 期,第 73‑79 页。

47. 骆海辉:《最近十年国内〈三国演义〉英译研究评述》,《文教资料》,2009 年第 6 期,第 30‑36 页。

48. 梅德明:《悟道与译道》,《中国翻译》,2012 年第 5 期,第 78‑80 页。

49. 梅维恒、林世田:《我与敦煌变文研究》,《文史知识》,1988 年第 8 期,第 9‑10 页。

50. 孟彦:《国际三国文化研讨会综述》,《社会科学研究》,1992 年第 1 期,第 113‑115 页。

51. 缪维嘉:《从〈红楼梦〉英译看文化移植中的"妥协"》,《外语教学》,2005 年第 5 期,第 59‑62 页。

52. 倪豪士:《〈史记〉翻译回顾》,罗琳译,《国外社会科学》,1994 年第 3 期,第 61‑62 页。

53. 钱文忠:《俗文学·民间文艺·文化交流——读美国梅维恒教授的三部近著》,《读书》,1990 年第 8 期,第 104‑111 页。

54. 钱锡生、季进:《探寻中国文学的"迷楼"——宇文所安教授访谈录》,《文艺研究》,2010 年第 9 期,第 66‑70 页。

55. 任东升、张静:《沙博理:中国当代翻译史上一位特殊翻译家》,《东方翻译》,2011 年第 4 期,第 44‑52 页。

56. 任东升:《从国家翻译实践视角看沙博理翻译研究的价值》,《上海翻译》,2015 年第 4 期,第 25‑28＋90 页。

57. 沙博理:《〈水浒传〉的英译》,妙龄译,《中国翻译》,1984 年第 2 期,第 29 -32 页。

58. 沙博理:《我的中国:翻译家沙博理》,《百年潮》,2007 年第 12 期,第 4 - 11 页。

59. 孙会军、盛攀峰:《从欧美三大图书采购平台看现当代中国文学英译本出版情况(2006—2016)》,《国际汉学》,2020 年第 3 期,第 77 - 85＋202 - 203 页。

60. 孙宜学、摆贵勤:《中国当代文学"一带一路翻译共同体"建构关键要素分析》,《上海师范大学学报》(哲学社会科学版),2020 年第 5 期,第 42 - 49 页。

61. 孙致礼:《中国的文学翻译:从归化趋向异化》,《中国翻译》,2002 年第 1 期,第 40 - 44 页。

62. 汪庆华:《传播学视域下中国文化走出去与翻译策略选择——以〈红楼梦〉英译为例》,《外语教学》,2015 年第 3 期,第 100 - 104 页。

63. 汪榕培:《〈牡丹亭〉的英译及传播》,《外国语》,1999 年第 6 期,第 48 - 52 页。

64. 王丽娜、杜维沫:《〈三国演义〉的外文译文》,《明清小说研究》,2006 年第 4 期,第 72 - 87 页。

65. 王丽娜:《〈西游记〉外文译本概述》,《文献》,1980 年第 4 期,第 64 - 78 页。

66. 王伟滨:《浪漫·史》,《英语学习》,2013 年第 8 期,第 57 页。

67. 王子颖:《〈天下月刊〉与中国戏剧的对外传播》,《戏剧艺术》,2015 年第 4 期,第 108 - 114 页。

68. 魏泓:《〈左传〉〈史记〉等中国典籍在西方的翻译与研究——美国著名汉学家杜润德教授访谈录》,《外国语》,2019 年第 3 期,第 94 - 101 页。

69. 魏泓:《〈史记〉在美国的译介研究》,《中国翻译》,2018 年第 1 期,第 38 - 44 页。

70. 魏泓:《历史的机缘与承诺——美国著名汉学家倪豪士〈史记〉翻译专访》,《外语教学理论与实践》,2018 年第 3 期,第 85 - 90 页。

71. 温秀颖、孙建成:《〈金瓶梅〉的两个英译本》,《中国图书评论》,2011 年第 7 期,第 113 - 116 页。

72. 吴礼敬:《元散曲英译:回顾与展望》,《合肥工业大学学报》,2010 年 2 第 5

期,第 115‐120 页。

73. 吴涛、杨翔鸥:《〈史记〉研究三君子——美国汉学家华兹生、侯格睿、杜润德《史记》研究著作简论》,《学术探索》,2012 年第 9 期,第 75‐79 页。

74. 吴晓芳:《〈西游记〉英译史概述(1854—1949)》,《中国文哲研究通讯》,2018 年第 3 期,第 155‐184 页。

75. 吴原元:《百年来美国学者的〈史记〉研究述略》,《史学集刊》,2012 年第 4 期,第 59‐68 页。

76. 奚如谷、伊维德:《王实甫的〈西厢记〉在中国文学中的地位》,吴思远译,《国际汉学》,2015 年第 3 期,第 121‐130 页。

77. 奚如谷:《版本与语言——中国古典戏曲翻译之思》,杜磊译,《文化遗产》,2020 年第 1 期,第 47‐58 页。

78. 奚如谷:《中国和美国:文化、仪式、书写与都市空间》,王晓路译,《文艺研究》,2007 年第 9 期,第 76‐86 页。

79. 骁马:《访哈佛大学中国文学教授韩南》,《读书》,1985 年第 8 期,第 131‐134 页。

80. 谢天振:《论文学翻译的创造性叛逆》,《外国语》,1992 年第 1 期,第 32‐39 页。

81. 徐公持、倪豪士:《一生一世的赏心乐事——美国学者倪豪士教授专访》,《文学遗产》,2002 年第 1 期,第 126‐130 页。

82. 许建平、张荣曦:《跨文化翻译中的异化和归化问题》,《中国翻译》,2002 年第 5 期,第 36‐39 页。

83. 续润华、宁贵星:《美国“退伍军人权利法案”的颁布及其历史意义》,《河南师范大学学报》(哲学社会科学版),2001 年第 1 期,第 104‐107 页。

84. 鄢秀:《淡泊平生,孜孜以求——记阿瑟·威利与霍克思》,《明报月刊》,2010 年第 6 期,第 71‐72 页。

85. 杨安文、牟厚宇:《从比较文学变异学视角看霍布恩英译柏桦诗歌》,《中外文化与文论》,2019 年第 3 期,第 348‐363 页。

86. 杨宝玉:《敦煌变文研究的新业绩——梅维恒〈绘画与表演〉中译本出版》,《书品》,2001 年第 1 期,第 34‐37 页。

87. 杨炼、傅小平:《杨炼:别让你的一些手势沦为冷漠死寂的美》,《西湖》,2013 年第 10 期,第 82‐103 页。

88. 杨乃乔、王东风、许钧、封一函:《翻译的立场和翻译策略——大卫·霍克思及〈红楼梦〉翻译四人谈》,《汉语言文学研究》,2014 年第 1 期,第 4－12 页。

89. 叶向阳:《"北京让我的生活像牡丹般绽放"——英国作家艾克敦与北京》,《国际汉学》,2016 年第 3 期,第 141－151 页。

90. 乐黛云:《文化差异和文化误读》,《中国文化研究》,1994 年第 6 期,第 17－19 页。

91. 宇文所安:《史中有史(上)从编辑〈剑桥中国文学史〉谈起》,《读书》,2008 年第 5 期,第 21－30 页。

92. 羽离子:《李渔作品在海外的传播及海外的有关研究》,《四川大学学报》,2001 年第 3 期,第 71 页。

93. 詹杭伦:《刘若愚及其比较诗学体系》,《文艺研究》,2005 年第 2 期,第 57－63＋159 页。

94. 张冰妍、王确:《北美汉学家韩南之研究对中国文学的影响——以〈金瓶梅〉为例》,《东北师范大学报》(哲学社会科学版),2014 年第 3 期,第 149－153 页。

95. 张宏生:《哈佛大学东亚语言与文明系韩南教授访问记》,《文学遗产》,1998 年第 3 期,第 110－111 页。

96. 张永言:《马译〈世说新语〉商兑续貂(一)——为纪念吕叔湘先生九十寿辰作》,《古汉语研究》,1994 年第 4 期,第 1－16 页。

97. 张震英、黄阳华:《欧美学术视野下的中国文学史书写——以〈哥伦比亚中国文学史〉为视角》,《中华文化论坛》,2018 年第 5 期,第 91－99 页。

98. 赵常玲:《互文性视角下的罗译〈三国演义〉副文本研究——以跋及注释为例》,《北京科技大学学报》(社会科学版),2013 年第 5 期,第 32－38 页。

99. 赵美欧、梁平:《从人类到自然——翻译的生态研究路径》,《东方翻译》,2020 年第 1 期,第 4－9 页。

100. 赵征军:《汉学家白之英译〈牡丹亭〉戏剧翻译规范探究》,《燕山大学学报》(哲学社会科学版),2018 年第 2 期,第 62－66＋74 页。

101. 郑锦怀、吴永昇:《〈西游记〉百年英译的描述性研究》,《广西社会科学》,2012 年第 10 期,第 148－153 页。

102. 周晓琳、胡安江:《寒山诗在美国的传布与接受》,《西南政法大学学报》,

2008 年第 2 期,第 125 - 130 页。

103. 周晓琳、胡安江:《寒山诗在美国的传布与接受》,《西南政法大学学报》,
2008 年第 2 期,第 125 - 130 页。

104. 周有光:《〈汉语大词典词目音序索引〉序言》,《中国索引》,2004 年第 1
期,第 19 页。

105. 朱振武:《〈三国演义〉的英译比较与典籍外译的策略探索》,《上海师范大
学学报》(哲学社会科学版),2017 年第 6 期,第 85 - 92 页。

106. 朱振武:《汉学家与中国文学英译》,《外国文艺》,2016 年第 4 期,第 87 -
95 页。

107. 朱振武:《汉学家中国当代文学英译研究存在问题及应对策略》,《外语教
学》,2020 年第 5 期,第 81 - 87 页。

108. 朱振武:《他乡的归化与异化》,《外国文艺》,2015 年第 4 期,第 5 - 16 页。

109. 朱振武:《相似性:文学翻译的审美旨归》,《中国翻译》,2006 第 2 期,第
27 - 31 页。

110. 朱振武:《相似性:文学翻译的审美旨归》,《中国翻译》,2006 年第 2 期,
第 27 - 32 页。

111. 朱振武、覃爱蓉:《借帆出海:也说葛浩文的"误译"》,《外国语文》,2014
年第 6 期,第 110 - 155 页。

112. 朱振武、杨世祥:《建国后〈聊斋志异〉在英语世界的传播及其启示》,《蒲
松龄研究》,2016 年第 1 期,第 69 - 80 页。

113. 庄新:《翻译与研究:站在中国文学研究的前沿——伊维德教授访谈录》,
《汉风》,2016 年第 1 期,第 12 - 19 页。

英文期刊

1. Appiah, Kwame Anthony. "Thick Translation". *Callaloo*, 1993, 16(4),
pp. 808 - 819.

2. Balcom, John. "An Interview with Burton Watson". *Translation Review*,
2005, 70(1), pp. 7 - 12.

3. Birch, Cyril. "Translating Chinese Plays: Problems & Possibilities".
Literature East & West, 1970, 14(4), pp. 491 - 509.

4. Bodde，Derk. "Review: *The Grand Scribe's Records*, *Vol. I*". *Chinese Literature: Essays, Articles, Reviews*, 1995, 17(1), pp. 137 - 142.

5. Bruno，Cosima. "Thinking Other People's Thoughts: Brian Holton's Translations from Classical Chinese into Scots". *Translation & Literature*, 2018, 27(3), pp. 306 - 318.

6. Chong，Swan P. "Review of *Modern Chinese Stories*". *International Fiction Review*. 1976, 3(2), pp. 170 - 171.

7. Dolby，William. "Review of *An Anthology of Chinese Literature: Beginning to 1911*". *Bulletin of the School of Oriental and African Studies*, 1977, 40(3), pp. 201 - 203.

8. Durrant，Stephen. "Clarity vs. Character: Abahai's Antidote for the Complexities of Chinese". *Deseret Language and Linguistic Society Symposium*, 1978, 4(1), pp. 141 - 149.

9. Durrant，Stephen. "Redeeming Sima Qian". *China Review International*, 1997, 4(2), pp. 307 - 313.

10. Durrant，Stephen. "Sino-Manchu Translations at the Mukden Court". *Journal of the American Oriental Society*, 1979, 99(4), pp. 653 - 661.

11. Durrant，Stephen. "The Nišan Shaman Caught in Cultural Contradiction". *Signs*, 1979, 5(2), pp. 338 - 347.

12. Eoyang，Eugene & Nienhauser，William H. "Foreword". *Chinese Literature: Essays, Articles, Reviews*, 1979, 1(2), p. 1.

13. Ferguson，J. C. "Obituary: Dr. Herbert Allen Giles". *Journal of North China Branch of the Royal Asiatic Society*, 1935, 67(1), p. 134.

14. Feuerwerker，Yi-tsi Mei. "Reviewed Work: *Miss Sophie's Diary and Other Stories* by Ding Ling, W. J. F. Jenner". *Chinese Literature: Essays, Articles, Reviews (CLEAR)*, 1986, 8(2), pp. 115 - 116.

15. Frankel，Hans H. "Review of *Anthology of Chinese Literature*, *Volume 2. From the 14th Century to the Present Day*, by Cyril Birch". *The Journal of Asian Studies*, 1973, 32(3), pp. 510 - 511.

16. Goldblatt，Howard. "Reviewed Work(s): *The Peach Blossom Fan* (T'ao-hua-shan) by K'ung Shang-jen, Chen Shih-hsiang, Harold Acton and

Cyril Birch". *Books Abroad*, 1976, 50(4), pp. 951 – 952.

17. Grafflin, Dennis. "Review of *Memories of Loyang: Yang Hsüan-chih and the Lost Capital* (493-534). by W. J. F. Jenner". *The Journal of Asian Studies*, 1982, 42(1), pp. 135 – 136.

18. Hardy, Grant. "His Honor the Grand Scribe Says...". *Chinese Literature: Essays, Articles, Reviews*, 1996, 18(1), pp. 145 – 151.

19. Hegel, Robert E. "Review of *Outlaws of the Marsh* by Shi Nai'an, Luo Quanzhong, Sidney Shapiro". *World Literature Today*, 1982, 56(2), p. 404.

20. Heinze, Ruth-Inge. "Review of *The Tale of the Nišan Shamaness: A Manchu Folk Epic*". *Journal of Asian Studies*, 1979, 38(2), pp. 374 – 376.

21. Hellerstein, Kathryn. "Translating as a Feminist: Reconceiving Anna Margolin". *Prooftexts*, 2000, 20(1), pp. 191 – 208.

22. Hermans, Theo. "Cross-Cultural Translation Studies as Thick Translation". *Bulletin of the School of Oriental and African Studies*, 2003, 66(3), pp. 380 – 389.

23. Holton, Brian. "When the blind lead the blind: A response to Jiang Xiaohua". *Target*, 2010, 22(2), pp. 347 – 350.

24. Idema, Wilt L. "Review of *Liu Tsung-yua* by William H. Nienhauser Jr. ". *T'oung Pao*, 1976, 62(2), pp. 346 – 349.

25. Idema, Wilt L. "Reviewed of *Chinese Literature: Essays, Articles, Reviews* by Eugene Eoyang and William H. Nienhauser Jr. ". *T'oung Pao*, 1980, 66(2), pp. 338 – 340.

26. Keller, Jeff. "Xiangkong Laoweng (The Codger Who Soars through the Sky): James I. Crump, Jr. and Chinese Oral and Performing Literature". *CHINOPERL*, 2005, 26(1), pp. 1 – 14.

27. Knechtges, David R. "Review of *Shih-shuoHsin-yü: A New Account of Tales of the World*". *The Journal of Asian Studies*, 1978, 37(2), pp. 344 – 346.

28. Lanciotti, Lionello. "*Stories from a Ming Collection* by Cyril Birch".

East and West, 1961, 12(2), p. 213.

29. Legge, James. "Review of *Strange Stories from a Chinese Studio*". *The Academy*, 1880, 9(1). p. 185.

30. Liu, Chun-jo. "Book Reviews: *The Peach Blossom Fan* (T'ao-hua-shan)". *The Journal of Asian Studies*, 1977, 37(1), pp. 97 – 99.

31. Marney, John. "Reviewed Work (s): *P'i Jih-hsiu* by William H. Nienhauser". *World Literature Today*, 1980, 54(3), p. 486.

32. McAleavy, Henry. "Review of *From Emperor to Citizen: The Autobiography of Aisin-Gioro P'u Yi* by W. J. F. Jenner". *The China Quarterly*, 1966, 27(3), pp. 180 – 182.

33. Minford, John. "Whose Strange Stories? P'u Song-ling, Herbert Giles and the Liao-Chai Chil-I". *East Asian History*, 1999, 17(1), pp. 1 – 48.

34. Mote, Frederick W. "Reviewed Work (s): *Records of the Grand Historian of China* by Burton Watson". *Artibus Asiae*, 1962, 25(2), pp. 199 – 201.

35. Nienhauser, William H. "The Origins of Chinese Fiction". *Monumenta Serica*, 1988, 38(1), pp. 191 – 219.

36. Owen, Stephen. "Reviewed Work (s): *Liu Tsung-yua* by William H. Nienhauser". *Journal of the American Oriental Society*, 1975, 95(3), pp. 519 – 520.

37. Pan, Da'an. "De-otherizing the Textual Other: Intertextual Semiotics and the Translation of Chinese Poetry". *Comparative Literature: East & West*, 2000, 2(1), pp. 57 – 77.

38. Pengfei, Wang. "Towards Redefining Chinese Baroque Poetry". *Comparative Literature: East & West*, 2019, 3(2), pp. 192 – 204.

39. Pickowicz, Paul G. "Review of *Modern Chinese Stories* by W. J. F. Jenner, Gladys Yang". *The Journal of Asian Studies*. 1971, 30(4), pp. 888 – 889.

40. Radford, Andrew. "Review of *Jade Ladder: Contemporary Chinese Poetry*". *Translation and Literature*, 2013, 23(1), pp. 142 – 148.

41. Radford, Andrew. "Review of *Staunin Ma Lane: Chinese Verse in Scots*

and English". Translation and Literature, 2016, 25(3), pp. 390 – 395.

42. Roberts, Moss. "Three Philosophical Definitions". *Journal of American Oriental Society*, 1968, 4(1), pp. 765 – 771.

43. Roy, David T. "Review of *The Peony Pavilion by Tang Xianzu; Cyril Birch". Harvard Journal of Asiatic Studies*, 1982, 42(2), p. 692.

44. Schwermann, Christian. "Stephen Durrant, Wai-yee Li, Michael Nylan and Hans van Ess. The Letter to Ren An and Sima Qian's Legacy". *The American Historical Review*. 2017, 122(4), pp. 1194 – 1195.

45. Shadick, Harold. "Review of *Anthology of Chinese Literature: From Early Times to the 14th Century by Cyril Birch". The Journal of Asian Studies*, 1966, 26(1), pp. 101 – 103.

46. Shu-chu, Wei. "My Adventure of Working with Jim Crump". *CHINOPERL*, 2005, 26(1), pp. 21 – 23.

47. Strassberg, Richard. "Review of *The Peony Pavilion* by Tang Xianzu; Cyril Birch; The Romance of the Jade Bracelet and other Chinese Opera by Lisa Lu". *Chinese Literature: Essays, Articles, Reviews (CLEAR)*, 1982, 4(2), pp. 276 – 279.

48. Strassberg, Richard. "Reviewed Work(s): *The Peach Blossom Fan* (T'ao-hua-shan) by K'ung Shang-jen, Chen Shihhsiang and Harold Acton". *Journal of the American Oriental Society*, 1977, 97(3), pp. 390 – 391.

49. Syrokomla-Stefanowska, A. D. "Reviewed Work(s): *P'i Jih-hsiu* by William H. Nienhauser". *The Journal of Asian Studies*, 1982, 41(2), pp. 336 – 337.

50. Unger, Jonathan. "Reviewed Work: *Chinese Lives*. by Zhang Xinxin, Sang Ye, W. J. F. Jenner, Delia Davin". *The Australian Journal of Chinese Affairs*. 1989, 21(1), pp. 182 – 183.

51. Watson, Burton. "The Shih Chi and I". *Chinese Literature: Essays, Articles, Reviews (CLEAR)*, 1995, 17(1), pp. 199 – 206.

52. Weishaus, Joel. "The Wilds of Poetry: Adventures in Mind and Landscape by David Hinton". *The Goose*, 2018, 16(2), pp. 1 – 4.

53. West，Stephen H. "Review of *The Peony Pavilion by Tang Xianzu*；*Cyril Birch*". *The Journal of Asian Studies*，1983，42(4)，p. 945.

三、报纸类

中文报纸

1. 海岸:《翻译与传播:中国新诗在英语世界》,《中国社会科学报》,2012 年 4 月 6 日,第 4 版。

2. 季进:《韩南教授的学术遗产》,《中华读书报》,2014 年 05 月 21 日,第 7 版。

3. 康慨:《〈红楼梦〉英译者霍克思去世》,《中华读书报》,2009 年 9 月 2 日,第 18 版。

4. 李妍:《对话梅维恒:文学史需要不断地重写》,《新京报》,2016 年 10 月 29 日,第 9 版。

5. 彭婧:《赵元任、胡适、费孝通、金岳霖等给美军上课——二战期间美国陆军特训班中的中国学者》,《中华读书报》,2015 年 11 月 8 日,第 5 版。

6. 吴思远:《纷争逐罢羡优伶,翔空飞钓亦关情——柯润璞与汉学研究》,《中华读书报》,2014 年 5 月 7 日,第 18 版。

7. 易华:《梅维恒与汉学的不解情缘》,《中国社会科学报》,2014 年 8 月 6 日,第 630 期。

8. 朱振武:《文学外译,道阻且长》,《上海社会科学报》,2019 年 7 月 4 日,第 8 版。

英文报纸

1. Clark，Anthony E. "Warming the Past：Paul Serruys, Stephen Durrant & the Voices of Ancient China". *Whitworth Digital Commons*，February 2，2015.

2. Feng, Jiao. "Bill Porter：American Follower of Chinese Zen". *China*

Today，December 24，2012.

3. Honan，William H. "Plucking a Treasure From Tuscany's Groves：A Historian's Legacy to New York University Is a Life，and Villa，Devoted to Art". *New York Times*，March 1，1994.

四、学位论文类

1. 费玉英：《小宝西游——闵福德翻译个案研究》，上海外国语大学博士学位论文，2007 年。

2. 潘晟：《美国汉学家梅维恒的变文研究》，华东师范大学硕士学位论文，2006 年。

3. 王春强：《〈聊斋志异〉闵福德英译本研究——以翟里斯译本为参照》，北京外国语大学硕士学位论文，2014 年。

4. 王慧：《美国汉学家康达维的辞赋翻译与研究》，湖北大学博士学位论文，2016 年。

5. 王绍祥：《西方汉学界的"公敌"——英国汉学家翟理斯(1845—1935)研究》，福建师范大学博士学位论文，2004 年。

6. 张冰妍：《北美汉学家韩南文学活动研究》，东北师范大学硕士学位论文，2014 年。

7. 张慧如：《英语世界中的〈西厢记〉研究》，浙江师范大学硕士学位论文，2019 年。

8. 赵羽涵：《〈战国策〉中的成语特征及其英译策略的比较研究》，南京航天航空大学硕士学位论文，2017 年。

9. 钟达锋：《康达维译〈文选·赋〉研究》，湖南大学博士学位论文，2016 年。

10. West，Stephen H. *Yuan Hao-wen* (1190—1257)，*Scholar-Poet*. MA Thesis，University of Arizona，1969.

五、电子、网上文献

中文类

1. 崔莹:《红楼梦如何译成英文》,腾讯网,2015 年 7 月 15 日。http://cul.qq.com/a/20150714/027246.htm.

2. 崔莹:《宇文所安:杜甫在中国文学史上独一无二》,腾讯网,2016 年 5 月 16 日。https://cul.qq.com/a/20160517/032233.htm.

3. 戴维、梅维恒:《从"和平志愿者"到"汉学家"——方著名汉学家梅维恒教授》,豆瓣网,2016 年 6 月 12 日。https://www.douban.com/group/topic/5172343/.

4. 董子琪:《穿越障碍的文化禁欲之恋:芮效卫 30 年译〈金瓶梅〉》,腾讯网,2014 年 1 月 9 日。http://cul.qq.com/a/20140113/000997.htm.

5. 季进:《挥手自兹去,萧萧班马鸣——宇文所安荣休庆典侧记》,文汇网,2018 年 7 月 18 日。http://www.whb.cn/zhuzhan/bihui/20180718/204400.html.

6. 李舫:《他几乎"翻译了整个中国"》,国史网,2009 年 11 月 25 日。http://chis.cssn.cn/ddzg/ddzg_ldjs/rwyj/200911/t20091125_806573.shtml.

7. 李旭光:《汉学家比尔·波特央美论译:禅宗没有思想》,腾讯网,2014 年 6 月 13 日。http://cul.qq.com/a/20140613/001999.htm.

8. 路艳霞:《美裔中国籍翻译家沙博理离世曾参加开国大典》,人民网,2014 年 10 月 23 日。http://usa.people.com.cn/n/2014/1023/c241376-25896059.html.

9. 《闵福德的中国文化情》,香港公开大学官网,2015 年 12 月 21 日。http://www.ouhk.edu.hk/wcsprd/Satellite? pagename = OUHK/tcGenericPage2010&c = C_ETPU&cid = 191155146600&lang = sim&pri = 2&BODY = tcGenericPage.

10. 任东升:《沙博理翻译〈水浒传〉》,中国翻译研究院网,2019 年 12 月 17 日。http://www.catl.org.cn/2019-12/17/content_75520756.htm.

11. 孙康宜：《我所知道的韩南教授》，哈佛燕京学社，2014 年 04 月 28 日。 https：//www.harvard- yenching.org.

12. 孙乃修：《我所认识的韩南教授》，2015 年 05 月 01。https：//www. chinesepen.org.

13. 温志宏：《周明伟：我与沙老的十年——中国外文局局长谈沙博理》，北京 周 报，2014 年 10 月 29 日。http：//www. beijingreview. com. cn/ 2009news/fangtan/2014-10/29/content_647743_2.htm.

14. 杨炼、韩宗洋、梁振杰：《访谈诗人杨炼：当你直抵命运的深度时，一切语言 都将向你敞开》，澎湃新闻，2020 年 3 月 29 日。https：//m.thepaper.cn/ newsDetail_forward_6720319.

15. 朱玉屏：《〈三国演义〉两个翻译版本的比较》（节选一），商务部外事司网 站，2015 年 3 月 22 日。http：//english. mofcom. gov. cn/aarticle/ translatorsgarden/xindetihui/200805/20080505518171.html.

英文类

1. Asia Now. "Asia Now Speaks with the Translators of *Zuo Tradition/ Zuozhuan*". May 1, 2018. https：//www.asianstudies.org/asianow-speaks-with-the-translators-of-zuo-traditionzuozhuan/.

2. Durrant, Stephen, Wai-yee Li and David Schaberg. "Zuo Tradition/ Zuozhuan Commentary on the 'Spring and Autumn Annals'". January 15, 2021. https：//uwapress. uw. edu/book/.

3. Farrar, Straus and Giroux. "Introduction of *Classical Chinese Poetry：An Anthology*". *Ebooks*, https：//www. ebooks. com/en-cn/book/1692272/ classical-chinese-poetry/david-hinton/.

4. Hamric, Roy. "Dancing with Words：Red Pine's Path into the Heart of Buddhism". July 19, 2011. http：//www. kyotojournal. org/the-journal/ fiction-poetry/dancing-with-words/.

5. Hinton, David. "More on Chinese Poetry (or which translations should I read?)". October 29, 2013. https：//intothemiddlekingdom. com/tag/ david-hinton/.

6. Holton, Brian. "Driving to the Harbour of Heaven: Translating Yang Lian's Concentric Circles". March 12, 2004. http://cipherjournal.com/html/holton.html.

7. Holton, Brian. "From the Dragon's Mouth: A Life in Translation". December 5, 2018. https://www.youtube.com/watch? v＝flrwUm5QH-U.

8. Jenner, W. J. F. "Journeys to the East, 'Journey to the West.'", February 3, 2016. https://lareviewofbooks. org/article/journeys-to-the-east-journey-to-the-west/.

9. Jensen, Bill & Hinton, David. "Bill Jensen and David Hinton in Conversation". *The Brooklyn Rail*. October 14, 2015. https://brooklynrail.org/2016/05/art/billnbspjensen-andnbspdavidnbs-phinton.

10. Mair, Victor. "An Interview with Victor Mair". *Columbia University Press*, https://www.sonshi.com/victor-mair-interview.html.

11. O'Donnell, Catherine. "'Long continuous tradition' attracts China scholar". October 12, 2006. https://www.washington. edu/news/2006/10/12/long-continuous-tradition-attracts-china-scholar/.

索引

B

悖论诗学　25

伯顿·华兹生　307

不可拆分性　38

C

创价学会　315,316

创造性叛逆　291

创作自觉　5

辞赋文学　28,31,32,34—36,38—41

D

地图化风格　86

东方主义　233,234,359

杜诗翻译　72

对等词　254,255

敦煌变文　424—428,430

敦煌学　133,422,423,425,427

F

翻译策略　3,29,93,122,123,125,217,220,251,254,270,305,332,382,384,403,429,440,444,459,462—464

翻译风格　89,181,190,192,220,254,349,366,398,430

翻译共同体　300

翻译技巧　147,466,469

翻译实践　9,17,34,38,39,79,101,184,257,266,297,299,331,332,453,460,464

翻译质量评估　6

翻译自觉　5,455,460,468

飞地论　379

佛学翻译　315

副文本　95,120,122,208,217,219,226,355,396,444

G

哥伦比亚大学传统中国讲座　206

观念史　65,66

归化　227,254,270,271,312,350,351,384,457,458,466,467

鬼笔捉刀人　283,284,292,295

H

汉诗移译　13

汉学热　173

汉学研究　30,31,79,80,82,83,100,101,104,117,119,120,128,132,136,147,154,173,176,184,185,204,205,207,210,240,266,269,277,308,313,322,325—327,329,335—337,340,344,360,378,397,406,407,409,418,431,437,447

汉语耶鲁拼音法　376

恒生白水书院　166

厚译　332,335

荒野诗学观　13

J

吉川幸次郎　65,310,313,380

接受习惯　8,9,453,469

金学研究　197

京昆艺术　370

精英主义　8,446

K

可接受性　5,6,314,466

跨文化视野　348,352

L

拉丁字母标音法　211

历史语境　68,70,184,381,416

M

美国东方学会　33,193,205－207,
377

朦胧诗派　83,292

"陌生化"效果　227

目标语　2,4－7,9,39,182,256,
290,298,403,414,439,453,465,
466,469

N

内部考证　138

奴译　10,455,457

P

皮耶特拉庄园　360,371

评论作家协会　246

Q

青年汉学家会议　176

全译　36,57,71,119,143,182,196,
199,200,204,207,208,211,212,
215－220,227,229,239,266,268,
269,272,313,318,330,331,336,
340,349,398－402,429

S

散曲主题理论　383

社会文化意识共识　255

深度翻译　171,272,305

生态思维　79,80

省译　257

诗学障碍　400

诗意地图　86,87

史记研究三君子　348

受众意识　9,457

说唱文学　1,357,359,361,363,
365,367,369,371,373,375,377,
379,381,383,385,387,389,391,
393,395,397,399,401,403,405,
407,409,411,413,415,417,419,
421,423,425,427,429,431,433,
435,437,439,441－447,449,451,
452

苏格兰盖尔语　283,288－291

W

外部考证　138

维多利亚风格　350

文化冲突　9,457

文化传递　10,122,229,457

文化负载词　147,254,256,332

文化渗入　355

文化疏忽　183

文化语境　5,8,305,385,415,416,
468

文化自觉　5,9,10,453－460,468

文化自信　10,453,458,459,466－
468

文学外译　3,7,97,123,126,129,

229,258,403,463,464,469

无韵化处理　444

误译　93,126—128,219,417,465,
466

X

西方理论批评视角　137

象征性借用　367

逍遥译者　165,166

写作动机　134

新小说　139,455

选译　5,105—107,144,145,204,
210—212,215,235,242,268,285,
311,312,330,394,398—400

Y

移译　1,110,119,169,171,348,
357,454,456,464,466

异化　39,196,217,227,251,254,
255,270,275,417,457,466,467

译介　2—5,7—9,17,20,28—32,
36,41,42,72,73,80,81,84,86,
87,128,143,144,160,161,173,
182,184,190,194,195,197,210,
220,227,229,249,266,275,277—
279,284—292,294,297,299,300,
303,307—316,323—325,329,
331,332,340,343,348—350,352,
357,359,360,362—364,368—
370,383,384,399,406,410—412,
418,436,437,442,452—454,456,
458,460,462—464,468,469

译入语　8,9,85,93,171,182,184,

316,457

意译　24,34,37,123,146,147,254,
350,351

阴阳二元论　162

隐士文化　49

幽灵创作者　283,284,292,295

语际对话　221

语境重构　357

语体　219

元曲研究　375,382,410

元杂剧研究集团　382

源语　5,9,39,124,171,253,270,
289,290,292,335,384,452,453,
457,460,468

阅读断裂　384

韵脚　18,19,236,424

韵律　20,72,235,236,293,381,
383,395,408

Z

增译　147,217,256,351,357

直译　20,24,38,72,104,124,125,
127,145,147,162,181,182,217,
251,255,256,279,287,384,386,
408,453,458,459,467

中国传统诗学　17

中国古代白话小说研究　136

中国古典戏剧研究　399

中国山水诗　82

中国文学理论认识体系　23

中国文学英译史　93,105

注释性翻译　424

注疏　169,349,430

本书参与人员

翟理斯	杨世祥
亚瑟·韦利	陆纯艺
艾克顿	李丹
马瑞志	张长城
沙博理	邓松娅
柯迂儒	游铭悦
霍克思	盛君凯
白之	贾继南
华兹生	潘尚瑞
刘若愚	王明辉
韩南	任雨婷
芮效卫	洪晓丹
罗慕士	吴秀秀
詹纳尔	陈月红
康达维	李子涵
梅维恒	路玮
倪豪士	黎智林
赤松	史万春
奚如谷	谢玉琴
杜润德	郑梦怀
伊维德	苏文雅
宇文所安	韦杰
闵福德	陈菲
霍布恩	万中山
戴维·亨顿	李阳

审　　校：钱屏匀　黎智林

协助和校对：贾继南　杨世祥　李丹　陈平　田金梅　杨芷江　朱伟芳